FLEUVE LOINTAIN

DU MÊME AUTEUR
CHEZ LE MÊME ÉDITEUR

Séléné, Presses de la Cité, 1988 ; Pocket, 2003
La Guérisseuse et le Roi, Presses de la Cité, 1988 ; Pocket, 2015
Inavouable Héritage, Presses de la Cité, 1988 ; Pocket, 2015
African Lady, Presses de la Cité, 1989 ; Pocket, 2012
Australian Lady, Presses de la Cité, 1991 ; Pocket, 2012
Les Vierges du paradis, Presses de la Cité, 1993 ; Pocket, 2002
La Prophétesse, Presses de la Cité, 1997 ; Pocket, 2005
Les Fleurs de l'Orient, Presses de la Cité, 1998 ; Pocket, 2002
Et l'aube vient après la nuit, Presses de la Cité, 1998
La Terre sacrée, Presses de la Cité, 2001 ; Pocket, 2011
La Pierre sacrée, Presses de la Cité, 2003 ; Pocket, 2011
L'Étoile de Babylone, Presses de la Cité, 2005 ; Pocket, 2007
La Dernière Chamane, Presses de la Cité, 2007 ; Pocket, 2009
La Femme aux mille secrets, Presses de la Cité, 2009 ; Pocket, 2011
Les Battements du cœur, Presses de la Cité, 2010, réimp. 2018 ; Pocket, 2012
La Femme du bout du monde, Presses de la Cité, 2011 ; Pocket, 2013
La Fille du loup, Presses de la Cité, 2012 ; Pocket, 2014
L'Île du feu sacré, Presses de la Cité, 2015 ; Pocket, 2016
Terres d'espérance, Presses de la Cité, 2017

Barbara Wood

FLEUVE LOINTAIN

Roman

Traduit de l'anglais (États-Unis)
par Alexandra Forterre

PRESSES
DE LA CITÉ

Titre original : *The Far River*

L'édition originale de cet ouvrage a paru en 2017 chez Turner Publishing Company, Nashville, Tennessee, New York.

Ce livre est une œuvre de fiction. Les noms, les personnages, les lieux et les événements sont le fruit de l'imagination de l'auteur ou sont utilisés fictivement. Toute ressemblance avec des personnes réelles, vivantes ou mortes, serait pure coïncidence.

ISBN 978-2-258-15204-5
Dépôt légal : juin 2019

Presses de la Cité — un département **place des éditeurs**

place des éditeurs

À mon époux, Walt,
avec amour

PROLOGUE

Vallée du Largo, Californie

Aujourd'hui

— Je suis désolée, papa, mais je dois le faire. Je dois partir. Je te promets de vendre l'exploitation à des gens bien, des gens qui sauront en prendre soin comme notre famille l'a toujours fait.

Nicole avait prononcé ces paroles à voix haute, penchée avec amour sur les jeunes grappes. Elle ne savait pas si Big Jack pouvait l'entendre. Il était mort l'année précédente. Mais elle aimait à penser que son esprit était présent dans cette immensité céleste et parmi ces vignes lourdes de fruits.

— La décision n'a pas été facile à prendre et elle me fend le cœur, mais je n'ai pas le choix, reprit-elle. Je veux tracer mon sillon. Je dois me trouver, papa. Je sais que ça peut te sembler puéril et convenu. Mais c'est vrai. Je veux réaliser quelque chose qui soit entièrement de moi, je ne peux me contenter de ce qu'on m'a transmis. J'y pense depuis longtemps, même si j'adore le domaine et cette vallée. Seulement, ma fierté et le besoin d'être moi-même sont plus forts.

Le cœur lourd, Nicole s'arrêta au milieu des vignes dont le vert soutenu faisait concurrence à l'azur intense du ciel. C'était comme si, hier encore, son père et elle marchaient entre les rangs tout en discutant des vendanges.

Au domaine Schaller, la plus grande partie de la récolte servait à faire du vin, mais cette parcelle-ci produisait exclusivement du raisin de table. Connu et apprécié pour sa saveur sucrée, ce raisin ne décevait jamais les consommateurs, car son goût était au diapason de son apparence. Et pour cause : contrairement à beaucoup de petits producteurs qui récoltaient, par souci de facilité et d'économie, l'intégralité de leur vendange dès que le fruit semblait mûr, les Schaller passaient autant de fois qu'il était nécessaire dans les vignes afin de cueillir le raisin à sa pleine maturité.

La qualité était un point sur lequel Jack Schaller n'avait jamais transigé, aussi dissolue qu'ait été sa vie. La qualité faisait l'honneur de leur nom et il aurait voulu que sa fille s'assure de la compétence des repreneurs. Elle en avait justement en vue : un couple de Canadiens. Sauraient-ils récolter le raisin au bon moment, sans considération de temps ni de coût ? Ils lui semblaient très motivés, mais elle veillerait néanmoins à ce qu'ils ne commercialisent pas de raisin vert. Qu'il s'agisse de grappes, de confiture, de jus ou de vin, Schaller devait rester une marque digne de confiance.

Elle détacha une lourde grappe et mordit dedans.

C'était ce qu'elle préférait : tester le grain en vue de la vendange. Le faire rouler entre le pouce et l'index comme Big Jack, son père, le lui avait appris. L'exposer à la lumière pour en apprécier toutes les nuances de pourpre, de noir, de bleu marine, de jaune, de vert, d'orange et de rosé. Puis mordre dedans, pour apprécier la teneur en sucre. Trop précoce, le fruit était acide. Mais qu'importait cette acidité quand son père, à l'époque heureuse, avait la main posée sur son épaule et lui demandait : « Alors ? » Si elle grimaçait pour signifier qu'il était trop tôt, il la félicitait : « Bravo, tu es faite pour ça, ma chérie. » Elle en aurait goûté des milliers d'autres juste pour entendre ces mots.

Nicole contempla le paradis vert baigné de soleil où s'affairaient les abeilles. Rien ne s'arrête de pousser, songea-t-elle. Rien ne meurt vraiment. C'est le miracle de la vie ; elle continue quoi qu'il arrive.

Un coup d'œil à sa montre lui indiqua qu'il était temps qu'elle se prépare. Les acheteurs potentiels n'allaient pas tarder. Prenant la direction de la maison, elle passa près du chai.

Le bruit des voix et des coups de marteaux des ouvriers qui y travaillaient lui rappela qu'il faudrait finir les travaux avant la finalisation de la vente. Un léger tremblement de terre avait fragilisé la structure, menaçant l'équilibre hygrothermique du bâtiment. Il convenait de sonder les murs pour localiser le dommage, avant que les crus entreposés là ne pâtissent de la situation.

Tandis qu'il frappait de son maillet le vieux mur, trois choses occupaient l'esprit de José Rodriguez : la bouteille de vin qu'il recevrait pour cette heure de travail supplémentaire au chai, les enchiladas épicées que sa femme lui servirait pour le dîner, et le doux accueil qu'elle lui réserverait ensuite au lit – trois choses qui ne revêtaient pas toutes une égale importance à ses yeux. Soudain, son maillet traversa la paroi de pierre et d'adobe. Emporté par son élan, José faillit perdre l'équilibre, au grand amusement de ses compagnons de travail, qui éclatèrent de rire. De bonne composition, il se joignit à eux et époussetait ses vêtements quand son cousin demanda, le doigt tendu vers le trou :

— *¿ Qué es esto ?*

Essuyant la sueur qui lui brouillait la vue, José se pencha. Une étrange odeur flottait dans l'air, à vous donner la chair de poule. Évaporés, les rêves de bonne table et de galipettes ! Il s'approcha davantage, imité par ses camarades. Quand ils réalisèrent ce qu'ils voyaient, ils firent un bond en arrière.

— *¡ Madre de Dios !* s'exclamèrent-ils.

Les ouvriers se signèrent et en appelèrent intérieurement à tous les saints du paradis.

— Allez chercher Mme Schaller, souffla José.

Comme personne ne bougeait, il se tourna vers ses compagnons et cria :

— *¡ La señorita ! ¡ Pronto !*

Les hommes se ruèrent vers la sortie. Pas un n'aurait voulu rester avec cette chose qui attirait la malédiction. Ils n'avaient qu'un regret : que le père Ramon ne repasse pas avant un certain temps dans la vallée !

— Notre famille compte parmi les premières à être venues d'Allemagne pour s'installer dans la région. C'est nous qui avons introduit le riesling en Californie – un vin qui fait notre renommée aujourd'hui, expliquait Nicole à ses visiteurs.

La jeune femme tentait de masquer sa nervosité derrière un sourire, mais elle était bel et bien fébrile à l'idée de pouvoir conclure l'affaire aujourd'hui. Il était vital que ses hôtes ne s'en aperçoivent pas. Voilà pourquoi elle avait passé une heure à essayer des tenues, à retoucher son maquillage, à s'inquiéter de sa coiffure. Elle voulait avoir l'air intelligente, avenante, enjouée ; surtout, elle voulait avoir l'air de quelqu'un dont le vignoble méritait d'être acheté.

Car Nicole devait vendre. Pour s'enfuir d'ici.

Comment aurait-elle pu rester ? Certes, elle habitait une grande maison blanche à étages, avec piscine, tennis, patio et barbecue, l'idéal pour organiser des fêtes d'enfer. Mais cette vallée et Lynnville, c'était le bled, la cambrousse, un vrai trou. Pendant toute sa scolarité, ses amies n'avaient parlé que d'une chose : fuir « Bout de Brousse », comme elles disaient. Fuir pour San Francisco, Los Angeles, ou même une destination aussi exotique que New York... Peu importait. Seules les grands-mères restaient à Lynnville. Et puis, comment rencontrer quelqu'un, ici ? Dans la vallée, il n'y avait que des fermiers, des bouseux qui ne prenaient leur douche que le samedi soir. Qui portaient des chapeaux de cow-boy et des bottes à talons. Alors que dans les grandes villes... on rencontrait des hommes haut placés, qui travaillaient dans de grandes entreprises, avaient des attachés-cases, portaient des costumes trois-pièces, sentaient bon et prenaient une douche tous les jours.

Voilà le genre d'arguments servis par les filles qui avaient fait leurs valises. Nicole, cependant, ne partageait pas leur point de vue. Elle adorait cette vallée où elle était née et qu'elle avait à peine quittée en l'espace de vingt-sept ans. À ses yeux, cet endroit n'était pas plouc. Et elle n'avait rien contre l'allure des travailleurs de la terre, contre les agriculteurs ou les types qui conduisaient des pick-up. Qu'y avait-il de mal à monter à cheval et à avoir les mains calleuses ? Non, ses raisons étaient à chercher ailleurs : dans cette maison pleine de mauvais souvenirs, cette vie étouffante avec un père autoritaire (et néanmoins adoré) et ce lourd bagage familial, dont l'unique façon de se débarrasser était de vendre la propriété et de partir.

« Ici, il est impossible d'échapper au passé, avait-elle dit un jour à sa meilleure amie. Je me sens engluée. Il n'y a pas d'élan vers l'avenir. »

À quand remontait le moment où elle avait pris conscience que pour exister en tant qu'être humain, reconnu dans son droit, elle devrait rompre avec Big Jack, avec le domaine, et trancher la vigne qui la liait à eux ? Sans doute quand elle avait vu, à douze ans, ce talk-show dont l'invitée avait fondé sa propre entreprise et était devenue célèbre. Et à treize ans, lorsqu'une femme médecin était venue à l'école parler des hôpitaux qu'elle avait créés en Afrique. À quatorze ans, elle dévorait les biographies de femmes courageuses comme Marie Curie ou Florence Nightingale.

Ça s'était fait progressivement, le fruit d'un long processus qui lui avait ouvert les yeux sur les opportunités de la vie. Celles-ci s'étaient soudain multipliées à la mort de son père.

Son choix s'était porté sur New York. L'ami d'un ami avait entendu parler d'un poste à pourvoir, elle y était allée et avait décroché un travail dans une société de cosmétique intéressée par son expérience en marketing et en distribution, ainsi que par sa connaissance des mécanismes du marché et de la fidélisation à une marque. Son MBA obtenu dans une prestigieuse école de commerce avait été la cerise sur le gâteau. Pendant l'entretien, elle avait fait preuve d'énergie et d'une créativité étincelante. Elle avait démontré sa volonté d'écouter et de travailler en partenariat avec le client plutôt que d'imposer ses choix. Elle était ouverte d'esprit et savait travailler en équipe. Évidemment, elle commencerait à un petit niveau, mais les opportunités d'avancement ne manquaient pas. L'avenir s'annonçait brillant et excitant.

Déjà, elle avait des idées à proposer à ses supérieurs. L'homme qui lui avait fait passer l'entretien connaissait les vins Schaller ainsi que la réputation du domaine en matière d'innovation. Dans les années cinquante et soixante, la viticulture californienne avait gagné une renommée internationale en lançant de nouveaux produits, portés par le marketing. Son interlocuteur n'avait pas douté un instant qu'elle saurait s'appuyer sur le savoir-faire entrepreneurial de sa famille pour apporter le même brio et la même perspicacité à leur société.

C'était finalement quand elle avait entendu ces mots-là que tout s'était ajusté avec clarté dans son esprit : non, elle ne mettrait pas ses pas dans ceux de ses ancêtres. Elle voulait briller de son propre éclat.

Pour cela, il lui fallait vendre le domaine et être à son bureau new-yorkais dans six semaines. Voilà pourquoi il était vital aujourd'hui qu'elle se présente sous son meilleur jour.

Oubliés donc les jeans et les tee-shirts qui convenaient aux travaux dans les vignes. Quand elle jouait les hôtesses pour les touristes à demi ivres qui faisaient le tour des domaines californiens en limousine, elle arborait toujours un pantalon à plis et un chemisier en soie. Une tenue élégante sans être snob, assez stylée pour représenter le standing Schaller sans écraser pour autant. Car Nicole partageait avec sa mère et son arrière-grand-mère l'idée que l'image reflétait la qualité du domaine et de la marque.

Pour cette visite-ci, elle avait particulièrement soigné son apparence. Sa silhouette gracile – merci, les longues marches au grand air – était parfaitement mise en valeur et, au lieu de l'habituelle queue-de-cheval retenue par un simple élastique en caoutchouc, ses boucles brunes étaient ramenées en arrière par des barrettes dorées très tendance.

— Un vieux domaine comme le vôtre doit avoir une histoire haute en couleur, lâcha la rondouillarde Canadienne tout en gravissant le perron.

Si elle était à l'affût de ragots, de scandales et de cadavres dans le placard, elle pouvait toujours attendre, se dit Nicole, bien résolue à ne livrer aucun secret de famille.

— À une époque, Schaller était un grand domaine, non ? enchaîna le mari.

Lui aussi tentait de connaître les raisons du déclin de leur empire viticole et financier. Nicole l'observa un instant. Il avait coincé ses pouces dans la ceinture de son pantalon et promenait nonchalamment sa haute silhouette aux jambes arquées.

— En effet, répondit-elle. Ma famille a compté parmi les plus importants producteurs de vin du pays, répondit Nicole sur le ton de l'anecdote.

Elle était déterminée à rester sur un terrain purement technique. Ces gens cherchaient à acheter un petit domaine doté d'une boutique. C'était précisément ce qu'elle vendait : les hectares, la demeure, les bâtiments annexes et le vignoble, célèbre pour ses cépages originaires d'Allemagne. Le linge sale de la famille n'était pas compris dedans.

— C'est mon père qui a décidé de réduire la voilure ces dernières années. Il a donc vendu des parcelles à des acquéreurs comme vous, des gens intéressés par de petits vignobles.

Nul besoin d'entrer dans les détails – les dettes de jeu, la boisson, les femmes entretenues et un portefeuille ouvert à tous ceux qui venaient pleurer à sa porte. C'était du passé, un passé mort et enterré avec Big Jack.

— Et puis, je suis toute seule maintenant…

Une constatation qui sonna d'une façon si mélodramatique que Nicole émit un petit rire, comme pour convaincre ses visiteurs que ça n'avait en réalité aucune importance.

— C'est aussi compris dans la vente ? demanda le mari en désignant les meubles autour d'eux.

Le trio était arrivé dans l'immense salon décoré d'une foule d'objets anciens, de bibelots, de souvenirs amenés d'Allemagne ou bien amassés depuis des décennies.

— Oui, répondit Nicole, soudain envahie par une vague de tristesse.

— Même ça ? s'enquit la Canadienne devant le portrait qui surplombait la cheminée.

— Oui.

— Elle est belle. Qui est-ce ?

— Clara Schaller, mon arrière-grand-mère.

— Il y a une ressemblance…

Tu parles, songea Nicole en son for intérieur. Après trois générations, l'héritage génétique était bien dilué ! La seule chose qui la reliait à Clara, c'était son étonnante implantation de cheveux en pointe, le pic de la veuve. Rien d'autre.

Nicole n'avait pas connu son arrière-grand-mère et ne ressentait aucun attachement particulier pour cette ancêtre, figure légendaire de la vallée. Cependant, alors qu'elle contemplait à son tour les yeux gris ourlés de cils noirs, le front dégagé laissant deviner une personnalité pleine de bon sens, toutes les histoires sur la formidable matriarche lui revinrent en mémoire et elle se surprit à dire :

— En fait, maintenant que j'y réfléchis, ce portrait n'est pas à vendre. Il appartient à la famille.

Mais quelle famille ? Pour qui sauver ce portrait ? Elle était fille unique, n'avait aucun petit ami et encore moins de mariage à l'horizon. Elle partait faire carrière ailleurs ; et fonder un foyer n'était pas sa priorité. En aurait-elle même le temps ? D'un autre côté, si elle vendait cette toile, elle finirait oubliée de tous et croupirait probablement dans la poussière d'un magasin d'antiquités.

Nicole frémit. Grand-mère Clara ne pouvait pas terminer comme ça !

Les Canadiens se tournèrent vers les autres objets précieux de la pièce : l'horloge murale Gustav Becker de 1890, la porcelaine de Dresde et de Chine, le garçonnet en biscuit de porcelaine vêtu d'un *Lederhose*, la traditionnelle culotte de peau, le cheval à bascule en bois sculpté à la main et peint de couleurs vives, les décorations de Noël allemandes du dix-neuvième siècle exposées dans une vitrine, une carte de 1890 de l'Empire allemand dans son cadre doré, le service à thé en porcelaine de Nymphenburg remontant aux années 1800, la paire de cruches dorées Rosenthal peintes à la main de 1890, les pipes en écume de mer sculptées sur leur porte-pipes et, dans un coin, le joyau de la collection, un violon du luthier Carl Ludwig Bachmann de 1765.

Dans la douce lumière automnale qui entrait à flots par la grande fenêtre, Nicole prit soudain conscience que, contrairement à d'autres choses, ces objets avaient survécu aux années et qu'elle en était la dernière dépositaire.

Une nouvelle vague de tristesse la submergea. Ce grand salon était associé dans son esprit à Noël. Chaque année, Big Jack partait couper un arbre dans les bois voisins et l'installait là où trônait aujourd'hui le violon. Un sapin énorme, que la famille décorait joyeusement et avec amour tout en dégustant le vin de la propriété. Ainsi, elle ne cédait pas seulement à ces étrangers sa maison et ses trésors, elle leur vendait aussi ses vingt-sept Noëls…

Allons, se reprit-elle, pas de sentimentalisme ! C'était décidé, ce couple de Canadiens dans la quarantaine, désireux de prendre un nouveau départ loin des rudes hivers de l'Alberta, lui plaisait. Contrairement aux autres acheteurs qui s'étaient présentés, ils dégageaient plutôt de bonnes ondes. Ils prendraient soin de la demeure et des vignes. Elle pouvait partir l'esprit tranquille. C'étaient les bons.

Pourvu qu'ils concluent la vente…

Ouvrant le dossier qu'elle transportait sous son bras, elle leur montra une carte du domaine : on y voyait les hectares de vigne, les bâtiments, la maison principale et les aires de parking.

— C'est quoi, ça ?

Le doigt court de M. Macintosh pointait une zone blanche à l'extrémité ouest de la propriété. Il s'agissait d'un lopin de terre que Big Jack n'avait même pas réussi à *donner* lorsque, pris à la gorge, il se séparait de ses parcelles à la chaîne.

— Ce carré-là est totalement aride, expliqua Nicole. Le sol est pauvre et les travaux d'irrigation ne seraient pas rentables. Mon arrière-grand-père avait décidé de le laisser en jachère et personne ne l'a touché depuis. Ce qui est amusant, c'est qu'il jouxte un monticule appelé Colina Sagrada – la colline sacrée.

— Ça a l'air romantique. Est-ce qu'on peut y aller ? demanda Mme Macintosh.

— Bien sûr, je serai ravie de vous y conduire…

Et soudain :

— Miss Nicole ! Miss Nicole !

On l'appelait d'un ton pressant. Elle jeta un coup d'œil par la fenêtre et aperçut une foule d'ouvriers mexicains qui se ruait vers le perron. Mon Dieu, que se passait-il ? Y aurait-il le feu ? se demanda-t-elle tout en se précipitant à leur rencontre.

M. et Mme Macintosh s'entre-regardèrent quand Nicole s'exclama à la porte :

— Quoi ! Vous êtes sûrs ?

Le messager opina vigoureusement de la tête. Soudain pâle et troublée, Nicole se tourna vers ses visiteurs :

— Je vous prie de m'excuser. Un incident. Je ne serai pas longue.

Elle laissa tomber par terre le dossier qu'elle tenait à la main et suivit en courant les ouvriers à travers les pelouses menant au chai. Ils laissèrent derrière eux le pressoir, la cuverie et la salle de dégustation et débouchèrent dans la cave où se trouvaient les fûts de riesling. Sans hésiter, elle fonça vers le trou, où briques, pierres et poussière jonchaient le sol.

Là, elle s'arrêta, bouche bée.

— Mon Dieu, murmura-t-elle.

Les Mexicains autour d'elle se signèrent à nouveau.

Nicole se pencha avec précaution, comme si la chose dans le mur pouvait en jaillir d'un coup. Oui… aucun doute, ce truc était bien mort. Il ne restait plus un lambeau de chair ni de peau sur le squelette. La décomposition était totale et les bouts de vêtements subsistants ressemblaient à des guenilles pourrissantes. Fascinée, la jeune femme fixait le crâne aux orbites béantes et au sourire macabre avec cette mandibule pendante dont les dents étaient cassées.

— Excusez-moi, Miss Nicole, dit José. Est-ce que c'est… c'est… ?

Sa main tremblante montrait un petit trou bien rond juste au-dessus de l'arcade sourcilière.

— Oui, ça ressemble à l'impact d'une balle. Vous voulez bien appeler la police, s'il vous plaît ? répondit-elle aussi calmement que possible.

Les Canadiens les avaient rejoints. Ils devaient être horrifiés et déjà en train de revoir leurs plans. Car qui aurait voulu acheter un vignoble où avait eu lieu un meurtre ? Et si atrocement camouflé par-dessus le marché.

Étrangement, la marche du monde se mit à ralentir. Nicole ne pouvait détacher son regard du crâne troué. En elle jaillissait une question fondamentale et lancinante. Une interrogation silencieuse qui s'imposait avec force, et même colère, contre cette victime qui allait attirer les pires calamités sur le domaine Schaller : *Qui* es-tu ?

En pensée, elle se transporta dans le grand salon, face au portrait de Clara Heinze Schaller. Comment aurait réagi la jeune mariée de dix-neuf ans, fraîchement débarquée de son Allemagne natale, avec des rêves dans la tête et des pieds de vigne dans ses paniers, si elle avait pu prévoir le fin mot de l'histoire et de son rêve ? Si elle avait su pour ces Canadiens prêts à transformer son vignoble en attraction pour bobos, et si elle avait appris que son chai abriterait un jour la victime d'un meurtre...

Première Partie

1912

Ce jour-là, il faisait beau. Le printemps vibrait de promesses, tout comme le cœur de ces jeunes émigrés enfin arrivés à destination. Ils étaient douze, pleins de force et d'optimisme : cinq couples et deux célibataires, tous de souche allemande. Épuisés par le voyage, mais excités. Prêts à se construire une nouvelle vie. Débordants d'espoir et de crainte.

Dans la première voiture se trouvaient les deux frères Schaller, Wilhelm et Johann, ainsi que Clara, la jeune mariée. Le convoi avait suivi la côte depuis Santa Barbara, soit un trajet de soixante-cinq kilomètres plein nord à travers bois et collines, par des pistes et des chemins défoncés, afin d'atteindre la verte vallée qui abriterait leur nouvelle demeure. Ils venaient de s'arrêter au sommet d'une butte. Assise à côté du chauffeur embauché pour les conduire jusque-là, Clara contemplait la vue en silence. Elle était émue.

Sans un mot, l'un des frères sauta du véhicule et fit quelques pas pour embrasser du regard son nouveau monde. Le second attendit un instant avant de descendre à son tour et de contourner la voiture. Clara était trop faible pour marcher – elle se remettait avec peine d'une mauvaise grippe attrapée durant le voyage. Délicatement, le jeune homme la prit dans ses bras et la porta pour rejoindre leurs compagnons. Lovée contre lui, elle admira le paysage époustouflant qui se déployait à perte de vue : les verts pâturages, les petites fermes bien découpées, les maisonnettes et les chênaies parsemées de saules.

— Nous serons heureux ici, murmura-t-elle, la tête posée sur l'épaule protectrice.

Une larme glissa le long de sa joue.

Elle serra le cou de son porteur comme pour mieux s'arrimer à lui, ferma les yeux et remonta en pensée les kilomètres parcourus, les mois de préparatifs, les semaines d'adversité et de peines, jusqu'à ce premier matin où tout avait commencé…

La clochette de la porte tinta. Derrière le comptoir, Clara Heinze leva les yeux pour voir qui entrait dans la boutique.

La bonne humeur qui ne l'avait pas quittée de toute la matinée fit place à une soudaine timidité devant l'inconnu bien bâti qui avançait droit sur elle.

— Bonjour, dit-il en enlevant son chapeau. Je viens pour un remède contre le mal de mer.

Il était grand, avait de larges épaules, des yeux bleus, des cheveux blonds indisciplinés. Et surtout une barbe flamboyante qui lui conférait l'allure d'un héros mythologique. Or, à dix-huit ans, Clara croyait aux héros. Elle ne pouvait détacher les yeux de celui-là.

Son père était le pharmacien du village et elle connaissait tous les habitants du bourg et des alentours. À l'évidence, ce jeune homme venait d'ailleurs.

Il semblait nerveux, à moins que ce ne fût le fait d'être regardé fixement… Il s'empressa d'ajouter, le rouge aux joues :

— Je ne suis pas d'ici. J'habite chez des cousins.

De sa grande main, il indiqua une vague direction, comme s'il tentait de justifier sa présence. Clara lui donna une vingtaine d'années et l'aurait bien vu fermier, à en juger par son pantalon de travail et sa veste froissés, sa chemise propre mais non repassée et l'absence de col. Mais c'était surtout le large chapeau de paille qui évoquait le travail en plein air. Et ses ongles noirs de terre. De la *bonne* terre, se dit-elle.

Clara n'avait pas encore eu de prétendants sérieux, mais ses parents songeaient à certains partis, notamment à Hans

Zimmerman, le fils du docteur. De l'avis de tous, c'était l'union parfaite. En plus, Hans était sympathique. Mais Clara le trouvait un peu dégingandé et maladroit. Et puis, il avait encore de l'acné à vingt ans ! Alors que ce jeune homme...

Clara sortit de sa transe et prit dans un tiroir un paquet qu'elle posa sur le comptoir.

— Je me demande si cela suffira, dit-il.

— Combien de temps dure le trajet ?

— Eh bien, c'est plus qu'un trajet. Le voyage prendra environ sept jours, en fonction des conditions météorologiques.

— Dieu du Ciel ! Où donc allez-vous ?

— En Amérique.

Il avait énoncé cela du même ton que s'il avait parlé du temps qu'il faisait. Son regard balayait déjà les rayonnages à la recherche d'autres produits utiles à son projet. Lorsque son attention se reporta sur Clara, elle était encore bouchée bée, comme statufiée.

— En Amérique ? souffla-t-elle.

— Oui. Mon père a acheté des terres en Californie. Avec mon frère, nous le rejoignons pour cultiver tous les trois un vignoble là-bas.

— Vraiment ! s'exclama-t-elle, les yeux écarquillés et brillants.

L'Amérique... Ce continent si lointain...

À ses moments perdus – quand elle ne travaillait pas à l'officine ou n'aidait pas sa mère à l'étage –, Clara lisait. Elle aimait particulièrement les romans d'aventures dont l'intrigue se déroulait dans des contrées exotiques, ou bien les histoires de gens ordinaires confrontés à des situations extraordinaires. Ils trouvaient toujours en eux des ressources inconnues et le courage de relever tous les défis.

— C'est tellement courageux, dit-elle avec un sourire sincère.

Courageux ? Il fronça les sourcils. Il n'y avait rien de courageux à simplement rejoindre son père pour cultiver un vignoble.

— Si. Vraiment, ajouta-t-elle.

La façon dont elle porta la main à sa gorge comme pour reprendre son souffle le mit mal à l'aise. Personne ne l'avait jamais jugé courageux auparavant. En tout cas, on n'avait pas pris la peine de le lui dire. Et certainement pas une fille – encore moins une *jolie* fille. Il ne savait que répondre. En quoi le fait d'émigrer comme des milliers d'autres hommes était-il courageux ? Pour lui, c'était juste une opportunité à saisir, qui apporterait son lot d'épreuves, comme toute chose.

Il regarda à nouveau autour de lui, un peu perdu. À vingt-quatre ans, Wilhelm Schaller venait d'un univers exclusivement masculin, sans mère ni sœurs. Juste la femme d'âge mûr, aussi dodue et fébrile qu'une poule, qui tenait le ménage de son père. La discrète féminité de la jeune fille derrière le comptoir le désarçonnait.

Grommelant qu'il avait encore quelques achats à faire pour compléter sa liste, il s'éloigna dans la boutique, désireux d'y rester aussi longtemps que possible. Elle le trouvait *courageux* !

Aux yeux de Clara, il était l'homme le plus exotique du monde. Elle-même avait grandi dans ce village de Rhénanie, entre Mayence et Coblence, là où les montagnes du Hunsrück à l'ouest et celles du Taunus à l'est baignent leurs pentes dans le Rhin. Les rues pavées de la bourgade multicentenaire étaient bordées d'échoppes et de charmantes maisons dressées là depuis des générations. L'endroit tirait sa renommée des vignobles qui s'étageaient en terrasses depuis le fleuve, tel un manteau dont le vert intense blessait presque l'œil. « Pittoresque », disaient les visiteurs à propos du bourg figé dans le temps et de ses environs riches en châteaux, ruines romaines et sites préhistoriques – les Néandertaliens avaient vraisemblablement vécu là cinquante mille ans plus tôt. La modernité néanmoins n'était pas absente du paysage : le village s'éclairait au gaz, bientôt à l'électricité, et il comptait déjà un ou deux téléphones. Après tout, n'était-on pas en Allemagne, le pays industrialisé le plus à la pointe en matière de technologie ? Mais aussi en science, en médecine, en mathématique, et le plus gros exportateur d'acier au monde !

Le père de Clara se targuait de proposer à la vente les innovations les plus récentes de l'industrie pharmaceutique allemande, dont l'aspirine et l'héroïne Bayer. Leur famille était prospère et occupait un appartement bien aménagé au-dessus de l'officine. Ils ne manquaient de rien et avaient à leur service une bonne et une cuisinière. Clara évoluait dans un monde protégé et respectable, gouverné par de solides valeurs familiales et chrétiennes.

Elle aimait sa petite ville, mais celle-ci n'avait rien d'étonnant ni d'exotique. Vivre là n'appelait pas l'aventure. Pas comme les océans sombres et inconnus qu'il fallait traverser pour atteindre un continent effrayant, à peine domestiqué…

Le jeune homme à la barbe de feu revint au comptoir les mains vides. Comme il sortait de quoi régler sa poudre contre le mal de mer, Clara lui demanda spontanément :

— Et votre mère ? Que pense-t-elle de ce grand saut vers l'Amérique ?

— Ma mère est morte d'une infection des amygdales quand j'avais dix ans.

— Oh… Je suis désolée.

Wilhelm la trouvait décidément très jolie, avec ses grands yeux et ses longs cheveux châtains arrangés en boucles soyeuses. Elle portait un corsage blanc au col montant et aux manches longues, pris dans une jupe noire cintrée à la taille. Le pic de la veuve donnait à l'ovale de son visage une forme de cœur que soulignaient encore un petit menton décidé et un front dégagé. Vraiment très jolie, cette jeune fille, se dit-il.

Même s'il n'était que de passage, il eut soudain envie de lui en dire plus sur lui : son nom, sa ville natale, les cousins chez qui il résidait. Les mots fusèrent, un peu heurtés, timides, mais progressivement un tableau émergea : Jakob Schaller, son père, exploitait auparavant un vignoble ancestral au sein d'une coopérative viticole, ce qui bloquait toute possibilité d'expansion ou de développement. Un jour, il avait eu entre les mains l'un de ces prospectus qui vantaient les possibilités offertes en Amérique aux hommes visionnaires et à ceux qui n'avaient pas peur de retrousser leurs manches. Il avait vendu leurs parcelles et leurs cuves, et avait embarqué pour la Californie afin de prendre possession de leurs terres et de concrétiser son projet. Lui-même, Wilhelm, n'attendait plus que le signal paternel pour partir. Il séjournait chez ses cousins, Siegfried et Dagmar Schmidt. Les connaissait-elle ?

Clara écoutait, captivée. Oui, elle connaissait le jeune tailleur et son épouse, couturière. Mais elle n'avait pas eu vent de leur projet d'émigrer en Amérique avec leurs cousins Schaller.

— Quel projet excitant ! s'exclama-t-elle tout en comptant la monnaie, qu'elle lui tendit.

Elle enviait presque le jeune couple.

Il récupéra les pièces, non sans effleurer la paume fraîche de la jeune fille. Alors qu'il s'apprêtait à quitter la pharmacie, elle l'interpella :

— Quand est prévu le départ ?

— Il nous manque encore nos papiers, nos passeports et les billets pour la traversée. Et puis, mon frère doit finir l'université, d'abord. Ensuite, nous attendrons ensemble le signal que notre père nous enverra lorsque les vignes seront prêtes. Cela peut prendre un certain temps… En fait, nous ne savons pas vraiment, conclut-il depuis le pas de la porte.

Ayant remarqué le débit saccadé de sa réponse, Clara en déduisit que Wilhelm Schaller n'avait pas l'habitude de parler de lui à des étrangers. C'était très touchant, et elle se promit de demander à sa mère de l'inviter à prendre le thé. Elle voulait en savoir plus sur l'Amérique.

Sa mère donna son autorisation le jour même, à condition toutefois d'étendre l'invitation à Siegfried et à Dagmar, lesquels ne connaissaient pas beaucoup de monde en ville. La jeune fille n'eut pas longtemps à attendre pour en parler à l'intéressé puisque, dès le lendemain, Wilhelm reparut à l'officine.

— Bonjour, mademoiselle. Je crois qu'un seul sachet de poudre contre le mal de mer ne suffira pas.

À la vérité, il n'avait pensé qu'à Clara depuis la veille. La fille du pharmacien était si délicate et raffinée. Une vraie demoiselle, de celles qui se déplacent en calèche. Qui portent des rubans à ses manchettes et son col, ces petites touches féminines peu courantes à la campagne. Ils n'étaient pas du même monde… Et pourtant, son image, son rire, son discret parfum de lavande le hantaient.

Il lui avait été impossible de rester à distance. Il avait alors inventé un prétexte pour revenir à l'officine, espérant qu'elle serait au comptoir. Elle y était. Une chance ! Et son visage s'était illuminé quand elle l'avait vu ! Oui, le sourire dont elle l'avait gratifié n'avait rien à voir avec ceux des autres commerçants. Ce n'était pas de la simple politesse. Il traduisait une joie sincère.

Cette pensée l'enivra. Il se sentit grandir de trois mètres. Le roi était son cousin ! Qu'une jeune fille comme *elle* remarque un jeune homme de sa condition… Lui qui s'était toujours considéré comme quelqu'un d'ordinaire, voilà qu'elle le trouvait à part. À son contact, il se percevait tout d'un coup différemment, presque en héros. Une sensation inhabituelle pour lui. Il faudrait qu'il réfléchisse à tout ça, plus tard.

— Hier soir, j'ai sorti notre atlas pour localiser la Californie, disait-elle tout en attrapant un autre paquet de poudre. Que c'est loin ! Et immense ! Où se situent vos terres exactement ?

Son enthousiasme laissa Wilhelm sans voix. Toute pensée cohérente l'avait quitté. Quel était le nom de cette vallée aux terres si étendues, déjà ? Vite, sinon elle allait le prendre pour un nigaud !

Il répondit en bégayant, mais ne trouva rien à ajouter pour prolonger l'instant. Il ne pouvait quand même pas passer en revue les rayonnages ! Il l'avait déjà fait la veille.

Heureusement, elle vint à son secours :

— Ma mère connaît vos cousins et aimerait vous inviter tous les trois à venir prendre le thé un après-midi. Est-ce que demain vous conviendrait ?

Sans même savoir si c'était le cas, il bredouilla qu'ils étaient honorés et ravis d'accepter l'invitation. Puis il paya et sortit en oubliant son paquet.

Il s'avéra que le lendemain ne convenait pas à ses cousins – lesquels devaient honorer une commande urgente –, si bien que Wilhelm se présenta seul chez les Heinze. Fleurant bon le savon, il avait enfilé son plus beau costume et semblait avoir peigné sa barbe une centaine de fois.

Pour l'occasion, Clara portait une robe d'intérieur en coton blanc et sa mère avait disposé un bouquet de fleurs printanières dans le petit salon. La bonne apporta le café accompagné de forêt-noire et Wilhelm se retrouva assis d'une fesse sur le rebord d'un petit fauteuil, tasse et soucoupe en équilibre sur un genou, assiette et fourchette sur l'autre, une serviette en lin glissée dans son faux col amidonné.

Mme Heinze ressemblait à sa fille, les années en plus – visibles à sa taille plus épaisse et aux mèches grises dans ses cheveux. Sa beauté d'autrefois n'en transparaissait pas moins. En parfaite maîtresse de maison, elle sut mettre le jeune homme à l'aise.

— Racontez-nous un peu l'Amérique, monsieur Schaller. J'ai moi-même des cousins du côté maternel qui ont émigré au Nebraska. Il y a des années de cela. D'après ce que je sais, ils ont très bien réussi.

Wilhelm réussit à leur expliquer le délicat transport des jeunes pieds de vigne jusqu'en Amérique sans laisser tomber une goutte de café ni une miette de gâteau par terre. Il s'efforçait également de ne pas trop regarder Clara… Au fil de la conversation, Mme Heinze comprit qu'il était lui aussi luthérien. Elle lui proposa alors de se rendre au temple avec eux dimanche.

Il s'empressa d'accepter et vécut les trois jours suivants l'esprit tout occupé par Clara, bien plus que par Dieu ou par la vigne.

Après l'office, la famille Heinze et le jeune homme partagèrent le déjeuner dominical : une généreuse choucroute servie avec des pommes de terre sautées et des petits pains tartinés de beurre, suivie d'un gâteau aux pommes. Le père de Clara, un homme replet et jovial, était curieux d'en apprendre davantage sur la Californie et le projet des Schaller. Lui-même connaissait des personnes qui étaient parties avec leur famille s'installer en Amérique dans des communautés allemandes situées en Pennsylvanie et dans l'État de New York. Visiblement plus à l'aise avec des interlocuteurs masculins, Wilhelm lui répondit avec une facilité qui surprit Clara. Il était loin d'avoir été aussi disert avec elle.

— Le terrain acquis par mon père est un ancien vignoble à l'abandon. Il a appartenu à un Espagnol qui l'avait reçu pour service rendu à la Couronne mexicaine lors de la guerre d'indépendance. Ces terres-là avaient elles-mêmes été prises aux missions. Il faut que vous sachiez que les missions ont été fondées à la fin du dix-huitième siècle, lorsque les Franciscains sont arrivés en Californie dans le but de christianiser les Indiens. En 1833, quand la région est passée sous domination mexicaine, les missions ont été sécularisées et leurs terres distribuées ou vendues. C'est à cette époque que don Francisco Diego est devenu propriétaire du terrain. Il y a planté des vignes provenant de pieds importés d'Espagne en 1769. Du raisin noir commun, mais, là-bas, on l'appelle le raisin des Missions.

Wilhelm s'éclaircit la gorge et but une gorgée de café avant de céder à la requête de son auditoire, captivé.

— Suite à une série de revers et de malheurs, don Diego a dû vendre son domaine à un Américain, qui a lui-même été obligé de renoncer à cause des coups de vent et du pourridié de la vigne. Les terres sont revenues à l'État de Californie, et celui-ci a tenté de les vendre pendant vingt ans. Voilà pourquoi mon père a pu les acquérir à bon prix. Cela fait un an qu'il est parti. Dans une de ses lettres, il a écrit que ces centaines d'hectares de terres négligées et en jachère revêtaient à ses yeux non pas la couleur de l'échec mais celle de la renaissance et du succès.

— Incroyable, lâcha Helmut Heinze.

Le pharmacien se demandait s'il aurait été capable de pareille hauteur de vue. Quant à Clara, à entendre dépeindre la Californie de manière aussi vivante et fluide, elle avait l'esprit envahi de merveilleuses visions. Il y avait là-bas des endroits qui s'appelaient Dos Lagos (« deux lacs »), Los Angeles (« les anges ») et Palos Verdes (« bâtons verts ») : à croire qu'on se trouvait en Espagne ou au Mexique. Cela faisait trois pays exotiques en un ! La jeune femme ressentit un immense élan vers celui qui parlait si bien de tout cela. Sa force d'évocation avait fait écho à son propre rêve d'explorer le monde ; elle lui avait donné corps.

Était-ce cela, l'amour ? Clara n'avait personne à qui poser la question. Ce n'était pas un sujet dont elle aurait pu parler en société ou bien avec sa mère, et ses deux sœurs avaient déjà quitté la maison pour se marier. Elle aurait bien aimé leur demander, afin de comparer leurs expériences et la sienne, mais on n'utilisait pas le téléphone pour des choses aussi frivoles. Son père ne l'aurait pas permis. Non, il lui faudrait se débrouiller seule.

Elle allait devoir passer plus de temps avec Wilhelm Schaller.

Lorsque Clara demanda l'autorisation de faire visiter le bourg au jeune homme, sa mère prit le temps de la réflexion. Leur famille occupait une position sociale dont il fallait tenir compte et qui excluait tout faux pas. Certes, l'hospitalité était un devoir chrétien, surtout envers un jeune séparé de sa famille et qui, par ailleurs, était venu au temple avec eux. Mais que leur fille se promène seule en compagnie d'un inconnu serait incontestablement perçu comme un écart de conduite. Il fut donc entendu que la bonne leur servirait de chaperon.

Le lendemain, sous l'œil discret mais attentif de Gerda, Clara emmena Wilhelm en haut du clocher pour profiter du panorama à couper le souffle. Après quoi, ils assistèrent à un spectacle de marionnettes et écoutèrent un orchestre folklorique. La jeune fille lui montra également les ruines romaines et lui raconta l'histoire du château médiéval qui surplombait la cité. Tout cela était probablement très proche de ce qu'il connaissait déjà, mais peu importait. En lui faisant découvrir son univers, c'est un peu d'elle-même qu'elle dévoilait. Le trio déjeuna de pain et de saucisses à la terrasse d'un café. Puis Gerda donna le signal du retour. Wilhelm prit congé de Clara en la remerciant pour cette merveilleuse journée.

La jeune fille aurait voulu que celle-ci n'ait pas de fin. Son compagnon s'était à peine éloigné qu'elle réfléchissait déjà à un moyen de le revoir.

— En bicyclette ? s'étonna sa mère ce soir-là, tandis que toutes deux reprisaient chemises et chaussettes devant l'âtre.

— Oui. Un tour à bicyclette dans la forêt serait parfait pour Wilhelm. Il travaille dur, tu sais, maman. Il n'arrête pas de visiter des vignobles afin de sélectionner les meilleures boutures. Même papa prend un jour de repos et ferme boutique.

L'idée semblant faire son chemin chez sa mère, la jeune fille s'aventura un peu plus loin et ajouta que ce serait bien sans Gerda.

— Sans chaperon ?

— Maman, s'il te plaît. Nous resterons sur les sentiers, il y aura plein de monde. Et puis… il part bientôt.

Eva Heinze posa son ouvrage. Elle avait toujours veillé avec attention sur ses filles et sentait sa petite dernière entichée de ce jeune homme. Cela l'inquiétait. Elle ne voulait pas encourager une idylle avec un inconnu dont le départ pour l'Amérique briserait le cœur de Clara.

Elle n'aurait peut-être pas dû permettre aux choses d'aller si loin. Il eût fallu tuer toute velléité de flirt dans l'œuf en commençant par ne pas inviter Wilhelm pour le thé. Mais Mme Heinze était bien placée pour savoir qu'on ne dicte pas au cœur qui il doit ou ne doit pas aimer. N'avait-elle pas elle-même insisté auprès de ses parents pour épouser Helmut, alors pauvre étudiant en pharmacie ? À l'époque, il n'avait à offrir que son ambition d'ouvrir un jour sa propre officine. Devant la volonté paternelle de la marier à quelqu'un qui fût déjà établi, elle avait tempêté, pleuré, menacé de s'enfuir. Et finalement, elle avait obtenu gain de cause. Trente ans plus tard se profilait le même drame. Que se passerait-il si elle disait non à sa fille ?

Elle décida par conséquent d'accorder sa bénédiction, à condition qu'ils ne s'aventurent pas un seul instant en dehors des chemins publics.

Ce jour-là, le soleil printanier brillait de tous ses feux. Wilhelm et Clara avaient proposé à Siegfried et Dagmar de se joindre à eux, mais le couple avait décliné, préférant travailler et honorer un maximum de commandes afin d'amasser le plus d'argent possible avant le grand départ. Les deux jeunes gens louèrent donc des bicyclettes et partirent à l'assaut des collines. Ayant trouvé un endroit dégagé non loin du bourg, lequel offrait une vue imprenable sur le fleuve, ils s'arrêtèrent pour profiter de ce rare moment de liberté.

Lorsque Clara lui avait annoncé qu'elle avait la permission de passer une journée avec lui, Wilhelm n'avait pas hésité une seconde à interrompre son intense programme de visite des domaines viticoles. Il parlait aux vignerons les plus réputés pour leurs rieslings, testait leurs crus et choisissait des boutures. Il recherchait en priorité des pieds de vigne d'un an, car ils survivaient en général mieux aux transplantations que ceux de deux ou trois ans. Il discutait par ailleurs des conditions de transport et des soins à apporter aux jeunes ceps durant le voyage – il était vital en effet que les racines ne sèchent pas.

Ce travail l'occuperait encore à plein temps jusqu'à la fin de l'année universitaire de son frère à Cologne. Désormais, cependant, il y avait aussi Clara. Peu expérimenté en matière de relations avec l'autre sexe, Wilhelm avait du mal à comprendre ce qu'il ressentait. Il savait juste que la jeune fille lui plaisait. En revanche, il ignorait totalement ce qu'elle pouvait penser de lui. Quand ils étaient tous les deux, ils ne parlaient que de l'Amérique et de son projet familial de vignoble.

— Je vous envie d'aller en Californie, disait justement Clara, qui avait retiré son chapeau pour mieux offrir son visage au soleil et à la brise printanière, annonciatrice de pluie. J'aime les romans dont les héroïnes ont la force de quitter le confort de leur vie douillette pour affronter toutes sortes de défis et d'aventures. J'aimerais tant pouvoir prouver aux autres mon courage. Ça vous paraît idiot ?

— Pas du tout, répondit-il.

Il était quelque peu distrait par le jeu du soleil dans les cheveux de la jeune fille.

— Je veux aussi me le prouver à moi-même, reprit-elle. Mais quand aurai-je ma chance ? Il n'y a rien de téméraire à encaisser des achats derrière un comptoir, et je ne suis jamais allée à plus de trente kilomètres d'ici. Peut-être un jour, avec mon mari, visiterai-je un endroit fascinant comme la Grèce ? Mais il faudrait d'abord que je sois mariée…

Elle avait tant de choses à lui dire, mais aussi beaucoup de mal à les formuler ! Comment évoquer sa sensation d'être différente des autres filles ? Son envie de découvrir des horizons lointains ? Son désir d'aventure ? Le fait qu'elle était protestante dans une région catholique ajoutait encore à son impression d'« altérité ». Et voilà qu'il apparaissait, jeune luthérien en partance pour un autre continent ! C'était comme un signe du destin.

— Je ne devrais pas me plaindre, ajouta-t-elle très vite, considérant que les hommes n'appréciaient pas les pleurnicheuses. Je ne peux pas dire qu'on n'apprend pas la vie en travaillant dans une pharmacie. C'est une aventure en soi. Bien plus que dans une librairie ou une mercerie. Les gens viennent pour des remèdes et, de fil en aiguille, ils parlent de leur famille et de leurs secrets les plus intimes. C'est comme si, une fois les faiblesses du corps exposées, il n'y avait plus de barrières.

Elle s'interrompit, craignant de paraître trop savante aux yeux de Wilhelm. Elle aurait tant aimé savoir ce qu'il pensait d'elle.

Or son compagnon restait coi. En réalité, il ne savait que répondre. Il n'avait pas l'habitude des jeunes personnes comme Clara. Il n'avait côtoyé jusqu'ici que des paysannes, grandes et solides, qui trayaient les vaches et barattaient la crème – tout l'opposé de la jeune fille des villes qu'elle était, délicate et instruite, aux manières de dame. Jamais il n'aurait pensé s'intéresser à une femme issue d'un autre monde que la campagne. Et même chez lui, il n'avait que rarement affaire aux épouses des commerçants. Il traitait toujours avec les hommes.

Et puis, il n'avait jamais su parler à la gent féminine. Celle-ci représentait un insondable mystère pour lui. Il avait toujours peur de dire ce qu'il ne fallait pas, craignait qu'elles n'interprètent mal ses propos ou ne se méprennent sur ses intentions. Dans la vie, il n'y avait que deux façons de s'exprimer : soit de manière franche et directe, soit par de belles phrases alambiquées, et comme il ne savait jamais quelle forme était appropriée avec ses interlocutrices, il se taisait.

En cet instant, pourtant, il aurait voulu prendre la parole, dire quelque chose d'important, d'énorme. Il voulait soudain offrir quelque chose à cette belle jeune fille – lui offrir l'aventure qu'elle appelait de ses vœux, l'opportunité de montrer sa force intérieure. *Il voulait lui offrir la Californie.*

Assise à côté de lui, Clara voyait bien qu'il souhaitait répondre mais qu'il ne savait pas comment. Elle avait vite compris qu'il n'extériorisait pas facilement ses sentiments ou ses pensées. Elle tenta de lui venir en aide :

— Je bavarde beaucoup, n'est-ce pas ? Mais c'est à vous, maintenant. Je vais me retenir et vous laisser parler. Si rien ne vous vient à l'esprit, dites n'importe quoi. Sinon, votre silence pourrait être mal interprété, plaisanta-t-elle gentiment.

Elle attendit, un sourire encourageant aux lèvres, tandis que sur le chemin passaient cyclistes et promeneurs avec leurs chiens.

— Vous êtes la plus jolie fille que j'aie jamais vue.

Elle le fixa, le souffle coupé.

Ils restèrent ainsi un long moment à se contempler, saisis autant l'un que l'autre par cette déclaration inattendue.

Puis, soudain mal à l'aise et rougissant jusqu'aux oreilles, Wilhelm jeta un coup d'œil au soleil qui poursuivait sa course à l'ouest.

— Je crois qu'il est temps de vous raccompagner, Clara. Votre mère va s'inquiéter.

Ils rentrèrent sans échanger un mot. Ce n'est que lorsqu'ils arrivèrent devant la pharmacie qu'elle le gratifia d'un sourire et d'un discret « Merci pour cette journée, Wilhelm ».

Il porta la main à son chapeau.

Tout serait différent à partir de maintenant.

Au cours des jours qui suivirent, les deux jeunes gens ne manquèrent pas une occasion de faire plus ample connaissance. Tout prétexte était bon à prendre : l'office religieux au temple, le déjeuner dominical chez les Heinze, le passage de Wilhelm à la pharmacie pour choisir des cadeaux destinés à Siegfried et Dagmar, qui l'hébergeaient – crème à raser, eau de toilette, aspirine, toniques, articles utiles pour la Californie. Il en profitait pour s'ouvrir à Clara, lui racontait son enfance, la mort de sa mère, son amour de la vie au grand air, ses histoires et ses chansons préférées. Grâce à ces échanges, Clara voyait peu à peu se dessiner devant elle les contours de sa personnalité.

De son côté, Wilhelm observait la façon dont la jeune fille procédait avec les clients, prenait leur commande et rendait la monnaie. Il la trouvait très efficace. Et de bonne volonté : quand son père lui demandait quelque chose, elle s'y pliait avec grâce. Elle était jolie, douce et gentille. Elle brodait et faisait du crochet avec habileté. Elle jouait du piano de manière exquise. Elle savait gérer les comptes d'un ménage et diriger une maisonnée. Elle connaissait la valeur de l'argent et des hommes.

Mais Clara n'était pas que ça. Elle était celle qui lui avait appris à exprimer ce qu'il ressentait. Elle l'avait ouvert à un autre univers. Et, plus que tout, elle avait éveillé en lui des sentiments dont il ignorait l'existence : l'héroïsme et le désir féroce de la protéger. Ils se complétaient, et il la voulait pour femme.

La jeune femme était en train de servir un client quand Wilhelm fit irruption dans la boutique, les joues rouges et les yeux brillants. Son excitation était palpable. Immédiatement, la jeune fille sut que ce jour-là serait mémorable. Elle attendit que le client parte, puis rejoignit Wilhelm près de la vitrine baignée de soleil.

— Regardez, Clara ! Une lettre de mon père ! Tout est prêt. Nous le rejoindrons dès que Johann arrivera de Cologne, lança-t-il avec un enthousiasme rare chez lui.

Il avait souvent évoqué ce frère, étudiant en agronomie, dont il semblait avoir la plus haute opinion et pour lequel il ressentait une très grande affection. Clara eut l'impression que sa venue prochaine n'était pas étrangère à la joie de Wilhelm.

— Quand il sera là, continua le jeune homme, nous ferons route vers le nord pour rejoindre d'autres personnes qui ont fait confiance à mon père. Nous voyagerons ensemble. Ce sera plus sûr.

Clara avait du mal à respirer. Elle attendait la suite. Mais Wilhelm s'interrompit, dans l'expectative lui aussi.

Comme rien ne se passait, il fronça les sourcils.

— Ça y est, Clara. Nous partons ce mois-ci.

Qui était ce « nous » ? Était-elle comprise dedans ? Elle ne pouvait quand même pas poser la question franchement, au risque de passer pour une idiote désespérée. De manière détournée, elle tenta un :

— Que dois-je dire à mes parents ?

La perplexité de Wilhelm s'accrut. Que n'avait-elle pas compris dans son annonce ? N'était-ce pas clair ?

— Dites-leur que nous partons ce mois-ci.
— Ah... Vous allez me manquer, lâcha-t-elle dans un soupir.
— Mais, Clara, vous venez avec nous !
— Vraiment ?
— Vous disiez trouver la Californie fantastique. Que c'était incroyable de se lancer dans la culture d'un nouveau vignoble, de construire une nouvelle maison dans un nouvel endroit... Vous ne le pensiez pas ?
— Si, mais...
Il enferma ses mains délicates dans les siennes, des mains de travailleur.
— Pardonnez-moi, chère Clara. Je ne suis vraiment pas au fait de ces choses-là. Je vous demande d'être ma femme. J'aurais dû poser la question, j'imagine ! Dites-moi que je ne me trompe pas. Que je ne suis pas dans l'erreur et que je n'ai pas tout gâché en m'y prenant si mal !
Sa voix avait un tel vibrato, il lui serrait les mains avec une telle force, qu'elle manqua s'évanouir. Les sabots des chevaux sur les pavés dehors, les quidams qui passaient derrière la vitre, le soleil d'avril qui les enveloppait... Elle n'aurait pu rêver cadre plus romantique pour la plus merveilleuse et passionnée des déclarations d'amour.
— Ma réponse est oui, Wilhelm. Je vous épouserai.
Le visage du jeune homme s'illumina.
— Merci ! Merci, merveilleuse Clara ! Vous faites de moi le plus heureux des hommes. Vous verrez. Nous serons bien en Californie. En revanche, je compte sur votre esprit pratique et votre compréhension : il n'y aura pas de bague de fiançailles. Notre argent sera mieux employé là-bas qu'ici.
— Bien sûr ! répondit-elle avec un rire dans la voix.
À quoi bon une bague de fiançailles quand elle avait Wilhelm et la Californie ?
L'horizon s'obscurcit néanmoins rapidement lorsque, dans la soirée, elle annonça la nouvelle à ses parents. Leurs tristes mines lui broyèrent le cœur.
— Il t'a fait une cour très rapide, dit sa mère, la voix tremblante. Et puis, tu es affreusement jeune pour prendre une telle décision.

Mme Heinze sentait la situation lui échapper et elle ne savait comment empêcher cela. Ce qu'elle avait tant redouté survenait.

— Tu avais dix-neuf ans quand tu as épousé papa, lui rappela Clara, s'efforçant de rester le plus calme possible.

On se disputait rarement chez les Heinze. Contrairement aux parents de ses amies, qui semblaient privilégier les cris et les hurlements pour communiquer, les siens se montraient toujours raisonnables et civils. Mais la tension n'en était pas moins palpable et le froncement de sourcils paternel s'accentuait.

— Ta mère avait en effet dix-neuf ans, répliqua-t-il, mais je l'avais courtisée pendant un an, et presque toujours en présence d'un tiers.

— Papa, c'est un luxe que Wilhelm et moi n'avons pas !

Attention ! se reprit-elle. Surtout ne pas geindre… Il fallait qu'elle obtienne leur accord. Ne voyaient-ils pas qu'il s'agissait d'une demande en mariage hors du commun ? Que ce n'était pas une union conventionnelle ? Elle y gagnait non seulement un mari, mais aussi cinq cents hectares d'une ancienne hacienda. Ils devraient plutôt se réjouir, non ?

— Il n'empêche, cette cour a été bien rapide, insista sa mère.

Qu'allaient dire les gens devant pareil empressement ? songeait-elle. L'ombre du doute et de la honte risquait de planer sur leur mariage. D'autant qu'ils quitteraient le pays avant que les gens puissent constater d'eux-mêmes l'absence de grossesse.

— Nous ne sommes plus au dix-neuvième siècle, argua sa fille. Aujourd'hui, c'est l'ère du progrès, c'est l'ère du train, de l'automobile et du téléphone. Un jour, faire une longue cour ne sera plus d'actualité, vous verrez.

— Mais, Clara, ma chérie, tu vas commencer une nouvelle vie, créer un foyer, et je ne serai pas là pour t'aider, lui dit sa mère.

— Quand Julia et Brigitte se sont mariées, elles aussi sont parties vivre ailleurs et tu n'étais pas là.

— Mais elles avaient leur belle-mère pour les aider. Qui auras-tu ?

— Tous les autres. Siegfried et Dagmar, et les familles d'émigrés qui voyageront avec nous. Nous nous entraiderons. Et puis, j'apprendrai au fur et à mesure, maman.

Je montrerai à tout le monde combien je suis courageuse.

Eva Heinze ferma les yeux. La même scène se rejouait à trente ans d'écart. Elle se revoyait, jeune fille, argumentant avec ses parents, prête à épouser Helmut sans leur permission, au risque de rompre tout lien avec eux. Heureusement, ils avaient cédé. Si je dis non à ce mariage, songea-t-elle, c'en sera fini de ma relation avec ma fille.

Contrairement à sa mère au même âge, Clara souhaitait épouser Wilhelm avec la bénédiction parentale, et elle comptait pour cela sur le bon sens de sa mère et le côté rationnel de son père.

— La façon dont je vois les choses est la suivante, dit-elle. Je me trouve actuellement à la croisée des chemins. Le premier mène à Wilhelm et à la Californie, le second à un autre mari et à une autre destinée… Je choisis la Californie, conclut-elle avec calme alors que ses mains torturaient sa jupe.

Le cœur d'Eva Heinze manqua un battement. Clara avait-elle conscience de ce qu'elle venait de dire ? Elle *choisissait la Californie*, et non Wilhelm. Sa fille semblait être tombée amoureuse du rêve au lieu de l'homme. S'en rendrait-elle compte un jour et en viendrait-elle à le haïr pour ça ? Ou bien, aimer ce rêve l'amènerait-il à aimer l'homme ?

Ses épaules s'affaissèrent. Elle rouvrit des yeux humides.

— J'ai toujours su que je te perdrais un jour, ma chérie. Bébé déjà, tu partais en exploration. Ensuite, tu as dévoré les livres. Tu cherches depuis toujours à savoir ce qu'il y a derrière le sommet de la colline. Bien sûr, il est dur pour toutes les mères de voir l'oiseau quitter le nid. C'est un processus normal. Mais on a beau savoir que pareille séparation doit advenir un jour, elle n'en est pas moins douloureuse lorsque le moment surgit, dit-elle en portant son mouchoir à ses yeux. Sauf qu'il s'agit généralement d'un changement de maison ou de ville. Toi, tu t'en vas à des milliers de kilomètres…

Je ne te reverrai jamais, ma fille.

Convaincu qu'une cour plus longue aurait été souhaitable, Helmut Heinze admit néanmoins de faire une entorse à la tradition. Il tint cependant à ce que le jeune homme vienne lui demander officiellement la main de sa fille, ce que Wilhelm fut trop heureux de faire. Les formes étaient respectées et tous deux scellèrent leur accord avec un excellent cru du pays.

Après cela, Clara s'attela à l'apprentissage de l'anglais. Une question à la fois de commodité et de survie. Elle y ajouta aussi un peu d'espagnol, car le père de Wilhelm avait écrit à son fils que la gouvernante et les journaliers étaient mexicains, et beaucoup de toponymes avaient une origine hispanique.

Dans le trousseau qu'elle composait pour sa vie en Amérique, la jeune fille commença donc par des livres. Elle espérait bien impressionner Wilhelm par ses compétences linguistiques et ses connaissances sur leur nouveau pays. Ainsi, à l'heure où les autres futures émigrées faisaient provision de laine, de fil et d'aiguilles, empaquetaient batterie de cuisine, spatules, batteurs à meringue et recettes, rassemblaient nécessaires à couture, patrons, épingles, œuf à repriser et cerceau à broder, Clara achetait un dictionnaire anglais-allemand, des cahiers et des crayons.

Sur une carte de Californie, elle avait reporté les contours des comtés dans le but de se familiariser avec sa future région. Elle voulait mémoriser tous les lieux – comté de Humboldt, villes de Napa, Mendocino ou Yuba – et avait marqué en rouge la vallée du Largo et entouré de noir Lynnville, leur destination.

Toutefois, les jours passant et Wilhelm se faisant plus rare – il était très occupé par les préparatifs du voyage –, Clara se surprit à douter. La peur l'envahissait malgré la joie de son proche mariage et de son aventure américaine.

Elle se réveilla un matin pour découvrir combien était profond l'amour qui l'attachait à la maison paternelle, à son bourg, aux fermes et aux vignobles de la campagne, aux immenses méandres gris du fleuve qui avait imprégné toute sa vie. Parents, amis, voisins vivaient là. Comment pouvait-elle songer à les quitter pour aller à des milliers de kilomètres, dans un pays tout juste civilisé ?

Elle était une enfant du Rhin, sur la rive duquel elle passait autrefois des heures à contempler les bacs, les bateaux à vapeur et les péniches à charbon. Lorsqu'elle interprétait le chant de *La Lorelei*, elle arrachait toujours des larmes à son auditoire en arrivant au vers « Et calmement coule le Rhin ». Ses rochers escarpés, ses brumes mélancoliques, ses flots sombres où les fantômes des infortunés marins pleuraient leur funeste destin.

Comment pouvait-elle quitter tout cela ? Mais il n'était pas plus envisageable pour elle de laisser Wilhelm sortir de sa vie.

— J'ai peur, maman, lui avoua-t-elle un jour entre deux sanglots.

Depuis quelque temps, le soleil avait fait place à la pluie. C'était comme si les nuages gris du ciel avaient imbibé le cœur déchiré de Clara.

— Moi qui croyais être si courageuse, je me sens complètement perdue ! Je rayonnais de joie et, maintenant, je doute. Oh, maman, que puis-je faire ? Je ne veux pas vous quitter. Ni mes amis. Ni mon fleuve chéri.

— Ma doucette, même si je t'aime de tout mon cœur et même si tu me manqueras plus que je ne saurais le dire, il faut que tu saisisses cette chance. Tu verras qu'il existe d'autres fleuves ailleurs. Et cela, bien peu de gens ont la possibilité de le découvrir.

Eva Heinze s'en tint là, taisant sa douleur. Elle accomplissait le plus grand sacrifice qu'une mère puisse consentir : laisser partir son enfant à tout jamais. Elle le faisait parce que c'était le choix de sa fille, mais aussi parce que c'était peut-être le bon choix. Elle-même était née dans cette bourgade. Elle ne connaissait pas la ville et se demandait encore à quoi ressemblaient Berlin, Rome et Paris. Alors, l'Amérique… Elle n'aurait jamais osé même en rêver. À présent, elle sentait le regret la rattraper. Les années passaient et elle n'avait toujours pas visité ces grandes villes. Au moins, elle ne confisquerait pas cette chance à sa fille : la liberté de voir le monde.

Une semaine plus tard arrivait Johann.

Ils fêtèrent cet événement par un pique-nique. Clara mit dans un panier des œufs durs, des tranches de jambon cuit, du fromage à la croûte cotonneuse, un épais pain noir au goût douceâtre et des parts de forêt-noire à la crème fouettée parsemée de copeaux de chocolat. Les deux frères se chargeaient de la bière, transportée dans de la paille pour en conserver la fraîcheur.

Ils passèrent prendre Clara à la pharmacie. Johann ressemblait à Wilhelm avec deux ans de moins et une silhouette plus petite et plus élancée, un menton glabre, des cheveux blonds coupés court et un regard bleu voilé par des paupières tombantes. Il portait des vêtements parfaitement repassés, un blazer brodé aux armes de son université, un faux col impeccable et un chapeau tyrolien de feutre vert, orné d'une cordelette et de quelques plumes sur le côté.

Les trois jeunes gens louèrent des bicyclettes et se mirent en route. Alors qu'ils passaient de l'ombre à la lumière au gré des trouées dans la forêt, Johann entonna soudain une chanson. Sa voix s'élevait vers les plus hautes branches, bientôt rejointe par celle de Wilhelm, lequel beuglait plus qu'il ne modulait les paroles. Clara n'en revenait pas. Tous deux chantaient faux, mais avec tellement de cœur qu'elle éclata de rire et se joignit à eux pour les couplets suivants – et *elle* chantait juste.

C'est ainsi qu'ils parvinrent à une clairière tapissée de fleurs sauvages d'où l'on apercevait le fleuve majestueux et, à l'horizon, les pentes boisées des massifs montagneux. Ayant posé leurs bicyclettes contre un conifère, ils étendirent une couverture sur l'herbe tout en surveillant du coin de l'œil les nuages gris qui passaient au-dessus d'eux. Pourvu que le temps reste clément !

Pendant qu'ils s'installaient, Clara songeait que Johann ne correspondait pas du tout à l'image studieuse et sérieuse qu'elle s'en était faite. Son sourire était des plus ouverts et son rire généreux. Comme en écho à ses pensées, il lança justement une plaisanterie :

— Deux poules sortent du poulailler et la première demande à la seconde : « On va prendre un ver ? »

Clara pouffa, ce qui lui valut un clin d'œil espiègle en retour. Mais la jeune fille n'était pas au bout de ses surprises. Alors que Johann s'asseyait, une bière blonde à la main, son blazer s'entrouvrit et révéla une chaîne qui pendait de la poche intérieure.

— Une patte de lapin ? s'étonna-t-elle.

Elle n'aurait jamais cru qu'un étudiant en science puisse être superstitieux. Il exhiba son porte-bonheur en riant et le porta à ses lèvres pour un rapide baiser.

— Ce n'est pas parce que les Allemands ont la réputation d'être des gens rationnels, efficaces et précis, qu'ils ne sont pas sensibles au surnaturel. Surtout en période d'examens ! répondit-il avant de rempocher le talisman avec un sourire malicieux.

Comme il était différent de son aîné !

— Mais dites-moi un peu, chère Clara… Comment mon frère, laid comme il est, a-t-il pu mettre la main sur la plus jolie fille de la vallée du Rhin ? lança Johann tout en décochant une tape amicale à son frère.

Au grand étonnement de la jeune fille, Wilhelm rougit avant de se mettre à rire de bon cœur. Chose qui ne lui arrivait pas souvent, réalisa-t-elle soudain.

À l'inverse, Johann semblait toujours sur le point de dire un bon mot. Cela tenait sans doute au petit renflement qu'il avait sous les yeux et qui rendait son regard pétillant. À l'école, avait-il été le farceur de la classe ? La tête à malices et à magouilles ? Ses professeurs devaient le tancer tout en retenant un sourire. Le trouver insupportable tout en l'adorant pour son intelligence – car elle savait par Wilhelm que Johann avait été abonné à la première place du classement scolaire.

— Vous avez remarqué que tout le monde veut aller au paradis, mais que personne n'est pressé de mourir ? remarqua l'intéressé en mordant dans une tranche de pain noir couverte de beurre et de jambon.

Son frère, qui écalait un œuf dur avant de le tremper dans la moutarde, secoua la tête en souriant.

— Et, Wilhelm, tu sais que je suis tombé d'une échelle haute de dix mètres ?

— Mon Dieu ! Tu t'es fait mal ?

— Non, j'étais sur le deuxième échelon.

Clara avait l'impression que Wilhelm avait reçu en héritage tout le sérieux des Schaller tandis que l'humour était tombé dans l'escarcelle de son frère. Ils se complétaient bien, finalement. On aurait dit deux comédiens sur une scène, l'un vif-argent, l'autre un peu ballot ; l'un heureux, l'autre sombre – les deux jouant de leurs traits opposés pour amuser le public.

Leur affection mutuelle sautait aux yeux, surtout lorsque Johann raconta leur enfance et la façon dont Wilhelm l'avait toujours protégé. Clara se réjouissait de voir la complicité qui les unissait. Elle les écouta échafauder des plans pour la Californie. Les idées fusaient et rebondissaient. Elle n'avait jamais vu Wilhelm aussi animé et volubile.

Soudain, un instinct l'avertit : il y avait comme de la compétition dans l'air. Elle resta songeuse un instant, puis se sentit flattée qu'ils tentent tous deux d'attirer son attention.

Après le déjeuner et un temps de contemplation paresseuse du ciel – lequel se faisait de plus en plus menaçant –, Wilhelm les abandonna pour se promener un peu seul. Clara offrit son visage au vent, annonciateur de pluie. Pleuvait-il beaucoup en Californie ? Les averses étaient-elles tropicales ou bien légères et tièdes ?

Un frisson lui parcourut l'échine, comme si une brise était venue à dessein lui souffler dans le cou. On disait ces bois hantés. Mais les fantômes ne sortaient que la nuit, non ? Malgré tout, la sensation persistait. Empirait, même. Au mépris de la peur qui l'envahissait, Clara parvint à tourner la tête. Stupéfaite, elle croisa alors le regard de Johann. Le jeune homme la fixait. Ce n'était donc pas une métaphore : on pouvait bel et bien sentir physiquement le regard de quelqu'un sur soi !

Johann ne détourna pas les yeux. Il ne cachait pas sa curiosité. Son regard était direct et franc. Au point que Clara en fut vaguement gênée. D'autant que toute jovialité avait quitté le jeune homme. Elle n'avait jamais vu mine aussi sérieuse. Son cœur cessa un instant de battre. Était-il possible qu'il ne l'apprécie pas ? Qu'il ne veuille pas qu'elle les accompagne en Amérique ? Empêcherait-il le mariage ?

— Mon frère a beaucoup de chance, lâcha-t-il alors.

Ces mots furent dits avec une telle solennité qu'elle s'en trouva d'abord décontenancée. Puis elle tenta d'alléger l'atmosphère par un rire et une pirouette.

— C'est *moi* qui ai de la chance ! On m'emmène en tapis volant dans un paradis appelé Californie ! Saviez-vous que c'était le nom d'une île mythologique peuplée d'amazones dans un roman espagnol du seizième siècle ? L'intrigue la situe à l'est de l'Asie et elle était gouvernée par la reine Calafia. Lorsqu'ils ont commencé à explorer et à cartographier la côte Pacifique, les Espagnols ont donné ce nom à la Basse Californie d'aujourd'hui, une péninsule qu'ils pensaient au départ être une île. Une fois inscrit sur la carte, le nom est resté. Vous voyez, je me suis documentée...

— Oui, je vois ça, répondit-il en souriant.

Johann contemplait la jeune femme envoûtante que son frère avait conquise. Il ne s'attendait certes pas à ça. Wilhelm ne s'était jamais intéressé à ce genre de filles.

Clara lui rappelait les demoiselles qu'il avait croisées à Cologne, sophistiquées et prenant part à la marche du monde. Celles qui avaient le courage et la tête pour intégrer une grande université, se présenter comme les égales des hommes dans les amphithéâtres, secouer les préjugés et rabattre le caquet aux étudiants et aux professeurs qui pensaient que leur intelligence était trop limitée pour suivre des études, surtout en sciences ! Ça l'intéressait de constater que Clara, sans avoir atteint un niveau d'études très élevé, n'en possédait pas moins la curiosité et une base de connaissances scientifiques probablement liée à son travail dans la pharmacie. Un savoir rudimentaire, certes, mais suffisant pour qu'il puisse converser avec elle d'agronomie et lui faire part de ses idées en la matière.

— Félicitations pour votre travail de documentation, Clara. Cela limite les mauvaises surprises. Vous allez être notre experte en Californie ! Wilhelm m'a dit que vous appreniez l'anglais. Une langue impossible, d'après moi. J'ai beaucoup de mal avec elle. Le verbe n'est pas à la bonne place !

— Vous allez devoir vous y faire si vous voulez vous débrouiller là-bas, répondit-elle en riant.

— J'y arriverai si ma belle-sœur me donne des leçons, répliqua-t-il avec un franc sourire.

Il écarta les bras, comme pour s'envoler.

— Ah, Clara, vous ne pouvez pas savoir à quel point j'ai hâte d'arriver en Californie ! J'ai cru que l'université n'en finirait pas. Tous ces cours. Ces professeurs qui me disaient quoi faire. Ce que je devais penser. C'en est fini, tout ça ! À partir de maintenant, Johann Schaller est son propre maître.

Elle le contempla, assis là, visage au vent et sourire entendu aux lèvres. Johann lui donnait l'impression qu'il réaliserait de grandes choses en ce monde. Contrairement à son frère, qui ne serait probablement qu'un bon mais simple vigneron, Johann connaissait la ville et avait fait des études supérieures. Elle se demanda soudain ce qu'il pensait d'elle, petite provinciale au savoir limité.

— Vous savez, Clara, reprit-il d'une voix qui s'adressait autant à elle qu'au vent ou au Rhin, je ne vais pas en Amérique juste pour faire pousser du raisin et posséder un domaine. Un feu brûle en moi. Je rêve de devenir quelqu'un par moi-même, d'être maître de ma destinée et d'imprimer ma marque sur cette terre. L'avenir m'appelle, l'Amérique m'appelle, j'ai la vision de ce que je vais pouvoir faire, du nom que je vais me faire, pour moi et mes fils. Je ne cherche pas à être riche, non, pas forcément ; je cherche à accomplir quelque chose, quelque chose qui aura un impact sur la vie des gens. Voilà pourquoi je pars, voilà pourquoi j'ai tellement hâte.

Johann s'interrompit brusquement, comme surpris lui-même par ce qu'il venait de dire. Il n'avait pas eu l'intention de s'ouvrir autant à cette jeune fille qu'il connaissait à peine. Mais elle savait écouter, et il avait le sentiment qu'elle comprenait.

Clara, de son côté, était heureuse qu'il se soit confié à elle. Elle se sentait à nouveau légère et joyeuse. Sa confession donnait à leur aventure une sorte d'électricité et d'élan qu'elle ressentait jusque dans son corps, comme si la foudre l'avait frappée. La Californie s'annonçait merveilleuse ! Les Schaller allaient bâtir un grand domaine et chacun des deux frères fonderait sa propre famille. Car Johann allait se trouver une épouse, c'était certain, et leurs deux maisons seraient emplies d'enfants qui formeraient une bande de cousins soudée. Ils habiteraient tous au même endroit, nombreux et unis, contrairement à la famille Heinze, qui était éparpillée un peu partout. Clara était déterminée à créer et voir grandir pareille tribu.

Quand Wilhelm aperçut son frère et sa fiancée en train de converser tranquillement, un sentiment de fierté et de réussite l'envahit. Depuis toujours, Johann était celui qui raflait tous les honneurs et ramenait les louanges, et ce, quels que fussent ses efforts à lui pour le concurrencer. La surprise de Johann quand il avait vu Clara compensait allègrement ces souvenirs cuisants ! Quelle satisfaction pour lui que de dire « ma fiancée ». Wilhelm ressentait la fierté de l'homme qui a remporté le trophée le plus convoité du monde. Pour une fois, il avait battu son petit frère.

L'ultime lettre paternelle arriva enfin. Elle faisait plusieurs pages et débordait d'instructions concernant la sélection et le transport des boutures, de recommandations et de conseils pour la traversée de l'Atlantique puis le trajet en train. Le mot d'ordre était clair : « Venez. »

Ils partiraient de Bremerhaven, où un magnifique transatlantique à quatre cheminées les attendait pour les emmener vers leur destinée. Le mariage eut lieu au temple luthérien, en présence de tous les amis des Heinze. Clara portait une tenue confectionnée par Dagmar à partir d'une robe d'après-midi qu'elle avait agrémentée de rubans et de perles. Helmut Heinze débordait de fierté en conduisant sa fille à l'autel. Wilhelm rayonnait dans son costume prêté et son chapeau claque. Johann se tenait à ses côtés. Eva Heinze souriait à travers ses larmes. Et la cérémonie fut suivie par un repas de fête dans un restaurant.

Ce fut un jour riche en émotions, entre la joie du mariage, la tristesse du départ, le bonheur et l'espoir d'un avenir plein de promesses. Son père donna à Clara de l'argent pour la Californie, et sa mère la serra contre elle en lui murmurant à l'oreille :

— Tu emportes mon cœur avec toi, ma chérie.

Débordante d'allégresse, d'excitation, de crainte et d'appréhension, la nouvelle Mme Clara Schaller dit adieu à ses parents, à ses amis et à son fleuve bien-aimé. Elle monta dans le train et roula plein nord avec son mari et son beau-frère.

Inquiet, Jakob Schaller faisait les cent pas sur le quai de la gare, où la foule attendait le train qui reliait Los Angeles à Santa Barbara.

Moins de deux ans s'étaient écoulés depuis que son rêve avait pris forme, depuis que le veuf qu'il était, père de deux gaillards bien charpentés, avait contemplé son vignoble et s'était dit qu'il était trop petit. Il avait eu entre les mains les prospectus invitant les Européens à émigrer en Amérique, là où se trouvaient de vastes hectares de terre fertile et bon marché, des cieux cléments et un soleil bienfaisant. Ces publicités évoquaient les ranchs du Montana, les haras du Wyoming, les champs de maïs du Nebraska, mais ce qui avait retenu son attention, c'était la phrase : « La Californie, où poussent déjà trois cents cépages différents, est idéale pour la viticulture. » À l'instant même, il avait compris que l'avenir de sa famille se jouerait là-bas. Il était rentré en contact avec un négociateur foncier, avait posé les premiers jalons de son entreprise et avait fait la traversée, puis le voyage en train.

Une fois sur place, il avait écrit à sa famille et à ses amis pour les encourager à saisir l'opportunité. Il y avait déjà des Italiens, des Français, un Suisse, une famille danoise et même un vigneron portugais dans la vallée. On aurait dit un petit coin d'Europe en pleine Californie. Ceux pour qui l'Ancien Continent n'offrait pas assez de débouchés commerciaux entendirent son appel : une jeune femme, dont la mère et les deux sœurs (modistes comme elle) avaient déjà pignon sur rue dans leur village du Rhin ; un forgeron ; un tailleur ; un cordonnier… Tous bien formés par leurs parents, mais incités au départ par manque de clientèle. Ils ouvriraient boutique et exerceraient désormais leurs talents pour des clients américains.

Jakob avait veillé à tout. Ces gens lui avaient confié leur argent, ils avaient placé leur confiance en lui. Il s'était donc chargé des négociations, des contrats, des actes de propriété. De tout.

Très carré d'épaules, l'homme en imposait par son allure de bûcheron. Sa barbe en bataille aurait bien eu besoin d'un coup de ciseaux, et son pantalon de mains habiles à le rapiécer. Sa veste elle-même était élimée jusqu'à la corde. Mais Jakob Schaller se souciait peu des apparences. Il possédait des terres, rien d'autre ne comptait. Il ne pensait qu'à son vignoble, n'avait qu'une volonté : le faire fructifier avec l'aide de ses deux fils.

Tout ce temps-là, il n'avait pas chômé. Le domaine qu'il avait acheté était planté de très vieilles vignes (cent trente ans) au feuillage épais et touffu, envahies de mauvaises herbes, dont les fruits n'étaient plus comestibles. Il avait nettoyé les pentes, taillé les plants au maximum, bien souvent jusqu'au sol. Cela avait pris un an, mais les nouveaux sarments avaient bien poussé, soutenus par des palissages. Encore un an et la récolte serait bonne. Ils lanceraient alors leur première cuvée.

Dans l'immédiat, ils planteraient les ceps de riesling apportés par les garçons. Il avait passé les derniers mois à préparer de nouvelles parcelles avec l'aide des journaliers mexicains. Dans le vieux chai en ruine, il avait découvert trois pressoirs et même des alambics pour faire du brandy. Ils allaient les remettre en état, voire les améliorer, ainsi que les cuves, et ils construiraient un bâtiment en brique et adobe. Lui et ses deux fils redonneraient vie au domaine abandonné.

Il aurait bien aimé que ces derniers le rejoignent plus tôt, mais Johann devait finir l'université. En outre, l'année supplémentaire passée par Wilhelm sur le vignoble familial en Allemagne avait assuré un complément de revenu qui serait utile pour les travaux du chai. Le jeune homme avait aussi obtenu un bon prix de la vente de ces parcelles. Et cet argent serait le bienvenu, car ses économies fondaient comme neige au soleil. Heureusement que la main-d'œuvre était bon marché en Californie.

Quand Jakob avait annoncé à son propre père, alors âgé de soixante-dix ans, sa décision de quitter son pays natal, celui-ci avait émis de sérieux doutes.

« Je ne vois pas pourquoi tu fais ça », avait-il grommelé.

Jakob lui avait expliqué qu'il le faisait pour ses fils. En Californie, ils deviendraient des hommes de bien. Là-bas, non seulement ils auraient de vastes domaines, mais il y avait assez de place pour que leurs enfants et petits-enfants en aient d'aussi vastes quand viendrait leur tour. Et puis, pourquoi laisser le marché du vin aux seuls Français et Italiens ? Il fallait bien que quelqu'un initie les palais californiens aux vins rhénans et mosellans. Bref, Jakob avait tracé un tableau idyllique de cette région et de la manière dont le nom des Schaller brillerait au firmament des vignobles.

La véritable et sombre raison de sa motivation, il l'avait gardée pour lui. Il partait, c'est tout ce qui importait.

Il avait vite compris comment les choses se passaient dans le Nouveau Monde. D'abord, les hommes arrivaient, rudes, prêts à tout, sans barrières ni manières. Ils revendiquaient un territoire et bâtissaient. Puis venaient les femmes, et avec elles le savon, la Bible et la civilisation. Ce pays n'avait pas été conquis, perdu puis reconquis sur des milliers d'années comme en Europe. Les batailles au fusil ne s'y menaient que depuis peu sur l'échelle du temps. Et avant cela, il avait entendu dire que les Indiens de Californie, de paisibles cultivateurs, avaient été assimilés par les Espagnols puis par les Mexicains jusqu'à ce qu'il n'en reste presque plus trace. L'heure des émigrés européens était venue.

Jakob était confiant. De la terre fertile, il y en avait des hectares à planter ! Sur son domaine, seule la parcelle qui occupait la bordure occidentale était misérable et galeuse. Elle jouxtait une colline appelée Colina Sagrada. « Colline sacrée », avait traduit le négociateur foncier. Jakob s'interrogeait sur l'origine de ce nom. Y avait-il un ancien cimetière indien à son sommet ? Ou bien l'un de ses prédécesseurs avait-il enterré là des êtres chers, dont les tombes avaient depuis longtemps disparu ?

Jakob avait inspecté le morceau de terre desséché, maudit par Dieu. Il était si plâtreux et poussiéreux que même la robuste sauge n'y poussait pas. Aucun signe de nappe souterraine. Creuser un puits ne servirait à rien, et amener l'eau jusqu'à cette altitude serait compliqué. De toute façon, à quoi bon tous ces efforts ? La parcelle était érodée et exposée à l'ouest, sans aucun arbre ni protection contre le soleil. Une vraie fournaise en été. Certes, il aurait pu planter une haie d'eucalyptus pour casser le vent et lui offrir de l'ombre, mais il avait reniflé la terre, l'avait tamisée entre ses doigts. Le jeu n'en valait pas la chandelle. Elle était inexploitable, et il avait décidé de la laisser telle que Dieu l'avait voulue, oubliée de tous.

Alors que Jakob se tenait sur le quai de la gare, l'image de cette terre, cependant, s'imposait à lui avec force et le révulsait. Était-ce parce que sa désolation faisait écho à la sienne ? Elle lui rappelait la vraie raison de son départ, que même ses fils ne soupçonnaient pas. Une promesse qu'il avait faite à la seule femme qu'il eût jamais aimée et aimerait jamais.

Jakob sortit sa montre de son gousset et l'ouvrit pour contempler la photographie glissée dans le couvercle. Le visage d'une jolie jeune femme, dont les cheveux étaient ramenés en chignon au sommet de son crâne. Le cliché datait d'une vingtaine d'années et commençait à pâlir. Les yeux embués, Jakob murmura :

— J'y suis presque, Kätzchen. La promesse que je t'ai faite il y a si longtemps sera bientôt tenue. Tu m'as laissé, mais je ne l'ai pas oubliée. Mon amour pour toi est toujours aussi fort et durera jusqu'à ma mort... Au-delà, si Dieu le permet. Je n'aurais rien pu accomplir sans toi, Kätzchen. La solitude, les coyotes qui s'en sont pris aux poulets, les vignes trop pourries pour repartir, les semaines passées à chercher désespérément un puits, la construction de la cabane... Tout ça m'aurait abattu si tu n'avais pas été là dans les moments les plus sombres. Tu me manques tellement, ma très chère, même après tout ce temps. Je contemple chaque jour ton doux visage et je te parle. Je sais que tu m'entends. Aujourd'hui est un grand jour : une année de labeur et de solitude touche à sa fin ; nos fils arrivent et je vais pouvoir tenir la promesse que je t'ai faite.

Il replaça sa montre dans sa poche avec un sourire, se félicitant d'avoir connu l'amour d'une femme honorable. Le reste, ce qui l'avait poussé à quitter l'Allemagne, il le chasserait de son esprit en ce jour de fête.

Annoncé par un long sifflement, le train entra en gare dans un nuage de vapeur et le vacarme infernal des freins. Jakob regarda les voyageurs descendre des wagons, mettre leur main en visière pour se protéger du soleil et s'extasier à la vue des palmiers. Leur réaction devant la luminosité et la douceur du climat lui rappela des souvenirs. Il avait eu la même en débarquant ici. C'est que la Californie était plus proche de l'équateur que l'Allemagne ! Ils étaient passés du cinquante et unième parallèle nord au trente-quatrième, soit près de mille six cents kilomètres de différence plus au sud.

Jakob accueillit les immigrés allemands avec enthousiasme. Que c'était bon de parler à nouveau dans sa langue natale ! Et la vue de ces épouses affairées en longue jupe, chemisier blanc et petite veste bien ajustée promettait de bons repas traditionnels. Il en avait déjà l'eau à la bouche...

Les nouveaux venus se reconnaissaient à leurs vêtements sombres. Les femmes, chaussées de solides bottines adaptées à la campagne, portaient un discret feutre ou une charlotte de paille épinglée à leur chignon. Les hommes, eux, arboraient une casquette de tweed. À leurs pieds s'étalaient paniers, valises, malles et parapluies.

Jakob les saluait par leur nom, assurait à chacun que son échoppe et son appartement l'attendaient. Et du coin de l'œil, il guettait les siens. Enfin, il aperçut Johann qui aidait une jeune femme. Sous sa houlette, le conducteur et un porteur installèrent l'inconnue dans un fauteuil roulant, qu'ils poussèrent vers Jakob. Très ému, ce dernier serra longuement son plus jeune fils dans ses bras. Il n'avait pas mesuré combien ses garçons lui avaient manqué. Écartant de lui le jeune homme pour mieux le contempler, il demanda :

— Où est Wilhelm ?

— Il s'occupe des ceps, père.

Jakob reporta alors son attention sur la demoiselle assise dans le fauteuil.

— Ne vous inquiétez pas, père Jakob, intervint Clara. Ce n'est qu'une grippe qui traîne un peu. Je serai sur pied dans quelques jours.

— « Père » ? s'étonna-t-il.

— Je suis Clara, votre belle-fille.

— Ma belle-fille !

Jakob lança un regard noir à son fils.

— C'est la femme de Wilhelm, s'empressa de préciser Johann.

Le jeune homme était embarrassé – pourquoi son frère n'avait-il rien dit ?

— Soyez la bienvenue, murmura Jakob, légèrement troublé.

Sur ce, il les planta là pour aller aider au déchargement des précieux pieds de vigne, qui avaient voyagé dans des caisses enveloppées de toile imperméable.

Clara le regarda disparaître dans la foule : sa silhouette était surmontée des mêmes cheveux blonds que Wilhelm et Johann, mais striés de gris. Elle aurait tant voulu se présenter en forme à son beau-père. Elle avait attrapé la grippe après avoir pris soin de tout le monde quand l'épidémie s'était déclarée sur le bateau. La traversée n'avait déjà pas été une partie de plaisir, mais le voyage en train, avec ses cahots et ses correspondances, l'avait achevée.

Et la grippe n'était pas seule en cause dans sa fatigue. Ils avaient vécu une véritable odyssée depuis la vallée du Rhin. D'abord le trajet en train jusqu'à Bremerhaven, où les attendaient les trois autres couples en partance pour la Californie. Puis l'Atlantique déchaîné et le mal de mer épouvantable dans des cabines de troisième classe – économies obligent. Ensuite Ellis Island, où ils avaient subi des queues interminables pour les vaccins, les interrogatoires et la signature des formulaires, tout cela avec l'angoisse de ne pas savoir si leurs biens étaient arrivés à bon port et intacts. La nuit dans un hôtel bon marché de New York, durant laquelle Wilhelm avait ronflé comme un sonneur – pas vraiment la lune de miel rêvée – avant un départ frénétique pour le Pacifique le lendemain matin : il avait fallu réunir toutes leurs affaires, compter et recompter, veiller à tout charger dans le bon train, vérifier encore et encore les billets et les passeports, tenter de se faire comprendre avec le peu d'anglais qu'ils connaissaient, pour enfin monter dans leur wagon et affronter un voyage de quatre mille huit cents kilomètres.

Heureusement qu'ils n'étaient pas partis en chariot, à l'instar des plus démunis. Ils avaient néanmoins voyagé en troisième classe, dans des wagons bondés où ils avaient dormi à même le sol ou bien en travers des banquettes. Étant jeunes, ils avaient trouvé moyen d'en rire…

Tout cela était derrière eux désormais. Enfin !

Une fois caisses, boîtes et malles transférées du wagon de marchandises au chariot à seize mules loué par Jakob, la famille grimpa dans une voiture et s'engagea sur la route de San Marcos. Au fur et mesure qu'ils s'éloignaient de Santa Barbara, Clara sentait croître son excitation. Chaque virage à flanc de colline apportait son lot de découvertes : une forêt féerique, des prairies dorées, des pentes couvertes de fleurs sauvages, des vaches et des chevaux au pâturage, des buses et des faucons planant haut dans le ciel, un lac majestueux dont la beauté vous coupait le souffle…

Puis les voitures s'arrêtèrent au sommet d'une butte ; à l'arrière du convoi, le conducteur tira sur les rênes de son attelage. La jeune femme regarda ses compagnons de voyage descendre des véhicules et faire quelques pas pour admirer le paysage. Johann vint la chercher afin qu'elle puisse elle aussi jeter un œil à leur nouveau pays.

Elle était là, leur vallée, s'étendant à perte de vue. Et elle portait bien son nom, *Largo* signifiant « long » en espagnol. Une brise bienfaisante caressa le visage de Clara. Lovée dans les bras de Johann, elle apercevait un tapis au vert luxuriant, parsemé de fermes blanches et de chênes géants, un patchwork de champs labourés dessiné au cordeau. À l'horizon pointait le clocher d'une église blanche cernée de constructions : Lynnville.

Clara, Johann et leurs compagnons admiraient le panorama en silence. Après des mois de planification, de rêve, d'anticipation, de crainte, de renoncement, de doute et presque d'abandon, ils étaient enfin arrivés !

Wilhelm se tenait à la tête du groupe, en bordure de colline, sa barbe flamboyant dans le soleil. Il y avait tant de place ! Finis, les règlements étatiques et les restrictions, les parcelles minuscules. Ici, l'immensité de l'espace défiait l'imagination !

Son père avait raison. C'était bien dans la vallée du Largo qu'ils pourraient perpétuer les traditions Schaller, produire les mêmes rieslings que leurs ancêtres : ils implanteraient la Rhénanie au cœur de la Californie ! Wilhelm avait hâte de plonger ses mains dans la terre et de commencer à planter les jeunes vignes.

Derrière lui, Johann songeait également au raisin qu'ils récolteraient et au vin qu'ils produiraient. Mais ses pensées prenaient une autre direction. Il ne réfléchissait pas en termes d'héritage et de transmission. Il pensait expérimentation, découverte et amélioration. Innovation et changement. Il apportait dans ses bagages ses connaissances en agronomie mais aussi ses instruments de laboratoire. Il trouverait un moyen d'améliorer les fruits, de produire des vins nouveaux et meilleurs. Car à nouvelle terre nouveaux crus, non ?

Bien à l'abri dans les bras de Johann, Clara portait son regard sur les méandres du Largo, dont le fin ruban argenté tranchait sur le vert de la vallée. Sa mère n'avait-elle pas dit : « Tu verras, il existe d'autres fleuves » ?

— Oui, murmura-t-elle, nous serons heureux ici.

Jakob frissonna soudain. Un énorme nuage gris venait de recouvrir la vallée, tel un monstre biblique affamé se jetant sur la terre. Il n'était pas homme à croire aux présages, mais il ne put s'empêcher d'y voir un signe.

Le nuage passa, le ciel redevint bleu et le paysage paisible. Jakob se tourna vers le groupe de jeunes gens pleins d'allant qui contemplaient la vallée. Tout semblait normal. Peut-être était-ce son imagination ? Ou bien ses fantômes qui le rattrapaient ?

L'heure était venue de se séparer. Chacun avait hâte d'arriver chez lui et de se reposer. Au milieu des embrassades et des pleurs fusèrent les promesses :

— Nous nous reverrons en ville.

— Nous viendrons vous voir au domaine.

Le groupe s'éparpilla et les Schaller suivirent une piste poussiéreuse qui passait devant des exploitations, de grasses prairies où paissaient des bêtes, des vergers et des champs vert tendre à perte de vue. Quel cadre bucolique ! Clara n'avait jamais vu un territoire aussi plat, alors que c'était une vallée. Elle qui pensait retrouver le panorama rhénan, avec un fleuve étroit et encaissé entre de hautes montagnes menaçantes, elle découvrait une immense plaine à peine bosselée de douces éminences. Quant au Largo, il coulait tel un ruban entre des rives sans relief, dessinant de larges méandres. Il lui faudrait du temps pour s'habituer à une telle immensité.

Ils passèrent devant un panneau indiquant en majuscules DOMAINE BALLERINI et aperçurent au bout de la piste une belle maison à étages posée sur des prairies vert émeraude. Cinq kilomètres plus loin, un panonceau écrit à la main signalait DOMAINE SCHALLER. Le chauffeur s'engagea sur la piste cahoteuse menant à une maison de bois couleur de boue. Vu sa taille et son allure rustique, il s'agissait plus d'une cabane, mais Clara n'en avait cure. C'était *chez eux* et elle allait être la maîtresse des lieux.

— Où se trouve le chai ? lança Wilhelm, qui avait déjà sauté à terre. Je voudrais jeter un coup d'œil aux cuves !

— Occupe-toi d'abord de ton épouse, lui répondit son père en posant une main sur son bras.

Wilhelm se retourna vers la voiture. Johann était en train d'ouvrir la portière pour Clara. En deux enjambées, il les avait rejoints et soutenait sa femme d'une main ferme.

Rosita, une femme replète d'une quarantaine d'années, accueillit le couple sous le porche. Elle avait appris quelques mots d'allemand et les mena à l'intérieur, indiquant le côté de la pièce où se trouvaient la cheminée en brique et trois lits de camp faits avec soin.

Allongeant Clara sur l'un d'eux, le jeune homme s'excusa : il devait rejoindre son père et son frère.

— Vas-y, Wilhelm. Tout ira bien. Je suis à deux doigts de guérir ; je vous battrai bientôt tous à la course.

Son mari disparu, Clara remarqua qu'une délicieuse odeur de haricots, de tomates et d'oignons flottait dans l'air. Pour la première fois depuis des jours, elle avait faim. Elle voulut se lever, mais Rosita l'en empêcha, préférant lui apporter, quelques minutes plus tard, une timbale d'eau fraîche et une autre de vin. Clara but les deux avec reconnaissance et sombra dans un profond sommeil.

Rosita la réveilla au moment où les hommes rentraient de leur tournée d'inspection. Ils se retrouvèrent attablés dans la cuisine autour d'un copieux repas composé d'enchiladas, de riz, de haricots, de tortillas et de bière. Une fois rassasiés, ils abordèrent la question du couchage. La maison, en effet, n'avait pas été conçue pour la gent féminine. Elle comprenait un vaste rez-de-chaussée séparé en deux par un escalier de bois menant à une soupente. À gauche des marches se trouvait une énorme cuisine, dotée d'une cuisinière en fonte et d'une solide table en bois entourée de quatre chaises. À droite, l'espace de vie s'agençait autour de la cheminée. Mais il n'y avait ni canapé, ni fauteuils, juste les trois lits de camp.

— Nous ferons de la place en haut, décréta Jakob. Le grenier sera la chambre de Clara.

Aussitôt dit, aussitôt fait. Tandis que la jeune femme aidait Rosita comme elle le pouvait, les hommes montèrent un des lits et sa malle de voyage au grenier. Ils lui installèrent également une table de toilette, avec une cuvette et un broc en émail blanc fournis par Rosita.

Sa journée terminée, la brave femme se couvrit la tête et les épaules d'un châle coloré, prit son panier et disparut dans la nuit, non sans avoir lancé un adieu plein d'entrain.

Clara rejoignit les hommes à la cuisine. Jakob et Wilhelm avaient sorti leur tabac et bourraient leurs pipes tranquillement. De toute évidence, la vie de la maisonnée se tiendrait là. Au moins tant que le séjour servirait de chambre. Et puis, peut-être que les hivers californiens n'étaient pas aussi rudes que leurs hivers allemands et que la cheminée ne leur serait d'aucune utilité ?

C'était la première fois qu'elle voyait les deux frères et leur père côte à côte. L'air de famille sautait aux yeux. C'était la même blondeur et le même nez bien marqué. Ensuite, il y avait des variantes : autant la barbe de Wilhelm était soyeuse et bien brossée, autant celle de son père, grisonnante, était longue et négligée. Elle évoquait la barbe d'un patriarche de la Bible. Johann, lui, se rasait tous les matins, et il était le seul à posséder ces paupières tombantes.

Une émotion inconnue submergea Clara. Dire que ces trois-là étaient sa nouvelle famille ! Elle faisait maintenant partie du clan Schaller ! Cette pensée l'emplit d'amour. Un amour qu'elle n'avait jamais ressenti auparavant. Le simple fait d'être assise là, avec eux, et de savourer l'instant l'emplissait de bonheur.

Jakob, la pipe au bec, avait l'air satisfait. Perdu dans ses pensées, Wilhelm sirotait une bière, ainsi que Johann. Éprouvaient-ils la même émotion qu'elle, à se retrouver ainsi à l'aube d'une vie nouvelle ? Pour eux, c'était la terre, le vin, le domaine. Pour elle, la maison et ses devoirs d'épouse. Tout cela était incroyable. Les choses étaient allées si vite !

Son étonnement devant l'enchaînement des événements se teintait toutefois de mal du pays et de peur. Que se passerait-il si les choses tournaient mal ? Si ses parents avaient besoin d'elle ? Si le domaine périclitait ? Si Wilhelm mourait dans un accident ?

Clara mit bien vite fin à ces interrogations, qu'elle qualifia intérieurement de divagations. À cet instant, elle surprit le regard de Johann posé sur elle. Aussitôt, elle détourna les yeux. Père Jakob lisait la Bible avec attention. Wilhelm jetait des notes dans un carnet. La chaleur qui régnait dans la cuisine faisait comme un cocon dans lequel elle se sentait glisser. Johann la contemplait toujours.

Submergée de fatigue, Clara se leva, leur souhaita bonne nuit et se retira dans son grenier. Depuis la cuisine lui parvenaient des bribes de conversation. Les trois hommes discutaient des pieds de vigne qu'il fallait planter au plus vite, car le printemps était déjà bien avancé. Ils parlaient piquets, tuteurs, palissages, embauche de nouveaux journaliers mexicains – autant de sujets ennuyeux qui la firent plonger rapidement dans le sommeil. Elle eut tout de même le temps de se demander si Wilhelm profiterait de l'intimité de la soupente pour lui rendre visite – chose qui avait été impossible sur le bateau ou dans le train.

Non. Il n'en profita pas.

Elle s'éveilla au chant du coq, par une aube radieuse. Du bruit en provenance du rez-de-chaussée lui apprit que la journée avait commencé, en bas. Clara s'étira et faillit oublier que le toit de la soupente était si bas. Mais qu'importait ! Elle avait dormi dans un lit qui ne bougeait pas. La jeune femme fit un brin de toilette, se brossa les cheveux et les coiffa en chignon – signe de son statut marital –, puis elle enfila la même tenue que la veille, ses affaires n'étant pas encore déballées.

Rosita s'activait dans la cuisine. À voir le couvert et les tasses sur la table, les hommes avaient déjà pris leur petit déjeuner : tortillas, haricots et café. Près de l'évier, Clara remarqua une boîte de conserve vide qui accueillait une fleur artificielle. Partout, les femmes essaient d'embellir les choses, se dit-elle.

La Mexicaine arrivait le matin et repartait le soir. Elle habitait dans le camp aperçu la veille à moins de un kilomètre du domaine – un groupement de tentes et de cahutes autour desquelles couraient chiens et enfants, entre les feux de camp et les cordes à linge. C'était là que vivaient les saisonniers et les journaliers embauchés dans les exploitations agricoles voisines. Les femmes travaillaient comme lingères ou domestiques et cultivaient de petits potagers dont elles vendaient la production au bord des routes. La plupart venaient du Mexique ; certains du Guatemala, du Honduras et du Salvador... Des gens qui avaient franchi la frontière sans passeport, à la recherche d'une vie meilleure.

Clara sortit sur la galerie pour observer son nouvel environnement : une cour de ferme avec ses poules, un abreuvoir à chevaux, une pompe à eau. Une petite étable, ainsi qu'une écurie et un enclos pour quelques chevaux. Un appentis, dont la porte était sculptée d'un croissant de lune – probablement les toilettes sèches. Au-delà de la clôture se déployait une parcelle de vieilles vignes noueuses, envahie de mauvaises herbes. Au milieu se dressaient les ruines de bâtiments anciens en pierre.

Clara s'attendait à voir aussi le véhicule qui les avait amenés depuis la gare, mais il n'était plus là. Ce trajet en automobile resterait gravé dans sa mémoire ; il faudrait qu'elle raconte l'expérience à ses parents ! Jusqu'alors, elle ne s'était déplacée qu'à pied, à bicyclette ou encore en fiacre pour certaines occasions. Au pays, le Dr Zimmerman avait acquis une voiture l'année passée – la première du village, bruyante et nauséabonde. Tout le monde s'était pressé pour l'admirer !

Profitant du soleil, censé briller comme en Italie, Clara souhaita un instant entrevoir l'avenir. Non pas dans toute sa splendeur ou sa durée, elle n'était pas avide à ce point-là. Mais juste un petit coup d'œil, pour voir… Wilhelm disait que les gens feraient des kilomètres pour venir goûter leurs vins tant ils seraient célèbres. Mais la gloire lui importait peu. Elle voulait savoir s'il y aurait des enfants, elle voulait visualiser, ne fût-ce qu'un millième de seconde, le clan des Schaller, elle-même et Wilhelm entourés de leur progéniture, de toute une tribu… Le clan des Schaller de Rhénanie-Palatinat en majesté.

Elle se retourna et contempla la maison de bois. La galerie profonde et ombragée courait le long de toute la façade. Les fenêtres ainsi que l'unique entrée étaient doublées de moustiquaires. Rustique, pour ne pas dire rudimentaire… Mais ça irait. C'était le début. Priorité pour le moment à l'exploitation, au vignoble et au chai. Une fois que tout serait sur rail et qu'ils commenceraient à engranger des bénéfices, alors il serait temps de construire une maison digne de ce nom. Clara comprenait très bien ça. Wilhelm l'avait prévenue, mais elle savait aussi combien les débuts de ses propres parents avaient été compliqués, avec son père encore étudiant. Sa mère avait dû se débrouiller avec un salaire de misère. Et pendant de longues années, cela avait été difficile, car la famille s'était agrandie plus vite que les revenus.

Tous les jeunes couples débutaient ainsi. Surtout ici, dans ce nouveau monde, où personne ne pouvait marcher dans les pas de ses ancêtres. Les pionniers partaient de rien.

C'était ça, l'aventure. Et Clara aimait ça. Elle aimait l'idée d'être la première dans cet endroit, elle aimait l'idée de participer à l'édification d'un nouveau domaine, d'être celle qui désignerait l'emplacement du potager ou qui déciderait de la disposition et de l'attribution des pièces de leur nouvelle maison. Contrairement au bâtiment de pierre et d'adobe de leur prédécesseur espagnol qui avait fini par s'écrouler, leur demeure aurait un étage et une solide charpente, des pièces amples meublées avec soin. Elle y veillerait. Déjà, ses yeux brillaient.

Elle émergea de son rêve éveillé à la vue de Jakob et des deux frères en train d'atteler les chevaux à un chariot.

— Bonjour ! lança-t-elle.

Sitôt qu'il la vit, Johann s'approcha, l'air inquiet.

— Comment allez-vous, Clara ?

— Toujours un peu faible, mais j'ai très bien dormi. Vous partez ?

— À Lynnville, faire des courses.

— Lynnville ? Je vous accompagne !

Du trajet d'hier, elle avait retenu l'isolement des exploitations agricoles. Dans cette vallée, on pouvait vite être en manque de contacts humains. Elle voulait absolument découvrir la ville qui la relierait au monde : ce serait sa bouée de survie.

Johann hésita. Et Wilhelm également. Ce fut Jakob qui trancha :

— Non, Clara, vous n'êtes pas assez solide.

La jeune femme se dit qu'il lui fallait corriger sur-le-champ l'image d'invalide qu'il s'était faite d'elle.

— Cela va vraiment mieux, père. Et je dois envoyer un mot à mes parents pour leur dire que nous sommes bien arrivés.

— J'enverrai un télégramme de votre part, répondit-il.

— Mais… j'ai des achats à faire.

Leurs regards se croisèrent. Il réfléchit rapidement et finit par hausser les épaules.

— À votre guise, si vous voulez venir.

Le chariot et le buggy, les deux véhicules du domaine, s'ébranlèrent, le premier conduit par Jakob, le second par Wilhelm. Clara entreprit d'observer attentivement son nouvel univers. Hectare après hectare, aussi loin que portait son regard, elle ne voyait que des vignes noueuses couvertes de vert tendre Celles-ci n'étaient pas aussi mal en point qu'elle l'aurait cru. Évidemment, les alignements palissés ne débordaient pas de fruits, mais ils n'étaient pas non plus desséchés. Jakob avait fait du bon travail…

Les fleurs aussi s'épanouissaient et couvraient la campagne de leur tapis. Ancolies, iris, géraniums et roses émergeaient des fossés ou grimpaient à l'assaut des rochers et des monticules herbeux. Le ciel immense était parsemé de nuages cotonneux poussés par un vent d'est. Enfin, Lynnville apparut.

La petite ville avait été fondée trente ans plus tôt par des New-Yorkais et des Bostoniens qui avaient su repérer une vallée fertile, destinée à devenir l'un des greniers à blé du pays – entre la qualité des sols, le soleil californien et le climat méditerranéen, tout poussait. Ils avaient acheté les terrains proches du fleuve et dessiné le plan quadrillé de la ville, qu'ils avaient nommée d'après le principal investisseur et futur premier maire, Seamus Lynn. Ils avaient ensuite mis en vente les parcelles à des prix raisonnables, en éditant des publicités dans tous les journaux et les magazines de la côte Est. Ils en avaient aussi fait la promotion à travers l'Europe pour attirer des fermiers en quête d'indépendance et de propriétés dignes de ce nom, des gens à la recherche d'un monde où leurs fils pourraient s'élever plus haut qu'eux.

L'électricité n'arrivait pas encore jusqu'à Lynnville, mais il en était question. Tandis qu'ils s'engageaient dans l'artère principale, Clara eut une drôle d'impression. Elle se sentait en décalage. Dépaysée. Ici, pas de pavés, pas de bâtiments en brique chaulée vieux de plusieurs siècles. Les bâtisses de bois avaient tout au plus quelques décennies. Les gens parlaient une langue qui lui était étrangère. Leur culture n'était pas la sienne. Quelles fêtes célébraient-ils ? Quelles coutumes devrait-elle respecter ? Quelles nouvelles traditions était-elle censée adopter ?

Leur buggy passa devant une enseigne aux lettres dorées qui lui arracha un cri de surprise et de ravissement : JOSEF DECKER, MAÎTRE CHAUSSEUR ET CORDONNIER. Avec sa femme Hilde, il avait fait partie de leur groupe. Et grâce à Jakob, qui avait commandé l'enseigne à l'avance, ils pouvaient se mettre au travail tout de suite ! Dans la vitrine, elle aperçut une petite annonce écrite à la main : *Leçons de piano.*

Quelle joie de savoir que des amis habitaient là, des amis de Rhénanie, des amis qui partageaient ses coutumes, ses traditions, sa langue ! Elle se promit de revenir très vite pour visiter leur boutique et prendre des nouvelles de leur installation.

Et peut-être que d'ici deux ou trois semaines, quand tout le monde se serait posé, Wilhelm et elle pourraient réunir chez eux leurs compagnons de voyage, histoire de se rappeler qu'ils n'étaient pas seuls dans ce pays étrange.

Jakob arrêta le chariot devant le magasin de fournitures agricoles et Wilhelm l'imita. Comme ils descendaient de voiture, Clara comprit que son père lui avait donné de l'argent allemand et non américain. Elle s'en ouvrit à Jakob, qui prit les marks et lui donna en échange un dollar pour le télégramme.

— Puis-je en avoir plus, s'il vous plaît ?

— Pour quoi faire ?

— Il me faut des articles.

— Des articles ?

— Oui, il nous manque deux ou trois choses que j'achèterais volontiers.

Clara détestait devoir quémander ainsi. Chez elle, son père avait toujours donné de l'argent à sa mère sans poser de questions. En plus, de l'argent, elle en avait, mais Wilhelm l'avait pris après le mariage et elle n'en avait plus vu la couleur.

— Quelles choses ? insista Jakob en fronçant des sourcils broussailleux.

Quelles choses ? Eh, bien, elle ne pouvait pas dire exactement. C'est en faisant du lèche-vitrines que l'on trouve, non ? Comme les trois hommes la fixaient sans rien dire, elle repéra derrière eux une échoppe dont la devanture portait l'inscription MERCERIE O'BRIEN. Il n'était pas difficile d'identifier le commerce : ciseaux, aiguilles, fils, boutons, rubans, dentelle, baleines de col, pelotes à épingles parlaient d'eux-mêmes. Voilà ! Elle raccommoderait les vêtements déchirés ou effilochés pendant le voyage.

— Ces choses-ci, répondit-elle à son beau-père en désignant la boutique.

— Ah ! D'accord.

Il sortit quelques pièces de sa poche et les lui tendit.

— Nous nous retrouverons ici.

Sur ce, lui et ses fils se dirigèrent vers des enseignes qui vendaient des marchandises plus volumineuses : sacs de semences, fourches, colliers d'attelage, outils et équipements en tout genre.

Le calme régnait dans la mercerie. Quelques clients flânaient entre les rayons et les tables où l'on trouvait de tout, depuis les craies de tailleur jusqu'au dernier modèle de machine à coudre. Clara savourait cette tranquillité, cette solitude. Cela la changeait de la promiscuité et du bruit, du stress et de la fatigue inhérents à tout voyage. Elle prenait donc le temps de regarder, comparer, repérer ce dont elle pouvait avoir besoin ou envie.

Une voix féminine se fit soudain entendre, qui répéta deux fois la même chose. Prenant conscience que la mercière s'adressait à elle, Clara s'excusa :

— Pardonnez-moi, mais je ne parle pas anglais.

La trentenaire à la silhouette rebondie, enserrée dans une robe de bombasin noir un peu sévère, pinça les lèvres et se mit à parler en détachant chaque syllabe, comme si cela pouvait rendre l'anglais compréhensible. Clara avait beau avoir étudié cette langue avant de partir, il y avait un gouffre entre la connaissance académique et la mise en pratique !

— Il faut acheter quelque chose, expliqua quelqu'un derrière elle.

L'homme qui s'était exprimé parlait allemand avec un fort accent. Plutôt corpulent, il avait la plus incroyable des moustaches en guidon et portait un élégant chapeau melon ainsi qu'un manteau noir qui laissait entrevoir un gilet à carreaux. Son teint olivâtre laissait supposer des origines italiennes.

— Arturo Ballerini, dit-il en s'inclinant légèrement. Ne vous ai-je pas vue arriver en ville avec Jakob Schaller ?

— Je suis sa belle-fille. Mais nous sommes voisins, je crois, répondit Clara avec un sourire. Alors, comme cela, je suis censée acheter quelque chose ? Il est interdit de juste regarder ?

— Mme O'Brien manque de patience. Surtout envers les touche-à-tout qui repartent sans rien. Une fois réglé n'importe quel achat, vous serez libre de regarder tout votre soûl, murmura-t-il d'une voix de conspirateur, même si la boutiquière ne comprenait pas un mot de leur échange.

— Cela me semble plutôt dissuasif.

— En effet.

Clara s'approcha du comptoir où des patrons de robe, des magazines et du matériel de couture étaient disposés derrière une vitre. Elle se décida pour deux bobines de fil noir, deux autres de fil blanc, et des aiguilles. Elle les montra du doigt à Mme O'Brien, laquelle les sortit et les aligna devant elle avant d'annoncer le prix.

— Je suis désolée, je ne comprends pas, dit Clara en secouant la tête.

Elle présenta alors sa monnaie à la commerçante, comme l'avaient souvent fait les étrangers à la pharmacie de son père. À sa grande surprise, la patronne empocha toutes les pièces et les glissa dans sa caisse sans compter, avant d'emballer les achats et de les tendre à Clara.

La jeune femme était estomaquée ! Quatre bobines et des aiguilles ne coûtaient sûrement pas autant ! Avant qu'elle ait pu reprendre ses esprits, M. Ballerini intervint :

— Permettez, madame Schaller, je crois qu'il y a eu une petite erreur...

Il s'adressa en anglais à Mme O'Brien, qui répondit vertement. Le ton monta. Clara n'avait nul besoin de comprendre la langue pour suivre la dispute. Les gestes de M. Ballerini montrant les articles et le montant de la caisse enregistreuse étaient assez explicites. La mercière prit un air pincé et attrapa quelques pièces tout en grommelant. Elle jeta l'argent sur le comptoir et s'éloigna.

— Voici votre monnaie, madame Schaller. Elle avait arrondi le montant à son avantage.

— Elle a semblé nier avec conviction, pourtant. Que lui avez-vous dit pour la faire changer d'avis ?

— Qu'elle se faisait une mauvaise publicité en agissant ainsi avec les étrangers. La vallée en est pleine, et il en arrive chaque jour davantage. Alors si cela se sait...

Son sourire s'élargit au point de creuser deux fossettes dans ses joues.

— Et donc comme ça, vous arrivez d'Allemagne ?

— Je viens d'un village de Rhénanie.

— Nous-mêmes sommes originaires de Bignasco, un village de la Vallemaggia, dans le canton suisse du Tessin.

D'où l'accent, se dit Clara. Cette région bordait la Suisse alémanique.

— Venez donc nous voir, madame Schaller. Vous avez à peu près le même âge que ma fille et elle parle allemand. Vous vous entendrez très bien.

Clara le remercia doublement, pour l'invitation et pour son aide. Mme O'Brien ne l'avait certainement pas fait exprès...

La jeune femme quitta la boutique le cœur léger. Quel plaisir de savoir qu'une personne au moins dans la vallée pouvait faire le lien entre les mondes germanophone et anglophone ! Elle se sentait moins isolée. Et elle avait une voisine de son âge !

Le soir venu, après un dîner composé de riz, de pain de maïs et d'enchiladas au poulet, Clara monta dans sa chambre. Bien calée dans son lit de camp, elle ferma les yeux et se laissa porter par le son des voix masculines qui lui parvenaient assourdies. La journée s'était bien passée. Demain, elle se rendrait utile. Pourquoi pas un peu de raccommodage ? Ce serait agréable, à l'ombre de la galerie, près du bougainvillier rouge orangé déjà exubérant. Après cela, il lui faudrait habiller les fenêtres de rideaux. Et bien sûr, elle s'informerait des tâches de Rosita pour déterminer comment diriger la maison au mieux.

Clara se réveilla en bonne forme. La grippe qui l'avait privée de ses forces était presque oubliée. Traînaillant encore un peu au lit, elle écouta le chant du coq et huma avec plaisir les effluves des tortillas frites de Rosita, mêlés à ceux du café chaud. Elle se leva enfin et prit le temps de s'étirer avant de faire sa toilette et de s'habiller. Quand elle descendit, les hommes étaient déjà partis.

— Bonjour, dit-elle à Rosita.

— Bonjour, señora, répondit la Mexicaine d'un ton pointu.

Clara mit quelques instants à comprendre que la femme potelée aux longues nattes ne portait pas son habituel tablier. Son panier trônait seul sur la table ; les ingrédients et ustensiles qui signalaient normalement son labeur étaient invisibles. Où étaient les pommes de terre prêtes à être pelées ? Les casseroles ? La farine et le rouleau à pâtisserie ? Et l'évier débordait de la vaisselle du petit déjeuner.

— *Lo siento,* lâcha Rosita en s'enroulant d'un geste plein de colère dans son châle et en faisant mine de sortir.

— Vous partez ?

S'ensuivit un flot de paroles ininterrompu, lancé avec hargne et accompagné de toute une pantomime fort expressive. Les mots allemands qui parsemaient de-ci de-là un discours en espagnol permirent à Clara de comprendre que Rosita n'était pas contente d'avoir été remerciée après une année de bons et loyaux services, sans préavis ni même une compensation. Elle avait de nombreuses bouches à nourrir et sa famille comptait sur son salaire. Señor Jakob était un ingrat !

Sur ce, Rosita tourna les talons et sortit.

Clara lui courut après, mais rien ne put retenir la cuisinière. C'est alors que Jakob apparut à la porte de l'étable, un cure-dent à la bouche – signe que le petit déjeuner, dont il ne restait pas une miette, avait été apprécié.

— Père Jakob, pourquoi Rosita nous quitte-t-elle ?

— Hier, tu étais assez en forme pour aller en ville. Tu l'es donc assez pour t'occuper de la maison. Nous n'avons plus besoin de Rosita.

Et il s'éloigna, un sarcloir à l'épaule, se dirigeant vers les journaliers qui s'activaient déjà à désherber les rangs de vignes les plus proches. Aucun signe de Wilhelm ni de Johann.

La jeune femme retourna dans la cuisine, qu'elle contempla, les poings sur les hanches. Ainsi, les repas et l'entretien de la maison lui incombaient désormais en totalité ? Fort bien. Elle aimait les défis.

Dans sa malle, elle retrouva l'immense tablier que sa mère lui avait offert en cadeau de mariage. Elle en noua les attaches dans son dos et se mit à l'ouvrage. D'abord, dresser un inventaire.

Un petit garde-manger jouxtait la cuisine. Il avait été construit au nord, de façon à éviter le soleil et à maintenir la fraîcheur garantie par les murs épais. Une minuscule fenêtre fermée d'une moustiquaire en assurait l'aération tout en le protégeant des mouches. Du plafond pendaient toutes sortes de saucisses, des bouts de viande fumée ou salée, des tresses d'oignons et d'ail. Une cuve en bois était emplie de pommes de terre dont quelques-unes germaient. Il y avait également une barrique de porc salé, un tonnelet de biscuits secs, des conserves de sardines et de saumon, de carottes et de petits pois, des pots de pickles, de porc en saumure ou de pêches en sirop, des sacs de haricots, de riz, de farine et de sucre, des boîtes de café en grain, de thé et de cacao en poudre.

Rien de frais. Pas de pain, ni de beurre, de lait ou de crème. La cuisine n'avait pas de glacière, contrairement à celle des parents de Clara.

À la vue de toute cette nourriture, la jeune femme sentit son ventre gargouiller. Elle devrait toutefois se contenter de café froid et des quelques rares restes que les hommes lui avaient laissés. Elle alla chercher de l'eau à la pompe, qu'elle chaufferait plus tard pour la vaisselle.

Peut-être que père Jakob avait raison, après tout. À elle de prendre en main la cuisine. Les tortillas, les enchiladas, les haricots et les tacos, c'était bien bon, mais ça ne remplaçait pas le pain, la choucroute, les pommes de terre ou l'escalope viennoise. Son petit doigt lui disait que les hommes apprécieraient ce type de menus qui leur rappellerait le pays. Ils comptaient sur elle pour améliorer l'ordinaire. C'était légitime… Après avoir travaillé dur dans les champs, s'être cassé les reins à creuser des trous, à dresser des palissages et à planter des rangs de vignes, ils méritaient bien un bon repas.

Elle observa de près la cuisinière, un monstre de fonte composé d'un four, de quatre feux, d'une plaque carrée et d'un tuyau qui évacuait vers l'extérieur les fumées du foyer. Des braises y rougeoyaient encore. Pour l'alimenter, on avait posé à côté une hotte de vendangeur garnie de bois de chauffe ainsi qu'un panier avec du petit bois. Elle pouvait relancer le feu et faire chauffer de l'eau en moins de deux. Il n'y avait plus qu'à se mettre au travail !

Elle frotta la table de la cuisine, vida et nettoya les pots de chambre, emplit les brocs et les cuvettes d'eau fraîche, donna un coup de balai, fit les lits, pendit les affaires de tout le monde et aéra la pièce. Puis, l'heure de songer au dîner arriva. Père Jakob avait adopté le rythme américain : un petit déjeuner copieux, un déjeuner sur le pouce dans les vignes et un repas chaud le soir. Il s'agissait donc du repas le plus important de la journée – alors qu'en Allemagne, c'était le déjeuner. Il lui faudrait s'habituer à cela. Elle opta pour des saucisses grillées, des pommes de terre rôties et des petits pois en boîte.

Au crépuscule, les hommes rentrèrent des vignes. Ils se lavèrent à la pompe avant de gravir les marches du porche en tapant des pieds pour faire tomber la poussière de leurs chaussures. L'humeur était au beau fixe ; même Jakob riait.

— Ça sent bon ! s'exclama Johann dès leur entrée dans la cuisine.

Ils prirent place autour de la table et Clara servit les assiettes.

— Des saucisses ? remarqua Jakob d'un ton contrarié.

— Je me suis dit qu'après tout ce riz et ces haricots…

— Les saucisses, c'est pour le dimanche. Ça coûte trop cher pour en manger tous les jours.

— J'ignorais, père Jakob. J'en prends bonne note.

Clara lança un regard à Wilhelm, qui lui fit un clin d'œil en retour. Elle lui sourit et les rejoignit pour les grâces.

La soirée se déroula paisiblement. Jakob fumait la pipe tout en lisant la Bible, Wilhelm écrivait dans son carnet avec une bière à portée de la main, et Johann était plongé dans un de ses livres d'université. Clara, elle, récura plats et casseroles, très satisfaite de son premier jour. Tout s'était bien passé.

Elle jeta un coup d'œil à son mari, penché sur ses notes. Toute la journée, elle avait pensé à lui. Trouverait-il un moyen pour qu'ils aient un peu d'intimité ? Elle voulait dormir avec lui, qu'il l'initie à l'amour physique entre époux. Mais comment faire ? La maison était ainsi faite qu'on ne pouvait même pas réfléchir sans que les autres entendent.

Clara fut tirée de son sommeil par des bruits sourds venant du plancher ; la voix de Johann disait :

— Père, elle n'est pas encore totalement remise de sa grippe et du voyage.

— Il faut bien qu'elle comprenne que nous ne pouvons pas travailler le ventre vide, rétorqua le vieil homme.

— Désolée ! Je suis réveillée, j'arrive tout de suite ! leur cria Clara, qui sauta immédiatement de son lit.

Mais le temps qu'elle se lave, s'habille et descende, les hommes étaient partis.

La cuisinière était éteinte, la cafetière vide. Qu'avaient-ils avalé ? Qu'avaient-ils emporté pour leur déjeuner ? La honte l'envahit.

Le salon ressemblait à une ménagerie. Les malles et les valises des deux frères étaient grandes ouvertes, leurs affaires éparpillées partout, les lits de camp défaits et, par terre, un tas de couverture indiquait que l'un d'eux avait dormi à même le sol. Bien sûr, puisqu'il lui avait cédé son lit ! La jeune femme s'en voulut de ne pas avoir songé à cela plus tôt. Qui se sacrifiait donc pour elle ?

Elle alla chercher dans sa malle une couette épaisse, donnée par sa mère, et s'en servit pour dresser un couchage plus confortable. Elle fit aussi les lits de camp, nettoya les pots de chambre et les laissa sécher au soleil pendant qu'elle s'occupait des cuvettes et des brocs.

La journée passa à la vitesse de l'éclair. Clara n'eut pas une minute pour souffler, entre la vaisselle, le ménage et la cuisine, la nécessité constante d'alimenter le foyer de la cuisinière et d'aller chercher de l'eau dehors... Alors qu'elle s'attelait à la préparation du dîner – cette fois du porc salé mijoté dans des haricots accompagnés de pommes de terre –, Jakob déboula dans la cuisine sans crier gare.

— Les poules ont déchiré un sac de semences et en ont mis partout ! Nous allons devoir en racheter !

— Ah ? Mais pourquoi ont-elles fait ça ?

— Elles avaient faim. Tu es censée les nourrir !

— Moi ?

— Tu vois quelqu'un d'autre susceptible de s'occuper d'elles ? Et où sont les œufs ?

— Euh... je ne sais pas.

— Tu ne les as pas ramassés ce matin ?

— Désolée, je n'y ai pas pensé.

Comme il tournait les talons, Clara le retint, prise d'une impulsion soudaine :

— Père Jakob, serait-il possible d'avoir un peu d'aide ?

— De l'aide ?

À voir sa mine perplexe, il n'avait pas la moindre idée de ce qu'elle voulait dire.

— Rosita pourrait peut-être revenir ?

— Tu te débrouilles très bien, Clara, et tu apprendras vite. Ne t'inquiète pas, dit-il sur un ton radouci.

Après le dîner, les hommes se concentrèrent sur leurs activités de lecture et d'écriture, pendant que Clara s'affairait aux tâches ménagères. Elle frotta la cuisinière, en sortit les cendres et s'assura que les braises couveraient toute la nuit pour relancer facilement le feu le lendemain. Elle alla chercher de l'eau qu'elle mit à bouillir pour faire la vaisselle. Tout en œuvrant, elle repensait aux soirées chez ses parents : le plus souvent, sa mère jouait du piano tandis qu'elle et son père commençaient une partie d'échecs devant la cheminée. Dehors, dans la rue, ils entendaient passer promeneurs ou charrettes sous leurs fenêtres. Un tableau tellement vivant. À l'opposé d'ici.

Cette nouvelle vie allait décidément exiger un effort d'adaptation important de sa part. Plus que ce qu'elle avait anticipé. Mais elle ne se laisserait pas abattre. Elle allait montrer, aux autres et à elle-même, ce dont elle était capable.

Clara avait grandi en ville, dans une maison avec l'eau courante et une domesticité qui gérait le quotidien. Là, elle se retrouvait à des kilomètres de tout, dans un pays dont elle ne maîtrisait ni la langue ni la monnaie, et où elle devait pomper l'eau et nourrir les poules toute seule. Eh bien, soit ! Même si ses romans ne confrontaient pas leurs héroïnes à pareils défis ou difficultés, elle piocherait des solutions dans l'histoire de l'humanité. Après tout, les hommes avaient subi nombre de crises au fil des siècles, et ils les avaient surmontées. Il n'y avait pas de raison qu'elle n'y arrive pas.

Cela faisait dix jours qu'ils étaient arrivés, et le menu du soir était invariablement composé de sardines, de biscuits secs et d'asperges en conserve – toutes flasques –, relevées de porc salé. Au moins, le café pouvait être agrémenté de lait en boîte et de sucre.

Clara aurait bien voulu améliorer l'ordinaire de ses hommes en leur servant au moins du lait frais et du fromage. Tous les jours passait un chariot de produits laitiers en provenance d'une ferme voisine, mais Jakob avait décrété qu'il ne leur achèterait plus rien, et Clara avait dû expliquer avec force gestes qu'ils n'avaient nuls besoins.

Pareil avec Torrez, le Guatémaltèque, qui venait proposer de temps à autre des lapins et des canards fraîchement abattus, des tortillas, des gâteaux de maïs et des poivrons farcis préparés par sa femme, ainsi que des légumes et fruits frais – carottes, choux rouges, choux-fleurs, artichauts ou abricots. Clara aurait adoré acheter un peu de tout ça, quand bien même elle n'avait aucune idée de la façon dont préparer le gibier, mais elle n'avait pas d'argent.

Elle se débrouillait donc avec ce que contenait le garde-manger. La cuisine n'étant pas son fort, elle avait espéré glaner quelques conseils auprès de Frieda, Hilda, Truda et Dagmar, les jeunes épouses avec lesquelles elle avait voyagé. Mais Jakob avait déclaré dimanche qu'aller au temple ne servirait à rien, l'office étant en anglais. En outre, un panier pour la quête circulait, et chacun lorgnait ce que donnait le voisin. De toute façon, Dieu savait très bien où se trouvaient les Schaller, Il entendait leurs prières où qu'ils soient.

Jakob respectait à la lettre l'injonction de se reposer le dimanche. Mais cela ne rimait pas avec oisiveté pour autant, car la paresse attirait le Malin. Aussi les petites tâches étaient-elles encouragées : réparation des harnais, des ceintures et des chaussures… Dieu comprendrait bien, d'autant que Jakob doutait fort qu'Il se soit jamais reposé Lui-même – il y avait tant à faire et à surveiller.

Clara avait du mal à comprendre son beau-père. Elle lui connaissait des moments de douceur et de gentillesse, mais, la plupart du temps, il faisait montre d'une grande austérité et les menait à la baguette. Cela dit, il était encore plus dur envers lui-même. La jeune femme se demandait bien pourquoi. Plusieurs fois, elle l'avait surpris en train de contempler sa montre, bien trop longtemps pour simplement vérifier l'heure. Elle avait cru entrevoir une photographie dans le couvercle. Sa défunte femme ?

Tout cela ne la regardait pas. Pour l'heure, elle avait un dîner à préparer, et l'idée de réchauffer encore et toujours les mêmes ingrédients ne l'enchantait pas. Elle avait bien tenté de rendre leur table plus séduisante avec des fleurs sauvages, des serviettes et de l'argenterie, mais tous ces efforts ne donnaient pas meilleur goût aux aliments. Elle aurait tant voulu faire plaisir à Wilhelm… Il lui souriait et l'embrassait sur la joue en partant le matin. Il la remerciait pour le dîner le soir. Mais il n'était pas encore venu dans son lit, et rien ne montrait qu'il en avait même le désir.

La veille, le menu s'était résumé à une soupe de tomates en conserve, accompagnée de biscuits secs en guise de croûtons, de porc salé et d'oignons passés au gril. Elle ne pouvait décemment pas resservir le même plat. Voyons voir.

Elle avait envie de tenter quelque chose. Wilhelm apprécierait sûrement. Jakob et Johann aussi. Johann, qui la remerciait toujours et la complimentait pour son adaptation rapide à sa nouvelle vie… Bon, elle allait au moins remplacer les biscuits secs ! Quand elle avait demandé, voilà quelques jours, à aller en ville pour acheter du pain, Jakob avait répondu que c'était trop cher et il avait désigné la réserve en précisant qu'elle y trouverait de la farine. Certes. Mais ils n'avaient pas de levure. Elle improviserait donc.

Dans un bol, Clara mélangea de la farine, du sel, de l'eau et de l'huile d'olive jusqu'à former une pâte qu'elle étala au rouleau à pâtisserie. Les gestes familiers, le four ronflant et la plaque de cuisson saupoudrée de farine firent remonter les souvenirs des moments passés en cuisine avec sa mère. Cette dernière lui manquait terriblement. Était-il trop tôt pour espérer une réponse au télégramme qu'elle avait envoyé à ses parents ?

La pâte était prête. Elle la découpa en carrés qu'elle transperça d'un coup de fourchette, puis elle les posa sur la plaque avant de les enduire d'huile d'olive et d'y saupoudrer du piment, des herbes ou du sel. La pièce ne tarda pas à embaumer.

Un quart d'heure plus tard, les petits pains étaient prêts. Ils étaient… absolument délicieux ! Elle avait hâte de voir la réaction des trois hommes.

Ils revinrent des vignes et s'attablèrent comme à l'accoutumée. Leur mine passa cependant de la placidité à l'étonnement à la vue des biscuits frais, tout juste réchauffés et rehaussés d'une pointe d'huile. Jakob en goûta un. Devant son expression réjouie, ses fils se servirent de bon cœur et plongèrent les pains dans leurs haricots. Les compliments ne se firent pas attendre.

Plus tard dans la soirée, les hommes débattirent du type d'engrais à utiliser : Jakob et Wilhelm défendaient l'emploi du traditionnel fumier de vache, tandis que Johann prônait le recours aux engrais chimiques. Clara, elle, s'activait devant l'évier, heureuse de sa journée. Le petit plaisir culinaire qu'elle leur avait concocté lui donnait envie de réitérer l'expérience. Un gâteau peut-être ? Il faudrait pour cela qu'elle parvienne à mettre de côté un peu de beurre et de sucre.

Sa vaisselle terminée, la jeune femme sortit sur la galerie pour prendre l'air et contempler les étoiles. Le contraste avec la cuisine surchauffée la fit frissonner. Sous l'effet de la brise, la fraîcheur tombait vite. Portés par le vent lui parvenaient des sons de guitares, de trompettes et de violons, des cris et des chants. Même si les sonorités différaient de ce qu'elle connaissait, il était impossible de se méprendre : il y avait une fête au camp des journaliers mexicains et guatémaltèques. La musique leur permettait d'oublier leur pauvreté et leur dur labeur. Immobile sous la voûte étoilée, elle prêta l'oreille aux accords distants et joyeux.

Dans la cuisine, Johann s'extirpa un instant du débat agricole pour jeter un coup œil par la fenêtre. Il aperçut sa belle-sœur, seule sur la galerie, un sourire mystérieux aux lèvres.

C'était le plus beau sourire qu'il eût jamais vu.

L'inclinaison soudaine de son lit sortit Clara d'un sommeil sans rêve. Elle songea d'abord à un animal indésirable et s'apprêtait à appeler au secours quand elle comprit que c'était Wilhelm. Torse nu et en caleçon long, penché sur elle, il la contemplait, le souffle court. Du rez-de-chaussée montaient des ronflements sonores.

Après un long moment, il prit son visage dans ses paumes, et Clara vit la tendresse de son regard. Elle tendit à son tour la main et le toucha, souriante. Enfin…

Elle s'était attendue à ce qu'il l'embrasse, mais au lieu de cela il acheva de grimper sur le lit de camp, lequel protesta de toutes ses lanières dans le silence de la nuit. Elle craignit même qu'il ne cède sous leur poids et que leur chute ne réveille tout le monde.

— Attends, murmura-t-elle.

Mais Wilhelm, les yeux clos, se concentrait sur les boutons de son caleçon.

— S'il te plaît, souffla-t-elle.

Il enfouit son visage dans son cou pendant que sa main remontait sa chemise de nuit et glissait le long de sa cuisse.

— Non, dit-elle d'une voix étranglée. Je ne suis…

Il redressa la tête à quelques centimètres de la sienne. Son sourire se figea quand il aperçut l'expression de sa femme à la lueur de la lune : il avait cru qu'elle l'encourageait quand elle avait dit « s'il te plaît ». Sa détresse le prenait de court.

— Mais, Clara…

Devant les larmes qui commençaient à poindre, il s'écarta. Les grincements du lit lui firent alors prendre conscience qu'en bas les ronflements avaient cessé. Il fut atterré. Quel idiot ! Comment avait-il pu ne suivre que son désir sans tenir compte de la pudeur de son épouse, à présent rouge de honte entre ses bras ? Il chuchota des excuses, la priant de ne pas pleurer. Il la désirait, mais pas ainsi.

Le lendemain matin, il l'évita, renonçant même à son petit déjeuner pour aller aux champs dès l'aube. Il se plongea à corps perdu dans le travail, sans toutefois parvenir à oublier l'expression horrifiée de Clara. Il avait voulu lui faire l'amour, pas la dégoûter. Il se sentait mortifié et triste pour elle.

Tel un soldat en temps de guerre, il se mit à arpenter les rangs de vignes à la recherche de la moindre trace de moisissure. Le marchand leur avait recommandé une pulvérisation en cas de champignon, mais les fleurs avaient l'air saines, pour l'instant.

Clara… Que faire ? Il avait tellement envie d'elle que c'en était presque douloureux. Certes, il était maladroit avec les femmes – contrairement à Johann, qui savait flirter et les faire rire. De lui-même, on disait qu'il était calme et méthodique, un peu comme leur père. Mais il était aussi honnête, fidèle et déterminé à se comporter avec la plus grande délicatesse avec son épouse. Il fallait trouver une solution. Il était hors de question qu'il la rejoigne une nouvelle fois au grenier et revoie cet air honteux et terrifié. Il ne la forcerait jamais. Il n'était pas de ce bois-là.

De l'autre côté du domaine, là où la chênaie couvrait encore les terres, Johann creusait le sol. Lui aussi avait la tête ailleurs, et pour les mêmes raisons que son frère. La nuit précédente, il avait entendu les marches craquer, le lit de camp grincer, puis une respiration rauque et un long gémissement étouffé. Quelques secondes plus tard, Wilhelm était redescendu.

Que s'était-il passé ? Clara avait-elle dit non ? Comment Wilhelm avait-il réagi ? Pauvre Clara… Ce n'était pas une vie, ça ! Il avait beau essayer de ressentir de la compassion pour son frère, son inquiétude allait d'abord à la jeune femme. Quel choc pour sa pudeur de savoir que toute la maisonnée pouvait suivre leurs ébats !

Mais il y avait aussi autre chose – et cette pensée l'emplissait de haine envers lui-même. Oui, il avait du mal à l'admettre, mais il ne supportait pas l'idée que Wilhelm touche Clara. Il aurait voulu être le seul à avoir ce droit, alors même qu'elle lui était totalement interdite ! C'était horrible : pourquoi était-il en train de tomber amoureux de la femme de son frère ? Cela allait à l'encontre de toutes les valeurs qu'on lui avait inculquées. C'était méprisable et impensable.

Cette nuit, alors que Wilhelm avait sombré dans le sommeil sitôt recouché, lui n'avait pas pu se rendormir car là-haut, au grenier, quelqu'un pleurait. Il lui avait fallu toute sa volonté pour ne pas monter et prendre Clara dans ses bras afin de la consoler et de lui assurer que tout s'arrangerait, qu'un jour elle aurait une vraie maison avec des domestiques, une vie de confort et de sociabilité – car il avait bien conscience de sa solitude. Mais c'était Wilhelm qui était censé lui dire ces choses-là ! Pas lui ! Son devoir était de garder pour lui ses pensées et ses élans de pécheur.

Pourtant, quel mal y avait-il à aimer Clara, cet ange au visage en cœur ?

À genoux dans la terre afin de déterminer si celle-ci conviendrait aux jeunes plants de riesling, Johann se tourmentait. Et pas seulement à cause de ses sentiments… Il mesurait combien cette vie de labeur que Clara menait était inhabituelle et difficile pour elle. Et ce n'était pas demain la veille que Rosita reviendrait.

Ils avaient eu un choc, avec Wilhelm, lorsque leur père leur avait annoncé, à leur arrivée, que le domaine traversait une mauvaise passe. L'année écoulée avait été désastreuse, et il comptait sur eux pour redresser la situation.

Leur plus grande peur à cette heure était que la banque ne saisisse leurs terres. Où iraient-ils alors ?

Pour Johann, il fallait en informer Clara. Mais son père et son frère avaient rejeté l'idée.

« C'est une femme. Elle va paniquer. Or, nous avons besoin de garder la tête froide, avait décrété Jakob.

— Je ne veux pas qu'elle s'inquiète », avait ajouté Wilhelm.

Son frère sous-estimait Clara, s'était dit Johann. Mais il avait dû s'incliner et la jeune femme ignorait donc toujours que le manque d'intimité et le récurage des casseroles étaient le cadet de leurs soucis.

De son côté, Jakob aussi laissait libre cours à ses pensées tout en palissant les vignes avec les journaliers. Il s'arrêta un instant pour s'étirer le dos et contempler les rangs bien alignés. Ils avaient fait du bon travail depuis l'arrivée des garçons. Cette vieille vigne espagnole donnerait sans doute une bonne vendange cette année.

L'idée, pourtant, ne le réjouissait pas autant qu'elle aurait dû. L'ombre de la banque planait sur leur avenir. Et puis, il y avait les jeunes mariés. Il les avait entendus, la nuit dernière. La situation n'était pas idéale pour eux… Tout ça le renvoya à sa chère Kätzchen, l'amour de sa vie, morte dans ses bras voilà des années de cela. La douleur était toujours aussi vive, même après tout ce temps.

Tu me manques terriblement, mon amour ! criait son âme douloureuse à l'azur californien. Si seulement tu pouvais voir les garçons... Wilhelm est un fermier-né, mais tu devrais voir Johann ! Un étudiant brillant, un scientifique. Tu serais fière de lui, ma Kätzchen. Je ne relève pas ce domaine pour moi, mais pour mes fils, *ton* fils. Je te l'ai juré lorsque le Seigneur t'a prise à moi, et ce n'est pas une banque qui me fera dévier de cet objectif. *Rien* ne le pourra. Je t'ai promis que je me battrais pour ce rêve, quel qu'en soit le prix, jusqu'à ma mort.

Et ce jour-là, peut-être que par la grâce de Dieu, très chère Kätzchen, mon âme trouvera enfin la paix.

Chemisiers, bas, sous-vêtements : Clara n'avait plus de rechange propre. Même constat pour les torchons, les serviettes de toilette ou les tabliers. Quant aux vêtements sales des hommes, ils s'entassaient dans un coin du séjour jusqu'à former une haute pile.

Il était plus que temps d'entreprendre une lessive.

Clara n'avait toutefois aucune idée de la façon de procéder, sa mère ayant jugé que cette tâche manuelle si ardue ne convenait pas à une fille de notable. En plus, l'eau rougissait les mains. Une fois par semaine, un garçon passait donc prendre leurs affaires pour les porter à une lavandière, laquelle les renvoyait, trois jours plus tard, propres, repassées et pliées. Ici, point de lingère. Juste elle, Clara, qui tentait de ne pas s'en faire une montagne.

Elle avait repéré d'immenses bassines à l'arrière de la maison, ainsi que des cordes à linge. D'ailleurs, le jour de leur arrivée, des vêtements y étaient suspendus.

— Père Jakob, puis-je avoir un peu d'aide pour la lessive ? demanda-t-elle à son beau-père avant qu'il ne quitte la maison. Je ne suis pas sûre d'en venir à bout toute seule. Et ce serait juste pour une journée. S'il vous plaît.

Il la fixa d'un air sévère. Clara resta humble, car elle comprenait sa position : il avait de lourdes responsabilités et devait veiller aux dépenses. Il était aussi en droit d'attendre que la maison soit gérée de manière efficace et autonome, d'autant que l'arrivée d'une bru n'était pas prévue. Elle vit cependant son expression s'adoucir, et il déclara :

— Quelqu'un va aller prévenir Rosita. Mais ce sera juste pour le jour de lessive.

Au grand étonnement de Clara, Rosita se présenta avec deux autres commères, pressées de se mettre au travail. Et quel travail ! Chacune s'attribua une grande bassine dans la cour, à charge pour Clara de les alimenter en eau chaude. La jeune femme multiplia donc les trajets entre la pompe, la cuisine et les bacs, où draps, vêtements de travail, chemises, robes, linge blanc ou de couleur étaient immergés, copieusement savonnés et frottés, rincés puis essorés, avant d'être mis à sécher. Un ballet interminable.

Le vent et le soleil étant de leur côté, elles purent décrocher le linge et le plier en fin de journée. Un temps de séchage record et impensable en cette saison en Allemagne, songea Clara tout en contemplant le crépuscule qui enflammait le ciel.

À cette heure-ci, Jakob, Wilhelm et Johann faisaient leurs ablutions à la pompe. Toute fière de sa journée, Clara leur apporta des serviettes et des chemises propres, s'efforçant de ne pas loucher sur les muscles et les tendons saillants des trois hommes. Même père Jakob arborait, du haut de ses cinquante printemps, une silhouette de jeune premier.

Alors que Rosita tendait la main pour toucher la paie du jour, Jakob ne cacha pas son mécontentement d'avoir à régler trois salaires au lieu d'un et il insista auprès de la Mexicaine pour qu'elle vienne seule la prochaine fois. Clara, perplexe, tenta de suivre l'échange qui se tenait en trois langues : anglais, espagnol et allemand.

Rosita et ses comparses parties, les Schaller s'attablèrent pour faire honneur au porc mariné et à la choucroute accompagnée de pommes de terre sautées que Clara avait réussi à préparer entre deux corvées d'eau. Tout en les regardant se régaler, la jeune femme laissait ses pensées vagabonder. Elle espérait et redoutait tout à la fois que Wilhelm revienne lui rendre visite ce soir-là. Elle se demandait aussi ce qui avait pu rendre père Jakob aussi économe, voire carrément pingre.

Une fois la vaisselle achevée, elle rejoignit les trois hommes avec son panier à ouvrage. Elle raccommoderait la poche de son tablier pendant que Jakob décryptait les reportages agricoles du journal local et l'almanach de la semaine, que Wilhelm fumait sa pipe, le regard perdu dans le vide, et que Johann écrivait à ses camarades d'université.

Le jeune homme s'interrompit et la contempla un long moment avant de lancer :

— Clara, est-ce que Wilhelm vous a raconté la fois où le maître de chœur l'a invité à intégrer la chorale ?

— Non, dit-elle en levant les yeux de sa couture.

— Arrête avec cette histoire-là, frérot ! intervint l'intéressé, à moitié grimaçant.

— Wilhelm avait quatorze ans ; jamais il n'aurait imaginé tenter sa chance dans la maîtrise. Or voilà qu'un jour, en pleine classe, le chef de chœur lui annonce qu'ils ont besoin de lui dans la chorale. C'était rare, vous savez, d'être ainsi choisi.

— Oui, repéré et invité par le chef lui-même, précisa Wilhelm.

— Père en était tellement fier qu'il s'en est vanté auprès de tous ses amis. Pensez ! Le chef de chœur avait repéré le talent de son fils et l'avait recruté en personne !

— Eh oui, c'était un honneur ! confirma Jakob.

— Alors, un jour, père demande à Wilhelm comment se passent les répétitions, ce qu'ils chantent, tout ça... Et puis, quoi, Wilhelm ?

— Eh bien, je lui ai répondu que je ne chantais pas. Mon rôle consistait juste à bouger les lèvres en silence. En fait, ils avaient besoin d'un garçon de ma taille pour conserver l'harmonie visuelle d'un rang de chanteurs.

Les trois Schaller partirent d'un même rire. Comme le jour du pique-nique au bord du Rhin, où Johann avait insufflé de la gaieté à leur escapade. Clara sourit et reprit son ouvrage, heureuse de cette atmosphère familiale détendue qu'elle imaginait avec ravissement se prolonger soir après soir, année après année. Songeuse.

Peu à peu, Clara se faisait au rythme de la vie rurale. Levée dès l'aurore, prête au chant du coq, elle descendait immédiatement en cuisine. Le temps que Jakob passe ses bretelles et se gratte le crâne, le café chauffait déjà tandis que les œufs rissolaient avec le bacon sur la plaque de cuisson. Lorsque les hommes partaient dans les vignes, leurs boîtes de déjeuner contenaient des tranches de pain beurré, de la soupe, des cornichons et des olives du cru.

Ce jour-là, Clara terminait la vaisselle du petit déjeuner lorsqu'un bruit de chariot l'attira dehors. Elle reconnut l'homme qui était venu à son secours à la mercerie. M. Ballerini, leur voisin. Jakob avait fait affaire avec lui l'année précédente. Le Suisse avait été très serviable et l'avait bien conseillé, notamment concernant la nature des sols et les engrais à utiliser. Il lui avait aussi indiqué à quels marchands de Lynnville se fier, une information précieuse…

— Bonjour, madame Schaller ! lança-t-il pendant qu'il attachait les rênes et descendait de voiture, son chapeau melon incliné sur le côté.

Tout de blanc vêtu à l'exception d'un gilet rouge, il affichait un sourire rayonnant sous sa prodigieuse moustache.

— Bonjour, monsieur Ballerini, répondit Clara en venant à sa rencontre.

Il retira son couvre-chef et balaya la cour du regard.

— J'ai manqué à tous mes devoirs en ne vous rendant pas visite plus tôt. Mais me voilà enfin ! J'espérais faire la connaissance des fils de Jakob.

— Ils sont dans les vignes.

— J'ai apporté un petit cadeau, enchaîna-t-il, tourné vers l'arrière du chariot où il essayait d'attraper quelque chose, une entreprise malaisée vu sa petite taille et son embonpoint.

Il en extirpa enfin une dame-jeanne de chianti étiquetée *Ballerini*.

— Je vous ai aussi apporté votre courrier…

— Notre courrier !

— Oui. Comme nous sommes loin de tout, nous procédons ainsi. Celui qui se rend en ville récupère le courrier de ses voisins. C'est une façon de s'entraider.

Clara s'empara du paquet avec empressement, mais refréna son désir de parcourir immédiatement lettres et magazines. À la place, elle s'enquit poliment des Ballerini, mère et fille.

— Ma tendre épouse, paix à son âme, n'est plus de ce monde. Mais ma fille Feliciana va bien, je vous remercie. Pour l'instant, elle est chez sa sœur, à Monterey.

— J'ai hâte de la rencontrer.

— Et moi qu'elle vous connaisse. Vous avez beaucoup en commun.

— Quand revient-elle ?

M. Ballerini détourna le regard, dans lequel Clara crut voir passer une étrange expression.

— Ah… sa sœur ne va pas très bien en ce moment, si bien qu'il n'y a pas vraiment de date arrêtée, répondit-il d'un ton évasif.

La jeune femme changea donc de sujet et s'enquit de ses amis de Lynnville. Elle était soudain affamée de nouvelles.

— Eh bien, voyons voir… Le photographe a ouvert son studio. Le pain et les pâtisseries du boulanger ont déjà séduit la clientèle, et la professeure de piano a deux élèves.

Quelle joie d'apprendre qu'ils étaient tous bien installés et bien partis dans leur nouvelle vie !

Alors que le chariot s'éloignait, Clara s'étonna qu'à aucun moment M. Ballerini n'ait nommé son autre fille. Elle mit cela sur le compte d'une tradition différente de la sienne. Il faudrait qu'elle s'y habitue.

En attendant, il y avait du courrier à lire ! Ce qu'elle avait pris pour des magazines était en fait des catalogues de vente par correspondance. Le paquet contenait également une épaisse enveloppe envoyée de Francfort – expéditeur : Schaller.

Son beau-père n'ayant pas les moyens de s'abonner à l'un des nombreux journaux germanophones qui fleurissaient à travers les États-Unis, il avait demandé à un cousin de lui envoyer le journal de Francfort. Les nouvelles du pays leur parvenaient donc avec des semaines de retard, mais un lien vital était ainsi préservé.

Elle posa l'enveloppe sur la table de la cuisine et s'apprêtait à éplucher les pommes de terre quand elle porta son regard sur les catalogues. Ils provenaient de chaînes ou de magasins comme Sears Roebuck, Montgomery Ward et Bloomingdale's à New York, mais Jakob ne commandait jamais rien par leur intermédiaire – c'était trop cher. Ils les utilisaient comme papier toilette. Elle n'avait jamais eu l'occasion de les parcourir car, dans les latrines, il faisait trop sombre pour lire.

À présent qu'elle les feuilletait à la lumière et qu'elle voyait défiler les séduisantes illustrations d'habits, d'accessoires et d'articles ménagers, avec leur intitulé et leur descriptif, elle se dit tout à coup qu'ils constituaient un excellent moyen de se familiariser avec la langue. Les images lui permettraient de comprendre le sens des mots. Bien sûr, elle ne saurait pas comment les prononcer, mais au moins pouvait-elle tenter de les mémoriser.

Elle garda donc pour elle le catalogue Bloomingdale's et laissa les autres au cabinet. Elle apprendrait cinq mots par jour, en commençant par la première page – les manteaux et les vestes en cachemire pour femmes...

Ce soir-là, au dîner, elle raconta la visite de M. Ballerini et ajouta qu'elle se réjouissait à l'idée de faire la connaissance de Feliciana.

— Qui ? s'étonna Jakob, la cuillère de petits pois au beurre arrêtée à mi-chemin de sa bouche.

— La fille de M. Ballerini.

— Jamais entendu parler, lâcha-t-il en secouant la tête.

Clara suspendit elle aussi son geste. Comment était-ce possible ? Peut-être la sœur de Monterey était-elle si souvent malade qu'elle accaparait beaucoup Feliciana. Et puis, les hommes parlaient affaires avant tout, non ?

Il y avait cependant anguille sous roche, et son envie de rencontrer la fille de leur jovial voisin s'en trouva renforcée.

Peu après, Clara entreprit de faire l'inventaire du garde-manger et découvrit que leurs réserves touchaient à leur fin, qu'il s'agisse des conserves de légumes et de poissons, de la farine ou du sucre. Il n'y avait plus de beurre, et il ne restait du porc salé, des biscuits secs, de la soupe et des fraises en conserve que pour deux jours. Elle en informa Jakob, qui reçut la nouvelle d'un air sombre. Puis il hocha la tête.

— Très bien. Nous irons en ville faire les courses.

Clara n'en dormit presque pas d'excitation. Elle irait voir Hans et Frieda, Josef et Hilde, Fritz et Truda, Siegfried et Dagmar, et visiterait leurs commerces. Quel plaisir ce serait de tous les revoir ! Il lui semblait que cela faisait non pas trois semaines mais une éternité depuis qu'ils s'étaient dit au revoir sur la colline. Elle allait pouvoir leur demander des nouvelles et raconter en retour sa vie à la campagne – en brodant un peu, bien sûr !

Le lendemain matin, les trois hommes partirent dans le chariot chargé de poteaux et de fil pour le palissage des nouvelles vignes. En fin de journée, seuls les deux garçons étaient de retour. Clara leur apporta des serviettes à la pompe.

— Où est père Jakob ?

— Il s'est rendu en ville pour les provisions, l'informa Wilhelm en écartant une mèche de cheveux du front de sa femme.

Toute la journée, il avait pensé à elle. À la chambre supplémentaire qu'il comptait construire. *Leur* chambre.

— Quoi !?

À cet instant précis, le chariot apparut sur la piste défoncée, mené par Jakob tout sourire, qui leur faisait de grands signes. Il revenait avec des sacs de farine, de sucre, de semoule de maïs, des paquets de café et de thé, des barriques de porc, des biscuits secs, des cageots de pommes de terre et d'oignons et un sac rempli de conserves de soupe, de sardines, de crevettes, de légumes. Clara aida à décharger le tout malgré sa déception et sa colère. Comment avait-il osé la priver d'une visite en ville ! De ses amis ! Il ne pouvait ignorer combien cela lui aurait fait plaisir. Et il n'avait même pas pris de lait, de fromage, de viande fraîche ni de produits primeurs pour rompre la monotonie de leurs menus. Le bonhomme ne pouvait être obtus à ce point, tout de même !

Ce dimanche, Clara s'éveilla dans un monde tout blanc, un monde aveugle. Elle avait lu des articles sur le brouillard côtier qui envahissait jusqu'aux vallées de l'intérieur au printemps et à l'automne. C'était impressionnant. On aurait dit que la maison était enveloppée de coton. Ça rendait le monde irréel. Contrairement aux larmes qui avaient inondé son oreiller...

Elle avait rêvé de l'Allemagne. Et voilà qu'elle se retrouvait piégée, sans même l'espoir d'une visite en ville pour se remonter le moral !

Mais elle ne baisserait pas les bras. Pour Wilhelm et les Schaller, mais aussi pour elle-même. Au pays, tout le monde avait loué son courage. Et elle n'avait détrompé personne, puisqu'elle était la première à se penser intrépide. En plus, de quoi se plaignait-elle ? Elle accomplissait son rêve : vivre une aventure semblable à celle de ses livres. Mais curieusement, ces derniers n'évoquaient jamais la confusion et les doutes qui l'assaillaient à présent. Les héroïnes ne se demandaient pas si elles pourraient se faire à cette vie, si elles pourraient devenir un jour de véritables femmes et épouses, si elles verraient jamais leurs voisins ou leurs amis.

En fait, Clara était tout simplement en manque de contacts humains.

Elle poussa un énorme soupir et se détourna de la lucarne de sa chambre. Elle avait le mal du pays. Existait-il un remède contre ça ?

Dans la cour, Johann aiguisait des outils. Son père et son frère étaient partis rendre une visite de courtoisie à Ballerini (l'intention étant également de faire du troc contre des bouteilles de vin). Le jeune homme vit Clara sortir de la maison et se tenir debout dans le brouillard qui se dissipait légèrement. À quoi pensait-elle ? Voilà plusieurs jours qu'elle était silencieuse. Comme gagnée par une sorte de mélancolie. Elle se sentait seule, il le savait. Ils menaient une vie très isolée. Si seulement il pouvait faire quelque chose pour elle...

Reposant ses outils, il s'approcha de la jeune femme.

— À quoi pensez-vous, Clara ?

— À mon village construit à flanc de coteau... Vous savez, les ruelles s'étagent en terrasses comme les vignes, si bien que l'on peut voir le Rhin de partout. Ma famille et mes amis me manquent. Mais c'est surtout le fleuve, Johann.

Mon fleuve me manque. Je ressens le besoin de me trouver en présence d'une eau vive. Vous trouvez cela idiot, sans doute ?

— Pas du tout, répondit-il avec un sourire. Vous savez, il y a un fleuve, ici. Le Largo.

Quelques jours plus tôt, il avait pris un cheval et s'était promené le long de ses berges. Il avait trouvé l'endroit plutôt plaisant. La vallée lui avait rappelé celle de la Moselle, un affluent du Rhin. Elle avait la même atmosphère lumineuse et légère, un paysage doux et moins dramatique que celui du Rhin. Voilà qui pourrait peut-être guérir l'âme blessée de Clara.

— Est-ce loin ? demanda-t-elle.

— À quinze kilomètres. Voulez-vous que je vous y emmène maintenant ?

Le regard plein de gratitude qu'elle lui jeta répondit à la question.

Ils prirent le buggy. En chemin, ils se bornèrent à discuter de la pluie et du beau temps. Puis, comme ils approchaient de leur destination par une route cabossée, Clara se pencha en avant, impatiente et fébrile. Le brouillard qui se levait révélait une campagne d'un vert pénétrant. Johann arrêta l'équipage, attacha les rênes à un arbre et aida sa belle-sœur à descendre. Elle le précéda dans les herbes hautes et grasses, se dirigeant vers la rive escarpée.

Contrairement aux eaux sombres et froides du Rhin qui dévalaient les pentes des Alpes et creusaient leur lit sur plus de mille deux cent trente kilomètres jusqu'à la mer du Nord, le Largo coulait en méandres paresseux entre des montagnes à l'est et l'océan Pacifique à l'ouest.

Nuls rochers en surplomb d'où les sirènes pouvaient attirer les marins pour leur plus grand malheur. Nuls reliefs accidentés parsemés de châteaux et de monastères. Nulles forêts épaisses. Mais un espace immense, plat d'un côté et légèrement vallonné de l'autre. Sycomores, saules et peupliers d'Amérique se miraient dans les eaux paisibles du Largo, dont les rives étaient envahies par de hautes herbes et des zones marécageuses où les roseaux poussaient à profusion, balançant leur plumet blanc dans la brise printanière. Les fleurs de saison, lys jaunes, asters blancs, trèfles rouges, pavots orange, égayaient le tableau par l'éclat de leurs couleurs tandis que des canards au plumage marron, vert ou gris partageaient avec des hérons blancs à la démarche majestueuse un domaine aquatique qui regorgeait de poissons. Truites arc-en-ciel, brochets et perches aux nageoires rouges : Clara connaissait ces espèces, pour les avoir vues dans les baquets des pêcheurs rhénans.

Elle ferma les yeux sous la caresse du vent tiède. À cette époque de l'année, il faisait gris et humide en Allemagne ; le froid y était encore mordant.

Johann la contemplait, percevant chacune de ses émotions. Sa tristesse. Sa solitude. Le Largo n'était pas le Rhin…

Il ressentait la même chose. Lui aussi avait le mal du pays. Mais au moins avait-il un rêve, celui de construire quelque chose de grand avec son père et son frère. Qu'avait Clara ? Quelle satisfaction retirait-on à faire la vaisselle et la cuisine ? Il n'avait jamais réfléchi aux tâches féminines. Sa mère étant morte quand il avait huit ans, son père avait engagé des paysannes pour s'occuper d'eux. Pour elles, il s'agissait d'un travail. Johann ne s'était jamais interrogé sur la façon dont épouses et mères vivaient le fait de trimer toute la journée pour garder leurs hommes repus, propres et heureux. Elles le font par amour, se dit-il. Le contentement de leurs maris et de leurs enfants leur suffisait.

Mais Clara ?

Elle avait quitté un univers confortable et aisé pour se retrouver au seuil de la pauvreté. Quand il repensait au nombre d'allées et venues qu'elle faisait de la pompe à la maison… Il y avait sûrement un moyen d'amener l'eau directement à l'évier. Mais ça demanderait de l'argent, qu'ils n'avaient pas… Oui, ils étaient devenus pauvres. Si la vendange était mauvaise et que la banque saisissait le domaine, ils se retrouveraient sans ressources et sans abri, sans nulle part où aller et sans un sou vaillant pour payer le billet de retour.

Que Clara ait, un jour peut-être, à affronter pareil avenir le glaçait jusqu'au sang. D'autant qu'elle ne savait rien de la situation… Ne devraient-ils pas lui en parler ? Quand bien même cela ne changerait au fait que la peau de ses mains rougissait et gerçait – un fait qui le révoltait.

Au moins, il lui avait montré le fleuve. Ce paysage allait agir comme un baume sur son âme. Et il était prêt à l'y mener à chaque fois qu'elle le lui demanderait.

Enfin, une lettre de sa sœur ! Julia lui avait écrit !

Ma chère Clara,

Je suis désolée de n'avoir pu venir à ton mariage. Maman m'a dit que tu étais magnifique ! Tu sais mon sentiment sur cette institution, donc je ne te gratifierai pas d'un chapitre là-dessus, d'autant que tu le connais de première source maintenant. Je voulais juste te rappeler ton statut d'être humain indépendant. N'oublie jamais que le mariage est un contrat entre deux individus égaux. Ne laisse pas l'homme te dominer. Et ce n'est pas mon Max qui te dirait le contraire ! Lui et moi sommes égaux, mais j'ai tellement d'amies pour qui c'est différent. Je t'ai joint un article découpé dans un journal. Il devrait t'ouvrir les yeux, si besoin était. C'est que tu peux parfois être trop gentille, Clara. Tu as toujours eu bon cœur, un cœur tendre. Toujours prête à aider, toujours désireuse de faire plaisir. Alors, si tu veux faire plaisir à ta vieille sœur : ne laisse pas ton mari devenir ton maître !

S'il te plaît, ne nous oublie pas, nous qui t'aimons depuis l'Allemagne. Et envoie-moi une bouteille de votre première cuvée ! Tu sais que je ne dis jamais non à un bon verre de vin !

Les larmes aux yeux, Clara parcourut l'article en question. Sa lecture lui arracha un sourire et se termina en éclat de rire. C'était bien Julia, d'envoyer pareil texte à une jeune mariée !

Elle allait lui répondre sur-le-champ…

Le lendemain matin, cependant, Jakob annonça qu'étant donné le prix des timbres le courrier pour l'Allemagne devrait attendre.

Clara en fut stupéfaite. Puis, comme elle savait que Jakob conservait leur argent dans une boîte en fer cachée sous les lattes du plancher – un endroit bien plus sûr qu'une banque d'après son beau-père –, la jeune femme alla y jeter un œil dans la journée. Après tout, son propre argent s'y trouvait aussi, et elle n'avait besoin que du montant d'un timbre.

Elle vit d'abord tous leurs papiers importants : actes de naissance, passeports, son certificat de mariage, ainsi que... des papiers bancaires. Elle fronça les sourcils. Ils étaient en anglais et elle n'y comprenait pas grand-chose. Elle chercha alors le titre de propriété du domaine. Mais... il ne se trouvait pas dans la boîte. Pas plus que l'argent. Il n'y en avait pas la couleur, excepté quelques dollars. Reportant son attention sur les papiers de banque, elle repéra des sommes en dollars ainsi que des signatures. Était-ce un prêt ? Auraient-ils emprunté de l'argent en hypothéquant le domaine ?

Clara songea soudain que cela faisait au moins deux semaines qu'elle n'avait pas vu les trois hommes fumer la pipe ou boire un verre de bière au dîner. Depuis deux semaines, ces modestes plaisirs n'avaient plus cours à leur table. Ses propres tâches l'avaient tellement accaparée qu'elle n'avait pas relevé ce détail.

Ainsi, ils n'auraient plus rien ? Leur argent, *son* argent, se serait envolé ? Et ils ne lui avaient rien dit !

Elle se redressa d'un bond. On la traitait comme une enfant ! La lettre de Julia était vraiment arrivée à point nommé. Elle n'allait pas laisser passer ça !

Tablier raccroché à la patère et four délaissé, elle quitta la maison d'un bon pas et s'engagea dans les vignes. C'était une première pour elle. Elle suivit le cours du Largo Creek, un affluent du Largo qui s'étirait au loin, et croisa des journaliers. Ceux-ci la saluèrent respectueusement en portant une main à leur chapeau de paille. C'était une belle journée de printemps. Les vignes étaient parsemées de fleurs au milieu desquelles voletaient abeilles et papillons colorés. L'atmosphère incitait à la légèreté. Mais elle ne se laisserait pas radoucir. Elle vibrait de colère et le ferait savoir.

Bientôt, le calme et la quiétude environnants firent place à des bruits qui allèrent en s'amplifiant au fur et à mesure qu'elle gravissait la colline à grandes enjambées. Interjections, appels, bruits d'outils et impacts sourds.

La scène qui s'offrit à elle depuis le sommet lui coupa le souffle. Le Largo Creek séparait d'un côté le vignoble et de l'autre une grande chênaie où régnait une activité extraordinaire. Des hommes s'affairaient à couper d'immenses arbres qui s'affaissaient dans le bruit et la poussière. Leur tronc et leurs branches étaient débités avant d'être chargés sur des chariots, tandis que d'autres équipes s'employaient à déraciner les souches profondément ancrées dans le sol. Jamais la jeune femme n'avait assisté à pareil spectacle. Un véritable ballet exigeant un investissement physique colossal et une coordination parfaite.

On aurait dit un champ de bataille, celui du combat de l'homme contre la nature. Elle s'étonna presque de ne pas entendre les chênes hurler devant l'ignominie de leur sort. Partout, les lapins et les écureuils détalaient à qui mieux mieux. Tous ne survivraient pas à l'attaque. Car il s'agissait bien d'une attaque, et même d'une invasion. Cette vallée, préservée depuis des siècles, était aujourd'hui assaillie par ce qu'on appelait le progrès. L'homme avait décidé que cette forêt dispensatrice de fraîcheur et de matières premières ferait place à des vignes. Et pour ce faire, il devait la ravager et la plier à sa volonté. Il se prenait pour Dieu.

Clara aperçut les deux frères Schaller, non pas à distance en train de hurler des ordres, mais au cœur de l'action. Ils dessouchaient. Le visage sillonné de poussière et le torse nu luisant sous l'effort et le soleil, ils maniaient la pelle pour déloger les racines les plus récalcitrantes. De son côté, Jakob encourageait de la voix et du geste un attelage de mules. Il tirait sur les mors et les harnais tandis que les muletiers jouaient du fouet au-dessus des croupes, pour pousser davantage les bêtes qui s'arquaient de tous leurs muscles afin d'arracher la souche à la terre. Tout à coup, les mules se cabrèrent. Clara retint son souffle.

Le danger était partout ! Un coup de sabot imprévisible, un arbre qui s'incline du mauvais côté, un attelage pris dans son élan qui écraserait n'importe qui si la souche venait à céder d'un seul coup…

Alors que le bois craquait de toutes ses fibres, Jakob glissa et se retrouva soudain sur le dos, au pied des mules qui risquaient de le piétiner. La jeune femme poussa un cri et s'élança, pour s'arrêter presque aussitôt lorsqu'elle vit les ouvriers relever son beau-père. Ce dernier remit son chapeau, rassura tout le monde de la main et reprit sa place à la tête de l'attelage, qu'il calma. Le dessouchage pouvait reprendre.

Clara était bouleversée et honteuse. Jamais elle n'aurait imaginé qu'ils risquaient ainsi leur vie pour ne pas perdre le domaine ! Et elle qui s'était mise dans tous ses états pour un timbre… Quelle leçon d'humilité ! Mais pourquoi ne lui avaient-ils rien dit ?

Elle tourna les talons et, toutes jupes relevées, courut jusqu'à la maison.

Comme elle atteignait la cour, elle remarqua une agitation inhabituelle chez les poules. Celle-ci était provoquée par une ombre projetée par terre. La jeune femme leva les yeux à la recherche d'un rapace et repéra finalement, posé sur le toit, un gigantesque oiseau au plumage clair.

Une effraie. La chouette était calme, imperturbable, ses lourdes paupières descendant lentement sur des yeux démesurément noirs. Les plumes de ses disques faciaux lui faisaient comme un nez au-dessus du bec. On aurait dit un masque blanc, en forme de cœur. D'un blanc lumineux. Tout comme celui du ventre et des pattes.

Saisie par la vision de cet animal pourtant nocturne, Clara ne bougea pas. La Dame blanche se tenait là, le plumage impeccable, apparemment très à son aise sur le faîte de leur toit, à croire que c'était son lieu d'élection habituel.

Le temps sembla s'étirer et l'espace se dilater. Une évidence s'imposait progressivement à la jeune femme : l'oiseau s'était perché là dans un but précis. Il avait un message pour elle : *Calme-toi*.

— Mais comment puis-je me calmer ? répondit-elle à voix haute, bien consciente de converser avec un oiseau. J'ai tellement à faire ! Préparer le dîner, nourrir les poules, ramasser les œufs, mettre de l'eau à bouillir, surveiller le four, et tout ça pendant que mes hommes risquent leur vie pour sauver leur terre !

Calme-toi, fut la réponse : Concentre-toi sur une tâche qui te videra la tête. Mets les biscuits à cuire et les pommes de terre à bouillir, ils n'auront plus besoin de toi ensuite. Ordonne d'abord tes pensées, afin de pouvoir ordonner les choses à l'extérieur.

Clara se frotta les tempes. Elle hallucinait. Quelle voix entendait-elle donc ?

En Allemagne, apercevoir une Dame blanche était un bon présage. Cela signifiait qu'on veillait sur vous et que l'on vous guidait depuis le royaume des esprits. En était-il de même ici ? Les Indiens avaient probablement leur propre monde invisible et magique. Considéraient-ils l'apparition de cette chouette comme de bon augure ? Certaines choses sont universelles…

Oui, Clara savait qu'elle devait se calmer. Elle ne serait bonne à rien si elle paniquait.

Elle mit les biscuits à cuire et les pommes de terre à bouillir avant de chercher ce qu'elle pouvait faire d'autre dans la maison. Quelque chose de physique. Sa mère ne disait-elle pas que ranger aidait à avoir les idées claires ? Elle monta à l'étage. Ses vêtements pendaient à leurs cintres, le lit était fait, le broc était plein d'eau fraîche. Puis son regard se porta sur sa malle de voyage. Cela faisait un mois qu'elle n'y avait pas prêté attention, depuis qu'elle en avait extrait le nécessaire vital. Elle s'agenouilla et souleva le couvercle. Sa mère l'avait aidée à tout empaqueter. Peut-être y avait-elle glissé des cadeaux de mariage de dernière minute, cachés sous les livres ou sous les serviettes brodées de chez Frau Hoff ? Clara extirpa des chemises de nuit et une couette d'hiver – dont elle n'aurait jamais besoin ici… Elle espérait trouver un trésor. Qui sait si un invité généreux n'avait pas offert au jeune couple une paire de bougeoirs en argent ? Elle la donnerait alors à père Jakob pour rembourser une partie de la dette. C'était le moins qu'elle puisse faire…

Elle comprenait à présent que s'il s'était rendu en ville sans elle, c'était par fierté. Il avait sans doute des ardoises chez tous les commerçants de Lynnville. Qui sait à quoi il s'était engagé pour assurer du pain à la maisonnée ?

Malheureusement, la malle ne contenait aucun chandelier ni objet de famille de valeur. Uniquement, posé tout au fond, un vieux livre que sa mère avait chéri sa vie durant : *L'Ami de la ménagère.*

Un mot était écrit sur la page de garde : *Bienvenue dans ta maison, ma grande chérie. Ma mère m'avait donné ce livre quand je me suis mariée. Il est à toi à présent.*

Oh ! Maman, se dit Clara, envahie par une bouffée de tristesse. Tu as dû m'imaginer en train de découvrir mon nouveau domaine, d'ouvrir cette malle et d'accrocher mes vêtements avec l'aide d'une bonne. Peut-être même d'une femme de chambre. Et moi qui n'ai pas ouvert mon bagage si ce n'est pour en sortir le strict nécessaire… Tu dois attendre à cette heure une lettre qui n'est même pas encore partie !

Elle se mit à feuilleter l'ouvrage : un mélange de recettes, de conseils ménagers et de sagesse féminine. Que de fois sa mère s'était référée à ce livre lorsqu'elle cuisinait ! Au chapitre « Comment préparer les meilleurs *spätzle* », une main avait écrit dans la marge : *Utiliser un œuf de plus que le nombre de convives.* Clara sourit à travers ses larmes. L'espoir lui revenait. Entre les pages étaient glissées des notes ou des cartes accueillant une maxime. « Rien n'est insurmontable », disait l'une d'elles ; « Tant qu'on est vivant, on peut résoudre ses problèmes », disait une autre.

Comme Clara continuait à tourner les pages, une petite enveloppe tomba à terre. Contrairement aux autres papiers, elle n'était pas jaunie par le temps, et Clara reconnut le nécessaire de correspondance de sa mère. Au dos était inscrit *Pour Clara.* Elle y découvrit une véritable petite fortune en marks. Sa mère lui avait donné une sorte de dot.

Clara serra le livre contre son cœur. Il était apparu au moment le plus opportun. Son sourire s'élargit. Ce n'était pas une coïncidence. La Dame blanche lui avait été envoyée pour lui souffler de le chercher. Elle se précipita dehors pour remercier l'oiseau. Il était parti.

Lorsque les trois hommes rentrèrent ce soir-là, Clara servit le dîner sans un mot. Elle avait la gorge nouée. Ce qu'elle avait vu plus tôt dans la journée lui donnait la sensation de partager avec eux une plus grande intimité, comme un secret.

Elle avait vu Wilhelm, torse nu sous le soleil, les muscles bandés tel un guerrier héroïque, et l'admiration la submergeait.

Elle éprouvait la même vis-à-vis de Johann, et même de Jakob. Elle avait perçu toute la noblesse et la majesté de leur travail.

Mais comme elle ne savait pas quelle serait leur réaction en apprenant qu'elle les avait observés en plein labeur, transpirant et grognant dans la poussière comme les esclaves bâtisseurs de pyramide, elle préféra se taire.

Eux aussi gardaient le silence tandis que les assiettes se vidaient et qu'une soirée studieuse et calme s'annonçait. Cette fois, cependant, Clara laissa de côté la vaisselle. Elle les rejoignit à table et s'assit, les mains jointes devant elle. Ils la fixèrent, surpris.

— J'ai appris que nous étions à court d'argent.

— Mais comment..., s'étonna Wilhelm.

Elle l'interrompit d'un geste.

— Dites-moi, s'il vous plaît, quelle est la situation. Allons-nous perdre le domaine ?

— Nous manquons d'argent, admit son mari, gêné.

— Vous auriez dû me le dire.

— Tu n'as pas besoin d'être tenue au courant, la coupa Jakob avec brusquerie. Ton travail consiste à t'occuper de la cuisine, de la lessive, du ménage, des poulets et du potager. D'ailleurs, je ne vois aucun potager... Et d'abord, pourquoi te dire quoi que ce soit ? Que pourrais-tu faire de plus ?

— Où est parti l'argent ? Pourquoi avez-vous eu besoin de contracter un prêt ? reprit Clara avec calme.

Veuf depuis des années, Jakob Schaller n'avait pas l'habitude de rendre des comptes à une femme, et encore moins à une nouvelle venue arrogante et deux fois plus jeune que lui ! Les finances d'un homme ne regardaient que lui !

— Père Jakob, insista-t-elle pourtant, j'ai le droit de savoir. Je travaille dur dans cette maison et je souhaite sincèrement vous donner satisfaction, mais comment le puis-je si je ne suis au courant de rien ? Si nous ne pouvons pas nous permettre l'aide de Rosita, alors dites-le-moi et je m'organiserai en conséquence, continua la jeune femme sur un ton respectueux avant d'ajouter plus doucement : Crier n'aide pas non plus.

Johann se racla la gorge.

— La rouille s'est attaquée aux vignes l'automne dernier. Nous avons perdu la moitié des pieds, dit-il.

Clara regarda les trois hommes et comprit ce qui se cachait derrière le secret : la fierté. Comment un vigneron qui se targuait d'être le meilleur de Rhénanie pourrait-il admettre avoir perdu la moitié de son vignoble ?

Connaissant le côté inflexible de son beau-père, elle se demanda comment le faire changer d'avis à son sujet. Il y avait peut-être bien un moyen, lui aussi arrivé à point nommé, comme si on avait su qu'elle en aurait besoin à ce moment précis. Clara sortit de sa poche l'article découpé par sa sœur et le montra à chacun d'eux, en pointant son doigt sur la signature.

— Voyez qu'il s'agit d'un pasteur luthérien. Je présume que vous avez confiance en la parole d'un homme d'Église ?

Jakob acquiesça d'un hochement de tête doublé d'un grognement.

— Laissez-moi vous le lire : « L'un des termes qu'on interprète le plus souvent à tort dans la Bible est le mot “aide”, employé dans le livre de la Genèse. En 2:18, il est écrit : L'Éternel Dieu dit : Il n'est pas bon que l'homme soit seul ; je lui ferai une aide semblable à lui. L'interprétation la plus courante est de dire qu'Ève doit assister, accompagner Adam sur terre. »

Clara s'interrompit un instant pour vérifier que les trois hommes l'écoutaient. Elle reprit :

— « Néanmoins, le terme originel hébreu renvoie à quelque chose de beaucoup plus profond et puissant qu'une simple aide. Si nous comprenons réellement ce que Dieu a voulu dire, le rôle d'Ève et de la femme nous apparaît sous un jour bien différent. »

Clara s'arrêta à nouveau, s'attendant à ce que Jakob proteste violemment, voire quitte la table. Mais il était tout ouïe. Elle poursuivit :

— « En hébreu, *aide* se forme à partir de deux mots : *ezer* et *k'enegdo*. Le premier est souvent traduit par “aide”, mais signifie en réalité bien plus. Il revient vingt et une fois dans la Bible hébraïque. Huit de ces occurrences signifient “sauveur”. On les identifie facilement car elles sont associées à des termes exprimant la délivrance ou le sauvetage. Ailleurs, la racine *ezer* renvoie à la force... Elle est souvent utilisée pour évoquer ce que Dieu est à l'homme. Et c'est ce terme que Dieu utilise pour décrire Ève à Adam. Ève n'est pas seulement son aide ou sa compagne, plutôt son sauveur, sa libératrice. »

Comme son auditoire ne protestait pas, Clara continua, se félicitant intérieurement de pouvoir rallier les Schaller à sa cause grâce à la Bible :

— « Le second terme, communément traduit par “qui convient à, qui s'emboîte” est le mot *k'enegdo*, qui veut dire “devant” ou “en face de”, comme quand on se regarde dans une glace. Ève n'a pas été façonnée pour être la réplique exacte d'Adam. Elle a été conçue pour être son miroir et son complément, celle qui possède les qualités, les responsabilités et caractéristiques qui lui manquent. Tout comme les organes sexuels de l'homme et de la femme sont opposés mais complémentaires (l'un externe et l'autre interne), leur mission divine implique qu'ils soient l'inverse l'un de l'autre tout en s'emboîtant parfaitement pour créer la vie. Ève est l'égale d'Adam, son complément spirituel ; elle est dotée du pouvoir essentiel de sauver, complémentaire du pouvoir d'Adam. »

Pour soigner son effet, Clara s'interrompit un instant avant de conclure d'un ton ferme :

— « Ainsi, le passage de la Genèse devrait se lire de la manière suivante : Il n'est pas bon que l'homme soit seul. Je vais lui faire une compagne à la fois forte et puissante, qui aura le pouvoir de sauver et qui sera son égale. »

Elle reposa l'article et regarda les trois hommes.

— Que répondez-vous à cela ? demanda-t-elle à Jakob.

En toute honnêteté, il n'avait rien à répondre. La démonstration était brillante. Il s'étonnait juste qu'elle ait pensé à s'appuyer sur la Bible pour étayer son point de vue. Cela dénotait un esprit astucieux.

— En tant que membre de cette famille, reprit-elle, je dois être informée de la situation et des difficultés que nous rencontrons. Après tout, je peux peut-être trouver moyen d'économiser, voire de gagner de l'argent. Nous avons beaucoup de poules…

Elle marqua une pause, semblant hésiter. Elle se trouvait au pied du mur : l'argent de sa mère lui permettait de retourner en Allemagne, de dire adieu à son mari et, avec lui, aux corvées, à la tyrannie de Jakob et à cette solitude qui demeurerait son lot, elle le pressentait.

Dans le même temps, quand elle voyait ces deux frères assis devant elle, l'un homme de la terre, l'autre scientifique, tous deux partageant le même amour de la vigne et la même détermination à construire quelque chose dans ce nouveau monde, l'amour l'emplissait. Ses sentiments pour Wilhelm évoluaient, gagnaient en maturité, devenaient plus concrets. Quant à Johann, il l'avait conduite sur la rive du Largo, et elle éprouvait une affection nouvelle pour lui. Tous deux se battaient chaque jour pour modeler la terre selon leur rêve.

La décision s'imposa d'elle-même.

Elle porta la main à sa poche.

— Quand ma mère m'a aidée à faire mes bagages, elle a laissé un cadeau au fond de ma malle. Je ne l'ai trouvé qu'aujourd'hui.

Elle tendit l'argent à un Jakob stupéfait.

— Je n'y mets qu'une condition : qu'avec cet argent vous m'achetiez un vrai lit. Je sais que l'un d'entre vous dort par terre, dit-elle en jetant un regard à Wilhelm. Ou peut-être le faites-vous à tour de rôle. Je ne peux le permettre. Vous travaillez trop durement pour ne pas avoir des nuits convenables. Récupérez donc le lit de camp et prenez-moi un lit tout simple. Le reste de l'argent ira au domaine. Vous en disposerez comme bon vous semble.

C'est alors que Johann prit les billets des mains de son père et les rendit à la jeune femme.

— Non. Ils sont à vous, Clara. Vous devez avoir vos propres fonds.

— Mais la propriété…

— Tout ira bien, je vous assure. Nous avons décidé de défricher la partie occidentale du domaine.

Je sais, j'ai vu.

— Nous avons vendu le bois à une entreprise de charpenterie et la somme récoltée est suffisante pour rembourser la banque. Nous allons récupérer notre titre de propriété.

— Vraiment ?

— Vraiment, répondit Johann, dont le sourire s'élargit. Les besoins en chêne sont énormes : dans le bâtiment, l'ameublement, et même dans la tonnellerie. Et le reste sera vendu comme bois de chauffe. Gardez cet argent, Clara. Il est à vous.

Wilhelm les regardait, rendu muet par l'émotion et le respect nouveau que lui inspirait son épouse : Je vais ajouter une chambre à cette maison, où elle aura un vrai lit, un grand lit. Je lui offrirai toutes les belles choses qu'elle mérite.

Cependant, un ressentiment montait en lui. Car la vente du bois, c'était *son* idée. Mais Jakob ne l'avait adoptée qu'à partir du moment où Johann avait convenu qu'elle pourrait marcher. Marcher ? Elle avait sauvé le domaine, oui ! Or son père ne l'avait ni remercié ni complimenté. Toutes les louanges étaient allées à Johann l'universitaire, Johann l'urbain, qui avait négocié l'affaire avec l'entreprise et obtenu une avance de la banque pour payer les ouvriers mexicains qui travaillaient au déboisement.

Wilhelm avait tenté de contenir sa jalousie, comme il l'avait toujours fait jusqu'ici. Le petit dernier était souvent le chouchou dans les familles, c'était normal. Ça n'aurait pas dû le déranger. Pourtant, lorsqu'il avait été question d'études, son père n'avait pensé qu'à Johann. Il ne lui avait jamais proposé à lui d'aller à l'université. Il aurait refusé, sans doute, mais Jakob aurait au moins pu lui demander si cela le tentait. Et quand il pensait au nombre de conseils de famille où Johann avait remporté plus d'approbations que lui… Est-ce que ça allait continuer comme cela toute sa vie ?

Bah, se dit-il. Tout ça, c'est du passé. Le domaine est sauvé. On se moque de savoir à qui en revient le mérite.

Jakob, de son côté, souriait. Son aîné avait bien fait en choisissant Clara comme épouse. Il l'emmènerait la prochaine fois qu'il irait en ville. Elle pourrait faire le tour des boutiques de ses amis. Et peut-être qu'ils iraient au temple un de ces dimanches, afin de remercier le Seigneur pour tout ce bois qui leur assurait l'abondance.

Détruire la chênaie n'avait pas été une décision facile à prendre. Certaines choses dans la nature devaient rester telles que Dieu les avait créées : la Colina Sagrada, par exemple, ou cette forêt. Mais autant on ne pouvait rien tirer de la première, autant la seconde avait le pouvoir de les sauver de la faillite et de l'humiliation. Johann avait eu raison. Et qui sait si Dieu ne l'avait pas voulu ainsi depuis le début ? Par ailleurs, il avait fait une promesse à une mourante.

Ne t'avais-je pas dit, ma douce Kätzchen, que je donnerais à nos garçons un avenir brillant ? Ce n'est pas la banque qui allait m'empêcher de tenir ma promesse. À présent, l'horizon s'éclaircit, nous allons prospérer et, un jour j'espère, la culpabilité cessera de me ronger. C'est le moins que je puisse faire pour te remercier d'avoir gardé notre secret, ma bien-aimée. Tu as protégé mon honneur et mon nom quand tu avais le pouvoir de les détruire. Tu es un ange.

Quant à Johann, il nourrissait des pensées tumultueuses...

Il était encore chamboulé par la façon dont Clara leur avait offert sa dot. Cela l'avait ému aux larmes. Elle avait raison sur toute la ligne : ils auraient dû la tenir informée ; elle souhaitait participer à cette aventure commune avec eux. Depuis leur départ d'Allemagne, il lui découvrait chaque jour de nouvelles et merveilleuses qualités : sa force intérieure, sa gaieté, sa générosité. Et avec quelle sincérité elle l'avait remercié de l'avoir amenée au fleuve ! Ce n'était qu'un paysage. Pourtant, elle l'avait regardé comme s'il lui avait offert un trésor impérial.

Et à l'instant, quand il lui avait rendu les billets et avait tenu ses mains entre les siennes, l'espace d'une seconde... Ah ! Comme il aurait aimé pouvoir jouer avec les mèches châtains qui s'échappaient de son chignon bas et bouclaient sur sa nuque laiteuse !

Ses sentiments à son égard l'inquiétaient. Il était fier d'elle, bien sûr. Il l'admirait et la respectait. Mais cette affection fraternelle était en train de prendre une tournure interdite. C'était la femme de son frère. Il ne devait pas penser à elle autrement.

Clara, enfin, sentait qu'un lien s'était créé entre elle et les Schaller. Une étape avait été franchie. Un moment fondateur. Ils formaient désormais *une famille*, sans qu'il y ait besoin de serment, de signature ou de témoin pour cela.

C'était comme si un sort leur avait été jeté. Chacun d'entre eux avait voulu et voulait sauver le domaine. Jamais elle ne s'était sentie impliquée à ce point dans la pharmacie paternelle, quel que soit son amour pour son village natal et la Rhénanie. C'était ça, le pouvoir de la terre.

Ce soir-là, dans son lit de camp, elle s'endormit le sourire aux lèvres, des images de la vallée du Largo plein la tête et la conviction chevillée au corps que, tant que le livre de sa mère ne la quittait pas, sa mère serait là. Elle ne serait plus jamais seule.

Désormais, elle était maîtresse chez elle. Et elle ferait tout son possible pour rendre les Schaller fiers d'elle. Car, oui, elle était courageuse – elle comptait bien le prouver.

Puisque la chênaie n'était plus, autant exploiter au mieux la terre conquise. Les trois Schaller, aidés d'une douzaine de journaliers, s'attelèrent donc à préparer ces hectares en vue de nouvelles plantations. Ils cassèrent les pierres, retournèrent la terre, brûlèrent les souches inamovibles ainsi que les buissons et les herbes folles. Ce jour-là, l'air fut empli de fumée et de labeur.

Toute cette activité résultait d'un débat mouvementé quant à la destination des sols. Conviendraient-ils à la vigne ? Il fallait en mesurer le degré d'alcalinité, d'acidité, la minéralité ainsi que le pourcentage d'argile, de sable et de limon. Jakob avait enfoncé sa main dans la terre, en avait prélevé une poignée, qu'il avait reniflée et fait rouler entre ses doigts. Il avait jaugé la pente, l'ensoleillement et l'exposition au vent, puis avait laissé parler son instinct de vigneron. Il avait des doutes. Il préférait attendre la vendange avant d'investir quoi que ce soit dans un sol peut-être inculte. Wilhelm, soucieux de plaire à son père, était d'accord avec lui. Johann, en revanche, avec son papier tournesol, ses livres de chimie et sa connaissance des dernières innovations en matière d'engrais, était convaincu que ces terres donneraient les meilleures vendanges de la vallée.

« Père, pourquoi m'avoir envoyé à l'université si vous ne croyez pas en l'éducation ? » avait-il dit sur le ton de la plaisanterie.

Un ton où affleuraient néanmoins l'ennui et l'impatience. Car d'après lui, il n'y avait aucune hésitation à avoir : ces sols déboisés conviendraient admirablement aux jeunes pieds de vigne.

« On ne sait pas si ce sol peut porter autre chose que des chênes, avait argué Wilhelm.

— Comment le savoir si on n'essaie pas ? » avait rétorqué son cadet.

Jakob avait fini par se rallier à son idée, d'où l'intense activité du jour sur l'espace déboisé. Le père de famille ne comprenait toutefois pas le mécontentement de Wilhelm. Au lieu de se lancer à corps perdu dans l'entreprise, ce dernier avait grommelé que personne ne l'écoutait jamais. Et voilà que, sur le terrain, les deux frères se disputaient à nouveau. Cela lui brisait le cœur. Il avait compté sur la Californie et l'envergure de la propriété pour mettre fin à leur rivalité. Malheureusement, chacun d'eux abordait la viticulture par des moyens opposés. Si, à titre personnel, lui-même se sentait plus proche des méthodes de Wilhelm, une partie de lui admirait les connaissances scientifiques de Johann et trouvait qu'il devait pouvoir les mettre en application.

Fatigué de les entendre, il interrompit son travail et intervint :

— Wilhelm, pourquoi ne pas laisser Johann voir ce qu'il peut faire avec ses moyens modernes ? S'il échoue, c'est la vie, nous tenterons autre chose. Beaucoup de vignerons de la vallée ont planté d'autres cépages.

— Ce sera une perte de temps ! lança le jeune homme.

Étonné de sa mauvaise volonté, Jakob sentit sa patience s'émousser.

— Johann, dit-il, pourquoi ne travaillerais-tu pas ces parcelles-ci comme bon te semble ? Et Wilhelm et moi, nous

nous occuperions du reste du vignoble selon les méthodes éprouvées…

— Quoi !? Tu lui *donnes* ces parcelles ? À exploiter tout seul ? s'étrangla Wilhelm.

— Fils, on peut très bien attendre et voir…

— Pourquoi est-ce que tu prends toujours son parti ? s'écria Wilhelm, qui en balança sa pelle de rage avant de s'éloigner à grandes enjambées.

Jakob poussa un soupir de contrariété. Son plan n'avait pas fonctionné. La taille du domaine n'y faisait rien. En fait, la rivalité des deux frères avait même empiré, et ce n'était pas parce que Johann courait à cette minute derrière son aîné pour l'apaiser que cela y changerait quelque chose.

En suis-je responsable ? se demanda Jakob tout en observant la gestuelle animée des deux jeunes gens. Ne les ai-je pas traités de la même manière, sans favoritisme ? Kätzchen, si seulement tu étais là pour me conseiller, me dire ce que je fais de travers – *si* je fais de travers.

Soudain, une pensée lui traversa l'esprit, qui le pétrifia sur place : et s'ils connaissaient son secret ?

Non ! Impossible ! Jakob leva haut sa pioche et la laissa retomber lourdement sur les pierres pour chasser cette idée effrayante. Allons, se bagarrer entre frères, c'était normal…

Ce dimanche-là, Clara vérifiait la cuisson de son gâteau lorsqu'elle entendit une voiture à cheval arriver dans la cour, au grand dam des poules. Sortant sur le perron, elle fut saisie par le spectacle qui s'offrait à elle : un surrey de quatre places à la caisse rouge vif surmontée d'une capote à franges était arrêté devant la maison, ses deux bais piaffant encore tandis que la conductrice attachait les rênes. La jeune femme avait les cheveux d'un noir de jais et portait un béret à plume assorti à une robe jaune citron qui mettait en valeur des formes voluptueuses.

— Bonjour, dit la visiteuse tout en descendant de voiture, une ombrelle ouverte à la main.

Clara n'avait jamais vu créature aussi belle. Elle lui donna vingt-cinq ans environ. Qui était-ce donc ?

— Feliciana Ballerini, annonça gaiement cette dernière, un sourire éblouissant aux lèvres. Je viens de rentrer de Monterey et mon père m'a dit que nous avions de nouveaux voisins. Je suis venue me présenter.

Clara ne réagit pas immédiatement, n'étant pas habituée à l'accent et au dialecte germanophone de Feliciana. Mais une fois qu'elle eut compris l'identité de son interlocutrice, elle fut transportée de joie. Une joie mêlée d'étonnement à savoir une telle beauté encore célibataire – son père lui avait dit qu'elle n'était pas mariée.

— Je suis ravie de vous rencontrer, Feliciana. Voulez-vous prendre une tasse de café et une part de gâteau ?

— Très volontiers, merci.

Ne manquant pas de remarquer avec quelle curiosité sa voisine observait les alentours, depuis la cour jusqu'aux vignes sans compter la grange, le poulailler et la maison, Clara proposa :

— Le gâteau est encore au four. Voulez-vous faire le tour du propriétaire ?

Le sourire qui lui répondit semblait dire que rien ne ravirait davantage Feliciana. Pourtant, il s'agissait probablement du domaine le plus modeste de la vallée...

— Il n'y a pas beaucoup à visiter. Mais c'est chez nous..., dit Clara en précédant la jeune Suisse.

Quelle chance que Mlle Ballerini soit venue ce jour-là ! Ils venaient de rentrer du temple, si bien qu'elle portait sa plus belle robe et son chignon était impeccable.

À la joie de cette visite se mêla soudain un immense soulagement.

C'est que, depuis qu'elle les avait surpris en plein déboisement, Clara vivait dans la peur qu'il arrive quelque chose à ses trois hommes. Lorsque la vigne les avalait chaque matin et qu'ils disparaissaient des journées entières, elle ne pouvait s'empêcher de s'inquiéter pour eux. S'il leur arrivait malheur, comment le saurait-elle et vers qui se tournerait-elle pour trouver de l'aide ?

Ses craintes augmentaient avec les heures, atteignant leur paroxysme au crépuscule. Elle guettait alors le moindre bruit, une voix ou le cliquetis des sabots et des harnais s'ils avaient pris le chariot le matin – ce qu'elle détestait encore plus, car cela signifiait qu'ils partaient plus loin que d'habitude. Parfois, elle cessait ses allées et venues entre la cuisine et la cour pour s'installer sous le porche et scruter l'horizon à la recherche d'un nuage de poussière révélateur de leur présence. L'attente devenait rapidement insoutenable. Et quand un rire, la voix de stentor de Wilhelm ou les grincements du chariot lui parvenaient enfin, elle adressait une prière muette au Ciel pour le remercier de les avoir protégés.

Plusieurs jours de ce régime avaient convaincu Clara qu'il fallait qu'elle mette un terme à son isolement. Elle avait besoin de se sentir en sécurité, d'avoir quelqu'un vers qui se tourner en cas de besoin. Ce matin-là, elle avait donc demandé à Jakob d'aller au temple. Ce qu'il n'avait pu lui refuser. La famille avait revêtu ses plus beaux atours et s'était rendue à Lynnville en chariot. L'office dominical s'adressait à toutes les communautés protestantes de la vallée – les catholiques faisant quant à eux le voyage jusqu'à Santa Barbara.

Le révérend Brown avait été enchanté de voir arriver de nouveaux paroissiens, même s'il les savait fraîchement arrivés d'Allemagne et peu versés en anglais. Tant pis pour le sermon. Son troupeau augmentait !

Après le service, les Schaller avaient participé à une petite réunion improvisée au studio de photographie. Ils avaient mangé de la choucroute et du bon pain allemand avec du beurre. Quelle joie cela avait été pour Clara de retrouver ses amies, d'entendre les derniers potins et de raconter, en les embellissant un peu, ses propres aventures… Jakob, Wilhelm et Johann avaient eux aussi passé un bon moment entre bière et chants folkloriques. En repartant, la jeune femme avait compris qu'ils réitéreraient l'expérience le dimanche suivant, et celui d'après. Le pli était pris.

Elle avait des amis en ville et, désormais, elle connaissait une voisine qui habitait à proximité.

Feliciana n'avait plus parlé le dialecte allemand depuis son enfance et Clara connaissait encore peu d'anglais, mais les deux jeunes femmes parvinrent à communiquer en comblant leurs lacunes par des gestes et de la pantomime.

— Nous agrandissons la maison, expliqua Clara lorsqu'elles arrivèrent à l'arrière de la bâtisse.

Le bois avait été livré quelques jours plus tôt, et Wilhelm avait tracé les contours de la future pièce, *leur* chambre. Les travaux ne seraient probablement pas achevés de sitôt, car Wilhelm et les ouvriers travaillaient en priorité à la taille des vignes et au palissage, et ce afin que les ceps reçoivent le maximum d'ensoleillement. Mais Clara saurait attendre, puisque la promesse d'une véritable intimité prenait forme. À chaque fois que son mari venait inspecter le chantier, il lui faisait un clin d'œil complice qui lui redonnait un cœur de jeune mariée.

Sa vie prenait – ou allait bientôt prendre – un tour plus heureux. Déjà, elle pouvait écrire en Allemagne ! C'était une grande joie pour elle. Elle avait envoyé ses lettres au pays et en attendait les réponses d'ici quelques semaines.

Le tour du propriétaire terminé, Clara conduisit Feliciana à la cuisine, où elle mit le café en route et sortit le gâteau du four. Elle savourait le moment... Voilà qu'elle recevait son tout premier visiteur dans sa nouvelle demeure ! Feliciana lui faisait l'effet d'une brise de printemps bienfaisante. D'autant que, ces derniers jours, une tension diffuse s'était instaurée entre les deux frères. Une tension qui allait grandissant. Cette visite arrivait donc au bon moment pour lui changer les idées !

Clara versa le café chaud dans des tasses apportées d'Allemagne, disposa le sucre et le lait et découpa le gâteau encore tiède fourré à la compote d'abricot. C'était une recette tirée du livre de sa mère. Grâce à cet ouvrage et aux annotations laissées en marge, elle s'employait avec succès à améliorer l'ordinaire. Elle était passée maître dans l'art d'accommoder le poisson, le lapin ou le canard, et ses *spätzle* avaient fait se pâmer Jakob.

Les deux jeunes femmes prirent le thé comme des amies de toujours.

— Oh, ce gâteau est un vrai délice, Clara ! Vous devez me donner la recette. Papa va adorer. Vous savez, nous sommes arrivés ici il y a onze ans, après la mort de ma mère. J'avais quatorze ans et mon père voulait tourner la page, alors nous sommes venus en Californie. J'ai appris l'anglais et un peu d'espagnol. C'est d'ailleurs étrange, quand on y pense, de faire tout ce voyage pour avoir l'impression de vivre en Espagne. Vous savez que les Mexicains organisent des fêtes très colorées ? J'adore leurs danses !

Feliciana était non seulement belle mais captivante. Et pas uniquement pour la gent masculine. Clara était fascinée par la perfection de ses traits, son teint olivâtre, ses longs cils noirs et ses yeux brillants. Par sa personnalité pétillante aussi. Et pourtant on aurait dit qu'elle n'avait pas conscience de son charme ni de son allure. Elle se moquait même d'elle-même et de sa maladresse, alors que Clara la trouvait gracieuse et sans défaut.

Une question titillait cette dernière : pourquoi Feliciana n'était-elle pas mariée ? Son père éconduisait-il les prétendants ? Les Ballerini étaient riches. Ils possédaient un vignoble, mais aussi des centaines d'hectares mis en culture pour répondre aux besoins d'une région en pleine explosion démographique.

Feliciana se leva pour prendre congé.

— Je dois partir, chère Clara : j'ai encore quelques amis à saluer, qui auront certainement appris mon retour et se demandent pourquoi je ne suis pas encore passée les voir. Venez donc dimanche prochain à la maison. Nous invitons toujours quelques personnes à dîner. Je vous les présenterai.

Ce soir-là, Clara écossait des petits pois sur la galerie quand son beau-père la rejoignit pour fumer tranquillement sa pipe. À l'intérieur, les deux frères se disputaient à propos de l'exploitation des nouvelles parcelles. Jakob secoua la tête.

— Ces deux-là, même petits, ils étaient en compétition. Je leur ai pourtant répété que des frères sont censés s'aimer. Je ne sais plus quoi faire.

Il secoua à nouveau la tête.

Soudain, la porte s'ouvrit à toute volée et Johann déboula dans la cour, Wilhelm sur ses talons et lui disant :

— Ne me tourne pas le dos comme ça quand je te parle ! On ne peut pas mettre du potassium dans le sol : ça tuerait tout ce qui pousse.

— Et moi, je te dis que le sol en contient déjà. C'est na-tu-rel, Wilhelm. C'est prouvé ! Là où il n'y en a pas assez, on en ajoute pour rétablir l'équilibre.

— Toi et tes cours de science ! hurla Wilhelm en se rapprochant de son frère.

La jeune femme, stupéfaite, mit de côté les petits pois. La tension entre les deux frères prenait des proportions dangereuses. Elle aurait dû y prendre garde plus tôt. Déjà en Allemagne, au pique-nique, lorsque Wilhelm avait taquiné « l'universitaire », elle avait perçu une rivalité larvée. Pour des raisons d'argent, seul Johann avait pu faire des études supérieures. Et voilà que Wilhelm se trouvait sans réponses face aux arguments scientifiques de son frère diplômé. Il devait se sentir rabaissé.

À cela s'ajoutait maintenant l'autonomie accordée par Jakob à Johann pour œuvrer comme il l'entendait sur les parcelles déboisées. Oui, même elle pouvait percevoir l'injustice de tout ceci.

— Écoute, poursuivait Johann, les mains écartées pour mieux convaincre son frère, le déficit en potassium est courant dans les sols sableux comme ceux où l'on va planter les nouveaux pieds. Ces sols-là doivent être enrichis à intervalles réguliers. Tu as toi-même constaté l'effet de ce déséquilibre sur les vieilles vignes. Les feuilles se dépigmentent et meurent. Et on n'est même pas en été !

— Ne me parle pas comme à un enfant ! répondit Wilhelm, les poings serrés.

— Mon Dieu, fit Jakob, qui se leva de son fauteuil.

— Même un enfant comprendrait, lâcha Johann, à bout de patience.

— J'ai dit : ne me parle pas comme ça !

Le poing de Wilhelm fusa et atteignit Johann avant qu'il puisse parer. Le jeune homme tituba en arrière.

— Les garçons ! Arrêtez ! Arrêtez tout de suite ! s'écria Jakob tout en dévalant les marches.

Mais Wilhelm, bien campé sur ses jambes, avait déjà balancé son autre poing et s'apprêtait à recommencer. Chancelant, Johann se tenait la mâchoire d'un air incrédule. Jakob s'interposa :

— J'ai dit : « Stop ! »

Wilhelm tenta d'atteindre Johann malgré son père, qui mettait toute son énergie à le retenir par les épaules.

— Arrête ! lui intima encore ce dernier.

Soudain, le vieil homme glissa sur le sol gorgé d'eau, et son crâne heurta la pompe dans un bruit sourd.

— Père Jakob ! hurla Clara.

Les deux frères se précipitèrent vers leur père et l'appelèrent. En vain. Jakob avait perdu connaissance. Il ne gémissait même pas.

— Vite ! Portez-le à l'intérieur ! ordonna Clara.

Ils allongèrent le blessé le plus délicatement possible sur son lit de camp. Du sang coulait d'une entaille au cuir chevelu. Clara alla chercher de l'eau chaude, du savon et des serviettes propres.

— Y a-t-il un docteur à Lynnville ? demanda-t-elle.

Comme aucune réponse ne venait, elle leva les yeux vers les deux frères, pâles comme la mort. La mâchoire de Johann virait au violet.

— Y a-t-il un docteur à Lynnville ? répéta-t-elle, plus péremptoire.

— Non, à Santa Barbara seulement, souffla Wilhelm d'une voix à peine audible.

Cela voulait dire soixante kilomètres, par des routes tortueuses et pentues, qui plus est de nuit. C'était trop loin.

Clara nettoya la blessure et arrêta le saignement avec de la charpie. Elle connaissait bien tous les produits qui se trouvaient dans la boîte à pharmacie offerte par son père. Elle attrapa la teinture d'iode et désinfecta la plaie. Elle appliqua ensuite une compresse, qu'elle maintint en place avec un bandage.

Elle se recula et observa le visage translucide de Jakob.

— C'est tout ce que je peux faire pour l'instant.

Le blessé était toujours inconscient lorsque Johann sella un cheval pour aller à Santa Barbara le lendemain matin. Il n'avait pas repris connaissance quand il revint le soir, malheureusement sans le médecin, lequel était parti à Los Angeles. Wilhelm décida d'avertir le révérend Brown. Il ne leur restait plus rien d'autre à faire qu'à veiller Jakob.

Les jours qui suivirent, Jakob alterna les états de semi-conscience et d'inconscience. Il but un peu, de l'eau et quelques gorgées de soupe ou de bouillon. Il murmurait des choses incohérentes et se plaignait de la tête. Elle lui faisait très mal. Clara restait à ses côtés, ne se levant que pour préparer les repas et alimenter en bois la cuisinière.

Puis la fièvre apparut.

— Il est brûlant. Vite ! Allez chercher de l'eau froide au puits ! lança la jeune femme.

Les deux frères se précipitèrent tandis qu'elle retirait à Jakob sa chemise et son pantalon. L'entaille à la tête suintait, mais cela ne semblait pas grave. Devait-elle changer le pansement et remettre un peu d'antiseptique ?

Lorsque Wilhelm et Johann apportèrent l'eau tout juste pompée, elle entreprit de rafraîchir Jakob avec un linge mouillé. Il gémit. Était-ce bon signe ?

Johann retourna à Santa Barbara, d'où il ramena cette fois le docteur. Ce dernier examina la plaie. Celle-ci était pleine de pus verdâtre. Il la nettoya au phénol et entreprit d'en retirer les tissus nécrosés avant de suturer comme il le pouvait. Il recommanda la prise d'aspirine toutes les quatre heures.

La fièvre empira. Jakob s'agitait, gémissait et transpirait tellement qu'il fallait changer régulièrement les draps. Le révérend Brown vint prier à son chevet, tout comme Rosita, qui glissa également une médaille bénie sous l'oreiller de son employeur. Dieu se trouva imploré en espagnol, en anglais et en allemand.

Au soir du septième jour, alors que les journaliers mexicains et guatémaltèques s'étaient rassemblés dans la cour avec des cierges, Jakob commença à délirer. Ses yeux, profondément enchâssés dans leurs orbites, fixaient le vide. Ses lèvres craquelées s'ouvraient sur des mots sans voix. Rappelé par la famille, le docteur ne put que constater l'extension de l'infection et son impuissance à l'arrêter. Le seul recours résidait dorénavant dans la prière.

Stoïque, Clara veillait Jakob et lui tenait la main, une main brûlante et sèche. Elle luttait contre les larmes afin de ne pas ajouter au désarroi des deux frères qui faisaient les cent pas dans la pièce, incapables de se poser, croyant peut-être écarter par leur agitation l'ange de la mort.

À minuit, le regard de Jakob se concentra soudain sur Clara. Ses lèvres cessèrent de remuer en vain.

— Ilse ? C'est toi ? demanda-t-il.

Surprise, Clara ne répondit rien. Johann et Wilhelm se précipitèrent à son chevet.

— Que dis-tu, père ?

Mais Jakob ne quittait pas Clara des yeux.

— Ilse ?

Devant l'air interloqué de la jeune femme, Johann expliqua :

— C'était notre mère.

Clara tenta de détromper le blessé :

— Non, père Jakob. Je suis Clara, votre belle-fille.

Il sourit et resserra un peu l'étreinte de ses doigts.

— Oh, Ilse, c'est si bon de te voir. Je meurs, tu sais. Dieu me rappelle à lui.

— Non, s'il vous plaît. Ne mourez pas.

— Comme tu es bonne, Ilse. La bonté même, et généreuse aussi. Alors, tu comprendras ce que je dois te révéler aujourd'hui. Je ne peux pas me présenter au Seigneur en état de péché. Ma tendre Ilse, je dois t'avouer quelque chose. Te confesser ma très grande faute envers toi.

Clara déglutit tant bien que mal. Un regard aux deux frères lui indiqua qu'eux non plus ne voulaient pas entendre la suite.

La voix de Jakob se fit oppressée. Sifflante. Il avait du mal à respirer. Ses yeux étincelaient de fièvre et d'un feu intérieur. Il raffermit l'étreinte de sa main.

— Ilse, tu te souviens quand ta sœur est venue nous dire qu'elle était enceinte… quand elle est venue frapper en larmes à notre porte, un bâtard dans le ventre… Vos parents l'avaient jetée dehors… Elle est venue nous supplier de la prendre chez nous et tu m'as imploré de l'accueillir.

Pâles et figés dans l'attente angoissée de ce qui allait suivre, les trois jeunes gens n'osaient plus respirer.

— J'ai accepté et nous avons caché Hannah, inventant pour les autres une histoire de mariage avec un capitaine au long cours et un naufrage dans lequel tous les deux auraient péri.

En secret, elle a mis au monde un bâtard sous notre toit. Mais il y a eu des complications, et elle est morte quasiment en couches. Avant qu'elle ne meure, nous lui avons promis que nous élèverions et aimerions Johann comme notre propre fils. Et c'est ce que nous avons fait, n'est-ce pas, Ilse ? Nous avons aimé Johann comme notre fils.

Jakob ferma les yeux pour mieux chercher son souffle, inconscient du choc que cette révélation venait de provoquer autour de lui. Wilhelm fixait son frère d'un air abasourdi. Un épais silence emplit la pièce. Dehors, les journaliers s'étaient tus et retournaient progressivement à leur campement, comme s'ils sentaient d'instinct que l'heure de la mort approchait. Désormais, la suite dépendait de Dieu.

Clara observa les deux frères : Johann était pétrifié, Wilhelm assommé. Avaient-ils bien entendu ? La révélation de Jakob était-elle le fruit du délire ?

De son côté, Johann remontait en pensée à l'époque où sa mère était vivante. Il tentait de se remémorer ce qu'elle lui avait dit sur leur tante Hannah. Celle-ci était morte quand il n'était qu'un bébé. De la scarlatine. Voilà ce qu'avait été la version officielle.

Sans s'en rendre compte, il se mit en mouvement d'un pas lourd, s'arrêtant ici et là dans la pièce pour écouter la nuit, perdu dans ses interrogations. Cela ne pouvait être vrai. Jakob et Ilse n'étaient pas ses vrais parents ? Et Wilhelm n'était pas son frère ?

Soudain, il lança un regard éperdu à Clara et Wilhelm. Suis-je un bâtard ? avait-il envie de hurler.

— Seigneur Dieu…, souffla Wilhelm en se laissant tomber sur une chaise.

Johann ouvrit les bras en un geste de désarroi. Toute sa vie, il avait aimé Jakob et porté avec fierté son nom. Mais désormais… Il était donc le fils d'un autre homme ? Dont il ne savait rien…

Il chancela sous le choc. Il se sentait trahi, sans savoir exactement par qui. Jakob ? Ce père inconnu ? Ou Ilse, qui n'était pas sa mère ? Lequel d'entre eux l'avait trompé et abandonné ? *Je suis le bâtard de tante Hannah.*

Clara observait Johann et comprenait ce qui se passait en lui. Elle aurait voulu le consoler, le prendre dans ses bras et lui dire que tout cela ne comptait pas, que Jakob et Ilse l'avaient aimé et élevé comme s'il était leur chair et leur sang.

Les pensées de Wilhelm, en revanche, étaient d'un autre ordre. Étranges, et dérangeantes comme les corbeaux qui dévastent les champs fraîchement ensemencés. Son monde s'écroulait. Le mot *cousin* revenait en boucle dans sa tête. Il se disait : Johann n'est pas mon frère. Il n'est pas un Schaller. On ne connaît même pas son vrai nom ! Comment Dieu a-t-il pu permettre cela ? Et pour le domaine, quelles sont les implications ?

À cet instant précis, Jakob rouvrit les yeux et prit une profonde inspiration.

— Femme chérie, j'ai vécu toutes ces années en portant le poids d'un terrible secret. L'adultère est un péché aux yeux de Dieu et un crime aux yeux des hommes.

Clara échangea un regard étonné avec les deux frères.

— Je m'inquiète pour l'âme de Hannah. J'ai manqué à mon devoir. Le Lévitique, chapitre 18, verset 18, est très clair sur ce point… Un homme ne doit pas avoir de relations sexuelles avec la sœur de son épouse tant que son épouse est vivante. Or Hannah est morte. Était-ce la punition divine pour le péché dans lequel je l'avais entraînée ?

Le regard fixe, fiévreux, tourné vers le plafond, Jakob continuait :

— J'ai été faible ! Hannah n'y est pour rien. Et je ne blâme pas Johann pour sa mort. Il n'était qu'un bébé innocent. C'est moi seul qui porte la responsabilité de tout cela. Je n'ai jamais pu me pardonner. Mais si je tiens ma promesse – celle de veiller à ce que Johann ait une vie brillante et qu'il réussisse –, je peux espérer l'absolution.

Il passa une langue desséchée sur ses lèvres craquelées tandis que trois visages hagards le fixaient en silence.

— Même si Dieu ne m'absout pas, j'espère parvenir à me pardonner moi-même en trouvant la paix et la rédemption en Californie. Voilà pourquoi je dois y aller, Ilse. C'est le seul moyen : je dois quitter l'Allemagne pour offrir une vie meilleure à Johann et apporter la paix à Hannah. Hannah, ma bien-aimée Kätzchen…

Jakob tourna alors des yeux étincelants de fièvre vers Clara.

— Très chère Ilse, quand tu as questionné ta sœur sur l'identité du père, elle n'a rien dit. Elle est morte en emportant son nom scellé dans son cœur. Écoute-moi bien maintenant, avant que je ne rejoigne le Seigneur.

La suite fut littéralement rugie avec toute la force et la puissance qui animent parfois les mourants dans leurs derniers instants. D'une voix de stentor assez ample pour emplir toute la maison, la nuit, le cosmos, Jakob lança :

— Que Dieu me pardonne ! Cet homme-là, c'était moi, Ilse ! *J'ai* engendré Johann ! Et Hannah, ma douce Kätzchen, ne l'a jamais révélé ! Voilà pourquoi j'ai recueilli Johann et pourquoi je l'ai aimé de tout mon cœur, voilà pourquoi je l'aime plus que je ne peux aimer Wilhelm…

Dans la pièce, le monde des Schaller était sur le point de basculer. L'équilibre ne tenait plus qu'à un fil.

— Je sais, un père n'est pas censé avoir de fils préféré, mais j'aime Johann de tout mon cœur. Wilhelm a été conçu par devoir conjugal, quand Johann est issu de mon amour pour ma sainte et pure Kätzchen, la plus profonde passion de ma vie. Il est tout ce qui me reste d'elle et de cet amour. Alors, je dois cacher ma préférence.

La voix de Jakob s'était assourdie, mais il retrouva assez de coffre pour crier dans une tension extrême de tout son corps :

— Pardonne-moi, Ilse ! J'ai aimé ta sœur plus que je ne t'ai jamais aimée ! Pardonne-moi !

Sa tête retomba sur l'oreiller, son torse se creusa et ses poumons se vidèrent. Jakob Schaller avait poussé son dernier soupir.

Dans la maison, le temps était suspendu, comme figé.

Soudain, Wilhelm se précipita dehors en poussant un cri étranglé. Il trébucha contre la racine d'un arbre et s'arrêta, pris de haut-le-cœur. Après quelques instants, Clara sortit à son tour. La vue de son mari couvert de sueur en train de rendre tripes et boyaux la cloua sur place. L'ampleur du drame l'écrasait.

N'écoutant que son instinct, elle s'élança. Mais lorsqu'elle arriva à ses côtés il la renvoya du geste et de la voix.

— Laisse-moi, femme ! aboya-t-il.

Elle obtempéra. Retournant lentement vers la maison, elle aperçut sous le porche baigné de lune Johann en état de choc, plus immobile et blanc qu'une statue.

Wilhelm se rendit à Lynnville, où il informa le shérif de la mort de son père. Peu après, le croque-mort vint chercher le corps afin de le mettre en bière. La mort de Jakob Schaller ayant été déclarée accidentelle par le comté, ses funérailles purent avoir lieu. Elles furent célébrées par le révérend Brown, en présence du groupe de jeunes immigrants à qui Jakob avait donné l'envie de tenter l'aventure en Amérique. Ils pleuraient, embrassaient Wilhelm, Clara et Johann, leur disant quelle tragédie c'était de savoir Jakob parti avant qu'il ait pu voir son rêve d'un grand domaine se réaliser.

Les jours s'écoulèrent dans une sorte de brume. Les trois jeunes gens agissaient comme des automates, incapables de croire que la force vive qui les avait dirigés jusque-là s'en était allée. Incapables de croire à son ultime aveu. Tous muets. Clara aurait tellement voulu réconforter les deux hommes, mais Wilhelm refusait tout geste d'approche, et Johann s'était comme retranché du genre humain. Elle ne pouvait que tenter de deviner ce que l'un et l'autre ressentaient.

La foudre avait frappé par deux fois. D'abord, cette mort accidentelle dont les deux frères devaient probablement se sentir coupables, puis la terrible confession de Jakob. Clara essayait de transposer la situation dans sa propre famille, imaginant son père, un notable respecté, confessant sur son lit de mort un adultère impliquant tante Sonja, si bien qu'elle-même serait une enfant illégitime.

Impensable ! La jeune femme secoua la tête et entreprit d'affiner sa pâte d'un coup de rouleau à pâtisserie vengeur. Tout cela était inconcevable, insensé…

Et pourtant. Jakob n'aurait jamais menti à l'heure de sa rencontre avec le Créateur. Il avait dit la vérité : Wilhelm et Johann étaient demi-frères.

Son regard se porta par la fenêtre sur les rangs de vignes les plus proches de la maison. Où travaillaient-ils aujourd'hui ? Elle n'en avait aucune idée. Les deux hommes ne s'étaient pas adressé la parole depuis l'enterrement. Quel poison rongeait leurs cœurs pendant qu'ils taillaient, désherbaient, creusaient le sol et posaient de nouveaux palissages ?

L'avenir s'annonçait incertain. Effrayant, même.

Wilhelm attaquait la vigne à la machette, comme pour semer la désolation sur toute la terre.

Il travaillait à l'opposé de là où œuvrait Johann. Pour ne pas subir sa proximité, ne pas le voir. Depuis les funérailles, sa douleur s'était envenimée au point de se transformer en haine contre son frère.

Le jeune homme avait toujours placé son père sur un piédestal, il l'avait vénéré sa vie durant, en avait fait un exemple à suivre en toute chose... La déception était immense. Son héros, cet homme d'une rectitude morale indiscutable, avait fauté. La colère l'habitait et se concentrait sur Johann, preuve vivante de la chute de Jakob. Comme si l'enfant avait été non le fruit mais l'origine du péché paternel. Wilhelm allait même plus loin. Il se disait que seule une femme rouée avait pu pousser un homme aussi intègre à la faute. Et que cette fourberie, Johann en avait hérité. Pour toutes ces raisons, il ne supportait pas la présence de son demi-frère.

Johann revint au logis au coucher du soleil. Toute la journée, il avait travaillé aussi loin que possible de Wilhelm, partageant le labeur des saisonniers jusqu'à avoir les mains en sang. Son esprit était en vrac et son âme aussi dépouillée qu'un désert balayé par les vents froids. Des mots tournaient en boucle dans sa tête : bâtard, adultère, demi-frère. Qu'il ait été le préféré de son père importait peu. En fait, cela rendait les choses plus difficiles encore. Il ne voulait pas être le chouchou. Il voulait juste être l'égal du frère qu'il avait toujours aimé et admiré.

Sa vie allait de travers. C'était comme s'il était tombé dans un trou et n'arrivait pas à remonter à la force de ses poignets. Des émotions dangereuses et indésirables l'envahissaient. Lui qui n'avait jamais haï personne haïssait désormais son père, qui s'était rendu coupable d'adultère. Il l'avait confessé, s'était comporté en martyr et était mort avec la conscience en paix et la certitude de ne subir aucune punition. Johann haïssait également Wilhelm, qui était l'enfant légitime et le seul fils de la mère qu'il avait aimée. Mais, plus que tout, il se haïssait lui-même. Pour ce qu'il était.

Quand il arriva en vue de la maison, Clara était en train d'allumer les lanternes sous le porche. Il s'arrêta pour observer sa silhouette, svelte et élancée, à la lumière vacillante des flammes. Sa gorge se noua. À aucun moment ces derniers temps il ne s'était interrogé sur ce qu'elle pouvait ressentir, sur ce qu'elle traversait. Cela devait être terrible pour elle de voir son mari se replier sur lui-même et d'être impuissante à le réconforter.

Clara souffla sur l'allumette et leva les yeux vers l'horizon. Leurs regards se croisèrent et s'accrochèrent. Elle se figea. La nuit tombant, la lueur des lampes lui faisait comme un halo doré qui magnifiait sa beauté. Johann retint son souffle. Elle était merveilleuse, et inaccessible. Il attendit. Mais elle ne retourna pas à l'intérieur. Les lèvres entrouvertes, elle avait l'air d'une biche effarouchée, prête à s'enfuir. En deux enjambées, il traversa la cour et la prit dans ses bras. Il ne l'embrassa pas, mais enfouit son visage dans le creux de son cou au parfum si doux. Une explosion de sanglots retenus depuis trop longtemps le secoua. Elle leva les bras et le serra contre elle.

Après quelques instants, il s'écarta pour la regarder avec intensité.

— Je vous aime, Clara.

— Non, dit-elle, le faisant taire d'un doigt posé sur ses lèvres. Ne dites pas cela, Johann. C'est la douleur qui parle en vous. Vous avez juste besoin de réconfort et de quelqu'un qui apaise votre âme torturée. Ce n'est pas de l'amour.

Prenant la main encore appuyée à ses lèvres, il en embrassa la paume.

Tout au bout de l'allée d'arbres menant à la partie occidentale du domaine, Wilhelm n'avait rien perdu du spectacle, depuis le moment où Johann s'était arrêté pour contempler

Clara en train d'allumer les lumières. Pétrifié, râteau et houe jetés sur son épaule de colosse, il voyait à présent Johann embrasser la paume de sa femme, leurs corps collés l'un à l'autre, leurs regards flambant d'une passion mutuelle.

Étrangement, il ne ressentait aucune rage. Seule une petite voix, calme et posée, lui susurrait à l'oreille que ce n'était pas juste. D'abord Johann lui volait l'amour de son père et maintenant celui de Clara.

C'est *alors* que survint l'explosion. Tous les sentiments qui bouillonnaient en lui depuis la mort de Jakob trouvèrent leur exutoire, pointant vers une cible bien précise : son frère. Oui, Johann devait être puni.

Il les laissa entrer et attendit encore un peu avant de les rejoindre. Ils étaient à la cuisine, silencieux, vaquant à leurs tâches habituelles comme si rien de tellurique n'était survenu. Le dîner se passa dans un silence tendu. Seul le bruit des fourchettes contre les assiettes troublait la nuit. Clara en aurait hurlé. Elle avait l'impression d'être prisonnière d'une pièce de théâtre en un acte, portant sur la lutte et la perte, la futilité de croire en quoi que ce soit. Si l'on n'était pas ce qu'on paraissait être, alors à qui ou à quoi se fier ? Elle aurait tant voulu que l'auteur de cette mascarade abrège et mette un point final à tout cela !

Le repas terminé et sa bière avalée, Wilhelm détacha la serviette qu'il avait coincée dans son col et invita Johann à le suivre :

— Nous avons à parler.

— De quoi ?

— De choses légales, familiales, ce genre de choses. Maintenant que papa est parti…

— Je vois. Bien sûr.

L'héritage. Le domaine. Il fallait repréciser certains points.

— Allons faire quelques pas dehors, ajouta Wilhelm. La nuit est belle. Ça nous rafraîchira les idées.

Ils s'éloignèrent tranquillement au clair de lune. Johann marchait, mains dans les poches, incapable de se sortir Clara de la tête. Il avait encore les narines emplies du parfum de son cou et de ses cheveux, la sensation de son corps contre le sien et le souvenir de cette terrible flambée de désir qui l'avait assailli. Comment pourrait-il vivre à ses côtés après cela ?

Perdu dans ses pensées, il lui fallut un moment pour réaliser que Wilhelm avait pris de l'avance et maintenant l'attendait, voire lui barrait le chemin.

— Écoute-moi bien, lâcha soudain son aîné d'une voix menaçante qu'il ne lui avait jamais entendue. C'est *moi*, le vrai fils. Tu comprends ça ?

Johann ne sut que répondre. Wilhelm le regardait bizarrement, les traits figés en une sorte de masque qui le rendait méconnaissable. Un regard alentour lui indiqua qu'ils avaient marché jusqu'à la lisière du domaine, là où la piste rejoignait la route. La maison n'était plus qu'un point lumineux scintillant dans l'obscurité.

— *Je* suis l'héritier légitime. Le seul *vrai* Schaller, continuait Wilhelm sur un ton à glacer le sang. Cette terre me revient, et non à toi, le bâtard d'une putain. Tu n'as plus ta place ici.

— Wilhelm...

Johann ne put en dire plus. La stupeur était trop forte. Les mots restaient bloqués. Mais non les larmes. Comment aurait-il pu supporter cette haine dans les yeux de son frère ? Ce frère qu'il chérissait et vénérait depuis l'enfance : Ne me repousse pas, Wilhelm ! Nous avons perdu papa. Ne m'oblige pas à te perdre, toi aussi !

Le premier coup l'atteignit en pleine poitrine, lui coupant le souffle. Un deuxième suivit, à la tête. La douleur qui lui envahit le crâne fut telle qu'il vit mille étoiles. Il tituba en arrière et se protégea le visage de ses mains. Le troisième coup porta au ventre. Il se plia en deux.

Ensuite, ce fut l'avalanche. Une déferlante. Sur le cou, les épaules, les côtes. Jusqu'à un genou dans le bas-ventre. Tétanisé par le choc et la douleur, Johann ne pouvait riposter. La seule chose qu'il parvint à faire fut d'agripper son frère par les épaules. Il s'accrocha à lui comme il s'était accroché à Clara, et entre deux sanglots il supplia :

— Je t'aime, mon frère. S'il te plaît, ne fais pas ça.

Mais les coups redoublaient, le frappant aux endroits les plus sensibles. Bientôt, ses jambes cédèrent. Il glissa à terre, le souffle coupé et le cœur au bord des lèvres. Les pieds de Wilhelm prirent alors le relais de ses poings, n'épargnant ni le dos, ni les cuisses ni le ventre. Wilhelm se déchaînait, ivre de colère et d'une joie mauvaise, emporté par un délicieux sentiment de revanche mêlé d'amertume. Il battait comme plâtre l'enfant qu'il avait toujours protégé.

Si seulement cela avait été Jakob qu'il rossait ainsi. Le père tombé de son piédestal. Celui qui l'avait relégué à la seconde place. Clara non plus n'était pas absente du tableau. Elle était l'épouse qui l'avait trahi, qui avait réconforté le mauvais frère, le frère *préféré*.

Wilhelm s'arrêta enfin, la sueur ruisselant sur son visage. Il avait le souffle court et se sentait vide. Attrapant Johann par les poignets, il le traîna sur une bonne distance, sans prêter attention aux cailloux qui lacéraient les vêtements et la peau fragilisée du jeune homme. Enfin, il le lâcha.

— Voilà. On est en bordure du domaine Schaller. C'est la frontière. Pars d'ici et ne reviens jamais.

Comme Johann tentait de se remettre debout, il le renvoya au sol d'un coup de pied, tout en lui criant :

— File maintenant ! Ne m'oblige pas à te tuer !

Johann réussit tant bien que mal à se relever et à s'éloigner. Il avançait en chancelant, les jambes écartées pour garder un semblant d'équilibre. Tout son corps hurlait de douleur. La voix de son frère lui parvint à travers un brouillard :

— Si jamais tu remets les pieds sur ma propriété, si jamais tu t'approches à nouveau de ma femme, je te fais la peau !

Tandis que Johann disparaissait dans la nuit, Wilhelm prit lentement le chemin du retour. La confession de son père tournait comme une ritournelle dans sa tête. Jakob avait plus aimé Johann que lui. Johann était l'enfant de l'amour…

Arrivé à la maison, il dissimula ses poings abîmés et annonça à Clara :

— Johann est parti. Nous nous sommes disputés. Il a dit qu'il ne voulait pas de l'héritage de notre père. Qu'il ne voulait rien avoir à faire avec le domaine Schaller. Il est parti chercher du travail ailleurs ; il ne remettra jamais les pieds ici.

Le regard qu'il lança à sa femme était plein d'une tristesse feinte, destinée à masquer un sentiment de victoire mêlé d'horreur.

— Nous ne le reverrons plus, ajouta-t-il.

Mentir lui venait avec une telle aisance que cela l'effraya.

— Oh, Wilhelm ! Ce n'est pas vrai !

— J'ai tenté de le raisonner. Je lui ai dit que nous étions toujours frères. Mais il a répondu qu'il était un bâtard et qu'il ne pardonnerait jamais à notre père d'avoir menti.

— Je ne le crois pas, murmura-t-elle. Johann ne dirait pas ça.

— Ce sont ses mots exacts, Clara, insista Wilhelm, qui parvint même à s'arracher de fausses larmes. « C'est *toi*, le vrai fils, m'a-t-il dit. Tu es l'héritier légitime. Le seul vrai Schaller. Cette terre te revient, et non à moi. Le bâtard d'une putain. Je n'ai plus ma place ici. » Il a dit ça avec ces mots-là, Clara.

— Non ! Non ! cria-t-elle, les bras serrés contre elle.

Sa réaction brisa quelque chose en Wilhelm. Gérer la confession et la mort de son père avait déjà été difficile, mais voilà que… Clara elle-même… Oui, toute l'attitude de la jeune femme le proclamait. Cela crevait les yeux et il n'avait rien vu : Clara aimait Johann. C'était plus qu'il n'en pouvait endurer.

La voir souffrir ne lui procura aucun plaisir. Il aurait presque fait machine arrière. Confessé ses mensonges. Rattrapé Johann pour le ramener à la maison. Mais non, c'était impossible.

Wilhelm se laissa littéralement tomber sur une chaise, envahi par un sentiment de perdition. Comment allait-il vivre désormais ? Comment pourrait-il avancer sans soutien, sans l'amour qu'il croyait acquis : celui de son père, de son frère bâtard, et, le plus important, celui de Clara ? La jolie jeune fille de ce village rhénan l'avait autrefois qualifié de courageux et lui avait donné des ailes de héros. Il n'était ni l'un ni l'autre à cet instant, et doutait de l'être jamais.

Finalement, ils n'étaient pas venus en Californie, mais dans le dernier cercle de l'enfer.

Là-bas sur la route, chancelant, groggy, abattu, sanguinolent et perclus de douleur, Johann s'était retourné et contemplait d'un regard trouble la bordure boisée de la propriété. Il avait du mal à prendre la mesure réelle des derniers événements, mais il savait une chose : il n'était plus un Schaller, Wilhelm avait raison. Il n'appartenait plus à cette maison. Il était Johann Neumann, fils de Hannah Neumann : Voilà qui je suis. Et à compter de ce jour, aussi longtemps que je vivrai, aucun Neumann ne remettra jamais le pied chez les Schaller.

Capable d'un regard distancié sur sa situation malgré les vagues de souffrance qui l'assaillaient, il songea qu'on n'aurait pu trouver meilleur nom, car Neumann signifiait « homme nouveau » en allemand. C'était ce qu'il était. Un homme nouveau, totalement recréé, comme Adam au jardin d'Éden, sans père ni mère.

Et quant à Clara… Oui, il était tombé amoureux d'elle. Il pouvait bien l'admettre dorénavant…

Puisqu'il ne la reverrait jamais plus.

Il tangua, parvint à tourner le dos au domaine et entreprit de poser un pied devant l'autre, sans savoir où il allait ni ce qu'il ferait. Il avançait, blessé et seul dans la nuit.

Aujourd'hui

Les premiers à débarquer au domaine Schaller furent deux policiers en uniforme. Ils descendirent de leur véhicule de service noir et blanc, la casquette vissée sur la tête et la matraque ajustée à la ceinture. Leur radio crachotait en continu un bruit de voix doublée de friture. Nicole vint à leur rencontre.

— Par ici, messieurs.

Elle leur désigna la porte ouverte du chai. Que pouvait-elle ajouter ? Le squelette avait l'air très vieux, totalement décomposé. Il devait être là depuis des années. Quand elle repensait au nombre de fois où elle avait joué à cache-cache dans cet endroit. À ces cris d'enfants tombés dans l'oreille d'un mort... Elle voyait déjà les gros titres dans les journaux : LE VIGNOBLE HANTÉ. Qui était la victime ? Comment s'était-elle retrouvée là ? Qui avait appuyé sur la détente et imaginé cette sépulture macabre ? Et surtout : comment ce secret avait-il pu rester si longtemps enfoui ? Comment était-il possible que rien de ce drame n'ait jamais filtré ?

— Attendez là, madame, s'il vous plaît, lui ordonna l'un des policiers tout en actionnant sa lampe électrique.

Nicole retint son souffle et porta une main à son ventre. Qu'espérait-elle ? Que ces fonctionnaires lui annoncent dans un rire que ce n'était rien du tout ? Juste un jeu d'ombre et de lumière ? Un clin d'œil moqueur de l'univers ?

Ils ne restèrent qu'une minute, le temps de pointer leurs faisceaux lumineux sur la chose visqueuse dans la cavité. L'un d'eux sortit son portable pour appeler vraisemblablement le poste. Nicole saisit au vol les mots : « Des restes humains en décomposition… des circonstances suspectes… » Elle en eut un coup au cœur. Alors, c'était réel. Il y avait bien un corps dans le mur de ce chai où vieillissaient des rieslings centenaires. Ça tenait presque du sacrilège.

— Les inspecteurs sont en route, lui dit le policier après avoir raccroché. Ne laissez entrer personne.

Sur ce, les deux hommes barrèrent la porte du chai avec le ruban jaune portant l'inscription : SCÈNE DE CRIME – ZONE INTERDITE.

Nicole sentit son estomac monter puis redescendre comme dans un ascenseur à grande vitesse. Une scène de crime ? Sa demeure était passée du statut de chai historique à celui de *scène de crime* ? Elle coula un regard vers les Macintosh, ces gentils Canadiens, se demandant à quel point ils étaient horrifiés, dégoûtés ou effrayés. Mais non : ils souriaient, à croire qu'ils étaient en train de visiter un site touristique.

L'un des agents sortit son bloc-notes pour y inscrire le nom de Nicole.

— Avez-vous une idée de qui ça peut être ? Et de comment et pourquoi il ou elle a fini dans ce mur ?

Elle secoua la tête.

L'homme la fixa d'un air d'expectative, comme si le souvenir d'un meurtre camouflé par sa famille allait soudain lui revenir en mémoire. Comme si elle allait lui balancer tous les détails pour qu'il emballe l'affaire avant l'arrivée des inspecteurs et devienne ainsi le flic du mois.

— Non, réaffirma-t-elle. Je n'en ai aucune idée.

D'autres voitures de police arrivèrent. Des hommes en uniforme lui posèrent des questions. Inutiles car, même s'il s'agissait d'une scène de crime, elle datait d'un sacré bout de temps, et Nicole ne devait pas être née… Ce n'est pas comme si elle avait pu voir des gens suspects ou entendre des coups de feu.

Le bruit d'un pick-up dans l'allée détourna son attention. À sa grande surprise, elle lut les mots DOMAINE NEWMAN sur la portière avant.

Sa consternation s'accrut quand elle vit qui descendait du véhicule. Lucas Newman en personne. Impossible ! Aucun Newman n'avait posé le pied chez eux depuis un siècle. Ils n'étaient pas les bienvenus, pas plus que les Schaller en terre Newman.

Sa présence lui fit d'abord perdre ses moyens. Elle ne savait comment réagir. Puis une vague d'indignation la submergea : comment osait-il ?

Leurs familles avaient beau être ennemies, Nicole connaissait bien Lucas. Ils avaient grandi ensemble, au sens où ils avaient fréquenté les mêmes écoles à trois ans d'écart – Lucas étant le plus âgé. Ils s'étaient rendus aux mêmes événements sportifs et aux mêmes fêtes en ville. Cependant, mis à part la prospérité financière, leurs familles avaient peu en commun. Tandis que les Schaller avaient opté pour un domaine vaste et une grande diversité de crus allant du simple vin de table aux champagnes les plus chers, les Newman avaient tablé sur une taille de vignoble plus réduite et une production d'excellence.

Lucas jeta un regard vers les voitures de police, dont les occupants entraient dans le chai, torche en main.

— Je viens d'apprendre la nouvelle et je suis venu voir si c'était vrai, lâcha-t-il sans préambule ni même une salutation.

Alors qu'elle se hérissait intérieurement devant ce manque de savoir-vivre, elle remarqua la tension qui émanait du jeune homme. Visiblement, il n'avait aucune envie d'être là. Il était probablement passé par obligation plus que par curiosité. Elle se demanda si le vieux Melvyn, le père de Lucas, savait qu'il était venu et s'il y était pour quelque chose.

Apparemment, il ne comptait pas mentionner l'affaire qui les avait occupés quelques semaines plus tôt, par avocats et agents immobiliers interposés. Lorsqu'elle avait mis en vente sa propriété, les Newman lui avaient en effet fait une offre qu'elle n'avait pu accepter malgré le degré d'urgence dans lequel elle se trouvait, car Big Jack avait spécifié dans son testament que jamais le domaine Schaller ne devrait être vendu aux Newman. Tout cela à cause d'une inimitié devenue légendaire dans la vallée – le plus beau étant que plus personne ne se souvenait de l'origine de la querelle.

Nicole croisa les bras et porta son poids sur sa jambe droite, espérant que cela lui donnerait l'air plus assurée.

— En quoi un squelette dans notre mur te concerne-t-il ? demanda-t-elle.

Il reporta son attention sur elle, ce qui la déstabilisa. Car Lucas Newman avait de très beaux yeux rieurs, du fait d'un léger renflement sous ses paupières inférieures. Son regard débordait d'espièglerie même lorsqu'il était en colère et agressif. Pas étonnant qu'il ait eu cette réputation de clown à l'école… Réputation justifiée aussi par le nombre de fois où il avait fini collé chez le principal. Cela ne l'avait pas empêché de devenir le quarterback vedette de l'équipe de football américain et le major de sa promotion à la remise des diplômes.

— Un membre de notre famille a disparu il y a quelques années, répliqua-t-il. On ne l'a jamais retrouvé. Je veux donc savoir qui se trouve enterré dans ce mur.

Cela sonnait comme une accusation, et Nicole sentit ses poils se hérisser. Elle savait à quoi il pensait, et elle lui en voulait.

— Tu crois vraiment que l'un d'entre nous est impliqué dans cette histoire ?

Le visage de Lucas se durcit.

— Mes hommes m'ont parlé d'un crâne troué par une balle.

Ce type était décidément trop grand, et trop beau ! Nicole repensa à la photographie de lui qui était parue dans une revue spécialisée à l'occasion de ses victoires au concours international viticole de San Francisco. Son sauvignon blanc avait remporté la palme, son merlot le premier prix, et sa petite syrah le doublé or. Les Newman gagnaient toujours les compétitions. Mais aucun Schaller ne les avait jamais félicités, et ce n'était pas elle qui commencerait !

Nicole songea un instant à le planter là, histoire de lui montrer ce qu'elle pensait de ses accusations voilées. Pourtant, elle ne bougea pas d'un pouce.

— La police dit que ça *ressemble* à un homicide, répliqua-t-elle. Ça peut très bien être un suicide.

— Alors, la victime se serait emmurée toute seule ?

Elle haussa les épaules.

— On a pu vouloir camoufler le corps. De toute façon, je n'ai aucune idée de qui ça pourrait être. Dans notre famille, on ne disparaît comme ça.

— Eh bien, dans la mienne, quelqu'un manque à l'appel. Je suis juste venu voir si ça pourrait être lui.

— Tu penses donc qu'un Schaller a fait le coup ? lança-t-elle d'une voix dure, le regard planté dans le sien.

— C'est toi qui le dis, pas moi.

Sur ce, il la dépassa sans vergogne, comme s'il était chez lui.

— Il y a quelqu'un ? appela-t-il depuis le seuil du chai.

Elle ne pouvait s'empêcher de le regarder. C'était la première fois qu'elle le voyait de si près, même s'ils se croisaient souvent, ne fût-ce qu'à Lynnville. Ils gardaient toujours leurs distances et ne s'adressaient pas la parole, chacun ayant été élevé dans la haine de l'autre. Lucas avait le physique musclé et élancé de celui qui travaille au grand air. Elle comprenait qu'on le qualifie dans le pays de « vrai vigneron ». Il récoltait les grappes et n'hésitait pas à mettre les mains dans le tanin.

Zut ! Le voilà qui revenait vers elle.

— Les flics ne savent rien. Ils attendent les inspecteurs et les techniciens.

Les mains sur les hanches, il était extrêmement fébrile, à croire que la découverte d'un squelette chez les Schaller était particulièrement déplaisante pour lui.

Il avait l'allure d'un cow-boy, avec son jean, ses santiags, sa chemise style Far West et son chapeau de vacher brûlé par le soleil. Mais de fait il était exploitant, et en Californie, c'était le style vestimentaire adopté depuis toujours par ceux qui travaillaient la terre. Nicole aurait juste souhaité qu'il ne soit pas aussi beau.

Tous deux se retournèrent pour voir arriver une camionnette marquée POLICE SCIENTIFIQUE. Quatre hommes en uniforme bleu foncé en sortirent, des mallettes à la main. Ils se glissèrent sous le ruban jaune et disparurent à l'intérieur du chai. Les Macintosh prenaient des photos avec leurs portables. Certains ouvriers mexicains aussi.

Toute cette histoire allait se retrouver sur Internet en un rien de temps !

Nicole ferma les yeux. Si Big Jack avait été de ce monde, il aurait géré ça autrement : il aurait pesté un bon coup contre le cadavre, aurait dit à ses hommes de reboucher le trou et leur aurait interdit d'en parler à qui que ce soit... Il aurait veillé à ce que le mur ait l'air plus neuf que neuf après réparation et fait en sorte que la chose ne s'ébruite jamais. Big Jack ne croyait pas en la police.

Son père...

Nicole serra ses bras contre elle, attendant que l'unité spéciale ressorte. Elle n'avait pas réussi à faire comprendre à Big Jack son besoin de tracer sa propre voie. La seule fois où elle avait abordé le sujet, cela s'était si mal passé qu'elle n'avait plus jamais recommencé. Et lorsqu'elle était revenue à la maison avec son MBA en poche, son père avait juste grommelé quelque chose du genre : « Pour ce que ça va servir dans une maison où tout roule comme sur des roulettes. » Il oubliait qu'il avait perdu beaucoup d'argent à Las Vegas et que certains « créanciers » commençaient à faire pression. À l'époque, il carburait déjà au whiskey, et vendait le domaine parcelle par parcelle.

« Je veux être maître de mon destin, papa. Être fière de ce que je fais, lui avait-elle expliqué à bout de patience, tout en débordant d'amour et de peine pour lui.

— Fière ? Tu es en train de me dire, ma petite, que tu ne ressens aucune fierté devant ce que les Schaller ont accompli ? Devant ce que mon grand-père et mon père ont construit ? »

Les veines de son cou saillaient sous l'émotion, tandis que, de ses bras écartés, il désignait la demeure, les vignes et le chai.

« Tu n'es qu'une petite ingrate pourrie-gâtée ! Quand on pense à ce que donnerait n'importe quel enfant de la vallée pour recevoir clé en main une exploitation comme celle-là ! »

Elle n'avait pas répondu, se contentant de le regarder se verser un autre verre. Non, il n'avait pas compris et ne comprendrait jamais, si bien qu'elle avait commencé à douter de pouvoir réaliser son rêve. Parviendrait-elle un jour à vivre par elle-même ou bien resterait-elle toujours un simple maillon de la lignée des Schaller ?

Nicole se massa les tempes. La journée tournait au vinaigre. Dire qu'elle avait cru, ce matin, pouvoir conclure la vente avec les Canadiens. Elle leur aurait fait faire une promenade à travers le domaine jusqu'aux vignes où les saisonniers préparaient la vendange. Elle les aurait ensuite menés au restaurant et leur aurait offert la spécialité de la maison : un rôti de bœuf en sauce avec des pommes de terre écrasées et des gougères, le tout accompagné d'une bouteille de leur meilleur vin rouge…

Au bout de l'allée principale du domaine, elle aperçut une voiture de police garée, tous gyrophares allumés, et deux policiers en train de dérouter le trafic. Une limousine fut ainsi invitée à rebrousser chemin. Hum… Si tous les clients se voyaient barrer la route, la nouvelle n'allait pas tarder à se répandre, car le domaine faisait partie d'un circuit très couru des chais.

Un peu en retrait, Lucas observait la jeune femme. Il était arrivé, sa colère en bandoulière, prêt à faire valoir son droit à rester. Il était persuadé que Nicole le jetterait dehors. Au lieu de quoi, elle lui avait paru déboussolée et perdue. Inquiète et vulnérable. Et il ne savait que penser de tout ça. Car dans son imaginaire Nicole ne pouvait être qu'une emmerdeuse, comme toutes les Schaller – à l'instar de la matriarche suprême, la fameuse Clara, dont le prénom ne devait pas être prononcé en présence d'un Newman. Selon son père, les hommes de cette famille étaient des timorés, et les femmes des castratrices ! Bon, c'était sans doute exagéré, mais le vieux Melvyn avait lui-même été biberonné à ce vitriol par son propre père. Il était de tradition chez eux de mépriser quiconque s'appelait Schaller.

Or voilà qu'il se sentait soudain désolé pour Nicole. Personne ne rêve de trouver un cadavre dans son mur, surtout avec une balle logée dans le crâne. Et toute cette pagaille policière en prime. Elle n'y pouvait rien. Et il compatissait malgré lui.

En plus, elle était plutôt jolie, avec son implantation de cheveux en pic de veuve, héritage de Big Jack. D'habitude, quand il la croisait en ville, elle était en jean et chemise de travail, ses cheveux bruns ramenés en queue-de-cheval, mais là, ce matin, elle s'était habillée avec soin. Il jeta un regard au couple d'un certain âge qui avait l'air totalement hors contexte. Des acquéreurs potentiels ?

Nicole reporta son attention sur les flics avec leur poudre et leurs brosses à empreintes – dignes d'une série télé –, puis coula un regard en coin à Lucas Newman. Elle se demandait ce qu'il savait de cette dispute si lointaine, à l'origine de l'inimitié entre leurs familles. De toute façon, même s'il savait quelque chose, il distordrait la vérité, reportant toute la responsabilité sur les Schaller alors que c'étaient eux qui avaient commencé.

Lucas ôta son chapeau, révélant des cheveux blonds un peu longs et en bataille. Des particules dansaient dans le soleil tandis que le bourdonnement des abeilles faisait vibrer l'air. Si seulement il pouvait partir…

— Bon, lui lança-t-elle, la police a dit que le médecin légiste déterminerait le sexe, l'âge et peut-être l'identité de la victime. Je te préviendrai dès que j'aurai du nouveau.

Elle espérait qu'il aurait la politesse de s'éclipser. Mais Lucas continua à scruter la scène, imperturbable, ce qui irrita encore davantage Nicole.

À cet instant, un klaxon retentit et une décapotable noire couverte de poussière emprunta à toute allure l'allée depuis la route principale. Elle s'arrêta sur le parking dans un nuage de sable et de gravier.

— Bon sang ! C'est quoi, ce binz ? s'exclama la conductrice qui en jaillit.

Michelle. La meilleure amie de Nicole depuis le primaire, que la jeune femme avait appelée tout de suite après la police.

Michelle portait un *dirndl*, la robe bavaroise traditionnelle composée d'une jupe couleur sapin doublée d'un tablier vert clair, et surmontée d'une blouse paysanne blanche prise dans un corset. C'était le costume qu'elle portait quand elle travaillait à la boulangerie-pâtisserie familiale de la Petite Allemagne. Elle avait visiblement tout laissé en plan derrière elle.

Ses boucles rousses partaient dans toutes les directions.

— Ces charmants policiers à l'entrée ont failli ne pas me laisser passer ! continua-t-elle. Je leur ai dit que j'étais ta sœur. Et puis, rien ne résiste au galbe de mes jambes… Mais, c'est une hallucination ou quoi ? ajouta-t-elle en fixant, bouche bée, Lucas.

— Bonjour, Michelle, répliqua-t-il sans se démonter.

— Et il parle ! Mon Dieu, je ne rêve pas…

Elle se tourna vers Nicole, dans l'attente d'une explication.

— Lucas pense que le corps emmuré pourrait être un parent à lui.

— Pas possible ! Voilà qui est croustillant ! s'exclama Michelle.

Lucas lui jeta un regard dégoûté et tourna les talons. Cette idiote le fixait comme s'il était Godzilla en train de piétiner Tokyo. Elle n'avait fait aucun effort pour cacher son étonnement. Bon, c'est vrai : qu'un Newman et une Schaller se retrouvent dans le même périmètre sans que ça vire au pugilat, cela tenait du miracle. Elle était bien placée pour le savoir, d'ailleurs : en tant que présidente du comité organisateur de la Fête de la bière, elle avait dû veiller à ce que leurs stands de dégustation se situent à des extrémités opposées du terrain.

Cependant, Michelle continuait d'observer Lucas Newman avec incrédulité. Il se tenait là, en plein cœur du domaine Schaller, comme s'il n'y avait rien de plus naturel… Elle ne l'avait jamais beaucoup apprécié. Il marchait en roulant des mécaniques, comme s'il était le seul coq du village. Elle l'imaginait bien, en train de travailler sa démarche face à un miroir, ou d'étudier la façon de porter son chapeau de cow-boy de manière à envoyer la bonne *vibe*. Bon, elle admettait qu'il était beau gosse, dans son genre. Et, oui, c'est vrai, un sourire de sa part pouvait illuminer votre journée. Elle avait aussi entendu dire qu'il était gentil avec les animaux et les vieilles dames. Mais bon…

Michelle porta son attention sur Nicole, puis à nouveau sur Lucas. À les voir ainsi tous les deux, tels des acteurs en train d'attendre leur réplique sous un soleil de plomb, elle avait du mal à croire qu'ils puissent être issus de la même famille.

On racontait dans la vallée que le désaccord entre les deux branches tenait à une question d'argent. D'autres ragots évoquaient des parcelles ou bien une histoire de femme. Personne ne savait.

— Je n'ai jamais entendu parler d'un Newman signalé disparu, glissa-t-elle à Nicole.

Son amie haussa les épaules.

— Un secret de famille, j'imagine.

— Mon Dieu, un vrai cadavre dans le placard ! lâcha Michelle, presque ravie.

Nicole ne trouvait pas ça drôle. Elle se sentait désolée pour la personne qui avait connu cette fin tragique et qui subissait aujourd'hui une attention tout aussi peu enviable. Elle s'inquiétait surtout de l'impact du scandale sur la réputation de leur nom et sur leurs ventes de vin.

— Désolée, reprit Michelle en posant une main réconfortante sur le bras de Nicole. Je manque de tact, tu me connais. C'est juste ma façon de gérer l'incompréhensible.

Ce que Michelle ne précisa pas, c'est que l'incompréhensible pour elle ne tenait pas tant à la découverte macabre du jour qu'à la volonté de son amie de quitter la vallée.

Michelle adorait la région, ses bourgades et ses fermettes toutes proprettes, le patchwork des vignobles, les clochers blancs des églises, l'immense fleuve Largo aux eaux calmes... La jeune femme n'était pas née dans la vallée du Largo, mais ses parents, originaires du Wisconsin, s'y étaient installés depuis qu'elle avait cinq ans. Autant dire qu'elle avait eu le temps de se constituer un réseau d'amis fidèles et qu'elle n'avait vraiment aucune envie de quitter la région.

C'était pourtant le souhait de la plupart des filles qu'elle connaissait, et notamment de Nicole : celles-ci partaient – ou voulaient partir – pour faire carrière ou pour se marier dans des endroits glamour. Michelle avait suivi une autre voie en épousant le descendant d'une des plus anciennes familles de la vallée, les Eberhardt, arrivés un siècle plus tôt. Elle aimait bien l'idée d'être à la fois d'ici et d'ailleurs. Apparentée à l'aristocratie locale et étrangère. Cela lui conférait une certaine originalité.

Mais Nicole, elle, voulait laisser une empreinte personnelle dans le monde et surtout s'éloigner du passé. Il fallait bien dire que... Qui n'avait pas entendu parler de la querelle Schaller-Newman dans le pays ?

Ah, si seulement son amie pouvait changer d'idée... Elle était presque une célébrité, ici. Et puis, la vallée devenait vraiment intéressante. Lynnville était sortie de sa léthargie. Elle attirait les esprits libres et les écrivains, les adeptes du New Age, les jeunes gens dynamiques qui revenaient à la terre pour favoriser la production biologique et l'élevage en plein air, les artistes et les artisans, créateurs de bijoux ou potiers. Michelle avait supplié Nicole de rester, de ne pas vendre le domaine, mais rien n'y avait fait.

De toute façon, son amie n'avait plus vraiment le choix, à cause de Big Jack. Non content d'avoir été un père dominateur, ce dernier avait légué un véritable bazar à sa fille : après sa mort, Nicole s'était aperçue qu'ils étaient au bord de la faillite. Big Jack n'avait réglé aucune facture depuis des mois et ils pouvaient à peine payer les salaires. Son père avait hérité d'une fortune qui lui avait brûlé les doigts. Il avait massivement investi dans des affaires à rendements rapides qui avaient capoté. Il avait dû vendre une bonne partie des possessions Schaller sans pour autant parvenir à éponger ses dettes. Par conséquent, le moindre penny issu de la vente du domaine irait aux créanciers. Mais, au moins, Nicole serait libérée de cette responsabilité financière et pourrait recommencer sa vie.

Cela dit... Cette nouvelle vie lui conviendrait-elle ? Michelle en doutait. Elle pressentait que sa meilleure amie n'avait pas conscience du lien étroit qui l'unissait à la vallée du Largo et ne saisissait pas à quel point elle vivait à son diapason et à son rythme. Nicole comprenait d'instinct l'endroit. Elle pouvait vous annoncer la pluie rien qu'en humant le vent alors que le soleil brillait de tous ses feux. Se rendait-elle compte qu'elle était tiraillée entre des aspirations contradictoires, dont une seule seulement la rendrait heureuse ?

Nicole disait vouloir échapper à la vie rurale et faire carrière. Elle avait envie de vivre à New York, de travailler dans un secteur dynamique, innovant, électrisant. Or le business du vin évoluait au rythme des grappes en train de mûrir au soleil ; c'était une activité passive, soumise au calendrier de la nature plutôt qu'à celui de l'homme. On ne pouvait accélérer le mûrissement ni la fermentation. Nicole avait donc la sensation d'être faite pour courir, tout en étant obligée de vivre dans un milieu qui exigeait d'attendre.

Soudain, la camionnette du médecin légiste apparut au bout de l'allée et vint se garer près du chai. Deux hommes déchargèrent un brancard à roulettes sur lequel était soigneusement pliée une housse mortuaire noire. Un troisième homme, gants de caoutchouc et badge accroché à son coupe-vent, les précéda dans le chai.

Michelle remarqua alors les deux Canadiens pendus à leurs portables. Ils enchaînaient les photos et les textos. À l'évidence, cette scène de crime allait faire jaser chez les bûcherons ! Sans blague, c'était eux, les futurs propriétaires du domaine Schaller ?

L'arrivée d'une Chevrolet bleue la tira de ses réflexions. Un homme rondouillard en descendit. Il portait un costume bon marché, une cravate fine, des mocassins, et il allait nu-tête, une mèche rousse rabattue sur le crâne masquant à peine sa calvitie. Un badge pendait à la poche de sa veste. Il s'adressa d'abord à l'agent responsable de la scène de crime, lequel pointa un doigt en direction de Nicole et de Lucas. Puis il s'approcha d'eux et se présenta : inspecteur Quinn. Il dégageait une odeur de chili et de cigare.

— C'est vous, les propriétaires ? demanda-t-il.

— C'est moi, le corrigea Nicole.

Et Lucas de préciser :

— L'affaire me concerne aussi, toutefois. Vous êtes seul sur l'enquête, inspecteur Quinn ?

— Mon partenaire a la grippe, répondit l'homme sur un ton qui laissait entendre qu'un cas comme le leur ne justifiait pas que soient mobilisés deux professionnels. Ça ne vous embête pas de rester dans le coin ? J'ai quelques questions à poser à mes collègues.

Sur ce, il passa sous le ruban jaune et rejoignit ces derniers à l'intérieur du chai.

Nicole et Lucas attendirent. Longtemps… La jeune femme observait les Macintosh. Ils avaient l'air tout émoustillés. Eux qui s'étaient montrés curieux de ses secrets de famille, ils étaient servis ! Un peu plus tôt, ils n'avaient pas mordu à l'hameçon quand elle leur avait tendu une carte du domaine en leur suggérant d'aller en voiture jusqu'à la Colina Sagrada pour y chercher des pointes de flèches indiennes. Que représentait un monticule maudit comparé à un homicide ?

Quinn ressortit.

— Les types du légiste disent qu'il faut attendre l'autopsie pour connaître l'âge et le sexe du squelette, mais en tout cas il est ancien. Ça remonte à plusieurs décennies. La police scientifique va analyser le ciment et des échantillons de terre pour déterminer plus précisément l'époque. Est-ce que cela dit quoi que ce soit à l'un d'entre vous ? ajouta-t-il en exhibant un sachet de plastique transparent.

Celui-ci contenait une gourmette en argent sur laquelle étaient gravés les mots *Amour de ma vie*[1]. Après l'avoir étudiée de près, Nicole et Lucas secouèrent la tête. Michelle jeta un coup d'œil, elle aussi.

— Jusqu'à quand remontent vos archives concernant le personnel ? demanda Quinn à Nicole.

— Je vais me renseigner. C'est mon père qui se chargeait de tout ça, et il vient de mourir. Beaucoup de nos vieux papiers sont partis chez notre avoué. Pourquoi vous voulez savoir ça ?

— Le squelette peut être celui d'un employé, ou celui d'un individu de passage. Cela dit, je ne pense pas que la victime soit mexicaine. L'inscription ressemble à du français.

L'inspecteur Quinn passa ensuite aux questions de routine : Nicole avait-elle une idée de l'identité de la victime ? Quelqu'un avait-il disparu dans sa famille ? Savait-elle ce qui s'était passé ici et quand ?

— On peut sans doute dater le meurtre de l'époque où le mur a été refait pour la dernière fois, expliqua-t-il d'un ton monocorde.

1. En français dans le texte original. (*N.d.T.*)

Enquêter sur des homicides devait être bien routinier, se dit Nicole. Pas grand-chose à voir avec les investigations à la télé, qui avaient toujours l'air si exotiques et romantiques. Elle comprit soudain que l'inspecteur semblait attendre, ses yeux légèrement globuleux posés sur elle.

— Oh, pardon ! Vous vous demandez sans doute quand ce mur a été refait pour la dernière fois ?

— C'est l'idée. Les techniciens ont examiné l'ouverture à la loupe : le mur n'a pas été ouvert puis rebouché. Il était soit en cours de construction, soit en rénovation, et quelqu'un a saisi l'occasion. Le mort a été enseveli, ni vu ni connu.

Il s'interrompit et reprit son air interrogateur.

La prenait-il pour une idiote ? Comme si elle n'était pas consciente de tout ce que cette découverte impliquait. En particulier pour son avenir, alors qu'un job en or l'attendait à New York ! Elle tenta de se ressaisir.

— Je vais devoir chercher dans les archives.

Jamais ses parents n'avaient évoqué un scandale ou quoi que ce soit de dissimulé sous leur toit. Comme son interlocuteur l'avait dit, le meurtre devait remonter au moins à une trentaine d'années, voire plus.

— Je vous appelle dès que j'aurai trouvé quelque chose, inspecteur.

— Très bien, dit-il en inspirant, les mâchoires serrées, comme si elle ne lui facilitait pas la tâche. De notre côté, nous allons passer en revue nos dossiers et cibler les cas de personnes signalées disparues…

— Justement, inspecteur, intervint Lucas, un membre de ma famille a disparu. Il y a des années de ça. Nous l'avons cherché, mais sans résultat.

— Ah ? Ça remonte à quand, cette histoire ?

— 1997, je crois. Mon père pourra vous le dire avec plus de précision.

— L'aviez-vous signalé ?

— Aucune idée. Probablement.

— Et cette gourmette ne vous dit rien ?

— Non.

— Bon. Nous allons avoir besoin de toutes les informations possibles concernant ce disparu.

— Très bien, inspecteur. Puis-je vous demander quelle est la probabilité que vos services retrouvent le coupable ?

— Pour un meurtre vieux de vingt ou trente ans ? Retrouver des témoins, des suspects, des preuves et des mobiles, vous savez…

Quinn haussa les épaules avant de se tourner vers Nicole.

— J'ai cru comprendre que votre père était décédé l'année dernière ?

— Pardon ?

— Quel âge avait-il ?

Quinn tenait son stylo, prêt à écrire.

Nicole s'indigna intérieurement. Que sous-entendait-il ? Certes, Big Jack était un joueur invétéré et très soupe au lait, mais de là à assassiner quelqu'un ! Elle garda cependant son calme.

— Cinquante-huit ans, répondit-elle.

Ce qui signifiait qu'il aurait été dans les parages à l'époque du meurtre. Elle voyait d'ici les gros titres : JACK SCHALLER IMPLIQUÉ DANS UN MEURTRE.

La moutarde lui montait au nez. Elle avait envie de hurler, de crier sur ce lourdaud d'inspecteur, sur cette flicaille en uniforme, postée là comme des accessoires de théâtre, sur les hommes de la scientifique tout bouffis de leur savoir et de leur importance, sur l'équipe du médecin légiste qui prenait tout son temps pour enlever cette monstruosité de son chai, sur Michelle elle-même, que ce remue-ménage semblait exciter. Mais plus que tout, elle se serait bien lâchée contre Lucas Newman, qui s'était pointé chez elle avec son accusation implicite. En prime, il lui balançait le poids d'une responsabilité qui n'était pas la sienne !

Mais elle se retint. Elle resterait stoïque, parce qu'elle n'était pas Big Jack.

L'inspecteur s'adressa soudain à Michelle :

— Et vous êtes ?

— Une amie de la famille. Michelle Eberhardt.

— Eberhardt. Comme la boulangerie ?

Il lui fit un large sourire et lorgna en connaisseur sa gorge si bien mise en valeur par le corset.

— Ma femme ne jure que par vos beignets glacés. Elle en achète le plus souvent possible.

Un légiste vint lui murmurer quelque chose à l'oreille.

— Merci. Passez-la à la balistique.

Il prit un instant pour contempler les trois jeunes gens devant lui : l'un ne tenait pas en place d'impatience, l'une était toute inquiétude, et l'autre était rouge d'excitation. Normalement, il aurait inscrit leurs noms sur sa liste de suspects, mais ils n'étaient même pas nés à l'époque du meurtre.

— La balle était toujours dans le crâne, précisa-t-il.

— Ouah ! s'exclama Michelle, comme si ce détail colorait le drame d'une touche plus vive.

— On peut donc écarter le suicide, car, avec un tir à bout portant, elle serait ressortie. Dans le cas présent, elle a été tirée à quelques pas de la victime.

Il aperçut à l'écart un couple plus âgé. Des étrangers… Bon, il n'y avait aucune information à glaner de leur côté – ce n'est pas eux qui lui fourniraient l'arme du crime.

D'habitude, ce genre d'affaire se terminait dans une impasse et était particulièrement peu motivante, mais celle-ci impliquait deux des plus célèbres domaines viticoles de Californie. Dans son cercle amical ou familial, il n'y avait pas un Noël sans bouteilles Schaller ou Newman sous le sapin. Lui-même avait récemment fêté ses vingt-cinq ans de mariage dans la salle de dégustation du domaine Newman – l'endroit était très chic et on y servait la meilleure côte de bœuf de ce côté-ci du Texas.

Bref, gloire et richesse. Les journaleux et les camions régie n'allaient pas tarder à débarquer…

— Une balle de neuf millimètres, ajouta-t-il alors, l'œil à l'affût de toute réaction.

Nicole sentit un frisson lui parcourir l'échine. Était-ce de voir tous ces badges et ces armes qui la mettait dans cet état ? Malgré le soleil qui tapait de plus en plus fort, elle avait nettement perçu un souffle froid et menaçant. À présent, les mouches les assaillaient, le bourdonnement des abeilles

les assourdissait et ils respiraient de la poussière à plein nez. Lucas avait remis son chapeau, et les créoles en or de Michelle envoyaient des reflets aveuglants.

Soudain, ça lui revint. Un souvenir d'enfance, depuis longtemps oublié. Elle se tenait devant la porte du bureau de son père, et celui-ci disait à un visiteur :

« C'est pas beau, ça ? Il n'y a rien de plus élégant qu'un Beretta neuf millimètres parfaitement huilé. »

Un frisson glacé la parcourut à nouveau. Mon Dieu, faites que ce ne soit pas vrai. Faites que Big Jack, petit-fils des très respectés Wilhelm et Clara Schaller, ne soit pas un assassin ! Mon Dieu, faites que la victime ne soit pas un Newman !

Le pistolet était-il encore dans les affaires de son père ? Si oui, devrait-elle le déclarer à la police ?

— J'ai bien peur que vous ne deviez suspendre la rénovation en cours, madame Schaller. Il y a peut-être des preuves enterrées avec la victime. Tout doit rester tel quel.

Elle redoutait ce retard. La boîte new-yorkaise de cosmétiques lui garderait-elle son poste ? Elle était censée commencer le 1er novembre. Sans compter que ce scandale n'aiderait pas…

Quinn l'observait attentivement. Il se considérait comme un expert en langage corporel et, à l'évidence, Mme Schaller n'appréciait pas Newman. Pourquoi ? Étaient-ils de mèche ? Cachaient-ils quelque chose ?

L'inspecteur soupçonnait toujours tout le monde de dissimuler de sombres secrets. Une déformation professionnelle. Et il ne faisait confiance à personne.

Il était également fouineur de nature. Il adorait farfouiller dans la vie des gens. C'était pour ça qu'il avait choisi ce métier. Il avait travaillé à Chicago jusqu'à ce que sa mère emménage avec eux. Les hivers étant devenus trop rudes pour elle, il avait pris un poste en Arizona. Trop chaud. Des vacances passées à sillonner la Californie viticole leur avaient fait découvrir la vallée du Largo, dont le climat était « tout simplement parfait ». Ils vivaient là depuis vingt ans maintenant. Sa mère était encore vivante, en excellente forme. Elle surnommait Lynnville « la ville aux boucles d'or ».

Le taux de criminalité n'y était pas très élevé. Il y avait juste ce qu'il fallait de vols et de délits pour l'occuper, sans qu'il soit débordé – contrairement à ce qu'il avait connu à Chicago. Mais cette affaire-ci, c'était son premier assassinat, un vrai cas non résolu, qui mettait son cerveau en ébullition. Il était déterminé à aller au fond des choses, si butés que soient les deux ennemis mortels plantés devant lui.

— Hum. Parlez-moi donc de vos familles, vous deux.

— Pourquoi ? répondit Lucas du tac au tac.

Ho, ho... Newman aussi était sur la défensive !

— Eh bien, parce que l'expérience m'a appris qu'une inimitié familiale constitue toujours un bon point de départ quand on cherche un mobile.

L'inspecteur lança un regard acéré aux deux jeunes gens.

— J'aimerais sincèrement pouvoir écrire « pleine coopération » dans mon rapport. Voyez ce que je veux dire ? Alors... quel lien y a-t-il entre vous ? Je sais que vos grands-pères étaient frères ou quelque chose comme ça, mais vos patronymes diffèrent.

Il s'interrompit pour leur laisser une chance de saisir l'opportunité d'une « pleine coopération ».

Nicole jeta un coup d'œil à Lucas, dont le chapeau cachait l'expression.

— En effet, inspecteur, nos familles descendent de deux frères...

Le portrait de Clara Schaller lui revint en mémoire. Elle était l'épouse de l'un de ces frères. Pourquoi, en ce cas, les Newman ne s'appelaient-ils pas Schaller ? Leur lignée mâle s'était-elle éteinte ? Y avait-il eu mariage et changement de nom ? Les étiquettes du domaine Newman indiquaient pourtant qu'il avait été fondé au début du vingtième siècle, alors que ce frère devait être encore vivant...

— Vous sauriez pourquoi vos deux lignées ne portent pas le même nom ? demanda Quinn à Lucas.

Celui-ci prit la mouche.

— Inspecteur, je peux retracer ma généalogie jusqu'à mon arrière-grand-père paternel, Johann Newman, tout droit arrivé d'Allemagne. La ligne est directe par les hommes.

— Alors… ?

— La rumeur selon laquelle Wilhelm et Johann étaient frères est infondée. Malgré ce que les gens pensent, ils étaient au mieux cousins éloignés, ou bien simplement amis, répondit Lucas en jetant un regard impatient à Nicole.

— Pardon, intervint celle-ci. Ils étaient frères. C'est ce que tout le monde a toujours dit dans ma famille.

Lucas secoua la tête.

— Ils étaient cousins. L'idée qu'ils puissent être frères n'a aucun sens. Comment auraient-ils pu vivre en voisins sans s'adresser une seule fois la parole pendant toutes ces années ?

Oh, c'est très possible, songea Quinn avec cynisme.

Nicole resta songeuse. Pour la première fois de sa vie, elle avait envie d'en savoir plus sur l'histoire de leurs familles, sur l'origine de leur rivalité et désormais sur le mystère du lien qui unissait Wilhelm et Johann. Leur inimitié s'était-elle perpétuée jusqu'à aboutir à un meurtre ?

DEUXIÈME PARTIE

1914-1918

— Vous avez remarqué ? demandait Hilde tout en portant un biberon à la bouche de son nourrisson. Les femmes attendent tout d'un seul homme alors que les hommes n'attendent qu'une seule chose de toutes les femmes.

— Ils disent que c'est dans leur nature, pépia Truda.

— Ce sont des porcs, décréta la veuve Anna.

— Inutile d'insulter ces pauvres bêtes.

L'éclat de rire fut général.

C'était l'été. Il faisait chaud. Les femmes réunies à la pâtisserie Eberhardt pour leur café hebdomadaire étaient habillées à la dernière mode : corsages de dentelles et longues jupes étroites ne dévoilant que le pied. Les femmes mariées avaient attaché leurs cheveux en un chignon bas, dit à la grecque, tandis que la jeune demoiselle Mueller portait des anglaises.

Elles étaient cinq à ne jamais manquer ce rendez-vous : Clara Schaller, son amie Frieda Eberhardt, dont le mari possédait la pâtisserie ; Hilde, la femme du cordonnier et aussi professeure de piano ; Truda, l'épouse et l'assistante du photographe ; et Dagmar, la femme du tailleur, elle-même couturière. Toutes faisaient partie du petit groupe d'immigrés arrivés en Californie à l'instigation de Jakob Schaller.

Trois nouvelles venues avaient intégré leur cercle : Mme Elke Mueller, dont le mari avait ouvert un hôtel à Lynnville, sa fille de seize ans, Mathilda, et sa sœur, Anna, veuve. La jeune Mathilda n'avait pas joint son rire à celui de ses aînées, parce qu'elle aimait les hommes et trouvait qu'ils étaient ce que Dieu avait inventé de plus beau. Elle avait le béguin pour Klaus, le célibataire arrivé en même temps qu'eux voilà deux ans. Il était forgeron et se formait à la mécanique automobile. Elle rêvait de lui nuit et jour et n'espérait qu'une chose, le croiser au bal. Sa mère désapprouvait, visant plus haut pour sa fille qu'un simple artisan.

Mme Mueller était ainsi. Lorsque Mathilda, qui avait une très jolie voix, interprétait des chansons folkloriques ou populaires, sa mère pinçait les lèvres et affirmait qu'elle aurait préféré l'entendre chanter de l'opéra. Clara la jugeait un peu snob, mais ne lui en tenait pas rigueur – ce genre d'attitude camouflant souvent des faiblesses ou des manques côté vie privée. Et puis, son mari ne manquait pas d'humour. Il avait accroché un panneau à la réception de son hôtel : NE DORMEZ PAS TROP LONGTEMPS, ON A BESOIN DES LITS.

Clara se disait qu'on ne connaissait jamais vraiment l'envers du décor. Il se murmurait par exemple que le maire, dont le petit bout de femme écrasait tout le monde de sa superbe, préférait les garçons… Elle-même, Clara, ne dissimulait-elle pas ses secrets derrière des sourires éclatants ? Bien sûr que ces dames auraient adoré connaître la raison de la rupture, deux ans plus tôt, entre son mari et son frère. Oui, décidément, la plupart des gens vivaient leur vie derrière un masque.

Cela dit, le fait de se retrouver ainsi en petit comité, entre femmes, s'accompagnait d'un relâchement des règles propice aux confidences et aux aveux. Depuis qu'elles se réunissaient pour le café, il y avait eu certaines révélations inattendues. Le cadre s'y prêtait : la boulangerie des Eberhardt était en tout point identique à celles de leur pays natal. L'atmosphère y était chaleureuse et accueillante, les présentoirs enchantaient l'œil et les effluves mettaient l'eau à la bouche. Seul le spectacle de la rue rappelait qu'on n'était pas en Allemagne : panneaux et enseignes étaient rédigés en anglais et la chaussée – sur laquelle circulaient en outre quelques automobiles – était faite de terre et non de pavés centenaires. Au-delà de la ville s'étendait une vaste vallée parsemée d'exploitations et bordée par des montagnes. Plus loin coulait le fleuve.

— La Fête de la bière me manque, dit Hilde en retournant son bébé pour le rot.

— Les Américains ne célèbrent pas la récolte de la même façon que nous, en Europe, confirma sentencieusement Truda.

— Nous la fêtions en Pennsylvanie, la contra Mme Mueller tout en louchant subrepticement sur le ventre arrondi de Dagmar. Comme la communauté allemande est très importante là-bas, la Fête de la bière avait lieu chaque année.

— Nous devrions peut-être introduire la coutume ici, suggéra Clara.

Wilhelm venait de mettre en bouteille sa première vendange, issue des vignes espagnoles sauvées par Jakob – il était trop tôt pour les rieslings allemands, lesquels commençaient seulement à donner. Restait à commercialiser cette jeune cuvée. Or leur production n'avait pas encore de débouchés établis et elle devait d'abord se faire connaître des amateurs. Ils tiraient donc le diable par la queue. Wilhelm était cependant optimiste. Il passait ses journées à inspecter les ceps en quête d'insectes ou de moisissures, à élaguer et à relever les feuilles pour favoriser l'ensoleillement. Il prenait soin de ses vignes comme si c'étaient ses propres enfants. Clara priait pour que ce ne soient pas les seuls.

Les dames accueillirent sa proposition avec enthousiasme. Organiser la Fête de la bière leur rappellerait le pays et offrirait une distraction bienvenue à leurs esprits focalisés sur le seul sujet qu'elles évitaient soigneusement d'aborder : la guerre en Europe. Dans sa dernière lettre, la mère de Clara avait écrit :

Nous craignons le conflit qui se profile. Ton père et moi sommes très inquiets pour le mari de Julia. Il s'est engagé et nous n'avons aucune idée de l'endroit où il sera envoyé.

Depuis l'assassinat de l'héritier du trône d'Autriche-Hongrie, le 28 juin, les Allemands d'Amérique suivaient l'actualité avec angoisse. Fin juillet, l'empereur François-Joseph avait déclaré la guerre à la Serbie, alliée de la Russie, laquelle avait décrété la mobilisation générale, si bien que l'Allemagne avait à son tour mobilisé ses troupes et déclaré la guerre à l'empire russe.

Le conflit était dans tous les esprits, mais les amies ne manquaient pas d'autres sujets leur permettant d'éviter celui-là. Leurs conversations se composaient essentiellement de potins, d'histoires diverses, de souvenirs, d'observations. Et d'opinions. Il y avait toujours beaucoup d'opinions. Du haut de sa quarantaine, Mme Mueller n'aimait pas la façon dont le monde changeait. Les femmes ne se comportaient plus en ladies, et les hommes certainement plus en gentlemen. Sa sœur Anna, de dix ans sa cadette, craignait quant à elle que le cinéma ne signe la mort des livres et de la lecture. Les plus jeunes, enfin, s'interrogeaient sur le monde à venir : le droit de vote des femmes, les jupes plus courtes, le contrôle des naissances dont on commençait à parler en Europe… Mais au final elles en revenaient toujours aux hommes.

— Avez-vous vu le nouvel avoué ? M. Gilette ? Un bel homme. J'ai entendu dire qu'il traitait tous les types de dossiers, immobilier et héritage compris. Il n'aura aucun mal à percer…

— Je me demande s'il est marié.

— Il s'est présenté seul à l'hôtel et n'a mentionné personne devant le rejoindre.

— Mavis Pruitt, qui tient la pension, m'a dit qu'il avait réservé la première chambre qui se libérerait chez elle.

Elles eurent toutes le même sourire satisfait, celui d'inspecteurs qui auraient résolu l'affaire du siècle. Ainsi, le nouveau venu était célibataire ! Anna, qui était veuve, avait tout intérêt à se positionner. Encore fallait-il que sa sœur ne lui dame pas le pion et n'harponne pas l'intéressé avant. C'était en effet un parti digne de Mathilda.

Alors que parler en allemand aurait été plus simple, toutes s'exprimaient en anglais, par souci et volonté de s'adapter à la vie en Amérique, leur nouvelle patrie. Mme Mueller et sa sœur avaient un avantage pour avoir vécu un certain temps en Pennsylvanie auparavant. Mais c'était Mathilda qui parlait le mieux – elle vivait en Amérique depuis qu'elle avait cinq ans et s'exprimait comme une native, saisissant au vol l'argot et les expressions courantes.

Les Mueller n'étaient pas les seuls à être récemment arrivés. Lynnville gagnait en habitants chaque année. Deux sœurs étaient venues de Boston pour trouver des maris et lancer une blanchisserie. Leur commerce marchait tellement bien qu'elles l'avaient déjà agrandi et avaient embauché quatre Mexicaines. Elles s'occupaient du linge de l'hôtel des Mueller et avaient passé un accord avec Dagmar et son mari, à qui elles envoyaient tout article ayant besoin d'un raccommodage en échange de travaux de repassage.

Un docteur et sa femme infirmière comptaient aussi parmi les nouveaux venus. Une deuxième épicerie ainsi qu'une banque s'étaient implantées. En lisière de la ville, une veuve du Montana avait ouvert avec succès un restaurant de cuisine familiale, où s'arrêtaient les fermiers affamés quand ils venaient se fournir en semences et en équipements. À l'école, une salle de classe supplémentaire avait été construite, et la ville avait recruté un second maître. Autant de signes qui marquaient l'entrée de Lynnville dans le monde moderne. Quiconque doté d'un rêve, de courage et de détermination pouvait se forger une nouvelle et belle vie dans la vallée du Largo.

Outre la nécessité d'apprendre l'anglais et de s'habituer aux mœurs américaines, ces dames avaient dû s'adapter à l'absence de saison. Pour apercevoir de la neige, il fallait se tourner vers l'est et Los Padres, dont les plus hauts sommets étaient recouverts de blanc. Mais à part cela, l'hiver californien était à mille lieues du spectacle immaculé et mystérieux des forêts germaniques figées dans le silence ouaté de la neige. Il apportait plutôt des torrents de pluies, poussés par les vents du Pacifique, telle une malédiction. La vallée n'avait alors plus rien de paisible. Le Largo débordait, des coulées de boue barraient routes et chemins, et l'eau s'infiltrait sous les toits. Les habitants allaient acheter de nouvelles bassines au magasin général, mais ne se plaignaient pas, car cette abondance d'eau signifiait herbe grasse et récoltes assurées pour le reste de l'année.

L'été, la chaleur était tempérée par les vents en provenance du Pacifique tout proche. Les deux autres saisons étaient discrètes. L'automne se remarquait à peine tant le climat était doux. Seule la chute des feuilles en marquait l'apogée. La même douceur caractérisait le printemps. C'est en vain que ces dames avaient apporté leurs gants et leurs mitaines, leurs bottes de neige et leurs manteaux de fourrure…

Le climat de la vallée du Largo offrait en revanche le loisir de déguster des produits cantonnés à certaines saisons en Allemagne. On trouvait ainsi des oranges, des poires, des laitues et des choux-fleurs toute l'année. Les fruits et légumes frais ne manquaient jamais, quel que soit le mois.

— Ouh ! Il donne des coups de pied ! s'exclama soudain Dagmar, une main sur le ventre.

— Comment sais-tu que c'est un garçon ? demanda Mathilda, peu versée dans le domaine de la procréation et prête à croire que grossesse et don de prophétie allaient de pair.

Frieda, concentrée sur son ouvrage de dentelle destiné à orner cols, napperons et autres accessoires, leva les yeux vers Dagmar et Truda, toutes deux enceintes.

— J'ai entendu dire que des mains sèches et les pieds froids annonçaient un garçon.

— Une envie de sucre, c'est une fille ; une envie de salé et d'acidité, un garçon, intervint Mme Mueller.

Aux jeunes épouses encore sans enfants, les chanceuses conseillaient du haut de leur expérience :

— Pas de bain chaud pour l'homme, c'est mauvais pour la semence. Seulement des bains tièdes.

— Pour les femmes, il faut manger du brocoli.

— Ou boire du jus de choucroute mélangé à un œuf cru et à de la sauce piquante avant de faire l'amour. Le bébé est garanti !

— Moi, on m'a dit qu'il fallait le faire les soirs de pleine lune. C'est comme ça que nous avons eu Mathilda.

Clara écoutait ces propos sans rien laisser filtrer de son scepticisme ni des joies ou déconvenues de sa vie maritale. En ce qui la concernait, le sexe avec Wilhelm n'avait rien de spectaculaire. Ni même de satisfaisant. Leur nuit de noces, lorsqu'ils avaient enfin pu la vivre, avait été décevante. Mais elle aimait la sensation de son mari sur elle après, son corps puissant qui écrasait le sien, la protégeant dans la nuit. Par ailleurs, elle aspirait à devenir mère. Alors, quoi qu'elle pensât de leurs conseils, ça valait peut-être la peine d'essayer…

Ce rendez-vous hebdomadaire entre femmes avait évolué depuis deux ans. Au début, des groupes s'étaient spontanément formés au sein de la réunion qui suivait l'office dominical : d'un côté les femmes, de l'autre les hommes. Tandis que les premières parlaient chiffons et problématiques féminines, les seconds discutaient de leurs affaires et de politique. Wilhelm continuait à recevoir un journal de Francfort, d'autres étaient abonnés à des journaux de langue allemande publiés aux États-Unis. Ils les apportaient le dimanche pour les faire circuler et débattre des nouvelles tout en fumant à l'écart de ces dames.

Par la suite, celles-ci avaient commencé à se réunir, toujours le dimanche, chez les unes et les autres à tour de rôle, l'hôtesse fournissant le café et le gâteau. Puisque Clara ne pouvait pas recevoir en raison de son éloignement géographique – toutes avaient convenu que se rendre au domaine prendrait trop de temps –, elle arrivait généralement avec une douceur préparée de ses mains. Ce jour-là, les retrouvailles ayant lieu à la pâtisserie Eberhardt, elle s'était contentée d'apporter une douzaine d'œufs frais du matin.

Pendant ce temps-là, les hommes se voyaient offrir le café et des gâteaux dans le confortable foyer de l'hôtel des Mueller. Les moins religieux d'entre eux acceptaient volontiers une chope de bière. Après tout, si on ne pouvait pas savourer une innocente pinte un dimanche après-midi, quel sens avait, dans l'esprit de Dieu, l'expression « repos dominical » ? Rien n'était plus détendant qu'une bonne bière, disait le jovial Mueller.

Tout en écoutant d'une oreille distraite les bavardages autour d'elle, Clara s'interrogeait sur Feliciana Ballerini. Qu'était-il advenu de la merveilleuse amitié qui était censée s'épanouir entre elles ? Elle avait attendu avec impatience une deuxième visite impromptue de sa voisine, comme la première fois. Mais rien. Elle avait bien pensé à lui rendre visite elle-même, mais entre-temps Johann avait commencé à travailler là-bas, et l'idée de le rencontrer…

Lorsqu'elle croisait M. Ballerini ou sa fille en ville, leur échange restait poli mais distant. Pourquoi ? Que s'était-il passé ? Que leur avait dit Johann ? Clara n'avait eu aucun contact avec lui depuis la nuit où il avait quitté le domaine. Lorsque Wilhelm lui avait annoncé qu'ils s'étaient disputés et que son frère était parti pour ne jamais revenir, elle n'avait pas cru que ce serait aussi définitif.

Cela faisait deux ans maintenant, et toujours pas un mot. Elle en était profondément blessée.

Clara chassa Johann de son esprit, ainsi qu'elle le devait, pour revenir aux commérages et aux rires qui emplissaient la pâtisserie. Quelle chance c'était, d'avoir des amies ! Des personnes à qui parler, à qui se confier. Ils étaient loin, les jours de solitude des débuts. Elle appréciait tout particulièrement Frieda Eberhardt.

Il était étrange et amusant de constater que les liens pouvaient se faire et se défaire sans qu'on sache vraiment pourquoi. Frieda et elle avaient fait connaissance sur le transatlantique et il y avait eu ensuite la traversée du continent en train. Mais elle-même était alors trop mal en point pour développer des relations. C'était en fait grâce à ces réunions dominicales qu'elle avait progressivement mieux connu et apprécié la jeune femme. Frieda avait le même âge qu'elle (c'est-à-dire vingt et un ans), un teint de lait, des boucles blondes et les yeux bleus. Elle riait de bon cœur et dispensait les compliments avec autant de générosité que ses parts de strudel aux pommes ou aux pêches.

L'amitié entre les deux femmes tenait à ce petit plus indéfinissable qui distingue le lien authentique de la simple et agréable relation de façade.

Clara appréciait également le mari de Frieda, Hans, un homme jovial et très sympathique. Il avait de la chance, c'est vrai. Qui n'aurait pas été heureux, entouré à longueur de journée de l'odeur du pain et des pâtisseries en train de cuire ? Il proposait toujours à ses clients de goûter une douceur, à tel point que certains passaient sans rien acheter, simplement pour savourer le bagel ou le beignet du jour.

Hilde, qui reposait avec douceur son bébé dans son berceau, signala :

— Je suis passée à la mercerie l'autre jour, et Mme O'Brien avait un énorme bleu au visage. Malgré la poudre, ça se voyait quand même. Son mari la bat, à mon avis.

Frieda opina du chef avant d'ajouter, sans interrompre pour autant le mouvement rapide de ses doigts qui maniaient les fuseaux :

— Mme O'Brien affirme qu'elle se cogne aux portes, que c'est de la maladresse.

— Non, c'est son mari, intervint Dagmar d'un ton sans appel.

Du fait de son métier, elle passait au moins une fois par semaine à la mercerie pour se fournir en tissus et en accessoires. Aussi se considérait-elle un peu comme l'experte ès O'Brien.

Clara mélangeait son café, le regard tourné vers la rue. Le premier contact qu'elle avait eu avec Kathleen O'Brien n'avait guère été sympathique. Au fil du temps, elle avait découvert que cette femme était avant tout malheureuse. Elle se plaignait constamment. Pourquoi ? Avait-elle de bonnes raisons de se plaindre ? Peut-être que son mari la battait, en effet. Clara n'aimait pas Sean O'Brien. Il passait trop de temps au Gilhooley's Saloon et il collait de trop près les femmes. Quand il se trouvait à la mercerie, il s'approchait d'elle d'une démarche traînante, jusqu'à la frôler de son bras. Et lorsqu'il lui demandait en quoi il pouvait l'aider, son haleine puait le whiskey.

Par association d'idées, les pensées de Clara dérivèrent de la mercerie à M. Ballerini, lequel avait corrigé « l'erreur » de Mme O'Brien, et de là, à Johann.

La jeune femme avait entendu dire qu'il était désormais le régisseur principal des Ballerini et qu'il avait pris le nom de sa mère, c'est-à-dire Neumann. Sous sa houlette éclairée, le domaine agricole du Suisse avait multiplié ses rendements par cinq. Les haricots rouges notamment, qui étaient ensuite conditionnés ou transformés dans des usines à San Francisco et à Los Angeles, dégageaient des profits mirifiques. Cela faisait presque deux ans que Johann travaillait là-bas. Depuis son départ de la maison.

Trop polies pour demander, toutes ces dames n'en brûlaient pas moins de connaître les dessous de la dispute qui avait amené les frères Schaller à se séparer une semaine après la mort de leur père. Elles croisaient parfois le plus jeune en ville, accompagnant M. Ballerini et sa superbe fille. Mais il ne venait jamais au temple le dimanche et n'assistait pas non plus aux diverses festivités organisées par la communauté allemande, laquelle veillait pourtant à l'inviter systématiquement.

La douleur secrète de Clara tenait beaucoup au fait que Johann ne lui avait jamais dit au revoir. Il était parti sans un mot. Pendant un certain temps, elle avait espéré qu'il reviendrait ou que Wilhelm irait chez leurs voisins pour faire la paix avec lui. Elle avait attendu une réconciliation, compté sur le retour d'un amour fraternel une fois le choc de la confession atténué et la nouvelle réalité de leur lien acceptée. Mais rien de tout cela n'avait eu lieu. La rancœur semblait bien avoir supplanté l'affection. Wilhelm ne permettait même pas que soit prononcé le nom de Johann.

Elle s'était demandé si elle devait intervenir pour les rapprocher. Mais elle ne savait comment faire. Les semaines et les mois avaient passé. Aucun signe de Johann, pas un mot, pas une lettre pour elle – rien. Alors elle avait abandonné l'idée d'interférer, ne voulant pas prendre le risque d'aggraver les choses.

L'irruption inopinée de leurs maris dans la boutique, Hans Eberhardt à leur tête, prit ces dames par surprise. Ils affichaient un air grave.

— Que se passe-t-il ? demanda Clara devant l'expression figée et dure de Wilhelm.

— Nous devons parler, dit-il en prenant une chaise.

Alors que les hommes se faisaient une place dans leur cercle, Clara ne put retenir un cri quand elle lut le gros titre du journal brandi par Hans : L'ALLEMAGNE DÉCLARE LA GUERRE À LA FRANCE.

Le silence s'abattit sur le petit groupe. Impossible de se voiler la face plus longtemps : le Vieux Continent entrait dans un conflit sanglant. La crainte pour leurs familles restées au pays les accablait. Jamais ils ne s'étaient sentis si loin et impuissants qu'en cet instant.

Tournant la tête, Clara aperçut par la fenêtre Johann en train d'acheter un journal sur le trottoir d'en face. Il s'arrêta, pétrifié à la lecture de la couverture. Se sentant observé, il leva les yeux. Leurs regards se croisèrent. Envahie d'un pressentiment soudain, elle eut envie de courir vers lui. Quelque chose de terrible se profilait à l'horizon. Leurs vies allaient à nouveau prendre une direction imprévue.

Il avait galopé à bride abattue. La guerre en Europe ! Il devait avertir les Ballerini au plus vite. Ils avaient encore de la famille en Suisse.

Mais, tandis que son cheval fendait l'espace à travers la plaine, la vision de Clara dans la vitrine baignée de soleil de la boulangerie le hantait. Elle était en train de l'observer. Il avait senti son regard sur lui.

Son amour pour elle ne l'avait pas quitté depuis que son frère l'avait presque battu à mort avant de le chasser du domaine. S'il était même possible, cet amour avait grandi. Pendant quelque temps, Johann s'était demandé s'il devait essayer de renouer avec Wilhelm. Essayer d'oublier le terrible secret de Jakob. Essayer d'extirper de son esprit le fait que son père vénéré avait couché avec sa belle-sœur et eu un bâtard.

Mais non, aucun retour en arrière n'était possible. Aucune poignée de main avec Wilhelm. Le mur élevé entre eux par leur père était trop haut et trop épais pour être escaladé. Il était un Neumann désormais. Et il en était resté à la décision qu'il avait prise cette nuit-là, lorsque, le corps et le cœur à vif, le visage mouillé de larmes et de sang mêlés, tenant à peine sur ses jambes, il avait juré devant Dieu qu'il n'était plus un Schaller.

Cela signifiait ne plus revoir Clara. La faire sortir de sa vie… Ce n'était pas simple, car elle habitait le domaine voisin. Elle se rendait au temple tous les dimanches, elle allait souvent en ville. Tout cela ne facilitait pas l'oubli.

Sa peine était aggravée par le fait que Clara n'avait pas fait le geste de venir le voir. Elle aurait dû, non ? Encore eût-il fallu qu'elle connaisse la vérité. Johann s'était tellement passé et repassé la scène dans son imagination qu'il en était venu à la croire réelle : Wilhelm rentrant chez lui après la bataille et disant à Clara : « Je l'ai banni. Il ne reviendra jamais ici. » Elle aurait pu trouver, alors, un moyen de le contacter, de le voir. Elle ne l'aurait pas laissé tomber ainsi, sans même lui dire au revoir ou lui souhaiter un bel avenir ! Pourtant, c'était ce qui s'était passé.

Parvenu à proximité de la maison qu'Arturo Ballerini avait fait construire pour sa fille et lui, Johann tira sur les rênes et resta un instant plongé dans ses pensées.

Quelles seraient les conséquences de cette guerre en Europe pour eux ?

Il avait le cœur lourd. Il aurait voulu pouvoir se joindre aux autres immigrés de la vallée en ces moments de tristesse et d'angoisse, mais ce n'était pas possible. La fierté l'en empêchait : il ne voulait avoir aucun contact avec Wilhelm, même par personnes interposées.

Et c'était mieux ainsi. Cela permettrait probablement à ses souffrances de s'estomper plus vite. Car son chagrin avait été indicible. Il avait non seulement perdu son père et son frère en une nuit, mais aussi sa mère, Ilse Schaller, qu'il avait tant pleurée, du haut de ses dix ans, quand elle était morte d'une angine. Elle n'était que sa tante et il n'avait jamais connu sa vraie mère.

Cela faisait beaucoup pour un seul homme. Se plonger dans le travail pour le compte de Ballerini l'avait sauvé. Superviser les travaux des champs, veiller à ce que la terre soit labourée, désherbée, vérifier que les branches soient bien taillées, les récoltes engrangées. Le domaine avait de multiples productions : en plus des cépages destinés aux célèbres crus Ballerini, ils cultivaient du raisin de table, des pêches et des abricots, de l'artichaut – un légume introduit par les Espagnols – et du *Phaseolus vulgaris*, ou haricot, une nouvelle culture sur laquelle il avait beaucoup à apprendre.

Et dorénavant, il était le régisseur.

Lorsqu'il s'était remis de ses blessures et qu'Arturo Ballerini lui avait proposé de rester, sans même lui poser une seule question, il avait accepté à condition de travailler. Devant l'énoncé de ses diplômes et son expertise en agronomie, le Suisse l'avait engagé pour qu'il améliore les rendements de ses productions. Johann avait sauté en selle et avait arpenté l'exploitation de long en large pour en examiner le sol. Parfois, il descendait de cheval et s'agenouillait pour prendre une poignée de terre qu'il laissait couler entre ses doigts. Ici et là poussaient d'immenses chênes. Il goûtait leur ombre, passait la main sur leur écorce rugueuse comme pour se présenter à eux – en quelques jours seulement, il avait su qu'il vivrait là un certain temps, avant de trouver sa place dans le monde. Oui, il devait rester là, près de Clara.

Il en était venu à aimer chaque mètre carré de ces milliers d'hectares, autrefois donnés en récompense par la Couronne espagnole au vieux Vasquez, pour ses bons et loyaux services. Tout comme le domaine Schaller. Des vignes y avaient été plantées, auxquelles Ballerini avait redonné vie. Il y avait aussi de vieilles ruines en adobe, dont une devait être l'hacienda, avec son patio central. Les jours où le chagrin se faisait trop pesant, Johann y venait et entamait un dialogue silencieux avec le vieux Vasquez.

Un autre endroit où il retournait souvent, c'était le fossé dans lequel des journaliers mexicains l'avaient découvert, plus mort que vif, voilà deux ans. Pourquoi revenait-il là, semaine après semaine ? Il ne savait pas. Peut-être était-ce en hommage à cet instant où sa vie nouvelle avait commencé ? Les hommes qui l'avaient trouvé étaient simplement de passage dans la vallée et ne le connaissaient pas. Ils avaient donc couru vers les lumières les plus proches – celles de la maison des Ballerini –, croyant prévenir les membres de sa famille.

Johann ne gardait aucun souvenir de cet épisode. Ni des jours suivants, passés sous la garde attentionnée de Feliciana. Le docteur de Santa Barbara avait réduit les fractures, recousu les plaies, baigné le tout d'antiseptique agrémenté de morphine. Il avait également tenu sa langue, à la demande expresse de M. Ballerini, lequel l'avait grassement payé. Il avait d'autant plus facilement accepté de se taire que le jeune homme s'était bien remis de ses blessures.

Johann offrit son visage au vent chaud de l'ouest. Les pluies étaient rares entre mai et novembre. Fort heureusement, deux siècles d'agriculture avaient domestiqué la nature et pourvu la vallée d'un solide réseau de fossés et de canaux, entretenu à la sueur de leur front par les journaliers mexicains qui veillaient à ce que l'eau ne manque jamais. Moyennant quoi, blé doré et luzerne verte s'étendaient à perte de vue. Ballerini faisait aussi pousser du maïs et des fraises. Des cultures qui nécessitaient beaucoup de bras. Grand pourvoyeur d'emplois dans la vallée, il était très respecté de ses ouvriers, qui appréciaient de surcroît le fait qu'il parle une langue plus proche de la leur que ne l'étaient l'anglais ou l'allemand.

Johann contempla la colline où poussait la vigne dont Ballerini tirait un vin exquis. On ne pouvait imaginer vigne plus cosmopolite puisqu'elle avait été plantée par des missionnaires espagnols, et était aujourd'hui exploitée par un Suisse italien et élevée par un Allemand ! Le monde était si petit...

Quant aux haricots, ils couvraient des ares et des ares. Johann avait préconisé l'utilisation de chaux avant tout ensemencement, afin de contrebalancer l'acidité des sols. Il avait aussi conseillé de pailler, pour éviter les mauvaises herbes. Arturo Ballerini avait suivi ses recommandations à la lettre et attendait pour la deuxième année consécutive des récoltes record. Deux nouvelles usines agroalimentaires l'avaient contacté pour transformer et conditionner ses haricots, puis les commercialiser dans tout le pays. Apparemment, le porc et les haricots en boîte étaient en train de devenir les mets incontournables des tables américaines.

En remerciement pour ses conseils précieux, Ballerini avait offert à Johann un petit vignoble à flanc de coteau. En octobre, il y ferait sa première vendange, qu'il presserait, ferait fermenter et embouteillerait sur le domaine, mais étiquetterait à son nom : Neumann.

Au loin se dressait la Colina Sagrada, à la limite des terres Schaller. Il savait que la maison se cachait plus loin, derrière un rideau d'arbres. Son cœur se serra. Pas pour son frère, mais pour sa belle-sœur. Wilhelm était devenu un étranger pour lui. Il sentait encore l'impact de ses coups de pied dans ses côtes. D'où lui était venue cette fureur ? Il n'aurait jamais cru Wilhelm capable de frapper quelqu'un à terre. Ne fût-il que son demi-frère.

Johann doutait de parvenir un jour à oublier. Désillusion, déception, sentiments de trahison et d'abandon plongeaient trop profondément en lui pour qu'il puisse les extraire et les mettre de côté. Avec Wilhelm, ils étaient désormais ennemis. Est-ce ainsi que les guerres commençaient ?

Les pensées de Johann le ramenèrent au conflit en Europe. Combien de temps allait-il durer ? Ses cousins combattraient-ils ? Mourraient-ils ?

Cela paraissait trop loin et irréel pour être vrai. Certains Allemands de la vallée parlaient de rentrer pour se battre. Lui n'en avait pas l'intention. En revanche, il prierait pour que cette guerre soit brève. Le pacifiste qu'il était croyait foncièrement que des hommes raisonnables devaient pouvoir trouver des arrangements sans avoir à verser le sang.

Il éperonna son cheval et atteignit la maison. Feliciana était occupée au jardin, en train de soigner ses fleurs.

La présence de la jeune femme avait pesé dans sa décision de rester au domaine Ballerini. Jamais il n'oublierait les soins attentifs qu'elle lui avait prodigués lorsqu'il avait eu mal à en mourir. Après un moment, sa main fraîche posée sur son front brûlant avait remplacé la morphine qu'il ne voulait plus prendre. Elle était belle, gaie et rieuse, mais aussi douce et empathique face à sa douleur.

Elle l'avait nourri à la cuillère, baigné, rasé, avait changé ses draps et glissé le bassin hygiénique sous ses fesses. Des gestes intimes. Pour autant, il n'était pas tombé amoureux. Il n'y avait de place que pour une seule femme dans son cœur.

Cela ne l'empêchait pas de ressentir de la gratitude, de l'admiration et de l'affection pour Feliciana. Elle dégageait une sorte de fragilité, et Johann s'inquiétait pour son avenir quand Arturo ne serait plus là. Les Ballerini n'avaient aucune famille en Amérique. Il se faisait donc fort de veiller fraternellement sur elle si nécessaire.

Le jardin débordait de fleurs plus éclatantes les unes que les autres. Feliciana les avait plantées en mai et n'avait cessé de les couver depuis. Il l'avait observée, ombrelle à l'épaule, en train de couper, tailler, pailler, retirer les insectes et amener à floraison des zinnias écarlates, des soucis à l'orange flamboyant, des marguerites au blanc laiteux, des dahlias d'un rose intense, le tout issu de graines ou de boutures élevées en pot ou dans le sol. Fleur parmi les fleurs, Feliciana arborait ce jour-là une robe couleur lavande qui moulait sa silhouette de déesse. Quelques boucles d'un noir de jais s'échappaient du foulard assorti dont elle avait couvert ses cheveux.

Johann n'arrivait pas à sonder cette beauté énigmatique. Toutes les familles avaient des secrets, il était bien placé pour le savoir. Que cachait celle des Ballerini ? À vingt-sept ans, Feliciana n'était toujours pas mariée. Or ce n'était pas faute de prétendants. Il s'en était présenté, de maladroits jeunes gens, une boîte de chocolats à la main et une invitation anxieuse aux lèvres, mais sitôt que Feliciana montrait de l'intérêt Arturo se dressait tel un chien de garde, faisant savoir que la jeune femme était sous sa responsabilité. Le message était clair. Les prétendants ne revenaient pas.

Pourquoi le Suisse paraissait-il si déterminé à ce que sa fille reste célibataire ? Était-ce parce qu'elle était son seul rayon de soleil ? Il était derrière elle comme une poule derrière ses poussins, s'enquérant sans cesse de sa santé, de son sommeil, de son humeur. Parfois, il semblait éprouver une curieuse appréhension quand Feliciana entrait dans une pièce.

Et puis, il y avait ces curieux voyages à Monterey, chez la sœur de Feliciana et ses cinq enfants. Y avait-il un homme derrière tout ça ? Un type qui comblait les besoins de la jeune femme ? Arturo était-il au courant et cautionnait-il pareil comportement ?

Quoi qu'il en soit, Feliciana débordait d'énergie. Cela faisait des semaines que Johann la voyait se consacrer corps et âme à son jardin. Dès l'aube, elle descendait inspecter les boutons, humer les parfums. Avec les gens, elle montrait un enthousiasme communicatif. Lorsqu'elle voyait Johann, elle l'interpellait, évoquant tel ou tel sujet. Elle faisait de même avec tous ceux qu'elle croisait lors de ses interminables promenades à pied ou à cheval, ou lorsqu'elle circulait dans son surrey rouge.

Toujours le sourire aux lèvres, à se réjouir de ce beau soleil, quand les autres fondaient littéralement sous la chaleur. Lors du dîner dominical – que Johann prenait avec les Ballerini –, Feliciana tenait à servir elle-même malgré la présence d'une cuisinière et de deux bonnes. Elle conversait plaisamment, s'intéressait à leur travail et leur racontait les derniers potins.

Toute à ses fleurs, Feliciana ne l'avait pas remarqué. Elle se délectait de son jardin et débordait d'une joie extatique. Elle ne se souvenait pas de s'être jamais sentie aussi heureuse. Le bonheur l'électrisait. Elle avait envie de sauter par-dessus les montagnes et de voler jusqu'à San Francisco !

C'était l'amour, l'amour, l'amour qui la rendait euphorique, qui l'enivrait plus que le vin. Certes, avant Johann, elle avait eu son lot de moments heureux. Notamment au réveil, lorsqu'elle émergeait d'un rêve merveilleux mais si flou. Depuis Johann, en revanche, ce sentiment de bonheur ne la quittait plus, et la source en était parfaitement identifiée.

Oh, ça avait commencé sous de sombres auspices. Johann, battu presque à mort, abandonné dans un fossé. Son père avait envoyé de toute urgence un message chez les Schaller, mais celui-ci était resté sans réponse. Quand Johann avait repris des forces, il avait confié à la jeune femme que son frère était à l'origine de ses blessures. Ce qui expliquait le silence de leurs voisins. Mais comment Clara avait-elle pu tourner ainsi le dos à son beau-frère ? Elle ne s'était même pas enquise de son état ! Eh bien, si les Schaller étaient de ces gens-là, elle ne voulait plus rien avoir à faire avec eux.

Le cliquetis d'un harnais interrompit ses pensées. Elle se redressa et mit sa main en visière. Johann !

Elle l'appela en anglais – il avait besoin de pratiquer.

— Venez, Johann, venez voir !

Il mit pied à terre et se laissa mener par la main jusqu'au jardin.

— Ça y est ! J'ai trouvé ma vocation !

Il sourit. Elle avait dit la même chose il y a peu avec le piano. Hilde Decker était venue trois fois par semaine lui donner des leçons. L'année d'avant, c'était l'aquarelle. Elle avait transporté son chevalet et ses couleurs partout dans la propriété pour saisir ce « paradis rural », comme elle disait. Quelle serait sa prochaine passion ? Chaque saison en apportait une nouvelle. Mais il fallait lui reconnaître cela : elle y mettait tout son cœur, à chaque fois.

Le jardinage datait de son dernier long séjour à Monterey. Elle en était revenue quelques mois plus tôt avec des piles de livres sur l'horticulture, les fleurs, la botanique. Elle avait appris tous les termes scientifiques. Il l'avait vue étudier de près ces ouvrages et préparer avec soin les plates-bandes. La lumière de sa chambre restait allumée tard le soir.

Elle le guida de buisson en buisson, égrenant le nom des plantes en latin. Une promenade fort plaisante… Elle disait vouloir toujours s'entourer de beauté. Voilà pourquoi ils n'allaient pas au temple de Lynnville et faisaient soixante kilomètres pour se rendre à la vieille mission, à Santa Barbara. Qu'était un office religieux sans latin, sans statues, sans encens ni cloches ?

Elle cueillit un bouton au parfum entêtant et le lui fit respirer.

— *Gardenia augusta*, murmura-t-elle.

Le regard qu'elle lui jeta, à demi voilé par ses longs cils noirs, aurait pu paraître coquet ou séducteur venant d'une autre, mais en dépit de sa beauté exotique il y avait chez elle une curieuse innocence qui le déstabilisait.

Il se souvint tout à coup du journal dans sa poche.

— Je dois parler à votre père. Un sujet grave. Vous savez où je peux le trouver ?

Elle répondit par un petit haussement d'épaules et un sourire narquois laissant entendre que c'était le cadet de ses soucis.

— Miss Feliciana, dit-il en portant la main à son chapeau.

Il retourna à son cheval et s'éloigna.

Elle le regarda partir, grand et droit sur sa selle. Le plus bel homme sur terre. Quelle chance qu'il ait accepté de travailler pour son père ! Et maintenant, il possédait son propre petit vignoble. Elle savait qu'il nourrissait de grands projets pour son vin. Il avait de l'ambition, de l'éducation et de l'intelligence. Ainsi que la confiance de son père. Son père, tellement pointilleux en ce qui concernait ses soupirants. Elle ne lui en voulait pas, d'ailleurs. Ne disait-il pas qu'il ne fallait pas se fier aux hommes ? Et il savait de quoi il parlait, puisqu'il en était un.

Une envie de courir et de danser la saisit. Elle aurait voulu ouvrir les bras et s'élancer pieds nus ! Jeter son foulard au loin ! Remonter ses jupes ! Prise d'une impulsion soudaine, elle cueillit des fleurs au hasard et composa au petit bonheur un bouquet qu'elle serra contre elle.

Son père l'observait depuis une fenêtre de l'étage d'un air inquiet. Elle recommençait. Combien de temps cela durerait-il cette fois ? Lâchant le rideau, il retourna à son bureau couvert de papiers, de livres de comptes, de responsabilités. La plus urgente de toutes, toutefois, était sa fille. Le moment était venu de prendre la décision qu'il différait depuis si longtemps.

Quelques minutes plus tard, il partait pour Santa Barbara.

Bien que Lynnville disposât désormais d'un homme de loi très capable, formé sur la côte Est, Arturo Ballerini préférait faire soixante kilomètres afin de préserver la confidentialité de sa démarche, d'autant que son avocat lui ouvrait son cabinet même le dimanche.

L'affaire avait été promptement menée. Il avait prévu initialement de dîner avec son avoué une fois le dossier refermé, mais quand il avait vu les gros titres des journaux il s'était excusé et avait immédiatement pris le chemin du retour. Au volant de sa Ford toute neuve, il jouait du klaxon à toute occasion et à chaque virage – à vingt-cinq kilomètres à l'heure, il n'était pas certain de pouvoir freiner à temps si un obstacle se présentait ! Et puis, il adorait le son de la trompe.

Surtout, il était malade d'inquiétude. Une guerre en Europe risquait de compromettre ses plans. Que se passerait-il si les Allemands quittaient la vallée ? S'ils retournaient combattre avec leurs compatriotes ? Il ne pouvait pas perdre Johann. Il lui fallait donc agir vite. Il n'avait plus le luxe de prendre du temps pour peaufiner ses arguments et approcher le jeune homme.

Feliciana était au centre de ses préoccupations. Comment ferait-elle pour gérer ce vaste domaine s'il lui arrivait quelque chose ? Elle serait à la merci de toutes les crapules et de tous les scélérats du comté. Il devait veiller à assurer la continuité de son bien-être ainsi que la prospérité du domaine Ballerini.

Se garant près des écuries, il aperçut le hongre à la robe noisette de Johann, attaché au coin de la maison. Le jeune homme discutait avec un journalier. Leurs regards se croisèrent.

— Quelle tragédie, vraiment ! s'exclama M. Ballerini quand Johann lui tendit le journal. Je me demande combien de temps ce conflit durera.

La cinquantaine bedonnante, il grisonnait à peine aux tempes. Quant à son incroyable moustache, elle restait d'un noir de jais. Pourtant, l'homme sentait soudain le poids des ans.

— Faisons quelques pas, dit-il en invitant son jeune régisseur à le suivre.

Le crépuscule tombait. Les ombres s'étiraient à l'infini sur les prés, les champs, les vignes et le fleuve, au son immuable de la nature saluant le soleil couchant et l'arrivée de la nuit : cigales, sauterelles et grenouilles appelaient leurs partenaires et formaient un orchestre qui saturait l'air de stridulations et de coassements.

Ballerini sortit un cigare dont il coupa une extrémité d'un coup de dent avant d'y porter une allumette qu'il avait grattée à la semelle de sa chaussure. La gestuelle lente et délibérée était celle d'un homme qui prend le temps d'ordonner ses idées. Johann comprit alors qu'ils ne parleraient ni d'engrais ni de moissonneuse mécanique.

Arturo pensait bien connaître le jeune homme, mais il ne voulait prendre aucun risque de l'effaroucher.

— Fils, je ne suis plus aussi jeune qu'autrefois et je ne vais pas rajeunir, commença-t-il en tirant sur son cigare. Cette exploitation est en pleine expansion et mon vignoble est réputé. Mais je n'ai pas d'héritiers. Personne à qui léguer tout ceci au cas où… au cas où…

Johann tenta de mettre son interlocuteur à l'aise :

— Serait-ce au sujet de Feliciana, monsieur ? Elle n'est pas mariée. Moi non plus… Et je fais presque partie de la famille.

Arturo laissa échapper un petit gloussement.

— Diplômé, et perspicace avec ça. En effet, jeune homme, j'ai besoin que ma fille se marie. J'ai besoin de quelqu'un à qui transmettre mon patrimoine. J'ai besoin d'héritiers. Mais pas au point de faire confiance au premier venu qui s'intéresserait à Feliciana, vous le comprenez bien. Alors que vous, Johann, j'ai confiance en vous, et je peux être franc et honnête.

— Vous voulez que je demande sa main à Feliciana, résuma le jeune Allemand.

Les bruits nocturnes autour d'eux allaient en s'amplifiant.

— Pas seulement. Il y a un avantage en retour.

Johann regarda son interlocuteur avec perplexité. Feliciana était belle, charmante, ravissante. Elle savait diriger une maison et se montrer spirituelle. Quel homme aurait exigé un avantage supplémentaire afin de consentir à l'épouser ?

— Quel avantage ? demanda-t-il.

— Mon domaine.

— Votre domaine !

— Oui. En totalité. Il portera votre nom, *si* vous épousez ma fille.

Il y a un loup, songea Johann. Quelque chose lui échappait.

— Cela vous étonne, jeune homme, je le vois bien. Mais je veux qu'on prenne soin de ma fille. Et le fait que le domaine passe au nom de son mari garantit à mes yeux la pérennité de l'union.

Ah, nous y voilà, comprit Johann. Il ne veut pas que je puisse m'enfuir avec une autre femme.

— Je mourrai tranquille si je sais mes biens en d'aussi bonnes mains que les vôtres.

Ballerini aspira une longue bouffée de son cigare, dont l'extrémité rougeoya dans la nuit.

— Les papiers sont déjà prêts. Vous n'avez plus qu'à signer. Tout est en ordre, légalement et financièrement. Je crois que vous ne trouverez rien à y reprendre. Vous n'avez pas besoin d'être amoureux de ma fille, même si elle-même semble avoir de l'inclination pour vous. L'amour vient avec le temps, Johann. C'est le cas dans la plupart des mariages.

L'offre de Ballerini était, quelque part, un soulagement pour Johann. Se marier avec Feliciana l'amènerait peut-être à moins s'appesantir sur Clara. Non pas à moins l'aimer – cela n'arriverait jamais –, mais il serait obligé de tourner ses pensées vers sa femme. Car il était homme de devoir.

Johann laissa Arturo rentrer pour le dîner et resta dans la nuit odorante à contempler les étoiles et la lune ivoire, songeur. Il sentait bien qu'il était à un tournant décisif de sa vie. En fait, la décision s'imposait d'elle-même.

Quelques jours plus tard, il invita la jeune femme à aller se promener le long du Largo Creek. Une brise rafraîchissait agréablement l'atmosphère, et même les moustiques se tenaient tranquilles, conscients de l'importance du moment. Johann ne ressentait aucune nervosité, contrairement à ce qu'il avait imaginé. Cela dit, il n'était pas amoureux. Il ne jouait pas son cœur dans cette affaire. Sa demande en mariage découlait en droite ligne du contrat passé avec Arturo. Il se souciait néanmoins des sentiments de Feliciana et désirait pour cette raison que ce moment fût le plus solennel possible.

Il choisit l'ombre protectrice d'un vénérable saule pour lui prendre la main.

— Très chère Feliciana, je crois que vous savez pourquoi je vous ai amenée dans cet endroit si paisible.

La jeune femme sourit et lui coula un regard à peine voilé par ses longs cils. Un instant, il crut qu'elle allait lui répondre avant même que la question ne soit posée, mais elle sut attendre.

Il avait préparé un long discours évoquant « affection », « respect », « loyauté », « protection ». Le mot *amour* était soigneusement évité – elle comblerait d'elle-même les trous et jurerait probablement d'ici quelques années qu'il l'avait bel et bien employé. Toutefois, percevant dans ses yeux toute l'impatience et l'excitation grandissante qu'elle avait peine à contenir, il laissa tomber cette déclaration et passa directement à l'étape finale :

— Feliciana, me ferez-vous l'honneur d'être ma femme ?

— Oh, oui ! Oui ! Très cher Johann !

Elle se jeta à son cou en s'exclamant :

— Je vous épouserai, je vous épouserai, je vous épouserai !

Il la fit tourner en riant et ils s'embrassèrent. Un baiser dur et électrisant, propre à lui faire oublier la culpabilité d'avoir regretté l'espace d'un instant que ce ne soit pas Clara.

Arturo voulait que le mariage soit célébré le plus tôt possible. Parce qu'ils étaient catholiques, la cérémonie eut lieu dans la chapelle de la vieille mission de Santa Barbara, par une douce journée d'octobre. La plupart des invités firent le déplacement. Mais pas Wilhelm ni Clara. Ils n'avaient pas été conviés.

La pluie réveilla Johann.

Il resta un long moment dans l'obscurité à l'écouter ruisseler sur le toit et les fenêtres. Ce son lui procurait toujours un agréable sentiment de bien-être. Il songeait aussi aux abondantes récoltes que cette eau générerait si le temps se maintenait encore deux mois comme cela. Ballerini serait encore plus riche.

Et lui aussi. Sur le papier en tout cas, puisque son nom figurait sur tous les titres de propriété. Dans les faits, le domaine restait néanmoins celui d'Arturo.

Le jeune homme ne s'était pas senti aussi heureux depuis longtemps. Bien au chaud entre les draps, sa magnifique épouse à ses côtés, il repensait aux derniers mois écoulés. Il était passé de l'enfer au paradis. Pour leur mariage, Arturo leur avait fait un cadeau extraordinaire : une automobile dernier cri, que Johann avait appris à conduire en moins de deux, et qui allait lui permettre d'emmener sa femme en lune de miel. Il avait proposé à cette dernière d'aller voir sa sœur, mais Feliciana avait rétorqué en riant :

« Avec tous ses enfants ? Nous deviendrions fous. Non, je veux être seule avec toi ! »

Ils avaient donc longé la côte californienne au sud et visité des vignobles. Les paysages asséchés de sable et de cailloux n'avaient pas été sans rappeler à Johann celui de la Colina Sagrada.

Ils étaient revenus à temps pour les vendanges et les récoltes de la fin de l'année. Une période toujours bien remplie pour la vallée du Largo et la Californie en général. Puis Noël était arrivé. L'absence de vœux de la part de son frère ou de Clara l'avait empli de tristesse.

Il ne ferait pas le premier pas. C'était Wilhelm qui avait provoqué leur rupture. S'ils ne se reparlaient jamais, ce serait sa faute.

Il tendit le bras vers Feliciana. Oserait-il la réveiller en pleine nuit ? L'appétit sexuel qu'elle avait manifesté lors de leur nuit de noces, et qui l'avait surpris sur le moment, ne s'était pas démenti depuis. Pendant toute leur lune de miel, elle l'avait sollicité plusieurs fois par jour, lui faisant parfois quitter leur table pour rejoindre la chambre. Il ne s'en plaignait pas une seconde.

Pouvait-on être plus heureux ? D'autant que Feliciana lui avait annoncé une très bonne nouvelle quelques jours plus tôt, après les festivités du Nouvel An 1915. Ils attendaient un bébé ! Un bébé pour l'été. À cette idée, son cœur s'emballait. Lorsqu'ils l'avaient dit à Arturo, ce dernier s'était mis à chanter et il avait entraîné sa fille dans un pas de danse autour de la pièce. Ils avaient déjà commencé à discuter du prénom. Mais ils hésitaient : italien ou allemand ? Ou anglais, puisque l'enfant naîtrait citoyen américain, le premier de la famille ?

Johann décida de réveiller sa femme. Mais son bras n'effleura que le vide. Il se retourna complètement. Elle n'était pas là. Il scruta l'obscurité de la vaste chambre et crut distinguer, près de la fenêtre battue par la pluie, une silhouette dans un fauteuil.

— Feliciana ?

Aucune réponse. Aucun mouvement.

Il alluma la lampe à pétrole de sa table de chevet, la prit avec lui et alla s'asseoir face à sa femme. Elle avait un regard étrange.

— Fé ? Qu'y a-t-il, ma chérie ?

Elle avait été inhabituellement calme ces derniers jours. Il avait mis cela sur le compte du temps. Peut-être aussi que sa sœur lui manquait – cela faisait huit mois qu'elle n'était pas allée à Monterey ? Ou alors c'était lié à son état : elle ne dormait pas bien depuis quelques jours et se contentait de picorer aux repas.

Un long moment s'écoula.

— Tu ne m'aimes pas, dit-elle finalement d'une voix atone.

— Quoi ? Mais, Fé, qu'est-ce que tu racontes ?

— Tu aimes Clara Schaller. Ne dis pas le contraire, répondit-elle, les yeux légèrement dans le vague.

La stupéfaction le saisit. Depuis deux ans qu'ils se côtoyaient, jamais elle n'avait prononcé le nom de Clara...

— Ce n'est pas vrai, contra-t-il au bout de quelques secondes, espérant mettre assez de conviction dans sa voix.

— Tu aimes la femme du monstre qui a essayé de te tuer.

Cette fois, son regard se fixa sur lui, et il était perçant.

— Ne le nie pas, Johann. Nous le savons tous les deux.

C'était dit sans amertume, juste avec une infinie tristesse.

— Lorsque je te ramenais à la vie, que je soignais tes blessures et te nourrissais, c'est elle que tu appelais. Pas moi.

Johann réfléchit. Il n'avait que très peu de souvenirs de la période où il gisait, perclus de douleur physique et émotionnelle, dans cette même chambre. Mais s'il avait crié un nom, cela aurait été celui de Clara, sans aucun doute.

— Feliciana, expliqua-t-il en lui prenant les mains. C'était sur le moment. J'étais fou de douleur et sous morphine. Mais tu vois bien que c'est toi que j'ai épousée.

Il savait ce qu'il aurait dû dire, ce qu'elle avait besoin d'entendre, mais les mots restaient bloqués dans sa gorge. Il avait toujours méprisé le mensonge et les menteurs, et pour la première fois il se trouvait confronté à cette zone grise qui ne correspondait ni à son sens de l'éthique ni à sa formation scientifique. Tout n'était pas blanc ou noir dans la vie. Tout ne se définissait pas en bien ou en mal. Il fallait penser aux conséquences, positives et négatives, de ses paroles ou de ses actes.

Il plongea dans le regard vide de Feliciana, sentit le froid de ses mains inertes dans les siennes, remarqua l'affaissement de son corps. Il était plus important de la sauver de sa tristesse hébétée que de s'accrocher à ses propres principes de vérité.

— Je t'aime, Feliciana.

Elle ne réagit pas.

Pourtant, il avait été persuadé que ces mots magiques la sortiraient de son étrange état.

— Non, tu ne m'aimes pas, Johann. Et je ne veux pas vivre avec cette pensée.

Il se creusa la tête en quête d'autres recettes miracles.

— Écoute cette pluie, ma chérie. Pense aux fleurs que tu pourras planter au printemps. Pense à ton jardin.

Elle n'avait pas besoin de tendre l'oreille. La pluie avait envahi toute la chambre et son crâne aussi. Il pleuvait dans son cerveau, sur sa tête, et ça coulait dans sa gorge. Elle avait froid de l'intérieur. Son cœur était comme un grain de sable du Largo. Noyé. Son sang avait la couleur de l'encre.

— Le jardin, répéta-t-elle.

Elle fit la grimace, ce qui l'enlaidit étrangement.

— Les jardins, ça meurt.

Elle se caressa le ventre d'un air absent.

— Tout meurt. Je veux aller dormir et ne plus jamais me réveiller.

Johann prit peur. Il la saisit aux épaules.

— Ne dis pas ça, chérie. Tu as toutes les raisons de vivre. Le bébé...

— Le bébé ! Le bébé ! cria-t-elle soudain, repoussant violemment ses mains.

On aurait dit une autre femme, une imitatrice médiocre et terrifiante qui aurait pris la place de son épouse. Il remarquait à présent sa chevelure négligée et se demanda si elle s'était même lavée dernièrement. Les jours qui venaient de s'écouler lui apparurent sous un angle différent : Feliciana avait fait montre d'apathie, de désintérêt total. Elle n'avait cessé de dire combien elle se sentait fatiguée. Et la veille, elle avait eu le plus grand mal à se lever. Mais il avait attribué ce comportement à la grossesse.

Tout à coup, la jeune femme courut jusqu'au bureau et s'empara du coupe-papier.

— Feliciana ! s'écria-t-il.

— Je veux mourir !

— Arrête ! lui ordonna-t-il tout en stoppant le geste fatal.

Mais elle luttait. Et elle avait plus de forces qu'il n'aurait cru. Elle pointa vers lui la lame aiguisée comme un couteau, laquelle scintilla l'espace d'un instant à la lumière vacillante de la lampe. Dans leur lutte, ils se cognèrent au mur. Feliciana glissa, se rattrapa au manteau de la cheminée, renversant au passage un vase qui s'écrasa par terre.

— Laisse-moi mourir ! hurla-t-elle. Je ne veux pas vivre !

Comme il la ceinturait de ses bras pour l'empêcher de se blesser, la porte s'ouvrit à la volée et Arturo Ballerini apparut, hirsute, en robe de chambre. Il tenait quelque chose.

— Papa ! appela-t-elle. Je ne veux pas vivre ! Il ne m'aime pas !

— Tenez-la, ordonna le père à son gendre.

Il remonta la manche de Feliciana, pinça la peau juste sous l'épaule et enfonça dans la chair une seringue dont il injecta lentement le produit. Ses gestes étaient aussi précis que ceux d'un médecin, ou bien d'un homme qui les a pratiqués maintes fois. Il massa ensuite le bras de sa fille.

— Là, là, ma doucette. Tout va bien. Je suis là.

Elle laissa retomber sa tête sur le côté et se mit à verser des larmes amères. Arturo échangea un regard avec Johann.

— Je savais que cela arriverait.

— Quoi exactement ?

— La dépression. Le premier signe, c'est le silence. Elle arrête de parler, elle perd sa vitalité. Puis c'est l'appétit et le sommeil. Et elle devient apathique.

Johann n'en croyait pas ses oreilles.

— Elle a déjà fait ça *avant* ?

Tout en berçant sa fille dont il caressait la tête, Arturo ne put retenir ses larmes.

— Feliciana est maniaco-dépressive. On n'en connaît pas la cause et c'est une maladie sans remède.

— Mais… vous saviez que cela arriverait ?

— Pardonnez-moi, souffla Arturo.

Au loin, l'orage grondait. L'obscurité devint plus dense et le froid plus prégnant. Johann tentait de rappeler à lui les visions de sa Feliciana pleine de vie et de soleil, les bras chargés de fleurs, son rire, sa façon de venir à lui dans l'intimité de leur couche. Où était cette Feliciana ?

Comme son épouse s'affaissait dans l'étreinte paternelle, Johann la porta jusqu'à leur lit.

— Elle va dormir maintenant, expliqua Ballerini en se laissant tomber dans un fauteuil près de la fenêtre.

Johann le rejoignit. Son expression était grave. Une vérité terrible venait d'éclater au grand jour, mais tout n'avait pas été révélé. Johann le sentait. Au mariage, Arturo avait invoqué les cinq enfants de son autre fille et l'importante charge de travail du mari pour expliquer leur absence à la cérémonie. Sur le moment, Johann avait trouvé cela étrange, mais après tout les priorités n'étaient pas toujours les mêmes d'une famille à l'autre.

— Qu'est-ce qu'il y a vraiment à Monterey ? demanda-t-il soudain, l'estomac noué.

— Un asile.

Le choc d'entendre prononcer ce mot à voix haute le cloua à son fauteuil. Il était en plein cauchemar. Ou alors sur une scène de théâtre, captif d'une très mauvaise pièce.

Les deux hommes plongèrent chacun dans leurs pensées. Johann se remémorait le soir où Arturo lui avait fait son offre. Il s'était demandé alors où était le loup, car il y en avait forcément un.

Eh bien… désormais, il savait.

Arturo, de son côté, avait pleinement conscience que des excuses sincères s'imposaient. Il se lança :

— Vous avez vu avec quel enthousiasme Feliciana entreprend ses projets. Il y a eu le piano, l'aquarelle… Cette année-ci, le jardinage. Vous avez peut-être remarqué qu'à chaque fois qu'elle rentre de Monterey, elle a une nouvelle lubie. C'est l'un des symptômes de sa maladie. Je pourrais vous montrer un nombre incalculable de broderies inachevées, de poteries jamais cuites. Une fois, elle s'est lancée dans la fabrication de chandelles et a presque mis le feu à la maison. Une autre année, elle a entrepris un roman. Elle y passait ses nuits et ses jours, gribouillant des pages et des pages. Un soir, j'ai jeté un œil sur sa production, à son insu. Ce n'était que du charabia…

— Je suppose que ce sont les périodes maniaques, ça. Et que nous avons maintenant la phase de dépression, compléta Johann, assommé.

Il ne connaissait en fait qu'une facette de son épouse.

— Combien de temps dure cette deuxième phase ?

Il prenait sur lui pour ne pas hurler et garder la tête haute. Son beau-père haussa les épaules.

— Des semaines. Parfois des mois. Ils lui donnent des médicaments. Pratiquent des électrochocs. Vous comprenez quel souci ça a été pour moi, Johann. Pourquoi je devais la marier, mais pas à n'importe qui. Il me fallait trouver un homme bon, fort, fiable et dévoué. Mais comment cerner les prétendants de la région ? Les gens se présentent toujours sous leur meilleur jour. Comment identifier celui qui se révélera ivrogne, violent ou volage ? Alors que vous, Johann, j'ai eu deux ans pour vous observer. Deux années pour vous connaître, sonder votre caractère, et j'ai su sans contestation possible que je ne trouverais jamais meilleur mari pour Feliciana.

Il tourna la tête. La vitre lui renvoya le reflet de deux hommes malheureux.

— Je vous ai choisi aussi pour une autre raison, poursuivit-il. Ses crises étaient bien pires et plus rapprochées avant votre arrivée. Lorsque vous vous êtes installé chez nous, je l'ai vue changer. Son état s'est grandement amélioré. Les médecins ont parlé de miracle. Tout cela, c'est grâce à vous. Du soir où elle a nettoyé le sang de votre visage, et pendant toute la période où elle vous a veillé, le calme l'a envahie. Son âme s'apaisait. J'ai même eu l'espoir qu'à votre contact et sous votre influence elle puisse vivre une vie normale. Ces deux dernières années ont été bénies, même si elle a fait quatre séjours à l'hôpital. Ils ont été plus courts. Les progrès étaient visibles. C'était comme si la perspective de revenir à la maison vers vous l'aidait à dépasser la dépression. Depuis que vous vivez là, elle n'avait pas reparlé de suicide.

— Jusqu'à ce soir, lâcha sombrement Johann en jetant un regard au coupe-papier abandonné sur le tapis. Vous auriez dû me prévenir, Arturo.

— Je sais. Je n'ai pas été honnête avec vous. Je n'ai pensé qu'à l'intérêt de ma fille. Elle passe avant tout pour moi.

— Bon. Que faisons-nous maintenant ? Je veux dire, une fois qu'elle se sera réveillée.

— Au matin, je la conduirai à Monterey.

— Pourquoi ne peut-elle pas rester ici, avec une infirmière ?

— Elle a besoin d'une surveillance de chaque instant, à cause des tentatives de suicide… Nous y allons généralement en train et je veille à ce qu'elle soit bien prise en charge sur place.

— Cette fois, c'est moi qui irai.

— Non, Johann. Il vaut mieux que ce soit moi. Je sais jauger son humeur, sentir si une crise approche et la contenir. En outre, le domaine a besoin de vous.

Arturo semblait accablé.

— Fils, je ne vous en voudrais pas si vous étiez furieux contre moi. Vous avez toutes les raisons de me haïr.

Furieux ? Non, il ne se sentait pas furieux. Plutôt sonné et stupide. Était-il vraiment si crédule et naïf pour qu'après avoir été trahi par son frère il le soit par son beau-père ? Faisait-il donc partie de ces victimes naturelles, que la vie frappe régulièrement ? Attirait-il la tromperie et la trahison comme un aimant ?

Je juge les gens sur leur bonne mine, se dit-il tout en contemplant l'homme en robe de chambre qui rapetissait devant lui et dont les épaules se voûtaient de plus en plus sous le poids de leur fardeau.

J'ai cru que mon frère m'aimerait et me protégerait toujours. J'ai cru qu'Arturo était un homme d'honneur.

Ses pensées s'envolèrent par-delà les vignes, vers la maison où dormait Clara. Elle était dorénavant la seule personne au monde en qui il avait confiance. Et la seule aussi qu'il ne pouvait côtoyer. Or un homme a besoin de quelqu'un sur qui compter, non ?

Jamais Johann ne s'était senti aussi soudainement et violemment seul.

— Il n'y a pas de haine, Arturo, finit-il par répondre.

Cependant, toute vie ou énergie l'avait quitté. Il se sentait centenaire. Dehors, l'orage tonnait toujours. La pluie tombait dru, annonciatrice de magnifiques récoltes. Mais à quoi bon ?

— Et je ne suis pas furieux contre vous. Vous avez fait ce que tout père aurait fait, je suppose. Je comprends ça.

De la même façon, son propre père lui avait caché la vérité pour le protéger.

Johann pardonna d'un même cœur aux deux hommes.

— Vous êtes une bonne âme, fils. Mais j'aimerais savoir : auriez-vous épousé Feliciana si vous aviez su ?

— Franchement, je ne sais pas, Arturo.

Son beau-père sembla accuser le coup.

— Qu'allez-vous faire ? demanda-t-il d'une voix brisée. Je ne vous jetterai pas la pierre si vous demandez le divorce. Aucun juge ne vous le refusera, compte tenu des circonstances.

Johann repoussa l'idée d'un geste las. S'il en était là maintenant, il ne pouvait s'en prendre qu'à lui-même. N'avait-il pas lancé la dispute avec Wilhelm en l'écrasant avec le poids de son savoir scientifique afin qu'ils utilisent de l'engrais ? On connaissait la suite…

Il jeta un coup d'œil vers le lit où reposait Feliciana. La pauvre enfant. Elle l'avait veillé jour et nuit quand il était au plus mal. C'était son tour, à présent.

— Notre mariage tient toujours, Arturo, et je prendrai soin d'elle… D'eux deux : elle et le bébé…

Une tension terrible enveloppa soudain les deux hommes.

— Cette maladie est-elle héréditaire ? demanda Johann.

Arturo se décomposa devant la perspective qui s'ouvrait à eux. Le bébé à naître pour l'été…

Clara préparait un panier-repas composé d'épaisses tranches de jambon sur du pain de seigle relevé de moutarde, d'œufs durs, de cornichons et de tomates cerises. Dans la cuisine, le soleil d'avril entrait à flots. Elle avait le cœur en joie. Le voyage d'affaires qu'entreprenait Wilhelm était des plus prometteurs.

C'était la première fois qu'il s'absentait du domaine, et il lui manquait déjà. Cette année, ils avaient fêté, en toute intimité, leurs cinq ans de mariage ainsi que, la semaine précédente, l'anniversaire de leur arrivée en Californie, mais cette fois avec leurs amis, en ville. Bientôt, ce serait l'anniversaire de la mort de Jakob – et du départ de Johann.

La jeune femme repoussa une mèche de cheveux, cheveux qu'elle portait à la dernière mode, c'est-à-dire coupés court et retenus en arrière par des pinces de chaque côté de la tête. Clara avait désormais vingt-quatre ans. Elle dirigeait avec confiance et compétence une ferme dotée d'une basse-cour et d'un potager. Et depuis la veille au soir elle avait un secret : l'intime conviction que leur dernière nuit d'amour allait donner un bébé. Appelez ça l'intuition féminine.

Il y avait eu tellement de… proximité. Wilhelm l'avait prise dans ses bras avec plus de tendresse que d'habitude, elle avait senti une affection et un besoin particuliers. Était-ce à cause du départ ? Il y avait presque du désespoir dans la façon dont il l'avait aimée, sa pénétration si profonde, comme s'il voulait entrer tout entier en elle, et y rester à jamais. Redoutait-il ce voyage ? Avait-il peur de ne pas trouver assez de clients et de commandes pour couvrir leurs dettes, tous ces investissements faits dans leur vignoble ? Ou bien le sentiment qu'elle lui manquerait terriblement l'avait-il poussé à exprimer ce manque anticipé avec son corps plutôt qu'avec des mots ? Quelle qu'en fût la raison, elle avait accueilli son désir avec joie, comme toujours. Et après l'amour, alors qu'il dormait, elle avait senti en elle le miracle en marche dans ses entrailles.

C'était sur *ça* qu'elle devait se concentrer. Et non sur ses nouvelles craintes.

Depuis le naufrage du *Lusitania*, torpillé par un sous-marin allemand en 1915, un sentiment anti-allemand s'était propagé comme le mildiou dans la vallée. Oh, rien d'aussi violent que les pancartes affichées dans les vitrines des grandes villes de la côte Est et qui annonçaient brutalement : ICI, ON NE SERT PAS LES ALLEMANDS. Là-bas, même les Américains d'ascendance allemande étaient ostracisés, et ce pour une guerre qui se déroulait à des milliers de kilomètres et sur laquelle personne n'avait de prise.

Or voilà que cette hostilité atteignait progressivement la Californie. Un regard soupçonneux surpris ici ou là, des rappels réguliers exhortant les ressortissants allemands de la vallée à s'enregistrer au bureau de poste local et à porter leur carte d'identité en permanence, l'obligation de signaler tout changement d'adresse ou d'emploi. Il y avait aussi la façon dont, parfois, les conversations s'arrêtaient net quand Clara entrait dans un magasin, à croire que les autres clients discutaient de secrets d'État qu'elle aurait pu rapporter au Kaiser.

La Fête de la bière évoquée trois ans plut tôt durant une réunion dominicale n'avait jamais vu le jour. Au regard de ce qui se passait au pays, aucun des immigrés allemands n'aurait eu le cœur à ces festivités. Et ils ne tenaient pas non plus à connaître les réactions des citoyens de cette ville, où certains n'hésitaient pas à exprimer haut et fort ce qu'ils pensaient du conflit européen.

Clara craignait que cette suspicion et cette méfiance ne prennent de l'ampleur si l'Amérique entrait en guerre… La jeune femme n'aimait pas trop l'idée de se retrouver seule sur le domaine pendant plusieurs semaines, et elle aurait bien demandé à Wilhelm si Rosita pouvait venir vivre à la maison pendant son absence. Mais elle n'osa pas. Elle ne voulait pas l'inquiéter ni le distraire de ses objectifs. Son voyage revêtait la plus haute importance, puisqu'il s'agissait de trouver de larges débouchés aux vins Schaller.

Mettant de côté ses craintes – pourquoi donc gâcher une si belle journée de printemps ? –, elle sortit charger le panier-repas dans leur Ford toute neuve.

Quelle joie de voir Wilhelm heureux ! Il avait été si longtemps morose après la mort de Jakob et le départ de Johann. Il disait que leur rêve avait volé en éclats. Elle avait argué qu'il devait s'en créer un nouveau. C'était l'endroit béni pour cela. Dans ce pays, un homme pouvait tracer son propre sillon. Après un certain temps, Wilhelm s'était plongé à corps perdu dans le travail de la vigne jusqu'à ce que la première vendange ait lieu, soit pressée, mise en barrique et bonne à consommer. Wilhelm avait alors reconnu qu'elle avait vu juste.

Ils prospéraient. La maison avait gagné trois pièces, dont une nursery et un vrai salon, avec une vraie porte, qui donnait sur un jardin fleuri. La cuisine se situait maintenant à l'arrière de la maison et, dans l'ancienne pièce à vivre, un canapé et des fauteuils remplaçaient les lits de camp. Mais le plus beau était que Rosita occupait à nouveau le poste de cuisinière-gouvernante et venait tous les jours pour l'aider.

La guerre en Europe avait ouvert de nouveaux marchés aux vins de Californie. Tous les types d'entreprises en bénéficiaient et florissaient. Les prix commençaient à grimper, car les acheteurs britanniques sillonnaient le pays en quête de matières premières, de textiles, de minerais et de produits chimiques. Mais c'est encore le secteur agricole qui tirait le plus profit du contexte.

Les temps changeaient. Lynnville avait dorénavant l'électricité et le téléphone – une invention très pratique, qui accélérait la communication. Les nouvelles de la guerre, notamment, circulaient plus vite. Le conflit durait depuis maintenant trois ans et, sans être officiellement entrés en guerre, les États-Unis s'y préparaient. À travers tout le pays, des millions de jeunes gens s'entraînaient. Ces dames du café dominical n'étaient pas en reste pour préparer des bandages à destination de la Croix-Rouge et pour tricoter des bonnets aux futurs soldats.

Ce qui manquait le plus à Clara, c'était le courrier en provenance d'Allemagne. Les lettres arrivaient désormais au compte-gouttes, quand elles arrivaient. Surtout, la tonalité des lettres était bien triste : toutes évoquaient les queues interminables devant les magasins et la liste des morts dans les tranchées. Et si les États-Unis et l'Allemagne se déclaraient la guerre, toute communication serait interdite. Leur communauté serait coupée de sa terre natale.

Qu'il était désolant dans ce contexte que Wilhelm et Johann se soient disputés. Ils auraient pu se soutenir en ces temps difficiles, d'autant que la famille s'était agrandie : Johann s'était marié et avait dorénavant un petit Adam. Mais le gouffre qui les séparait ne s'était pas comblé et leurs deux ménages ne s'étaient jamais plus revus.

Clara rentra à l'intérieur de la maison. Dans la chambre, Wilhelm faisait ses bagages en sifflotant un air gai. Il se sentait pousser des ailes. Le temps était au beau fixe, la vendange de l'année passée serait bientôt prête pour l'embouteillage, et il s'apprêtait à partir pour un voyage d'affaires qui s'annonçait déterminant. Il débordait d'enthousiasme et d'optimisme et comptait bien rallier à son étiquette une foule d'amateurs, depuis le nord jusqu'au sud de la côte californienne.

Il avait apporté des améliorations aux méthodes d'exploitation : par exemple, pour acheminer plus vite les grappes tout juste récoltées aux cuves de foulage et de pressurage et éviter qu'elles ne se gâtent, il avait remplacé les chariots par des camionnettes. Il en était résulté un vin de meilleure qualité, et un volume pressé à la journée bien plus important.

La demande en vins de Californie était en pleine expansion et il était en mesure d'y répondre. Il fallait juste qu'il signe avec les distributeurs disposant des réseaux les plus étendus. La qualité de ses vins ferait le reste : une fois que les gens auraient goûté à ses rieslings, ils en redemanderaient. Avec Clara, ils étaient sur la voie du succès et de la richesse. Et ce n'était que le début !

Alors qu'il ouvrait un tiroir pour en sortir des cols et des boutons de manchette, son cœur s'arrêta une seconde. Sous les accessoires, un petit objet blanc venait de lui rappeler sa dispute avec Johann.

Le lendemain du drame, il était retourné sur les lieux de la bagarre. Il n'aurait su dire pourquoi. Chercher son frère ? Chercher des réponses ou des raisons expliquant sa propre violence ? Évidemment, Johann n'était plus là, mais les traces de sang sur le sol étaient bien visibles, preuve tangible de son odieux crime.

C'est alors qu'il avait vu la patte de lapin blanche que Johann portait accrochée à sa montre. La fourrure était tachée de rouge. Il l'avait ramassée et avait rebroussé chemin. Il ignorait où se trouvait son frère, et s'il était vivant ou mort, mais il ne le chercherait pas plus.

Il avait vécu les jours suivants dans un état second, comme dédoublé, son corps exécutant les tâches quotidiennes indispensables tandis que la peur et l'angoisse bloquaient son esprit. Lorsque le message des Ballerini lui était parvenu, il l'avait brûlé, sans en faire part à Clara, et il n'avait pas répondu. Son frère était vivant. Fin de l'incident.

Wilhelm referma le tiroir d'un coup sec. Son frère avait bien mené sa barque, depuis. Marié à l'héritière d'un riche exploitant, et impliqué dans la fourniture de matières premières à destination des Alliés. Tout le monde, ici, savait que Ballerini et Johann livraient des haricots en boîte aux troupes britanniques en France. D'ailleurs, si les États-Unis rejoignaient le conflit, tous les producteurs de la région seraient sollicités jusqu'aux limites de leurs capacités et en tireraient de substantiels profits...

— J'arrive, je suis prêt ! lança-t-il à Clara.

Son épouse avait appris à conduire et l'accompagnerait à la gare. Il mit son chapeau à large bord qui cachait totalement ses cheveux blonds coupés court (la barbe demeurait, elle, fournie et impressionnante) et attrapa ses deux valises. C'est qu'il partait pour au moins six semaines ! Sur le seuil de sa chambre, il se figea, le temps de contempler Clara. C'était la même jolie fille dont il était tombé amoureux en Allemagne, celle qui avait vu en lui un héros.

— Tu vas me manquer, chérie, lui dit il avec émotion.

— Toi aussi, Wilhelm.

Une demi-heure plus tard, le jeune homme installait avec l'aide d'un porteur ses deux valises dans le train. Peu partisan des démonstrations d'affection en public, il se contenta de prendre sa femme par les épaules et de l'embrasser sur la joue. Mais la petite étincelle dans son regard parlait d'elle-même. Il avait l'air si jeune dans son nouveau costume au col dur... Pourtant, il approchait déjà de la trentaine. Clara le sentait à la fois nerveux et plein d'espoir. Elle aurait voulu ajouter à sa joie en lui faisant part de sa possible très bonne nouvelle. Mais elle ne voulait pas tenter le sort.

Le train s'ébranla, et elle envoya un dernier salut à Wilhelm. Tout allait bien se passer. Elle était enceinte et il reviendrait avec un carnet de commandes plein. Leurs vins seraient bientôt connus à travers tout le pays.

Alors qu'elle faisait demi-tour pour sortir de la gare, elle aperçut la pile de journaux que venait de livrer un homme en salopette de travail. La nouvelle s'étalait en couverture : L'AMÉRIQUE DÉCLARE LA GUERRE À L'ALLEMAGNE.

— Les deux fils de ma sœur, à Boston, se sont engagés. Ils vont être envoyés par bateau sur le front. Elle en est tellement malade qu'elle perd ses cheveux, disait un client du Gilhooley's Saloon.

— Cette guerre, c'est pas nos oignons. Ça nous regarde pas, marmonna un autre, le nez dans sa bière.

Accoudés au comptoir, un pied sur la barre d'appui, les habitués approuvèrent. Tous critiquaient le président Woodrow Wilson, le Kaiser, et la guerre en général.

Sean O'Brien, la mine sombre, était perdu dans ses pensées. Il n'avait aucune dent particulière contre les Allemands et se fichait éperdument du front en Europe. Il ne pensait qu'à lui et surtout aux déceptions que la vie lui avait réservées. Il rageait contre la tournure qu'elle avait prise.

Kathleen et lui étaient arrivés en Amérique avec assez d'argent pour acheter une petite ferme et quelques moutons. Mais durant leur bref séjour à New York ils avaient été victimes d'une escroquerie ciblant tout particulièrement les nouveaux immigrés. Un homme lui avait affirmé pouvoir doubler leurs économies du jour au lendemain grâce à un investissement réservé à quelques initiés triés sur le volet. Sean O'Brien s'était laissé séduire. Le couple avait attendu une semaine, mais le bonhomme n'était jamais réapparu. Sean avait perdu presque tout leur argent. Kathleen l'avait traité d'idiot…

C'était la première fois qu'il levait la main sur elle. Après, la battre était devenu une habitude.

Quand ils étaient arrivés à Lynnville, ils avaient à peine de quoi louer une boutique et acheter des fournitures. Depuis, ils avaient fait du chemin et s'en sortaient pas trop mal. Mais boutiquier, franchement ! Lui qui venait de la terre ! Se tenir derrière un comptoir, faire tinter la caisse enregistreuse et dire à une vieille et grosse dondon où se trouvaient les bobines de machine à coudre ? Ce n'était pas une vie pour un homme, ça !

Non, ce qu'il aurait voulu, c'était avoir ses propres bêtes. Commercialiser la laine, la lanoline et la viande. Parcourir ses hectares, la tête haute.

En Irlande, Sean O'Brien avait nettoyé les écuries d'un riche propriétaire afin de payer la traversée de l'Atlantique. Il avait débarqué aux États-Unis en roulant des mécaniques, des rêves de grandeur plein la tête. Les rêves s'étaient envolés, mais pas son arrogance. Petit de taille, roux de cheveux, la posture semblable à celle d'un coq nain, il était toujours en colère, mais ne savait contre qui la diriger. Généralement, il se défoulait sur sa femme, tout comme son père l'avait fait avant lui avec sa mère. Le révérend Brown, le shérif et le docteur lui avaient fait comprendre que ce n'était pas indiqué. D'autant qu'ils avaient maintenant trois enfants, sans compter le dernier, à qui Kathleen donnait encore le sein. Il prenait donc sur lui.

Malgré cette agressivité latente, Sean pouvait se montrer très agréable et même généreux une fois ivre. Voilà pourquoi il attirait toujours une poignée d'hommes autour de lui au Gilhooley's Saloon. Le pianiste entama l'air d'une chanson d'amour et de rupture. Cela lui rappela l'époque où il était tombé amoureux de Kathleen. C'était avant les frustrations, avant la violence, là-bas, au pays, dans le comté de Mayo. Son chapeau à la main, il avait mis un genou en terre et l'avait suppliée de l'épouser, de faire de lui l'homme le plus heureux de la terre. Ils étaient tellement insouciants et amoureux qu'ils avaient ri à l'autel !

Où s'étaient enfuis l'euphorie, les rêves et les promesses ? Il reposa son verre d'un geste brusque et interpella Gilhooley :

— Hé, on meurt de soif ici !

Le barman lui resservit très volontiers un autre whiskey irlandais.

— *Usquebaugh* : l'eau-de-vie ! lança Sean avec un clin d'œil à son voisin, un cultivateur de maïs qui ajoutait subrepticement du bourbon tiré de sa flasque dans sa bière.

— Ils envoient cent mille hommes en France, et mes neveux avec, renchérit le fermier. Ils vont y rester. Vous verrez. C'est de la chair à canon, ces pauvres gars, et ils n'ont que dix-neuf ans.

— C'est Woodrow Wilson qui devrait y aller, dans les tranchées, histoire de voir s'il apprécie le voyage, grommela son voisin de gauche, qui en était à sa sixième dose de gin.

Sean O'Brien avait perdu le décompte des verres ingurgités, mais il sentait une chose : l'insatisfaction de ses comparses faisait écho à la sienne. À travers la fumée et les effluves d'alcool qui emplissaient l'atmosphère de la salle, critiques et remontrances fusaient sur la façon dont étaient gérées l'économie, la politique et l'armée. L'aigreur des propos amplifiait sa propre colère.

Ça le rendait fou. Il fallait qu'il passe ses nerfs sur quelqu'un ! Mais pas chez lui. Ça puait les langes sales et les enfants chialaient. Et puis, sa femme lui refuserait ce qui lui revenait de droit.

Au Gilhooley's Saloon, on servait principalement des amateurs de bière et de whiskey, mais pour les connaisseurs le patron conservait quelques articles sortant du lot, que Sean fixait justement d'un regard trouble. Vignoble Schaller…

Dans son cerveau embrumé par l'alcool, embrouillé par la colère et l'humeur contestatrice de l'assemblée, la réussite insolente de ces immigrés allemands lui apparut soudain comme une insulte personnelle. Et puis, si cette guerre en Europe était une erreur, des soldats américains, anglais et irlandais allaient mourir ! Quelqu'un devait payer pour ça !

Ça tombait très bien. Schaller, le géant allemand, était justement parti en voyage, laissant derrière lui sa jolie femme toute seule… Sean O'Brien grimaça un sourire baveux. Ce n'était pas Kathleen, mais elle ferait l'affaire. Et puis, elle l'avait bien cherché, avec ses grands airs à chaque fois qu'elle venait à la mercerie. Personne ne lui jetterait la pierre, on lui donnerait même plutôt une médaille.

Clara fredonnait tout en se faisant chauffer du lait. Elle espérait que le breuvage chaud l'apaiserait. Malgré l'heure tardive, elle ne parvenait pas à s'endormir. Il y avait l'absence de Wilhelm, et aussi son espoir de grossesse une nouvelle fois déçu. Deux semaines après le départ de son mari, elle avait eu ses règles… Mais elle garderait espoir, toujours ! Après tout, elle n'avait que vingt-quatre ans, elle était en bonne santé, et Wilhelm était sans aucun doute bien pourvu de ce côté-là. Quand il rentrerait…

Tandis qu'elle retirait la casserole du feu, une voiture s'arrêtait à son insu au bout de l'allée menant à la maison. Un homme en descendait et s'approchait à pas de loup jusqu'à la fenêtre de la cuisine, observant sa proie – une proie sans défense. Toute à ses pensées et le dos tourné, Clara n'avait pas conscience que Sean O'Brien la déshabillait du regard.

Il poussa la porte de la cuisine aux gonds parfaitement huilés et se jeta sur elle avant même qu'elle n'entende le moindre bruit. La saisissant d'une main, il chercha à empoigner ses cheveux de l'autre. Elle avait tout coupé ! Foutue mode ! Lui qui aimait tant enrouler les mèches de sa femme autour de son poignet pour tirer dessus pendant qu'il prenait son plaisir ! Si jamais Kathleen s'avisait de couper sa longue crinière rousse, par Dieu, il la tabasserait comme jamais !

De sa main libre, il bâillonna Clara pour l'empêcher de hurler, puis la fit basculer sur la table de la cuisine avant de lui ramener les deux bras vers l'arrière. Il retint ses poignets d'une seule prise ferme, comme on tient des rênes, puis il remonta la chemise de nuit et s'enfonça en elle.

Clara luttait pour se libérer, mais il la tenait tellement serrée qu'elle finit par fermer les yeux pendant qu'il la violait sauvagement. Il poussait si fort qu'elle en avait la joue écrasée contre la table et que sa tête heurtait le bois brut. Elle tenta de crier, mais la pression exercée par son agresseur l'étouffait littéralement. Elle en perdait le souffle.

Une fois qu'il eut fini, il se pencha à son oreille et murmura :

— Pour le Kaiser.

Il disparut dans la nuit aussi vite qu'il était arrivé, laissant sa victime en état de choc… Prise de tremblements, elle glissa par terre. Son visage, ses poignets l'élançaient, sa lèvre saignait là où elle s'était mordue. Mais la douleur principale irradiait d'entre ses jambes, où elle avait nettement senti une déchirure. Elle perdit connaissance.

Rosita la trouva ainsi en arrivant le lendemain matin. Laissant tomber son panier au sol, elle se précipita près d'elle et entreprit de la ranimer. Elle l'aida à se relever et à regagner sa chambre. La lava et la mit au lit. Malgré son insistance, Clara refusa de voir le docteur ou le pasteur. La jeune femme demeurait prostrée, perdue dans une sorte de brouillard qui la rendait à peine consciente de la présence toute maternelle de Rosita. Elle était tiraillée entre deux désirs contradictoires : oublier cette expérience atroce au plus vite, ou bien identifier son assaillant

– ce qui impliquait de revivre le traumatisme. Le second désir l'emportant, elle décomposait à l'infini l'écœurante scène, étape par étape. En vain. Il l'avait attaquée par-derrière. Et, hormis des grognements ou des gémissements, il n'avait émis aucun son, sauf les quelques paroles à la fin, mais prononcées sur un ton tellement rageur et vicieux que sa voix s'en était trouvée déformée. En outre, Clara n'était pas encore assez familiarisée avec l'anglais pour dire s'il avait un accent ou non.

Que pouvait-elle faire ? Il n'y avait aucune preuve. Juste son témoignage à elle. Et que raconter ? À qui ? Le shérif nourrissait des sentiments anti-allemands ; il ne l'écouterait sans doute pas, ne se mettrait pas en quatre pour elle.

Le violeur resterait impuni…

La honte envahissait Clara. Le suicide lui apparaissait à certains moments comme la seule porte de sortie à ce cauchemar. Une nuit de désespoir total, alors qu'elle songeait très sérieusement au pesticide conservé dans la grange – une cuillère dans une tasse de thé chaud… –, elle entendit soudain un bruit de verre cassé dans le petit salon.

Son agresseur !

Terrifiée, elle se cacha sous les couvertures tout en se demandant que faire, par où fuir, comment se défendre… Plongée dans l'obscurité, la maison résonnait d'un silence assourdissant. Aucun pas n'approchait. Après quelques minutes, Clara osa sortir de son abri. Armée du broc, elle inspecta à pas feutrés toutes les pièces jusqu'au petit salon baigné de lune. Par terre gisait un cadre de photo dont le verre était brisé.

Elle le ramassa. C'était le portrait de sa mère. Un coup d'œil au mur lui indiqua que le crochet était toujours bien enfoncé. Et derrière le cadre la ficelle était intacte. Comment était-il tombé ?

Clara retira la photographie de sa mère pour mieux la contempler au clair de lune. Le sourire d'Ilse Heinze lui arracha des larmes.

— Tu me manques tellement, maman. Je me sens si seule et j'ai si mal. Si seulement tu étais là, souffla-t-elle.

Un souvenir lui revint en mémoire. À huit ans, elle avait eu la scarlatine. On lui avait rasé la tête pour mieux faire tomber la fièvre. Le jour de son retour en classe, sa mère avait caché son crâne chauve sous un foulard, mais cela n'avait pas empêché les moqueries. Elle était revenue de l'école en larmes, décrétant qu'elle n'y remettrait pas les pieds tant que ses cheveux n'auraient pas repoussé. À quoi sa mère lui avait répondu :

« Il y aura toujours des gens cruels, Clara. On ne peut pas tout le temps se cacher d'eux. Si on le fait, si on ne vit plus à cause d'eux, alors c'est comme si c'était eux qui gagnaient la partie. En restant à la maison, imagine le nombre de leçons que tu manqueras, le retard accumulé par rapport à tes camarades et qu'il te faudra rattraper. En ce sens, ils auront gagné. C'est ce que tu veux ? Laisser les brutes mener le monde ? »

Clara était retournée à l'école et avait retiré son foulard devant toute la classe. Personne ne s'était jamais plus moqué d'elle.

Levant les yeux de la photo, et très émue par ce souvenir, la jeune femme s'émerveilla une nouvelle fois de la marche du cosmos. Tout comme la chouette blanche lui avait soufflé de garder son calme il y avait quelques années de cela, cet incident l'invitait à ne pas baisser les bras. Que le cadre fût tombé précisément cette nuit n'était pas un hasard. Sa mère était auprès d'elle, et ce sentiment lui redonna des forces. Elle se sentait déjà plus sereine, capable de prendre du recul. Non, les brutes ne gagneraient pas !

Les jours qui suivirent, la détermination de Clara grandit, sa volonté s'affermit. Elle y voyait plus clair et pouvait réfléchir rationnellement. Quelle chance que Wilhelm n'ait pas été là ! Sa fureur aurait transplanté le conflit mondial dans la vallée du Largo. Il ne devait *jamais* savoir. Ni lui, ni personne. Elle refusait d'être marquée au fer rouge, le viol étant plus infamant encore que l'infidélité, puisque la femme violée était coupable d'avoir suscité la luxure de l'homme.

Clara ordonna donc à Rosita de ne rien raconter à personne, pas même au señor Wilhelm. La Mexicaine acquiesça ; dans les campements, ce genre de violences contre les femmes était courant.

Voir dans le miroir sa lèvre gonflée et ses bleus violacés au visage et aux poignets acheva de convaincre Clara qu'elle n'avait rien à se reprocher. Non, elle n'accepterait pas le poids de la honte. La honte, c'était à lui de l'endosser.

Elle sut ce qu'elle avait à faire. Mais elle devait agir vite, avant que les preuves ne disparaissent.

Clara avait peur. Il lui avait fallu tout son courage pour fermer la porte de la maison sur la fidèle Rosita, occupée à écosser les haricots et prête à bondir sur quiconque franchirait le seuil sans y avoir été invité. Les quelques mètres qui la séparaient de la voiture avaient été les plus difficiles à parcourir de toute sa vie. Quant au trajet en lui-même, il avait été des plus pénibles tant elle était sur ses gardes.

Elle gara la Ford en bordure de champ, au bout d'une rangée de voitures, de charrettes et de buggys. Son retard était voulu. Elle souhaitait entrer dans le temple une fois l'office dominical commencé. Elle coupa le contact et tenta de contrôler ses tremblements. Serait-elle assez forte ? Que se passerait-il si elle croisait son regard embarrassé ?

Elle descendit de voiture en dépit de ses craintes et de la douleur. En ce mois de mai, elle portait une jupe aérienne couleur crème, qui tombait à mi-mollet, et une blouse blanche en soie ornée d'un délicat camée. Son chapeau sans bord ne cachait rien des hématomes et des coupures qui couvraient son visage.

Elle ouvrit grand la porte et entra au son d'un cantique, son livre de prières serré contre elle afin d'exposer ses poignets violacés. Avec lenteur, elle remonta l'allée centrale, telle une jeune mariée, suscitant murmures et chuchotements à mesure qu'elle avançait. L'harmonium se tut. Enfin, elle atteignit le pupitre du révérend Brown. Tous les regards convergeaient vers elle.

Elle salua le révérend et se tourna vers l'assemblée. Qu'ils la contemplent et comprennent : on l'avait frappée, et ça ne pouvait être Wilhelm – qui était parti en voyage –, ni un des saisonniers – jamais ils n'oseraient. Peu à peu, l'évidence s'imposait dans l'assemblée : Clara Schaller était allemande.

Elle vit la colère que cette prise de conscience suscitait chez la plupart, la peur aussi, peur de la guerre, peur qu'un mari ou un fils ne soit appelé sous les drapeaux.

Elle les regardait en retour, droit dans les yeux. S'arrêtant plus longuement sur les hommes dans la force de l'âge… Leurs visages offraient toute la palette des émotions, depuis la pitié jusqu'à la gêne, en passant par l'inquiétude. Certains s'entre-regardaient, ou bien coulaient un regard à leurs épouses. D'autres semblaient agacés par ce petit manège qui prolongeait trop un office auquel ils venaient par obligation.

Clara avait appris son texte par cœur afin de bien maîtriser son accent et d'être comprise par tous ce jour-là. Elle avait vérifié chaque mot dans le dictionnaire bilingue, car tous avaient leur importance. Il ne s'agissait pas de mettre Lynnville à feu et à sang par des accusations malvenues. Son message devait avoir de la noblesse et de la hauteur, au cas où il parviendrait aux oreilles de Wilhelm, de Johann ou de son agresseur, qu'elle espérait être de la région.

Elle s'exprima d'une voix claire et ferme, une voix qui porta jusqu'aux derniers rangs :

— Ce n'est pas moi qui ai déclenché la guerre en Europe. Ce n'est pas moi qui envoie vos fils là-bas. C'est votre président Wilson ! Nous ne sommes que de simples paysans et aspirons à vivre en paix.

Les visages s'étaient assombris. Ainsi, il s'agissait bien d'une agression motivée par les préjugés.

— Aucun homme ou femme de cette congrégation n'est responsable de ce qui se passe en Europe. La guerre n'est pas de notre fait, mais de celui de nos gouvernements. Nous nous connaissons tous. Nous sommes tous des gens paisibles.

Son regard balaya l'assemblée. Personne ne pipait mot malgré quelques toussotements et tortillements, ici ou là. On entendait les mouches voler. Soudain, ses yeux se posèrent sur Sean O'Brien. L'homme eut un sourire en coin. Esquissa un baiser…

Elle l'avait trouvé !

Et l'attitude d'O'Brien était sans équivoque : il était loin de se repentir…

Le choc la pétrifia. Le temple se mit à tanguer. Le cœur au bord des lèvres, elle lutta contre l'horreur qui la paralysait.

Puis son orgueil reprit peu à peu le dessus. Elle se redressa et rompit avec fermeté le silence qui ne s'était que trop prolongé :

— Peut-être le savez-vous, mais le mot « germain », synonyme d'*allemand*, est un mot très ancien qui vient du celte. Il signifie « voisin ». Nous, les Schaller, sommes vos voisins.

Elle les remercia pour leur attention et se dirigea, bien droite, vers l'un des premiers bancs, où l'on s'empressa de lui faire de la place.

Le sermon du révérend Brown porta sur la tolérance. Ses mots étaient spontanés, venus du cœur.

Après l'office, alors que ses amis s'empressaient autour d'elle avec sollicitude, le shérif vint la voir.

— Y a-t-il quelque chose que vous aimeriez déclarer, madame Schaller ?

— Non. Je suis tombée, répondit-elle.

À la réunion dominicale, ces dames parlèrent de tout, de rien, du temps, de la mode, mais surtout pas de la guerre. Toutes attendaient que Clara nomme l'odieux prédateur, afin de s'en protéger. Mais elle ne le pouvait pas et ne le ferait de toute façon jamais. Frieda, cependant, avait deviné l'identité de l'homme. Clara le comprit. Son amie avait-elle vu le sourire mauvais de Sean O'Brien dans l'église et son malaise, à elle, qui s'en était suivi ? Quoi qu'il en soit, Frieda savait.

Pour Clara, c'était un soulagement, car ce secret était trop lourd à porter pour ses seules épaules. À travers la table, Frieda posa la main sur celle de son amie. Pas de question, pas d'indiscrétion, nul conseil. Simplement le réconfort de son amitié inconditionnelle.

Chaque mois, Clara indiquait le premier jour de son cycle par un signe discret sur le calendrier accroché au mur de la cuisine.

Aucun doute possible. Elle était en retard de cinq jours.

Autant dire que la jeune femme n'était plus qu'une boule de nerfs à vif. Et Wilhelm qui ne rentrait pas ! *Encore une semaine*, disait son dernier télégramme, envoyé de San Francisco.

L'absence de remords de Sean O'Brien et sa morgue l'avaient complètement déstabilisée. Elle en faisait des cauchemars. Ce baiser mimé signifiait-il qu'il comptait revenir ? Tous les soirs, elle vérifiait chaque fenêtre et chaque porte pour s'assurer qu'elles étaient bien fermées. Pourtant, Rosita avait décidé de son propre chef de dormir sur un lit de camp devant la cheminée, et deux de ses fils, des costauds, campaient dehors, armés de machettes et de fourches.

Le jour du retour de son mari, Clara se trouva sur le quai deux heures avant l'heure prévue. Lorsque le train arriva, sa nervosité atteignait des sommets. Apercevoir Wilhelm fut comme une libération. Elle courut se jeter dans ses bras, le renversant presque.

— Hé ! dit-il, aussi ravi qu'embarrassé.

— Tu m'as tellement manqué, répondit-elle, le nez enfoui dans son torse puissant.

Les yeux brillants de larmes de joie, il prit son visage dans ses mains pour mieux la contempler. Heureusement que ses plaies avaient complètement cicatrisé… Et si jamais il l'interrogeait sur l'épisode du temple, elle lui dirait qu'elle était tombée, comme au shérif, et expliquerait que son laïus était une manière de rappeler à tous les habitants de Lynnville que leurs voisins allemands étaient leurs amis.

Wilhelm comprendrait. Elle savait qu'il avait été confronté durant son voyage aux préjugés, aux regards et aux commentaires haineux qui allaient grandissant au fur et à mesure que les pertes américaines s'alourdissaient.

— J'ai de bonnes nouvelles ! s'écria-t-il tandis qu'ils se dirigeaient vers la voiture. J'ai décroché plus de commandes que nous ne pouvons en honorer ! Nous allons devoir nous agrandir, Clara. Embaucher des ouvriers. Planter des parcelles. Notre domaine s'étend !

De retour à la maison, Clara annonça à Wilhelm que son menu préféré l'attendait : une choucroute, suivie d'une forêt-noire ! Cette journée se devait d'être festive.

Si remonter l'allée du temple, identifier son agresseur et vivre normalement depuis avait tenu du supplice, le plus dur restait à venir : faire en sorte que son époux ne soupçonne jamais l'horreur qui avait eu lieu dans cette cuisine si pimpante. Il leur fallait donc faire l'amour dans les plus brefs délais afin de le convaincre que l'enfant était le sien.

Or tout contact lui était devenu intolérable, et elle pressentait que la pénétration raviverait le cauchemar. Mais elle *devait* le faire. Elle devait donner cet enfant à Wilhelm, lui qui avait déjà perdu son père et son frère. Tout autre drame l'achèverait.

C'est donc le cœur battant à se rompre, la peau frémissante de dégoût et la bouche desséchée par la peur qu'un peu plus tard elle l'attira à elle, le caressa et lui dit qu'elle l'aimait. *Ça*, au moins, c'était vrai.

Elle attendit trois semaines, puis un soir, ayant entendu les pas de son mari approcher, elle se posta devant le calendrier, l'air pensive.

— Oh ! Tu es là ? dit-elle, feignant la surprise.

Il la fixa un instant, puis son regard se porta sur le calendrier avant de revenir sur elle, plein d'une question muette. Il reçut en réponse un sourire faussement pudique.

— Vraiment ? demanda-t-il, le cœur prêt à éclater.

— Oui, on dirait bien... La nuit de ton retour...

En deux enjambées, il parcourut la distance qui les séparait et la fit tournoyer de joie.

— Dieu, donnez-moi un garçon, murmura-t-il dans son cou. Faites que ce soit un petit gars !

Clara avait toujours rêvé d'avoir une fille, une adorable fillette toute à elle. Mais à présent, prise et presque étouffée dans l'étreinte de Wilhelm, elle aussi priait de tout son cœur pour que ce soit un garçon.

Tous les dimanches, ils se rendaient au temple, Wilhelm débordant de fierté et inconscient du fait que sa femme subissait chaque semaine l'affront du sourire en coin et du clin d'œil entendu de Sean O'Brien.

L'hiver 1917-1918 se déroula dans une atmosphère étrange et brumeuse pour Clara. Le bonheur de Wilhelm la ravissait, tout comme le succès de leurs vins, qui se vendaient comme des petits pains. Cependant, dans le même temps, la guerre continuait. Les nouvelles de leurs familles étaient rares, et ils s'inquiétaient.

Un autre point tracassait Clara, voire l'effrayait : elle ne ressentait rien pour l'enfant qu'elle portait. Ni haine, ni affection. Juste une vague sensation, un sentiment d'attente, mais sans impatience ni excitation. À l'approche du terme, sa peur se transforma en terreur : et si elle en venait à haïr le rejeton de Sean O'Brien ?

Elle ressentit les premières douleurs par une froide journée de février, alors qu'elle donnait à manger aux poules. Rosita abandonna sur-le-champ sa corvée de pommes de terre pour l'accompagner au mieux. Elle savait quoi faire. Elle avait des herbes spéciales, de l'encens et des amulettes...

Dans le salon, Wilhelm faisait les cent pas, usant le parquet par ses allers-retours impatients. Fritz, Siegfried et Hans étaient venus de Lynnville pour le soutenir, eux aussi étant passés par là.

Enfin, des vagissements leur parvinrent. Le bébé était né ! Il avait un mois d'avance sur le calendrier officiel – mais qui s'en souciait ? Rosita passa la tête par la porte pour annoncer que tout allait bien. Puis elle disparut à nouveau, laissant Wilhelm sur des charbons ardents. Ce n'est qu'une fois la mère et le bébé lavés et présentables qu'elle l'appela pour lui présenter son fils.

De son côté, Clara redoutait l'instant où Rosita lui mettrait l'enfant dans les bras. Elle craignait de se détourner. Mais à la seconde où la sage Mexicaine posa le nourrisson sur son sein, un miracle se produisit.

À la vue de ce petit paquet tout chaud, de ce petit visage rose et rond, absolument parfait, toute trace de colère la quitta. Elle caressa la joue veloutée et comprit en un fragment d'éternité, alors que l'amour la submergeait, que ce n'était pas l'enfant d'O'Brien, mais bien le sien et celui de Wilhelm.

— Il est si petit, chuchota-t-elle au jeune papa, agenouillé près du lit, la barbe baignée de larmes.

Il ne cessait de remercier son épouse, encore et encore, tout à son émerveillement. Pour lui, le calendrier correspondait. Il calculait en saisons et non en semaines : ils avaient fait l'amour au printemps, le bébé arrivait en hiver. Tout était en ordre.

Restait à nommer ce petit être. Wilhelm suggéra de l'appeler Wilhelm junior. Mais Clara savait qu'un prénom n'est jamais anodin. Certains sont universels et existent dans toutes les langues, d'autres n'ont pas d'équivalent en anglais. Or il y avait un homme à Lynnville qui ne devait pas s'autoriser à penser qu'il avait engendré un petit Irlandais – un homme à qui le délai des neuf mois n'échapperait pas.

— Nous l'appellerons Helmut, comme mon père, annonça-t-elle d'un ton sans réplique.

Répliquer, Wilhelm n'y songea même pas tant il nageait dans le bonheur. Il aurait accepté n'importe quelle lubie de sa femme ! Pas de problème : Helmut, donc !

Une fois Clara capable de se déplacer, ils amenèrent le bébé au révérend Brown pour qu'il le baptise. Tout le monde dans l'assemblée s'extasia et les complimenta sur ce premier-né, leur en souhaitant beaucoup d'autres.

Sur les marches du temple, Clara s'approcha de Sean O'Brien, dont elle soutint le regard sans ciller.

— Mon fils s'appelle Helmut, comme son grand-père. Un noble prénom allemand. Et il sera élevé dans l'amour du pays de ses ancêtres.

Sean O'Brien, qui avait bel et bien compté les mois et connaissait la vérité, regarda le nourrisson. Pour la première fois depuis longtemps, son petit sourire en coin s'évanouit.

Clara avait solidement attaché Helmut dans la voiture et avait roulé jusqu'au fleuve. Pour réfléchir.

En cette matinée du 11 novembre 1918, les journaux du monde entier annonçaient l'armistice. Les cloches sonnaient à toute volée. C'était la fin de la Grande Guerre. L'arrivée au printemps des « sammies » sur le front avait été décisive, permettant de repousser deux offensives allemandes d'envergure. Grâce aux soldats américains, les Alliés remportaient le conflit le plus meurtrier de l'histoire – la presse parlait de trente-huit millions de morts et de blessés. Le président Wilson avait salué « la guerre qui mettait fin à toutes les guerres ».

Clara espérait qu'il disait vrai. À ses pieds, des nappes de brouillard roulaient au-dessus du courant et s'accrochaient aux roseaux et aux massettes. Un faucon survolait le fleuve. Clara jeta un coup d'œil sur son fils, bien en sécurité dans sa nacelle. Et dire qu'elle avait eu peur de le haïr ! Elle se moquait aujourd'hui de ses craintes, ne voyant en lui qu'un merveilleux cadeau de Dieu. Rien d'autre.

Six ans et demi... Cela faisait six ans et demi que leur petit groupe venu d'Allemagne avait pris racine dans cette vallée, le cœur plein d'allant et d'espérance. Il s'était passé tant de choses, depuis leur arrivée ! Frieda Eberhardt avait eu un garçon et une fille. Sa sœur, sitôt débarquée d'Allemagne, avait été courtisée par M. Gilette, le bel homme de loi. Quant à Mathilda, la fille de Mme Mueller, elle avait fini par épouser Klaus, le mécanicien, qui avait ouvert un garage aujourd'hui doté d'une pompe à essence. Tous avaient des enfants, nés américains. La nouvelle génération.

Helmut avait neuf mois maintenant et une petite touffe de cheveux d'un blond vénitien. Clara remerciait le Ciel que son mari et Sean aient en commun cette rousseur, même si Wilhelm n'en avait que des reflets, dans la barbe, tandis que l'Irlandais avait une chevelure d'un roux plus marqué.

Le bruit d'un cheval au petit galop attira son attention. Johann ! Avec un garçonnet qu'il tenait fermement assis devant lui sur la selle.

L'émotion la figea sur place.

Devant la belle journée qui s'annonçait, Johann n'avait pu résister au plaisir d'emmener son fils en promenade. Deux ans auparavant, lorsqu'on lui avait mis le nouveau-né dans les bras, une incroyable vague d'amour l'avait submergé et, plus encore, l'envie de le protéger toujours et contre tout. Ce garçon aurait une belle vie, la plus belle qui soit ! C'est à ce moment-là que le prénom Adam s'était imposé à lui, malgré ceux qu'ils avaient déjà choisis – Marie pour une fille, Robert pour un garçon, des prénoms bien américains pour des petits Américains. Mais puisque son patronyme, Neumann, signifiait « homme nouveau », le prénom de son fils refléterait cette idée. Il serait le premier homme. Adam.

Mieux. Puisque son garçon grandirait en Amérique et parlerait anglais, il s'appellerait Adam Newman. Voilà qui disait tout : un nouveau départ, un début prometteur, un avenir plein de possibilités. Son fils pourrait choisir sa voie. Il laisserait son empreinte dans ce monde.

Johann tira sur les rênes. Une silhouette familière était assise sous un saule. Sa vue lui jouait-elle des tours ? Clara ? Oui, c'était bien elle, assise là où il l'avait emmenée six ans plus tôt, ce jour où elle était si triste.

Son premier réflexe fut de tourner bride. Ils ne s'étaient pas parlé depuis tellement longtemps… Qu'avaient-ils à se dire ? Mais le désir de la voir fut le plus fort. Il donna un petit coup d'étrier à son cheval, lequel avança au pas.

À son approche, Clara se leva. Il était si beau dans le soleil matinal. Les mots se bousculaient en elle. Ne demandaient qu'à sortir. Elle avait tant de choses à lui dire : Je peux comprendre à quel point cette dispute vous a blessé cette nuit-là et pourquoi vous n'avez plus voulu vivre avec nous. Mais depuis six ans pas une lettre, pas même un message, aucun mot en provenance du domaine Ballerini. Tout ce que je sais de vous depuis votre départ, j'ai dû le glaner. Vous m'avez fait mal, Johann.

Les émotions de Johann n'étaient pas moins vives, lui qui l'aimait toujours en secret, d'un amour tenu à distance par respect pour son épouse, à qui il était très attaché.

Il y avait de la douleur à aimer Clara : Je ne sais pas ce que Wilhelm vous a dit, mais vous n'avez jamais cherché à me contacter pour me demander ma version des faits. Arturo m'a dit qu'il avait envoyé un mot vous informant de mon état désespéré, un mot resté sans réponse.

Clara serra ses mains contre elle tandis qu'il mettait pied à terre et aidait le petit garçon à descendre. Son cœur battait la chamade. Certes, ils s'étaient croisés en ville, mais sans jamais s'adresser la parole. Que pensait-il d'elle ? Et tout d'abord, pensait-il à elle ? Elle, en tout cas, pensait à lui tous les jours, et voilà qu'elle ne savait par où commencer…

— Johann, dit-elle en lui tendant la main. C'est une joie de vous revoir.

Il retint sa main dans la sienne et sourit.

— Une joie partagée, Clara.

Indifférents à la brise automnale qui tourbillonnait autour d'eux, ils se contemplaient.

— J'ai entendu dire que vous aviez adopté la traduction anglaise de votre patronyme, reprit-elle d'un ton léger.

Wilhelm et moi n'en sommes pas à ce stade d'américanisation. Nous resterons sans doute des Allemands, parents de petits Américains.

Que de choses à dire et à cacher... Et lui, qu'était sa vie au-delà des apparences ? Maintenant qu'elle le voyait de près, il lui semblait qu'il traînait une aura de tristesse dans son sillage. Son énergie, sa bonne humeur, son humour, tout ce qui caractérisait l'étudiant d'autrefois au bord du Rhin avait disparu.

— Il n'est pas mauvais d'appartenir à deux mondes, répondit-il, toujours perdu dans le regard de Clara et gardant sa main dans la sienne.

Quand finalement il en prit conscience, il la relâcha promptement et entreprit d'observer un vol de canards sauvages qui migraient vers le sud. Ils annonçaient l'hiver – si tant est que l'on puisse parler d'hiver en Californie.

— Il a vos yeux, constata Clara devant le garçonnet qui souriait dans son petit costume impeccable.

— Félicitations à vous, Clara. J'ai appris la nouvelle, dit-il en portant son attention sur le bébé.

— C'est Helmut, votre neveu.

Demi-neveu, fut-il tenté de répondre. Mais il se retint.

— Et voici le vôtre : Adam.

— Bonjour, dit-elle au petit garçon, avant de demander : Comment va votre épouse ?

— Elle va bien. Elle est actuellement à Monterey chez sa sœur, expliqua-t-il d'une voix posée.

— Elle n'a pas emmené son fils ?

Clara connaissait-elle la vérité ? Si tel était le cas, son visage ne laissait rien transparaître.

— Non, l'un des enfants a les oreillons. Feliciana a donc préféré laisser Adam sous la garde de la nounou.

Johann s'étonnait lui-même de l'aisance avec laquelle il mentait à présent. Naturellement, il avait fait comme Jakob. C'était la meilleure solution...

Les deux jeunes gens échangèrent un long regard. Le silence s'étira. Certaines choses auraient dû être dites, tous deux en avaient conscience et attendaient que l'autre fasse le premier pas.

Cependant, comme ni l'un ni l'autre ne prenait l'initiative, ils en vinrent à la même conclusion : le passé était le passé, la situation avait évolué, le monde aussi. Chacun était marié, avait un enfant et un avenir devant soi. Ils n'avaient qu'une chose à faire : se souhaiter tout le bonheur possible. Et taire la terrible vérité.

À cet instant-là, Clara eut l'impression d'un basculement autour d'eux, ou peut-être seulement à l'intérieur d'elle-même. Elle n'aurait su l'expliquer. Elle aimait son époux, et l'aimerait toujours. Mais le sentiment profond qui la poussait vers Johann était d'une nature différente, sans qu'elle puisse qualifier cette dernière. Peut-être trouverait-elle un jour le mot juste ?

En réalité, ce qu'ils ressentaient tous deux était l'éclosion de l'amour et le début d'une nouvelle attente. Un désir et un manque qui avaient germé lors d'un pique-nique au bord du Rhin, qu'ils avaient emportés avec eux sans le savoir en traversant l'Atlantique et qui se ravivaient en ce jour d'armistice sur la rive d'un autre fleuve, si loin de chez eux.

Le passé et ses zones troubles étaient oubliés. Les interrogations n'avaient plus d'importance. On était en 1918, la guerre en Europe venait de s'achever et c'était l'automne des nouveaux départs.

Clara et Johann savaient que, d'une manière ou d'une autre, ils se recroiseraient.

Aujourd'hui

La voiture n'allait pas assez vite pour Nicole.

L'urgence n'était plus de fuir Lynnville, la vallée ou la vie rurale, mais tout simplement sa maison. Les flics étaient en train de passer le domaine au peigne fin, à la recherche de l'arme du crime. Ils fouillaient tous les bâtiments et même les puits abandonnés, en quête du moindre indice. Rien ne devait être négligé.

Quant aux Canadiens, ils étaient plus que jamais motivés, sans doute émoustillés par la notoriété supplémentaire que le meurtre conférait au domaine. Ils étaient revenus enchantés de leur petit tour en direction de la Colina Sagrada, « très romantique », d'après Mme Macintosh. Ils avaient prolongé leur séjour à l'hôtel Mueller, dont ils appréciaient le charme historique – ils pouvaient : l'enseigne avait été créée en 1913.

Enfin, il fallait compter avec la presse. Radios et journaux s'étaient emparés de l'affaire. Leurs correspondants avaient débarqué tels des vautours, micro à la main et caméra à l'épaule. Comme le chai restait interdit à tout visiteur, Nicole en avait profité pour décamper. Elle avait sauté dans sa voiture et elle roulait maintenant à vive allure.

Au lieu de prendre l'autoroute qui l'aurait menée directement à Lynnville, elle avait opté pour les chemins de traverse et suivait en cet instant la route pittoresque qui longeait le Largo. Un itinéraire prisé des touristes comme des locaux. Les rives étaient noires de monde : les uns venus faire du bateau ou pêcher, les autres pique-niquant sur l'herbe ou jouant au Frisbee.

Nicole tenta d'imaginer l'endroit un siècle plus tôt. Son arrière-grand-mère aimait-elle venir au bord de l'eau ? Était-ce tranquille et paisible à l'époque ? Pas d'échoppe vendant des hameçons, pas de rampe pour bateau, pas de bruit de moteur… Si l'on grattait cette scène contemporaine vibrionnante, que trouverait-on en dessous ? Que serait le *pentimento*, le repentir, comme on dit en peinture pour désigner le dessin originel recouvert ensuite par l'artiste ?

Nicole se gara à l'ombre d'un saule pleureur pour mettre de l'ordre dans ses idées.

L'inspecteur l'avait appelée ce matin.

« Quand on ne dispose pas de l'arme du crime, avait-il expliqué, on déduit de la balle les caractéristiques de l'arme employée. Dans le cas qui nous intéresse, madame Schaller, le labo a établi qu'il s'agissait d'un Beretta neuf millimètres. Alors, si nous parvenons à trouver l'arme et à identifier son propriétaire… »

Quinn avait laissé sa phrase en suspens. Qu'était-elle censée comprendre ? Elle savait que son père possédait pareille arme, mais elle ignorait s'il l'avait déclarée ou non. L'inspecteur essayait-il de la surprendre en flagrant délit de mensonge ? Croyait-il vraiment qu'elle était au courant de ce cadavre dans le mur ?

Elle expira un bon coup. Non, probablement pas. Il faisait juste son boulot.

Ce qu'elle-même devait faire, c'était chercher le pistolet de son père. Or il se trouvait sûrement dans sa tanière, c'est-à-dire son bureau. Il fallait juste qu'elle ait le courage d'entrer dans cette pièce où elle n'était pas retournée depuis sa mort. En réalité, sa crainte d'en franchir le seuil remontait à bien plus loin…

Tout avait commencé quand sa mère était morte d'une leucémie. En l'espace d'une nuit, Big Jack s'était transformé en tyran. Puisqu'il devait renoncer à l'idée d'avoir un jour un fils, il avait reporté toute son attention sur sa fille – le seul héritier existant, à qui incomberait la responsabilité de pérenniser l'affaire familiale. À l'époque, Nicole avait douze ans. Du jour au lendemain, son père avait régenté sa vie, lui inculquant de force un savoir viticole dont elle n'avait que faire. Elle s'était retrouvée emprisonnée, à devoir porter le lourd fardeau de l'héritage et de l'avenir du domaine. Et lui, pendant ce temps, il dilapidait leur fortune au jeu ou avec les femmes ! Un bel exemple, en vérité !

Et pourtant...

Malgré leurs disputes mémorables et sa volonté de quitter le domaine, elle avait aimé Big Jack. Elle adorait leurs promenades dans les vignes, quand ils discutaient de tout et de rien, inspectant les feuilles et les grappes. Dans ces moments-là, en pleine nature, ils étaient en osmose. Il y avait presque un lien spirituel entre eux.

Elle soupira. Pourquoi les choses n'étaient-elles jamais simples ? Pourquoi était-on toujours déchiré par des conflits intérieurs ?

Elle repensa à Lucas Newman. Quel choc quand il était apparu dans l'allée, la veille ! C'était curieux que leurs histoires familiales ne concordent pas. Elle en toucherait un mot à son homme de loi : y avait-il moyen de connaître la parenté exacte entre Wilhelm et Johann, si parenté il y avait ? Elle n'aurait su dire pourquoi, mais ce point devenait soudain primordial.

Après avoir rallumé le moteur et manœuvré, Nicole continua sur la route panoramique. Elle atteignit bientôt un village au charme fou, tout droit sorti de la vallée du Rhin. Un panneau indiquait : BIENVENUE DANS LA PETITE ALLEMAGNE. 1953. Avec ses maisons à colombages, ses rues pavées, son éclairage au gaz, son ambiance très « Vieux Continent » et son million de visiteurs par an, l'endroit était devenu un site incontournable du tourisme en Californie. Tout cela grâce à un article illustré du *Saturday Evening Post* paru en 1954. Il avait attiré des masses de curieux, et le bouche-à-oreille avait fait le reste. On venait là pour goûter à l'atmosphère authentique des bars à bière, pour voir la statue des frères Grimm, les maisons médiévales, le temple luthérien, et pour assister à des danses et des chants folkloriques. Les restaurants et les pâtisseries servaient des spécialités allemandes. Galeries d'art et salles de dégustation se succédaient. Les employés des magasins portaient des costumes traditionnels, et un omnibus hippomobile de la Belle Époque promenait les touristes à travers le village.

Les trottoirs débordaient de flâneurs en shorts et tee-shirts – il faisait encore très chaud alors même qu'une banderole annonçait la Fête de la bière dans deux semaines. Arrêtée au seul feu rouge du village, Nicole jeta un coup d'œil à la vitrine de l'antiquaire. La boutique appartenait à Jim Decker. Ses grands-parents, lui cordonnier et elle professeure de piano, avaient fait partie des premiers immigrés allemands arrivés dans la vallée du Largo – ce dont Jim se gargarisait dès que possible. À la mort de Big Jack, il lui avait proposé de prendre en dépôt tous les objets de famille afin de les proposer à la vente. Elle avait décliné l'offre. Le violon et les pipes en écume allaient de pair avec le vignoble et les bouteilles. C'était tout ou rien.

Nicole adorait la Petite Allemagne. Elle aussi était fière de savoir que sa famille avait largement contribué à sa création. Elle se serait volontiers arrêtée pour savourer une tranche de strudel aux pommes, faire un tour dans les galeries d'art ou bien simplement prendre le soleil dans le square, mais elle n'avait pas la tranquillité d'esprit voulu. Ce dont elle avait besoin en cette minute, c'était de sa meilleure amie.

Elle poursuivit donc sa route jusqu'à Lynnville, où elle trouva à se garer tout près de la boulangerie Eberhardt.

L'atmosphère très germanique de la boutique lui fit soudain envisager, pour la première fois, un voyage en Allemagne. Aussi étrange que cela paraisse, elle n'en avait jamais ressenti le désir jusqu'ici. Mais à présent elle se posait des questions. Où se trouvait le village de ses arrière-grands-parents ? Des Schaller y habitaient-ils toujours ? Certes, ce seraient de très lointains parents, mais des parents tout de même. Peut-être pourraient-ils éclairer le mystère Wilhelm-Johann…

Dans l'immédiat, Nicole céda au bien-être du moment. Entrer chez Eberhardt était une vraie joie des sens. L'odeur du café – lequel n'avait rien à voir avec celui qu'on préparait chez soi –, celles du pain et des gâteaux tout juste sortis du four embaumaient l'air. Quant à la vision du glaçage, des amandes effilées et des cerises confites ornant les pâtisseries, elle réjouissait l'œil. Impossible de ne pas saliver.

— Salut, ma belle ! l'interpella Michelle.

Bien que l'on ne fût pas dans la Petite Allemagne, son amie portait un *dirndl*, la robe traditionnelle bavaroise. La boulangerie Eberhardt, créée en 1912, était en effet dans tous les guides touristiques et attirait des touristes très nombreux. Le costume n'avantageait pas nécessairement la jeune femme aux formes généreuses, dont les longs cheveux auburn frisaient tellement qu'on aurait dit des hélices de tire-bouchons.

En épousant un Eberhardt, Michelle était entrée dans l'aristocratie locale, autrement dit les familles qui avaient fait souche depuis plus longtemps que les autres – Indiens et Mexicains mis à part, mais ils ne comptaient pas, apparemment… Les Eberhardt possédaient aujourd'hui cinq adresses dans la vallée, dont la plus connue se trouvait dans la Petite Allemagne. On venait de loin et de partout pour déguster les fameux rouleaux au cumin, les gâteaux au café, les muffins à la pomme, le pain d'épices et, bien sûr, les pains faits maison – ne disait-on pas que l'Allemagne était « le pays du pain » ? Elle en produisait plus de variétés que n'importe quel autre pays au monde.

Abandonnant les deux employées derrière le comptoir et son mari au fournil, Michelle apporta deux tasses de café et des pâtisseries à la table qu'elle conservait toujours libre pour les amis ou les habitués, à côté de la fenêtre.

— Comment vas-tu ? demanda-t-elle en lançant un regard inquiet à Nicole.

Celle-ci vida son sac, lui disant ses inquiétudes à propos de l'enquête et du fait que son père puisse être impliqué. La cerise sur le gâteau, c'était Lucas Newman, et son arrogance.

Michelle remua son café. Un beau bordel, en effet ! Et ces deux familles, très conscientes de leur rang, qui se regardaient en chiens de faïence… Elle en aurait presque ri si l'importance du poids de l'histoire dans cette vallée n'avait pas été si patente. Tout leur environnement portait la trace des bienfaiteurs qui avaient contribué au développement de la région, Schaller et Newman en tête. La sortie de l'autoroute qui menait à Lynnville s'appelait le boulevard Schaller et l'artère principale de la ville l'avenue Newman. Ils étaient tous allés au collège Clara Schaller, avaient pique-niqué au parc Newman, emprunté la rue pavée, dite promenade Ballerini, ou assisté à un concert au Eberhardt Bandstand. Ceux qui restaient dans la vallée du Largo étaient condamnés à vivre au milieu de leurs ancêtres.

Les deux amies ignoraient cependant qu'un siècle plus tôt ces dames de la réunion dominicale se tenaient au même endroit qu'elles deux, et pour parler des mêmes sujets. De leur vie quotidienne et de leurs petits et grands soucis, plus ou moins intimes. C'est à cette table, d'ailleurs, que Michelle avait confié un secret à Nicole il y avait quelque temps de cela.

Sa belle-famille lui mettait la pression à propos des enfants. Elle leur disait qu'ils essayaient et que, oui, elle était allée consulter. Ce que tout le monde ignorait, excepté Nicole, c'est que l'infertilité du couple provenait de Joe, désormais suivi par un spécialiste de l'érection à Santa Paula. Pour le protéger au mieux, Michelle laissait entendre que le problème venait d'elle.

— Je commence à en avoir marre, disait celle-ci. J'adore ma belle-famille, mais ils me regardent parfois avec un air… Pour eux, il n'y a qu'un truc qui compte : la génération suivante. Ils sont si fiers de la dynastie créée il y a un siècle qu'ils n'attendent qu'une chose : voir poindre la relève pour lui mettre un rouleau à pâtisserie dans la main…

Nicole porta son attention sur la photographie mise à l'honneur derrière la caisse, celle d'un jeune couple pris en 1912 par l'ancêtre du photographe actuel de Lynnville. Oui, le poids de l'héritage et des responsabilités familiales était très lourd dans cette vallée. Combien étaient-ils à avoir mis leurs pas dans ceux de leurs anciens sans l'avoir choisi, sans même avoir été consultés ? À commencer par elle-même ou Lucas Newman. Sauf qu'elle, elle partirait, sitôt cette affaire de meurtre résolue et le domaine vendu.

Son regard s'attarda sur la photo sépia. Elle avait la même à la maison, montrant Clara Schaller entourée de trois hommes qui se ressemblaient : Jakob et ses deux fils, Wilhelm et Johann – c'était du moins ainsi qu'on les lui avait présentés. Quand elle était petite, elle adorait contempler ce cliché à cause de leurs habits amusants et de leur attitude guindée. Clara était très jolie, et le jeune frère – ou cousin ? – plutôt bel homme. Schaller, Newman ou Eberhardt, tous avaient ardemment souhaité que leurs descendants perpétuent leurs rêves.

— Ça a été un choc de tomber sur Lucas Newman chez toi, hier, reprit Michelle. Il croit vraiment que le corps peut être celui de leur disparu ?

Nicole n'avait pas bien dormi, en partie à cause de Lucas – son apparition l'avait déstabilisée. Et voilà qu'elles parlaient de lui ! Ça n'était plus arrivé depuis le lycée. Tout ça à cause de la découverte d'un squelette dans un mur…

— Il a quoi ? Trois ans de plus que nous ? Donc trente ans. C'est bizarre de se dire que vous pouvez être cousins au troisième degré. Vos arrière-grands-pères étaient frères.

— D'après Lucas, ils étaient cousins, voire rien du tout.

— Hum… Pratique quand on veut éviter tout lien avec les Schaller.

Michelle lui jeta un regard en coin, avant de poursuivre :

— À ton avis, qu'est-ce qui va se passer si le corps est celui de leur disparu ?

Nicole ne voulait pas y penser. Le mélodrame était garanti et mènerait à une enquête et un procès. Les journaux locaux en feraient leurs choux gras. Chacun affirmerait l'avoir vu venir.

En attendant, la question restait entière : qui était mort et de quelle main ?

Si seulement ce squelette maudit pouvait être celui d'un vagabond caché là par hasard ! Nicole priait pour que tout ça ne soit qu'une malheureuse coïncidence, la conséquence par exemple d'un combat entre deux clandestins dont l'un savait qu'il y avait des travaux dans le chai.

Bravo, se morigéna aussitôt la jeune femme, colle toute l'histoire sur le dos des pauvres Mexicains. Ils ne sont plus à ça près, hein ?

Michelle jouait avec son gâteau du bout de sa fourchette. Elle s'inquiétait pour son amie. Bien sûr qu'elle se réjouissait pour elle du poste qu'elle avait décroché dans cette entreprise new-yorkaise de cosmétiques, mais Nicole n'allait-elle pas se réveiller un matin en comprenant soudain qu'elle n'aurait jamais dû partir ? N'aurait-elle pas le mal du pays à en devenir neurasthénique ? C'est ce que Michelle redoutait le plus. Que cette révélation frappe un jour son amie de plein fouet et qu'elle ne s'en remette pas.

Elle tenta une nouvelle fois de la dissuader :

— New York n'est pas réelle, tu sais. Ils n'ont bâti cette ville que pour faire des films.

— J'ai envie de gratte-ciel, Michelle.

— Personne n'a envie de gratte-ciel. Et puis, ce ne sont que des décors creux. L'Empire State Building n'existe pas pour de vrai, tu sais.

— Et tu trouves Lynnville plus réelle ? C'est si petit qu'à peine entré on en est déjà sorti. Presque un mirage. Rien n'arrive jamais ici. C'est contraire à la loi.

— Tu es simplement toujours folle de rage parce que Danny t'a demandée en mariage.

Pas faux. Il avait tout gâché, l'idiot.

— Attends... Tu me vois épouser un type dont les racines sont même plus anciennes que les miennes ? Il n'y a rien de plus étouffant que l'argent d'une vieille famille de Santa Barbara. Ça me rappelle le Moyen Âge en Europe. Tous ces petits ducs et ces roitelets qui contractaient des alliances par mariage...

Michelle la laissa dire ; elle savait qu'au fond d'elle-même Nicole adorait la vigne autant que ses ancêtres. Elle avait ça dans le sang. C'était une Schaller. D'après la légende, la famille cultivait déjà du riesling en Rhénanie sous les Romains ! Nicole ne pouvait pas plus renier son gène de vigneron que ses cheveux bruns.

C'était comme les Eberhardt avec la boulangerie. Le blé et la levure coulaient dans leurs veines, et Michelle n'aurait pas été étonnée d'apprendre qu'ils avaient cuit des miches de pain pour les légions de César.

Le téléphone de Nicole se mit à sonner.

— Ça te dérange si je prends ? C'est Gilette, mon avoué. Il a regardé dans les archives à la demande de la police.

— Madame Schaller ? Pouvez-vous passer à mon bureau ? J'ai trouvé quelque chose qui pourrait vous intéresser.

L'étude des Gilette défendait les intérêts des Schaller depuis des décennies. Par son mariage, Michelle leur était vaguement apparentée, puisque l'arrière-grand-père Gilette avait épousé la sœur de Frieda Eberhardt. Encore une dynastie dont les racines remontaient aux origines de Lynnville.

Ce matin, Nicole avait vraiment l'impression de suffoquer. Entre la boulangerie de Michelle, emplie de fantômes, et maintenant l'étude de M. Gilette, ornée des photos de ses prédécesseurs… Ça lui donnait envie de prendre ses jambes à son cou et le premier avion pour n'importe quelle grande ville emplie d'inconnus.

M. Gilette était un petit homme chauve et pointilleux, qui toussotait toujours quand il parlait.

— J'ai passé en revue les archives de votre famille en notre possession. Certaines sont en très mauvais état. Mais à ce stade, nous n'avons pas trouvé trace d'une quelconque rénovation du chai nous permettant de dater le moment où le corps a été emmuré. Je vous préviendrai, ainsi que la police, sitôt que nous aurons quelque chose. Cependant, nous avons découvert ceci. Une lettre, apparemment de la main de votre arrière-grand-mère. Il n'y a ni timbre ni adresse. Elle n'a donc jamais été postée. Et jamais ouverte non plus.

Depuis son siège, Nicole examinait l'enveloppe jaunie. Au dos était écrit : *À donner à ma petite-fille après ma mort.*

— Vous êtes bien évidemment, madame Schaller, la personne la plus autorisée à l'ouvrir, en tant qu'arrière-petite-fille.

Sur ce, l'homme de loi lui tendit la lettre. Nicole la décacheta. Elle était bien signée de Clara et datait de 1965. Elle commençait ainsi :

Ma très chère petite-fille,

Cette lettre est la première d'une sorte de chronique familiale que je t'adresse dans l'espoir que tu la trouves quand tu reviendras – car tu as besoin de savoir d'où tu viens et ce qui t'a précédée et forgée. Tu penses connaître l'histoire des Schaller, mais tu te trompes. Bien sûr, le sujet ne t'a jamais beaucoup intéressée. Quand tu étais petite et que j'essayais de te raconter le passé, tu haussais les épaules et levais les yeux au ciel. Mais peut-être, à ton retour dans notre vallée, auras-tu gagné en maturité et en expérience, et seras-tu plus à même de comprendre qu'une femme doit connaître ses racines, son noyau, son origine, pour mieux se connaître elle-même ? Et quand on se connaît soi-même, on oriente sa vie avec plus de vision et de réussite.

La vie naît d'un tout. Le noyau, les racines ne se suffisent pas à eux-mêmes. Ils ont besoin de terre, d'eau et de soleil pour se développer. Ce que je veux dire, ma chérie, c'est que tu descends de moi, bien sûr, mais que je ne suis pas seule. Je fais partie d'une famille, ce qui implique des gens, des émotions, des pensées, des aspirations, des déceptions, de l'amour et, oui, de la haine aussi. Le chemin n'a pas été un long fleuve tranquille. Il y a eu des embûches. Et, je suis désolée de dire, une bonne dose de honte. Je ne cacherai rien. Tu as besoin de savoir.

La main de Nicole tremblait. Réflexe nerveux ? Peur ? Ou excitation à la perspective de voir révéler d'incroyables secrets ?

La saga des Schaller ne t'est pas inconnue, mais tu mérites d'être éclairée sur l'histoire dans son ensemble. Je dois donc aborder aussi celle des Newman, que tu crois connaître. Newman vient de Neumann. Le nom remonte à l'époque de la terrible dispute entre Johann et son frère, à la suite de laquelle Johann a pris le nom de jeune fille de sa mère. On t'a appris à te méfier des Newman, à les considérer comme des ennemis, alors que nos deux familles sont aussi étroitement liées que les roses rouges et blanches sur une treille.

Abasourdie, Nicole se renfonça dans son fauteuil. Ainsi, Wilhelm et Johann étaient bel et bien frères !

— Monsieur Gilette, s'enquit la jeune femme, y a-t-il un moyen de vérifier l'authenticité de cette lettre ?

— Très certainement, répondit-il en s'éclaircissant la voix. À la fin de sa vie, Clara Schaller s'est investie dans la politique locale, et la bibliothèque conserve certaines de ses lettres. Nous pourrons donc faire une comparaison graphologique, analyser l'encre et le papier…

L'attention de Nicole se reporta sur la délicate écriture et les majuscules en gothique. Qui était cette mystérieuse petite-fille ? S'agissait-il de Deborah, sa tante dont le nom avait été interdit à jamais pour devenir l'un de ces grands secrets de famille ? Elle reprit sa lecture.

Ma petite-fille, ne hais point les Newman. Cette vendetta ridicule doit cesser et tu peux être celle qui y mettra fin. Moi, j'ai essayé, en vain. Sache que Johann Newman, ton grand-oncle, est un homme bon et l'a toujours été. Les gens ont oublié que c'était un vrai Schaller. Alors peu importe ce que tu crois savoir, ou les mensonges qu'on a pu te raconter : les Newman sont des Schaller et tes plus proches parents.

La lettre s'achevait là. Nicole fronça les sourcils et revint aux premières lignes, celles qui mentionnaient le retour de la petite-fille et le début d'une chronique familiale.

— Monsieur Gilette, est-ce la seule lettre ? Clara semble dire que c'est la première d'une longue série.

— Vous savez, les archives sont sens dessus dessous. Il y a eu dans le passé une inondation et beaucoup de papiers ont été détruits. Quant au classement qui aurait dû s'ensuivre, je crains qu'il n'ait pas été fait correctement. Mais s'il y a d'autres lettres, nous finirons par les trouver.

Nicole le remercia et prit congé. Elle comptait rentrer directement chez elle pour voir si la police avait avancé dans ses recherches. Mais avant, une halte s'imposait. Lucas Newman avait fait une entrée spectaculaire chez elle. À son tour, maintenant !

Assis à son bureau, Lucas essayait de se concentrer sans y parvenir. Il s'inquiétait pour son père, Melvyn. Quand ce dernier avait appris l'existence du squelette, il avait perdu connaissance. Depuis, il assurait que tout allait bien et interdisait qu'on appelle le médecin, mais il demeurait pâle et secoué par la nouvelle. Il craignait que le cadavre ne soit celui de son neveu Jason, le fils de sa sœur Sofie, mariée à un homme d'affaires de San Francisco. Quinze ans plus tôt, Jason était venu passer l'été chez eux, à la campagne. Un jour, il avait disparu. Ses parents avaient signalé le fait à la police et embauché des détectives privés. Sans résultat.

Aujourd'hui, Melvyn redoutait d'avoir à passer un coup de fil dévastateur à sa sœur…

Lucas aurait voulu pouvoir lui épargner cela. Depuis le départ de sa mère, voilà dix ans, père et fils s'étaient serré les coudes, chacun veillant sur l'autre. Melvyn avait toujours été là pour Lucas, il lui avait appris à pêcher, n'avait manqué aucun de ses matchs. Le soir, ils jouaient aux échecs, discutaient du vignoble, du vin, de politique. Mais cela n'empêchait pas le vieil homme de se sentir seul. Lucas savait que le mariage de ses parents était loin d'avoir été idyllique, et que sa mère était restée principalement pour lui. Son départ n'en avait pas moins été cruel pour Melvyn. Lucas mettait donc un point d'honneur à être là pour lui. Et ce n'était pas une charge, au contraire.

Le jeune homme se leva et étira sa longue silhouette avant de se poster à la fenêtre et d'observer les jardiniers qui tondaient la pelouse. Dire que cette maison l'avait vu naître et le verrait très certainement mourir… C'est comme cela que ça se passait dans les régions rurales : les garçons restaient, les filles partaient. Ça ne l'avait donc pas surpris d'apprendre que Nicole Schaller vendait son domaine. Et il ne l'avait pas plus été quand elle avait décliné son offre d'achat. Il s'agissait sans doute d'une clause testamentaire de Big Jack : ce dernier haïssait les Newman, probablement autant que son père détestait les Schaller. Lucas ne comprenait pas cette haine. Pourquoi entretenir une inimitié centenaire qui n'avait plus aucun lien avec le présent ? Surtout quand on en avait oublié l'origine. Une dispute à propos d'une femme, d'une terre, d'un puits ? Personne ne savait plus, et Lucas n'en avait rien à faire.

Ce qu'il aurait voulu, lui, c'était ce lopin de terre Schaller. Il en avait besoin.

Peut-être pourrait-il mettre la main dessus quand les Canadiens en seraient propriétaires ? À moins que Nicole ne soit assez roublarde pour insérer une clause leur interdisant de revendre quoi que ce soit à un Newman. Était-elle assez étroite d'esprit et rancunière pour faire ça ?

Hier, elle ne lui avait pas donné cette impression. Elle semblait plutôt troublée et légèrement abattue. Mais bon, quand on découvre chez vous les restes d'un cadavre… Les journaux en parlaient déjà. Il imaginait d'ici les curieux faire le détour et ralentir devant le domaine Schaller.

Cela lui avait fait bizarre de se retrouver si proche de Nicole. Proche au point de pouvoir voir le petit creux sexy à la base de son cou. Jusque-là, il l'avait seulement aperçue de loin, lors d'événements sportifs ou culturels. Dans les environs de Lynnville ou à la Petite Allemagne. Et toujours en compagnie d'un avocat de Santa Barbara… Radio cancans, toutefois, avait parlé d'une rupture. Et Lucas se demandait bien lequel des deux avait rompu.

Non pas que ça l'intéressât, mais, s'il voulait acquérir sa propriété, il fallait bien se renseigner un peu, non ?

Il fut distrait de ses pensées par une employée de maison en uniforme gris et tablier blanc. Il avait une visite : Mme Schaller.

Il en resta coi. Nicole ? Ici ?

— Très bien. Faites-la entrer.

Au même moment, le téléphone sonna. Il décrocha.

Quand Nicole pénétra dans le bureau, il lui fit un petit signe de la main pour s'excuser, avant de se tourner et de baisser la voix. Nicole n'en saisit pas moins quelques mots prononcés sèchement :

— Mon responsable me dit que vous n'avez toujours pas livré. Cela devait être la semaine dernière… Je sais, nous avons tous nos problèmes, mais si vous ne faites pas d'efforts je me verrai dans l'obligation de faire affaire avec un autre.

Nicole s'éloigna un peu. Elle ne voulait pas le gêner. Elle se concentra donc sur la pièce. Des rayonnages et des rayonnages de livres, des diplômes et autres documents encadrés aux murs. Des fauteuils en cuir devant la cheminée.

Tout en continuant à discuter ferme, Lucas coula un regard vers elle. Aujourd'hui, c'était jean, chemise d'homme et queue-de-cheval. Aucun maquillage – mais elle n'en avait pas besoin. Et cette chute de reins... Elle portait vraiment bien le jean !

Faisant semblant de s'intéresser à la décoration, Nicole s'approcha d'un vitrail inséré dans la vitre de la fenêtre. Un coucher de soleil sur un paysage champêtre.

— C'est joli, dit-elle quand Lucas eut raccroché.

— C'est mon arrière-grand-mère Feliciana qui l'a fait dans les années vingt. Elle était très douée.

— C'est beau. Vous en avez d'autres ?

— Non, elle n'a fait que celui-là. Apparemment, elle se lançait toujours dans plein de projets artistiques différents. Mais... on pourrait en venir au fait, si ça ne te dérange pas ? Je suis plutôt occupé, là.

Et grossier, eut-elle envie de répondre. Mais elle se contint.

— Mon notaire a trouvé quelque chose dans ses archives. Une lettre de mon arrière-grand-mère, dit-elle en lui tendant l'enveloppe jaunie.

En l'espace d'une minute, chacun avait évoqué son arrière-grand-mère. C'était curieux.

Lucas se plongea dans la lecture de la lettre sans lui proposer de s'asseoir. Elle choisit donc d'étudier de près les photos accrochées aux murs. De toute évidence, il aimait la pêche au saumon. Plusieurs clichés le montraient avec son père, tous les deux arborant fièrement d'énormes prises dégoulinantes. Sur d'autres, il faisait du rafting avec des amis sur le Colorado. Il y avait aussi des filles toutes en jambes et sourires éclatants. Elle comprit soudain qu'elle l'avait toujours imaginé solitaire. Elle avait la preuve du contraire sous les yeux.

Quid de ses petites amies ? À trente ans, il était toujours célibataire. Pourquoi ? Mais après tout, elle en avait bien vingt-sept, et elle non plus n'était pas mariée. Seulement, elle en connaissait la raison. Y avait-il aussi, dans sa vie à lui, une chose qui venait avant toute autre et qui empêchait les relations sérieuses ?

Elle l'observa avec perplexité. C'était étrange… Pendant des années, ils avaient fréquenté les mêmes écoles, mais en décalage, si bien qu'il avait toujours fait partie du paysage sans pour autant être là vraiment. En primaire, elle l'avait vu dans la cour de récré et avait entendu son rire sur le terrain de sport jusqu'au jour où il était passé au collège. Quand elle y était entrée à son tour, il avait déjà changé pour le lycée, où il était devenu une légende du football américain. Et quand elle-même avait intégré le bâtiment de brique rouge, elle avait vu de ses propres yeux sa photo dans la salle des trophées. Bref, il l'avait toujours précédée, lui, la légende, le héros admiré de tous. Et voilà qu'ils se trouvaient dans la même pièce, pour la première fois.

Son attention fut attirée par une photo ancienne au-dessus de la cheminée. Une photo de mariage. Elle reconnut l'homme pour l'avoir vu dans l'un des albums Schaller : Johann. La jeune mariée était d'une beauté saisissante. Ce devait être Feliciana. Lucas ressemblait à son arrière-grand-père. Il avait les mêmes yeux sexy.

Pour l'instant, l'intéressé achevait sa lecture, les sourcils froncés. Il retourna la lettre et examina l'enveloppe, cherchant probablement à s'assurer qu'il ne s'agissait pas d'un faux.

— Comment peut-on être certain que c'est bien cette Clara qui a écrit ça ?

C'était à prévoir… Un pli rédigé par une Schaller, et porté par une autre Schaller, c'était suspect.

— Mon notaire dit qu'il y a des moyens de l'authentifier. Mais en chemin je me suis dit que beaucoup de personnes âgées du coin pourraient nous répondre : elles ont connu Wilhelm et Johann.

À commencer par Melvyn, soixante-dix ans, le père de Lucas.

Le jeune homme baissa les yeux. Visiblement, cette missive le perturbait. Nicole se mettait à sa place. Cela allait à l'encontre de tout ce qu'on avait pu lui raconter depuis qu'il était petit. Cela jetait une lumière toute nouvelle sur l'histoire familiale, sans parler des implications légales. Un vrai foutoir. À qui appartenaient réellement les domaines Schaller et Newman ? Y avait-il eu partage équitable à l'époque, ou bien l'une des deux branches avait-elle été lésée ?

Lucas relisait la lettre, encore et encore. Ainsi, Wilhelm et Johann étaient frères ? Pourquoi lui avait-on affirmé le contraire ? Pourquoi son père lui avait-il menti ? Et surtout, comment Melvyn prendrait-il la nouvelle, vu ce qui s'était passé la veille ?

— Il est fait allusion à d'autres lettres. Vous les avez ?

Le ton était presque accusateur.

— Non. Mais mon notaire dit qu'il va continuer à chercher dans les archives…

Un bruit de porte se fit entendre derrière elle.

— Vous ! Dehors !

L'injonction claqua comme un coup de fouet.

Le vieux Melvyn se tenait sur le seuil, appuyé sur une canne, son visage hâlé surmonté d'une impressionnante crinière blanche. Il était en bottes, jean poussiéreux et chemise à carreaux.

— Sortez de chez moi ! hurla-t-il à nouveau.

— Papa…, tenta son fils.

— Je ne veux pas d'elle ici !

Jamais Lucas n'avait vu son père dans cet état. Il était hors de lui.

— Désolée, monsieur Newman, dit Nicole en s'approchant de la porte. Je voulais juste montrer quelque chose à Lucas…

— Je sais de quoi vous êtes capable ! cria le vieil homme en brandissant sa canne.

En l'espace d'un instant son teint devint rouge, puis violet. Il porta une main à son cœur et tomba comme une masse.

TROISIÈME PARTIE

1922-1930

Clara suivait le fleuve bordé de saules pleureurs, dont les silhouettes projetées sur la route déployaient un tapis d'ombre et de lumière. C'était une magnifique journée d'octobre et, pour une fois, elle était seule. Wilhelm voulait toujours qu'elle soit accompagnée dans ses tournées, mais comme il était parti pour Salinas et ne reviendrait que le lendemain, elle avait laissé son petit Helmut de quatre ans sous la garde attentive de Rosita, elle avait chargé boîtes, paquets et panier de déjeuner dans la voiture et elle était partie en livraison. Elle adorait être seule en voiture. Cela lui procurait un sentiment de liberté.

En outre, le silence était propice à la réflexion. Il permettait de faire le point. Cela faisait dix ans que Wilhelm et elle étaient mariés… On était en 1922, le monde se remettait d'une guerre dévastatrice et une nouvelle loi avait bouleversé la vie des régions viticoles américaines. Wilhelm et elle n'avaient qu'un seul enfant jusqu'à présent – et encore, ce n'était pas celui de Wilhelm…

Tout en réfléchissant, elle s'engagea sur un sentier qui longeait la limite orientale du domaine Ballerini. Elle l'empruntait souvent quand elle rentrait de sa tournée, dans l'espoir d'apercevoir Johann arpentant sa propriété à cheval. Quand elle avait de la chance, il reconnaissait la voiture et venait la saluer.

Il avait appris à monter à l'université, quand la plupart de ses condisciples optaient pour l'escrime. Clara trouvait qu'un cavalier en imposait. Cela lui donnait une dimension presque spirituelle. À voir Johann chevaucher, si élégant et impérial, elle en avait la gorge serrée et le corps en émoi. Avec ses épaules carrées, son dos bien droit, son maintien impeccable, on aurait dit un hussard en parade. Son cœur fondait pour cet homme qu'elle aimait d'un amour impossible.

Elle avait entendu la rumeur selon laquelle Feliciana aurait fait des séjours prolongés en hôpital psychiatrique. Elle serait dorénavant traitée chez elle, avec des infirmières à demeure... Quelle était la part de vérité dans tout ceci ? Clara l'ignorait, mais elle coupait court à toute spéculation lorsque le sujet arrivait sur le tapis de leurs réunions dominicales. Ses amies respectaient son désir de discrétion – elle était tout de même la belle-sœur de Johann et Feliciana.

Il lui était aussi revenu que Feliciana avait fait deux fausses couches et qu'un docteur les avait mis en garde contre toute nouvelle grossesse. Adam serait donc le seul fils de Johann. Elle aurait tant aimé que leurs enfants soient amis. Après tout, ils étaient cousins. Mais ils avaient trois ans de différence et, surtout, leurs pères ne s'entendaient pas. L'espoir d'une réconciliation entre les deux frères ne s'était jamais concrétisé. De vraies têtes de bois ! Aussi têtus l'un que l'autre, tous deux rêvant de renouer mais attendant que l'autre fasse le premier pas...

C'était si triste... Alors qu'ils auraient pu célébrer ensemble toutes les fêtes de famille depuis dix ans, rien. C'est à peine s'ils se saluaient de loin dans la rue...

Pour tenter de combler ce gouffre absurde et construire une fragile passerelle, Clara et Johann se voyaient de temps en temps. Loin des regards, pour ne pas donner prise aux ragots et éviter la colère de Wilhelm. Ils ressentaient le besoin de se parler. Ils se rencontraient donc en secret, dans des endroits isolés comme la Colina Sagrada ou les ruines espagnoles. Leurs rendez-vous n'avaient rien d'inconvenant. Rien de déplacé. Juste deux amis assis en silence, qui contemplaient le vol des oiseaux tout en s'imprégnant de l'émotion ambiante. Ils se savaient amoureux l'un de l'autre, mais ne l'auraient jamais formulé à voix haute.

S'il y avait une chose que Clara avait retenue en écoutant ses amies ou ses clients – car elle livrait maintenant ses produits dans toute la vallée –, c'est que l'amour se transformait en permanence. Telle la marée, il ne restait jamais statique.

Depuis dix ans, la jeune femme avait beaucoup appris sur elle-même, et cette connaissance lui avait fait voir Wilhelm sous un autre jour. Elle se demandait notamment comment elle l'aurait regardé s'il n'avait été qu'un vigneron rhénan comme les autres, sans désir de quitter la vallée du Rhin.

Le départ soudain et l'absence de Johann lui avaient fait prendre conscience de la grande place que son beau-frère tenait dans sa vie. Avec son humour, sa malice, ses histoires toujours intéressantes, c'était lui qui avait animé leurs soirées, apporté de la convivialité à leurs réunions, détendant l'atmosphère par son rire sitôt qu'il entrait dans la maison. Jakob et Wilhelm, à l'inverse, n'étaient que solennité et silence. C'était Johann qui avait apporté la gaieté dont elle avait tant besoin.

Johann parti, il avait à nouveau fallu arracher chaque mot à Wilhelm. Elle avait épousé un taiseux et s'en rendait compte à présent. Finalement, sa mère ne s'était pas trompée : leurs fiançailles avaient été trop courtes. Elle était tombée amoureuse de l'idée qu'elle se faisait de lui, et surtout de son rêve américain. Le rêve prenant forme, l'idéal s'était estompé pour céder la place à la réalité : celle d'un homme tranquille, aux besoins simples et peu nombreux. Elle l'aimait, oui, mais différemment désormais. D'une façon sereine et limpide. En revanche, un nouvel amour interdit et dangereux prenait corps en elle.

Un cahot fit tinter les bocaux à l'arrière de la voiture.

Quelle ironie de penser qu'elle devait sa petite entreprise à la Prohibition ! Le vin étant interdit, elle s'était dit qu'il leur fallait utiliser le raisin autrement : ils produiraient donc des confitures et des gelées ! Elle avait commencé trois ans plus tôt, modestement, dans sa cuisine, avec des bocaux stérilisés, des casseroles frémissant sur le feu et le livre de sa mère sous les yeux. Son amie Frieda avait été la première à lui proposer de présenter ses produits à la vente dans sa boulangerie, tandis que son mari en garnissait ses gâteaux et ses tartes. Le bouche-à-oreille avait fait le reste. La demande en confiture, gelée, marmelade, vinaigre doux et raisin Schaller avait explosé, au point qu'elle avait dû transporter sa petite industrie agro-alimentaire dans l'un des chais inemployés. Elle avait engagé des ouvrières mexicaines et parvenait aujourd'hui à dégager de confortables profits.

Elle aurait pu embaucher quelqu'un pour assurer les livraisons et prendre les commandes, mais elle aimait cette partie du travail. C'était autant une plage de liberté pour elle que l'occasion d'entretenir le lien social et de se faire de nouveaux amis. Après trois ans à sillonner les routes du comté, elle était devenue une figure familière de la vallée. Les portes des maisons lui étaient toutes ouvertes.

Les mots lui manquaient pour remercier Frieda de lui avoir mis le pied à l'étrier. Leur amitié lui était précieuse au-delà de tout. Avec le temps, elle devenait de plus en plus profonde.

Frieda la comprenait. Jamais elle n'aurait l'indélicatesse de lui demander, contrairement aux autres habituées des réunions dominicales, mères de six ou sept enfants : « À quand le prochain, chère Clara ? » Frieda ne jugeait pas et respectait le choix de vie de chacun.

Oui, à quand le prochain ? Elle aimerait tant ! Si seulement elle pouvait tomber une nouvelle fois enceinte avant ses trente ans, autrement dit avant l'année prochaine… Cela faisait trois ans qu'ils essayaient, tous les samedis soir, aussi ponctuels qu'un coucou suisse. Sans résultat. Elle s'était demandé si quelque chose ne fonctionnait pas bien du côté de Wilhelm, mais la femme du médecin lui avait dernièrement ouvert des horizons en expliquant lors d'une réunion que la position adoptée durant l'acte avait un impact sur la conception. Or Wilhelm était toujours sur elle. De son fait, à elle. Le sentir dans son dos quand il avait une érection éveillait en effet de trop pénibles souvenirs en elle. Elle se retournait systématiquement pour lui faire face. Mais elle devait bien se rendre à l'évidence : il n'en résultait rien, alors que la façon dont Sean O'Brien s'y était pris avait donné le petit Helmut. Ce constat l'obsédait, et ce qu'il impliquait la laissait tremblante, révulsée à la pensée de se donner de cette manière à son mari.

Elle se sentait tiraillée. Un enfant réjouirait tellement Wilhelm… Lui que la vie n'avait pas épargné. Jamais elle n'oublierait ce jour où elle l'avait trouvé, en pleurs, dans le pressoir. La veille, le shérif était venu les informer que, d'après la loi passée le 16 janvier 1919, l'alcool était désormais interdit aux États-Unis. Il se faisait tard et le dîner était prêt. Elle était partie à sa recherche. Ses lourds sanglots d'homme l'avaient touchée au plus profond d'elle-même. Elle avait couru vers lui et l'avait enlacé fort. Son rêve de vigneron partait en fumée.

C'est alors qu'elle avait eu une révélation.

« Wilhelm, tout n'est pas fini ! Cette loi idiote ne durera pas, c'est certain. En attendant, nous nous adapterons. Les Américains disent bien : " Si la vie te donne du citron, fais de la limonade. " Toi, tu as du raisin. Tu feras du jus ! Comme ça, tu pourras continuer à cultiver tes vignes, à utiliser le pressoir, et tu embouteilleras au domaine. Il n'y aura simplement pas de fermentation. »

Cela semblait trop simple, et pourtant, ça avait marché. L'idée avait fait son chemin. Wilhelm avait commandé une nouvelle ligne de bouteilles à une usine de San Francisco et fait imprimer de nouvelles étiquettes. Le domaine produisait dorénavant un jus de grande qualité qu'il distribuait dans tout l'État. Ils avaient aussi doublé leurs vendanges, car la demande en raisin de table avait explosé. Sur les marchés locaux, les grappes se vendaient comme des petits pains, à tel point qu'on soupçonnait les particuliers de fabriquer leur propre piquette chez eux.

Par ailleurs, la loi autorisait deux cents gallons de vin par famille au titre de la consommation personnelle. Wilhelm continuait donc à en produire. Et qui l'aurait blâmé s'il dépassait légèrement le quota et en faisait profiter amis et voisins ? De toute façon, les agents fédéraux n'étaient pas assez nombreux pour surveiller tous les vignobles du pays, sans compter qu'ils devaient aussi contrôler les distilleries de whiskey, de vodka et autres alcools.

La loi ne tiendrait plus très longtemps. Le mécontentement des consommateurs allait grandissant. On ne comptait plus les milliers de morts dues aux alcools frelatés ainsi que les blessures provoquées par l'explosion des alambics clandestins. Sean O'Brien lui-même avait sauté avec l'appentis où il distillait de la gnôle, derrière la mercerie. Kathleen et ses enfants avaient porté le deuil le temps exigé, puis elle s'était remise en ménage avec un homme qui avait investi dans sa boutique. Ils l'avaient agrandie, avaient diversifié l'offre, et maintenant ils prospéraient.

Pour Clara, la mort de Sean O'Brien avait mis un point final à un chapitre détestable de sa vie. Elle n'aurait plus à supporter sa présence dans quelque lieu que ce soit, au temple ou au magasin – même s'il n'avait plus jamais eu de geste déplacé.

Toute à ses pensées, elle eut néanmoins le réflexe d'écraser les freins quand une silhouette émergea soudain des buissons et traversa la route. Une secousse, et la voiture s'arrêta dans un hoquet. Persuadée d'avoir heurté un animal, Clara descendit et fit le tour du véhicule. Rien. Juste un nid-de-poule. Mais alors qu'elle s'apprêtait à reprendre le volant, un gémissement lui parvint. Avait-elle blessé la bête ?

L'oreille à l'affût, elle contourna le bosquet en bordure de chemin et atteignit une clairière où se dressait une cabane faite de branchages et de broussailles, protégés par une vieille couverture. Le léger bruit venait de là. Elle se pencha et aperçut un tas de vêtements sous une courtepointe immonde.

Une forme bougea. Clara souleva la courtepointe et découvrit une fillette aux cheveux bouclés, lovée contre un homme apparemment endormi.

— Bonjour, petite, dit-elle. Tu vas bien ?

— Mon papa, il dort.

Clara s'arracha à la contemplation de ces deux immenses yeux pour porter son attention sur l'homme, dont elle chercha le pouls. Il n'y en avait pas, et il était glacé… D'une main tremblante, Clara prit le haut de la courtepointe pour lui en couvrir le visage. Puis elle arrêta son geste et préféra le border pour ne pas choquer la fillette.

Elle attira celle-ci hors de la cabane et s'agenouilla devant elle.

— Comment t'appelles-tu ?

À première vue, elle lui donnait trois ans, mais l'enfant était sous-alimentée et habillée d'une robe sale trop grande pour elle. C'était donc difficile à dire. L'ovale de son visage était délicat, et ses grands yeux sombres semblaient perdus.

Clara répéta sa question. Il y eut un froncement de sourcil concentré, puis la réponse :

— Choupinette.

Ah... Clara se dit que son père avait dû s'adresser à elle ainsi. C'était un terme plein de tendresse. Elle alla fouiller dans les poches de son pantalon avec l'espoir de trouver des papiers ou des photos avec des noms, mais ne trouva rien.

Elle ne pouvait décemment pas laisser l'enfant toute seule ! Il lui fallait l'emmener à Lynnville, chez le shérif, ne fût-ce que pour la déclarer et pour qu'il envoie des hommes s'occuper du cadavre. Peut-être pourrait-il l'identifier et trouver une famille d'adoption pour la petite ?

Elle prit la fillette dans ses bras et retourna à la voiture. L'enfant se laissa faire sans protester, serrant le cou de Clara en toute confiance, à croire qu'il était normal pour elle d'être emportée par des étrangers. Pendant tout le trajet, elle ne quitta pas la route des yeux.

La jeune femme prit la route du domaine. Quand elle poussa la porte de la maison, Helmut abandonna aussitôt son jeu de construction en bois pour se ruer vers elle.

— Maman !

Il s'arrêta net en apercevant la fillette dans les bras maternels.

— Oh ! Pauvre petite chose ! s'exclama Rosita tout en faisant la grimace devant la tignasse emmêlée et la robe raide de crasse.

— Je vais lui donner un bain et ensuite à manger, dit Clara, avant d'expliquer à l'intention de son fils : Voici une petite fille qui va rester avec nous jusqu'à demain. Et demain, nous irons en ville pour retrouver sa famille.

— Elle a perdu sa famille ? s'étonna Helmut.

Il se demandait du haut de ses quatre ans comment on pouvait perdre une famille entière.

Dans la salle de bains, Clara déshabilla la fillette. Elle était squelettique et avait bien besoin de se tremper dans le tub. Après l'avoir lavée et séchée avec douceur, Clara lui enfila une chemise de Wilhelm, dont elle boutonna le col et roula les manches. L'enfant se laissa faire du début à la fin sans dire un mot, son regard sérieux posé en permanence sur sa bienfaitrice.

À table, elle mangea avec une surprenante délicatesse, grignotant les tortillas, buvant son lait par petites gorgées, s'essuyant la bouche avec sa serviette. Helmut ne la quittait pas des yeux. Elle ne disait toujours rien.

Une fois le dîner débarrassé, Rosita se retira dans la petite pièce que Wilhelm avait aménagée à son intention après la naissance de Helmut, afin qu'elle puisse vivre à demeure et les aider avec le bébé. De son côté, Clara mit son fils au lit. Comme tous les soirs, ils dirent ensemble leurs prières, en allemand et en anglais. Puis, à l'aide de quelques oreillers bien gonflés et des couvertures, elle transforma le canapé du salon en un nid douillet, où elle coucha la fillette. Quand elle put enfin retrouver sa propre chambre, elle était épuisée.

Mais elle ne put trouver le sommeil pour autant. Il lui arrivait souvent de mal dormir quand Wilhelm partait en voyage d'affaires. Cette fois, cependant, elle s'interrogeait sur l'avenir de la petite dans le cas où le shérif ne retrouverait pas ses proches. Elle risquait de finir dans un orphelinat.

Clara se leva, jeta un châle sur ses épaules et s'approcha sur la pointe des pieds de la cheminée du salon, devant laquelle Jakob et ses fils avaient dormi dix ans plus tôt. Assise très droite, la fillette sondait l'obscurité. Quand elle l'entendit, elle appela :

— Papa ? Où est mon papa ?

Clara alluma une lampe, souleva l'enfant et s'assit dans le fauteuil à bascule, la petite confortablement installée entre ses bras.

Son papa n'était plus. Il avait l'air si jeune. Et tellement pauvre. La vie ne lui avait pas fait de cadeaux. Il en portait tous les stigmates. Pour combler les trous dans ses semelles, il avait doublé ses chaussures de papier journal. Dire qu'il était mort de faim dans une vallée où fruits et légumes poussaient en abondance ! Car la peau translucide et les yeux brillants de l'enfant ne laissaient aucun doute sur leur état de famine.

Le petit corps tiède se collait au sien, en épousant chaque creux comme pour mieux se fondre dans sa chaleur. Clara entonna sa chanson folklorique préférée. Portée par le mouvement du fauteuil, par la confiance de cet être fragile qui s'abandonnait contre elle, par ce chant envoûtant de séduction et de mort, la jeune femme sentit l'amour couler dans ses veines tel un vin enivrant. Au fil des couplets, l'évidence s'imposa. Le lendemain, elle signalerait au shérif le cadavre d'un homme trouvé dans le bois, mais elle n'évoquerait pas la fillette. Elle garderait ce petit ange envoyé par Dieu et l'appellerait Lorelei.

Décidément, le Seigneur donne ses enfants par les voies les plus inattendues et les plus mystérieuses, songea-t-elle.

— Maman ?

Debout dans sa chemise de nuit, Helmut l'observait depuis le seuil. Elle lui sourit et l'invita de la main à la rejoindre. Le garçonnet se trouva une place dans son giron et posa sa tête au creux de son épaule. De là, il pouvait contempler tout son soûl la petite fille qui occupait l'autre bras de sa mère. Clara ferma les yeux, relança le mouvement de bascule et reprit la *Lorelei*. Ses petits ne tardèrent pas à sombrer tous les deux dans le sommeil. Ses petits amours.

En plus de leur établissement, les Mueller possédaient désormais un service de taxi. Au début, c'était juste une navette destinée à amener leurs clients de la gare à l'hôtel, mais deux véhicules supplémentaires assuraient dorénavant n'importe quel trajet entre Lynnville et les fermes environnantes. Wilhelm était donc assuré de toujours trouver un taxi Mueller à la gare quand il rentrait de voyage. Ce dont il se félicitait, car cela épargnait à Clara de venir le chercher. Son chauffeur, ce jour-là, était d'humeur taciturne. Mais ce silence convenait parfaitement à Wilhelm, qui avait à penser.

Il avait hâte de raconter son voyage à Clara. Il rentrait avec de nouveaux contacts pour la distribution de ses produits frais et le conditionnement de son jus de raisin. Oui, du jus ! Il n'allait quand même pas sacrifier ses vignes à cause d'une loi idiote ! Du jus, du raisin de table, des confitures… Il conservait ainsi intact son héritage. Et il était fier de ce qu'il avait accompli, fier du succès de Clara, dont les produits se vendaient dans toute la vallée. Ils prospéraient, à l'image d'ailleurs de la communauté allemande de Lynnville, qui ne cessait de croître en nombre avec l'arrivée de nouveaux immigrés.

Ces dix dernières années avaient été bénéfiques. Incontestablement. Son père aurait été heureux de sa réussite. De celle de Johann aussi… Ce dernier s'en était très bien sorti – il ne pouvait le nier – et en plus, ce demi-frère bâtard avait toujours été le préféré.

Cela dit, maintenant qu'il était lui-même père, Wilhelm comprenait mieux ce qui avait motivé Jakob. Car sa plus grande fierté, sa gloire, restait son fils, Helmut. Il aurait bien voulu en avoir d'autres… Mais rien. Ce n'était pourtant pas faute d'essayer. Il accomplissait régulièrement son devoir conjugal, calendrier à l'appui, comme pour les récoltes. Mais tous les mois, c'était la même déception. Ça le troublait quand, autour d'eux, toutes les familles s'agrandissaient. Certaines comptaient jusqu'à dix enfants ! Un seul, ça commençait à devenir embarrassant. Certes, Johann n'en avait qu'un, lui aussi. Mais sa femme n'allait pas très bien et on disait qu'elle avait fait des fausses couches. Peut-être que tous deux étaient maudits. Ou que Dieu le punissait pour ce qu'il avait fait à son frère.

Il aurait tant souhaité pouvoir revenir en arrière et effacer ce qui s'était passé. La peine et la jalousie peuvent rendre un homme fou. Car cela se résumait à ça : un instant de folie. Si seulement ils pouvaient redevenir amis. Mais jamais son frère ne lui pardonnerait.

Le taxi passa à côté de la Colina Sagrada, dont la vision lui arracha une grimace. Il avait eu beau retourner la question de sa mise en valeur dans tous les sens, aucune solution ne lui avait paru viable. Ce lopin de terre pelé et stérile était une plaie pour son ego de cultivateur.

Arrivé devant la maison, Wilhelm fut immédiatement accueilli aux cris de « Papa ! Papa ! » par un petit bonhomme tout heureux, qui dévala les marches du perron pour se jeter sur lui.

Wilhelm le souleva de terre et l'étreignit de toute la force de son amour.

— Tu as été sage, mon fils ?

— Oui, papa.

Clara parut à ce moment-là, en tablier de cuisine. Wilhelm la dévora des yeux : ses cheveux châtains coupés court, ses mèches rebelles soulevées par la brise, la trace de farine sur sa joue... Qu'elle était belle ! Et si désirable...

Elle l'embrassa et envoya Helmut retrouver Rosita avant de se tourner vers lui.

— Il faut que je te dise quelque chose, chéri.

Elle le conduisit à la cuisine. Assise en silence à la table se tenait une fillette à l'air sérieux, une toute petite chose. Il ne la quitta pas du regard tandis que Clara préparait du café et lui servait une part de gâteau afin qu'il se restaure. L'histoire qu'elle lui conta était incroyable, et sa chute encore plus.

— J'ai donc téléphoné au shérif pour lui signaler l'homme dans les bois. Il va s'en occuper avec ses adjoints. Par contre, je ne lui ai pas parlé de l'enfant.

Il faillit en tomber de sa chaise. De son côté, la fillette demeurait silencieuse – ce qui ne cessait de l'étonner quand il songeait que Helmut n'avait pas fermé le bec depuis qu'il avait prononcé ses premiers mots.

— C'est une histoire très touchante, Clara, mais on ne peut pas la garder. Les autorités doivent être informées.

Il avait toujours respecté la loi.

— Imagine que sa mère la recherche désespérément ? ajouta-t-il.

— Si tu avais vu leur état à tous les deux quand je l'ai trouvée, tu saurais qu'il n'y a pas de mère dans l'équation. Ils étaient sans refuge, des vagabonds. Je doute même qu'elle ait des grands-parents. En fait, je crois que c'est le destin qui nous l'envoie.

Comme il sursautait, elle leva une main.

— S'il te plaît, écoute-moi jusqu'au bout. Si cette bête, en traversant la route devant moi, ne m'avait pas obligée à m'arrêter, jamais je n'aurais découvert cette enfant, et elle serait morte de faim à côté du cadavre de son père.

— Clara, tes superstitions...

— La Bible en est pleine, Wilhelm, ne t'en déplaise... Pourquoi tes croyances seraient-elles plus valables que les miennes ?

Pour Clara, il n'y avait pas de hasard, et un esprit avait bel et bien croisé sa route ce jour-là pour la mettre sur la piste de Lorelei.

— Clara, je ne céderai pas, répliqua Wilhelm en se levant. Cette fillette doit retourner chez les siens ou être confiée aux autorités. Je ne veux pas qu'on nous accuse de rapt ou de vol d'enfant.

Au pli de sa bouche, Clara comprit que le sujet était clos. Elle tenta un compromis :

— En ce cas, laisse-moi s'il te plaît enquêter d'abord auprès de nos voisins et de mes clients. Peut-être que l'un d'entre eux saura quelque chose. Laisse-moi un peu de temps avant qu'on ne la signale et qu'elle ne soit confiée à l'un de ces sordides orphelinats.

Wilhelm contempla la petite silhouette décharnée, ses grands yeux émouvants et sa peau translucide... Il sentit sa gorge se nouer.

— Très bien, concéda-t-il. Renseigne-toi. Mais si tu ne trouves rien, alors ce sera du ressort du shérif.

Sur ce, il alla défaire ses bagages et se débarbouiller, laissant Clara à ses pensées. Celles-ci s'étaient portées sur ces fameuses positions de l'acte d'amour favorables à la procréation. Lorsqu'elle était enceinte de Helmut, Wilhelm, en effet, ne pouvait rien lui refuser. Il lui aurait décroché la lune si elle le lui avait demandé... Ce qui lui restait à faire était limpide. Il lui faudrait juste serrer les dents et prendre sur elle.

Le lendemain matin, Wilhelm s'éveilla en érection, comme souvent. Elle se coula contre lui, lui présentant son postérieur. Il ne se fit pas prier deux fois et l'honora avec ravissement tandis qu'elle cachait ses larmes dans l'oreiller, au bord de la nausée. Quand tout fut fini et que Wilhelm s'endormit, elle ne bougea pas et adressa une prière au Ciel, jurant qu'elle s'infligerait cette torture jusqu'à ce qu'elle tombe enceinte.

Un mois plus tard, sa persévérance était récompensée. Et comme prévu, Wilhelm tomba à genoux devant elle, en disant :

— Tout ce que tu voudras, ma chérie. Lorelei peut rester avec nous.

Adam Newman pédalait de toutes ses forces, indifférent à l'explosion de fleurs qui l'environnait en cette belle journée d'avril. Il avait une nouvelle fantastique pour sa mère et avait dû ronger son frein toute la journée au lycée avant de pouvoir sauter sur son vélo, dont les roues ne tournaient pas assez vite à son goût. Elle allait être si contente !

Quinze ans, une mèche rebelle, un physique de toute beauté, une personnalité rayonnante et des succès sportifs impressionnants – il était le lanceur vedette de l'équipe de base-ball et leur meilleur coureur –, Adam Newman avait l'allure de celui à qui tout réussit. Pourtant, sa solitude était totale.

À cause de la maladie de sa mère – ce secret honteux qui n'en était plus un –, on le regardait avec pitié. À l'école, les autres se moquaient de lui. Le principal lui avait même fait passer un entretien avec un psychologue pour vérifier qu'il n'avait pas les mêmes penchants qu'elle. Il compensait en endossant le rôle du type hypersympa avec tout le monde, et en excellant dans tout ce qu'il entreprenait. Oui, il avait des copains. Mais ça ne valait pas les liens du sang. Les copains, ça allait et ça venait. Et puis aucun n'était vraiment bienveillant. Il les soupçonnait de le croire un peu fou, et il savait bien qu'ils l'aimaient surtout pour ses performances sportives. Ils l'entouraient, mais ne faisaient pas partie de lui. Pas comme des frères.

Il connaissait l'histoire de son père et de son oncle, de leur désaccord sur la façon de gérer le domaine. Son père avait préféré partir et son oncle l'avait mal pris. Maintenant, ils ne se parlaient plus. S'il avait eu un frère, ce genre de chose ne serait jamais arrivé entre eux. Mais voilà, malgré ses prières, il n'en avait pas eu, même pas une petite sœur.

En revanche, il avait des cousins : Helmut, douze ans ; Lorelei, dix ans ; et Billy, huit ans. Il les enviait de mener une vie normale, une vie de famille. Parfois, il avait l'impression que son père et lui étaient tout seuls. Son grand-père Arturo était mort d'une crise cardiaque, et la dépression de sa mère avait grandement empiré. Elle ne sortait plus de sa chambre. Même avant, du fait de ses sautes d'humeur, ils ne recevaient jamais de visiteurs. Pas de fêtes familiales ni de goûters d'anniversaire comme chez les Schaller… Cela l'attristait beaucoup, même s'il n'exprimait pas ses regrets à voix haute. Il adorait son père et n'aurait pas voulu le blesser en se plaignant, d'autant qu'évoquer ses cousins rouvrirait une plaie sensible chez lui. Son oncle Wilhelm avait vraiment exagéré dans cette affaire !

Le domaine n'était plus très loin. Il accéléra encore l'allure tant la nouvelle lui brûlait les lèvres. Il allait participer au concours de rédaction, dont le gagnant serait félicité par le gouverneur de Californie en personne ! S'il se présentait, c'était pour elle, pour que sa victoire la réjouisse tellement qu'elle ne tombe plus jamais malade.

Il sauta de son vélo, se précipita dans la maison, gravit quatre à quatre l'escalier et ne ralentit qu'une fois parvenu devant la porte de Feliciana. Il frappa, comme on le lui avait appris, mais n'attendit pas la réponse car il n'y en avait jamais.

— Maman ! Je t'ai apporté des fleurs. Elles sont belles, n'est-ce pas ?

Feliciana était dans son fauteuil habituel, près de la fenêtre. L'infirmière posa son livre et quitta la pièce pour leur laisser un peu d'intimité.

— Maman, tu ne devineras jamais ! Il va y avoir un concours de rédaction ! Et le prix, ce sera un déjeuner avec le gouverneur de Californie ! Tu imagines !

Il y aurait un gagnant par secteur scolaire, et chacun recevrait un trophée avant de se rendre à Sacramento dans un car spécialement affrété. Ils visiteraient le capitole de l'État et participeraient à un grand déjeuner informel avec le gouverneur. Adam ne mentionna pas ce qui se disait, à savoir qu'il s'agissait d'une tentative évidente pour détourner l'attention du public du récent krach boursier et de la panique qu'il avait générée. De toute façon, peu importait si cette manœuvre avait pour premier objectif de redonner confiance en l'Amérique et non d'éduquer les jeunes…

Pour que sa mère puisse mieux sentir le parfum des fleurs, il posa le vase près d'elle, à côté du *Saturday Evening Post* que Johann lui ramenait chaque semaine et qu'elle n'ouvrait jamais. Celui-là, en date du 12 avril 1930, n'avait pas échappé à la règle.

Adam s'activa dans la chambre, redressant un tableau, regonflant un oreiller, tout en lui racontant sa journée, comme il le faisait chaque jour. Il lui jetait parfois un regard en quête d'une réaction. Mais il n'y en avait aucune. Sa mère n'avait pas prononcé un mot depuis la mort d'Arturo.

Cela le crucifiait de la voir ainsi. Elle qui avait enchanté son enfance, l'avait câliné, choyé, lui avait lu des tas d'histoires. Elle, si vivante et extravagante, qui d'été en été se lançait dans de nouvelles activités : la broderie, la dentelle, la savonnerie… Il se souvenait encore des parfums d'amande, de lavande et de betterave qui avaient embaumé la maison cet été-là. Certes, elle ne menait jamais aucun projet à son terme, s'en détournant sitôt que l'ennui pointait. Quand il était tout petit, elle partait parfois voir sa tante à Monterey. Puis, un jour, son père avait décidé que ces visites devaient cesser. Adam avait alors appris la vérité sur la maladie de sa mère.

Les années passant, il avait constaté que les périodes de rémission raccourcissaient de plus en plus, et là, depuis treize mois maintenant, la dépression ne la quittait plus. Elle n'avait pas mis un pied hors de sa chambre depuis les obsèques.

Sa mère lui manquait. Sa mère l'étoile, la comète incandescente, la fée virevoltante. Elle ressemblait désormais à une chandelle éteinte. Il voulait que sa vraie mère revienne. Il trouverait un moyen.

— Je vais y aller, maman. Tu as besoin de te reposer.

D'un geste tendre, il lui remonta la couverture sur les genoux.

Quelle ne fut pas sa surprise quand une main translucide se posa sur son bras. Elle le regardait. Le regardait vraiment. Avec une étincelle dans le regard qu'il n'avait plus vue depuis longtemps. Et un sourire en coin ?

Il tomba à genoux.

— Maman…

C'était bien un sourire qui flottait sur les lèvres de Feliciana. La main se fit plus ferme sur son bras.

— Adam, mon tout-petit, dit-elle d'une voix rauque.

Il éclata en sanglots et cacha son visage dans le giron maternel. Les larmes coulaient, les sanglots l'étouffaient. Il se jura de ramener ce trophée à la maison, quel qu'en soit le prix.

— Mon fils, tu pourrais croire qu'assembler des vins n'est pas sorcier : on prend un vin, que l'on mélange avec un autre, et on obtient un breuvage qui tient un peu des deux. En vérité, l'assemblage est bien plus qu'un simple mélange, disait Johann à Adam.

Tous deux étaient assis à la paillasse du laboratoire de Johann, comme c'était leur habitude trois fois par semaine. C'est ainsi que Johann inculquait à l'adolescent les bases de l'œnologie. Adam était doué pour ça, attentif et posant souvent de bonnes questions. Mais ce soir il avait l'esprit ailleurs.

Devant eux s'étalait un impressionnant attirail scientifique, depuis les tubes et les pipettes jusqu'aux becs Bunsen. Tout ce qui servait à mesurer, analyser et améliorer les cabernet, syrah, chardonnay et zinfandel se trouvait là.

C'est que, contrairement à nombre de voisins qui avaient dû cesser toute production onze ans plus tôt du fait de la Prohibition, le domaine Ballerini avait pu continuer à faire du vin grâce à la confession religieuse de son propriétaire. En tant que membre éminent de la communauté catholique, Arturo avait signé un contrat avec l'archiépiscopat de Los Angeles afin de fournir du vin de messe au diocèse et à ses deux cents paroisses. Car la Prohibition n'interdisait pas la production d'alcool à destination religieuse. Johann avait donc pu poursuivre ses expériences en matière d'assemblages et serait ainsi en mesure de proposer de nouvelles variétés avant tout le monde quand cette loi serait abolie. En attendant ce jour, il initiait son fils au métier, lequel fils n'était guère concentré…

Il était tout à son concours.

Johann se félicitait de le voir si soucieux du bonheur de sa mère, mais il aurait voulu en même temps pouvoir rompre l'isolement et la souffrance d'Adam, si plein de sa douleur et de sa solitude qu'il ne remarquait même pas les filles qui se pâmaient à ses pieds !

— On arrête là pour ce soir, fiston. Je sais que tu as hâte de te remettre à ta rédaction, dit-il en lui ébouriffant les cheveux.

Comme il contemplait son fils adoré filer vers la maison, Johann repensa à sa rencontre avec Clara, la veille. Elle lui avait annoncé que Helmut s'était lui aussi inscrit au concours.

Quelle femme incroyable ! Non contente d'avoir recueilli une petite orpheline et accouché peu après d'un second garçon, elle menait son entreprise de confitures et de jus de raisin tambour battant. Elle avait fait construire en dur des hangars spécialement dédiés à la production et elle sillonnait les routes du comté pour ses livraisons, trouvant en outre le temps d'assister aux réunions de l'école et d'emmener ses enfants aux matchs d'Adam. Il la voyait aussi le dimanche au nouveau temple luthérien, en lisière de la ville. Au fond de lui-même, il souhaitait plus que tout que leur amour évolue à un autre niveau. Mais c'était un vœu qu'il devait enfouir. Feliciana avait besoin de lui. Son état déclinait de plus en plus. Il lui restait et resterait fidèle, et toujours attentionné. Mais il ne maîtrisait pas son cœur, ni l'ardeur de ses pensées.

Tout en se remettant au travail, Johann songea à Feliciana. On eût dit une coquille vide. Adam et lui partageaient cette croix. Mais son fils gardait espoir en une guérison… Johann ne pouvait le condamner pour ça. N'y avait-il pas cru lui aussi, au début ? C'était pour cette raison qu'il avait rapatrié Feliciana de Monterey, se disant qu'elle irait mieux dans un cadre familier et aimant. Il n'en avait rien été, et c'est seulement maintenant qu'il comprenait ce que les médecins avaient tenté de lui expliquer : l'état mental de sa femme ne correspondait à aucun spectre émotionnel normal. C'était une maladie. Et ce n'était pas tel ou tel cadre qui pourrait la faire disparaître.

Cependant, Johann ne la renverrait pas à Monterey pour autant. Il avait promis de prendre soin d'elle. Il le ferait, même au prix de la solitude.

De toute façon, le domaine occupait tout son temps. Avec cette dépression économique qui obligeait les gens à couper dans leurs dépenses alimentaires et à privilégier les légumes en conserve, la culture du haricot était plus prospère que jamais. Une fois encore, là où tant subissaient la dureté de la vie, lui s'emplissait les poches. Voilà pourquoi il autorisait les femmes et les enfants des journaliers à venir glaner dans ses champs au moment des récoltes. Et comme les engins modernes laissaient plus derrière eux que les vanneurs d'antan, les familles récoltaient dans leurs couvertures près de trois cents livres de haricots. Une manne, par les temps qui couraient.

Johann reporta son attention sur les gobelets et les pipettes devant lui. Et s'il assemblait un peu de vin de pêche avec du riesling ?

Dans la salle à manger, assis à la grande table en acajou qui pouvait accueillir jusqu'à douze convives, Adam se concentrait sur son devoir, un crayon mâchouillé coincé au coin des lèvres.

Il devait répondre à la question : « Que signifie être américain ? » La rédaction serait jugée sur son originalité, l'intelligence et la pertinence du propos, les recherches effectuées et, bien sûr, l'orthographe, la grammaire et la propreté du devoir. Adam employait de grands mots et de longues phrases. Il en écrivait des tonnes, noircissant plus de pages que le nombre demandé, au risque de multiplier les fautes. Il en appelait aux chansons patriotiques et à la statue de la Liberté…

Il aurait voulu impressionner les correcteurs. Mais il était anxieux. Il y avait tant d'autres candidats, bien meilleurs élèves que lui, de ceux qui étaient toujours loués par les professeurs. Il ne s'en appliquait que plus, car il écrivait pour sa mère.

Il placerait le trophée sur sa cheminée, bien en évidence, pour qu'elle le voie tous les jours et ne soit plus jamais triste.

Clara posa une main légère sur la tête de son aîné qui travaillait à la table de la cuisine, à qui elle venait d'apporter des biscuits tout chauds sortis du four. Qu'elle l'aimait donc, cet enfant ! Et dire que Dieu lui en avait donné deux autres, qui la comblaient pareillement. Elle était décidément bénie du Ciel.

D'autant que, malgré la morosité du contexte économique, leur situation florissait. Wilhelm parlait même d'abattre leur actuelle maison, tellement agrandie au fil des ans qu'on ne reconnaissait plus la bâtisse d'origine. Clara s'y trouvait bien pourtant, et soupçonnait son mari de vouloir rivaliser avec la demeure d'Arturo Ballerini. Quoi qu'il en soit, elle ne le contredirait pas, si le projet lui tenait vraiment à cœur. Il avait travaillé dur pour développer le vignoble Schaller, rachetant leurs parcelles aux petits vignerons mis en faillite par la Prohibition. Ainsi, lorsque la loi serait abrogée, ce qui ne saurait tarder, il serait à la tête d'un domaine deux fois plus vaste que celui acheté par Jakob. Or la terre, c'était le pouvoir. Clara était fière de lui.

Elle songea à Johann, qui prospérait lui aussi. L'orgueil blessé et la fierté mal placée faisaient décidément des miracles ! Ils s'apercevaient désormais tous les dimanches, depuis qu'un pasteur luthérien en visite chez des proches avait décidé de rester à Lynnville, cinq ans plus tôt. Leur communauté s'était aussitôt mobilisée pour construire un temple. Les offices étaient en anglais et en allemand. Clara et les siens s'asseyaient toujours d'un côté de l'allée, et Johann de l'autre, avec son fils et sans Feliciana – officiellement parce qu'elle était catholique, mais chacun connaissait la vraie raison. Clara échangeait alors de furtifs regards avec Johann, se nourrissant en silence de son amour. Mais entre les frères il n'y avait aucun signe de reconnaissance, même après dix-huit ans.

Helmut était concentré sur sa rédaction. Il devait répondre à la question : « Que signifie être américain ? » Clara songea qu'Adam y travaillait aussi. Adam Newman. Blond, athlétique. Un bel Américain, au nom américain. Il avait les mêmes yeux irrésistibles que son père. Elle avait mis un point d'honneur à emmener les enfants à ses matchs, même si elle ne comprenait rien au base-ball. L'adolescent se débrouillait apparemment très bien, à entendre les applaudissements que ses actions provoquaient. Une fois, il avait même été porté en triomphe par ses coéquipiers. Johann rayonnait de fierté. Elle en avait été heureuse pour lui.

Helmut, lui, ne s'intéressait pas au sport, ni à aucune activité physique. C'était un intellectuel. Elle l'aurait bien vu médecin, avocat ou pharmacien, comme son grand-père maternel. La musique ne l'attirait pas plus, comme l'avaient prouvé les leçons de piano avec Hilde Decker. Peut-être se tournerait-il vers la poésie et serait-il le prochain Schiller ou le prochain Goethe ? À moins qu'il ne marche dans les pas de Max Planck ou d'Albert Einstein. Tout était possible.

Toutefois, avant de savoir vers quoi s'orienter, il fallait connaître ses origines. Clara voulait que ses enfants soient fiers de leur héritage allemand. Elle leur avait lu, par exemple, les articles sur la découverte du buste de Néfertiti par l'archéologue Ludwig Borchardt. Et un jour ils iraient ensemble au musée égyptien de Berlin.

Wilhelm et elle parlaient souvent de retourner en Allemagne pour faire découvrir aux enfants leurs racines, mais le projet était toujours remis à « l'année prochaine ». Wilhelm avait quarante-deux ans, elle-même en avait trente-sept, et ses parents ne rajeunissaient pas. Il serait bon que « l'année prochaine » ne tarde pas trop.

Assise à la même table que son frère, Lorelei faisait ses devoirs. La fillette était restée menue et conserverait sans doute toute sa vie une silhouette gracile. Helmut l'adorait. Chaque année, le jour de son anniversaire – correspondant à celui où Clara l'avait trouvée dans la forêt –, il la traitait comme une princesse et lui réservait la plus grosse part de gâteau. Elle le suivait comme son ombre, mais cela ne le gênait pas, car il aimait être un héros. C'est du moins ce qu'il avait expliqué à sa mère. Il aimait aussi le fait d'avoir une sœur et un frère. Il se considérait comme leur chef et leur donnait souvent des ordres. Mais il les protégeait aussi, s'assurant notamment que personne ne les embête à l'école, comme lui l'avait été. Certains enfants s'étaient en effet moqués de son prénom allemand. Clara lui avait bien proposé de choisir un prénom américain – nombre d'enfants d'immigrés le faisaient –, mais il avait déclaré qu'on ne le forcerait pas à devenir Joe ou Tom. Son prénom faisait de lui quelqu'un de spécial.

Enfin, à l'autre bout de la table, le petit Billy s'efforçait de tracer ses lettres sans déborder de la ligne. Il portait le même prénom que son père, Wilhelm, mais tout le monde l'appelait Billy depuis qu'il avait commencé l'école. À les voir ainsi, absorbés par leur tâche, bien au chaud et à l'abri du besoin quand dehors la pluie tombait dru, Clara sentit une vague de contentement l'envahir. Si seulement Johann pouvait connaître le même genre de paix… Au moins avait-il Adam. Il en était si fier ! De Feliciana, en revanche, il ne parlait presque jamais. Elle aurait voulu combler ce vide en lui. Mais quelle femme pouvait être l'épouse de deux hommes ? Quelle femme le souhaiterait, même ?

Adressant une prière au Seigneur pour qu'il envoie un peu de réconfort à Johann, Clara alla aider son petit dernier avec ses lettres.

En ce dimanche de printemps, le soleil brillait, une brise légère soufflait agréablement, le temps était parfait pour un après-midi de pêche entre amis. Le groupe de jeunes s'était muni donc de tout le matériel nécessaire et se dirigeait vers une crique du Largo, tout en devisant sur les adultes et leur manie de leur dicter ce qu'ils devaient faire.

Helmut les laissait dire, trop préoccupé qu'il était par le concours. Les copies étaient à rendre pour le lendemain. Il aurait tellement voulu gagner. Il *devait* gagner ! Histoire de montrer aux autres qu'il était bon en quelque chose. Il en avait assez qu'on l'appelle « demi-portion » ou « avorton » à cause de sa taille. En sport, c'était toujours lui qui restait sur la touche. Il avait espéré qu'une fois ses douze bougies soufflées il grandirait d'un coup, mais non… Son cousin Adam n'avait pas ce problème, lui. Quel athlète !

Le fait de s'appeler Helmut n'aidait pas. Il n'y avait pas d'équivalent américain ou de façon d'américaniser le prénom comme pour Bartolmeu, son ami d'origine portugaise, dont le diminutif était Bart. De même, Giovanni, en italien, donnait John en anglais. Et avec deux lettres en plus, Sven, son ami suédois, était devenu Steven. Mais pour lui, rien. Helmut il était, Helmut il resterait.

Tout en accrochant un asticot à son hameçon, il se demanda s'il avait assez prié pour gagner ce concours. Car c'était bien ainsi que faisaient les adultes, non ? Ils passaient un marché avec Dieu. Mais Dieu acceptait-il ce genre de contrats avec un être aussi insignifiant qu'un enfant de douze ans ? Certes, il avait pour lui de ne pas être un grand pécheur, en tout cas, pas comme dans la Bible. Juste un petit mensonge par-ci, par-là à sa mère. Une fois, il avait copié sur son voisin. Il avait donc promis à Dieu de remédier à tout ça s'il gagnait. L'ennui, c'était de savoir s'il y avait pacte ou non. Comment procédait-on quand il n'y avait ni signature, ni poignée de main, ni aucun signe prouvant l'engagement ?

— Hé là ! Moumoutte !

Levant la tête, les jeunes pêcheurs aperçurent des adolescents à vélo menés par Adam Newman. C'était lui qui avait apostrophé ainsi son cousin Helmut. Ça faisait toujours rire ses camarades.

— C'est moi qui vais gagner ce concours et qui déjeunerai avec le gouverneur ! lança-t-il.

Helmut releva le menton. C'était injuste. Adam avait trois ans de plus que lui !

— Non, ça sera moi, tu verras, répliqua-t-il, loin de ressentir la confiance affichée.

Adam partit dans un grand rire.

— Les Newman sont meilleurs que les Schaller ! Tout le monde sait ça, Moumoutte. Tu sais, tu n'aurais pas dû t'embêter avec cette rédaction. Moi, j'ai écrit des pages et des pages. Je dirai bonjour de ta part au gouverneur !

Ses amis s'esclaffèrent et le groupe s'éloigna, hilare.

Helmut était fou de rage. Au point d'en avoir les larmes aux yeux. Il avait tant bataillé pour l'écrire, cette rédaction ! N'ayant aucune idée de ce que signifiait « être américain », il avait finalement rédigé trois pages qui reprenaient plus ou moins ce que leurs professeurs leur avaient expliqué sur la liberté, le fait de voter et d'avoir des droits inaliénables. Mais il n'avait aucune idée de ce que ça recouvrait réellement.

Malgré les poissons attrapés, son humeur demeura sombre jusqu'au soir. Alors que toute la famille était depuis longtemps endormie, il ruminait encore sa colère. Il était révolté. Ses amis ne l'avaient même pas défendu ! N'y tenant plus, il sauta au bas de son lit, attrapa son cartable, en sortit sa rédaction et en fit des confettis. À la lueur d'une chandelle, il prit une feuille blanche et rédigea d'une traite un devoir complètement différent. Ce qu'en penserait le jury ? Il s'en fichait. Il avait dit ce qu'il avait à dire et se sentait mieux.

Le jour des résultats, il faisait cependant moins le fier. Familles et élèves étaient présents sur la pelouse de l'école, attendant le verdict et la fin du discours patriotique déclamé par le directeur. Lui-même était accompagné de tous les siens. Si seulement il n'avait pas changé son texte à la dernière minute ! Il aurait voulu ne jamais être né.

Enfin, le proviseur annonça d'une voix de stentor :

— Et le grand gagnant est... Helmut Schaller ! Pour son originalité, sa hardiesse et sa concision.

Applaudissements. Cris de joie de son frère et de sa sœur.

Helmut restait pétrifié. Ainsi, Dieu passait bel et bien des marchés avec les enfants de douze ans.

Sous le regard envieux de ses camarades, et celui ulcéré d'Adam, il alla chercher son trophée et posa avec le jury. Le directeur lui souffla à l'oreille :

— Le jury a qualifié ta rédaction de hardie. Moi, je dirais : audacieuse.

Helmut était ahuri. En réaction contre ses camarades aux prénoms américanisés qui ne l'avaient pas soutenu, il n'avait écrit qu'une seule ligne : « Être américain signifie que votre famille vient d'ailleurs. »

Feliciana rêvait dans son sommeil : elle rêvait de son père. Son père quand il allait bien, avec sa grande moustache et son sourire généreux. Comme c'était bon de le revoir. En pleurs, elle se précipitait dans ses bras. Jamais elle n'avait connu pareille joie. Elle en irradiait. Et lorsqu'elle ouvrit les yeux sur l'obscurité de sa chambre, ce sentiment était toujours là. Avec elle, dans son cœur battant. Elle demeura allongée, tout sourire, emplie de bonheur.

Son père était venu la voir en rêve pour lui dire à la fois qu'il était heureux là où il était, et aussi qu'il était toujours à ses côtés, même mort. Il serait toujours là pour la protéger et s'assurer de son bien-être.

Son bien-être ? Oui, Feliciana ressentait un grand bien-être. Elle s'assit dans son lit et scruta la nuit. Son infirmière devait dormir dans la pièce adjacente, prête à bondir si elle avait besoin d'aide. Mais d'aide, elle n'aurait plus jamais besoin. Elle était guérie ! Tristesse et désespoir étaient derrière elle et ne reviendraient jamais.

Elle se leva d'un bond en se demandant par où commencer. Allait-elle réveiller Johann et lui faire l'amour ? Descendre lui préparer un petit déjeuner surprise ainsi qu'à Adam ? Adam adorait les pommes de terre rôties au piment. Et le poulet rôti aussi. C'était tellement américain ! Typique de ce qu'on servait à ses matchs de base-ball. En prenait-on au petit déjeuner ?

En tout cas, elle ne se recoucherait pas. Plus jamais. La vie bouillonnait en elle, comme si elle s'éveillait d'un trop long sommeil. Oui, un sommeil aux rêves étranges et aux visions déformées. Celles d'Adam, son fils chéri, qui lui apportait des fleurs, pleurait et lui parlait d'un concours du gouverneur. Comme il avait dû souffrir de son silence. Pourtant, elle l'aimait de tout son cœur, mais n'avait pu lui dire depuis sa prison intérieure. Allons, tout ça, c'était fini !

Sans un bruit, elle se faufila dans sa salle de bains, une pièce immense recouverte de marbre, avec une baignoire digne d'une impératrice romaine. Feliciana ferma la porte, alluma la lumière et se regarda dans le miroir.

Elle ne reconnut pas la créature hâve qui lui faisait face. Qui était cette personne si émaciée, aux yeux caves cernés de noir, à la chevelure striée de gris ? Cette apparence terne et cette chemise de nuit de grand-mère ne correspondaient nullement au rayonnement intérieur qu'elle ressentait. Comment les gens croiraient-ils à sa joie devant pareille mine ? Et ces cheveux… Elle avait quarante-trois ans et en paraissait soixante, alors qu'elle se sentait une âme d'adolescente !

Avec fébrilité, elle se mit à chercher dans les tiroirs sa poudre, son rouge à lèvres, son fard à paupières. À partir de maintenant, elle serait une bonne épouse et une bonne mère. Ils recevraient à nouveau et cette maison cesserait d'être une sorte de manoir gothique endormi.

Mais où donc les infirmières avaient-elles rangé ses produits de beauté ? Où étaient ses brosses et ses peignes ?

Ils commenceraient par donner une fête d'anniversaire pour Adam. Il inviterait tous ses amis. La vallée entière. Elle l'avait trop négligé…

Tiroir après tiroir, elle découvrait des pommades et des médicaments, des crèmes puantes destinées aux patients alités, des bandages et même… Oh mon Dieu ! Un bassin hygiénique…

Elle n'était pourtant pas si vieille ! Pas si malade ! Et Johann dans tout ça ? Depuis combien de temps n'avaient-ils pas fait l'amour ? Elle allait le retrouver sur-le-champ ! Ils pourraient essayer d'avoir un autre enfant ! Cependant, elle ne pouvait pas le rejoindre dans cet état et cet accoutrement.

Elle trouva enfin des sels de bain parfumés. Un flacon d'huile de rose. Un poudrier. Autant d'éléments, relégués dans le dernier tiroir, qui n'attendaient que le retour de leur propriétaire, une femme élégante. Elle allait se faire couler un bon bain, puis enfilerait une combinaison soyeuse avant d'aller surprendre Johann.

Ses doigts rencontrèrent quelque chose de froid et de métallique au fin fond du tiroir. Des ciseaux ! Ceux-ci lui arrachèrent un cri de ravissement. Cette tignasse de sorcière allait faire place à une coupe plus jeune !

Tout en coupant hardiment ses longs cheveux, elle imaginait les grandes fêtes qu'ils donneraient, et le bonheur qu'en retireraient les deux hommes de sa vie. Ils avaient tant à rattraper !

Quel jour était-on, d'ailleurs ? Quel mois ? Apparemment, c'était le printemps. Parfait pour une garden-party ! Il faudrait que Johann invite son frère et Clara. Il était temps de mettre fin à cette rivalité ridicule. Elle serait celle qui tendrait le rameau d'olivier. Celle par qui la paix reviendrait. Et cette réception serait le témoignage de leur réconciliation. Devant toute la vallée.

Dans le miroir, elle aperçut soudain la baignoire derrière elle. Et son bain chaud, alors ? Elle avait oublié de le faire couler ! Ciseaux en main, elle fit volte-face pour aller ouvrir l'eau, mais elle glissa sur le tapis de bain.

Un éclair de douleur lui arracha un cri. La tête n'avait rien. Elle était juste sonnée. En revanche, quand elle roula sur le côté, Feliciana vit la paire de ciseaux profondément enfoncée dans son ventre. La plaie saignait abondamment. Déjà, une grande fleur rouge maculait le blanc de sa chemise de nuit et le sang formait une flaque sur le dallage de marbre.

— Non, Seigneur, non…, murmura-t-elle.

Une faiblesse gagnait tous ses membres et bloquait dans sa gorge les appels au secours. Le froid l'envahissait et l'obscurité se refermait sur elle. Un sanglot amer lui échappa.

Elle comprenait à présent pourquoi son père lui avait rendu visite en rêve. Il attendait qu'elle le rejoigne…

Clara avait donné rendez-vous à Johann au saule pleureur, leur lieu de rencontre habituel, à l'abri des regards. Quand elle aperçut sa voiture sur le chemin, elle quitta l'ombre fraîche de l'arbre et alla à sa rencontre.

Johann avait maigri. Elle se lova contre lui aussi naturellement que s'il était son mari. Dans son cœur en tout cas, elle le considérait comme tel, l'aspect charnel en moins. Ils n'avaient jamais échangé de baiser. L'amour était simplement là, et il grandissait.

— Je suis si désolée, murmura-t-elle contre son cou.

Il la serra plus fort contre lui. Clara était venue aux obsèques de Feliciana, seule. Il avait perçu son chagrin à ses yeux embués. Quelle situation ! Il était veuf. Libre. Mais pas elle.

Il s'arracha avec douceur à leur étreinte.

— C'est bon de te voir, Clara.

— Comment va Adam ?

L'allure hantée et abattue de l'adolescent aux funérailles l'avait épouvantée.

— Je ne sais pas s'il s'en remettra. Ça le poursuit, tout comme moi. Penser à l'ampleur du désespoir qui l'a amenée à commettre l'irréparable… Se dire qu'elle a pris ces ciseaux…

La voix de Johann se brisa. Clara en avait la gorge nouée. Si seulement elle pouvait le consoler. Au moins, Feliciana était en paix. Mais pareils mots sonnaient creux à ceux qui souffraient de l'absence.

— Se tuer ainsi… Je n'aurais jamais dû faire chambre à part, même s'il n'était pas facile de dormir à ses côtés. Ou alors, elle aurait dû rester à Monterey… Elle ne s'y plaisait pas, bien sûr, mais elle serait encore vivante à l'heure qu'il est, et Adam aurait encore une mère.

— Tu as fait tout ce que tu pouvais, Johann.

— L'infirmière de garde s'en veut… J'ai essayé de lui dire qu'elle n'était pas responsable : on ne peut exiger d'une personne qu'elle veille huit heures d'affilée, en pleine nuit, quelqu'un qui dort. Pourquoi Feliciana n'est-elle pas venue me trouver ?

Il se mit à faire les cent pas dans l'herbe.

— Adam m'inquiète. Il est en révolte depuis qu'il a perdu ce concours. Il croyait que ramener le trophée guérirait sa mère… Quand on a trouvé son corps, il est entré dans une rage folle. J'ai beau lui expliquer que rien ne pouvait la sauver, il n'en démord pas. La colère et la haine le consument.

Johann se passa une main sur le front.

— Clara, je crains d'avoir mal géré tout ça. J'ai laissé mon ressentiment contre Wilhelm contaminer Adam et influencer son comportement envers votre famille. Je n'ai pas été assez sage, assez courageux pour tenter une réconciliation. Au lieu de ça, la fierté mal placée de leurs pères aura empêché les cousins de grandir ensemble. Pire, elle leur a appris à se méfier des autres. J'aimerais tant rattraper tout ça. Mais Adam ne veut rien entendre. Dès que je parle de vous, il hurle. Et il rend Helmut responsable de la mort de Feliciana… Je ne sais pas quoi faire.

— Ne te blâme pas, Johann. Comme tout fils, Adam avait le fol espoir de guérir sa mère, et sa mort est un terrible échec pour lui. Il n'est pas encore assez mature pour comprendre que ni lui ni Helmut, bien sûr, ne sont responsables de son suicide. Quant à la séparation de nos deux familles… Wilhelm agit de même avec ses fils. Il reste sourd à toute suggestion de rapprochement. Pour que la paix revienne, il faudrait que l'un de vous présente des excuses pour la dispute qui a eu lieu, mais je doute que cela arrive un jour.

Dispute ? Depuis longtemps, Johann se disait que Clara ne connaissait pas le fin mot de l'histoire. Visiblement, elle croyait que leur animosité reposait sur des mots malheureux…

Johann fut tenté un instant de lui dire la vérité. Mais non. Ce n'était pas à lui de lui révéler la sauvagerie dont son mari avait été capable.

Il s'assit sur la vieille planche posée face au fleuve où s'ébattaient les truites. Jamais il ne s'était senti si seul. Il avait perdu les siens dix-huit ans plus tôt. Clara aussi par la même occasion, même si elle ne lui avait jamais appartenu. Et voilà que Feliciana était partie et qu'Adam s'éloignait. Sa solitude était complète. Même avec Clara à ses côtés. Ou *justement* à cause de sa présence. Car elle ne serait jamais que temporaire.

Adam... Il ne perdrait pas son fils. Non ! Il allait se battre pour le remettre dans le bon chemin et il serait le meilleur père possible.

Clara posa une main réconfortante sur son épaule. La tristesse de Johann était évidente. Mais il survivrait. Il n'était pas du genre à se laisser abattre. Et elle ferait tout son possible pour l'aider. Elle comblerait le vide autant qu'elle le pourrait, le soutiendrait quand il en aurait besoin. Dans les limites imposées par son état de femme mariée.

Elle repensa à Jakob et à son secret. Elle commettait le même péché que lui, au sens où elle était mariée à une personne et en aimait une autre. Heureusement, la comparaison s'arrêtait là. Elle n'avait pas commis le péché de chair et c'était une ligne qu'elle ne franchirait pas, quelle que soit l'intensité de son désir et de son amour pour Johann. Jamais.

Adam frappa, comme on le lui avait appris, à la porte de sa mère, mais il n'attendit pas la réponse. Il n'y en avait plus eu depuis si longtemps. Et il n'y en aurait jamais plus. Il marqua un temps d'arrêt face à l'obscurité qui régnait dans la pièce, puis il entra. Il faisait froid.

— Maman, je t'ai apporté le dernier *Saturday Evening Post*. Je sais que tu aimes le lire...

Il posa le magazine sur la petite table ronde à côté du fauteuil vide de Feliciana. La couverture était soigneusement pliée, attendant d'être utilisée. Tombant à genoux, Adam y enfouit son visage comme il le faisait avant dans le giron de sa mère apathique. Les sanglots le secouèrent.

Il se sentait au bord de l'implosion. Il allait éclater en mille morceaux. Elle ne reviendrait plus, sa comète, sa fée adorée. Si seulement il ne lui avait pas parlé de ce concours ! S'il ne lui avait pas promis de le remporter ! Il l'avait trahie. Au moment de mourir, Feliciana savait qu'il avait failli.

L'air lui manquait. De ce désastre, il retenait deux choses : il n'aurait pas dû se vanter. Et il haïssait Helmut Schaller plus que tout. Désormais, il garderait pour lui ses sentiments et ses désirs. Il ne jouerait plus au petit coq. Et jamais il ne pardonnerait à Helmut Schaller.

Aujourd'hui

— La couleur me va bien ? J'ai peur qu'elle ne jure avec mes cheveux, demanda Michelle tout en contemplant son reflet dans la vitrine.

La jeune femme avait choisi un *dirndl* couleur acajou flamboyant.

— Elle va très bien avec tes cheveux *et* ton teint, la rassura Nicole avec un sourire, sachant pertinemment combien son amie aimait porter cette tenue folklorique.

Les Eberhardt jouaient à fond la carte de la tradition, à la pâtisserie comme en dehors. Joe, par exemple, faisait partie d'un club de yodler qui se produisait en costume tyrolien à la Petite Allemagne, le week-end.

— À ce propos, j'aime beaucoup ta tenue, dit Michelle avec un regard en coin sur la robe d'été jaune canari de Nicole. J'aimerais bien pouvoir porter des choses aussi décolletées et élégantes, mais j'ai trop de monde au balcon ! Au fait, comment se porte M. Newman ?

Attablées à leurs places attitrées dans la pâtisserie, les deux jeunes femmes dégustaient un café accompagné de gâteau aux prunes.

— J'ai appelé Lucas hier soir. Son père refuse d'aller à l'hôpital malgré l'avis du médecin. Du coup, ils vont engager une infirmière à domicile. Je m'en veux, je n'aurais jamais dû aller là-bas, Michelle. Nous aurions pu nous voir dans un endroit neutre.

Depuis la veille, la nouvelle s'était répandue comme une traînée de poudre. La vallée ne parlait que de ça : la crise cardiaque du vieux Melvyn. Mais ce qui intriguait le plus les gens, c'était la présence d'une Schaller chez les Newman. Sans parler de l'affaire du squelette. Le journal local avait titré : *Un meurtre épouvantable en lien avec une querelle de famille.*

— Ils en savent plus que moi, apparemment, dit Nicole en désignant l'édition posée sur le comptoir.

La presse à scandale – papier et Internet – avait aussi fouillé dans la vie de Big Jack et évoqué en long et en large sa période à Las Vegas. Pas de preuves, juste des insinuations, mais rien n'y manquait : les dettes, les liaisons, l'argent versé aux maris ou pour des avortements.

— On ne peut pas leur en vouloir, à ces pauvres journalistes. Tu as un squelette. Il manque un cousin aux Newman. Le lien est vite fait.

La vie est vraiment étrange, songea soudain Nicole. Hier, je n'avais rien à faire avec les Newman, et là, nous voilà impliqués jusqu'au cou dans cette affaire.

Elle avait beaucoup pensé à Lucas depuis deux jours et aurait voulu en savoir plus sur son parcours. Michelle lui avait rappelé que Karen Newman, sa mère, vivait désormais à Hawaï. Son départ dix ans plus tôt avait défrayé la chronique à Lynnville. Lucas avait alors dix-sept ans. D'après Michelle – qui le tenait de la coiffeuse –, Karen en avait assez de ce mariage avec un homme de dix-neuf ans son aîné. Et si elle était restée aussi longtemps, c'était uniquement pour son fils. Du jour où ce dernier avait quitté la maison pour ses études, elle était partie. Jamais elle ne s'était faite à la vie à la campagne. Elle n'avait même pas intégré le Women's Service Club, dont l'accès lui était garanti pourtant de par son mariage avec un Newman. Elle était demeurée l'étrangère. Nicole se souvenait d'une femme svelte et élancée, élégante. Une étrangère, en effet.

— Mais sinon, tu tiens le coup, toi ? demanda Michelle.

La jeune femme percevait sans peine le stress de son amie.

— Je n'ai pas le temps de me poser la question. J'ai plein de trucs à régler avant mon départ et je ne vois pas les jours passer. Tout est suspendu aux résultats de l'enquête. Je me demande si la police a les moyens d'aller plus vite...

— Attends, c'était avant-hier que vous découvriez le squelette, et l'affaire remonte à Mathusalem !

— Peut-être, mais ils ne me garderont pas ma place indéfiniment, à New York. Je dois conclure cette vente sans attendre.

Elle jeta un œil à sa montre, fébrile. Elle attendait la fin des rendez-vous matinaux de M. Gilette pour aller le voir. Apparemment, il avait trouvé de nouvelles lettres de Clara Schaller destinées à sa petite-fille. La jeune femme se demandait si elle partagerait leur contenu avec Lucas – elles contenaient peut-être de quoi attiser encore plus l'antagonisme familial.

— Les lettres de ton arrière-grand-mère t'intéressent tant que ça ?

— En toute franchise, j'espère y trouver un détail qui permettrait à la police d'avancer.

— Ma chère petite fille, commença Michelle en prenant l'accent allemand, les pluies printanières nous promettent des vendanges exceptionnelles cette année. Au fait, un meurtre a été commis dans le chai et j'ai aidé à cacher le cadavre dans le mur...

— Arrête, ce n'est pas drôle : j'ai promis que je serais à mon poste le 1er novembre, avant que ne débutent les achats de Noël. Même si la vente ne se conclut pas, je t'assure que j'y serai, quoi qu'il arrive. J'ai donné ma parole, Michelle ! Ça me rend dingue, tout ça !

C'étaient deux choses que Michelle adorait chez Nicole : sa loyauté envers la parole donnée et sa détermination. Elle ne lâchait rien. N'était-elle pas allée à l'université contre l'avis de Big Jack ? Bon sang, l'explication de gravure entre ces deux-là quand elle lui avait annoncé son intention de s'inscrire à la fac ! Michelle s'en souvenait encore... Pour autant, cela n'avait pas empêché Big Jack de donner une immense fête pour la remise de diplôme de sa fille.

Le regard de cette dernière se porta sur les produits Schaller qui étaient proposés à la vente dans la pâtisserie : confitures, gelées, sirops… Quelle ironie du sort… Elle n'en récoltait absolument aucun penny, son père ayant vendu cette branche très lucrative de la société après d'énormes pertes de jeu à Las Vegas.

— Au fait, j'ai vu tes Canadiens, ce matin. Ils semblaient ravis à l'idée d'acheter ton domaine. Je les ai entendus parler de transformer le chai en une sorte de pièce des mystères, qui ferait partie d'un grand tour.

L'information fit frémir Nicole. Cette réputation en train de naître n'avait rien de très glorieux pour le domaine Schaller. Sans compter qu'il y avait aussi cette histoire de Beretta… Elle devrait tôt ou tard en informer la police. D'autant qu'elle avait une petite idée sur sa localisation possible. Le problème, c'était juste qu'elle n'était plus entrée dans le bureau de son père depuis sa mort, et que c'était moins facile qu'elle n'aurait cru.

— Tu n'es pas obligée de vendre, tu sais, lui dit soudain Michelle. Big Jack n'est plus là. Tu n'as plus rien à fuir.

— Si. Il est encore là et le sera toujours. Je sais que ça paraît fou, mais je continue à lui parler ; je me dispute avec lui… Michelle, je suis toute seule dans cette maison et je crie encore sur mon père ! Jamais je ne me sentirai libre, ici. Je dois conquérir ma liberté ailleurs. Et puis, je suis vraiment excitée par ce boulot à New York.

— Je sais. Je suis contente pour toi.

— J'ai plein d'idées. Ils me donnent carte blanche sur la création et l'innovation. Ça va être à la fois génial et stimulant.

Michelle songea qu'il ne tenait qu'à Nicole de mettre cette créativité et cette innovation au service du domaine familial et de restaurer ainsi sa gloire passée. Mais elle se contenta de dire :

— Tu me manqueras.

— Toi aussi... Oh, avec tout ça, j'ai oublié de te demander comment s'était passé le rendez-vous d'hier avec ton spécialiste de Santa Paula.

Michelle jeta un coup d'œil aux clients qui venaient d'entrer. Ils étaient pris en charge par les vendeuses du comptoir.

— Eh bien, nous avons la possibilité de procéder par aspiration. Puisque Joe ne peut fournir ce qu'il faut de la façon habituelle, ils vont chercher directement le sperme là où il est, par stimulation électrique ou par vibration. Tu imagines combien c'est mortifiant pour lui. Motus et bouche cousue, hein ? Notre entourage ne sait rien, et surtout pas ses beaux-frères... Je continue à leur dire à tous que nous consultons pour moi.

Une pareille preuve d'amour rendait Nicole très humble. Elle souhaitait pouvoir vivre un jour une relation de cette qualité. Ça aurait pu se faire avec Danny, l'avocat de Santa Barbara... Elle-même n'aurait su dire pourquoi elle avait décliné sa demande en mariage. Certes, il y avait le côté repoussoir d'une union avec une autre famille de l'aristocratie locale. Elle aurait étouffé. Mais c'était surtout qu'il n'y avait pas vraiment d'étincelles entre eux. Or elle croyait au grand amour, celui qui donne des ailes et vous met en feu au moindre attouchement. Un amour si profond et passionné que l'absence est une torture. Avec Danny, ils vivaient le quotidien plan-plan d'un couple en deuxième partie de vie. Ce qui lui avait mis la puce à l'oreille, notamment, ça avait été la réaction de Michelle, un jour qu'elle lui parlait des qualités de Danny :

« Mon Dieu, tu me décris un labrador ! »

Tout était dit. Danny n'était pas pour elle.

Un nouveau coup d'œil à sa montre lui indiqua que c'était l'heure. M. Gilette et grand-mère Clara l'attendaient.

Lucas passa discrètement une tête par la porte pour voir comment allait son père.

Melvyn était assis dans son lit, en train de lire la dernière édition du *Wine Spectator*. Le septuagénaire à la crinière blanche et aux allures de boucanier avait l'air en forme. Cet homme, son modèle, qui lui avait appris à différencier le bien et le mal, à respecter les femmes, à privilégier l'honnêteté et la justice dans ses relations avec les autres, cet homme lui était plus cher que tout.

Lucas entra et alla s'asseoir sur le lit.

— Ne me refais plus jamais ça, Pa.

— T'inquiète, fiston, le rassura Melvyn en retirant ses lunettes.

— Pourquoi as-tu hurlé comme ça sur Nicole ?

— C'est une Schaller.

— Elle ne nous a rien fait. En plus, elle quitte la vallée...

Lucas observa son père un instant.

— Cette histoire de squelette t'a ébranlé, Pa : je suppose que tu as peur d'avoir à annoncer une mauvaise nouvelle à tante Sofie. Mais ne tirons pas de conclusions hâtives. La police enquête.

Dommage que les archives dentaires du cousin Jason ne puissent aider : un coup de masse avait pulvérisé les dents du squelette au moment de la démolition du mur.

— Je sais, fiston, je monte parfois dans les tours. Mais c'est le privilège du grand âge... Désolé de t'avoir causé du souci. Ça ira très bien, je t'assure. Je serai sur pied pour presser la première vendange. Que donnent les chardonnays ?

— Ils sont prêts. Mais tu es sûr que tu ne veux pas voir un spécialiste avant ?

— Un spécialiste, tu parles ! Ces messieurs sont de plus en plus spécialisés et s'y connaissent de moins en moins. Je sais que tu t'inquiètes pour moi, Lucas, mais je suis solide. Tout ira bien. Et nous avons une partie d'échecs à finir.

— C'est vrai... Bon, je vais faire un tour au labo pour voir si les équipes font le boulot comme il faut.

— Tu sais bien que oui, fiston. On n'a jamais eu de collaborateurs plus fidèles et plus motivés.

Lucas quitta son père à contrecœur, ne pouvant s'empêcher de penser que le vieil homme lui cachait quelque chose.

De son côté, Melvyn regrettait que son fils, si entier de caractère, consacre toute son énergie au travail. Lui-même ne s'était marié qu'à trente-neuf ans, avec une femme de presque vingt ans sa cadette, laquelle lui avait déclaré, le jour où elle avait eu quarante et un ans, être encore jeune et mériter une seconde chance dans la vie. Qu'aurait-il pu dire ? Toute jeunette, elle s'était entichée de lui. Et lui, riche propriétaire terrien, avait été flatté par cette attention et avait sauté sur l'occasion de fonder une famille. Ils n'avaient pas grand-chose en commun hormis Lucas, et elle avait toujours détesté la vie à la campagne. Il ne lui jetait pas la pierre. Mieux, il lui décernait des palmes pour avoir tenu le coup aussi longtemps par amour pour son enfant. Grâce à son sacrifice, Lucas avait eu une enfance normale.

Rétrospectivement, il s'étonnait même que Karen ait pu faire si bonne figure pendant toutes ces années. Car elle savait bien qu'il ne l'aimait pas réellement. Il avait eu un autre amour dans sa vie. Une femme qu'il aimait toujours… Cet amour malheureux faisait partie intégrante de lui et avait rendu impossible tout nouvel attachement profond.

C'était peut-être cette authenticité dans l'engagement amoureux que recherchait Lucas. Son fils avait eu son lot d'aventures, dont certaines plus sérieuses que d'autres. Mais aucune n'avait abouti et rien ne se profilait à l'horizon. Or il avait la responsabilité de perpétuer le nom.

Une secrétaire escorta Nicole dans le bureau de M. Gilette, absent pour l'instant. Nicole prit place, et son attention se trouva focalisée sur le brouhaha de la rue et du Largo tout proche. Il faisait beau. Les touristes profitaient des derniers jours estivaux. Bientôt, ce serait la Fête de la bière. Pour la première fois depuis des décennies, il n'y aurait pas de stand Schaller à l'événement. Cette idée emplit la jeune femme de tristesse, lui donnant presque envie de s'excuser auprès de tous ses ancêtres.

Sur ces entrefaites, M. Gilette fit son apparition. En cherchant dans les archives familiales la trace de travaux pouvant permettre de dater l'emmurement du cadavre, il était tombé sur de nouvelles lettres, qu'il tendit à Nicole.

La jeune femme remarqua l'empreinte d'un trombone, au même endroit que pour la lettre de l'autre jour. Elles venaient donc du même paquet. Or, grand-mère Clara avait annoncé une chronique épistolaire... Nicole se serait bien plongée tout de suite dans sa lecture, mais elle se contint. Mieux valait être seule, chez elle. Elle leva les yeux sur son notaire.

— Monsieur Gilette, la police m'a informée que la balle retrouvée dans le crâne provenait d'un Beretta neuf millimètres. Mon père en possédait un, et je ne sais pas ce qu'il en a fait. Cela vous évoque-t-il quelque chose ?

L'homme de loi secoua la tête.

— En ce cas, il est peut-être dans son bureau...

— Nicole, vous devez le dire à la police, lui conseilla M. Gilette, même s'il comprenait sa réticence ainsi que le retentissement que cette information aurait dans la presse. Voulez-vous que je regarde pour vous ?

Elle le remercia d'un sourire.

— Merci beaucoup, mais je dois trier ses affaires de toute façon. Je vous tiendrai au courant.

Elle enfourna la correspondance de Clara dans son sac et sortit. Une fois dans sa voiture, elle fut cependant incapable de mettre le contact. Elle ne pouvait attendre plus longtemps : elle ouvrit une lettre et parcourut fébrilement les premières lignes. Oui, elle devait en informer Lucas, ça le concernait autant qu'elle.

Elle l'appela sur son portable. Il décrocha dans la seconde.

— Le notaire m'a donné d'autres lettres. C'est important.

— Hum. Très bien. Mais ce n'est pas une bonne idée que tu viennes au domaine. Si jamais mon père te voyait...

— Retrouvons-nous ailleurs.

— Je ne peux pas lâcher le boulot, là.

— Comme tu veux. Mais il s'agit de ta famille à toi aussi.

— OK, je suis au labo, derrière le chai, finit-il par lâcher.

Lucas attendait Nicole avec un brin d'impatience. Il avait du travail et doutait que cette histoire de lettres soit si importante que ça. Il était homme à regarder vers l'avenir, et non vers un passé moisi que tout le monde s'était donné beaucoup de mal à enterrer.

Cela dit, il y avait peut-être dans ces lettres de quoi élucider le mystère du squelette. Une fois l'affaire résolue et les fantômes retournés à leur repos éternel, il ferait ses bagages et prendrait la direction d'un petit coin de désert en Arizona, où personne ne connaissait la querelle Schaller-Newman.

Nicole s'engagea sur la route menant au domaine. Par curiosité, elle avait visité leur site Internet. La salle de dégustation et le restaurant présentaient très bien sur les photos. Le site listait aussi les différents prix remportés par l'exploitation. Ils étaient nombreux comparés à ceux du domaine Schaller – et encore son père et son grand-père n'avaient-ils récolté que des récompenses locales, décernées principalement en mémoire de Wilhelm Schaller. En revanche, leur exploitation était plus grande. À une époque, elle avait même été la plus vaste du monde.

Nicole se gara à côté des voitures, des limousines et du bus, et suivit le sentier dallé qui contournait le chai – un bâtiment aux allures de mission catholique, très romantique. De la musique douce et des bribes de conversation s'échappaient de la salle de dégustation. À l'arrière s'étendaient des rangs de vignes à l'infini.

Soudain, Lucas jaillit de la serre, un bâtiment tout en longueur, à l'écart. Il portait une blouse blanche, et le contraste était frappant avec la décontraction de la tenue qui apparaissait en dessous – chemise, jean et bottes de cow-boy. Presque déstabilisant. Quand il vit la jeune femme, il fronça les sourcils comme lorsqu'il avait déboulé chez elle, deux jours plus tôt.

Pas de poignée de main ni de salutations cordiales. Aucun des deux, visiblement, n'était content d'être en présence de l'autre.

— J'espère que c'est important, lâcha-t-il avec brusquerie. Il y a une nouvelle lettre, donc ?

En son for intérieur, toutefois, Lucas appréciait la robe d'été presque décolletée de Nicole. Ce jaune lui allait bien et il n'avait pas l'habitude de la voir ainsi, cheveux au vent et dos nu.

— Dr Newman ? Un appel pour vous.

Une jeune femme en blouse l'appelait depuis la porte du laboratoire. Une étudiante ?

Comme il faisait volte-face et se dirigeait vers la serre, Nicole le suivit, bien décidée à ne pas rester plantée là, dehors, à attendre. Elle fut impressionnée par la modernité de l'installation et le nombre de techniciens qui y travaillaient – sans nul doute à l'élaboration d'un nouveau cru champion. Des vitres séparaient la partie laboratoire de la serre, où des gens s'activaient autour de divers plants, à différents stades de croissance. Le matériel de pointe affichait toutes les informations utiles, comme l'alcalinité et la composition des sols. Apparemment, des expériences étaient faites y compris concernant d'autres climats que celui de la vallée du Largo. Ces notions n'étaient pas étrangères à la jeune femme, mais ce qui la surprenait, c'était l'échelle et l'étendue des tests pratiqués ici.

Certes, Lucas avait obtenu un doctorat en viticulture et œnologie à l'université de Californie de Davis, mais jamais elle n'aurait imaginé qu'il employait ses connaissances à autre chose qu'à l'assemblage de nouveaux crus.

Un poster de la Terre vue de l'espace avec le slogan *Nous n'avons qu'une mère. Traitons-la avec respect* lui rappela qu'au lycée il avait activement milité en faveur de l'écologie. Cette cause lui tenait toujours à cœur, à en juger par les coupures de presse et les courriers d'associations engagées éparpillés sur le bureau, en complet désordre.

Il y avait aussi la photo d'une grande et souriante blonde dans un élégant *muumuu* hawaïen. La mère de Lucas. Elle-même ne se souvenait plus trop de la sienne, hormis le fait qu'elle était gracile et avait la voix douce.

— Très impressionnant, dit-elle en désignant la serre une fois que Lucas eut raccroché.

— Envahissant serait plus juste. Je me demande parfois si je ne suis pas trop ambitieux. Certains jours, je doute. Mais... Pendant longtemps, j'ai cherché ce que je pouvais accomplir par moi-même, une chose dont je serais totalement à l'initiative. Parce que ces vignes, ce domaine me sont tombés tout cuits dans le bec. Or aucun homme ne souhaite ça. Quand j'aurai cent ans, sur mon lit de mort, je veux être sûr d'avoir laissé mon empreinte sur cette terre !

Nicole n'en croyait pas ses oreilles. Elle aurait pu tenir le même discours !

— Bon, reprit-il, apparemment un peu gêné de s'être livré. Et si on en venait à l'objet de ta visite ? Je n'ai pas beaucoup de temps.

— Dis-moi, Lucas, est-ce que je t'ai personnellement offensé ou bien la grossièreté est-elle une tradition familiale ?

— Excuse-moi. Mais cette histoire me stresse. Un inspecteur est passé ce matin pour nous interroger sur mon cousin disparu, mais mon père n'était pas en mesure de le recevoir et, moi, je n'étais qu'un gamin à l'époque. Il va donc revenir. Et, franchement, mon père n'a pas besoin de ça.

— Je suis désolée. Il va mieux, n'est-ce pas ?

— Il se repose.

Tout en parlant, Nicole ne pouvait détacher son regard du laboratoire. Quand Lucas le remarqua, il l'invita à s'asseoir à la table de travail.

— Nous faisons des expériences sur des rhizomes capables de pousser en terrain aride et salin.

— Vraiment ?

— Oui. En Californie, presque deux millions d'hectares de terres agricoles sont des sols salins. Notamment de vastes régions viticoles. Notre but est d'exploiter des rhizomes tolérants au sel afin de développer des marqueurs moléculaires conférant cette propriété aux allèles. Jusqu'à maintenant, aucun marqueur de ce type n'a été défini pour la vigne dans les parutions scientifiques.

— Vous travaillez à partir de quels rhizomes ?

— Le riparia gloire, l'un des premiers porte-greffes utilisés après la crise du phylloxera en Europe. Il prend bien et résiste au phylloxera, mais ses racines sont vulnérables aux vers. Nous expérimentons aussi sur des ramsay et thompson, sans pépins, et sur du colombard. Chacun de ces cépages est testé en lui-même, mais aussi greffé avec du pinot noir. Car il ne faut pas se voiler la face : la sécheresse frappe durement notre industrie, et rien ne laisse penser que ça s'améliorera. Nous devons nous adapter en développant, entre autres, une vigne plus résistante à la chaleur et moins gourmande en eau. Parce que, n'en déplaise aux sceptiques, il y a bel et bien un changement climatique en cours sur notre planète. Comme tu le sais, on vendange maintenant plus tôt en France. Pas le choix. On doit s'adapter.

— Voilà qui est très louable, dit Nicole, un peu dépassée par toutes ces considérations techniques.

— Écoute, Nicole, toi et moi avons commencé sur de mauvaises bases, c'est vrai, et j'en suis désolé. Cette histoire de squelette tombe mal, c'est tout.

— Je croyais que c'était suite à mon refus de te vendre le domaine.

— Oh non, pas spécialement... Je suppose qu'il y a une clause testamentaire, n'est-ce pas ?

— Tout juste. Mais l'offre venait de toi ? Je croyais que c'était ton père.

— Mon père n'est pas intéressé par vos terres.

— Je m'étais dit...

— Que nous voulions apposer le sceau des Newman sur le domaine Schaller et supprimer ainsi un concurrent du marché ? Non. En fait, ce qui m'intéresse, c'est la Colina Sagrada.

— Quoi, tu veux acheter No Man's land ?

— C'est comme ça que vous l'appelez ?

— Que *je* l'appelle, depuis que je suis petite. Mais pourquoi vouloir un bout de terre aussi misérable ? C'est inexploitable.

— C'est justement pour cette raison que je veux l'acheter.

Elle réfléchit un instant.

— À cause de sa salinité !

— Exact. Le microclimat et les sols de cette colline ressemblent à ceux d'un désert en miniature. Je pourrais y mener des recherches impossibles à faire dans ce labo.

— Si seulement tu étais venu m'en parler. Je suis sûre qu'on aurait trouvé un arrangement.

— Avec *notre* passif familial ? Ça ne m'aurait jamais traversé l'esprit !

Le silence s'installa entre eux, léger, fragile, ponctué par les bruits du laboratoire.

Cette atmosphère studieuse et inspirée parut soudain romantique à Nicole. Romantique, un labo ? Allons donc, ma fille ! Tu es venue lui montrer la lettre de grand-mère Clara. Rien d'autre.

— Tu as le temps pour un tour en voiture ? demanda Lucas en se levant pour retirer sa blouse.

— Un tour ? J'étais venue pour les lettres, répondit-elle avec un regard sur sa montre.

— On les regardera là-bas.

— Là-bas ?

Ils montèrent dans la Jeep Wrangler de Lucas, lequel laissa le toit ouvert pour qu'ils puissent sentir le vent dans leurs cheveux et le soleil sur leur peau.

Dans les champs, l'heure était à la citrouille. D'ici quelques semaines, Farmer Joe ouvrirait ses portes au public, et les familles viendraient choisir la citrouille qu'elles sculpteraient à l'occasion de Halloween. Cela marquait le début d'une saison de fêtes pour la vallée : d'abord celle des vendanges, puis la Fête de la bière, Halloween, Thanksgiving, et enfin Noël ! Autant dire qu'il y avait de l'excitation dans l'air !

Lucas jeta un coup d'œil à Nicole, dont les mèches arboraient des reflets roux à la lumière.

— J'ai entendu dire que tu avais trouvé un poste dans une entreprise de cosmétiques, sur la côte Est.

— Oui, c'est vrai. Apparemment, mes idées les intéressent… Tu te dis probablement que les cosmétiques, c'est frivole, hein ?

— Pas du tout, rétorqua-t-il, surpris.

Nicole se tut, un air contrit peint sur le visage. Il avait raison : pourquoi l'accusait-elle sans savoir ? À moins qu'elle ne lui ait prêté des pensées qui étaient en fait les siennes…

La voiture pénétra dans le vignoble Schaller. Les hautes vignes étaient chargées de fruits attendant d'être vendangés. La Jeep s'engagea sur de petits sentiers de terre qui slalomaient entre les pentes couvertes de rangs à l'infini. Les camionnettes des vendangeurs étaient déjà positionnées, prêtes à l'emploi. Enfin parut la colline herbeuse bordée de ce curieux bout de terre ingrate, qualifiée de maudite par le grand-père Wilhelm – un vocable repris ensuite par chaque génération de Schaller, à l'exception de Nicole. La jeune femme avait toujours été sensible à sa beauté.

— Nous y voilà, dit Lucas.

— Mon père m'a toujours dit que ma famille avait tenté en vain de l'exploiter. Ça n'a jamais rien donné.

— Les Canadiens sont-ils sérieusement intéressés par le domaine ?

— Plus que jamais.

— Penses-tu qu'ils me vendraient la Colina Sagrada ? Ou bien me loueraient la terre ? Elle ne leur servira à rien.

— Ne crois pas ça. Mme Macintosh trouve l'endroit très romantique et veut en faire une étape de sa visite touristique du domaine. En plus, je ne sais pas trop comment elle réagirait à l'idée d'avoir une expérimentation agricole sur ses terres.

La déception de Lucas était palpable. Et Nicole la partageait, maintenant qu'elle avait découvert le scientifique passionné derrière l'image d'égoïste et de rapace transmise par Big Jack. Elle ferma les yeux et écouta le vent souffler sur ce sol tant décrié. Aussi pelé soit-il, il méritait le respect. Comme toute création divine.

Pour une raison qui lui échappait, elle ressentait une pointe d'envie à l'encontre de Lucas. En lien avec cet endroit.

— Tu voulais me montrer les lettres, alors…

La voix du jeune homme la ramena sur terre.

— Ah oui… M. Gilette en a trouvé neuf de plus. Je n'ai lu que celle-ci. Tiens.

Lucas se plongea dans la lecture de la lettre sous l'œil attentif mais discret de Nicole. Il était bel homme et sûr de lui. S'ils s'étaient rencontrés sans rien connaître l'un de l'autre, elle aurait été séduite, indéniablement. Il y avait des aspects très sympathiques chez lui, et puis, ils partageaient un lien de famille – même lointain – et surtout un héritage centenaire.

Ils avaient beaucoup en commun, finalement. Tous deux étaient enfants uniques, n'avaient plus leurs mères et avaient grandi avec leurs pères.

— Écoute ça, dit Lucas. « Tu t'es confiée à moi, ma petite-fille chérie. Il n'est que justice que ce soit réciproque. Sache que j'ai gardé enfouis tout un tas de secrets, même lorsque tu me racontais ta peine et que tu me demandais conseil. Des choses que tu devrais savoir. Les temps sont durs et je crains que le conflit ne brouille les esprits et n'exacerbe les émotions. Newman et Schaller n'ont plus les idées claires. Il est temps que cette guerre cesse. » De quelle guerre parle-t-elle, Nicole ? De la rivalité entre nos deux familles ?

— La lettre datant de 1965, je pensais à la guerre du Vietnam, peut-être.

— Les années soixante, c'était aussi l'époque des grandes grèves dans la vallée. Certaines ont été sanglantes.

— Tout ce que j'en connais, je l'ai appris dans les livres. Mes grands-parents n'en parlaient jamais et mon père n'était qu'un enfant. Tout ce dont il se souvenait, c'étaient des heurts aux piquets de grève.

— Il me semble que mon grand-père, Adam Newman, a joué un rôle prépondérant à l'époque. Mon père a dû l'épauler. Mais il n'évoque jamais cette période non plus. Pas très glorieuse, j'imagine.

Le silence se fit dans la voiture. Nicole contemplait la Colina Sagrada. Lucas pourrait-il vraiment faire pousser quelque chose ici ? Soudain, l'espoir et l'excitation l'envahirent. Les mêmes qu'elle avait perçus dans la voix du jeune homme quand il parlait de son projet.

Si elle avait su… Dire qu'elle avait refusé tout net son offre d'achat, y compris celle concernant une portion seulement du domaine, ne voulant pas continuer à fractionner l'exploitation comme Big Jack l'avait fait. Il faudrait qu'elle se renseigne pour savoir si elle pouvait lui vendre la Colina Sagrada malgré la promesse de vente déjà signée.

— Je dois rentrer, dit-elle.
— Moi aussi.
Il lui rendit la lettre.
— Je terminerai la lecture de tout ceci quand j'aurai le temps, et s'il y a quoi que ce soit qui puisse intéresser ta famille ou bien l'enquête, je t'avertirai. D'ici là, je dois mener à bien une mission qui ne m'enchante guère : retrouver le pistolet de mon père... Ça me mine. Je déteste les armes à feu. Elles me font peur. Et ce qui me fait encore plus peur, c'est l'idée que son arme puisse être celle du crime.
Lucas l'observa sans rien dire. Nicole cherchait l'arme qui accusait potentiellement son père... Pas facile, en effet. En plus, comme l'affaire concernait peut-être son cousin, il se sentait impliqué.
— Veux-tu que je t'aide à la retrouver ?
Aussi surprise par sa proposition que par le soulagement et la gratitude qui l'envahissaient, elle accepta.
Ils retournèrent au labo, où Nicole récupéra sa voiture, puis, chacun dans la sienne, ils se rendirent chez elle.
— C'est par là, dit Nicole en le guidant vers une porte close qui donnait sur le hall d'entrée.
À voir l'hésitation de la jeune femme et la façon dont elle retenait son souffle, Lucas comprit combien cette démarche lui coûtait. D'une main moite, elle ouvrit la porte. Une odeur de renfermé et de cigare les assaillit. Elle avait beau s'y être préparée, le poids des souvenirs la fit chanceler.
— Ça va ? s'enquit Lucas en la soutenant d'une main.
— Ça va.
Faisant fi des visions d'anniversaires, de petits déjeuners, de bulletins scolaires rapportés avec fierté et d'encouragements prodigués par Big Jack, elle entra. Ce n'était rien qu'une pièce. Quatre murs, une fenêtre, une cheminée. Des étagères. Un canapé et des fauteuils assortis. Un tapis. Des œuvres d'art aux murs.
Rien qu'une pièce. Pas de quoi avoir peur.
Elle n'avait jamais compris la colère de son père. Il pestait en permanence contre la vie et son injustice. Était-ce parce qu'il aurait voulu des garçons ? Un jour, elle lui avait envoyé

en pleine figure qu'elle n'y était pour rien si elle était fille unique et qu'il ne pouvait s'en prendre qu'à lui-même.

Elle se dirigea vers le bureau pour y commencer ses recherches. Sur la table était posé un cadre en argent avec la photo d'un jeune adolescent en train de serrer la main d'un notable. D'après les habits, le cliché avait été pris dans les années trente. À l'arrière, une inscription indiquait : *Helmut et le gouverneur de Californie.*

L'examen des tiroirs, des meubles à plans et des étagères ne donna rien. La jeune femme était mal à l'aise. À passer ainsi les affaires de Big Jack en revue – stylos, agrafeuse, bloc-notes, papiers –, elle avait l'impression de le trahir. Elle fouinait dans sa vie privée.

— Ton père avait-il un coffre ? demanda soudain Lucas.

— Oui, derrière ce tableau.

Le problème, c'est qu'elle n'avait aucune idée de la combinaison de chiffres qui l'ouvrait. Elle entra la date d'anniversaire de son père, celle de sa mère, leur date de mariage. Mais non…

— Essaie *ta* date d'anniversaire, suggéra Lucas.

Étonnant ! C'était la bonne ! À l'intérieur, des lettres, des papiers et une collection de pièces anciennes côtoyaient une boîte en bois – celle d'un Beretta neuf millimètres. Nicole ne respirait plus.

Elle plaça la boîte sur le bureau, à la lumière, et l'ouvrit. L'arme brilla d'un reflet métallique. Tous deux la contemplèrent en silence, conscients de l'énormité du moment. Oublié le nouveau boulot à New York. Oubliées les recherches en viticulture. Que diable s'était-il passé dans ce chai pour qu'un homme prenne la vie d'un autre ?

Nicole fut tentée, l'espace d'un instant, de replacer l'objet là où ils l'avaient trouvé et de mettre un mouchoir sur tout ça. Mais Lucas finit par dire, avec une certaine gravité :

— Si tu veux, je peux le déposer au poste de police.

Elle prit le temps d'admirer ses traits virils et ses yeux de velours qui auraient fait se pâmer n'importe quel public féminin au cinéma.

— J'irai, souffla-t-elle. C'est à moi d'y aller.

Le téléphone les fit sursauter. C'était l'inspecteur Quinn. Il appelait pour communiquer les résultats de l'autopsie, et Nicole mit le combiné sur haut-parleur.

— La victime est une femme, madame Schaller. Une jeune femme, sans doute d'une vingtaine d'années.

Nicole perçut le soulagement de Lucas. Pour les Newman, l'affaire était close.

— Il y a autre chose, poursuivit Quinn. La cavité pelvienne indique qu'elle était enceinte.

Quatrième Partie

1943

— Ces sandwichs sont délicieux, madame Schaller. Vous avez un don, vraiment.

Tout en disant cela, la jeune Fay Reed scrutait la salle d'un regard pénétrant. Elle repéra enfin Bill Schaller, de l'autre côté de la piste de danse, beau comme un dieu dans son uniforme. Sa décision fut prise sur-le-champ : ce soir, elle tomberait dans ses bras.

— Merci, lui répondit Clara, qui savait pertinemment que la jeune femme de vingt-quatre ans ne venait pas là pour ses sandwichs.

Normalement, ces bals étaient censés offrir aux jeunes mobilisés l'occasion de se changer les idées, de se divertir en dansant avec des jeunes filles endimanchées au son d'un orchestre. Fox-trot et jitterburg avaient les faveurs du moment, et boissons et nourriture étaient gratuites. La guerre ne devait pas franchir la porte de la salle…

La nuit d'été était chaude et l'on étouffait malgré les ventilateurs et les fenêtres grandes ouvertes. La soirée avait lieu dans la salle communale de Lompoc, près de Camp Cooke, l'une des bases de l'armée. Avec l'approbation de tous les habitants, l'endroit avait été transformé en espace culturel pour les soldats en attente d'affectation. Projections de films, concerts, bals, salle de lecture, salon de thé... Les activités étaient multiples et animées par des jeunes femmes bénévoles dont la mission était de remonter le moral des soldats.

Ce soir, Clara, Frieda et leurs amies chaperonnaient l'événement. Après toutes ces années, elles continuaient à se réunir chaque dimanche, même s'il y avait eu quelques changements. Leur âge, déjà. Elles avaient toutes la quarantaine, voire la petite cinquantaine. Et puis, Mme Mueller mère était morte. Sa fille Mathilda demeurait néanmoins une fidèle des rendez-vous dominicaux. D'où sa présence ce soir, pour donner de son temps aux soldats.

Les bonnes âmes n'étaient pas en reste de dévouement. Les deux filles Eberhardt, par exemple, avaient apporté aux appelés des pâtisseries pour leur rappeler « les saveurs bien de chez eux ». Certaines, cependant, n'étaient présentes que pour se dénicher un mari. C'était le cas de Fay Reed.

La jeune femme avait des idées bien arrêtées sur la question. Contrairement à sa mère, elle n'avait aucunement l'intention de tomber dans les bras du premier venu. Être à la merci d'un loser qui vous plaquerait sitôt obtenu ce qu'il voulait ? Non merci. Elle visait la stabilité et une vie à l'abri de tout besoin. L'amour n'entrait pas en ligne de compte. De toute façon, il n'apportait que déception et désillusion. Elle faisait donc son marché parmi les militaires revenus du front, ou ceux qui attendaient leur affectation, avec des critères bien précis en tête. Étaient exclus : les pauvres sans perspective d'avenir, les ambitieux et les fortes personnalités – car elle ne voulait pas d'un homme qui puisse penser par lui-même –, et les officiers – car ils étaient militaires de carrière et il était hors de question que l'armée dirige sa vie. L'élu devait répondre à ses objectifs de sécurité. Et ce serait Bill Schaller junior.

Nouvelle venue dans la région, Fay avait mené une discrète enquête et en avait beaucoup appris sur lui. Il s'appelait en fait Wilhelm junior mais préférait Bill. Il avait une sœur, Lorelei, et un frère, Helmut, qui combattait dans le Pacifique. Mais surtout, il hériterait d'un domaine viticole prospère, qu'il gérerait avec son frère une fois la guerre terminée. Tous les deux avaient de grands projets d'extension.

Elle avait loué un vélo pour se rendre compte par elle-même de l'étendue du vignoble. Les yeux lui en étaient presque sortis des orbites quand elle avait vu les rangs de vignes à perte de vue. Elle avait aussi remarqué les produits Schaller dans toutes les boutiques de la vallée, et les barriques de vin chargées à la gare. Une famille riche, donc. Très riche. Avec beaucoup d'hectares, beaucoup d'employés, une belle maison blanche… et un fils timide qui rougissait à chaque fois qu'elle lui souriait.

Au départ, elle avait identifié une autre cible potentielle : Tom Gilette, le fils du notaire, étudiant en droit. Mais il s'était avéré que Tom avait beaucoup de personnalité. Trop pour qu'elle puisse le manipuler. Bill, lui, ne verrait rien venir. Il était comme un poisson ferré que l'on ramène à soi.

Et puisque son choix était fait, il ne servirait à rien d'attendre. Elle mettrait son plan à exécution dès ce soir.

— Vous avez une chevelure magnifique, madame Schaller. Comment arrivez-vous à ce résultat à faire pâlir d'envie un mouton ? dit-elle tout en sirotant un Coca tiède.

Clara répondit par un sourire en demi-teinte. On ne savait jamais si les compliments de la jeune femme étaient du lard ou du cochon. Lors d'un autre bal, elle avait déclaré à Clara, vêtue d'une robe verte : « Le vert est si difficile à porter, vous ne trouvez pas ? J'admire les femmes qui ne s'embarrassent pas de mode. »

Clara la soupçonnait d'appartenir à cette catégorie de demoiselles persuadées d'être à la pointe des tendances et de la modernité. Fay ne cessait de répéter que le salon de coiffure de sa mère à Santa Maria ne désemplissait pas et qu'il fallait prendre rendez-vous des semaines à l'avance. Clara en doutait fort. De fait, elle trouvait que tout, chez cette fille, semblait faux et infatué.

Dans la réalité, Fay avait grandi dans des villes encore plus petites que Lynnville. Très tôt, elle avait décidé de s'en sortir et de ne pas finir comme sa pauvre mère, qui n'arrivait pas à joindre les deux bouts, ne s'était jamais mariée et avait eu son lot de compagnons décevants. Lorsqu'elle avait appris qu'une nouvelle base se construisait près de Santa Maria, elle s'était dit qu'elle tenait là son ticket gagnant. Fay était déterminée à épouser un homme riche. Car à force de voir défiler les hommes de sa mère, elle en avait conclu que ceux-ci ne pouvaient servir qu'à une seule chose : se mettre à l'abri du besoin. On se mariait pour avoir un endroit correct où vivre et de la nourriture sur la table. Mais elle voulait plus. Elle voulait de l'argent sonnant et trébuchant, un statut social et la sécurité. Des enfants, si vraiment il fallait en passer par là… Mais plus que tout, Fay voulait être acceptée dans un groupe, faire partie des bons clubs, de l'élite, être accueillie en tant qu'égale. Ça, c'était son rêve.

Sa mère avait un cœur d'artichaut, incapable d'éconduire les ploucs, sempiternelle victime toujours abandonnée à la fin. Cela dit, elle ne lui jetait pas totalement la pierre. Lorsque les temps sont difficiles, les gens sont amenés à faire des choix idiots. La crise des années trente avait obligé beaucoup de foyers à se contenter du minimum, voire moins. Cela avait été leur cas. Combien de fois sa mère avait-elle pleuré de ne pouvoir mettre plus dans leur assiette qu'une conserve de haricots ? Leurs vêtements venaient de la boutique de l'église. Elles mangeaient à la soupe populaire. Le salon de coiffure périclitait. Alors Ruth Reed ramenait des hommes à la maison. Mais n'avait-elle eu que ce choix-là ? Savait-elle que sa fille devait caler sa porte avec une chaise, la nuit ?

Le problème, c'était que Ruth opérait sans discernement. Fay était née de père inconnu et avait tôt appris comment on appelait les enfants comme elle : des bâtards. Sa mère elle-même n'aurait su dire qui était son père, car elle sortait avec plusieurs petits amis à l'époque.

Quand Fay avait eu entre douze et quatorze ans, tout ça l'avait rendue folle furieuse. Même une gamine de dix ans savait qu'on ne ramenait pas des hommes de passage à la maison en espérant qu'ils prendraient soin de vous ! En plus, elles n'arrêtaient pas de déménager. À cause des dettes, des loyers impayés, des hommes violents. Mais le changement de lieu avait aussi quelque chose de compulsif chez Ruth Reed…

Elle faisait monter Fay dans sa vieille voiture, s'arrêtait dans une petite ville, dégotait un garni misérable et un travail dans un salon de coiffure, un café ou une laverie, et elle lui promettait qu'elles resteraient là, qu'elles se poseraient. Fay se prenait à espérer, se faisait des amies, puis, un jour, les hommes bizarres réapparaissaient. Et bientôt, elles levaient le camp.

Ruth avait une âme de bohémienne, le besoin d'être sans cesse sur la route, même quand elle avait un emploi stable, de quoi payer le loyer et remplir le garde-manger. C'était comme un appel. Et de cet appel Fay ne voulait plus rien savoir, car si c'était dans les gènes, alors elle pouvait en avoir hérité, et ça l'effrayait au plus haut point.

Elle avait dix-sept quand elle avait cru apercevoir quelle direction prenait sa vie. Il s'appelait Roddy et il avait le don de faire rire les autres. Généreux, avec un côté jeune malgré ses trente ans, et une beauté sauvage. Toutes les filles de Victorville en étaient folles, mais c'était elle qu'il avait élue, qu'il emmenait boire à la fontaine de soda, faire un tour dans sa voiture et qu'il exhibait tel un trophée durement gagné. Elle avait découvert que l'amour pouvait être viscéral et tout consumer. Elle pensait à lui nuit et jour, croyait mourir en son absence. Le bonheur ? Fay en découvrait le sens quand elle le voyait. Elle s'était donnée à lui, corps et âme, virginité en tête.

Ils faisaient des plans, prononçaient des serments, imaginaient un avenir. Elle lui donnait l'argent de ses baby-sittings et lui avait même offert les boucles d'oreilles en strass que sa mère aimait tant. Du jour au lendemain, il avait disparu. D'après sa logeuse, il avait pris la tangente sans payer le loyer, et avec son argenterie. Fay avait pleuré pendant un an. Sa mère l'avait emmenée dans une autre ville et lui avait répété qu'elle oublierait Roddy, qu'il y en aurait d'autres.

Ces mots l'avaient épouvantée. Au lieu de la réconforter, ils lui avaient ouvert les yeux sur une terrifiante réalité : bien involontairement, elle avait reproduit le schéma maternel. Ce jour-là, elle avait compris qu'il lui fallait couper les ponts et poursuivre ses propres rêves, c'est-à-dire la sécurité financière et l'enracinement.

À dix-huit ans, elle avait mis ses maigres économies en commun avec celles de quatre amies et quitté Oakley, Californie, pour Lynnville, où elles trouvèrent bien vite une maisonnette à louer et une foule de petits boulots à faire. Fay avait décroché un emploi dans un salon de coiffure, comme shampouineuse et assistante, c'est-à-dire qu'elle passait aussi la serpillière, veillait aux stocks et à la propreté des lieux. C'était des conditions dures et précaires, mais les filles ne perdaient pas de vue leur récompense : les mobilisés de Camp Cooke.

Fay avait donc jeté son dévolu sur le riche Bill Schaller. Une fois qu'elle l'aurait correctement harponné, elle n'avait aucune intention d'informer sa mère de l'événement. Sa présence au mariage serait de toute façon des plus embarrassantes.

— Regardez-moi ça. Elles en ont, du toupet, celles-là ! lança Fay en montrant la porte d'un mouvement de la tête.

Clara leva les yeux. Deux jeunes femmes semblaient hésiter à l'entrée de la salle. Elles étaient soigneusement maquillées et portaient des jupes et des chemisiers colorés, qui mettaient en valeur leur beauté et leur teint. Après avoir étudié la foule un instant, elles s'entre-regardèrent et tournèrent les talons.

Elles avaient dû remarquer l'homogénéité de couleur de peau parmi les présents. Il n'y avait personne d'origine mexicaine à ce bal. Clara eut envie de leur courir après pour leur dire qu'elles pouvaient rester sans problème, qu'elles étaient les bienvenues. Mais parfois, un geste gentil met mal à l'aise… Elles refuseraient certainement, préférant finalement aller dans une cantine mexicaine et danser au son des mariachis. C'était ça, les préjugés : l'instinct poussait à se raccrocher au connu et au familier. Cela dit, les unions mixtes entre hommes blancs et femmes mexicaines étaient acceptées – mais jamais l'inverse. Si des soldats mexicains entraient ici et courtisaient des jeunes blanches, ce serait l'émeute, songea Clara.

La cassure n'était pas seulement raciale, elle était aussi culturelle et économique. Dans la vallée, la terre, l'argent et le pouvoir appartenaient aux propriétaires blancs. Les immigrés d'Amérique latine travaillaient comme saisonniers ou domestiques. Leurs enfants, surtout les filles, quittaient l'école vers douze ans pour aider leur famille. Ils travaillaient dur, plus dur même que leurs patrons, et pourtant, la pauvreté les poursuivait. Une belle ironie quand on songeait que cette terre était la leur, avant la guerre perdue par le Mexique contre les États-Unis en 1848. Les frontières avaient bougé, mais les populations étaient restées. Comme en Europe. Qui sait quelles lignes la nouvelle guerre en cours allait modifier cette fois sur le Vieux Continent ?

L'orchestre entama un boogie-woogie.

— Je vais me lancer sur la piste, histoire d'éliminer ce beurre que vous avez si généreusement tartiné sur le pain ! dit Fay à Clara.

Avait-elle conscience que ses compliments n'en étaient pas ? se demanda cette dernière en la regardant s'éloigner. Elle aurait aimé lui accorder le bénéfice du doute, mais la jeune fille avait clairement des vues sur Bill et cela rendait Clara méfiante. Son petit doigt lui disait qu'on ne pouvait pas lui faire confiance et que ce n'était pas une femme pour son fils. Elle priait de tout son cœur pour que Bill ne l'épouse pas dans la précipitation, comme cela se passait souvent en temps de guerre. Si la charte des hôtesses bénévoles interdisait de se focaliser sur un soldat en particulier, les accointances étaient inévitables. Des couples sérieux s'étaient d'ailleurs formés ces derniers mois. Mais cela n'avait rien à voir avec celles qui, comme Fay Reed, venaient chasser le mari en profitant de la solitude et de la vulnérabilité de ces soldats loin de chez eux.

Avec son large visage, plutôt quelconque, et sa silhouette trapue, la jeune femme n'était pas particulièrement séduisante. Et puis, elle avait un regard de prédateur que Clara n'aimait pas. Elle savait que son fils ne verrait rien venir. Il avait trop bon fond. C'était la cible idéale pour les escrocs et les croqueuses de diamants.

Clara poussa un soupir et se remit à tartiner les tranches de pain tout en gardant un œil sur la foule et ses enfants. Lorelei l'avait accompagnée ce soir. Elle faisait actuellement tapisserie à côté de la plante en plastique. Sa fille si belle. Elle était grande et déliée, gracieuse aussi, et avait conservé cette allure éthérée et irréelle qu'elle avait petite. La tenait-elle de sa maman inconnue ou bien de la malnutrition initiale ? Depuis toujours, elle était différente des autres filles : tranquille, introvertie, le regard souvent perdu dans le vague. Sa beauté avait beau être frappante, elle n'attirait pas les hommes. Certes, ils la dévoraient du regard, mais aucun n'osait jamais l'aborder, si bien que Clara se demandait si sa fille de vingt-trois ans se marierait un jour.

Son regard glissa jusqu'à Bill, adossé nonchalamment contre un mur, les bras croisés. Grand, beau, c'était tout son père, sauf pour l'implantation des cheveux. Elle lui avait légué le pic de la veuve.

L'arrivée de Frieda, les bras chargés d'un plateau de *donuts* tout juste sortis du four, coupa court à ses pensées. Comme elle, sa meilleure amie approchait de la cinquantaine. Elle s'était arrondie avec l'âge, et en rejetait la faute, non sans humour, sur son métier : posséder une pâtisserie n'aidait pas… De son côté, Clara avait conservé une silhouette de jeune fille grâce à ses longues promenades solitaires sur le domaine. Maintenant que ses enfants avaient pris leur envol et que son entreprise marchait toute seule, elle s'accordait sans limites ce plaisir. La vue des rangs de vignes l'apaisait. En outre, elle pouvait parfois apercevoir Johann et le saluer de loin…

— Quel monde, ce soir ! s'exclama Frieda.

Les deux amies, ainsi que leur communauté, revivaient les mêmes émotions et les mêmes conflits intérieurs que lors de la précédente guerre. En pire, puisque, cette fois, leurs enfants étaient impliqués dans la bataille.

Wilhelm évoquait peu le conflit. Toute son attention se portait sur l'extension de son domaine, extension qu'il avait initiée pendant la Prohibition. Rien que ce matin, il lui avait annoncé vouloir acheter les vignes des frères Biscotti. Agrandir le vignoble était devenu une obsession, chez lui. Il parlait même d'empire !

Entre la détermination et l'entêtement, la frontière est ténue, songeait Clara. On admire l'homme déterminé, mais l'entêté, beaucoup moins… Or Wilhelm appartenait sans conteste à la seconde catégorie. Une fois qu'il mordait dans quelque chose, il était impossible de lui faire lâcher prise. Ainsi, savoir que le domaine Schaller était le plus grand de Californie ne lui suffisait plus. Wilhelm voulait qu'il soit le plus vaste du pays.

La seule ombre à ce tableau, c'était la Colina Sagrada, qu'il considérait comme une sorte de Moby Dick. Il pouvait passer des heures à fixer ce bout de terre inculte. Pourquoi ne le laissait-il pas tel quel ? Un premier essai d'irrigation avait déjà échoué. Que cachait cette obsession ? Une angoisse secrète ?

Des secrets, tout le monde en avait… Elle-même redoutait de voir découverts ses rendez-vous avec Johann, même s'ils se voyaient en tout bien tout honneur. De son côté, Johann s'inquiétait pour Adam. L'adolescent en colère s'était mué en un jeune homme silencieux et introverti, qui semblait avoir fermé son cœur aux femmes et à l'amour. Il ne se reprochait plus la mort de sa mère et avait énormément lu sur les maladies mentales. Il avait même écrit à des spécialistes et avait compris que rien n'aurait pu la sauver. Cela l'avait apaisé. Comme Johann, il avait accepté son impuissance face à la condition de Feliciana.

Tels des adolescents amoureux, Clara et Johann ne pouvaient rester longtemps sans se voir. Leur relation demeurait chaste, par respect pour le sacrement du mariage. Leurs âmes se fondaient uniquement dans l'étreinte brève de salutation ; ils se serraient fort et sentaient alors toute la chaleur et l'amour de l'autre. Ils parlaient de leur quotidien, de leurs enfants et même, parfois, de leurs projets et de leurs rêves. Il y avait néanmoins toujours une barrière entre eux : Wilhelm.

Après trente ans de mariage, Clara et son époux ne faisaient plus l'amour que deux fois par mois, et encore, rapidement. Les contacts charnels entre eux se limitaient à cela et à d'éventuelles tapes sur l'épaule. Clara, pourtant, rêvait d'autre chose. Elle rêvait d'une étreinte où elle sentirait l'autre depuis le talon jusqu'à la pointe des cheveux. Elle se coulerait dans ses bras, dans les bras de Johann, et il la garderait ainsi, sans bouger, sans parler, cœur contre cœur. Mais… si elle s'engageait sur cette pente… Non, mieux valait se satisfaire de ce qu'ils partageaient présentement.

Constatant que la cafetière était vide, Clara partit en chercher une autre aux cuisines.

De l'autre côté de la piste de danse, Bill s'était allumé une cigarette et avait jeté l'allumette par terre. Ici, tout le monde fumait. Une sorte de brouillard flottait au-dessus des têtes. Mais qu'importe ! Ils s'amusaient. Cette soirée cassait agréablement la routine de Camp Cooke. En plus, il avait la chance de pouvoir passer ses permissions à la maison, le camp ne se trouvant qu'à quelques kilomètres de la vallée du Largo. Le jeune homme avait été affecté à la 5ᵉ Division blindée : il s'entraînait au maniement des canons antiaériens.

Cigarette au bec, il s'adossa au mur pour mieux juger de l'offre. Beaucoup de filles étaient jolies et bien habillées, mais il en avait repéré une qui lui plaisait bien. Une rousse pétillante du nom de Doris, qui lui avait déjà accordé plus de danses qu'elle n'aurait dû. Il avait hâte de la réinviter, car il se sentait d'humeur à avoir de la compagnie ce soir, une compagnie sexy et complaisante.

Sa mère jouait les chaperons. Mais soupçonnait-elle le nombre d'entorses aux bonnes mœurs qu'il y avait à ces bals ? L'atmosphère n'incitait pas à la chasteté. Les numéros et les adresses s'échangeaient en secret. On sortait prendre l'air et on s'offrait un petit flirt, voire une partie de jambes en l'air. Les apparences devaient cependant rester sauves. Voilà pourquoi pas mal de ses camarades préféraient aller se divertir au Sharkie's, l'un des établissements qui avaient poussé le long de la Route 66. Là-bas, c'était bar et bowling au rez-de-chaussée, et prostituées sur le retour à l'étage. Pas vraiment sa tasse de thé… En revanche, ce soir, il se sentait vraiment d'humeur à tenir Doris dans ses bras.

Tout en ne perdant pas de vue la porte d'entrée afin de cueillir la jeune fille dès qu'elle reviendrait, il surveillait également Lorelei du coin de l'œil. Il l'adorait et bondirait sur quiconque lui manquerait de respect. C'était peut-être pour cela que les hommes la laissaient tranquille malgré sa beauté. Ils savaient que Bill Schaller veillait.

Deux filles passèrent devant lui et lui firent un clin d'œil.

— Salut, soldat.

Il leur sourit en retour. Ah… Le prestige de l'uniforme.

Pour sa part, il trouvait ça ridicule. Il avait l'impression d'être costumé et de tromper son monde. Car, dans la tête des gens, le courage et la bravoure allaient de pair avec l'uniforme. Pour ceux qui avaient la vocation, peut-être… Mais lui n'avait pas eu le choix et il détestait la vie militaire. Être obligé de saluer, d'obéir à des hommes peu estimables à ses yeux… Ce qu'il aimait, lui, c'était la liberté, la vie dans les vignes et le rythme de la nature. Avec son père, ils travaillaient d'égal à égal pour produire les meilleures grappes.

Plus que tout, Bill ne voulait pas partir au front. Contrairement à son grand frère, qui semblait être né pour le job et avait précédé l'appel. Combattre, Helmut avait signé pour ça. Bill l'admirait pour cet engagement total. Ils n'étaient tout simplement pas du même bois. Son truc à lui, c'était le vignoble. Et ça l'ennuyait rudement de savoir qu'Adam Newman, leur cousin de vingt-huit ans, avait réussi à éviter la mobilisation et le service militaire et qu'il était donc libre de poursuivre sa quête de qualité. Personnellement, produire des crus supérieurs ne l'intéressait pas vraiment. Ce qui le motivait, c'était d'élargir leur offre.

Malheureusement, son père ne l'entendait pas de cette oreille. Il se contentait de courir après l'achat de parcelles supplémentaires et montrait la plus totale indifférence à l'introduction de nouveaux cépages pour créer de nouveaux crus, laissant ainsi le champ libre aux Newman et à leur labo. Ça le rendait fou ! Quand cette guerre serait finie et qu'il pourrait se remettre à la tâche, il avait bien l'intention de prendre les choses en main, et tant pis si son père n'était pas d'accord. Il n'allait quand même pas laisser un lâche comme Adam Newman se tailler la part du lion !

— Bonsoir, Bill. Alors, tu m'invites à danser ?

Il retint avec peine un gémissement. Fay Reed ! Encore elle… Décidément, elle devenait collante. Il essayait d'être poli et gentil avec elle, mais il n'était pas intéressé. Doris lui plaisait bien plus.

Fay le regardait avec insistance, les mains sur ses hanches rebondies, soulignées par une robe cintrée qui donnait plus de volume que nécessaire à sa silhouette. Trop de rouge à lèvres, trop de perles, une fleur d'hibiscus presque risible derrière l'oreille.

— Tu ne trouveras pas meilleure offre que la mienne, reprit-elle, penchant la tête sur le côté.

Bill pesa le pour et le contre. Pourquoi pas ? Il écrasa sa cigarette contre la semelle de sa chaussure.

— OK, allons danser.

Alors qu'ils évoluaient sur la piste au rythme d'un slow, Fay ne quittait pas des yeux le stand des chaperons. Elle n'avait qu'une chose à faire : extraire Bill à la surveillance de sa mère. Juste une fois, et assez longtemps pour…

Tout en dansant, elle frottait son bassin contre celui de Bill, pressait son corsage contre son torse, respirait dans son cou. Le résultat espéré ne se fit pas attendre. Elle lui sourit d'un air rêveur et il se pencha. Il était prêt. Mme Schaller n'était plus aux sandwichs. C'était le moment.

— Sortons, lui souffla-t-elle.

Il ne se fit pas prier. Dehors, l'obscurité dissimulait une foule d'autres couples comme eux. Ils trouvèrent un coin de mur pour soutenir leur étreinte. Fay descendit la braguette de Bill tandis qu'il la débarrassait de sa culotte. Elle fit entendre un cri virginal quand il la pénétra – un détail qui avait son importance –, mais l'assura que tout était parfait. Quelques allées et venues, et l'affaire était faite ! Elle eut du mal à ne pas pleurer tant ce corps-à-corps lui rappelait Roddy, mais elle se retint et préféra plutôt couvrir Bill d'éloges sur ce moment merveilleux. Il ne lui restait plus qu'à compter les jours avant de larguer sa bombe.

Six semaines plus tard, elle appelait le jeune soldat. Elle devait le voir de toute urgence. Ils se retrouvèrent un après-midi de semaine à la salle communale transformée en centre de loisirs. Il tomba presque de sa chaise quand elle lui annonça qu'elle était enceinte et lui certifia que le bébé était de lui. Devant son expression sceptique, elle sortit le grand jeu : pour qui la prenait-il ? S'il ne faisait pas la seule chose honorable qu'il y eût à faire, elle irait voir ses parents !

— Ta mère nous a vus ensemble au bal.

Sur ce, elle éclata en sanglots – une scène qu'elle avait répétée jusqu'à atteindre la perfection.

Bill, pour sa part, passait le pire moment de sa vie. Tout s'effondrait autour de lui.

Soudain, la radio passa un air patriotique. Les notions d'honneur, de devoir et de responsabilité qu'on leur serinait à longueur de temps dans l'armée prenaient tout à coup une coloration très concrète. Il se sentit plus calme, aussi maître de lui que John Wayne.

— Ne pleure pas, dit-il en lui tapotant la main. Nous allons faire ce qu'il faut.

Il n'aimait pas Fay, ne l'appréciait même pas, mais elle portait son bébé et il aimerait cet enfant.

— Je sais comment nous devons procéder, Bill ! Tu annonces à tes parents que tu as reçu ton ordre de mission, que tu pars bientôt et que nous sommes tellement amoureux que nous voulons nous marier avant ton départ. Ça expliquera la précipitation !

— Sauf que je ne partirai pas, lâcha-t-il d'un ton froid.

Cette fille non seulement était affreuse, mais en plus elle lui semblait fausse… L'élan moral du jeune soldat s'évapora aussi vite qu'il était apparu. Il avait envie de vomir. Il n'allait quand même pas devoir l'épouser, si ?

— Tu leur diras après le mariage que les ordres ont changé, rétorqua-t-elle en lui jetant un regard embué et sans défense.

Le piège se refermait sur Bill.

Ses parents se montrèrent compréhensifs – on était en guerre après tout, les unions se concluaient plus vite –, et Clara garda ses doutes pour elle. La cérémonie, modeste, eut lieu au temple luthérien de Lynnville. Fay excusa sa mère en prétextant une maladie quelconque.

Un mois plus tard, en pleurs, elle annonça à Bill avoir fait une fausse couche…

Son plan avait fonctionné. Elle avait intégré une famille puissante dont le domaine était en pleine expansion.

Étape suivante : évincer la mère de Bill.

Adam s'essuyait les mains tout en contournant la maison quand il s'arrêta net. Zut, elle était là !

Assise avec son chevalet installé sur la pelouse, devant la maison, elle peignait les massifs qui poussaient le long de la clôture séparant la demeure du chai.

Adam détestait tomber sur elle. Depuis qu'elle vivait là, il n'y avait aucun moyen de savoir quand et où leurs chemins se croiseraient. Bon… l'avait-elle vu ? Était-il encore temps de battre en retraite ? Tout en s'interrogeant, il ne pouvait quitter des yeux les jambes bronzées de la jeune femme, qui portait un de ces shorts à mi-cuisse, très à la mode. De couleur blanche, il contrastait avec la chemise rose, trop large, dont elle avait noué les pans à hauteur de nombril, ce qui mettait en valeur sa taille et l'arrondi de ses fesses prodigieusement envoûtant.

Avait-elle un petit ami ? Un compagnon laissé derrière elle au Kansas ou bien mobilisé sur le front ? Depuis une semaine qu'elle était là, il avait appris deux choses sur elle. Premièrement, Queenie Young avait perdu sa mère. Ni son père ni elle n'étaient entrés dans les détails, mais il savait que Mme Young était morte dix ans plus tôt. Sans doute d'une maladie innommable, tout comme Feliciana, supposait Adam. Deuxièmement – et sur ce point-là, la jeune femme avait été beaucoup plus prolixe –, si elle fréquentait l'université, ce n'était pas pour se trouver un mari contrairement à tant d'autres filles. Elle ambitionnait de faire carrière, soit en botanique, soit dans le monde de l'art. La famille et les enfants, ce serait pour plus tard. Elle avait expliqué tout ceci presque sur la défensive, ou en guise d'avertissement. De manière à faire clairement connaître ses priorités.

De toute façon, Adam ne savait pas trop pourquoi il se demandait si Queenie avait un compagnon ou non, car lui non plus n'était pas sur le marché du mariage. Le célibat lui convenait très bien. C'était d'ailleurs le seul point de friction entre son père et lui.

« Fiston, un homme a besoin d'une épouse. Tu mènes une vie solitaire, sans amour.

— Beaucoup d'hommes vivent ainsi et s'en trouvent très bien.

— Mais tu ne dois pas songer qu'à toi, Adam. À qui cette terre reviendra-t-elle si tu n'as pas d'enfants ? Y as-tu pensé ? »

Bien sûr qu'il y avait pensé ! Des milliers de fois. Mais jamais il n'avouerait à son père que s'il s'interdisait le mariage, c'était parce qu'il redoutait de transmettre la maladie mentale de sa mère. Cela serait revenu à reprocher à son père d'avoir agi sans réfléchir aux conséquences. Lui s'était documenté sur le sujet, avait lu une foule de livres, s'était même inscrit à des cours de psychologie au point que ses professeurs d'université l'avaient cru un temps attiré par la profession. Mais il ne s'intéressait qu'à une seule pathologie, le syndrome maniaco-dépressif : le consensus de l'époque semblait en confirmer le caractère héréditaire. Il ne prendrait donc aucun risque et veillerait à ce qu'aucun Newman n'ait à souffrir le même destin que Feliciana.

Voilà pourquoi il hésitait en cette minute à traverser la pelouse et à saluer Queenie Young. Qu'y avait-il de pire qu'être attiré par quelqu'un et devoir se priver de sa compagnie ?

La très jolie et pétillante jeune fille de vingt ans avait débarqué du Kansas de manière tout à fait inattendue. En fait, Johann avait acheté les terres d'un certain M. Simpson, un voisin qui souhaitait repartir au Texas après la mort de son fils à Pearl Harbor. L'homme cultivait les radis, mais Johann envisageait de transformer l'exploitation en vignoble, car, même s'il faisait des profits mirifiques en vendant des haricots et du maïs à l'armée, il était vigneron avant tout. Dans les revues spécialisées, il avait repéré le nom du professeur Young – père de Queenie, donc –, de l'université du Kansas, pionnier en matière de recherches expérimentales sur les nouvelles plantes. Il l'avait contacté pour lui proposer de venir analyser les sols et éclairer de manière scientifique le choix et l'exploitation des nouvelles vignes. Après quelques échanges de courriers, les deux hommes s'étaient mis d'accord, et Johann avait offert au professeur de l'héberger. L'homme s'était présenté avec sa fille. Pour Johann, ça n'avait pas été un problème. La maison disposait de deux grandes chambres d'amis au dernier étage.

Sauf que Queenie ne restait pas dans sa chambre… Elle se promenait partout avec son chevalet et ses toiles sous le bras. Il était impossible de ne pas tomber sur elle à un moment ou à un autre. Au moins leurs pères respectifs avaient-ils la bonne idée de rester toute la journée près de la serre, dont ils suivaient les travaux avec attention. Tous deux avaient décidé en effet de s'intéresser aux haricots et graines de soja. Johann, à la silhouette élancée, et le professeur Young, plus petit, plus rond, avec ses lunettes de hibou... Que cet homme ait pu avoir une fille aussi belle que Queenie dépassait l'entendement pour Adam.

Le jeune homme tentait pour sa part de se focaliser sur la vigne. Son premier amour. En particulier l'assemblage. Dernièrement, il s'était amusé à combiner des crus de différentes années. Le résultat n'avait pas été probant, le mélange tirant vers la verdeur. Cependant, les défauts d'un assemblage étaient aussi importants que ses qualités et il comptait bien pousser l'analyse de celui-ci. Il n'avait donc vraiment pas le temps de faire la conversation avec la séduisante Queenie. En outre, pour une raison obscure, elle l'agaçait autant qu'elle l'attirait. Ou bien était-ce simplement un réflexe d'autodéfense ?

Trop tard... Elle lui faisait signe.

— Hé, Adam ! Venez voir. Ces iris ne sont-ils pas magnifiques ?

Il n'y avait pas à dire : elle avait du talent. Elle restituait avec brio le moindre détail des modèles.

— Vous avez visité Lynnville, Queenie ? demanda-t-il soudain.

Il n'en croyait pas ses oreilles : était-il vraiment en train de l'inviter ?

— Non, mais j'aimerais beaucoup.

Le soleil jouait dans ses boucles. Et l'air d'expectative qu'elle afficha eut raison de ses dernières défenses. En plus, elle repartait à la fin de l'été – le risque était donc limité.

— Vu la chaleur, les gens seront allés chercher un peu de fraîcheur près du Largo. Il y aura plein de monde, on est samedi...

— Fantastique !

Queenie rayonnait. On aurait dit que c'était son anniversaire... Adam se maudit sur-le-champ : il ne fallait pas qu'elle se fasse des idées. Surtout, pas de dîner aux chandelles ! Et question vestimentaire, il ne ferait pas de frais. Juste un jean et une chemise propres.

Il l'emmena au salon de thé des Eberhardt. On y servait en été des sandwichs froids et des salades.

— Je ne suis jamais allé dans le Kansas, dit-il pour engager la conversation. Il paraît que c'est très plat.

— Il est certain que ce n'est pas un pays pour montagnards, répondit-elle dans un rire. Quant à moi, je ne connais rien au vin et ça me semble presque exotique. Votre père a eu la gentillesse de me montrer le domaine et j'ai vu les énormes grappes dans les vignes. Elles ont une couleur magnifique. Et vous savez ce que j'ai appris ?

— Quoi donc ?

Malgré lui, il était curieux de savoir.

— J'ai découvert que lorsque le vigneron met son vin en bouteille, qu'il l'étiquette et le garde ensuite dans sa cave, c'est comme s'il conservait une partie de cette année-là. Imaginez que ce soit une bonne année pour vous – celle de votre mariage ou de votre premier amour –, eh bien, vous descendez à la cave, vous prenez une bouteille de chablis 1930, vous l'ouvrez, vous vous en versez un verre et, en une gorgée, votre année fétiche vous revient en bouche et coule dans votre gorge… Vous voilà à l'époque bénie ! À mon avis, c'est pour ça que les gens achètent certaines années en particulier. Pour ça, plus que pour la qualité du vin lui-même.

Adam fixait Queenie sans un mot, totalement indifférent au monde environnant et au brouhaha du samedi soir. Sans qu'il sache pourquoi, il avait l'impression que la jeune fille, malgré sa gaieté, était très seule.

— Et votre mère ? demanda-t-il tout à trac.

— Je n'aime pas en parler, répondit-elle en détournant le regard. J'ai entendu dire que vous aviez perdu la vôtre. Je suis désolée.

— Merci, fut tout ce qu'il put répondre, car les détails auraient été dangereux et honteux à révéler.

Leur dîner avalé, ils sortirent se mêler à la foule qui profitait de la fraîcheur du soir. Des voiliers croisaient sur le Largo, bien loin de la côte et de toute base nautique. Chez le glacier, les adolescents se réunissaient autour de la fontaine à soda. Certains dansaient au son d'une chanson de Sinatra. Rien ne laissait supposer que le monde était en guerre, hormis les soldats de Camp Cooke qui sortaient du cinéma où la séance était gratuite pour eux.

Queenie s'interrogeait sur le beau jeune homme qui marchait à ses côtés. De toute évidence, il n'avait pas de petite amie… Toute sa vie semblait tourner autour du vignoble. Avait-il toujours été si solitaire ? Elle-même était experte en la matière.

Ils firent une halte à côté d'un saule pleureur, le long du Largo. Pendant quelques minutes, ils observèrent en silence les lumières des bateaux et la foule joyeuse qui s'égaillait sur les rives. Nombre d'hommes étaient en uniforme, et chacun les regardait avec respect et admiration, comme si leur tenue garantissait leur honorabilité. Or c'était faux, se disait Adam. L'habit ne fait pas le moine, et la plupart de ces soldats n'avaient pas choisi leur sort, ils avaient été mobilisés ! Il souffrait pour sa part d'avoir été réformé pour insuffisance cardiaque et ne supportait pas qu'on le traite de planqué.

— Vous savez, Queenie, j'ai devancé l'appel.

La jeune fille leva les yeux. En dépit de ses hauts talons, elle restait plus petite que lui.

— Mais quand j'ai passé les tests, ils m'ont trouvé un problème cardiaque, ces idiots… Pas de quoi abréger ma vie, mais suffisant pour qu'ils me réforment, expliqua-t-il d'un ton amer.

— Mon cousin a été réformé à cause de ses pieds plats, lui. Vous savez, Adam, tout le monde ne peut pas partir, quand on y pense. Il faut bien que des hommes restent pour faire tourner le pays, non ? Ils ont donc dû placer des curseurs. Comme les pieds plats et le souffle au cœur.

Il apprécia son pragmatisme. Elle ne montrait ni condescendance ni fausse compassion. Sa franchise le toucha.

— Ça m'interdit aussi le base-ball.

— Le base-ball ? J'adore ce sport !

— Vraiment ?

— Avant la guerre et la suspension des championnats, nous ne manquions pas un match des Kansas Jayhawks ! Vous jouiez à quel poste ?

— Lanceur.

— Vous ne deviez pas être mauvais, dit-elle en posant les yeux sur ses bras musclés.

L'atmosphère devint soudain trop sensuelle pour Adam. Il allait se laisser gagner par le romantisme du site et l'ambiance légère qui animait ces rives. Or cette sortie ne devait absolument pas virer au rendez-vous galant !

— Nous ferions mieux de rentrer, lâcha-t-il tout de go.

Queenie ne trouvait pas le sommeil. Il faisait chaud. Les moustiques s'affolaient. Et ses pensées tournaient en boucle autour d'un seul et même sujet.

Adam Newman.

Cela faisait maintenant un mois qu'elle vivait sous son toit, ne sachant jamais quand elle le croiserait. Finalement, les seuls moments où ils se voyaient vraiment, c'était pendant les repas. Aucun d'eux ne pipait mot, la conversation étant monopolisée par leurs pères, lesquels s'enthousiasmaient pour leurs recherches sur le soja et les légumes pouvant nourrir et sauver le monde. Elle surprenait parfois le regard d'Adam sur elle et ne se privait pas non plus de l'observer, comme il avait pu s'en apercevoir.

Le jour de la fête du 4 juillet, les Newman avaient organisé un gigantesque barbecue pour leurs employés et leurs amis et voisins de la vallée. Queenie avait été étonnée de ne pas y voir les Schaller. Ils étaient pourtant cousins. Un passage au salon de coiffure de Lynnville ne lui avait rien appris, si ce n'est des ragots contradictoires. On parlait d'une brouille à propos de terres. D'un triangle amoureux. Après tout, c'était possible… La convoitise et la jalousie étaient des ferments classiques des disputes de famille.

De toute façon, elle s'en fichait. Un seul homme l'intéressait, et c'était Adam. Elle avait l'étrange impression qu'il la fuyait, mais peut-être était-il juste un travailleur acharné, un passionné du vin ? Il ne déléguait rien, supervisant lui-même toutes les étapes, depuis la culture des vignes jusqu'à l'inspection des barriques et des bouteilles, en passant par l'assemblage.

La jeune femme se félicitait chaque jour que son père ait accepté l'offre de M. Newman, car, depuis la disparition de sa mère, il dépérissait. Ce travail l'avait remis en selle, lui qui aimait tant voir et faire pousser les plantes – un atavisme familial qu'il tenait de ses parents fermiers. Il avait cela en commun avec M. Newman. Leur amitié faisait plaisir à voir.

Si seulement Adam n'avait pas été aussi froid. Cela dit, l'aspect « loup solitaire » ajoutait à son charme. Ça le rendait même très séduisant. Et puis, il souriait parfois, notamment quand il animait des dégustations au chai. Après la guerre, ils avaient l'intention d'adjoindre un restaurant à la salle de dégustation.

Queenie était une jeune fille qui se targuait d'avoir la tête sur les épaules. Elle n'était pas du genre à soupirer pour une star de cinéma ou à croire que son but dans la vie était de sortir avec des garçons. C'était donc la première fois qu'elle perdait le sommeil à cause d'un homme.

Peut-être qu'un verre de lait chaud l'aiderait à s'endormir ? Elle se glissa hors du lit et se mit à descendre les marches sur la pointe des pieds, quand une lumière attira son attention au premier étage. Sans un bruit, elle s'approcha de la porte grande ouverte. Adam était assis à un bureau, installé près de la fenêtre d'une chambre à la décoration très féminine. Le halo lumineux provenait de la seule lampe allumée de la pièce.

Sentant une présence, le jeune homme leva les yeux.

— Je suis désolée, je ne voulais pas déranger. J'ai vu la lumière, dit-elle en commençant à se retirer.

— C'était la chambre de ma mère.

Dans sa simplicité, cette information sonnait presque comme une invitation. Elle entra et prit l'autre chaise. Puis attendit. Le fait d'être assise dans une chambre inconnue, en pleine nuit, face à un homme tout habillé quand elle-même ne portait qu'une chemise de nuit diaphane aurait pu lui paraître inconvenant, mais il n'en était rien. Elle avait presque l'impression d'être dans un film. *Rebecca*, par exemple, avec elle dans le rôle de Joan Fontaine.

— C'est une jolie pièce, remarqua-t-elle tout haut, ne songeant même pas combien il était étrange qu'un homme reste ainsi seul dans la chambre de sa défunte mère.

— Je l'ai conservée telle qu'elle était à sa mort. La bonne fait le ménage une fois par semaine.

Le beau visage d'Adam disparaissait à moitié dans l'obscurité.

— Queenie. Ça vient d'où comme prénom ?

Elle sourit.

— Je m'appelle Shirley en fait, mais à six ans je me suis confectionné une couronne en papier et je me suis promenée partout en clamant que j'étais la reine d'Angleterre. Du coup, on m'a surnommée Queenie, et ça m'est resté.

— J'aime bien. C'est un surnom que peu de personnes peuvent se permettre de porter.

Cette remarque décontenança la jeune fille, qui sentit une légère tension la saisir.

De son côté, Adam admirait les reflets roux qui dansaient dans la chevelure brune de Queenie. Ses boucles étaient-elles naturelles ou bien les faisait-elle faire ? Et puis... il faut bien dire qu'il était sensible à la transparence de sa chemise de nuit, à ses épaules nues... Les images que cela suscitait en lui étaient fort inappropriées dans cette chambre sacrée. Mais il n'avait aucun moyen de les censurer, pas plus qu'il n'avait pu s'empêcher de penser à elle depuis leur sortie à Lynnville. Cette soirée avait ouvert une porte qu'il fallait refermer à tout prix.

— J'aime venir ici, lança-t-il, heureux d'avoir trouvé un sujet de conversation. D'une certaine manière, cela m'apaise. Je me dis qu'elle est toujours là. Vous savez peut-être que ma mère s'est suicidée. Elle avait une maladie mentale. Les docteurs disent qu'on n'aurait rien pu faire. J'ai essayé de la sauver... J'étais petit et persuadé qu'on pouvait la distraire de sa dépression.

Waouh ! Quelle confidence... Queenie aurait voulu se lever et le prendre dans ses bras.

— Je crois comprendre pourquoi vous venez ici et apportez des fleurs fraîches : pour la garder présente, n'est-ce pas ?

Adam lui lança un regard chargé d'angoisse. Il sentait confusément qu'il pouvait partager sa peine avec cette jeune fille, qui, elle aussi, avait perdu sa mère.

— C'est ironique, reprit-il précipitamment. Me sentant coupable de sa mort, je me suis documenté à fond sur sa maladie pour finalement découvrir que je n'y étais pour rien, qu'on ne pouvait rien faire pour quelqu'un souffrant de ce syndrome. La culpabilité a disparu.

Comme il ne poursuivait pas, Queenie demanda :

— Où est l'ironie là-dedans ?

— Le prix à payer pour lever ma culpabilité a été de découvrir que la maladie pouvait être héréditaire.

— Ah, dit-elle avec douceur.

Elle commençait à comprendre beaucoup de choses. Tout s'éclairait.

— Ah, répéta-t-elle.

Maladie mentale. Hérédité. Adam Newman n'était ni froid ni un loup solitaire. Il avait peur.

Son cœur se serra pour lui.

— Et votre mère ? lança-t-il pour contrer le flot de compassion qu'il sentait venir vers lui. Vous ne parlez pas beaucoup d'elle. Pas du tout, en fait.

Il s'en voulut de ces mots, qui sonnaient comme une critique alors qu'il ressentait une authentique curiosité pour elle. Devant ses yeux embués, il s'en voulut encore plus.

— Je suis désolé, Queenie, je me suis mal exprimé. Ne vous formalisez pas de mon ton, je vous en prie.

— Ça va, répondit-elle avec un haussement d'épaules. Il n'y a pas grand-chose à dire.

— Vous devez bien avoir des souvenirs heureux ? Des anniversaires, des Noël ?

Elle se leva.

— Je n'avais aucun droit de venir ici et de vous envahir. Bonne nuit, Adam.

Interloqué, il la regarda s'éloigner. Qu'avait-il dit qui l'avait offensée ?

Tel un fantôme glissant sans bruit dans l'obscurité, Queenie fuyait vers le refuge de sa chambre. Elle s'en voulait terriblement. Il croyait l'avoir blessée alors que ses larmes provenaient de son sentiment de culpabilité vis-à-vis de lui. Elle ne dormirait décidément pas cette nuit.

Quel est le meilleur moment pour se montrer honnête ? Surtout quand on a déjà menti ? se demandait Queenie tout en pédalant à vive allure. Comment revenir sur des mensonges sans rendre fous de rage ses interlocuteurs ? Car mentir, c'était prendre les autres pour des imbéciles et des idiots. Mieux valait être honnête d'entrée. Mais lorsqu'on avait manqué ce créneau ? Comment faisait-on ? De toute façon, il était trop tard maintenant. Et puis, ils repartaient pour le Kansas d'ici quelques semaines. Elle ne reverrait sans doute jamais plus Adam Newman. Cependant, ne lui devait-elle pas la vérité, même si cela impliquait que l'estime du jeune homme pour elle baisse ?

Voilà les questions qui agitaient Queenie depuis son entrevue avec Adam la nuit précédente. Or, elle savait où le trouver. Le matin même, il avait dit à son père qu'il emmenait une équipe effeuiller la vigne dans les parcelles occidentales.

En jean poussiéreux et santiags, les manches retroussées sur des bras bronzés et musclés, la chemise entrouverte sur un torse perlé de sueur, Adam travaillait aux côtés de ses ouvriers, penché comme eux sur les sarments dont ils retiraient l'excédent de feuilles. Le chapeau de cow-boy achevait de lui donner une allure sexy en diable.

— Bonjour, Adam ! l'interpella Queenie. Je vous cherchais. Serait-il possible de vous dire un mot ?

Surpris, le jeune homme se redressa. Il n'avait cessé de penser à elle depuis leur rencontre nocturne – ses cheveux emmêlés, ses yeux légèrement gonflés par le manque de sommeil, sa chemise de nuit qui épousait son corps, ses hanches et ses seins. Au petit matin, il avait presque cru avoir rêvé.

— J'arrive, dit-il après avoir échangé un signe avec son contremaître.

— Pouvons-nous marcher, un peu ? demanda la jeune fille tout en calant sa bicyclette contre un piquet.

Il retira ses gants et les enfouit dans la poche arrière de son jean.

Sentant l'anxiété de la jeune femme, il respecta son silence. Aligna son pas sur le sien. Voulait-elle lui parler de la nuit dernière ?

— Ces vignes sont-elles à vous ? s'enquit-elle en désignant le terrain au-delà de la clôture.

Visiblement, elle cherchait à gagner du temps pour rassembler son courage. Il répondit plaisamment :

— C'est le début du domaine Schaller.

— J'ai entendu dire que vous étiez apparentés.

— Vaguement.

Il se demanda quelles histoires avaient pu lui revenir aux oreilles. Contradictoires sans doute, comme tous les ragots. Il aurait volontiers répondu à ses questions, mais pour dire quoi ? Qu'il avait juré, après avoir perdu un concours de rédaction à quinze ans, de détester toute sa vie les Schaller ? Avec le temps et la maturité, ce serment avait perdu de son sens, mais l'hostilité demeurait.

— C'est une longue histoire, se contenta-t-il de résumer.

Sentant une certaine réticence, Queenie abandonna le sujet et préféra s'extasier sur les fleurs qui envahissaient les prairies.

Elle tournait autour du pot, mais cela ne le dérangeait pas. Il essayait plutôt de ne pas trop lorgner sa chute de reins. De toute façon, il n'était pas pressé. En fait, il avait un peu peur de ce qu'elle avait à lui annoncer. Il craignait que ce ne soit gênant ou bouleversant, sinon pourquoi tergiverserait-elle ainsi ? Cela avait-il un rapport avec ce qu'il lui avait confié ?

Sa présence, ses jambes interminables et bronzées, ses fesses bien dessinées par le short… Tout cela lui était interdit et lui devenait soudain insupportable. Il décida de prendre les choses en main :

— Queenie, pourquoi êtes-vous si gaie tout le temps ? Quel est votre secret ?

Il avait dit cela sur un ton taquin, pour détendre l'atmosphère. Or elle se raidit et le fixa d'un air sérieux.

— Je suis gaie parce qu'il le faut.

— Il le faut ? Comment ça ?

— Pour mon père. Il est triste. Et s'il apprenait que je le suis aussi, il ne pourrait probablement plus avancer.

— Donc, toute cette gaieté, c'est de la comédie ?

— Au début, oui, je faisais semblant. Et ce n'était pas facile. Quand le masque tombait et que mon père s'en apercevait, il devenait mort d'inquiétude pour moi. Alors j'essayais encore plus fort de rentrer dans le rôle, et après un moment, c'est devenu une seconde nature. Et…

Adam était suspendu à ses lèvres, comme si elle possédait la clé, le remède miracle à tous ses maux.

— Et ?

— Et je me suis rendu compte que je commençais vraiment à ressentir de la joie.

— Tout le temps ? s'enquit-il avec perplexité.

— Non, pas tout le temps, bien sûr… Personne n'est gai en permanence, souligna-t-elle avec un sourire qui creusa deux charmantes fossettes dans ses joues.

— Cette fausse gaieté vous a-t-elle aidée à surmonter la mort de votre mère ?

Le sujet était intime, mais la réponse importait pour lui.

Queenie soupira. Elle ne pouvait plus repousser davantage le moment de la confession et des excuses. Haussant les épaules, elle constata :

— Comment surmonter un deuil quand il n'y a pas eu décès ?

— Votre mère n'est pas morte ? Mais je croyais…

Elle choisit de le regarder droit dans les yeux.

— C'est l'invention de mon père. Sa façon à lui de gérer le fait qu'elle a demandé le divorce. Je tenais à vous dire la vérité, car j'ai eu l'impression la nuit dernière que vous pensiez m'avoir blessée. Or ce n'était pas ça du tout… Si je suis partie aussi vite, c'est parce que je vous avais induit en erreur, et je ne le supportais pas. Je vous présente toutes mes excuses. Ma mère n'est pas morte. Nous n'avons pas vécu la même tragédie.

Le silence s'abattit sur eux, laissant le champ libre au sifflement du vent qui enflait et leur apportait le bruit lointain d'une moissonneuse-batteuse. Queenie attendait, anxieuse de voir la réaction d'Adam. Verrait-il en elle une menteuse et une traîtresse ?

À sa grande surprise, il hocha la tête.

— L'attitude de votre père est compréhensible. Les gens le considèrent comme un veuf, et non comme quelqu'un qui a échoué dans son mariage.

Queenie le fixa avec intensité.

— Vous n'êtes pas furieux du fait que je vous ai laissé croire à un mensonge ?

— Pourquoi ? C'est votre vie privée. Cela vous regarde, votre père et vous… Croyez-moi, toutes les familles ont quelque chose à cacher.

Et chacun joue un rôle. Porte un masque et dissimule qui il est vraiment.

— Vous savez où vit votre mère ?

— À Akron, dans l'Ohio.

Comme elle ne développait pas, il poussa plus loin :

— Êtes-vous en contact avec elle ?

— Non. Au début, elle envoyait des cartes à Noël et aux anniversaires, mais comme je les jetais et n'y répondais pas, elle a fini par arrêter.

— C'est triste.

— J'ai tout fait pour empêcher ce divorce. Jusqu'à supplier maman de ne pas partir, lui promettre d'être sage pour toujours, retirer ses affaires de sa valise à moitié faite. Quand ils se disputaient, j'essayais de les réconcilier. Je rapportais à l'un des choses gentilles que l'autre aurait dites, mais que j'avais en fait inventées. Après le divorce, je m'en suis longtemps voulu. Je répertoriais tout ce que j'avais fait de mal ou ce que j'aurais pu faire. Et puis, j'ai fini par accepter le fait que rien n'était ma faute et qu'il ne me revenait pas de rafistoler le mariage de mes parents.

Adam secoua la tête.

— Vous n'avez pas vraiment accepté, Queenie. Vous lui en voulez toujours, puisque vous refusez tout contact avec elle. Vous avez simplement transféré la faute de vos épaules sur celles de votre mère. Vous êtes en colère.

Pourvu que son jugement ne lui apparaisse pas trop sévère… Mais il faisait chaud, il transpirait à grosses gouttes, et il avait devant lui une jeune femme qui lui avouait avoir une mère, qu'elle rejetait.

— C'est normal d'être en colère, répondit-elle. Peut-être que vous aussi êtes en colère contre votre mère.

— Certainement pas.

— Adam, je comprends. Nos mères nous ont tous les deux laissés…

Elle tendit le bras, mais il se déroba.

— Ma mère est morte de maladie. La vôtre a choisi de partir. Et vous avez encore une chance de rattraper cela. Vous avez toujours une mère. Vous le pouvez. Moi, non. Jamais plus !

Il était incompréhensible pour lui qu'elle laisse passer cette opportunité.

— Adam…

— Cherchez des réponses ! Écrivez-lui ! Téléphonez-lui ! Allez lui demander pourquoi elle est partie !

Le soleil tapait dur et il n'en pouvait plus de la chaleur.

— Vous ne vous êtes jamais demandé quelle était sa version de l'histoire ?

Que ne donnerait-il pas, quant à lui, pour connaître les raisons qui avaient poussé sa mère à choisir le suicide plutôt que la vie avec son père et lui…

— Pourquoi le devrais-je ? répliqua Queenie. Vous n'avez pas vu dans quel état mon père était après le divorce. Ravagé.

Elle aussi suffoquait de chaleur.

— Il y a toujours deux facettes à une même pièce. Peut-être votre mère était-elle très malheureuse ? Tout n'est jamais idyllique dans un mariage. Et il y a des choses que les enfants ne perçoivent pas. Vous devriez vous pencher sur la question.

La moutarde commençait à monter au nez de Queenie. Elle était venue présenter des excuses, et voilà qu'elle passait en jugement !

— Vous qui êtes si fort pour donner des conseils, en voilà un : laissez partir votre mère et avancez. Il n'est pas sain de lui apporter des fleurs fraîches et de s'asseoir dans sa chambre en pleine nuit.

— Pardon ? Au cas où vous ne le sauriez pas, les gens apportent des fleurs fraîches tous les jours dans les cimetières. Ils le font pendant des années. Et personne ne considère que c'est malsain. Alors, quand vous aurez réglé votre problème avec votre mère, on en reparlera !

Il commençait à s'éloigner quand il se retourna, l'index dressé.

— Votre mère est vivante ! hurla-t-il. Si la mienne l'était, je me précipiterais à ses pieds et la supplierais de faire partie de sa vie, sans questions ni conditions ! Je croyais que vous valiez mieux que ça, Queenie !

Sur ce, il tourna les talons.

Le mois d'août filait à toute allure. Les jours s'enchaînaient, lourds de chaleur et de silence. Queenie et Adam demeuraient courtois l'un envers l'autre, avec une sorte d'hésitation et une retenue qui trahissaient leur envie commune de remonter le temps. Si seulement ils pouvaient revivre différemment leur dernière et houleuse conversation… Chacun se demandait dans son coin ce qu'il aurait pu ou dû dire, ou faire autrement. Mais quelle importance, puisque le séjour des Young s'achevait bientôt ? La rentrée universitaire se profilait pour Queenie ; quant à Adam, il préparait les vendanges. Dommage simplement qu'ils se quittent sur des regrets.

Queenie leva les yeux de sa toile représentant un champ d'asters sauvages. Adam se tenait debout sur la route déserte, à contre-jour, le visage contrit. Elle n'avait pas entendu son camion approcher.

— Je suis désolé, dit-il. Je vous ai jugée trop rapidement. Moi, je ne gère que mon deuil. Mais vous devez penser à votre père et à ses sentiments dans toute cette affaire.

— C'est moi qui dois m'excuser auprès de vous. Je n'aurais jamais dû dire ce que j'ai dit sur votre mère. Je n'en avais pas le droit.

Il secoua la tête.

— Je vous ai jugée. Je le regrette profondément. Mais… Queenie, vous avez la possibilité de faire la paix avec votre mère. C'est tout ce qui importe. La paix. Pour ma part, ce que je ne parviens pas à dépasser, c'est la violence avec laquelle ma mère est partie. Elle n'a pas pris de pilules. Elle…

Sa voix se brisa. Ses yeux se perlèrent de larmes.

— Elle s'est tuée avec une paire de ciseaux. Voilà ce qui me hante. La souffrance qu'elle s'est infligée.

La révélation laissa Queenie sans voix. Que dire ? Quels mots, quels gestes pourraient le réconforter ?

Adam fit volte-face et alla s'appuyer contre une clôture, plongé dans ses pensées. Il reprit :

— Après la mort de ma mère, je me suis longtemps demandé pourquoi elle avait préféré mourir plutôt que de rester en vie à mes côtés, moi, son fils de quinze ans. J'imagine que vous vous êtes posé la même question quand votre mère a fait sa valise.

— Oui, souffla-t-elle. Je me suis posé la même question. J'avais dix ans, moi.

— Avant que vous me disiez la vérité sur votre mère, Queenie, je croyais que nous avions quelque chose en commun. Puis je me suis dit que non. Mais finalement, nous partageons tout de même la perte. Car un départ reste un départ, peu importe la manière...

Il s'interrompit une seconde, puis reprit :

— Moi qui pensais ne plus avoir de leçons à recevoir, j'ai l'impression aujourd'hui de ne rien savoir encore de la vie.

Elle entrouvrit les lèvres pour acquiescer, mais aucun son ne les franchit. C'était comme s'il lisait dans ses pensées !

— Vous ne m'avez pas dit, Queenie, que...

Il baissa la tête. Elle attendit.

— Pas dit que vous aviez écrit à votre mère...

— Comment le savez-vous ? s'étonna-t-elle.

Il s'écarta de la clôture et sortit une lettre de la poche arrière de son pantalon.

— C'est arrivé au courrier de ce matin.

Elle se leva comme dans un rêve et prit l'enveloppe qu'il lui tendait. Le tampon de la poste indiquait Akron, dans l'Ohio. Expéditeur : Selma Young. Queenie ne parvenait pas à détacher les yeux de ce miracle.

— Oui, finit-elle par dire. Je lui ai écrit. Je ne pensais pas qu'elle répondrait.

Elle leva vers Adam des yeux débordant de reconnaissance.

— Vous m'avez fait prendre conscience que je l'avais jugée pendant dix ans sans écouter sa version des faits. J'en étais restée à ma perception de petite fille. Grâce à vous, j'ai compris que j'avais besoin de savoir pourquoi elle était partie.

Il sourit.

— Vous ne l'ouvrez pas ? dit-il en désignant la lettre et en lui posant une main sur le bras.

Les mains tremblantes, elle s'exécuta et parcourut la page unique d'un regard brouillé de larmes. Elle ne voyait que quelques mots : *tu m'as manqué... n'en reviens pas que tu m'écrives... pense à toi tous les jours... s'il te plaît... viens me voir...*

Les larmes coulaient à présent sans retenue.

Adam l'attira à lui tandis qu'elle pleurait tout son soûl. Son geste lui parut normal, naturel. Queenie se trouvait là où elle devait être.

— J'ai été si seule, murmura-t-elle. À tenter de combler le vide dans la vie de mon père. Je ne veux plus être seule...

Elle leva son visage mouillé vers lui pour le regarder bien en face.

— Vous aussi, vous avez été seul, Adam. Pas seulement à cause de la mort de votre mère, mais aussi par peur de l'avenir.

— Je ne veux pas prendre de risque, répondit-il, la voix rauque. La maladie est héréditaire. Et je ne pourrais exiger d'une femme que...

— Mais vous ne l'avez pas, *vous*.

Il secoua la tête.

— C'est comme un pari, insista-t-elle. C'est le pari que n'importe quel couple prend quand il s'engage à vivre ensemble. Personne ne sait ce que réserve l'avenir. La vie, c'est ça : oser accepter ce qui se présente. Faire avec l'incertitude...

Elle leva la lettre.

— Ceci n'aurait jamais eu lieu sans vous. Je serais morte en en voulant encore à ma mère. Vous me l'avez rendue. Je veux faire la même chose pour vous. Je ne veux pas que vous ayez peur de l'avenir. Je ne veux pas que la maladie de votre mère guide votre vie.

— Vous avez déjà fait beaucoup pour moi. Vous m'avez donné un conseil, que je vais suivre : la chambre de ma mère va devenir une chambre d'ami et j'irai fleurir sa tombe, comme tout le monde. Surtout, je vais tâcher d'aller de l'avant, accepter les risques de la vie, comme vous dites.

— Et l'avenir ?

Il sourit.

— La peur, l'inquiétude ne me quitteront pas. Mais chaque homme, chaque femme se demande comment seront ses enfants, s'ils ne seront pas malades ou victimes un jour d'un accident… Ce n'est pas une raison pour s'interdire de tomber amoureux…

Sur ce, il glissa un doigt sous son joli menton et se pencha vers elle. Il l'embrassa avec douceur.

— Quand cette guerre sera finie, nous irons à un match de base-ball, murmura-t-il en souriant de toutes ses dents.

— C'est un rendez-vous officiel, alors ?

Leur baiser fut passionné.

Alors que le désir et la joie envahissaient chaque fibre de son être, Adam sut qu'il demanderait Queenie en mariage avant son départ pour le Kansas. Et qu'elle dirait oui.

Clara connaissait la lettre par cœur. Mais elle ne se lassait pas de la lire et de la relire, pour le plaisir d'imaginer la main de Helmut courir sur le papier, ou se suspendre un instant dans l'air tandis qu'il réfléchissait à ce qu'il allait dire… Ses lettres étaient toujours enjouées. Il forçait le trait pour eux. Mais celle-ci, la dernière en date, contenait une confession surprenante.

Chère maman,

La Nouvelle-Zélande est magnifique. Difficile de croire, quand on y est, qu'il y a la guerre. Ce camp de repos est parfait. Les infirmières sont jolies et gentilles. Il fait beau. D'ici, je vois les sommets enneigés. Tu sais que je ne suis pas habilité à te révéler où est basée mon unité, où nous avons opéré, ni quelle sera notre prochaine affectation. Mais sache que mes camarades et moi nous portons bien. Le moral est bon. Les dames du coin nous apportent des petits pains tout chauds et nous mangeons de l'agneau à chaque repas. L'élevage de mouton est la principale ressource par ici. J'aimerais bien m'y essayer à mon retour.

Mes camarades et moi sommes devenus une vraie fratrie ; on veille les uns sur les autres. Du coup, ça me rappelle la maison, et je regrette que Bill, Adam et moi ne nous entendions pas mieux, surtout en ces temps difficiles. Que nos familles ne se parlent pas... Mes enfants ne seront pas élevés dans cet esprit. Je leur inculquerai la valeur de la famille, l'amour de leurs proches. Ils passeront leurs vacances et les fêtes avec leurs cousins. Voilà ce que la guerre et le combat m'ont appris. Peut-être même arriverai-je, après la guerre, à combler le fossé qui sépare les Schaller et les Newman ? Ensemble, nous serions la famille la plus puissante de la vallée. Mais ce n'est pas le pouvoir qui me motive. Ce qui importe, c'est le fait d'appartenir à une grande tribu.

De parler d'Adam, cela me rappelle ce concours que j'ai gagné quand j'avais douze ans. Je me sens toujours coupable de cette victoire, car je ne la méritais pas. D'une part, je n'y tenais pas et si j'avais pu je n'aurais rien rendu, mais je ne pouvais pas vous faire ça. Et d'autre part, cette phrase qui m'a valu le prix n'était pas le fruit d'une mûre réflexion. Elle m'a été inspirée par le ressentiment et la révolte éprouvés suite aux fanfaronnades d'Adam et au comportement de mes amis aux prénoms américanisés. Les jours qui ont précédé l'annonce des résultats, je m'attendais à tout moment à être convoqué pour esprit de rébellion ou bien que le principal vous dise tout le mal qu'il pensait de moi. Gagner le concours et déjeuner avec le gouverneur, je m'en fichais totalement !

Les larmes aux yeux, Clara replia la lettre et la remit dans son enveloppe. Son fils. Son aîné. Elle l'avait porté pendant neuf mois, l'avait mis au monde, allaité. Mon Dieu, qu'elle l'aimait !

Elle adressa une fervente prière à Dieu pour qu'il lui revienne en vie et entier. Elle Le remercia ensuite pour avoir fait qu'au moins un de ses fils reste au pays.

Entendant du bruit, elle alla se poster à la fenêtre de la cuisine : son petit dernier était en train de décharger un camion de barriques vides. Bill étant stationné à Camp Cooke, cela lui permettait de venir parfois les embrasser. Elle aurait tant voulu qu'il soit heureux, mais il ne l'était pas, avec Fay. Avait-il compris qu'elle l'avait piégé ? Pourvu que non, car cela le rendrait encore plus malheureux et leur mariage tournerait au vinaigre. Ce qui peinait Clara, c'était que Fay avait poussé Bill à leur mentir à propos de ce soudain déploiement. Elle craignait que ce ne soit que le début de la manipulation, du contrôle et de la corruption dont cette fille était capable. Bill avait introduit une vipère au sein de leur famille.

Dans ces circonstances, Clara avait du mal à se faire à la présence de sa belle-fille à la maison, d'autant que celle-ci ne montrait aucune appétence pour les tâches ménagères et qu'elle continuait à lui prodiguer des compliments tournés comme des insultes.

Quelle différence avec l'épouse d'Adam, si enjouée ! Un mariage d'amour, apparemment…

Clara reporta son attention sur l'enveloppe qu'elle tenait à la main. La lettre datait d'octobre. On était en décembre et aucune ne leur était parvenue depuis. Helmut avait-il été envoyé dans un endroit d'où il ne pouvait écrire ? L'inquiétude l'envahit tandis qu'elle repensait aux actualités qu'elle voyait au cinéma et aux reportages qu'elle lisait dans les journaux.

Comme la guerre semblait loin de leur vallée ! Ici, les semis d'hiver étaient terminés et les dernières vendanges fermentaient. La demande explosait littéralement, puisque l'Europe n'exportait plus.

Elle s'apprêtait à aller vérifier la cuisson de son rôti quand elle aperçut du coin de l'œil une voiture approcher. C'était Jim Pope, responsable de la poste de Lynnville. Que diable faisait-il là ? Il ne se déplaçait jamais pour les tournées. Elle alla l'attendre à la porte de service. Il descendit de son véhicule, l'air grave, une lettre à la main. Clara recula d'un pas.

— Non, non ! supplia-t-elle.

Elle ouvrit d'une main tremblante la lettre du Ministère de la guerre.

Nous avons le regret de vous informer…

Un voile noir s'abattit sur elle, ses genoux cédèrent. Elle s'évanouit.

La lettre du Ministère de la guerre les informait que le soldat Helmut Schaller, de la 27e Division d'infanterie, avait été tué au combat le 23 novembre 1943, sur l'atoll de Tarawa, dans les îles Gilbert, où il était enterré.

Clara sombra dans une terrible dépression. Elle quittait à peine son lit et mouillait de larmes les oreillers que Maria changeait régulièrement. C'était la gouvernante mexicaine qui prenait soin de la pauvre femme, plus que Fay, qui aidait certes un peu, mais toujours en maugréant. Eh ! Elle n'avait jamais rencontré son beau-frère, ne le connaissait pas et n'était en rien touchée par l'événement.

Clara flottait dans une sorte de rêve hallucinatoire, hors d'elle-même. Vingt-cinq ans. Il n'avait que vingt-cinq ans. Qu'a-t-il fait pour mourir si tôt ? Son fils chéri. Fruit d'une haine entre peuples. Conçu en temps de guerre et à cause de la guerre ; mort dans les mêmes conditions…

Ses amies se relayaient auprès d'elle, apportant à chaque fois de quoi nourrir la famille pendant des mois. Frieda restait des heures assise à son chevet. Quand il était en permission, Bill venait dans sa chambre et lui prenait la main. Lui-même pleurait son frère. Lorelei était présente aussi, plus éthérée que jamais. Dehors, les pluies se succédaient. Les ouvriers s'occupaient des vignes. Clara n'en avait pas conscience, prisonnière d'un monde de douleur et de tristesse.

Elle émergea de cette désolation intérieure un jour de ciel gris. Noël était loin derrière eux. L'avaient-ils même fêté ? Elle n'avait aucun souvenir tangible des deux mois qui avaient suivi cette lettre officielle. Il fallait qu'elle se reprenne ! Quand elle put se lever et quitter sa chambre, elle constata que la mort de Helmut avait dévasté toute la famille, Wilhelm en tête.

Son mari s'était complètement replié sur lui-même. Il vaquait à quelques menues occupations, dormait à ses côtés, mais sans plus la toucher, mangeait en silence comme s'il était de passage. Absent.

Intimement persuadée que la joie d'un foyer dépendait en grande partie de la maîtresse de maison, Clara se reprit en main. Elle commença par de petites tâches, un peu de rangement et d'organisation domestique – il fallait rattraper ce qui avait été négligé depuis les fêtes.

C'est en rangeant du linge dans un tiroir de Wilhelm qu'un matin elle trouva des bouts de papier glissés entre deux sous-vêtements. Elle entreprit de les réunir à la manière d'un puzzle et découvrit qu'il s'agissait d'une lettre datée de décembre et signée par Johann. Il leur adressait ses condoléances et parlait aussi de se réconcilier, pour que Wilhelm et lui soient à nouveau frères. Wilhelm avait déchiré la lettre.

La réaction de son mari fut comme un coup de fouet pour Clara. Il avait refusé la main tendue de Johann ! Et n'avait sûrement pas répondu. Cela signifiait que Johann attendait depuis tout ce temps, sa déception et sa tristesse augmentant proportionnellement au nombre de jours de silence.

C'en était assez ! Entre les frères ennemis, la mort de Helmut, l'impossible Fay qui rendait tout le monde malheureux autour d'elle, à commencer par Bill, les fêlures se multipliaient. Il était temps de remettre la famille sur les rails.

Clara prit le téléphone et appela Johann directement.

— Nous devons nous voir. J'ai quelque chose à te montrer.

Ce jour-là, le temps était clément, sans un nuage. Johann suggéra qu'ils se retrouvent aux ruines espagnoles de sa propriété.

Il était déjà là quand elle arriva. Tout naturellement, elle se jeta dans ses bras. Ils s'embrassèrent.

— Je suis si triste pour Helmut, dit-il.

Le prenant par la main, elle l'entraîna pour une promenade à travers les ruines de cette ancienne hacienda, désormais royaume de la vigne vierge et des ronces, des fleurs sauvages et des oiseaux. Ils marchaient en silence, simplement heureux de se retrouver après une si longue absence. Johann la contemplait, émerveillé. Elle lui avait tellement manqué ! Quand il avait appris le drame, il avait dû prendre sur lui pour ne pas se précipiter chez les Schaller afin de la consoler. Son cœur saignait aussi pour Wilhelm. Perdre un fils… Il leur avait envoyé une lettre. Le savait-elle, ou bien Wilhelm l'avait-il jetée ?

Ils s'arrêtèrent à côté d'un vieil arbre noueux dont les branches s'entrechoquaient dans le vent hivernal.

— Mon fils est enterré sur un atoll micronésien que je ne peux même pas situer sur une carte, lâcha Clara, le regard tourné vers l'horizon. Puisqu'il n'était pas destiné à venir au monde, Dieu l'a rappelé à Lui.

— Que veux-tu dire ?

— Helmut était un accident. Ce n'était pas le fils de Wilhelm.

Sous le choc, Johann entendit pour la première fois le récit d'un viol survenu vingt-six ans plus tôt. Maintenant que le garçon était mort, Clara se déchargeait de ce fardeau qu'elle gardait auparavant secret pour le bien de son fils.

— Clara, je suis si désolé pour toi...

Il lui caressa tendrement la joue.

— Je suis venue te montrer quelque chose, Johann. Tiens, voilà.

Elle lui présenta les bouts de papiers.

— Quand aucune réponse ne m'est revenue, je me suis douté que quelque chose dans ce goût-là s'était produit. J'avais espéré en écrivant cette lettre à Wilhelm que la perte de Helmut lui ferait voir l'intérêt d'avoir une famille unie.

Il lui rendit les morceaux déchirés dans un silence qui se prolongea. Clara réfléchissait à ce qu'elle allait dire ensuite. Car ils vivaient un moment important, crucial pour eux.

— Pourquoi es-tu parti, Johann ? Cette nuit-là, pourquoi nous as-tu quittés ? Et sans un adieu.

Pour elle, connaître la réponse devenait soudain capital. Sans doute parce qu'il s'agissait de départ et de perte. Helmut en novembre, Johann trente ans plus tôt...

— Wilhelm m'a dit qu'il t'avait supplié de rester, mais que tu disais être un bâtard et que tu ne pardonnerais jamais à Jakob son mensonge. Tu as dit à Wilhelm que c'était lui, le fils légitime, lui qui devait hériter de la terre. Et tu as répété que tu étais le bâtard d'une putain et que tu n'appartenais plus à notre famille.

Johann se passa une main tremblante dans les cheveux, qu'il avait toujours aussi blonds à bientôt cinquante-quatre ans.

— Je te dois la vérité, Clara.

— La vérité ?

Parce qu'elle lui avait révélé son secret, il se sentait libre de parler du sien. Surtout, elle avait le droit de connaître les faits.

— Clara, tu sais... si Wilhelm et moi ne nous adressons plus la parole depuis toutes ces années, ce n'est pas juste à cause d'une dispute. Je n'ai… je n'ai rien dit de tout ça. Je ne me suis jamais traité de bâtard.

Il s'arrêta un instant pour rassembler ses pensées et choisir les bons mots. Clara pressentait qu'elle allait apprendre quelque chose d'horrible sur Wilhelm, mais bizarrement, ça ne la surprenait pas. Elle savait, quelque part.

— Dis-moi, s'il te plaît, souffla-t-elle.

Johann lui raconta donc tout : la jalousie depuis l'enfance, le passage à tabac cette nuit-là, puis l'aide des Ballerini. Il s'exprimait de manière factuelle, sans trémolos dans la voix. Mais Clara, qui connaissait toutes les nuances de ses iris bleus, ne s'y trompa pas. Il avait mal. Et elle aussi.

— Je suis tellement désolée, murmura-t-elle, caressant sa joue, ses cheveux, ses lèvres.

Il l'attira alors à lui d'un geste instinctif. Clara eut l'impression qu'un kaléidoscope d'images explosait dans sa mémoire : une promenade à bicyclette le long du Rhin, un pique-nique dans les bois, Johann chantant à tue-tête, puis enchaînant les plaisanteries, leur arrivée en Californie et Johann la prenant dans ses bras pour lui faire voir le paysage, l'immensité de la vallée du Largo…

Alors qu'il la dévorait à présent du regard et que son visage se rapprochait dangereusement du sien, elle songea au soir où il lui avait embrassé la paume des mains et avoué son amour. Elle l'avait alors prié de ne plus jamais en parler.

Mais cette époque-là était révolue. Ils se disaient maintenant leur amour avec leurs lèvres, dans un baiser dévorant. Et par des mots aussi, alors qu'ils se serraient avec force comme pour se fondre l'un dans l'autre. L'urgence de leur passion les poussa plus avant dans les ruines. Ils n'attendraient pas davantage. Les règles et les lois n'avaient pas cours ici. Aucun vœu n'était violé. Il s'agissait de la rencontre impérieuse de deux personnes éperdues d'amour et de chagrin.

— Tu me donnes envie de vivre pour l'éternité, murmura Clara.

Tandis qu'il la caressait, elle sentait l'amour irradier de ses doigts et passer dans son sang en un courant puissant. Il y aurait un avant et un après. Elle le pressentait.

Ils se firent un matelas de leurs manteaux. Le froid ne les touchait pas. Seule importait la chaleur de l'autre qui augmentait au fur et à mesure que leurs vêtements tombaient. Leurs membres s'entrelaçaient, leurs baisers se faisaient plus profonds. Clara leva les yeux vers le ciel azur de Californie. Le monde était devenu fou, mais elle vivait là avec Johann le moment le plus authentique de sa vie.

Allongée entre ses bras, Clara se jura de tout faire pour ramener la paix entre leurs deux familles, pour que la haine et le chagrin n'aient plus droit de cité chez eux.

Oui, même si cela devait lui prendre jusqu'à son dernier souffle, Clara Schaller réunirait la famille.

Aujourd'hui

— Tu as déjà fait l'amour sur une machine à laver en mode essorage ? demandait Michelle.

— Non, mais accrochée à une corde à linge, si, répondit Nicole, l'œil malicieux.

Les deux amies éclatèrent de rire. Elles étaient assises à une petite table à côté du fournil, où Joe, le mari de Michelle, s'activait. Cette dernière s'était réfugiée là pour échapper un instant au coup de feu de midi car, en boutique, c'était la folie. Elle essayait par la même occasion de distraire Nicole, laquelle s'inquiétait pour le résultat du rapport balistique. Depuis qu'elle avait donné le pistolet aux enquêteurs, elle était rongée par des sentiments contradictoires à l'égard de son père.

Les bons moments passés avec lui remontaient à la surface – et là, la culpabilité de l'avoir trahi l'envahissait –, mais elle se rappelait aussi tous leurs sujets de discorde. À commencer par l'université. Pour pouvoir y aller, elle avait dû multiplier les petits boulots et décrocher une bourse. Ça n'avait pas empêché Big Jack de raconter partout, une fois qu'elle avait décroché sa mention, combien il l'avait encouragée. Il était si fier d'elle !

Le dernier point d'achoppement entre eux concernait sa vie privée : il lui avait mis la pression pour qu'elle se marie avec Danny, l'avocat. Et c'était lors d'une dispute à ce sujet qu'il était mort. Tout à coup, il s'était mis à bredouiller, avait trébuché et s'était écroulé. Le temps que les secours arrivent, il était décédé. Une attaque, avaient diagnostiqué les urgentistes. Les larmes de Nicole aux funérailles avaient été amères. Jamais elle ne pourrait rattraper les derniers mots qu'elle avait lancés à son père : « J'en ai marre que tu essaies de contrôler ma vie ! » Et voilà qu'elle le livrait à la police, en plus de vendre ses terres ! C'était digne des traîtres de Shakespeare.

Michelle l'observait, perplexe.

— La vente du domaine se concrétise, mais tu n'as pas l'air particulièrement soulagée ni excitée, constata-t-elle.

— Si, si.

Le ton de Nicole n'avait rien de convaincant. Un petit grain de sable freinait en effet l'enthousiasme escompté. Cela datait de son excursion à la Colina Sagrada, avec Lucas. Ce jour-là, elle avait pris conscience qu'elle enviait le jeune homme pour son attachement à la terre si profondément ancré en lui. Il y avait aussi autre chose, de diffus et qu'elle se refusait à étudier de trop près, de peur que cela ne bouleverse tous ses plans.

— C'est juste l'attente du rapport balistique qui me tracasse.

— En tout cas, cette histoire de cadavre dans le mur n'a pas l'air de gêner les Canadiens.

— Oui, c'est même le contraire ! Mme Macintosh est tout émoustillée. Mais franchement, je me demande combien de temps ça prend, de tirer une balle dans un réservoir, de la récupérer et de la comparer avec l'originale…

— C'est quoi, dans ton sac ? D'autres lettres de ton arrière-grand-mère ?

— Je me suis arrêtée chez M. Gilette en venant. Il en a trouvé dix de plus.

— Tu dois brûler d'impatience de les lire !

— À voir ta tête, c'est plutôt toi qui brûles, répliqua Nicole, amusée.

Elle sortit le paquet de son sac.

— Que disaient celles d'hier ?

— Oh, plein de petites choses sur la famille et le contexte général : la Première Guerre mondiale, la Grande Dépression… Clara parle beaucoup de l'arrière-grand-mère de ton mari, Frieda, et des autres femmes qui se réunissaient tous les dimanches pour un café.

— Des choses intéressantes ?

— En fait, je suis en train de me rendre compte que, si l'on ne sait rien de sa famille, on ne peut en aimer les membres, les honorer et être fier d'eux. Connaître leurs succès, leurs échecs et leurs sacrifices donne vie aux visages figés sur les photos. Les lettres de Clara servent au moins à ça.

Tout en parlant, Nicole balayait la pièce du regard. Sur le mur couvert de cartes de vœux, de remerciements et de photos plus ou moins anciennes, elle en repéra tout à coup une montrant Frieda et Clara en compagnie de jeunes gens en uniforme, parmi lesquels Wilhelm Schaller Junior. Le groupe posait sous une bannière marquée À CEUX QUI SERVENT LEUR PAYS. Le cliché avait probablement été pris lors d'un bal pour permissionnaires. Big Jack lui avait raconté que, pendant la guerre, son père, Bill, avait été stationné sur la base de Vandenberg Air Force, Camp Cooke à l'époque.

La photo prenait une nouvelle dimension après lecture de l'évocation de cette période dans les lettres. Le problème, c'est que ces dernières se présentaient dans le désordre et que Clara elle-même ne respectait pas la chronologie. Elle passait sans crier gare de l'arrivée d'un groupe de jeunes immigrants allemands à la découverte de Lorelei, en passant par Feliciana, retrouvée morte d'un coup de ciseaux dans sa salle de bains. Aborderait-elle le drame du squelette ?

— Est-ce que Joe pourrait lire les passages concernant son aïeule ? demanda Michelle. Il serait fou de joie, et son père aussi.

— Bien sûr, répondit Nicole tout en prenant un couteau à beurre pour ouvrir une lettre. En fait, c'est tout Lynnville que ça intéresserait, car presque toutes les familles sont évoquées. Mais les mentions sont trop imbriquées dans les détails familiaux pour que je puisse les transmettre comme ça. Je sélectionnerai les passages pour Joe.

Elle sortit le papier jauni de l'enveloppe et parcourut les premières lignes en silence :

Nous nous sommes retrouvés aux ruines espagnoles du domaine…

— Mon Dieu, souffla-t-elle

Elle replia la lettre et glissa l'ensemble dans son sac.

— Désolée, Michelle, mais je dois voir Lucas.

— Ma pauvre, c'est vraiment dur d'avoir à le côtoyer tout le temps, la taquina Michelle.

— Écoute, tout ce qui m'importe, c'est de finaliser la vente et de filer à New York. Alors arrête de sourire bêtement.

Michelle se leva en riant et étreignit son amie en guise d'au revoir.

— Merci de m'avoir changé les idées, Michelle !

— Appelle-moi quand tu auras le rapport balistique. Je croise les doigts, ma belle !

Nicole était déjà sortie. Elle appela aussitôt Lucas.

— Très bien, répondit-il quand elle lui eut expliqué de quoi il retournait. On se retrouve où ?

— Aux vieilles ruines espagnoles, sur votre domaine.

En chemin, Nicole ne put s'empêcher de ruminer son agacement. Elle se serait bien passée de ces rendez-vous. Elle avait des projets et tout s'était enchaîné jusqu'ici à la perfection. Une nouvelle vie l'attendait, loin de la vallée, de ses habitants, de ses querelles. Et voilà que le destin les mettait, Lucas et elle, en demeure de s'associer, contre leur volonté. Car il n'était pas plus enchanté qu'elle de cette entrevue. Elle l'avait perçu au téléphone.

Lucas n'avait absolument pas envie de revoir Nicole ! Ça n'était pas le moment ; il avait du travail par-dessus la tête. La seule raison pour laquelle il avait accepté, c'était parce que les dernières lettres contenaient apparemment de quoi faire avancer l'enquête.

Le jeune homme s'inquiétait pour son père : lorsque ce dernier avait appris le sexe du squelette, la nouvelle, au lieu de le soulager, avait généré chez lui un surcroît d'agitation. Depuis, il était sous sédatifs. Lucas ne pouvait décemment pas partir pour l'Arizona dans ces conditions.

Comme convenu, Nicole retrouva Lucas dans la salle de dégustation. L'endroit était lumineux et moderne – tons clairs et mobilier de bois blond. Tout le contraire de la salle de dégustation Schaller avec ses lambris sombres. Prenant soudain conscience que leur chai datait, Nicole se demanda comment les Canadiens le redécoreraient.

Les murs de l'accueil étaient ornés de photos illustrant la saga Newman. Sur l'une d'elles, un couple éclatant de joie souriait sur fond de paysage hawaïen. Melvyn et Karen Newman. Ils s'étaient rencontrés là-bas à l'occasion de vacances, et leur mariage avait suivi de peu. Le résultat de cette union discutait présentement au comptoir avec un client, donnant à Nicole l'occasion de découvrir une autre de ses facettes.

Après le cultivateur, le scientifique et le vigneron, il endossait là le rôle de l'expert. Très élégant en pantalon noir à pinces et chemise blanche, le col nonchalamment ouvert, il expliquait :

— Vous sentez la vanille ? Et cette note de kaki ? L'ensemble est un peu trop tannique.

— Oui, mais, monsieur Newman, j'ai acheté cette bouteille deux mille dollars.

Lucas porta le verre à la lumière.

— Il n'est pas mauvais, je vous l'accorde. Et c'est peut-être même un authentique château-blanc, mais en aucun cas de 1949. Il est de facture récente et vaut, à vue de nez, dans les quatre-vingts dollars.

— Êtes-vous en train de me dire que mon vin est un faux ?

— Monsieur Keen, il n'y a rien de plus facile à fabriquer. L'escroc récupère une bouteille d'origine – vide – auprès d'un restaurant ou d'un collectionneur, d'où l'étiquette authentique, et il la remplit d'un vin quelconque. Il referme avec un bouchon, et le tour est joué. C'est probablement ce qui s'est passé ici.

— Donc, toute ma caisse est bonne à jeter ?

— La contrefaçon de vin est un véritable business, malheureusement. Le plus important, c'est de bien se renseigner sur la personne à qui on achète. Je suis désolé, monsieur Keen. N'hésitez pas à demander une contre-expertise de votre collection, mais, en ce qui concerne cette bouteille, mon avis est que le contenu ne correspond pas au contenant.

Dépité, le client le remercia et s'éloigna, laissant sa bouteille sur le comptoir.

Comme Lucas le suivait du regard, il aperçut Nicole à l'accueil. Son visage se ferma instantanément.

— Excuse-moi, je te dérange, dit la jeune femme alors qu'il venait à sa rencontre.

— Non, non. Ce n'est pas toi, c'est juste que j'ai des soucis. Mon père notamment...

— Comment va-t-il ?

— Ça ira. Pourquoi voulais-tu aller aux ruines espagnoles, au fait ?

— Un événement important dans la vie de mon arrière-grand-mère s'y est passé. Je voudrais juste voir l'endroit. Et cet événement concerne ton arrière-grand-père aussi.

— Johann Newman ?

— Il a confessé quelque chose d'énorme à Clara là-bas. L'origine de la discorde entre nos deux familles, en fait. Je peux te laisser la lettre pour que tu la lises quand tu auras le temps. Comme cela, tu me dis juste où sont les ruines et j'y vais toute seule.

— Ce sera plus simple si je t'y emmène. Elles ne sont pas faciles à trouver.

En effet, Nicole n'aurait jamais trouvé... Le site disparaissait sous la végétation. Nicole tendit la lettre à Lucas et descendit de la Jeep pour lui laisser un peu d'intimité.

Elle en profita pour déambuler entre les éboulis, au milieu des colonnes et des arches encore debout, vestiges de l'hacienda initiale. Elle finit par s'asseoir sur un muret et sortit une autre lettre de son sac.

Ah. Elle parlait de Melvyn enfant. Il faudrait qu'elle la montre à Lucas.

Melvyn était un petit garçon précoce. D'ailleurs, les trois enfants d'Adam et Queenie excellaient à l'école. Ils avaient hérité de l'intelligence de leur grand-père Johann et de la vivacité d'esprit de leur mère.

Nicole leva un instant les yeux de sa page, songeuse. Elle contempla au loin les montagnes et, plus près, le paysage vallonné tapissé de prairies, de forêts et de vignes. La vision semblait immuable. Depuis combien de temps avait-elle perdu le contact avec cette vallée aimante ? Elle lui avait tourné le dos comme on coupe les ponts avec les siens, alors que cette terre n'avait rien fait que la nourrir de son blé, de son eau et de son air pur.

Quelle ingrate je suis ! se dit-elle soudain. Pourtant, je *dois* partir. Comment savoir, sinon, où finit ma famille et où moi je commence ?

Elle jeta un regard à Lucas, assis dans la Jeep. Éprouvait-il le même envoûtement qu'elle vis-à-vis de la vallée ? Se levait-il parfois avec le soleil pour se promener à travers champs et vignes dans le silence et la fraîcheur du petit matin ? On ressentait à cette heure-là toute la puissance émanant de la terre. Elle imposait le respect. Elle n'avait besoin de personne pour suivre ses cycles. Les arbres poussaient, la vigne croissait, les fleurs s'ouvraient et les animaux s'accouplaient. Nicole aimait particulièrement l'été, quand le soleil levant inondait en une seconde toute la vallée de sa lumière cuivrée, la transformant en un lac doré dans lequel on aurait volontiers plongé. Ces minutes-là donnaient foi en la vie, en l'amour, en l'avenir.

Comment avait-elle pu l'oublier ?

Un bruit de portière lui fit tourner la tête. Lucas venait vers elle d'un pas lourd, les épaules légèrement voûtées. À l'évidence, il accusait le coup.

— Tu vois ? lui dit-elle. Quand ma famille disait que Wilhelm et Johann étaient frères, elle ne se trompait pas de beaucoup : ils étaient demi-frères.

Comme Lucas ne répondait pas, Nicole comprit soudain qu'il semblait en colère.

— Ça fait beaucoup à digérer, tout ça, lâcha-t-il finalement en s'asseyant près d'elle. S'en prendre ainsi à son frère. C'est plus qu'une dispute…

Oui, il était en colère. Mais pourquoi ? Parce que Melvyn aurait dû lui dire la vérité ? Parce qu'il haïssait encore plus Wilhelm Schaller ? Parce qu'il lui en voulait à elle d'être sa descendante ? Elle aurait bien aimé qu'il extériorise ses sentiments mais n'osait pas le brusquer.

Quoi qu'il en soit, ils partageaient tous deux la même surprise et le même choc devant cette révélation du drame originel. Qui aurait cru ? Et quand elle repensait à Clara... La pauvre était morte avant d'avoir pu réconcilier les deux familles.

— Clara dit avoir révélé à Johann un secret concernant son fils Helmut, mais elle ne précise pas lequel.

Lucas haussa les épaules.

— Il est mort au front ; et le secret lui appartenait. J'imagine que c'est pour ça qu'elle n'en dit pas plus. Mon Dieu, quel fardeau nos parents ont porté...

Jetant un regard au paquet de lettres dans le sac de Nicole, il se demanda comment elle avait encore la force de soulever ce poids de serments, de souffrances et de trahisons passés.

— C'est fou, tu ne trouves pas, Lucas ? Nous sommes les premiers à savoir. Tiens, celle-ci t'intéressera...

Tout en lui tendant la page qu'elle lisait, Nicole prit conscience qu'un lien était en train de se tisser entre eux. Or elle ne le souhaitait pas plus que lui. Mais c'était comme si une force les poussait vers un point précis. Les emmenait sur un chemin qui ne pourrait déboucher que sur une impasse...

Lucas parcourut les mots jetés sur le papier.

— C'est bizarre, lâcha-t-il. Mon père parle souvent de son enfance. Et d'après lui, il était un sacré garnement. Avec son frère Gordon, ils ont fait les quatre cents coups : ils volaient des poulets, ouvraient la porte de l'enclos aux chevaux... Ils se sont retrouvés dans des situations impossibles. Et voilà que ton arrière-grand-mère en dit le plus grand bien !

Tandis qu'il se replongeait dans sa lecture, Nicole ouvrit une troisième lettre.

Clara y parlait de mariages. Ceux de Queenie et Adam Newman. De Bill et Fay. D'autres aussi, chez les Eberhardt, Gilette, Mueller. Des noms familiers. Un réseau de révélations, de questionnements, de surprises et d'émotions.

Comme le soleil commençait à taper fort, Lucas lui montra l'ombre des ruines. Ils se choisirent un coin protégé, où ils s'assirent à même l'herbe desséchée, dos contre un mur effondré, chacun avec sa lettre à la main.

Quand elle eut fini la sienne, Nicole la tendit à Lucas avant d'en prendre une nouvelle.

Johann adore sa belle-fille, Queenie. Il se félicite souvent du choix de son fils. Je suis heureuse pour lui.

— Tu sais. Je trouve que mon arrière-grand-mère parle beaucoup de Johann Newman dans ses lettres. Elle le mentionne bien plus que son mari. Tu crois que…

Lucas la regarda. Leurs visages n'étaient qu'à quelques centimètres l'un de l'autre. Leurs épaules se touchaient. Il avait l'air étonné.

— Non, c'est impossible, répondit-il.

L'idée le mettait mal à l'aise.

— En tout cas, elle a l'air de beaucoup l'admirer. Et tu as remarqué ? Là où elle parle du passage à tabac, on dirait des traces de larmes séchées.

— Des larmes ?

— Oui. Elle pleurait en racontant ce qui est arrivé à Johann.

Lucas observait Nicole, perplexe. En réalité, ses pensées suivaient le même chemin que celles de la jeune femme un peu plus tôt, concernant la magie du passé et son pouvoir de réunir les êtres. Pourquoi avait-il soudain très envie d'en savoir plus sur Nicole ? Par exemple, pourquoi voulait-elle quitter la vallée ? C'est vrai que beaucoup de filles partaient, croyant l'herbe plus verte ailleurs. Mais il avait imaginé Nicole différente, intoxiquée tout autant que lui à la vigne.

Impossible cependant de lui poser la question directement, il avait déjà suffisamment baissé la garde en lui montrant sa serre et son labo, en lui révélant ses secrets, ses pensées intimes. Lui, d'ordinaire si peu bavard… Pourquoi s'était-il épanché ? Il devait y avoir quelque chose chez Nicole qui le poussait à parler.

Le petit creux qu'elle avait à la base du cou l'attirait plus que tout. Il aurait voulu le toucher. Oh, rien d'intrusif. Juste y poser le bout du doigt et l'y laisser, rien de plus.

Nicole était penchée sur sa lettre. Elle pouvait cependant sentir le regard de Lucas sur ses cheveux, son visage, sa gorge.

Il s'attardait à la base de son cou, et la sensation s'apparentait à une caresse aussi légère que l'air. Terriblement intime. Quand il tourna la tête, ce fut son tour à elle de détailler les boucles blondes qui rebiquaient au col, le profil bien droit de son nez, ses paupières sensuelles.

Comment avait-elle pu lui en vouloir à ce point sans même le connaître ? Confusément, elle sentait que leur présent changeait parce que leur passé changeait. Cela l'effraya. Qu'est-ce que ces lettres allaient encore modifier ? Peut-être au moins lui en apprendraient-elles davantage sur sa grand-mère paternelle. Big Jack ne parlait jamais de sa mère – Nicole ne savait presque rien d'elle.

Et quid du squelette de femme retrouvé dans le mur ? Était-ce une des conquêtes de son père venue lui annoncer sa grossesse ? En ce cas, elle aurait lancé un sacré pavé dans la mare, c'est sûr.

— Ça fait drôle de lire des détails sur le mariage de grand-père Adam et grand-mère Queenie. Ils se sont mariés en 1943, murmura Lucas.

— Vraiment ? La même année que mes grands-parents ! Ils se sont rencontrés à un bal organisé pour les soldats. Ça devait être d'un romantisme, avec la guerre et tout ça !

— D'où tu crois que vient le baby-boom ? C'est le retour des hommes en manque, affirma Lucas avec un sourire taquin.

Leurs regards se croisèrent, et l'univers se figea le temps d'un battement de cils. Nicole sentit une drôle de sensation enfler au creux de ses reins. Non ! Elle ne *pouvait* pas tomber amoureuse de Lucas Newman !

— Ça devait être une époque passionnante, dit-elle pour briser le charme. Tu imagines ?

Si elle avait pu choisir, elle aurait vécu quant à elle dans les années soixante ou soixante-dix, quand les campus et les hippies se dressaient contre la guerre. Mis à part le choc du 11 septembre, sa génération n'avait rien connu de révolutionnaire. En tout cas, rien qui soit palpitant dans la durée. Plus personne ne dansait nu sous les cascades.

Seule la passion demeurait sexy. Pas la passion romantique, mais celle qui poussait à réaliser un rêve, à s'investir dans une cause, pour un idéal, comme Lucas avec sa volonté de découvrir comment cultiver le raisin en milieu désertique. Ça, c'était séduisant !

Son téléphone l'empêcha de suivre plus avant cette pente dangereuse.

C'était Quinn. Elle se leva d'un bond.

— Inspecteur ! Vous avez des nouvelles ?

Lucas se leva à son tour, aussi impatient qu'elle d'en apprendre plus.

— Merci, mon Dieu ! Et merci à vous, inspecteur, s'exclama-t-elle avant de raccrocher.

— Alors ?

— Alors la balle ne correspond pas à l'arme de mon père ! Il n'y est pour rien ! Ce n'est pas magnifique, Lucas ?

Elle lui sauta au cou, et l'embrassa à pleine bouche.

Cinquième Partie

1953-1958

— Wilhelm m'inquiète. Chaque jour, il se replie un peu plus sur lui-même, disait Clara à Johann.

Ils se promenaient sur la rive du Largo, avec l'impression d'être seuls au monde. Autour d'eux, les pivoines en fleur embaumaient l'air et réjouissaient l'œil par leur dégradé de blanc, de rose et de rouge.

— Je ne sais plus quoi faire pour l'atteindre. Parler ? Il discute volontiers des vendanges, du vin, de sa petite-fille Deborah et de politique, mais dès que j'aborde la question de ses émotions il se retranche instantanément dans le silence. Il pleure toujours Helmut : au lieu de s'apaiser, son chagrin semble enfler avec les années.

Johann prit le temps de réfléchir tout en observant une libellule orange et rouge zébrer la surface de l'eau. Finalement, il se prononça :

— Je ne crois pas que Wilhelm pleure son fils. Il pleure sur lui-même.

— Sur lui-même ?

Clara s'était arrêtée net.

— Oui. Lorsque la nouvelle du décès vous est parvenue, je pense que Wilhelm a découvert une vérité dérangeante le concernant. Depuis, cette vérité le hante et il lui devient de plus en plus difficile de vivre avec.

— Mais quelle vérité ?

— Qu'il avait un fils préféré.

Clara demeura sans voix. Se pouvait-il que... ? Elle tenta de rassembler les souvenirs qu'elle avait des garçons avec leur père, quand ils étaient petits. Avait-il été plus présent auprès de Helmut ? Avait-il passé plus de temps avec lui ? Peut-être.

— Un fils préféré, murmura-t-elle.

— Tout comme notre père.

— Il croit retrouver ce trait de caractère en lui ?

— Tu m'as souvent répété que les relations s'étaient tendues entre Wilhelm et Bill depuis la mort de Helmut.

— Il est normal qu'un père et son fils se disputent de temps à autre. Sans compter que Fay n'aide pas. Elle est difficile à vivre.

— Je crois que Wilhelm s'en veut d'avoir pensé en recevant la lettre officielle : « Pourquoi Helmut et pas Bill ? » Pendant toutes ces années, il avait haï notre père, et voilà qu'il se découvrait semblable à lui. D'autant que nous ne sommes pas censés avoir de préférence entre nos enfants. Mais nous en avons tous.

Ce constat amena de nouveau Clara à plonger dans ses souvenirs. Avait-elle aimé Lorelei plus fort que ses fils ? Comment mesurait-on cela ? La relation mère-fille était toujours particulière. Encore plus quand elle se nouait avec une pauvre orpheline abandonnée.

Clara remercia Johann d'un geste tendre. Il lui avait donné les clés pour comprendre une situation qui la préoccupait terriblement. Combien de nuits blanches avait-elle passées à chercher un moyen d'apaiser son mari ? L'ironie de tout cela, c'était que Wilhelm, pour qui la légitimité du sang importait tant, avait préféré l'enfant d'un autre... Pour échapper à la prison intérieure dans laquelle il s'était enfermé, il n'y avait que le pardon. Il lui faudrait pardonner à Jakob, pour se pardonner à lui-même. Et si l'heure était au pardon, peut-être une réconciliation entre les frères Schaller serait-elle envisageable ? Et Deborah ne serait plus seule. Elle aurait des cousins avec qui jouer puisque Sofie, la fille de Queenie, avait presque le même âge.

Mais comment Clara pouvait-elle s'y prendre ? Johann était prêt à faire un pas. Il l'avait déjà prouvé dix ans plus tôt dans sa lettre de condoléances. Johann…

Grâce à lui, elle se sentait toujours un cœur de lycéenne malgré la soixantaine qui approchait à grands pas. Lui-même ne faisait pas ses soixante-trois ans. S'il avait quelques rides, il les devait plus à la vie au grand air qu'à l'âge. Le blond dominait toujours dans sa crinière et son regard n'avait pas changé. Elle le désirait de tout son être, mais il n'y avait eu que cette fois-là, cette seule et unique fois, magique, dans les vieilles ruines espagnoles, quand ils s'étaient mutuellement consolés. Elle avait un mari, Johann était son beau-frère, et tous deux croyaient à la valeur des serments. Ils ne s'en aimaient pas moins et continuaient à se retrouver, en amis chers. Ils s'étreignaient, se tenaient par la main, échangeaient parfois un baiser. Ça n'allait jamais plus loin. Les mots et les regards suffisaient.

Une fois, elle lui avait demandé pourquoi il ne se remariait pas.

« Je crois que tu connais la réponse, ma très chère », avait-il répondu d'une voix posée.

Oui, ensemble, ils trouveraient un moyen de réunir la famille.

Il faut toujours faire attention au vœu que l'on fait, car il pourrait bien se réaliser, se disait Fay.

Avec Bill, ils disposaient désormais de la maison pour eux seuls, Clara et Wilhelm ayant emménagé dans la grande demeure construite après la guerre. Dieu merci, car vivre avec eux et selon leurs habitudes d'immigrés n'avait pas été une sinécure ! Sitôt devenue maîtresse de l'ancienne maison de Jakob, Fay avait insisté pour tout moderniser, redécorer, remeubler. Le résultat aurait pu figurer en bonne place dans le magazine *The Valley*, estimait-elle. Elle avait aussi engagé une cuisinière, une gouvernante et des bonnes afin de se décharger des tâches ménagères. En revanche, elle avait refusé toute aide pour Deborah. Pas de nourrice, elle tenait à s'occuper elle-même de sa fille. Elle l'avait allaitée, changée, baignée, bercée, couchée, amusée, tout cela sans l'aide de personne. Même maintenant que Deborah allait à l'école, Fay ne supportait pas de la confier à des baby-sitters ou même à ses grands-parents. La conséquence, c'est que Bill et elle sortaient peu. Une fois, elle avait cédé et accepté une séance de cinéma à Lynnville. Pendant tout le film, elle avait regardé sa montre.

Jamais elle n'aurait cru que la maternité pouvait être si merveilleuse. Avant d'être mère elle-même, elle plaignait ces femmes qui avaient des enfants accrochés à leurs basques. Or, avoir une fille, c'était la plus belle expérience au monde ! À présent, elle comprenait mieux sa propre mère, se rendant compte qu'elle s'était toujours débrouillée pour lui procurer de quoi manger, se vêtir, dormir au sec. Si Ruth avait travaillé si dur, c'était pour elle. Fay aspirait à retrouver avec Deborah ce lien exclusif qu'elle avait eu avec sa propre mère. Elles n'étaient pas riches alors, mais elles étaient là l'une pour l'autre.

Tous les samedis, Fay emmenait Deborah à Santa Barbara, où elle dévalisait les boutiques pour sa fille. Elle lui achetait d'adorables petites robes, des souliers de princesse, des sacs à main miniatures. Toutes les deux semaines, l'enfant avait droit à une séance chez le meilleur coiffeur de la ville pour un shampoing et une coupe, avec toute l'équipe du salon aux petits soins. Et une fois par semaine, elles allaient prendre le goûter chez Eberhardt ou chez Mueller. Dans ces occasions-là, Fay traitait sa fille de six ans comme si c'était une adulte. Cela ne l'empêchait pas de la couvrir de jouets, plus que sa chambre ne pouvait en contenir. Il n'y avait jamais non plus assez de livres à lui lire le soir. Elle veillait enfin à rencontrer régulièrement la maîtresse et le directeur de l'école pour s'assurer que Deborah avait le meilleur suivi possible.

Cet amour dévorant et exclusif ne laissait pas de place pour un autre enfant. D'ailleurs, Fay n'en voulait pas, et certainement pas un garçon, d'où son utilisation en secret d'un bout d'éponge imbibé d'une décoction de plantes qu'elle savait à quel moment insérer – Bill était tellement prévisible dans ses besoins et ses élans sexuels.

Voilà ce à quoi songeait Fay tandis qu'elle inspectait chaque centimètre carré de la maison, à la recherche d'une poussière oubliée par le personnel. Elle s'agitait toujours quand elle devait prendre une décision difficile. Cela concernait son entrée dans le club le plus sélect de Lynnville, le Women's Service Club. Elle aurait bien eu besoin d'un avis extérieur, mais elle ne savait vers qui se tourner.

Elle faisait déjà partie de l'association des parents d'élèves, et l'année prochaine, quand Deborah ferait du scoutisme, elle s'investirait également là-dedans. Mais ce dont elle rêvait, c'était d'intégrer le Women's Service Club. Depuis cinq ans qu'elle essayait, jamais elle n'avait obtenu la majorité des voix.

Ce club avait été fondé à la fin de la guerre, par des femmes qui avaient œuvré à l'effort de guerre ou auprès de la Croix-Rouge. Comme elles souhaitaient continuer à s'investir, elles avaient créé ce cercle afin de lever des fonds pour les veuves et les orphelins de guerre. Par la suite, la gamme de leurs actions caritatives s'était élargie et le club avait gagné une certaine notoriété dans la vallée. On le disait élitiste, car très regardant dans le recrutement de ses membres. En faisaient généralement partie les femmes les plus riches de la société locale. Grâce à son influence, bien réelle, le club obtenait des résultats, comme la construction d'une nouvelle aile pédiatrique pour l'hôpital de Lynnville. L'année précédente, il avait aussi accueilli la femme d'Eisenhower pour un déjeuner, à l'occasion du passage en ville du général, alors en pleine campagne électorale. Contrairement à d'autres non-membres, Fay n'avait pas été conviée à l'événement. Inutile de préciser qu'elle ruminait encore cette déception, d'autant que le couple avait été élu et habitait désormais à la Maison Blanche !

Ses échecs répétés, elle les devait à Queenie Newman, la présidente du club. Une femme très populaire. Fay la détestait. Elle et ses bons sentiments, ses bonnes actions contre la polio, pour la protection des animaux, et tout et tout. Sa photo paraissait régulièrement dans les journaux. Et le magazine *The Valley* lui avait consacré un reportage de cinq pages dans sa rubrique déco.

Ce n'était pas juste. Elle était aussi riche que Queenie et elle appartenait à une famille aussi puissante. Alors pourquoi n'arrivait-elle pas à s'intégrer ? Et pourquoi sa belle-mère n'usait-elle pas de son influence ?

Alors qu'elle poussait les portes battantes de la cuisine, Fay aperçut Juanita, la cuisinière, en train de ranger dans le tiroir le couteau à viande qu'elle venait d'essuyer sur son tablier après utilisation.

— Juanita ! Je t'ai déjà dit de ne pas faire ça ! Les couteaux doivent être lavés à l'eau chaude et avec du savon.

C'était le problème avec les domestiques : ils n'avaient pas les mêmes standards d'hygiène. Mais on ne pouvait pas tout avoir : des gens corvéables à merci, peu payés et parfaits par-dessus le marché. Elle retenait déjà les frais de repas sur leurs gages...

Sur le comptoir de la cuisine, le filet de bœuf côtoyait le homard du Maine, le saumon de Nouvelle-Écosse, des truffes de France, des fromages d'importation, des asperges – bien que ce ne soit pas la saison... Des mets de luxe dont elle avait rêvé quand elle était plus jeune et qu'elle s'était juré de manger une fois mariée. Aujourd'hui, pourtant, elle se souvenait avec nostalgie des haricots sur pain toasté et de la viande en conserve surmontée d'un œuf que lui préparait sa mère. De la nourriture de pauvre. Qui la faisait maintenant saliver.

Oui, attention au vœu que tu fais, car parfois, quand il se réalise, ce n'est pas aussi merveilleux ou gratifiant qu'on l'imaginait. Surtout, le prix à payer peut être proportionnel à l'intensité du désir exprimé.

En cet instant, par exemple, elle devait lutter contre l'envie pressante de saisir ses clés de voiture et de tailler la route. Cet élan presque irrésistible la saisissait depuis peu, mais il était bien présent. Elle n'y cédait pas, bien sûr que non, elle avait trop de responsabilités. Mais le fantasme demeurait. Elle rêvait de sauter dans sa voiture le soir, après avoir couché Deborah, et de rouler à toute allure au petit bonheur. Même endormie la nuit, elle se voyait rouler sur une route de campagne, toute seule, sans but, avec juste le plaisir d'être en mouvement.

Fay savait ce que tout cela symbolisait : la fuite. Sa vie ne se déroulait pas telle qu'elle l'avait programmée. Certes, elle avait de l'argent, la sécurité et un mari fidèle, mais elle n'avait pas sa place dans le tableau. Et plus elle essayait de s'intégrer dans certains cercles, plus l'envie de prendre ses jambes à son cou devenait intense. Que faire, alors ? Devait-elle se contenter de ce qu'elle avait ? Non, certainement pas ! Cela aurait signé son échec.

À côté de ça, quel travail c'était, de soigner les apparences, de répondre aux attentes, de surveiller chaque mot qu'elle disait ! Elle en voulait à ces dames de la façon dont elles marquaient leur supériorité. Oh, jamais rien de frontal, ce n'était probablement même pas intentionnel. Cependant, en ne l'intégrant pas dans leur cercle, elles envoyaient un message clair. Tailler la route aurait été tellement plus simple ! Quitter tout ça… En plus, sa Cadillac décapotable était un rêve de confort et de conduite !

Mais trêve de digression. Ce qui l'intéressait présentement, c'était d'entrer dans ce club. Pourquoi donc n'avait-elle pas d'amies alors qu'elle s'efforçait d'être gentille avec tout le monde ? Elle trouvait toujours un compliment à faire sur la couleur d'un vêtement ou d'un chapeau ! Une conversation surprise il y a peu dans une boutique de Lynnville l'avait profondément heurtée. Deux dames parlaient de sa candidature, et l'une avait dit :

« Fay Schaller ? Non, je ne voterai pas pour son entrée au club. Elle n'a jamais un mot aimable pour personne. Toujours sarcastique. Aucun tact. Et ordinaire avec ça ! »

Ces mots l'avaient foudroyée.

Et lui avaient donné matière à réflexion. Elle tentait depuis de mettre en balance son envie d'adhérer à ce club et sa peur d'être rejetée. Si seulement elle pouvait se lier d'amitié avec certains membres ! Pour cela, elle allait devoir ravaler sa fierté et demander conseil à sa belle-mère.

Clara était assise sous la galerie de sa grande maison, en train de lire une lettre de Lorelei. Sa fille lui manquait, mais elle était contente de la savoir heureuse avec son mari et ses enfants.

C'était avec un mélange de joie et de tristesse qu'elle l'avait vue partir à Seattle avec ce beau jeune homme qui travaillait dans les assurances et allait lui offrir une vie de rêve. Le jour de leur mariage, quand elle avait demandé à Lorelei si elle n'aurait pas souhaité que sa mère fût là – car Clara et Wilhelm n'avaient jamais caché à leur fille ses origines –, elle lui avait fait le plus beau des cadeaux en répondant :

« Ma mère *est* là. »

Ces pensées ramenèrent Clara à ses propres parents, en Allemagne. Ceux-ci étaient morts depuis quelque temps déjà et, si elle communiquait encore par lettres avec ses sœurs, le rythme était moins régulier et le ton moins spontané qu'avant. Leurs courriers évoquaient des neveux et des nièces qu'elle n'avait jamais rencontrés. Du côté Schaller, il n'y avait plus personne. L'Allemagne semblait loin. Ils ne parlaient d'ailleurs plus d'y retourner en visite. Sans doute parce qu'ils ne tenaient pas vraiment à constater combien le pays avait changé. Dans leur esprit, il restait tel qu'ils l'avaient quitté quarante ans plus tôt, et ils craignaient de voir les stigmates de la guerre. Mieux valait préserver les bons souvenirs.

Le paradoxe, c'était que la culture allemande les environnait en permanence, à commencer par la tradition viticole et ces vignobles de riesling à perte de vue ! Il y avait aussi la pâtisserie des Eberhardt, l'hôtel des Mueller, la Fête de la bière et désormais… la Petite Allemagne. Le projet était probablement né d'un désir inconscient d'implanter ici le vieux pays, de rappeler à soi Francfort et Munich. Quelqu'un avait acheté un lopin de terre à proximité du temple luthérien, dans l'idée d'y installer une pompe à essence et un restaurant aux allures d'auberge bavaroise. L'idée était d'attirer les fidèles au sortir de l'office. Très vite, la réputation de l'endroit avait dépassé les frontières de Lynnville et les touristes de passage avaient commencé à s'y arrêter. Les Eberhardt y avaient ouvert une succursale, et la voie à d'autres commerces.

À l'époque, elle-même s'activait à lever des fonds pour l'hôpital, mais l'envie l'avait prise d'ouvrir une boutique d'antiquités à but caritatif. Le stock des Antiquités Schaller avait été constitué grâce aux dons des membres de la communauté. Aujourd'hui, l'enseigne avait beaucoup de succès, car les touristes appréciaient de céder à leurs coups de cœur tout en œuvrant pour une bonne cause.

Un bruit de moteur lui fit tourner la tête. La Cadillac bleu turquoise et rutilante de Fay s'engageait dans l'allée.

— Bonjour, mère Clara !

La jeune femme se gara devant la maison et descendit de voiture. Elle portait l'une de ces larges jupes très en vogue – celle-ci était rose, imprimée de caniches noirs – avec, en haut, un décolleté bateau blanc et un foulard rose noué à son cou. Elle avait aussi ces lunettes à la dernière mode, qui donnaient un air surpris à leurs propriétaires.

— Bonjour, mère Clara ! répéta Fay avec toute la chaleur dont elle était capable. J'aurais besoin d'un conseil. Auriez-vous un peu de temps ?

— Absolument. Entre. Il y a du café chaud.

Dans la cuisine, la cuisinière mexicaine s'activait à préparer le dîner. Comme à son habitude, Clara leur versa elle-même deux tasses, qu'elle posa sur un plateau avec un pot de lait, du sucre et des biscuits. Franchement, se dit Fay, à quoi bon avoir du personnel si on fait tout soi-même ?

Elle suivit sa belle-mère à la salle à manger et prit place à l'une des extrémités de l'immense table en acajou. Clara posa le plateau, s'assit à côté d'elle et sourit pour l'encourager à parler. Le silence se prolongeant, elle versa un peu de lait dans leurs tasses et fit la conversation. Lorelei avait donné des nouvelles de ses enfants et de son mari, lequel venait d'avoir une promotion. Fay releva à peine le propos d'une exclamation polie. Contrairement à sa belle-mère, elle était incapable de se réjouir pour les autres et d'en faire des tonnes sur leurs succès. Elle aurait bien aimé, vraiment. Parce que cela voudrait dire qu'elle serait aussi capable de savourer ce qu'elle avait. Mais elle ne savait pas. Et c'était pareil pour les amis ou les événements sociaux.

Fay jeta un coup d'œil autour d'elle. Elle n'aimait pas la façon dont Clara avait décoré la maison. À l'allemande et vieux jeu. Un éclair de mauvaise conscience la traversa. Elle aurait bien voulu se sentir plus proche de sa belle-mère, mais quelque part, ça reviendrait à trahir encore plus sa propre mère. Elle était déjà partie sans aucune explication et avait rompu tout contact, ce n'était pas pour avoir une mère de substitution.

Elle devait bien ça à Ruth. Voilà pourquoi elle utilisait l'expression « mère Clara » et non pas « mère » : parce qu'elle en avait déjà une, de mère…

Fay aurait d'autant plus aimé nouer une relation de confiance avec Clara que c'était quelqu'un à qui on pouvait se confier. Les amies de sa belle-mère ne s'en privaient pas, d'ailleurs. Elle le constatait à chaque fois que ces dames se réunissaient au domaine, faute de place à la pâtisserie des Eberhardt. Au départ, Clara et ses amies lui faisaient une place dans leur cercle, mais il ne fallait pas longtemps pour que la conversation glisse en allemand. De toute façon, elles étaient d'une autre génération… Voilà aussi pourquoi Fay souhaitait rejoindre le Women's Service Club. Les membres étaient plus jeunes, de différentes nationalités, et elle avait plus en commun avec elles. Elle pourrait beaucoup apporter au club si seulement elles lui en donnaient l'opportunité.

— Vous avez peut-être remarqué, mère Clara, que je n'ai pas beaucoup d'amis, finit-elle par dire.

Aucun ami, corrigea son interlocutrice en son for intérieur.

— Je crois que cela vient du mode de vie que j'avais avec ma mère, quand j'étais petite. Nous changions sans cesse de ville et je n'ai jamais pu apprendre à m'en faire. Mais j'essaie, mère Clara. Je complimente les gens dès que je peux et je leur donne des conseils.

Clara, qui s'était souvent demandé si sa belle-fille réalisait combien ses compliments étaient à double sens, avait maintenant la réponse…

— Fay, très chère, les gens n'aiment pas toujours qu'on les conseille, surtout s'ils n'ont rien demandé.

— Mais j'essaie de me rendre utile.

Clara poussa un soupir. Vraiment ?

— L'autre jour, quand nous étions chez Eberhardt pour acheter du pain, tu as tapé sur l'épaule d'une inconnue et tu lui as fait un commentaire sur ses cheveux. Tu te souviens ?

— Oui.

— Te souviens-tu de ce que tu lui as dit ?

— Oui. Qu'elle avait les cheveux secs et que je connaissais une marque d'après-shampoing qui réglerait ça en un tour de main. Où est le problème ?

Clara ferma les yeux une seconde.

— Fay, on ne saute pas sur les gens, inconnus ou amis, pour leur dire quelque chose de négatif. C'est insultant.

Fay cilla légèrement.

— Mais je voulais juste l'aider. Est-ce que ce n'est pas comme ça qu'on se fait des amis ? Et puis aussi… Vous dites toujours ce qu'il faut, vous. Comment faites-vous ?

— Je ne sais pas… Je suppose que j'essaie de dire ce que l'autre aimerait ou a besoin d'entendre.

En disant ces mots, Clara doutait qu'ils aient du sens pour Fay. Elle avait longtemps pensé que la jeune femme était mesquine. Elle comprenait maintenant qu'elle n'avait tout simplement pas les codes. En sociabilité, tout du moins. Elle était incapable d'établir la relation la plus basique avec qui que ce soit.

Fay retourna à sa Cadillac, déçue. Cette visite ne lui avait rien apporté. Sa belle-mère appartenait à cette catégorie de personnes à qui l'amitié vient naturellement. Elle n'avait jamais eu à travailler ce point et ne pouvait donc l'aider. Une fois encore, elle se retrouvait seule.

La jeune femme enclencha le moteur. En l'entendant gronder, elle se dit que rien ne pressait et qu'un petit tour lui ferait le plus grand bien pour mettre de l'ordre dans ses idées.

— Maman, quand je serai grande, je serai une sirène !

Interloquée, Queenie posa la spatule avec laquelle elle travaillait la pâte de son gâteau. On ne savait jamais ce qui pouvait sortir d'une petite bouche de huit ans !

— Et pourquoi ça, Sofie ?

— Parce que, comme ça, je pourrai nager dans l'océan quand je veux !

— Ah oui, c'est vrai… Mais tu ne pourrais plus marcher sur la terre ferme.

Le commentaire plongea la fillette dans des affres de réflexion. Sofie avait hérité de sa mère ses boucles brunes et des yeux immenses, ouverts sur le monde. Elle avait une grande soif d'apprendre et la tête pleine de questions. Pendant qu'elle réfléchissait, Queenie termina de verser la pâte dans le moule, qui rejoignit les autres en attente de cuisson.

Elle préparait une fournée en vue de la vente de gâteaux organisée au profit de la fanfare de l'école, laquelle avait besoin de nouveaux uniformes. Son esprit était occupé par un projet qu'elle suivait de près en tant que présidente du Women's Service Club : la mise en valeur de la berge du Largo, entre Lynnville et la Petite Allemagne. Ce chantier-là lui tenait vraiment à cœur.

La jeune femme sourit. Quelle aurait été sa vie si elle n'était pas venue en Californie ? Grâce à Adam, elle avait aujourd'hui trois beaux enfants : Gordon et Sofie, les jumeaux de huit ans, et leur petit frère Melvyn, six ans. En ce moment, les garçons dépensaient leur trop-plein d'énergie dans un camp d'été.

Grâce à Adam, encore, elle s'était réconciliée avec sa mère. Tout n'avait pas été rose et certaines révélations avaient fait mal. Comme le fait d'apprendre que, loin d'avoir claqué la porte, sa mère avait été jetée dehors par son père. Elle se souvenait encore de cette conversation, dix ans plus tôt :

« À l'époque, ton père était très soupe au lait.

— Ah oui ?

— Les gens changent avec l'âge. Ils s'adoucissent. Mais si je remonte le temps, je dirais que nous n'aurions jamais dû nous marier. Nous étions trop différents. J'étais jeune et très immature, j'avais envie de sortir, d'aller au restaurant, au cinéma. Ton père n'était pas fait pour la vie à deux et tout ce qu'il voulait, c'était son dîner servi chaud et des soirées tranquilles à écouter la radio. Un jour, pendant une dispute, je l'ai traité de tous les noms et il a explosé. Il m'a dit de prendre mes affaires et de partir. Il a ajouté qu'il demanderait le divorce et m'en ferait porter la responsabilité en tant que mauvaise épouse et mauvaise mère. »

Le souvenir était douloureux pour sa mère.

« J'aurais voulu, bien sûr, te prendre avec moi, mais je n'avais pas d'argent pour me payer un avocat et, à l'époque, ma mère était malade. Je ne pouvais pas t'infliger cet univers de soins et de douleur. Il valait mieux, en effet, que tu restes avec ton père. Les années qui ont suivi, j'ai pris soin de ma mère et, aujourd'hui, j'ai un compagnon merveilleux. J'ai essayé de te contacter, plusieurs fois, mais j'imagine que ton père a jeté mes lettres. »

C'était elle qui les avait jetées. Mais elle ne l'avait pas avoué. Ce n'était pas le bon moment.

Quoi qu'il en soit, le lien avait été renoué, et elles se voyaient désormais régulièrement. Elle n'avait jamais parlé de tout ça avec son père. Ça n'aurait rien apporté et chacun était heureux ainsi.

Voilà pourquoi elle aurait aimé pouvoir rendre à Adam ce qu'il lui avait offert. Elle le sentait frustré.

À trente-huit ans, il souffrait de n'être que le fils de Johann Newman. Il avait envie de laisser une trace qui le distinguât. Par conséquent, il supportait mal d'entendre que, sous la houlette de son cousin Bill, le domaine Schaller gagnait en surface, en nombre de crus et en renommée. Leurs vins étaient distribués dans tout le pays, alors que les leurs, aussi primés soient-ils, conservaient une diffusion plus confidentielle.

Sa dernière rencontre avec leur distributeur californien s'était plutôt mal passée.

« Je suis désolé, monsieur Newman, avait dit l'homme, mais le marché à Los Angeles est saturé de bourgognes et de bordeaux. Il n'y a pas de place pour vos vins. En outre, aussi bons soient-ils, je crains que les gens ne recherchent moins cher. Vous ne produisez pas assez pour intéresser les grandes surfaces, qui de toute façon vendent à petits prix. »

Ce que le bonhomme voulait, d'après Adam, c'était un pot-de-vin.

« Si je le payais sous la table pour qu'il cesse de promouvoir les château-blanc ou les franchimoni, il se débrouillerait pour faire de la place à mes bouteilles ! Mais jamais je ne ferai ça. Éliminer de cette façon des concurrents, c'est contraire à l'éthique. »

La situation était donc bloquée, car leur vignoble restait de taille modeste – Johann ne tenait pas à l'agrandir, afin de garantir la qualité qui le rendait unique. Queenie aurait souhaité que son beau-père se montre plus sensible aux besoins de son fils. Tout ce qu'Adam demandait, c'était de pouvoir ajouter à leur gamme quelques crus de sa préparation.

Comment pouvait-elle l'aider ?

— Maman ? demanda soudain Sofie, qui l'aidait à rassembler les ustensiles de cuisine sales pour les déposer dans l'évier. Mlle Jones a dit que Debbie Schaller et moi, on est cousines. C'est pas vrai, si ?

Queenie savait que ce jour viendrait. Les deux petites fréquentaient la même école et avaient des activités en commun, malgré leurs deux ans de différence. Cependant, elle n'avait pas prévu que la vérité viendrait d'un professeur. Que répondait Fay Schaller à ce type de question ?

— Si, vous l'êtes en quelque sorte. Comme des cousines éloignées…

— Mais ils habitent tout près, non ? Le bus scolaire dépose Debbie Schaller juste à l'arrêt avant moi.

— Vous prenez le même bus ?

— Oui, répondit la fillette tout en léchant le plat avec son doigt. Sa maman vient la chercher tous les jours, dans sa grosse voiture turquoise.

Sofie piqua un biscuit au beurre de cacahuète, tout juste sorti du four, et mordit dedans à pleines dents.

— Tu fais les meilleurs gâteaux et les meilleures tartes et les meilleurs biscuits de la terre, maman ! Tu pourrais les vendre pour de vrai.

Queenie éclata de rire.

— Et comment je les vendrais pour de vrai ?

— Demande à Mme Eberhardt si tu peux les vendre chez elle.

— Mais, ma chérie, les Eberhardt vendent déjà leurs propres gâteaux. Ils n'ont pas de place pour ceux d'un concurrent.

— Alors, ouvre ton magasin à toi, répliqua la fillette en haussant les épaules.

Queenie la contempla un instant, émerveillée : la vérité sortait parfois de la bouche des enfants ! Elle dénoua son tablier et sortit de la cuisine.

— Je reviens, chérie. Je dois voir papa.

Adam était avec son père en salle de soutirage. Les fûts s'alignaient et s'empilaient, et une forêt de tubes et de siphons conduisaient par gravitation le vin vers d'autres barriques, stockées plus bas. C'est ainsi qu'on séparait les sédiments du liquide. Adam tentait de convaincre son père de moderniser le système. Johann semblait sceptique :

— Le chardonnay doit toujours rester en contact avec le chêne des fûts jusqu'à l'embouteillage. C'est ce qui lui donne tout son caractère.

— Je te parle d'un essai, papa. D'après moi, en soutirant une première fois le vin dans des cuves en inox, cela pourrait donner un cru plus fruité. Tu verras !

— Mais on risque une oxydation ou une infection inutiles.

Adam ravala son exaspération. Malgré son diplôme, son laboratoire et sa tournure d'esprit scientifique, son père restait terriblement obtus sur certains points.

Aujourd'hui, toute son attention se concentrait sur l'aspect agricole du domaine et la culture du soja, qu'il avait lancée et dont les rendements étaient très bons. Que leur surface viticole ne progresse pas et qu'ils aient perdu l'exclusivité de la fourniture de vin de messe auprès du diocèse catholique de Californie lui importait peu. Pas plus qu'il n'avait conscience du niveau de frustration que cela générait chez son fils.

Adam voyait les années filer sans pouvoir imprimer sa patte à quoi que ce soit. Queenie lui disait bien qu'il avait réalisé trois merveilles : leurs enfants ! Mais un homme a besoin de construire quelque chose par lui-même. Il n'y a qu'à voir les ponts et les gratte-ciel ! se disait-il.

Pour lui, c'était nécessaire non seulement pour son estime personnelle, mais aussi pour briller aux yeux de Queenie. Évidemment, elle aurait hurlé s'il lui avait dit cela : elle le plaçait déjà sur un piédestal ! Mais il était fou de sa femme, elle était sa raison de vivre. Jamais il n'aurait cru que l'amour pouvait encore croître, dix ans après. Mais Queenie était merveilleuse. Elle se montrait si soucieuse de son bien-être et de son bonheur. Et elle voyait toujours le bon côté des choses.

Enfin, Adam pensait à ses fils : il aurait bien voulu les rendre fiers de lui. Mais il avait beau se creuser les méninges, il n'avait pas encore trouvé le projet qui lui permettrait d'accomplir tout cela.

Quand Queenie entra dans la salle de soutirage, elle prit le temps de les contempler, le père et le fils. Son beau-père portait encore beau à soixante-trois ans. Elle se demandait pourquoi il ne s'était pas remarié. Ce n'était pas par manque de candidates. Toutes les veuves et les célibataires de la vallée, ainsi que certaines épouses, lui faisaient les yeux doux. Il faut dire qu'il ne manquait ni de charme ni d'humour. Pas étonnant que ses petits-enfants l'adorent ! Et il le leur rendait bien.

— Ah, vous voilà ! lança-t-elle. Adam, est-ce que je pourrais te parler une seconde, s'il te plaît ?

— Vas-y, fiston, dit Johann. Nous en avons fini.

Adam en déduisit que le sujet était clos… Il rejoignit Queenie et ils sortirent faire quelques pas dans le soleil couchant.

— Tu sais, chéri, je réfléchissais à un moyen de t'aider à étendre le vignoble et à moderniser le chai, et je me suis dit : pourquoi ne pas monter notre propre réseau de distribution ? De cette façon, tu pourrais contrôler sur quels rayonnages tes bouteilles atterrissent et veiller à ce qu'elles y figurent en bonne place. Pas besoin de pots-de-vin.

— Où es-tu allée pêcher cette idée-là ?

— C'est Sofie qui me l'a soufflée. Alors ? Ce serait faisable ?

Il ne répondit pas tout de suite. Un distributeur ne se contentait pas de livrer les bouteilles dans les magasins et les restaurants. Il faisait auparavant une étude de marché approfondie pour chaque cru, afin de cibler au plus juste les clients correspondant au standing, au prix, à la variété et à la quantité du vin commercialisé. Il en assurait aussi la promotion par le biais de campagnes publicitaires, de stands chez les cavistes. Il pouvait aller jusqu'à organiser des dégustations pour les vendeurs. C'est lui aussi qui tenait à jour les chiffres de vente, se tenait informé du marché et flairait les tendances. Entre autres choses.

— J'y ai déjà pensé, Queenie. Mais monter une telle structure serait trop complexe et chronophage pour moi. Ça impliquerait que je sois sans cesse sur les routes, comme un commercial. Je *serais* un commercial. Eh bien, non. L'idée est tentante, mais je ne me lancerai pas là-dedans. Ma famille a besoin de moi, et le vignoble aussi.

— Très bien… Alors pourquoi ne pas acheter un distributeur déjà existant ? Cela assurerait un débouché pour tes vins, non ?

Il ne pouvait lui donner tort ; il y avait songé aussi.

— Si, bien sûr. Le problème, c'est qu'il n'y a pas de distributeur qui souhaite vendre son affaire pour l'instant. Je le saurais, crois-moi.

— Alors secoue l'arbre et vois ce qui en tombe. Renseigne-toi en toute discrétion, tâte le terrain. Qui sait ? Il y en a peut-être un qui pense à la retraite et ne sait pas quoi faire de son entreprise. Tu ne sauras jamais, si tu ne poses pas la question, et tu peux même être celui qui aura fait germer l'idée. Surtout avec une bonne offre de rachat à la clé.

Bill déboula dans la cuisine pour se laver les mains et les avant-bras à l'évier, ne prêtant nulle attention à la cuisinière et à la bonne qui préparaient le dîner. Depuis la veille au soir, il avait la tête ailleurs.

Il était membre du Valley Growers' Club, où les propriétaires terriens de la vallée se réunissaient pour boire un verre, fumer un cigare, jouer aux cartes, lire les journaux et parler affaires ou politique. Son père en faisait aussi partie, ainsi que les Newman, père et fils. D'un commun accord implicite, les deux parties s'arrangeaient pour ne pas y être en même temps. Et pour les grands événements mondains qu'étaient le bal de Noël et le gala annuel – où les épouses étaient présentes –, ils faisaient en sorte de ne pas se croiser.

Bill y avait rencontré la veille un homme qui pourrait les aider à importer un nouveau cépage d'Allemagne, le müller-thurgau. Avec son père, il comptait en effet prendre les devants et produire localement du liebfrauenmilch, un vin doux et bon marché très en vogue sur le Vieux Continent, afin de couper l'herbe sous le pied des exportateurs allemands.

La conversation avait roulé principalement sur la tension sociale générée par la question des travailleurs clandestins. Les employeurs préféraient en effet les embaucher, eux, plutôt que des salariés américains, car ils ne les déclaraient pas et leur donnaient un salaire de misère. Moyennant quoi, ces gens se déplaçaient en fonction des récoltes, vivaient dans des campements insalubres, et ils n'avaient accès ni aux soins ni à l'éducation. La situation avait atteint un seuil critique.

Mais ce n'était pas cela qui avait retenu l'attention de Bill. Non. La rumeur lui était remontée que son cousin, ayant du mal à trouver des débouchés pour ses vins, cherchait à acheter un distributeur. Or il venait d'en trouver un ! Un certain Callahan, l'un des plus grands distributeurs de vin de Californie, dont le fils et héritier était mort au combat. Il n'avait donc plus personne à qui léguer son entreprise et l'offre généreuse d'Adam avait achevé de le convaincre. On disait qu'ils avaient conclu l'affaire par une poignée de main et qu'ils signeraient devant notaire lors d'un prochain passage en ville de Callahan.

L'idée était tellement brillante que Bill s'en voulait de ne pas l'avoir eue le premier ! Peut-être alors aurait-il acquis, enfin, un peu de consistance aux yeux de son père.

Depuis la mort de Helmut, c'était comme s'il n'existait plus pour ses parents. Ils avaient transformé la chambre de son frère en sanctuaire et ils demandaient encore, dix ans plus tard, à ce qu'on prie pour lui au temple. Son père s'était drapé dans son chagrin et, à table, toutes les occasions étaient bonnes pour rappeler à tous combien Helmut était doué et brillant. À ce régime-là, Bill en était venu à se considérer comme quantité négligeable dans la famille. Depuis une décennie, il vivait dans l'ombre du héros.

Il en avait assez. D'autant qu'il n'était pas loin de leur donner raison. Qu'avait-il réalisé dans sa vie ? Il n'avait pas de hauts faits d'armes à son actif et n'avait pas conclu de beau mariage… Même si ses parents ne disaient rien, ils les savaient déçus, en particulier parce qu'il s'était marié au-dessous de sa condition et, quelque part, les avait tirés vers le bas.

Le manque d'éducation de Fay était flagrant. Ses goûts littéraires n'excédaient pas les magazines de cinéma et la presse à scandale. Rien ne l'intéressait, hormis sa fille. Et leur vie sexuelle n'était pas des plus épanouies – apparemment, l'homme avait des besoins que n'avait pas la femme… La seule chose qu'il lui reconnaissait, c'était qu'elle était une bonne mère. Elle adorait Deborah.

Il aurait bien voulu un petit frère ou une petite sœur pour sa fille… Et ce n'était pas faute d'essayer. Que ne donnerait-il pas pour avoir un fils ! Adam en avait deux, lui.

Et que ne donnerait-il pas pour avoir une idée aussi géniale que racheter un distributeur de vin ! De quoi attirer l'attention de son père…

Non, tu ne peux pas soupirer après cette vie-là ! disait Fay à son reflet bien en chair dans le miroir.

Cette vie faite de vêtements d'occasion que ses camarades de classe se souvenaient d'avoir eus dans leur garde-robe avant elle, ces moqueries, l'humiliation, la pauvreté… C'était impossible. Pourquoi regretter tout ça ?

Ce qu'elle regrettait, c'était le manque d'attaches, l'absence de responsabilités, le fait que tout lui était donné sans qu'elle ait rien à faire, qu'il n'y avait pas besoin d'impressionner ou de plaire. La jeune femme se demandait si elle n'avait pas, finalement, couru après une chimère. Le rêve de sécurité qu'elle avait caressé tout au long de sa jeunesse était devenu réalité. Deborah la comblait au-delà de toute attente. Alors, quel était ce vide ? Pourquoi sautait-elle dans sa Cadillac et roulait-elle pendant des heures, le nez au vent ? Elle revenait toujours de ces expéditions secrètes gonflée à bloc et prête à mener bataille pour sa candidature au Women's Service Club. Il y avait tant de liberté sur les routes.

Personne n'était au courant de ces escapades. Elle partait quand Bill était dans les vignes et Deborah à l'école. Toujours sous un bon prétexte. Et elle roulait. Pour calmer sa conscience, elle se disait que c'était juste un moyen de rassembler ses idées et ses forces. Cependant, une petite voix lui soufflait que c'était plus que ça. Qu'un jour elle prendrait la route pour de bon, sans l'avoir prémédité et sans regarder en arrière.

Cette perspective la terrifiait. Serait-elle de ces femmes qui abandonnent leur foyer ?

Dans le miroir, elle reconnaissait le visage de Ruth Reed. Sa mère lui avait-elle légué son âme de bohémienne ? Et comment faisait-on dans le cas où nos désirs contredisaient notre nature ?

Dernièrement, Fay ne savait plus où étaient ses racines ni à quel monde elle appartenait. Si sa candidature au Women's Service Club était acceptée, cela calmerait-il ses envies de fuite ou bien son conflit intérieur s'en trouverait-il aiguisé ?

Fay, se dit-elle, que veux-tu vraiment ? Sois honnête : Je ne veux plus me sentir comme un chien dans un jeu de quilles ni comme un échec ambulant. Sur la route, je suis forte. Je suis libre comme l'oiseau, un bel oiseau.

Elle descendit rejoindre Bill pour le dîner, lequel était toujours servi sur une table dressée comme pour une réception. Elle y tenait.

Chacun parla poliment de sa journée. Bill raconta son inspection des vignes, Fay signala qu'elle était passée chez Eberhardt pour commander les gâteaux à livrer à la vente pour la fanfare. Queenie Newman les faisait elle-même, paraît-il ! Du coup, pour lui damer le pion, elle avait passé une double commande à la pâtisserie.

— Ce Newman, il est vraiment verni, grommela Bill.

— Qu'est-ce que tu veux dire ?

Fay suivait de près tout ce que faisaient leurs voisins et cousins pour s'assurer qu'ils ne les dépassent jamais de trop. Lorsque Bill lui expliqua l'affaire conclue entre Adam et Callahan, elle eut un coup au cœur. Queenie allait encore s'élever dans l'échelle sociale de la vallée !

— Combien cela risque-t-il de leur rapporter ?

— Beaucoup, répondit Bill en piquant une carotte avec rage. Mais il ne s'agit pas que d'argent. C'est aussi une question de pouvoir. Avec l'étendue et le réseau de contacts de Callahan, Adam manipulera le marché à sa guise. Il aura tous les producteurs de la vallée à sa botte.

Et certaines femmes aussi, songea Fay avec cynisme. Cela dit, si tous étaient prêts à faire leur cour au distributeur, ils la feraient également à son épouse. Une idée germait dans son esprit, qui la fit sourire. Oui... et comme cela, elle ferait de facto partie de l'élite et c'en serait fini des virées en Cadillac.

— L'affaire est signée ?

— Pas encore.

— En ce cas, tu devrais aller trouver le bonhomme et lui faire une meilleure offre.

— C'est impossible ! répliqua-t-il, estomaqué. Il y a eu échange de poignée de main. Cela équivaut à la parole donnée. Je ne peux pas poignarder Adam dans le dos.

— Pourquoi tant de scrupules à son égard, Bill ? En a-t-il eu envers toi quand il a conclu cette affaire ? Il ne t'en a pas fait profiter, que je sache. De toute façon, ont-ils jamais fait quoi que ce soit pour nous ? Pourquoi devrions-nous les ménager ? Légalement, une poignée de main n'a aucune valeur.

Bill secouait la tête. Il avait beau ne pas porter Adam dans son cœur, il était foncièrement honnête. Fay changea donc de stratégie :

— Mais tu as raison, ce serait contraire à l'éthique... Quand j'y pense, cette idée d'Adam est vraiment brillante. Johann doit être fier de son fils.

Bill leva vers son épouse un regard perplexe.

— Ben oui, insista-t-elle, les gens parleront longtemps de cette transaction ; le nom des Newman va briller au firmament de la vallée. Tout ça, grâce à Adam. Alors imagine ce que Johann doit ressentir devant pareille réussite.

Fay s'interrompit pour laisser à son mari le temps d'absorber la logique imparable de ses propos. Bill resta d'abord coi, mais bientôt une lueur s'alluma dans son regard.

— Tu tiens peut-être quelque chose, Je ne dois rien aux Newman, c'est vrai, et si Callahan est prêt à se laisser tenter... Oui, je pense que tu as eu une bonne idée. J'en parle dès demain à mon père. J'attendrai qu'il ait pris son café. Les grandes décisions, ça passe mieux après la première tasse.

M. Gilette et ses clients, les couples Schaller senior et junior, se trouvaient dans le bureau du directeur de la banque de Lynnville, ainsi que M. Callahan et son avocat. Fay assistait avec satisfaction à l'aboutissement de son plan. L'affaire se concluait.

Wilhelm avait allumé un cigare. Quand son fils lui avait soumis l'idée étonnante d'acheter un distributeur de vins, il avait aussitôt adhéré au projet. Une fois les détails mis au point, il avait libéré les fonds et donné carte blanche à Bill pour mener la transaction. Vraiment, l'idée était brillante ! Et son fils n'avait pas ferré n'importe quel distributeur : le plus gros de la région ! Il l'avait convaincu en lui offrant un pourcentage sur les bénéfices, en plus du montant du rachat. Autant dire que Wilhelm rayonnait : à soixante-cinq ans, l'âge où beaucoup songent à la retraite, un boulevard s'ouvrait devant lui. Une voie royale, même ! Bientôt, New York dégusterait ses crus. Et peut-être, un jour, Londres ou Paris. L'empire dont il rêvait depuis des années prenait forme.

Wilhelm sourit et se renfonça dans son fauteuil en cuir pendant que les contrats circulaient entre signataires. Oui, il était satisfait, sans compter que sa peur la plus intime se voyait contredite sous ses yeux. Bill concluait la plus belle affaire du siècle grâce à lui. C'était bien la preuve qu'il n'avait pas de préférence entre ses fils.

De son côté, Bill savourait sa réussite tout en paraphant les pages. Sachant que son père était très à cheval sur l'honnêteté en affaires, il avait omis de mentionner certains détails, comme le fait que l'idée venait d'Adam Newman, lequel avait déjà obtenu un accord de principe de Callahan. Heureusement pour lui, les principes, justement, n'étouffaient pas le distributeur, lequel s'était facilement laissé séduire par quelques dollars en plus.

Ils n'entendirent pas le choc à l'entrée de la banque, pas plus que le bruit de pas précipités sur le marbre, ni les protestations du garde. C'est à peine s'ils eurent conscience de la cavalcade et d'une voix qui hurlait le nom de Bill Schaller. Soudain, les portes du bureau s'ouvrirent à toute volée sous la poussée d'Adam Newman, absolument fou de rage.

— Que…, bredouilla le directeur de la banque.

— Espèce de bâtard ! Traître ! hurla Adam d'une voix rauque tout en marchant droit sur Bill. Tu savais que j'avais conclu cette affaire et tu as manœuvré derrière mon dos, espèce de salopard !

Il saisit son cousin éberlué par le revers de son veston, le mit debout et lui décocha un magistral crochet du droit qui l'envoya au tapis. Avant que l'assistance puisse intervenir, Adam l'avait relevé et le plaquait contre le bureau avant de le balancer contre un mur. La colère décuplait ses forces et Bill, le nez en sang, était trop choqué pour se défendre. Enfin, le garde, les hommes de loi et Wilhelm parvinrent à maîtriser Adam, tandis que Callahan reculait, les yeux exorbités.

— Tu me le paieras, Schaller ! Par Dieu, tu me le paieras ! cracha Adam d'une voix étranglée.

Le regard perplexe de Wilhelm allait de l'un à l'autre. Fay et Clara, pétrifiées, n'osaient plus respirer. Soudain, l'expression coupable de Bill et l'air fautif de Callahan expliquèrent toute la scène. Il y avait eu tromperie.

À cet instant, la police débarqua. Pendant que le sergent prenait les dépositions, Wilhelm se laissa tomber dans un fauteuil. Il était anéanti, horrifié. Son fils avait agi en traître ! À ses côtés, Clara accusait aussi le coup. Sa déception était immense. Dans un coin, Callahan livrait son témoignage. Il baissait la tête, accablé par la honte. Quand arriva le tour d'Adam, ce dernier cria :

— Je te poursuivrai en justice, Schaller ! Tu y laisseras jusqu'à ton dernier penny ! Et ton domaine !

— Essaie donc, Newman ! rétorqua Bill. Ton dossier est vide. Aucun tribunal ne te prendra au sérieux. Mais vas-y !

Fay se tordait les mains d'angoisse. Les Newman pouvaient-ils vraiment les attaquer en justice et les ruiner ? Qu'allaient-ils devenir ? Et Deborah ? Tout à coup défila devant ses yeux un avenir sur les routes, avec sa fille.

Fay serrait le volant de toutes ses forces, au point que ses phalanges en étaient blanches.

Quatre ans s'étaient écoulés, et la vallée parlait encore de ce qui s'était passé à la banque ! Pourtant, ni Bill ni le directeur n'avaient porté plainte. Aucune charge n'avait été retenue contre Adam Newman. Mais l'affaire avait fait les gros titres des journaux. Et si les deux familles y avaient laissé des plumes, c'étaient eux, les Schaller, qui en payaient le prix fort, car leur réputation était dorénavant entachée. Certes, ils avaient gagné en justice, la cour avait entériné le contrat et l'entreprise de distribution leur appartenait en toute légalité. Ils étaient plus riches que jamais. Mais moins aimés, et moins respectés qu'avant. Quant à elle, la bonne société la rejetait définitivement.

Ses excursions en voiture se multipliaient. De toute façon, personne ne faisait attention à elle. Les deux hommes – qui ne s'adressaient plus la parole – travaillaient dans le vignoble ; mère Clara était à ses bonnes œuvres, et Deborah à l'école. Elle aurait bien voulu emmener sa fille dans ses escapades, pour revivre ce qu'elle avait vécu avec sa propre mère. Mais Debbie avait cours, son absence serait signalée et cela éventerait son secret. Que dirait Bill ?

Il ne comprendrait pas son besoin de changement, de découverte, d'étendues sauvages, ni sa nostalgie. Ces derniers temps, Fay avait une peur grandissante de ne plus pouvoir résister à l'appel de la route. Elle se demandait ce qu'était devenue sa mère. Elle aurait bien voulu pouvoir renouer avec elle.

Alors qu'elle traversait une petite ville semblable à Lynnville, parsemée de panneaux À LOUER et RECHERCHE EMPLOYÉ TEMPS PARTIEL, les souvenirs l'envahirent. Elle se gara à l'entrée d'une zone résidentielle, descendit et s'adossa à la Cadillac pour mieux contempler les petites maisons à l'air propret, ces pelouses sur lesquelles pleuvaient les feuilles d'automne. Combien de fois sa mère s'était-elle extasiée devant ce type de paysage ? Ici, les ambitions demeuraient modestes : faire bouillir la marmite, et s'offrir de temps en temps un week-end au lac Tahoe. Fay sourit. Elle se sentait bien. Sereine.

Subitement, toute la tension accumulée au cours des quatorze dernières années, depuis le bal militaire jusqu'à aujourd'hui, disparut. Toute son impatience, ses désirs, ses rêves inaccessibles, ses frustrations, plus rien n'avait d'importance.

La culpabilité qu'elle ressentait pour sa responsabilité dans la disgrâce de Bill, sa mise au ban de la bonne société et son âme de nomade : tout menait finalement à ce moment précis, où la décision s'imposait de manière lumineuse : elle allait quitter Bill Schaller et la vallée du Largo. Et elle emmènerait sa fille avec elle.

Fay sourit. Elle était heureuse.

Bill allait-il lui manquer ? Peut-être. Tomberait-elle amoureuse d'un autre homme ? Sans doute pas. Elle n'avait plus qu'un objectif désormais : donner à Deborah une vie pleine d'amour et d'aventures, à l'abri du besoin.

Cela demandait une préparation minutieuse. Le meilleur moment pour partir serait la Fête de la bière, car tout le monde serait occupé. En attendant, elle mettait discrètement de l'argent et des affaires de côté, donnait le change en s'inscrivant à des événements ou à des bonnes œuvres... Enfin, elle arrêta une date.

Le matin du grand jour, cependant, elle se réveilla nauséeuse. La grippe ? Aucun cas n'était signalé dans son entourage proche ou lointain. Elle n'avait ni fièvre, ni douleur. Elle eut soudain l'idée de vérifier sur son calendrier. Seigneur ! Aurait-elle oublié ?

C'était le soir du jour où elle avait pris sa grande décision. Bill l'avait sollicitée et elle avait tellement la tête ailleurs qu'elle en avait oublié l'éponge !

Qu'à cela ne tienne, elle mettrait son plan entre parenthèses pendant un an, puis elle partirait avec Debbie *et* le bébé.

Le déroulement de ces repas dominicaux était immuable. D'abord, de longues grâces pour remercier Dieu ; ensuite, mère Clara servait elle-même les plats de purée, de maïs, de choux de Bruxelles et de petits pois pendant que Wilhelm découpait le rôti. Parfois, un ou deux invités se joignaient à eux. Ce jour-là, le régisseur, originaire de l'État de Washington, était présent.

Fay se forçait à mâcher, à avaler. Elle en était à son neuvième mois et se sentait plus grosse qu'une baleine. La nouvelle de sa grossesse avait plongé les Schaller dans le ravissement. Le caveau dans lequel ils vivaient depuis l'affaire Callahan s'était ouvert. Wilhelm et Bill avaient même recommencé à se parler ! Bill ne tenait plus en place ! Mais Fay elle-même ne ressentait rien pour le bébé. Elle en avait conclu que ce petit être à venir appartenait à la vallée et qu'elle ne partirait qu'avec sa fille.

Car elle n'avait pas abandonné son projet. Bien au contraire. Le fait de ne plus pouvoir prendre sa voiture pour un oui ou un non avait exacerbé son désir de liberté. La nuit, elle rêvait de petites villes inconnues peuplées d'anonymes, qui n'exigeaient rien d'elle.

Jamais elle ne s'était sentie autant en cage, pieds et poings liés. Et ces repas dominicaux lui tapaient sur les nerfs plus que tout. Toujours les mêmes gestes, les mêmes conversations. Tout était si prévisible ! Elle en aurait hurlé. Ne pouvait-on pas casser cette sacro-sainte routine ne fût-ce qu'une fois ?

Au risque de s'étrangler, elle parvint à avaler sa bouchée de petits pois, s'excusa et courut aux toilettes, où elle s'enferma pour étouffer son hurlement dans une serviette.

Depuis la fenêtre, elle avait une vue imprenable sur sa Cadillac garée à l'ombre d'un faux poivrier. Si seulement… mais elle ne pouvait pas. Et elle ne pourrait pas avant que le bébé n'aille à l'école. La perspective l'emplit d'horreur.

Un jour, son hurlement n'aurait pas de fin.

L'accouchement fut rapide. Presque expéditif. Elle prêta à peine attention à l'enfant quand on le plaça sur elle. Après trois mois d'allaitement, elle le sevra afin que mère Clara puisse s'en occuper. Le bébé s'appelait Jack.

Les trois Cadillac garées dans l'allée témoignaient de leur richesse. Elle prendrait la bleue, celle que Bill lui avait offerte pour son anniversaire. Et Deborah découvrirait quelle vie elle avait menée, petite. Elles joueraient au jeu des plaques : il fallait repérer toutes les voitures immatriculées hors de l'État, et quand on identifiait un numéro de New York, ça donnait dix points de plus.

Elles allaient s'amuser comme des petites folles tout en ayant la belle vie. Elle avait en effet plein d'argent, sans compter les fourrures et les bijoux. Elle se prendrait peut-être un vrai boulot et elles auraient une jolie maison. Ça allait être merveilleux.

Le moment était venu. La maison dormait. Ses valises étaient dans la voiture. Elle marcha sur la pointe des pieds jusqu'à la chambre de Debbie. Elle s'assit sur le bord du lit et tendit la main pour réveiller sa fille, puis elle suspendit son geste. Deborah avait un sommeil de plomb et dormait toujours avec une veilleuse. Rien que de la voir, Fay fut submergée par une vague d'amour et d'émotion. Onze ans déjà. Quel bel âge ! Bientôt, les poupées seraient reléguées dans le placard et les garçons deviendraient autre chose que des petits morveux sans intérêt.

Au début, Deborah s'interrogerait sûrement sur leur fuite, mais avec le temps, elle comprendrait que sa mère avait fait cela pour la sortir d'un mode de vie rigide et étriqué. Il n'était pas bon de grandir dans une atmosphère de ragots et de querelle familiale.

Fay étudia les traits délicats de sa fille. Comme elle ressemblait à son père et à sa grand-mère Clara ! Elle avait la même implantation de cheveux.

Sous le coup d'une brusque impulsion, Fay sortit une vieille photo de son portefeuille. La seule chose qu'elle avait emportée quand elle avait tourné le dos à sa vie d'errance, à dix-huit ans. On y voyait une jeune femme et une petite fille devant une station-service au milieu de nulle part. L'air de famille était si évident qu'on ne pouvait s'y tromper : elles étaient mère et fille. Ruth et elle…

À onze ans, elle avait déjà connu six villes et six écoles quand Deborah n'en connaissait qu'une. La vie de sa fille n'était que stabilité et sécurité, avec tout le confort moderne rêvé – ils avaient même une télévision couleur ! –, des amis, des activités… Debbie était vraiment intégrée dans un tissu familial, social et amical. Tout le contraire d'elle-même au même âge. Dieu qu'elle avait détesté sa vie ! Au point de la fuir dès que cela avait été possible.

Deborah me détestera encore plus, parce qu'elle n'y est pas habituée et qu'elle aura été déracinée. Elle fuguera et je la perdrai à jamais. Pire : elle mènera une vie nomade et deviendra comme ma mère et moi, une vagabonde ! Non. Elle mérite mieux que ça.

Fay était en train de se rendre compte qu'emmener sa fille avec elle serait de l'égoïsme pur. Elle ne pouvait l'arracher à un foyer, à la chance d'avoir un petit frère, une famille. D'ailleurs, réalisait-elle soudain, il était évident que les Schaller lanceraient un avis de recherche. Bill irait jusqu'au bout de la terre pour retrouver Deborah. Ce ne serait donc pas une vie de liberté qu'elles mèneraient, mais une vie de fuite ! Elle ne pouvait infliger cela à Debbie. Alors que si elle partait seule Bill ne lèverait sans doute pas le petit doigt. Si ça se trouve, il se dirait même : Bon débarras !

Mon Dieu, où avais-je la tête !

Elle ne pouvait emmener sa fille. Elle n'en avait pas le droit. Ce serait donc elle, toute seule. Elle avait besoin d'aller au-devant de ces petites villes perdues, besoin de retrouver sa mère.

L'angoisse la saisit à l'idée d'abandonner son enfant. Mais si elle restait, c'était l'amertume, la rancœur et l'autodestruction assurées. Elle ferait de leur vie un enfer et leur reprocherait à tous sa décision de ne pas être partie.

Le cœur serré et les joues baignées de larmes, elle laissa un mot avec cette seule phrase : *Ne me cherchez pas*. Puis elle se pencha sur sa fille endormie et l'embrassa. Elle embrassa le petit Jack et fila jusqu'à sa voiture.

Les phares de la Cadillac disparurent dans la nuit.

Ils marchaient sur la rive du Largo parée aux couleurs de l'automne. Johann portait la trace d'insomnies à répétition. Il avait l'air d'un homme en proie à des démons moraux, l'air de quelqu'un qui s'apprête à prendre des décisions capitales. Et cela effrayait Clara.

Depuis cinq ans, leur amitié n'était plus la même. Leurs discussions demeuraient superficielles et comme forcées, chacun craignant d'exprimer ses émotions. Mais aujourd'hui, l'atmosphère était particulièrement électrique.

Johann se faisait du souci pour Adam.

— Je pensais qu'il aurait dépassé tout ça depuis le temps, mais sa colère et sa dépression ne font que s'amplifier, et j'en veux à mon frère. Jamais il n'aurait dû donner son aval au plan de Bill !

— Wilhelm est un homme d'honneur, Johann. Il n'aurait pas approuvé la proposition de Bill s'il avait eu toutes les cartes en main. Quand il a appris la vérité, il a tenté d'annuler le contrat, mais M. Callahan n'a rien voulu entendre. C'était trop lucratif pour lui.

Clara savait combien cette affaire avait affecté son mari. Savoir son propre fils capable d'une telle vilenie. Et capable de tromper son père ainsi. Ils s'adressaient à peine la parole désormais. Voilà une autre réconciliation que Clara devrait mener à bien. Mais elle commençait à douter de pouvoir faire quoi que ce soit.

Son monde avait été totalement bouleversé par le départ de Fay. Elle ne portait pas la jeune femme dans son cœur, mais c'était une bonne mère et son acte lui semblait incompréhensible. Fay, si attachée à sa fille et qui venait d'avoir un fils… Comment avait-elle pu les abandonner, froidement ? Car c'était délibéré : elle avait emporté toutes ses affaires, laissant juste un mot pour dire de ne pas la chercher.

Reviendrait-elle un jour ? Qu'allaient-ils dire aux enfants ?

— Ce qui a amplifié la rancœur d'Adam, continuait Johann, c'est le fait que l'affaire était à l'origine l'idée de Queenie. Or tu sais combien il lui est attaché. Sa colère vient de là : Bill s'est approprié l'initiative de sa femme. C'est un affront.

— Je comprends.

L'histoire se répétait. Les querelles fraternelles semblaient ne jamais devoir prendre fin.

— Je dois être franc avec toi, Clara, tout cela me rend fou de rage. La vallée entière était au courant de cette poignée de main scellant l'accord. Personne, jamais, ne se serait immiscé entre Adam et Callahan. Personne, sauf les Schaller père et fils !

— Mais je t'ai dit combien Wilhelm désapprouvait la conduite de Bill. Pourquoi l'accuses-tu ? À moins que tu ne me croies pas. C'est cela, Johann ? Tu me penses capable de mentir par fidélité envers mon mari ?

Clara en avait les larmes aux yeux.

— Je ne sais plus ! Wilhelm n'a pas changé d'un iota depuis la nuit où il m'a battu comme un fou et laissé pour mort au bord de la route. Il est pourri jusqu'à l'os, et son fils ne vaut pas mieux !

Clara ne put retenir ses pleurs.

D'un air sombre, Johann ajouta :

— Nous ne pouvons plus nous voir, Clara.

— Non !

— J'ai essayé de faire la part des choses, ces cinq dernières années, mais tout a changé. C'est comme si l'air lui-même était vicié. Mon frère et son fils sont des fourbes, et je ne veux rien avoir à faire avec eux. Je ne peux continuer à te voir, Clara.

— Johann, je ne le supporterai pas !

— Ton fils a causé un tort irrémédiable au mien.

La violence de son ton stoppa net Clara. Il aurait aussi bien pu dire « C'est *ton* fils, c'est *ta* faute ». Et ces yeux, qui l'avaient toujours regardée avec tendresse, amusement ou amour, semblaient à présent pleins de dégoût. Le froid l'envahit.

— Tout comme Wilhelm a voulu ruiner ma vie, Bill a fait de même avec Adam. Et depuis, mon fils s'est emmuré dans la colère et le ressentiment. Il ne parle presque plus à sa femme, ne prête plus attention à ses enfants. Il ne pense qu'à la vengeance. Jamais je ne pourrai pardonner ça à Wilhelm et à Bill. Et voilà pourquoi nous ne pouvons plus nous voir : il est normal que tu les soutiennes, que tu leur sois loyale. Je ne t'en veux pas. C'est même une des raisons pour lesquelles je t'aime.

Il tourna les talons et s'éloigna d'une démarche raide.

— Johann ! Johann, je t'aime ! cria-t-elle. S'il te plaît, ne me demande pas de choisir entre eux et toi !

Il s'arrêta et la regarda.

— Je ne te le demande pas.

— Comment peux-tu partir ainsi ?

— Tu crois que c'est facile pour moi ? répliqua-t-il, les yeux embués.

L'émotion l'étouffait. Il tournait le dos à la seule femme qu'il eût aimée ! Qui parlait de choisir ? Il était simplement temps. Il avait laissé passer sa chance il y avait de cela quarante ans, avant que Wilhelm et Clara ne se marient. Son amour pour elle était condamné depuis le début.

— Ta vie est avec eux, Clara ; pas avec moi, dit-il d'une voix étranglée. La mienne est avec Adam, Queenie et mes trois petits-enfants. En tant que patriarche Newman, mon devoir est d'essayer de restaurer la paix et l'harmonie dans ma famille. Je dois aider mon fils à guérir. J'ai juré, il y a longtemps, de ne plus avoir commerce avec les Schaller. Je renouvelle aujourd'hui ce serment devant Dieu. Au revoir, ma très chère Clara. Je ferai tout mon possible pour canaliser la colère d'Adam, mais sa soif de vengeance est si forte que je ne peux rien promettre.

Clara le vit s'éloigner sans y croire. Il titubait, comme s'il venait d'être roué de coups.

Non ! Elle ne pouvait pas le perdre. Un amour comme le leur transcendait tout ! Ce n'était pas un amour ordinaire.

Seigneur, qu'allait-elle devenir sans lui ?

Elle s'effondra par terre et cacha son visage mouillé de larmes dans ses mains.

Aujourd'hui

— Voilà donc la véritable origine de cette querelle, dit Lucas en finissant de lire la lettre qu'il tenait entre les mains. Le fondement de la rivalité qui oppose nos familles.

Le jour tombant, il était allé chercher une torche dans la Jeep pour qu'ils puissent poursuivre leur lecture à l'abri des ruines espagnoles. Le courrier qu'ils venaient de parcourir les laissait pantois. Il y était question de pratiques méprisables en affaires et de sanglante vengeance.

Nicole était trop suffoquée par l'émotion pour parler. Que Johann ait pu abandonner Clara comme ça… Mais elle comprenait, maintenant, d'où provenaient certains profits très confortables dont les siens avaient bénéficié pendant des années. Comme ceux rapportés par la distribution de vins. Évidemment, Big Jack avait vendu cette branche il y a longtemps pour payer ses dettes à des petites frappes de Vegas.

Big Jack… Ces lettres jetaient un éclairage nouveau sur lui. L'image qu'elle en avait s'en trouvait nuancée. Il restait un séducteur et un joueur, mais il avait été abandonné par sa mère alors qu'il était enfant. Cela expliquait sans doute son comportement aussi extravagant qu'irresponsable.

Clara avait écrit :

Pauvre petit Jack. Il demandait toujours pourquoi il n'avait pas de maman contrairement aux autres. Et ces questions qui revenaient en boucle : « Pourquoi est-elle partie ? », « Où est-elle allée ? », « Où est-elle aujourd'hui ? ». Et la plus importante de toutes : « Pourquoi n'est-elle jamais revenue ? »

Sous la plume de son arrière-grand-mère, Nicole voyait ce qui avait façonné Big Jack. Elle accédait aux causes et aux conséquences qui, par ricochet, avaient influé sur sa vie à elle. Tout prenait un sens nouveau. Ces discussions âpres et ces disputes qu'elle avait eues avec son père... Elle avait toujours mis ça sur le compte de son intransigeance et de sa volonté de tout contrôler, comme le jour où il avait catégoriquement refusé qu'elle aille en pension, et plus tard à l'université. En fait, il ne voulait tout simplement pas qu'elle l'abandonne, qu'elle quitte le nid comme sa mère l'avait fait.

Cette révélation lui procura bizarrement la même sensation que sur la Colina Sagrada, quand elle avait pris conscience d'envier Lucas. Pourtant, il n'était pas question de jalousie, là. Alors quelle était cette idée insaisissable ? Quel était le lien entre les deux ?

Soudain, elle comprit. C'était le fait d'être utile ! Elle n'enviait pas Lucas parce qu'il avait un projet, mais parce qu'on avait besoin de lui dans cette vallée, dans ce monde confronté au réchauffement climatique. Elle-même ne s'était jamais sentie utile. Visiblement à tort, puisque son père avait eu besoin d'elle. Il n'avait simplement pas su le formuler. Au lieu de quoi, il avait crié et brandi les poings, comme un petit garçon frustré. Elle comprenait à présent qu'il voulait qu'elle reste auprès de lui. Avait-il compté sur elle pour sauver l'affaire familiale ? Pour le sauver, lui ?

Et aujourd'hui, qui a besoin de Nicole Schaller ? se demanda-t-elle. Tout à coup, elle ressentait un grand vide, prenant conscience de son désir absolu d'être utile à quelque chose ou à quelqu'un. Elle ne s'en était jamais rendu compte jusqu'ici.

À côté d'elle, Lucas changea de position et poussa un long soupir, le regard perdu dans la nuit. Lui aussi faisait partie du voyage, désormais.

— À quoi penses-tu ? lui dit-elle en posant la main sur son bras nu.

Il avait roulé ses manches de chemise, car la journée avait été caniculaire. Elle sentit les muscles jouer sous la peau encore chaude.

— À un million de choses, répondit-il avec un petit rire tendu.

Lucas souffrait également. Ils avaient cela en commun, désormais.

Jamais elle n'aurait pu lire ces dernières lettres sans lui. C'était devenu un rituel, leur voyage privé au pays des souvenirs. La semaine précédente, quand M. Gilette en avait retrouvé cinq de plus, elle avait attendu que Lucas rentre d'un déplacement à Phoenix pour les ouvrir. Elle avait donné sa soirée à la femme de ménage, avait préparé des côtelettes d'agneau, puis, tout en sirotant un excellent bordeaux, ils avaient continué à découvrir ensemble l'histoire de Clara, des Newman et des Schaller, des habitants de la vallée. Elle comprenait désormais la popularité grandissante des recherches généalogiques ! Elle-même envisageait de reprendre contact avec la branche de Seattle, maintenant qu'elle en savait plus sur sa grand-tante Lorelei.

Lucas, pour sa part, songeait au scoop qu'ils venaient d'apprendre. Une vraie bombe. Il était assommé par le processus de transmission de la haine à l'œuvre depuis ce malheureux épisode Callahan. Cette haine farouche que son grand-père Adam avait plantée dans le cœur de ses fils Melvyn et Gordon. *Et dont j'ai hérité, malgré moi.*

Quelle injustice, quand on y pensait ! Nicole et lui avaient été élevés en ennemis, entraînés depuis leur naissance à se détester, au mépris du droit fondamental de chacun à se choisir ses propres combats. Si tout se jouait avant la naissance, que restait-il à inventer pour l'individu ? Pas étonnant que tous deux cherchent à être maîtres de leur vie : ils traînaient derrière eux un siècle de fardeau familial ! C'était presque inespéré que ces lettres, dans leur impartialité, leur permettent de connaître la vérité et de se forger leur propre opinion. Ensuite, aussi attachés soient-ils à la vallée, ils quitteraient tout cela. Ils partiraient : lui en Arizona, et Nicole à New York.

Il la regarda. Elle était si proche que leurs épaules se touchaient. Dire qu'il avait grandi en la haïssant. Aujourd'hui, cela lui semblait tellement ridicule ! Elle n'avait rien à voir avec la Nicole Schaller, rejeton d'une famille diabolique, qu'il trouvait stupide quand il la voyait à l'école. Et elle, que ressentait-elle ? Tout ce chagrin et toute cette souffrance accumulés des deux côtés… Et qui interféraient encore avec le présent !

Quand son père avait appris l'existence des lettres, il l'avait sommé de laisser tomber cette affaire de meurtre et de cesser de voir Nicole ou de lire la correspondance de Clara. Mais Lucas ne pouvait pas lui obéir. Il avait trouvé plus de réponses dans ces lettres que dans toutes les tentatives qu'il avait menées auprès de Melvyn pour en apprendre davantage sur sa famille ! Il brûlait désormais de savoir qui était la pauvre victime abattue et emmurée. Surtout, il était de plus en plus attiré par Nicole. Ils partageaient aujourd'hui quelque chose de bien plus fort que toutes leurs divergences.

Je ne veux plus haïr cette femme…

Malheureusement, ce changement d'état d'esprit créait de la discorde entre son père et lui, bouleversant une relation jusqu'ici sereine, l'obligeant à agir dans le dos de Melvyn. Nicole et lui se retrouvaient presque tous les jours en cachette à l'ombre des ruines espagnoles pour lire les lettres de Clara. Ils n'avaient plus reparlé du baiser impulsif de Nicole qui les avait laissés confus, surpris et légèrement déstabilisés, quinze jours plus tôt. Elle s'était éloignée de lui, gênée et rougissante, et avait évoqué sans transition la bonne nouvelle annoncée par l'inspecteur Quinn. Lui s'était empressé de la suivre sur ce sujet, comme si c'était le seul qui importât pour l'heure. Dans les jours qui avaient suivi, les choses avaient repris leur cours normal, chacun attendant les avancées de l'enquête et vaquant à ses occupations. Mais ni l'un ni l'autre ne parvenaient à oublier le baiser.

— La vengeance d'Adam…, murmura Nicole, la voix étranglée par l'émotion. Tu crois que ça a un rapport avec le squelette dans le mur ?

La police travaillait encore à l'identifier. Mais tant que la date des derniers travaux du chai resterait floue, les inspecteurs auraient du mal à cibler leurs recherches. Pour l'instant, Quinn avait demandé aux postes de police de la région de sortir les dossiers des jeunes femmes disparues au cours des dernières décennies.

« Un coup d'épée dans l'eau, avait dit l'inspecteur à Nicole. Le nombre de jeunes filles qui disparaissent, volontairement ou non, est très élevé. Je ne m'attends pas vraiment à trouver une piste valable de ce côté-là, et la grossesse n'est pas déterminante, non plus. Il est fort possible qu'elle l'ait gardée secrète. »

Nicole se demandait s'il pouvait s'agir de sa mystérieuse tante Deborah, dont on disait qu'elle avait fugué voilà bien longtemps. La légende familiale et ce qu'elle avait glané auprès des anciens de la vallée dessinaient un portrait pouvant correspondre. C'était une hippie des années soixante, qui s'était enfuie avec un groupe de rock. Grand-père Bill ne lui avait jamais pardonné. Un témoin avait affirmé l'avoir vue au festival de musique de Woodstock en 1969. Après cela, plus rien.

Nicole répugnait à creuser le sujet. Elle ne voulait pas exposer le linge sale familial, mais elle ne pouvait s'ôter de la tête l'idée que le squelette était celui de Deborah.

Lucas se leva et s'étira. Il regarda Nicole assise par terre, si petite et vulnérable, et lui tendit la main pour l'aider à se remettre debout. Dans la faible lueur dispensée par la torche, il distingua son sourire.

— Tu crois que Johann et Clara se sont réconciliés ? demanda-t-elle. Je ne supporte pas l'idée que leur histoire se soit achevée comme ça.

— Aucune idée… Et nous ne le saurons peut-être jamais, puisque M. Gilette doute de trouver encore d'autres lettres de Clara.

Nicole leva les yeux vers le ciel éclaboussé d'étoiles, où brillait un croissant de lune doré. Il faisait doux. L'air embaumait.

— J'ai reçu un appel de New York, hier. La maison mère, en Suisse, a été très impressionnée par mes plans marketing. Ils veulent que j'aille à Zurich pour les rencontrer.

Il ne réagit pas tout de suite.

— Quand pars-tu ? finit-il par demander.

— Après-demain.

Il avait beau se tenir tout près d'elle, elle n'arrivait pas à décrypter l'expression de son visage.

— Et tu reviens quand ?

— Je ne sais pas. Pour l'instant, Michelle m'aide à faire les cartons. Mes affaires vont aller en garde-meuble pour que les Macintosh puissent emménager dès la signature. Pourquoi ?

— Tu sais que je suis allé en Arizona, la semaine dernière ?

— Oui.

— J'y retourne probablement lundi. La terre est idéale pour mes expérimentations sur les rhizomes.

— Mais ton père ? Il ne va pas très bien, si ? Il peut rester seul ?

— C'est un problème, en effet. Je me demande si je ne devrais pas mettre mon projet entre parenthèses.

Nicole contempla le beau visage de Lucas et ressentit un mélange de culpabilité et de colère. Quel gâchis, cette rivalité ancestrale qui impactait encore leurs vies et leurs proches aujourd'hui !

— Lucas… je suis tellement désolée pour ce que mon grand-père Bill a fait au tien.

Son cœur bondit quand il lui sourit.

— Ce n'est pas ta faute, Nicole. Tu n'es pas responsable des actions de ceux qui t'ont précédée.

— On est embringués malgré nous dans une tragédie qui nous dépasse… Pourquoi ne pas nous en détacher ? Si M. Gilette rappelle pour m'annoncer qu'il a trouvé d'autres lettres, je lui répondrai que ça ne m'intéresse plus. J'en ai lu suffisamment !

Le sourire de Lucas s'élargit et le cœur de Nicole fit un nouveau bond dans sa poitrine.

— Allons donc. Tu serais vraiment capable de lui répondre ça ?

— Il le faut ! En outre, j'ai autre chose à faire : beaucoup de gens comptent sur moi à New York.

Respecter ses engagements avait toujours été fondamental pour elle. Mais ça le devenait encore plus, depuis qu'elle avait appris l'inconduite de son aïeul.

Instinctivement, elle appuya son visage contre le torse de Lucas. Il la serra dans ses bras, comme si c'était la chose la plus naturelle au monde. Et, contemplant les ruines qui les environnaient, il se rendit compte que Nicole et lui s'étaient créé un monde exclusivement à eux.

Sous les millions d'étoiles qui scintillaient dans le ciel d'octobre, il se surprit à faire un vœu. Il sentait le corps souple de Nicole contre le sien, il sentait les barrières autour d'eux s'écrouler, à l'instar des vieux murs de pierre. Lui relevant le menton, il l'embrassa sur les lèvres. Elle passa son bras autour de son cou, lui rendant son baiser, doucement au début, puis avec avidité. Il gémit de plaisir. Elle était là où elle devait être, dans ses bras, dans sa bouche. De toute sa vie, rien ne lui avait paru aussi bon et juste. Mais brusquement, elle s'écarta et le regarda, confuse.

— Les lettres ? Elles nous influencent, tu crois ? demanda-t-elle. Clara et Johann nous ont-ils jeté un sort ?

Luttant contre son désir, Lucas recula et se passa la main dans les cheveux. Ensorcelés, vraiment ? Non, il était persuadé pour sa part de ne pas être envoûté, mais peut-être Nicole avait-elle besoin de croire en des forces qui les dépassaient. Ce qu'il savait, surtout, c'est qu'aucun avenir commun n'était possible entre eux. Leurs carrières prenaient des chemins divergents et tous deux allaient quitter la vallée.

— Il se fait tard, répondit-il, ressentant le besoin urgent d'être seul et de réfléchir à la situation.

Le monde avait basculé. Il tombait amoureux de Nicole Schaller…

Le trajet du retour dans la Jeep fut bien silencieux. L'un comme l'autre auraient cependant volontiers rompu ce silence, mais pour dire quoi ? Arrivée au domaine Schaller, Nicole descendit de voiture en lançant un « au revoir » désinvolte. Dans le rétroviseur, il vit qu'elle le regardait s'éloigner – il savait d'ores et déjà que, cette nuit-là, il ne dormirait pas.

Au volant de son véhicule, Lucas pensait à Nicole. Elle l'emplissait tout entier comme un soleil d'été éblouissant. S'il s'était écouté, quelques minutes plus tôt devant chez elle, il l'aurait enlacée pour l'empêcher de descendre de voiture, et il l'aurait embrassée, encore et encore. Il brûlait d'un désir qui lui était inconnu jusque-là. Jamais il n'avait éprouvé un tel sentiment, aussi sauvage, aussi brut, défiant la raison. Il se sentait plein de vie et d'audace. D'interrogations aussi.

Était-ce de l'amour ? Ou bien juste le désir intense que l'on éprouve parfois à l'égard d'un fruit défendu ?

Comment avait-il pu la laisser partir après pareil baiser ? Sans doute la raison l'avait-elle emporté. Car ce qu'il y avait entre eux, quoi que ce fût, était voué à l'échec. Elle comme lui quittaient la vallée. Leur histoire devait s'arrêter avant même de commencer, avant que ça ne devienne trop dur pour eux. Il pria pour qu'il n'y ait plus de lettres de Clara. Une rupture nette en serait facilitée. Nicole s'envolerait pour la Suisse, et lui roulerait jusqu'à Phoenix.

Il abordait l'allée remontant vers leur demeure quand il vit le contremaître accourir à sa rencontre en agitant son vieux chapeau de paille. Lucas freina brutalement et bondit hors de sa Jeep.

— Que se passe-t-il ?

— C'est le señor Newman, *jefe*. Il est bouleversé.

— À propos de quoi ?

Le Mexicain haussa les épaules.

— Il est dans la chambre de fermentation.

— Merci, Rodrigo.

Lucas se dirigea vers le chai et pénétra dans la salle qui abritait de grosses cuves de deux cents litres en acier inoxydable. Ces dernières étaient enveloppées d'isolant thermique et munies de thermostats qui garantissaient l'exacte température nécessaire au bon déroulement du processus de fermentation. La pièce faisait la taille d'un entrepôt, avec un sol en pierre, des échelles en acier et des passerelles qui reliaient les cuves.

Son père descendait lourdement d'une échelle, les sourcils froncés, sa tignasse en bataille indiquant son degré d'irritation.

— Où étais-tu passé, fils ? gronda-t-il, sa voix rebondissant sur les murs chaulés. J'aurais bien aimé avoir un coup de main ! Je t'ai cherché partout, personne ne savait où tu étais.

Comme Lucas ne répondait pas, Melvyn s'exclama :

— Bon sang, tu étais encore avec elle !

Lucas enfonça les mains dans les poches de son jean.

— Pourquoi avais-tu besoin de moi, Pa ?

L'expression de Melvyn se fit amère.

— Je ne peux pas dire si ce cabernet a assez de levure. D'après les registres, c'est bon, mais je ne suis pas convaincu. Il n'y a pas assez d'écume, je trouve.

— Je vais jeter un coup d'œil, répondit Lucas, joignant aussitôt le geste à la parole.

Il avait déjà grimpé quelques échelons quand il s'arrêta pour lancer à son père :

— Pa, il faut qu'on parle.

Melvyn s'éloigna.

— Il faudra bien que tu regardes la réalité en face, tôt ou tard ! lui cria Lucas.

Furieux, son père fit volte-face. Sans l'aide de sa canne, il eût perdu son équilibre.

— Je n'ai pas besoin de regarder quoi que ce soit en face ! Ce serait plutôt à toi d'ouvrir les yeux. Cette fille te pourrit le cerveau. Elle te fera du mal.

— Pa, « cette fille », comme tu dis, est quelqu'un de bien. Non seulement je n'ai rien à lui reprocher, mais, en plus, je l'apprécie – et même beaucoup. Ce dont je veux discuter, Pa, c'est de ce qui s'est passé entre Bill Schaller et grand-père Adam.

— C'était il y a longtemps, répondit Melvyn. À l'époque, je n'avais que six ans, et les jumeaux huit ans. On ne comprenait pas ce qui se passait. Je ne souhaite pas en parler.

— Mais moi, si.

Melvyn s'avança alors vers l'échelle avec une rage que Lucas ne lui connaissait pas.

— J'ai vu ce que cette affaire a provoqué chez mon père, asséna-t-il. J'ai vu combien la colère et l'amertume avaient affaibli son cœur. Les Schaller sont responsables de sa mort. Même sur son lit d'agonie, ton grand-père ne leur a pas pardonné. Moi non plus, je ne leur pardonne pas. Et toi non plus, tu ne leur pardonneras jamais !

Tu te trompes, Pa.

Non seulement il leur pardonnait, mais il avait de la peine pour eux, surtout pour Wilhelm et Clara, à qui leur fils avait menti et dont le nom avait été entaché à jamais par cette histoire.

— Tu devrais lire les lettres de Clara, Pa. Elles expliquent bien des choses. Honnêtement, nos deux familles n'ont plus aucune raison d'être ennemies. La première querelle s'est produite entre Johann et Wilhelm, puis il y a eu celle entre Bill et Adam. Mais toi ? Pourquoi as-tu perpétué cette rivalité ? Ce n'était plus ton combat. Tu l'as dit toi-même, tu n'avais que six ans quand Bill Schaller a volé ce business lucratif.

Melvyn ne répondit pas, se contentant de prendre appui sur sa canne, le regard fixé sur son fils.

Lucas ajouta alors :

— Il y a autre chose, n'est-ce pas ?

Melvyn détourna les yeux.

— Je croyais que tu partais pour l'Arizona afin d'y mener tes expériences ? Pourquoi laisses-tu la merde Schaller interférer dans tes rêves ? Tu te fais emberlificoter par cette fille.

— Arrête de l'appeler comme ça, Pa ! Il se trouve que je respecte et admire Nicole Schaller. Et elle ne cherche pas à m'emberlificoter ! En fait, elle m'aide à comprendre ma famille, et moi-même par ricochet.

— Foutaises ! Tu ne comprends rien à rien. Et si Nicole Schaller est si formidable, pourquoi refuse-t-elle de te vendre ce maudit lopin de terre, près de la Colina Sagrada ? Allez, dis-moi !

Quand Lucas vit le cou de son père s'empourprer, il descendit rapidement de son échelle et le soutint d'une main.

— Allons, Pa, ne nous disputons pas.

— Tu pourrais superviser tes plantations expérimentales ici, si elle te le vendait. Mais elle ne le fait pas, parce que c'est une Schaller, avide comme tous les siens.

Melvyn avait du mal à respirer. Lucas le guida vers une chaise et l'aida à s'asseoir.

— La vérité, Pa, c'est que Nicole me l'aurait cédé si elle avait su que seule cette parcelle m'intéressait. Malheureusement, il y avait une clause testamentaire. Et maintenant, ils ont signé la promesse de vente.

Melvyn fixa son fils d'un regard dur, puis ses épaules s'affaissèrent.

— Fiston, dit-il avec douceur. S'il te plaît, crois-moi quand je te dis que je ne pense qu'à tes intérêts. Un père se doit de protéger ses enfants. Et c'est ce que je fais en ce moment. Je fais de mon mieux pour te protéger.

— Mais me protéger de quoi, Pa ?

Devant la pâleur extrême du vieil homme, la peur aussi qui sourdait dans son regard, Lucas laissa tomber le sujet. Melvyn lui cachait quelque chose. Il avait dû se produire un événement à son époque, un affrontement personnel avec les Schaller. Sinon, comment expliquer l'intensité de la haine qu'il leur vouait ? Mais il ne creuserait pas la question tout de suite. Il prendrait sur lui, malgré sa frustration.

Car il était frustrant de se dire que son père, âgé de soixante-dix ans aujourd'hui, avait connu Clara et Wilhelm, ainsi que nombre des personnes mentionnées dans les lettres. Il devait savoir des choses… En même temps, que Melvyn en veuille aux Schaller était compréhensible : il avait adoré son père, avait grandi en l'idolâtrant.

Cela expliquait que Lucas en sache tant sur ce grand-père, mort avant sa naissance. Il y avait des photos et des souvenirs de lui partout dans la maison : Adam Newman recevant une énième distinction pour ses vins, Adam élu cinq ans d'affilée à la présidence du Growers' Club, Adam remercié par un sénateur californien pour ses œuvres philanthropiques et son soutien politique. Mais certains secrets restaient bien gardés.

Lucas se prit à espérer qu'une lettre de Clara lèverait le voile, si tant est que d'autres courriers existent. Il doutait néanmoins qu'éclaircir le mystère ou revivre l'événement soit très indiqué pour son père, vu l'état de son cœur. Qui sait si son obstination à élucider le meurtre et à plonger dans le passé n'était pas responsable de ses problèmes de santé ? Peut-être ferait-il mieux d'oublier tout ça, d'oublier Nicole… Mais comment le pourrait-il, maintenant que son cœur était sérieusement épris ?

Le jour allait-il venir où il lui faudrait choisir entre Nicole et son père ?

Garde ça en mémoire, ma petite-fille : les gens sont partout pareils. Nous ne sommes pas différents des autres, quelles que soient notre race, notre nationalité ou notre religion. Nous ne sommes que des êtres humains qui ressentent les mêmes émotions partout dans le monde. Quand j'étais jeune, je surestimais ou sous-estimais les étrangers, leur attribuant des qualités ou des défauts qu'ils n'avaient pas. En tout cas, je ne les considérais pas comme nos égaux. Or nous devons garder ce principe d'égalité en tête, car il nous rend plus tolérants et plus utiles. Mais surtout, il nous apprend beaucoup sur nous-mêmes.

Assise dans le salon envahi par le soleil matinal, Nicole relisait une des lettres de Clara. Sur le manteau de la cheminée trônait justement le portrait de son arrière-grand-mère. Nicole avait grandi sous le regard sage et tolérant de cette femme. Quand elle était petite, elle ne voyait en elle qu'une vieille dame riche, figée dans sa robe des années cinquante. Désormais, elle *connaissait* la personne du tableau, pouvait imaginer sa voix tendre, ses mots pimentés d'un accent allemand exotique. À présent qu'elle savait tout de ses rêves, de ses tragédies et de ses amours secrètes, elle lui trouvait une silhouette plus douce, un visage plus aimable. Clara n'était plus une étrangère raide et distante, mais une grand-mère aimante, celle qui lui avait légué son pic de la veuve, qu'un Lucas rougissant avait avoué trouver très séduisant la veille.

— J'aurais bien aimé te connaître, chère grand-mère Clara, dit Nicole au tableau. Tu me diras que c'est chose faite, grâce à tes lettres. Elles m'ont offert un passé, des racines, et pour cela, je te suis tellement reconnaissante. Mais dis-moi, Johann et toi, vous êtes-vous réconciliés, ou t'a-t-il quittée pour de bon, ce jour-là ?

Nicole se frotta la nuque en soupirant. Elle n'avait pas fermé l'œil de la nuit après la soirée passée dans les ruines espagnoles avec Lucas. Entre les lettres qui avaient suscité tant d'émotions et l'étreinte passionnée du jeune homme… Elle n'arrêtait pas de penser à lui. Le baiser, les caresses… Dieu du ciel, elle en voulait plus !

Elle regarda les cartons entreposés dans le hall d'entrée en vue de son déménagement. Bon nombre de meubles et d'antiquités étaient repris par les Macintosh ; le reste – tout du moins ce qu'elle n'emportait pas avec elle – irait à des œuvres de charité : draps, ustensiles de cuisine, petits appareils électroménagers.

À présent que le départ se précisait et que son rêve de toujours allait se réaliser, elle avait une impression de flottement. Comme de suspension. Partait-elle pour de bonnes raisons ? Ne s'accrochait-elle pas à sa résolution uniquement parce qu'elle s'était engagée vis-à-vis de New York ? La réalité des cartons lui avait fait prendre conscience de son attachement profond à la vallée. Et désormais, elle doutait.

Surtout, il y avait Lucas. Il n'était pas prévu qu'elle en tombe amoureuse. Elle n'était pas censée apprécier sa compagnie au point d'avoir eu hâte dès l'aube, ces derniers jours, de le retrouver pour continuer à lire des lettres. Assis côte à côte dans le soleil, leurs épaules se frôlant, se touchant même, l'air de rien, leurs visages à quelques centimètres l'un de l'autre, partageant en silence la même expérience, les mêmes émotions. C'était presque aussi intime que de faire l'amour !

Et maintenant, elle désirait vraiment coucher avec lui – dans une étreinte brûlante, à couper le souffle –, et elle en souffrait atrocement. D'ici quarante-huit heures, ils seraient partis, chacun de leur côté. Le reverrait-elle d'ici là ? Ils ne s'étaient rien dit, ne s'étaient pas donné rendez-vous pour se dire au revoir.

Le bruit d'un moteur la tira de ses pensées. C'était Michelle, qui garait sa décapotable noire et poussiéreuse devant le perron. Son amie portait un bermuda, une chemise d'homme à carreaux et un bandana dans le style des années quarante pour retenir ses boucles folles. Elle attrapa un panier de pique-nique et quelques cartons supplémentaires qu'elle cala sous son bras.

Nicole vint l'aider. Les cartons arrivaient à point nommé ! Elle allait pouvoir emballer celles de ses affaires personnelles qui seraient stockées chez Michelle, le temps qu'elle se trouve un logement à New York.

— Alors dis-moi, commença cette dernière, essoufflée, les joues rosies par l'effort. Tu as lu la dernière lettre ? Il y a du nouveau ?

— Oui, et des choses dérangeantes, aussi, malheureusement.

Le baiser échangé avec Lucas dans les ruines lui brûlait les lèvres. Elle mourait d'envie d'en parler à Michelle, de lui expliquer que ça avait été juste un baiser d'essai, pour voir si ça les mènerait quelque part. Mais ç'aurait été mentir. Ce baiser avait été des plus réels, un vrai baiser, du genre à embraser une forêt.

— Ah ? Tu vas me raconter, même si je n'ai pas beaucoup de temps : avec tous ces touristes qui débarquent pour la Fête de la bière, nos boulangeries sont littéralement prises d'assaut !

— Tu n'es pas obligée de m'aider, tu sais. Je peux me débrouiller toute seule.

— Mais enfin, ma grande, ça fait partie de mon boulot de meilleure amie. Et puis, j'ai apporté le déjeuner !

Elle soupesa son panier avec un air de conspirateur. Soudain, son expression changea du tout au tout.

— Pourquoi tu fais cette tête-là ? s'inquiéta Nicole.

— Ton départ me dévaste, chérie !

— Mais… tu disais être ravie pour moi…

— Je faisais semblant. Je jouais la comédie. En tant qu'amie pour la vie, il le fallait bien. Mais en réalité je suis affreusement triste. Que vais-je devenir sans toi ? Tu pars à des milliers de kilomètres, en plus.

— Il y a le téléphone, les textos, les e-mails, Skype…

— Ce n'est pas pareil ! gémit Michelle.

Une vague de tristesse envahit Nicole. Leur amitié remontait à l'école primaire. Et la famille de Michelle avait été comme une seconde famille pour elle. Après la mort de sa mère, quand Big Jack partait en déplacement, elle allait toujours chez eux. C'était la mère de son amie qui l'avait guidée au moment de ses premières règles. Et quand Michelle s'était mariée avec Joe, Nicole avait été son témoin. Plus proches que des amies, elles étaient comme des sœurs !

Michelle se mit à pleurer, et Nicole tâcha de dissiper le trop-plein d'émotions en changeant de sujet :

— As-tu fixé une date pour le protocole ? J'aimerais pouvoir être là pour toi.

Michelle se frotta le nez.

— C'est prévu pour dans quinze jours. Ils prélèvent un échantillon sur Joe, puis ils m'inséminent.

Nicole l'enlaça et lui dit :

— Tu vas me manquer.

— On n'a jamais pris ces cours de yoga dont on parlait tout le temps…

Le téléphone les interrompit. Nicole décrocha dans le hall d'entrée. C'était M. Gilette.

— Les archives sont entièrement rangées, dit-il. J'ai retrouvé d'autres papiers, mais je ne pense pas qu'ils seront très utiles. Des vieux contrats et des originaux de documents. Des rapports d'inspection du Ministère de la santé. Oh, et cinq lettres de votre arrière-grand-mère. Elles étaient coincées dans une boîte remplie de factures de connaissement. J'ai bien peur que ce ne soit tout, madame Schaller. À moins que vous n'ayez d'autres papiers ou dossiers chez vous.

Non, il n'y en avait pas. Nicole avait procédé à une fouille approfondie de la maison, sans succès. Apparemment, quand Big Jack avait hérité de la propriété, tous les documents importants avaient été confiés au cabinet de Gilette.

Le cœur de la jeune femme s'accéléra. Une page allait se tourner et, contrairement à ce qu'elle avait cru, le bonheur n'était pas au rendez-vous. Une fois que Lucas et elle auraient terminé de lire la dernière lettre, ce serait la fin de leurs rencontres secrètes.

— Il y a d'autres lettres, expliqua-t-elle à Michelle. Cette fois-ci, ce sont les dernières. Il faut que j'aille les récupérer.

— Super !

— Je dois prévenir Lucas.

— Tu m'étonnes, répondit malicieusement Michelle.

— Ne recommence pas, s'il te plaît. Je te dis qu'il n'y a rien entre nous.

— Ah, si tu le dis…

Michelle s'éclipsa, non sans avoir promis de revenir le lendemain pour l'aider à faire les cartons. Nicole appela Lucas, lequel décrocha tout de suite.

— Je passe te prendre dans dix minutes, dit-il. On va voir Gilette ensemble et on se débarrasse des lettres aujourd'hui.

En terminer au plus vite avec ça ? Oui, c'était la meilleure solution. Ensuite, ils iraient chacun leur chemin.

Dans la voiture, le silence était pesant. Chacun lisait dans les pensées de l'autre mais n'osait rien dire. Nicole devait prendre sur elle pour ne pas poser sa main sur le genou de Lucas.

Chez l'avoué, ils restèrent empruntés. L'homme de loi assura Nicole qu'il la tiendrait informée, ainsi que l'inspecteur Quinn, si quelque chose concernant les travaux du chai venait à surgir.

— Mais j'en doute. Je pense que nous sommes dans une impasse, ajouta-t-il.

Nicole prit les cinq dernières lettres dans leurs enveloppes cachetées, toutes portant l'inscription *À ma petite-fille*, et les glissa dans son sac en bandoulière. Elle était à la fois impatiente de les lire et terrifiée.

Les deux jeunes gens descendirent la rue principale de Lynnville avec une pointe de tristesse. Ils passèrent devant le Growers' Club, lequel avait bien changé depuis l'époque de leurs grands-parents. Les femmes et les Hispaniques pouvaient désormais en être membres. À quelques portes de là se dressait l'immeuble qui avait appartenu au Women's Service Club. La mère de Nicole, Lucy, l'avait fréquenté jusqu'à ce que la chimio l'empêche de sortir.

Les rues étaient noires de monde. La vallée se préparait à recevoir le flot immense des visiteurs pour la Fête de la bière. Le long du fleuve, des tables à tréteaux étaient assemblées sur l'herbe tandis que des hommes en bleus de travail montaient des stands en bois pour la dégustation de vin et la vente de bière. On repérait aussi les emplacements à barbecue destinés à nourrir les foules joyeuses. À la même heure, dans huit jours, le parc déborderait de familles, d'enfants, de chiens et de touristes. L'air serait empli de musique et de rires, d'arômes délicieux et d'une bienveillante camaraderie.

Ni Lucas ni Nicole n'y prendraient part.

Ils roulèrent sur l'autoroute en silence. Tout avait changé, désormais. Nicole repensait au baiser de la veille. Ils s'étaient embrassés, elle n'avait pas rêvé. Elle avait senti le désir de Lucas, sa passion, et il avait senti la sienne. Ils auraient pu passer à l'étape suivante, mais s'étaient arrêtés à temps. Moyennant quoi, ils avaient laissé passer leur dernière chance.

Le voyage qu'ils avaient entrepris ensemble dix-huit jours plus tôt allait prendre fin. Ils en étaient venus à considérer les ruines espagnoles comme « leur » endroit. Tout comme elles avaient été celui de Clara et Johann. Nicole n'arrivait pas à se débarrasser de la sensation troublante qu'ils rejouaient une tragédie passée.

Une fois sur place, ils s'aventurèrent sur l'herbe jaunie, constellée de feuilles orange ou dorées. L'automne était dans l'air. Ils se dirigèrent vers leur muret habituel et, sans dire un mot, Nicole prit solennellement la première enveloppe pour l'ouvrir. Une photo s'en échappa... L'instantané couleur d'un trio d'adolescents tout sourires. Lucas et elle se penchèrent pour l'étudier de plus près.

— Ce garçon te ressemble de manière incroyable ! s'exclama Nicole, stupéfaite.

— C'est mon père. L'autre doit être Gordon, son frère, mort dans un accident de voiture à l'âge de vingt ans.

Il observa la fille entre les deux garçons.

— Par contre, elle, elle te ressemble. Vous avez le même pic de la veuve.

Âgée de dix-sept ou dix-huit ans, la jeune fille avait de longs cheveux défaits, séparés par une raie au milieu et retenus par un bandeau hippie.

— Ça pourrait être Deborah, murmura Nicole.

Elles se ressemblaient un peu, en effet. Mais elle n'avait jamais vu de photo de sa tante. Quand Deborah s'était enfuie de la maison, son grand-père Bill avait fait disparaître tout ce qui se rapportait à elle.

— Mais... dans ce cas, que fait-elle avec les frères Newman ? Et pourquoi sourient-ils comme ça ?

Lucas se releva d'un bond.

— OK, lâcha-t-il résolument. Il est temps d'obtenir des réponses. Mon père saura de quoi il retourne.

— J'aimerais bien t'accompagner, mais je ne veux pas qu'il en fasse une attaque.

— Ne t'inquiète pas, je vais préparer le terrain.

Nicole attendit patiemment sur le seuil du bureau que le vieil homme lui donne, à contrecœur, la permission d'entrer. Il avait l'air fatigué et abattu.

Lucas tendit la photo à son père. Les deux jeunes gens restèrent muets en attendant sa réaction. Au bout d'un moment, très ému, il pointa sur le cliché un doigt tremblant.

— Là, c'est moi, dit-il d'une voix de papier mâché. Et voilà mon frère, ton oncle Gordon. Et ici…

Il lâcha un profond soupir, saccadé.

— C'est Deborah Schaller.

Il leva vers Lucas des yeux brillants de larmes.

— Cette image est trompeuse, fiston. Nous n'étions pas amis. Nos familles ne l'auraient jamais toléré. Cette photo a été prise par Clara Schaller après un match de base-ball remporté par Lynnville High. Tout le monde fêtait la victoire. On s'embrassait tous, on courait partout. La réalité n'était pas ce que ce cliché donne à croire. Loin de là…

Lucas posa les deux mains sur le bureau.

— Qu'est-il arrivé à Deborah, Pa ? demanda-t-il d'un ton qui laissait entendre que, cette fois-ci, il ne le lâcherait pas.

— Elle s'est enfuie de chez elle pour devenir hippie. Elle a fait de l'auto-stop avec d'autres beatniks et n'est jamais revenue. C'est tout ce que je sais. C'était une période douloureuse pour moi, fiston. Mon frère venait de se tuer dans un terrible accident de voiture. J'ai assisté au drame et je ne souhaite pas le revivre.

Il se mit lentement debout et sortit de la pièce avec autant de dignité que lui permettaient sa boiterie et sa canne.

Lucas et Nicole reportèrent leur regard sur la photo : la fille souriait à l'appareil, mais les garçons ne regardaient qu'elle… Lucas murmura :

— Trompeur, ce cliché ? Je ne crois pas. C'est limpide, au contraire.

De toute évidence, il s'agissait d'un triangle amoureux. Son oncle et son père semblaient amoureux de Deborah. Était-ce le chaînon manquant qui pouvait expliquer la haine si coriace de Melvyn envers les Schaller ?

Sixième Partie

1965

— Pourquoi te coiffes-tu comme une Indienne, Deborah ?

C'était Frieda Eberhardt qui avait posé la question. La vieille dame travaillait à une dentelle posée dans son ample giron. Malgré ses soixante-douze ans, elle avait toujours des doigts agiles, et nombre de chaises ou de tables dans la vallée étaient décorées de ses ravissants ouvrages. Elle profitait d'une pause à la pâtisserie pour rendre visite à Clara, occupée à préparer des cerises dénoyautées qui finiraient en bocaux.

Deborah pardonna à Frieda sa remarque – les anciens ne comprenaient pas le style d'aujourd'hui… Elle, en tout cas, elle aimait sa nouvelle coiffure, synonyme de liberté. Sur les grands campus universitaires du pays, les étudiants se laissaient pousser la barbe et les cheveux depuis un moment, mais les nouvelles tendances mettaient toujours très longtemps à atteindre la vallée du Largo. Ici, on avait vingt ans de retard ! Quand les étudiants de Berkeley portaient des sandales et des tee-shirts délavés, ceux de Santa Barbara en étaient encore aux mocassins à glands et aux chemises à boutons. Quelques cafés avant-gardistes avaient bien ouvert près du campus – des jeunes à la mode y déclamaient des vers en fumant des cigarettes – mais, en dehors de cela, la vie était routinière et paisible. Deborah, elle, voulait sortir du lot.

— Tante Frieda, nous ne sommes plus esclaves des bouclettes et de la laque. Le monde change, répondit la jeune fille de dix-huit ans sur un ton légèrement condescendant.

Elle s'assit sur le comptoir de la cuisine, balançant ses longues jambes fines.

« Le monde change… »

Frieda échangea un regard entendu avec Clara, puis lui dit :

— Le monde est *toujours* en train de changer, Debbie.

Peut-être. Mais il change encore plus que vous ne le croyez, pensa Deborah en se disant que ces deux vieilles dames seraient affreusement choquées si elles connaissaient son secret.

Elle était follement amoureuse, mais ne pouvait le dire à personne. Tous les jours, elle se demandait comment l'amour pouvait être aussi merveilleux et tragique à la fois. Grand-mère Clara serait sans doute en mesure de comprendre – elle savait tout sur les affaires de cœur, les sentiments et les émotions, elle donnait toujours des conseils avisés à tout le monde. Mais son père et grand-père Wilhelm seraient furieux d'apprendre qu'elle était amoureuse de l'ennemi…

Cela l'obligeait à déployer des trésors de ruse pour se glisser hors de la maison et le rejoindre sans se faire pincer. Ce n'était pas juste ! Ils n'avaient rien à voir avec tous ces événements qui les empêchaient d'être ensemble. Quoi qu'il en soit, elle devait être très vigilante. Veiller notamment à ne pas prononcer son nom accidentellement. Alors qu'elle en mourait d'envie…

Les pensées de Clara rejoignaient en partie celles de sa petite-fille : oui, le monde changeait peut-être plus vite qu'avant. Les jeunes étaient différents. Plus têtus, moins dociles. Et les frontières raciales devenaient plus poreuses. Dans la foulée du mouvement pour les droits civiques et des manifestations dans le Sud réclamant l'égalité raciale, on n'appelait plus les nègres des nègres. Ils voulaient qu'on les nomme « Noirs », alors que c'était auparavant une insulte. Elle comprenait leur raisonnement : « Vous nous appelez Nègres, c'est-à-dire “ noirs ” en espagnol, disaient-ils. Mais pourquoi cacher votre racisme derrière un mot hispanique ? Si nous sommes noirs, nommez-nous Noirs. »

Et maintenant, voilà que les Américains d'origine mexicaine se désignaient ou s'interpellaient fièrement par le mot « Chicano », lequel était également une injure pour eux autrefois en Californie, en Arizona et au Texas...

La situation avec eux s'était tendue, et Clara ne savait qu'en penser. Elle se sentait tiraillée. Cela faisait cinquante-trois ans qu'elle les côtoyait, qu'elle connaissait leurs camps et leurs conditions de vie déplorables. Elle compatissait, d'autant qu'elle aussi était une immigrée. Sauf qu'elle était arrivée par les canaux légaux. Père Jakob avait bataillé dur pour se frayer un chemin dans le labyrinthe administratif, relancer des employés peu motivés, remplir des formulaires complexes et fournir les documents nécessaires afin de leur obtenir des visas. Quand le consulat américain leur avait finalement accordé les papiers tant attendus, ils étaient tous venus et s'étaient mis au travail. Aucun d'eux n'avait clandestinement franchi de frontière ni ne s'était installé sur des terres qui ne lui appartenaient pas, les transformant en camps pouilleux.

Aujourd'hui, la vallée était à deux doigts d'imploser. Discours revendicateurs et manifestations se multipliaient. Des pamphlets incendiaires circulaient. Tout cela organisé par des individus extérieurs à la région, des syndicalistes, des activistes latinos venus chauffer à blanc les travailleurs mexicains et les pousser à la grève. Les exploitants s'inquiétaient. La situation pouvait vite dégénérer.

Si Wilhelm et Bill – ainsi que les Newman – avaient toujours rétribué leurs ouvriers de façon honorable et imposé des heures de travail décentes, d'autres propriétaires les considéraient comme une masse corvéable à merci, un peu comme des esclaves dont ils pouvaient impunément profiter. Clara priait pour que les domaines Schaller et Newman soient épargnés en cas de grève. Car les nouvelles en provenance du Texas et d'autres États agricoles laissaient entrevoir des perspectives effrayantes : bagarres et émeutes sanglantes.

Les éditorialistes écrivaient que l'Amérique était en train de vivre une révolution sociale, que les jours anciens allaient disparaître. Peut-être bien. Leur propre petite-fille ne montrait-elle pas des signes de rébellion, notamment dans son allure et ses tenues peu féminines ? Aujourd'hui, par exemple, elle portait un jean et un chemisier gitan. Mais autre chose avait changé chez elle cet été, qui ne devait rien à la révolution sociale. Une certaine langueur, de longs coups de téléphone chuchotés avec sa meilleure amie, des courses à Lynnville plus souvent que d'habitude. Elle était rêveuse et distraite. Les symptômes ne laissaient aucun doute : Deborah était amoureuse.

Qui était l'élu ? Quel qu'il soit, ce serait compliqué pour les deux tourtereaux : Bill allait le passer au microscope par crainte des chasseurs de dot. L'examen qu'il subirait serait pointu.

Clara se demandait pourquoi sa petite-fille ne s'était pas encore confiée à elle. Depuis que sa mère était partie, elle lui avait toujours raconté ses secrets et elle savait qu'elle ne serait pas jugée. Alors pourquoi gardait-elle celui-là ? Était-ce un garçon qu'ils connaissaient ?

Pourvu en tout cas que leur histoire débouche sur du bonheur. Et rien que du bonheur... Depuis que Johann ne voulait plus la voir, elle-même ne pouvait se départir d'une certaine tristesse. Elle aurait tellement aimé pouvoir discuter avec lui de tout, de rien, du contexte actuel. Comme avant. Elle souffrait terriblement de la retenue guindée de leurs rapports quand ils se croisaient aux événements mondains de la vallée. La fortune du clan Schaller due au contrat de distribution volé à Adam se dressait entre eux.

Heureusement, il y avait des bons moments, tout de même. Comme cette matinée passée à faire des confitures avec sa meilleure amie et sa petite-fille. Que pouvait-elle rêver de mieux ? Clara était fière de Deborah. Sa petite-fille était ravissante, gracieuse, vive. Elle avait l'esprit libre et joyeux et avait toujours bien travaillé à l'école. Elle semblait tenir moins de sa mère que de sa tante Lorelei, et pourtant, ces deux-là n'avaient aucun gène en commun...

Tandis qu'elle ajoutait du jus de pomme, du jus de citron et de la pectine dans la casserole, Clara jeta un coup d'œil à l'intéressée, perchée sur le comptoir de la cuisine. Curieux comme certains traits de famille se transmettaient de génération en génération. Deborah avait hérité de son pic de la veuve, légué par les Heinze. Même chose pour les Newman, chez qui les fils d'Adam, Gordon et Melvyn, tenaient de leur père et de leur grand-père ce regard tombant et charmant qui semblait s'amuser de tout, même quand ils étaient sérieux. Comme le disait le poète et prédicateur anglais John Donne, aucun homme n'est une île.

Une idée incongrue traversa soudain l'esprit de Clara. Et si un Schaller épousait une Newman ? Ces deux caractéristiques se retrouveraient-elles dans leurs enfants ? Clara se moqua d'elle-même tant c'était absurde. Le soleil et les étoiles se consumeraient avant que cela n'arrive !

Tout en touillant sa mixture sucrée de cerises qui parvenait à ébullition, la vieille dame savourait l'instant. Cuisiner l'apaisait. Elle y avait toujours trouvé du réconfort. Oui, déjà dans leur maison des débuts, si sommaire… Du haut de ses soixante-douze ans, il lui arrivait de regretter ces jours simples où elle dormait sur un lit de camp.

Sa petite-fille de dix-huit ans était aux antipodes de tout ça. Elle n'avait pas du tout la fibre domestique. Ne rêvait pas d'avoir un mari ou des enfants. Ce qui l'intéressait, c'était de voir le Nil et l'Amazone, le mont McKinley et la Grande Muraille de Chine. Et de se consacrer à une grande cause.

Deborah regardait par la fenêtre. Un peu plus tôt, son père était parti en camionnette vérifier le contenu de leur boîte aux lettres, sur la grande route. Elle savait le trajet inutile. Il n'y aurait rien au courrier. Elle se raidit. Il lui faudrait bien, à un moment ou à un autre, avouer à sa famille la terrible nouvelle. Deux terribles nouvelles, en fait. L'été était déjà bien entamé. Bientôt, l'automne et la rentrée universitaire arriveraient. Elle ne pourrait différer davantage. Mais comment annoncer à son père et à ses grands-parents d'une part qu'elle était amoureuse de l'ennemi, et d'autre part qu'elle n'irait pas à l'université ?

Car, oui, elle aimait un garçon de l'autre bord. Le problème, c'est qu'elle ne savait pas ce qu'il ressentait pour elle. Voilà ce qui achoppait et retardait tout. Ils avaient échangé des sourires et des regards, ils avaient papoté en toute innocence. Alors, s'était-elle fait un film ? Lisait-elle dans son attitude un message qui n'y était pas ? En ce cas, si elle annonçait quoi que ce soit à sa famille, elle provoquerait la troisième guerre mondiale pour rien.

Trouver un garçon à aimer n'était pas une sinécure, surtout avec un père si protecteur que le sien. Et encore moins quand on valait des millions… Elle ne voulait certes pas d'un type qui l'épouse pour sa richesse familiale. Exit, les chasseurs de fortune sans vergogne. Sur ce point, au moins, elle était d'accord avec son père. Mais ils différaient sur le profil du candidat idéal.

Jamais Bill Schaller n'accepterait que sa fille se marie « sous sa condition », comme il disait. L'échantillon proposé était donc restreint, puisqu'il fallait que l'homme soit aussi fortuné qu'elle. Que Dieu la garde de tomber amoureuse d'un plombier ! Elle avait un standing à tenir. Voilà aussi pourquoi son père insistait tant pour qu'elle décroche un diplôme universitaire.

« Les hommes de pouvoir n'épousent pas les femmes peu instruites, lui avait-il répété un million de fois. Ils veulent que leur épouse soit sophistiquée, digne et qu'elle s'exprime bien. »

Il avait sélectionné une liste d'universités qui ne lui convenaient absolument pas : Barnard, Bryn Mawr, Mount Holyoke, Radcliffe, Smith, Vassar et Wellesley… Que des écoles de filles ! Et toutes à cinq mille kilomètres de là. Tant qu'à faire, qu'il l'envoie dans un couvent ! Le pire, c'était qu'il le ferait s'il le pouvait… Alors, s'il apprenait qu'elle n'était plus vierge…

Deborah songea à la chanson de Lesley Gore, *You Don't Own Me* (« je ne t'appartiens pas »). Sortie deux ans plus tôt, elle parlait du fait d'être jeune et libre, de l'envie de vivre sa vie. Oui, Debbie rêvait de liberté. Et la fac ne la tentait pas du tout. Passer d'un ensemble de règles à un autre, très peu pour elle…

« Le monde sera ma salle de cours, pontifiait-elle parfois. Les gens dans les rues et les cafés, les pêcheurs et les serveuses, les vendeurs de fleurs, ce seront eux mes professeurs, et la vie sera ma matière principale. »

Dans ces cas-là, son père levait les yeux au ciel et lui reprochait sa prétention.

« Tu n'as que dix-huit ans, Deborah. Tu ne sais pas encore ce que tu veux. »

Si, elle le savait parfaitement.

Les anciens étaient déroutés par le monde qui émergeait. Ils appelaient cela le fossé des générations. L'expression était bien trouvée. C'était comme s'ils parlaient deux langues différentes.

La jeune fille regarda sa grand-mère et tante Frieda, deux femmes heureuses de tenir leur ménage. Dans leur univers de tranquillité et de routine, les journaux qui traînaient sur la table faisaient tache, comme une fausse note. Les gros titres annonçaient une guerre dans un pays dont elle n'avait jamais entendu parler ; une photo avec des hélicoptères de la marine survolant des rizières s'étalait sur la couverture de *Life Magazine*. Une autre revue montrait l'image d'étudiants arborant des pancartes revendicatives. Des jeunes de tout le pays se dressaient pour appeler les troupes américaines à quitter le Vietnam ou pour défendre leurs convictions, comme l'intégration des étudiants noirs dans les universités blanches.

Alors qu'elle regardait par la fenêtre, Debbie aperçut son grand-père Wilhelm avec Jack, juché sur un poney. Son cœur se serra à la vue de son petit frère. Il n'avait que sept ans, était tout innocent… Lui aussi avait hérité du pic de la veuve. Cela lui donnait un air espiègle, semblable à celui d'un petit elfe. Il portait en réalité le prénom de leur arrière-grand-père Jakob, mais comme c'était désuet, il avait très vite été rebaptisé Jack. Il appelait sa grand-mère Clara « Mama ». Et elle aussi, il l'appelait « Mama ». Il avait l'air d'accepter le fait de ne pas avoir de mère, mais le jour viendrait où il faudrait lui expliquer pourquoi. Quand il apprendrait qu'elle l'avait abandonné presque à la naissance, ses relations futures avec les femmes en pâtiraient-elles ? Il lui faudrait aussi gérer les fortes attentes que son père avait à son endroit. Car si Bill Schaller se montrait autoritaire avec elle, ne le serait-il pas encore plus avec son fils ?

Clara leva un instant les yeux de sa casserole de confiture et surprit le regard de Deborah posé sur le garçonnet et son grand-père. Wilhelm avait soixante-dix-sept ans, mais sa haute silhouette musclée et noueuse n'en laissait rien paraître. Il était en excellente santé et se voyait bien travailler encore une bonne vingtaine d'années dans ses vignes.

Elle savait qu'il s'inquiétait pour l'agitation sociale qui se profilait à l'horizon. C'était un surcroît de souci, à un moment de l'année qui n'en manquait jamais. La fin de l'été et le début de l'automne étaient en effet des périodes cruciales dans leur activité, car tout dépendait de la récolte. Mais quand s'ajoutait la menace d'une grève des cueilleurs – laquelle verrait les grappes pourrir sur les ceps –, il y avait de quoi perdre le sommeil !

À cet instant précis, Little Jack déboula dans la cuisine. Il enveloppa de ses bras les jambes de Deborah.

— Mama, je peux avoir un gâteau ?

La jeune fille se pencha et ébouriffa sa tignasse en bataille. Dans une jarre posée sur le comptoir, elle piocha un cookie moelleux garni de raisins – un biscuit si gros que l'enfant devait le tenir à deux mains.

— Merci, Mama ! s'écria-t-il en détalant.

Cela réchauffait le cœur de Clara, de les voir ensemble. Privé de mère, il était tout naturel que le petit garçon se tourne vers sa sœur aînée.

Deborah aperçut la camionnette de son père dans la cour. Il en descendait, une poignée de lettres et de catalogues à la main. Un moment plus tard, il faisait son entrée dans la cuisine.

— Bonjour, Bill, dit Frieda sans manquer pour autant un nœud dans sa dentelle.

Il inclina distraitement la tête.

— Du courrier intéressant ? demanda Clara en retirant la casserole du feu.

— Non. Toujours pas de nouvelles des universités, répondit-il en jetant les plis sur la table de la cuisine. Combien de temps ça prend, une procédure d'admission ?

Il se dirigea vers le frigo et en sortit une bouteille de bière au long col, qu'il décapsula avant de ressortir. Deborah l'entendit descendre le perron d'un pas lourd. Il n'allait pas tarder à tout découvrir.

Son cœur s'accéléra. L'heure du choix approchait. Le bonheur de sa famille ou le sien ? Soit elle se taisait, soit elle parlait.

La réponse était toute trouvée : elle privilégierait son bonheur. Ses grands-parents et son père avaient fait leurs propres choix. Elle était jeune, elle avait l'avenir devant elle, et elle était plus que certaine de vouloir faire sa vie avec celui qui avait volé son cœur. Il avait tant de qualités. À commencer par son courage. Il n'avait peur de rien. Il disait ce qu'il pensait et ne se laissait pas intimider par l'autorité. Un rebelle, oui, c'était un rebelle, qui se battait pour ce en quoi il croyait. Par-dessus le marché, il avait des yeux merveilleux. Une tonne de filles devaient craquer pour lui, mais Debbie était persuadée qu'il cherchait une fille tout aussi déterminée que lui, sachant se dresser contre la domination et libre d'aller où leur destinée les conduirait.

Je serai cette fille.

Oui, il valait mieux annoncer les deux nouvelles en même temps, décida-t-elle, redressant les épaules et prenant de profondes inspirations pour se donner du courage. Avant de tout avouer, cependant, il y avait un prérequis : elle devait savoir précisément où il en était avec elle.

Sachant où le trouver le lendemain, elle se montrerait, l'air de rien, faisant croire à une rencontre fortuite. Elle lui parlerait, flirterait subtilement avec lui. Jaugerait ses réactions. Son cœur s'affolait rien que d'y penser. Jouerait-elle la fille qui est impressionnée par ses propos ? Irait-elle jusqu'à lui poser la main sur le bras ? Mais surtout, surtout, trouverait-elle le courage de lui avouer ce qu'elle éprouvait ?

Comment réagirait-il ? Finalement, elle n'était absolument pas certaine qu'il soit amoureux d'elle. Mais… s'il l'était – et il fallait qu'il le soit ! –, une chose était sûre : il leur faudrait se cacher dans un lieu retiré et secret pour se dire leur amour. Car ils appartenaient à deux camps ennemis. Ils risquaient gros si on les surprenait ensemble. Cela aurait été comme flanquer un coup de pied dans une fourmilière.

Oui, conclut-elle, un peu ragaillardie. C'était la meilleure façon de procéder. D'abord éclaircir la situation sur le front sentimental, puis, si la chance lui souriait et que son rêve était exaucé, affronter à deux son père. Ils ne seraient pas de trop pour lui annoncer la pire nouvelle de sa vie.

— C'est du tout cuit, disait Gordon à son frère tandis qu'ils filaient sur l'autoroute en direction de Lynnville. Ma nouvelle Mustang customisée va faire tomber Deborah dans mes bras !

— Tu es dingue, murmura Melvyn, le visage tourné vers le paysage qui défilait à toute allure.

Son frère, bel et arrogant étudiant de vingt ans, ne voyait pas que son béguin pour Debbie Schaller n'aboutirait à rien. En premier lieu, parce que leur père le tuerait plutôt que de l'autoriser à sortir avec une Schaller. Ensuite, parce que Debbie n'était pas sur la même longueur d'onde. D'accord, elle lui souriait quand ils se croisaient, et oui, elle assistait à tous ses matchs de base-ball… Mais Gordon planait complètement quand il s'imaginait qu'une nouvelle voiture de sport la ferait succomber.

Il n'en démordait pas. Debbie et lui étaient des âmes sœurs. Oh ! Il connaissait leur situation, mais ils n'étaient pas les premiers à devoir affronter une querelle familiale ancestrale pour vivre leur amour ! Roméo et Juliette, par exemple ! Cela dit, mieux valait ne pas penser à ce que son père ferait s'il apprenait qu'il était amoureux de la fille de son ennemi juré. Toute la vallée savait qu'un noir désir de vengeance habitait toujours Adam Newman, même douze ans après l'affaire Callahan. Il n'avait pas incendié le vignoble Schaller ni leur maison, mais il mettait un point d'honneur à être le plus compétitif possible sur le marché du vin afin de leur en laisser le moins possible. Alors, s'il apprenait que son fils aîné rêvait de sortir avec Deborah…

Mais Debbie et lui feraient front, ensemble. Il savait qu'elle ressentait la même chose que lui et ne gardait ses distances qu'à cause de la querelle. Il savait que c'était une torture pour elle aussi. Il brûlait de la défendre, de la sauver et de la protéger.

Un Newman tombant amoureux d'une Schaller… C'était vraiment une histoire de fou, pensait Melvyn, avachi sur le siège passager. Gordon jouait avec le feu. S'il ne s'était agi que d'eux, passe encore. Mais il y avait leur père, dont le cœur défaillant requérait à présent une opération « à cœur ouvert ». Apprendre que Gordon courtisait Deborah pourrait le tuer.

Melvyn avait cependant une autre raison, secrète celle-là, de ne pas vouloir que son aîné conte fleurette à Debbie : lui aussi la trouvait à son goût. Il avait néanmoins un peu plus de jugeote que Gordon et il estimait avant tout que des frères ne devraient jamais laisser une fille se glisser entre eux. C'était un truc à flinguer même les trois mousquetaires ! D'aussi loin qu'il s'en souvenait, ça avait toujours été Gordon et lui. Sofie n'avait jamais fait partie de leur relation, même si elle était la jumelle de Gordon. C'était une fille, et elle avait ses propres amies. En plus, maintenant, elle était en deuxième année à Harvard et vivait une histoire d'amour sérieuse avec un étudiant en médecine.

Ainsi, malgré leurs deux années de différence, Gordon et lui avaient toujours tout fait ensemble. À l'école, les professeurs les appelaient « les frères Newman », un surnom aussi affectueux qu'empli de doute quant à la façon de les gérer. Ils faisaient les quatre cents coups, mais on leur passait presque tout. Le fait qu'ils aient été des athlètes accomplis avait aidé. Leur regard ensorcelant et leur rire communicatif aussi…

Bref, pour l'instant, c'était les vacances d'été. Gordon était rentré de l'université pour aider au chai. Lui-même venait d'obtenir son diplôme de fin d'études secondaires et comptait suivre son frère en fac. À cette minute, ils étaient juste deux beaux gosses en casquettes de base-ball, roulant à tombeau ouvert dans l'un des pick-up du domaine. Qu'il ramènerait une fois que Gordon aurait récupéré chez le concessionnaire sa Ford Mustang rouge cerise – la voiture qui faisait fureur.

Melvyn se pencha pour regarder le compteur.

— Tu roules à cent vingt. On va se faire arrêter par la police.

— Qu'ils nous arrêtent. Je ne crains pas les flics.

Gordon était connu pour sa conduite à risques. *La Fureur de vivre* était son film préféré, et feu James Dean son idole, malgré le fait – ou à cause du fait – qu'il se soit tué dans une course de voitures sur une route de campagne. Rien ne déconcertait Gordon. Il avait vingt ans, il était fort, il n'avait pas froid aux yeux et il avait un père riche. Il était invincible.

— Tu n'as pas peur d'être appelé sous les drapeaux ? demanda soudain Melvyn. Je veux dire, on doit aller pointer. Tu imagines ? Si on était enrôlés et envoyés… où, déjà ?

— Au Vietnam… Eh bien, on ira. On se battra contre les cocos et on leur montrera ce que les Américains ont dans le ventre !

Melvyn abaissa sa vitre pour sentir le vent chaud sur son visage. Ses pensées tourbillonnaient. Il n'aimait pas la tournure des événements. D'une part, Gordon était obsédé par Deborah, et, d'autre part, la menace d'une conscription planait… Or une seule chose lui importait : s'occuper des vignes.

Autant son frère se fichait pas mal de travailler au domaine – parfois, il évoquait en riant la carrière de coureur automobile –, autant lui-même semblait né pour le vignoble. Il se souvenait très bien de ce jour où il avait accompagné son père dans les vignes – il avait alors dix ans –, et où Adam lui avait dit :

« Prends un raisin, mon fils. Voilà. Maintenant, roule-le entre le pouce et l'index, sens comme il est ferme, sens la texture de la peau. Étudie la couleur. À présent, prends-en un petit bout et goûte sa douceur. Un jour, tu sauras reconnaître le moment où le niveau de sucre est idéal. Le moment où le raisin atteint l'équilibre parfait entre acidité et sucre. Tu sais, j'ai appris la vigne de mon père, qui l'avait apprise de son père, et ainsi de suite. Tout cela vient de Rhénanie, en Allemagne, un endroit où je t'emmènerai un jour. Ces compétences se transmettent de père en fils, et c'est toi qui, bientôt, en seras le bénéficiaire. Ce sont des générations d'essais et d'erreurs, de tests et d'échecs, d'abandon de procédés et de ralliements à des méthodes éprouvées. Cela représente quantité de mains qui ont pris soin des vignes et des fruits avant toi. Quand tu cueilles une grappe comme tu viens de le faire, ce n'est pas ta main seule qui le fait, ce sont celles de tes prédécesseurs aussi. »

Melvyn n'avait jamais oublié ce moment.

De son côté, Gordon était à mille lieues de penser au vignoble. Son esprit passait en revue les souvenirs qu'il avait de Deborah. Il la connaissait depuis toujours, car ils avaient fréquenté les mêmes écoles à deux ans d'écart. Il y avait eu les kermesses, les matchs de base-ball ou de football, les boums, les rencontres inopinées dans les couloirs, à la cafétéria ou au magasin étudiant. Et puis un jour – il était en terminale et elle en seconde –, elle lui était littéralement rentrée dedans dans le couloir, alors qu'elle se dépêchait d'aller en cours. Une collision, des livres au sol, une gêne, des excuses, et Gordon était tombé amoureux. Depuis lors, il la cherchait des yeux partout où il allait, s'accrochait au plus petit de ses « Salut » et chérissait chacun des sourires ou des coups d'œil qu'elle lui décochait. Deborah venait à ses matchs de base-ball, il l'avait vue le regarder et l'encourager quand il lançait. Ils avaient même traîné avec leurs amis dans le même Burger Drive.

Il aimait sa longue chevelure lâche, ses jeans et ses tee-shirts. Tandis que les autres filles faisaient bouffer leurs cheveux à coups de laque et s'accrochaient à leurs jupes et leurs jupons, Deborah avait un style émancipé hypersexy. C'était une rebelle. Une avant-gardiste. Elle allait même voir des films français de la Nouvelle Vague. Et elle était politiquement engagée, une attitude qui heurtait ses condisciples – ce n'était pas un sujet pour les dames.

Oui, Deborah Schaller sortait vraiment du lot, et ça l'excitait.

Apparemment, elle ne voulait pas aller en fac et aurait dit à ses amis qu'elle allait parcourir le pays en auto-stop, pour voir l'Amérique.

Gordon avait parfaitement conscience des ennuis qu'il se préparait, mais rien ne le détournerait de Deborah. La vallée devrait s'y faire. En particulier leurs pères et grands-pères, qui entretenaient une querelle familiale vieille comme le monde. Lui et Debbie seraient les premiers à jeter un pont au-dessus du gouffre.

— Ralentis ! s'exclama soudain Melvyn. Regarde. Il se passe un truc, là-bas.

Gordon gara le pick-up sur le bas-côté et ils observèrent à travers le pare-brise le camp de migrants installé sur un champ en jachère, à une trentaine de mètres de l'autoroute. Des voitures récentes et rutilantes étaient garées au milieu des cabanons et des cordes à linge. Des Hispaniques en chemise blanche, bottes et chapeau de cow-boy parlaient aux gens.

— Des syndicalistes, murmura Gordon.

Qui étaient venus pour inciter les ouvriers agricoles à se syndiquer…

— Le grand type, là, qui serre les mains de tout le monde. Je l'ai vu s'adresser à une foule dans le parc de Lynnville l'autre jour. C'est un agitateur. Du Texas, je crois. Il aurait un diplôme de droit.

— Oui, c'est Alejandro Ortiz. Grand-père a parlé de lui. Il veut causer des ennuis aux viticulteurs.

Gordon s'appuya sur le volant en faisant la moue.

— Tu ne crois quand même pas qu'ils vont faire grève, si ? demanda-t-il.

— Je ne sais pas. Mais si ça arrive, notre domaine ne sera pas touché. Papa et grand-père ont toujours bien traité leurs ouvriers. On leur donne des salaires décents et on ne les exploite pas comme le font Mayfield et Samson, par exemple. Eux vont perdre des employés.

— Et leur récolte…, ajouta Gordon.

Le jeune homme redémarra et reprit l'autoroute. Les deux frères étaient un peu secoués par ce qu'ils venaient de voir. La réalité les rattrapait.

— Allez, appuie sur le champignon, Gordon. Allons chercher cette Ford Mustang qui va faire tomber toutes les filles dans tes bras !

— Une seule m'intéresse, répondit Gordon en riant, sa bonne humeur retrouvée.

Au parc de Lynnville, une petite foule se pressait, impatiente d'écouter les discours sur la réforme du travail agricole. Sous le kiosque à musique – qui servait habituellement de scène pour les concerts estivaux et les meetings politiques –, plusieurs hommes élégamment habillés étaient assis sur des sièges pliants, tandis que des techniciens branchaient les câbles de la sono. Un micro sur pied attendait le premier orateur.

De grandes affiches ornaient les piliers du kiosque et les arbres alentour, réclamant à grosses lettres l'égalité des droits pour les ouvriers agricoles. Devant la scène, des tables avaient été dressées, sur lesquelles étaient posées des piles de tracts, de livres et autre littérature concernant la misère des travailleurs migrants de la vallée du Largo. L'ambiance était calme et paisible sous un ciel bleu clément.

Deborah se tenait dans la foule ; elle regarda autour d'elle et aperçut Gordon Newman à la limite du parc, nonchalamment adossé à l'une de ces nouvelles Ford Mustang dont tout le monde parlait. Il la regardait. Ce n'était pas la première fois qu'il assistait à l'un de ces rassemblements. Elle l'y avait déjà vu. Les vignerons s'intéressaient de plus en plus à ce que les syndicalistes disaient à la population.

Le cœur battant la chamade, elle réfléchissait à ce qu'elle allait faire. Surtout ne pas gaffer ! Elle ne voulait pas tout gâcher et passer pour une imbécile.

Un homme s'approcha du micro et réclama l'attention de tous. Les gens se massèrent vers le kiosque, l'emprisonnant au milieu d'eux. Elle jeta un œil sur Gordon, toujours appuyé contre sa voiture, les bras croisés. Il ne la quittait pas des yeux.

Elle écouta les discours, la rhétorique d'hommes instruits qui parlaient égalité des droits, lois du travail, salaire minimum et réforme de la santé pour les ouvriers agricoles. Mais elle ne pensait qu'au regard de Gordon Newman sur elle. Peut-être avait-elle fait une erreur. Tout à coup, elle sentait son courage l'abandonner.

Les discours terminés, les tracts furent distribués et la foule commença à se disperser pour se réagréger par clans. Il y avait ceux qui partageaient le point de vue des orateurs et ceux qui râlaient contre les agitateurs. Avant qu'elle ait pu faire un pas, un jeune homme s'approcha d'elle, un grand Latino au teint doré et aux yeux de braise. Il portait un pantalon blanc et une chemise mexicaine guayabera à manches courtes en lin blanc.

— Bonjour, mademoiselle Schaller, dit-il doucement en lui tendant une main.

— Un discours très émouvant, monsieur Ortiz, répondit-elle.

Pouvait-il sentir son pouls emballé du bout de ses doigts ou le voir battre à sa gorge ? Et Gordon continuait-il de l'observer ? Avait-il remarqué son trouble ?

C'était maintenant ou jamais !

Elle avait rencontré Alejandro Ortiz cinq semaines plus tôt, lors d'un meeting semblable à celui-là. Il faisait partie des intervenants. Elle-même venait d'obtenir son diplôme de fin d'études secondaires et s'interrogeait sur son avenir. La seule chose dont elle était sûre, alors, c'était qu'elle ne voulait pas être envoyée dans une université pour filles. Elle s'était rendue au parc cet après-midi-là par curiosité. Le discours passionné, voire enflammé, prononcé par Alejandro d'une voix charismatique avait fait vibrer une corde dans son âme. Elle s'était sentie comme un vaisseau vide en attente d'être rempli. Jamais elle n'avait réfléchi à la condition des travailleurs mexicains avant, n'avait accordé d'attention à leur misère, leur dur labeur, leurs longues journées de travail, leur absence de droits. Dès les premiers mots d'Alejandro, elle avait été saisie. Il faut dire que le jeune Latino était un orateur très persuasif, en plus d'être sublime ! Son sourire à lui seul gagnait les cœurs. Deborah avait pris un tract et lu les statistiques choquantes qui y étaient imprimées. Immédiatement, elle avait été acquise à *la Causa*.

Quand on tombe amoureuse d'un homme, on embrasse sa cause.

Depuis, elle avait appris qu'il était né au Texas, que ses parents étaient des travailleurs migrants pauvres, venus de Mexico. Enfant, il avait travaillé dans les champs, cueillant les fruits et légumes de saison pour un salaire inférieur au minimum vital, vivant dans des camps insalubres et ne mangeant pas souvent à sa faim. Son père, un homme fier, avait juré de gagner une vie meilleure pour son fils et il l'avait envoyé à l'école malgré les préjugés raciaux. Alejandro tenait de lui son orgueil et sa détermination. Il avait fait des études supérieures, gagnant sa vie grâce à des petits boulots. Après quatre années d'études, il avait décroché une bourse pour poursuivre en droit. Il venait d'obtenir son diplôme. Mais plutôt que d'aller travailler dans le privé, Alejandro avait choisi de défendre la cause de son peuple, de l'aider à mener le combat qui le sortirait du cycle infernal de la pauvreté et de la mort prématurée dans lequel il était piégé. Ainsi, il avait adhéré à la vague montante de fierté hispanique et soutenu la voix de plus en plus forte d'une population jusque-là muette. Son objectif était de porter la cause de sa communauté jusqu'à Washington et de faire pression pour obtenir des réformes sur le travail et l'égalité des droits pour les ouvriers agricoles exploités.

Malgré la foule qui se pressait autour de lui avec des questions et des louanges, Alejandro fixait Deborah avec intensité. À croire qu'ils étaient seuls dans le parc.

— Je suis content que tu sois venue, dit-il avec douceur.

Elle rassembla son courage :

— Je me demandais… J'aimerais en savoir plus sur la cause que tu défends. On pourrait discuter… Se voir…

Elle haussa nerveusement les épaules. Une lueur amusée dansa dans le regard du jeune homme.

— Discuter ? J'en serais ravi. Où voudrais-tu qu'on se retrouve ?

Elle se passa la langue sur les lèvres.

— Je me disais…

Nouveau haussement d'épaules. Comme elle devait lui paraître puérile…

— Il faudrait un endroit tranquille… Vu que je suis la fille d'un vigneron et toi le représentant des syndicats. Les gens pourraient mal l'interpréter.

— Tu choisis. Je suis nouveau dans la vallée, et je ne connais rien. Mais je suis libre ce soir.

Le cœur de Deborah fit un bond, puis s'affola. Elle avait l'impression qu'il éclatait et se répandait dans ses veines.

— Il y a un endroit où personne ne va jamais ; on l'appelle la Colina Sagrada. Je vais te dire comment t'y rendre.

Elle fouilla dans son sac pour en extraire un petit calepin, sur lequel elle gribouilla un vague plan. Ils se mirent d'accord pour vingt heures et Alejandro, reportant son attention sur ses fans et les gens qui voulaient débattre, les journalistes et les photographes, disparut dans la foule.

— Salut.

Deborah pivota et se trouva nez à nez avec Gordon, tout sourire.

— Alors, on pactise avec l'ennemi ? lança-t-il en désignant Alejandro du menton.

— Je veux savoir ce qu'ils prévoient pour notre exploitation. Une grève nous ruinerait.

— Je peux te raccompagner ? Ma voiture est juste là.

Elle jeta à peine un regard à la Mustang.

— Je suis venue avec la mienne, répondit-elle sèchement. Merci quand même.

Les minutes s'écoulaient avec lenteur. Enfin, huit heures sonnèrent. Deborah était partie plus tôt de la maison, prétextant un cinéma avec des amis. Au lieu de cela, elle avait roulé directement jusqu'à la Colina Sagrada, où le désert nu au milieu de la verte vallée se faisait rouge et ombré dans le soleil couchant. Les étoiles brillaient dans le ciel quand elle vit deux phares remonter la route poussiéreuse.

Il se gara, descendit de sa voiture et s'approcha d'elle. Le sable crissait sous ses bottes étincelantes. Deborah pouvait à peine respirer, tremblante de désir. Alejandro était le garçon le plus fascinant qu'elle ait jamais rencontré. Non, pas un garçon. Un homme. Elle désigna d'un geste ample les environs :

— N'est-ce pas un endroit totalement désolé ?

— Je ne vois ici que beauté.

L'intensité de son regard la figea sur place. Elle était ensorcelée.

— Tu voulais en apprendre plus sur notre cause, dit-il d'une voix rauque, comme pour la mettre au défi d'avouer qu'elle l'avait attiré ici pour une tout autre raison.

— Oui... *La Causa* m'intéresse. Pourquoi la défends-tu ? Tu es avocat, tu pourrais aller n'importe où, gagner beaucoup d'argent.

— Je vais te raconter, répondit-il en se rapprochant encore d'elle.

Il parla de son enfance difficile, de sa petite sœur, morte de malnutrition, de son grand-père malade privé de soins parce qu'il était « clandestin ».

— Mon père est mort à cinquante ans, et ma mère et moi l'avons enterré sur le bas-côté de la route avant d'aller attaquer une autre récolte. Personne ne s'est battu pour nous. On travaillait dans les champs sous un soleil brûlant, les enfants charriaient de lourds sacs d'oignons ou cueillaient des haricots jusqu'à ce que leurs doigts saignent, nos estomacs grondaient, nos bouches se desséchaient. Nous étions invisibles, et les riches Blancs, pendant ce temps-là, se goinfraient, assis dans leurs grandes maisons à boire de la limonade, se fichant totalement de notre sort. Alors, maintenant que je suis en position de parler pour les invisibles, c'est ce que je vais faire. Je suis né pour faire ça. Tu comprends, Deborah, n'est-ce pas ?

Il marqua une pause, un sourire mystérieux accroché aux lèvres.

— Je voudrais te montrer quelque chose, reprit-il, l'invitant à le suivre jusqu'à sa voiture.

Il l'emmena à un bidonville tout proche de l'autoroute. Les cabanons étaient éclairés par des lanternes et des feux de camp qui diffusaient une lueur dorée sur les murs enduits de goudron. Deborah entendit des rires et de la musique, sentit de délicieuses odeurs flotter dans l'air. Elle hésita avant de sortir du véhicule.

— Je ne sais pas trop, dit-elle. Ils ne vont pas vouloir de moi, ici. Ils vont mal le prendre.

— Pas du tout. Ce sont mes amis. Des gens bien.

De fait, elle fut accueillie sans ressentiment ni hargne, passa de famille en famille, présentée en espagnol par Alejandro comme une *amiga*. Du poisson frit grésillait dans les poêles posées à même les flammes, des haricots frémissaient dans les casseroles. Un homme jonglait avec des gourdes vides peintes, d'autres étaient accroupis devant leur cahute, jouant aux dés ou aux cartes. Un vieillard sculptait des jouets dans des blocs de bois, une femme réalisait une couverture sur un métier à tisser, un potier était à son tour. Ici, tout le monde travaillait, soit dans les champs, soit en fabriquant des objets qui seraient vendus en ville. La grève et les politiques locales semblaient à des années-lumière.

Pieds nus et en haillons, des enfants regardaient Deborah timidement. Leurs mères, courtoises et amicales, portaient des châles colorés et étaient coiffées de longues nattes. La jeune fille se reprocha tout à coup d'avoir mis une minijupe Mary Quant – une tenue choisie à dessein pour son rendez-vous galant avec Alejandro. Ces femmes et ces fillettes étaient toutes habillées modestement de longues jupes qui leur arrivaient sous le genou ou à la cheville. Heureusement qu'elle portait quand même des collants arlequin ! Mais ça ne l'empêchait pas de se sentir impudique, voire un peu vulgaire.

Des hommes vinrent serrer la main d'Alejandro, le saluant avec un grand respect. Des femmes lui offrirent à boire. Il naviguait parmi eux à son aise. C'était *sa* culture, si pimentée, si brûlante et vivante. Très religieuse aussi, avec ces petits autels dédiés à la Vierge, éclairés par des bougies et ornés de fleurs posées au pied des statuettes. Alejandro dit avec fierté combien la Sainte Mère du Christ protégeait ses enfants, son peuple à lui. Ils étaient pauvres mais généreux, partageant tout ce qu'ils avaient. Ils offrirent des haricots et des tortillas au maïs à Deborah, et du vin sucré, qu'elle identifia comme étant de la sangria – le domaine Schaller en produisait une qui se vendait très bien.

Des hommes se mirent à danser, les mains derrière le dos, autour d'un sombrero posé par terre. Assis de part et d'autre du feu de camp, Alejandro et Deborah se contemplaient par-dessus les flammes. Le béguin qu'elle ressentait pour lui avait pris une autre dimension. Elle en était raide dingue amoureuse.

Ils retournèrent vers la Colina Sagrada en silence. Sur place, Deborah ne put se résoudre à rejoindre sa voiture.

— Je suis tellement désolée, lui dit-elle.

Avec ces simples mots, elle lui présentait des excuses pour son père, son grand-père et pour tous les exploitants blancs de la vallée. Ce qu'elle avait découvert lui donnait envie de manifester aux côtés d'Alejandro pour forcer les méchants à voir la cruauté de leurs actes.

Il lui sourit.

— De quoi serais-tu coupable, *chiquita* ?

Quand il posa les mains sur ses bras, elle crut exploser en vol. Et quand il pencha la tête, elle se porta au-devant de ses lèvres. Il l'attira plus près et elle gémit de plaisir. C'était un baiser de cinéma, comme elle en avait rêvé ces dernières semaines. Alejandro prit une couverture dans son pick-up et ils trouvèrent un petit coin d'herbes moelleuses. Ils firent l'amour. Ce fut encore plus beau que ce qu'elle avait imaginé. Celui avec qui elle avait perdu sa virginité avait été maladroit, et elle n'en avait pas gardé un souvenir impérissable. Elle s'était demandé alors combien de tentatives et d'échecs il lui faudrait vivre avant de trouver son âme sœur. Or voilà qu'elle l'avait trouvée, dans ce Latino rebelle qui avait l'intention de mettre sens dessus dessous la vallée du Largo et d'affronter ses riches exploitants blancs.

Les dirigeants syndicalistes tentèrent de rencontrer les exploitants individuellement, ou en groupe, mais en vain. Les patrons refusaient ne serait-ce que d'écouter leurs requêtes, qui se firent donc revendications. La tension monta dans la vallée. Un clash se préparait, tout le monde le savait. Le jeune Alejandro Ortiz et ses amis parcouraient les camps de migrants en clamant que c'était *eux* qui nourrissaient les Américains, *eux* qui empêchaient le pays de mourir de faim, et voyez comme on les traitait ! Les riches exploitants blancs s'occupaient mieux de leurs chiens que de leurs vendangeurs !

Les grands propriétaires ayant refusé de négocier avec les syndicats, ceux-ci décidèrent de rendre leur cause publique. Les manifestations enflèrent, se firent plus bruyantes, plus spectaculaires. Les passions et les ressentiments s'amplifièrent. Où était la dignité des Mexicains ? leur demandait Alejandro de sa voix charismatique. Ils étaient courbés toute la journée dans les champs de laitues ou d'oignons, sous le soleil brûlant, sans aucune pause, tout cela pour rentrer chez eux avec à peine de quoi nourrir leur famille ! La foule l'écoutait parce qu'elle savait qu'il avait connu la même pauvreté, que son père, ses frères et lui avaient été cueilleurs. Il comprenait leurs malheurs. Alors, ils l'écoutaient, et la colère montait.

Quand les syndicats menacèrent d'appeler à un boycott général des produits locaux, les exploitants acceptèrent de débattre publiquement afin que les deux parties puissent faire entendre leur point de vue. Un médiateur impartial fut choisi : M. Frank Gilette, avoué connu et respecté de Lynnville. Les syndicalistes désignèrent Alejandro Ortiz pour les représenter. Du côté des propriétaires, il fallait choisir entre Wilhelm Schaller et Johann Newman, tous deux richissimes et influents, particulièrement concernés par la syndicalisation de leurs ouvriers agricoles. Johann remporta le vote de justesse.

Des journalistes et des équipes de télévision venus de toute la Californie étaient présents. L'événement serait national. Des deux côtés, un mélange de colère et de rancune entretenait les tensions. Beaucoup pensaient que les exploitants avaient le droit d'embaucher qui ils voulaient et de fixer les salaires qu'ils versaient, et que les Mexicains avaient de la chance d'avoir du travail. D'autres comprenaient les travailleurs et pensaient qu'ils avaient droit à un meilleur traitement. D'autres encore pensaient que l'objectif des activistes était de prendre le contrôle de la Californie pour la rendre au Mexique. La grande majorité s'accordait cependant à trouver les exploitants arrogants et trop sûrs d'eux-mêmes et les travailleurs trop timorés pour se syndiquer ou organiser des marches, comme les y incitaient les syndicalistes – ils avaient trop besoin de leur boulot.

L'événement étant d'envergure, les policiers surveillaient les pelouses du parc depuis leurs voitures de patrouille ou à dos de cheval. Plusieurs manifestations pacifiques en faveur des droits civiques et pour la fin de la guerre avaient déjà dégénéré à travers le pays, et les forces de l'ordre de Lynnville se tenaient prêtes à parer à toute éventualité.

Alejandro avait invité les migrants qui le suivaient à la non-violence.

« Nous voulons juste être entendus, disait-il. Nous voulons simplement présenter notre vision de la situation. Quand les exploitants verront que le public nous soutient massivement, ils signeront des contrats avec nous.

— Et s'ils refusent ? demandaient les humbles travailleurs.

— Alors nous ferons grève, et les laitues américaines pourriront dans les champs. »

Tandis que son père attendait sous le kiosque que le débat commence, Gordon avait pris place dans l'assistance avec Melvyn et leur mère, qui se rafraîchissait avec l'un des éventails en papier gracieusement distribués par l'entreprise funéraire Harper. À quelques rangs de lui, le jeune homme aperçut Deborah. Des chaises pliantes avaient été alignées sur la pelouse, pour les familles des exploitants et les syndicalistes. Le reste du public était debout. La foule était chauffée à blanc.

Gordon se sentait frustré. Il n'arrivait pas à trouver un moment seul avec Deborah. Elle avait sans doute peur que les siens ne découvrent les sentiments qu'elle éprouvait à son égard et elle se tenait à distance. Il comprenait. Il lui reviendrait donc de leur ouvrir la voie. Mais comment ? Il avait entendu dire que son père se montrait très protecteur envers elle, surtout en matière de garçons.

Il faut dire que les Schaller étaient un peu comme une famille royale, dans le coin. Grâce aux stratégies commerciales novatrices de Bill Schaller, leur richesse avait crû au point de devenir indécente.

Le père de Deborah avait constaté que les baby-boomers approchaient de l'âge autorisé pour consommer de l'alcool – ce qu'ils faisaient déjà en abondance à l'université, légalement ou non. Ayant analysé de plus près cette tranche d'âge, il en avait conclu que ces étudiants ne voulaient pas du vin de leurs parents. Ils voulaient un vin nouveau, parfumé à la framboise ou à la pomme verte. Ils se fichaient du tannin, du bouquet, des notes, du corps. Ils voulaient simplement planer, fumer de l'herbe et se laisser pousser la barbe. Bill avait donc lancé un vin de carafe léger et bon marché, pour les flots de jeunes émergeant des lycées bondés et se déversant sur les campus universitaires avec leurs symboles de paix et leur arrogance.

« Il faut que l'étiquette séduise la jeunesse, avait-il dit à son équipe de créatifs. De jolies images, quelque chose qui attire l'œil et ne soit ni guindé ni trop chargé. Et des jingles énergiques pour les publicités : il faut montrer des jeunes en train de boire du vin pour le plaisir, et pas juste pour accompagner un repas chic qu'ils ne peuvent pas s'offrir de toute façon. N'essayez pas de combler le fossé des générations. Élargissez-le, au contraire ! Le but n'est pas de ramener les hippies vers les vins classiques de grand-papa. Ils doivent s'identifier au produit, se l'approprier instantanément, penser que c'est le leur. Trouvez un nom populaire – Schaller Wines fait trop vieille garde. Il faut quelque chose de plus concret, comme *Largo Creek*, par exemple. »

Bill avait aussi eu l'idée de remplacer les bouchons de liège par des bouchons à vis et de vendre des bouteilles de quatre litres dans les supermarchés où les hippies faisaient leurs courses. En peu de temps, les Schaller avaient tout compris du marché du vin à destination des jeunes, quand les Newman, déjà extrêmement riches grâce aux cultures maraîchères, tournaient volontairement le dos à ce débouché et continuaient à produire un vin élitiste et cher, mis en bouteille au domaine et destiné aux palais les plus fins.

Mais il n'y avait pas qu'en matière viticole que les Schaller se distinguaient et gagnaient le respect. Prenant acte de l'explosion démographique dans la vallée, Clara avait acheté un vaste terrain, à l'extérieur de la ville, qu'elle avait offert à la municipalité afin d'y faire construire une école, finançant même les premières ouvertures de classe. Quand la construction de la Clara Schaller School serait achevée, il y aurait une grande cérémonie inaugurale. Oui… Les Schaller faisaient un peu figure de famille royale locale.

Inconsciente du regard avide que Gordon posait sur elle, Deborah attendait avec impatience qu'Alejandro monte sur scène et prenne la parole. La façon dont il enflammait les foules la captivait. Elle repensait à leurs rendez-vous secrets, à ces moments volés. C'était compliqué tant il était pris par sa cause. Il donnait presque tout son temps aux ouvriers, aux syndicalistes, aux journalistes. Mais dès qu'ils le pouvaient, ils essayaient de se voir à la Colina Sagrada, avec toujours le risque d'être surpris par un automobiliste. La peur d'être découverts était un puissant aphrodisiaque. Leurs étreintes étaient brûlantes, urgentes et passionnées, et la laissaient encore plus affamée.

Elle n'avait pas encore trouvé le courage de dire à son père qu'elle n'irait pas à l'université. Quinze jours plus tôt, elle avait failli, quand il avait laissé exploser sa colère contre ces facs qui ne répondaient pas alors que le nouveau semestre approchait à grands pas. Elle avait pris son élan, mais s'était arrêtée juste avant, se disant qu'il en avait déjà beaucoup sur le dos avec ces agitateurs. Et maintenant, il y avait ce rassemblement géant. Trouverait-elle un jour le bon moment ?

Le soleil était haut dans le ciel et l'air semblait immobile. La chaleur oppressante accablait l'assemblée. Enfin, le débat commença. Introduit par Frank Gilette, Alejandro s'avança vers le micro et entreprit de décrire la dure vie des travailleurs. Le public était ému. Chaque citoyen de Lynnville compatissait, se sentait coupable de n'avoir rien vu. Oui, pensaient-ils tous, les ouvriers agricoles devraient avoir le droit de se syndiquer et d'obtenir de meilleurs salaires et avantages sociaux.

Puis ce fut au tour de Johann de s'exprimer. Lui aussi était un orateur convaincant.

— Nous n'ignorons pas les problèmes que M. Ortiz soulève, et ne sommes pas insensibles aux conditions de vie des ouvriers mexicains. Mais nous avons des contraintes économiques. Si nous payons ce que les syndicalistes réclament, si nous payons pour la couverture santé et la sécurité sociale, nos profits vont s'effondrer. Vu sa taille, le domaine Newman pourrait absorber cette perte, mais ce n'est pas le cas de beaucoup d'autres exploitants qui font juste assez de bénéfices pour s'en sortir, nourrir leur famille et payer leurs emprunts. Si nous cédons aux revendications des syndicats, nous perdrons de l'argent. Pour compenser, nous serons obligés de vendre nos produits plus cher, ce qui affectera le consommateur américain moyen, lequel découvrira soudain qu'il doit payer trois ou quatre fois plus cher ses laitues, son raisin, son vin. En contenant nos coûts salariaux, nous garantissons des prix bas pour les consommateurs.

Ce discours lui valut les encouragements de la foule. Tout à coup, la lutte pour les salaires devenait une affaire de pouvoir d'achat. La lutte qui opposait les ouvriers agricoles et les exploitants devenait le problème de M. Tout-le-monde. Le sujet n'était pas simple, et il n'y aurait pas de solutions simples non plus.

Frank Gilette lança la phase des questions. Un exploitant bien connu bondit de sa chaise et cria :

— Syndiquez-vous tant que vous voudrez ! On ne vous embauchera pas. Et quand le Mexique saura qu'il y a des milliers de petits boulots dans la vallée, vous verrez débouler un immense flot de clandestins. Nous serons les seuls vainqueurs dans cette affaire.

Un brouhaha s'éleva dans l'assemblée. Mais quand Johann se leva, un silence respectueux se fit. Il marqua une pause devant le micro, réfléchit un moment, puis s'adressa à Alejandro Ortiz :

— Si je ne suis pas d'accord avec ses méthodes, je crains toutefois que M. Mayfield n'ait raison. Votre projet, louable, va se retourner contre vous. La syndicalisation des ouvriers ne fera qu'envenimer la situation, car cela créera un appel d'air pour de nombreux clandestins. Ce qui ne pourra mener qu'à de nouvelles tensions.

Alejandro répliqua d'une voix forte, qui n'avait pas besoin de micro pour être entendue :

— Nous sommes en discussion avec Washington pour augmenter les contrôles sur notre frontière sud et multiplier les patrouilles. Nous contiendrons cette vague d'immigration.

— Ça reviendrait à repousser la mer avec un balai. Il y a des milliers de kilomètres de désert. On ne peut pas tout surveiller. Des gens continueront à franchir la frontière et à voler des emplois. Tant que la vie en Californie, même dans la misère la plus noire, sera plus facile qu'au Mexique, le flux ne tarira pas.

À la surprise générale, Wilhelm Schaller se mit soudain debout et, avec beaucoup de dignité, monta les marches du kiosque. Il se redressa de toute sa taille et se tint près de Johann.

— Je suis d'accord avec M. Newman.

Stupéfaite, la foule se tut. Le moment était historique. Clara, Adam, Queenie et Bill en avaient les larmes aux yeux. Pour la première fois en cinquante-trois ans, les deux frères étaient unis.

Le charme fut rompu par un syndicaliste assis dans le public. Il brandit le poing en criant :

— Alors vous ne nous laissez plus le choix ! *¡ Huelga, mi amigos !*

D'autres l'imitèrent et se mirent à scander :

— *¡ Huelga ! ¡ Huelga !*

Enhardis, les Mexicains présents dans la foule ou éparpillés dans le parc, hommes, femmes et enfants, reprirent en chœur le mot d'ordre : « *¡ Huelga !* »

Les exploitants blancs faisaient grise mine. Ils avaient compris : ce serait la grève…

Adam Newman descendit les marches à l'arrière de la maison, une tasse de café brûlant dans la main. L'aube pointait au-dessus des collines ondoyantes couvertes de rangées de vignes luxuriantes, lourdes de grappes mûres à point.

Le silence lui fit froncer les sourcils. C'était le premier jour de la récolte. À cette heure-ci, les camions auraient dû être là avec leurs vendangeurs prêts à être dispersés sur les parcelles. Le chai aurait dû ressembler à une ruche. Or la cour était vide.

Il entendit un moteur et se retourna. C'était l'une des camionnettes de la ferme qui remontait à vive allure le chemin de terre menant à la maison. Elle s'arrêta brutalement et ses deux fils en descendirent.

— Où sont les ouvriers ? aboya Adam.

— Ils ne viendront pas, répondit Gordon, rouge et essoufflé.

— Ils sont là-bas, ajouta Melvyn en indiquant la grande route. Avec des piquets de grève, et ils bloquent tous les accès à la propriété.

Adam jura tout bas. La porte de la maison s'ouvrit sur Johann.

— Que se passe-t-il ?

— Ils l'ont fait, papa, grommela Adam. Ils se sont mis en grève.

Johann était déçu, mais pas surpris. Depuis le grand rassemblement dans le parc, deux semaines plus tôt, il savait que cela se produirait. Que ce n'était qu'une question de temps. Celui nécessaire aux syndicalistes pour organiser la grève générale, établir une stratégie et convaincre les ouvriers de s'unir.

— Tous ? demanda-t-il.

— Oui, ceux du chai aussi, répondit Gordon. Tous les bâtiments sont désertés. Même si on trouvait des vendangeurs, on n'aurait personne pour le pressurage.

Queenie sortit à son tour de la cuisine, l'air désemparée. Elle avait deviné ce qui se passait et se sentait impuissante. Depuis vingt-deux ans qu'elle vivait sur le domaine, elle avait appris qu'en viticulture rien n'était jamais garanti. Les vignerons restaient à la merci d'une nature capricieuse. C'était normal. Mais une grève ! Jamais Johann ni Adam n'auraient imaginé être trahis par des ouvriers qu'ils estimaient avoir toujours bien traités. Ils avaient compté sur leur loyauté.

Père et fils montèrent dans un camion et suivirent Gordon et Melvyn jusqu'à la route principale.

C'était un spectacle étrange. Tandis que le ciel pâlissait à l'est, la lumière naissante éclairait une rangée d'hommes en habits de travail et chapeaux de paille, le long de la barrière qui marquait la limite orientale du domaine. Nombre d'entre eux brandissaient des pancartes revendicatives. Mais ils étaient silencieux.

Johann descendit du camion tandis qu'un ancien approchait. C'était Rafael Ortega, un homme qui travaillait depuis de nombreuses années pour les Newman en tant que contremaître. Un homme loyal et fiable. Il ôta respectueusement son chapeau, dévoilant ses cheveux gris.

— Désolé, *jefe,* mais je dois penser à ma famille, dit-il humblement. Ces gars des syndicats, ils disent qu'on peut avoir de meilleurs salaires et même une couverture maladie, et que nos enfants pourraient aller dans de bonnes écoles.

Johann regarda les autres. Beaucoup de visages lui étaient familiers. Il vit leurs expressions désolées, leurs postures embarrassées. Elles disaient leur réticence à en arriver là. Mais les syndicalistes leur avaient fait miroiter de si grandes et belles perspectives... Il soupira. À présent, ils n'avaient plus le choix. Ils allaient devoir recourir à une tactique qu'ils avaient espéré pouvoir éviter : faire appel à des briseurs de grève.

Au même moment, une scène identique se jouait au domaine Schaller. Deborah assistait, non sans déchirement, à l'affrontement entre les hommes qu'elle aimait : d'un côté, son père et son grand-père, et de l'autre, Alejandro.

Les Newman et les Schaller s'étaient trompés lorsqu'ils avaient cru que leurs ouvriers ne se mettraient pas en grève. Mais ils ne pouvaient pas deviner qu'Alejandro Ortiz et les organisateurs cibleraient spécifiquement leurs exploitations. La stratégie étant simple : si les deux plus gros domaines de la vallée, étranglés, finissaient par céder aux revendications des syndicats, les autres exploitants tomberaient comme des dominos.

Wilhelm et Bill balayèrent du regard la rangée de grévistes.

— Ils ne sont pas tous là, constata Bill. Ces hommes sont loin de représenter toute la main-d'œuvre disponible de la vallée.

— Il y aura d'autres piquets de grève, répliqua son père. Chez les Newman. Chez Mayfield, Samson…

— J'ai une idée, lâcha Bill, qui tourna les talons et monta dans le camion.

— Où vas-tu ?

— Je reviens tout de suite.

Une rangée d'eucalyptus plantés des années plus tôt pour protéger les ceps du vent séparait le chai de la partie nord du vignoble. Ils avaient défriché de l'autre côté de cette barrière naturelle pour une future extension des bâtiments, dont certains étaient déjà en cours d'édification. La plupart des ouvriers travaillant sur le chantier étaient des Blancs qui s'estimaient supérieurs aux cueilleurs mexicains, d'autant qu'ils étaient mieux payés vu leur expertise en maçonnerie et charpenterie.

— On suspend les travaux ici pour le moment, les gars, leur annonça Bill. Mais si ça vous dit de gagner un peu d'argent, grimpez à l'arrière et je vous emmène.

La matinée était bien avancée quand Bill franchit le piquet de grève. Il menait un convoi de camions à plateau, de ceux que le domaine utilisait pour transporter les paniers de grappes tout juste vendangées. Seulement, cette fois-ci, les chauffeurs partaient récupérer un chargement d'une tout autre nature.

Comme Bill l'avait prévu, au premier camp de migrants qu'ils rejoignirent, des hommes attendaient d'être emmenés dans les champs, des hommes qui n'avaient pas rejoint le mouvement de grève. Des hommes qui voulaient juste travailler et être payés.

Ils sillonnèrent ainsi la vallée, se penchant par les portières en agitant des dollars, tout en criant « *¡ Mucho trabajo !* » à tous les hommes qu'ils croisaient le long des routes. Très vite, les camions furent pleins.

Ils franchirent l'entrée de la propriété dans un silence de plomb. Les plateaux débordaient presque d'hommes debout, pour beaucoup des clandestins venus du Mexique et du Guatemala. Chaque camion était protégé par un homme blanc armé. Les briseurs de grève avaient l'air effrayés et embarrassés. Ils évitaient le regard féroce de leurs camarades grévistes. « Nous aussi avons des bouches à nourrir », semblaient vouloir dire leurs épaules affaissées et leur attitude piteuse.

Deborah observait la scène. Jamais elle n'avait connu pareille tension. Son père se tenait là, le fusil calé au creux du bras, une lueur dans le regard indiquant qu'il n'hésiterait pas à s'en servir. Face à lui, son amant, Alejandro, ne cédait pas un pouce de terrain, une expression farouche de détermination sur le visage.

La même scène se répétait partout dans la vallée. Tout ceci allait mal finir.

La grève en était à son septième jour, et le nombre de participants avait triplé. Leurs pancartes clamaient : « Nous nourrissons l'Amérique », « Nous sommes Américains », « Que Dieu bénisse les ouvriers agricoles ! ». Les Mexicaines et leurs enfants apportaient des pichets d'eau aux grévistes et des paniers de nourriture, d'où ils sortaient des tortillas fourrées aux haricots et aux piments.

Devant le domaine des Schaller, là où le piquet de grève était le plus fourni, les badauds s'arrêtaient volontiers pour regarder le spectacle. Une fesse posée sur le capot d'une voiture, une journaliste de télévision s'adressait à la caméra :

— La spécificité de l'agriculture californienne, qui est essentiellement maraîchère et fruitière, fait qu'une vingtaine d'employés suffit à l'année pour l'entretien d'une culture. En revanche, leur nombre peut monter à deux mille en période de cueillette. Cela induit un grand afflux de travailleurs migrants pendant la saison des récoltes, laquelle varie selon les productions. Les propriétaires encouragent tellement l'immigration illégale que plus du double des travailleurs nécessaires à ces récoltes envahit la vallée chaque année. De cette façon, les salaires restent bas. La question se pose : comment ces travailleurs syndiqués peuvent-ils gagner ?

La journaliste enchaîna avec une interview d'Alejandro. Ce dernier lui assura que le mouvement allait grossir, que les travailleurs miséreux allaient être entendus. Et le cœur de Deborah se gonfla d'amour pour lui. Elle attendait avec fébrilité leur prochaine étreinte secrète !

La journaliste interrogea aussi son père, lequel affirma que les exploitants ne se laisseraient imposer par personne la façon de gérer leurs entreprises, qu'ils étaient néanmoins prêts à négocier, mais que leur offre de pourparlers avait été déclinée. Et le cœur de Deborah se gonfla de fierté pour lui.

Jusqu'à présent, la couverture médiatique de cette contestation syndicale était restée locale, le pays suivant plutôt le mouvement pour les droits civiques des Noirs ainsi que les manifestations contre la guerre du Vietnam. Cependant, c'était en train de changer. Avec la cristallisation de la tension sociale et la crainte accrue des violences, l'Amérique commençait à s'intéresser à la grève des ouvriers agricoles de la vallée du Largo. D'autant qu'Alejandro Ortiz et ses amis en avaient appelé aux habitants de New York, de Chicago, de Saint Louis et de Miami pour boycotter le vin et les fruits californiens.

« Ces grappes sont gorgées de sang ! », affirmaient-ils.

Quand les camions arrivèrent avec les briseurs de grève à l'entrée du domaine Schaller, la journaliste demanda à son cameraman de ne pas les lâcher et de les filmer l'un après l'autre, afin de solenniser la sinistre procession.

— Essaie d'avoir leurs visages. Il faut faire un sujet humain, lui dit-elle avant de murmurer : Oh ! Excellent !

Les familles de grévistes commençaient à bombarder d'œufs et de tomates pourries les camions qui franchissaient le piquet. Les projectiles s'écrasaient sur les pare-brise et les portières, touchaient les travailleurs dans le dos, obligeaient les gardes armés à se baisser ou à lever les bras pour se protéger.

La scène fut loin de ravir Bill Schaller, dont l'irritation n'était pas retombée quand il entra dans son bureau, quinze minutes plus tard.

Il s'assit à son gigantesque bureau en acajou, un air féroce peint sur le visage. Deux hommes se tenaient debout devant lui, chacun dans un uniforme différent, un chapeau entre les mains et jetant des coups d'œil aux trophées et aux clichés montrant le propriétaire des lieux en compagnie de célébrités.

— Tout ça doit cesser ! s'exclama Bill. La grève s'étend ! On trouve de moins en moins de cueilleurs ! Ce salaud d'Ortiz gagne chaque jour des soutiens pendant que mes raisins pourrissent sur pied ! La vallée ne pourra pas survivre au désastre économique que cette grève va provoquer ! Je veux que vous y mettiez fin, messieurs ! Je veux que vous renvoyiez ces agitateurs d'où ils viennent, qu'ils rapatrient leurs putains de culs au Texas !

Il ponctua sa tirade d'un coup de poing qui fit tressauter l'encrier.

Ses interlocuteurs n'étaient autres que le shérif du comté de Largo et le chef de la police de Lynnville. Tous deux lui devaient leur position et leur salaire élevé. Et sans son soutien, ils ne seraient pas réélus à leur poste.

— Monsieur Schaller, commença le shérif, nous faisons ce que nous pouvons.

— Ce n'est pas suffisant, Shay. Je veux que chaque homme sous vos ordres soit affecté à ce problème.

— Nous manquons de bras, malheureusement. Je ne dispose pas des effectifs nécessaires.

Le shérif Shay Hopkins veillait à rester calme. Il ne lui avait pas échappé que Bill Schaller s'était adressé à lui en l'appelant par son prénom alors que lui-même devait lui donner du « monsieur ».

— Même chose pour nous, enchaîna le chef de la police. Vous n'êtes pas la seule exploitation à souffrir de la grève, monsieur Schaller.

Bill le foudroya du regard.

— Ce n'est pas mon problème, Harry. La seule chose qui m'importe, c'est d'acheminer mes grappes aux pressoirs. Et je ne peux pas le faire si les grévistes empêchent les briseurs de grève de circuler. Retirez quelques-uns de vos hommes des autres fermes. Mayfield et Samson, par exemple. Ils peuvent se débrouiller sans vous. Et si cela ne suffit pas, appelez les réservistes ! aboya-t-il. Convoquez les volontaires, les policiers d'autres comtés, que sais-je !

Il brandit son doigt vers eux.

— N'oubliez pas que c'est moi qui vous ai fait élire ! Si vous voulez garder vos badges, je vous suggère de faire cesser cette grève. Arrêtez des syndicalistes ! Montrez à ces salauds de quel côté vous êtes. Utilisez des chiens, des gaz lacrymogènes. Brisez cette grève ! Par tous les moyens !

Embarrassé, Shay Hopkins jouait avec son chapeau.

— Et que fait-on des hommes qui patrouillent chez les Newman ?

Après tout, Johann Newman était aussi puissant dans cette vallée que Wilhelm et Bill Schaller. Ils avaient le même poids politique. Bill fit la moue.

— Laissez-les là-bas. Mieux, augmentez le nombre de policiers à leur piquet de grève.

Les sourcils broussailleux du shérif dessinèrent un accent circonflexe.

— C'est très généreux de votre part, monsieur Schaller.

— Dans ce cas précis, Shay, il est nécessaire que nos deux familles mènent ce combat ensemble. Pour briser le syndicat, nous devons présenter un front uni.

C'était vrai. Mais ce n'était pas l'unique raison motivant Bill. Ce dernier souhaitait également se défaire de la culpabilité qui le tenaillait depuis l'affaire Callahan. Quand bien même il ne l'avouerait jamais…

— Je veux toutefois que vous me teniez informé de ce qui se passe chez eux. Heure par heure. Compris ?

— Oui, patron. Euh, oui, monsieur Schaller.

— Alors au boulot ! lança Bill en les congédiant d'un geste de la main.

Des unités cynophiles se déployèrent dès le lendemain sur le domaine Newman : des policiers en uniforme avec des bergers allemands ou des dobermans puissants, au pelage luisant et au regard vif, qui tiraient avec force sur leurs laisses et impressionnaient les grévistes. Les médias nationaux et même internationaux étaient sur place, à croire qu'ils avaient eu vent du changement de tactique opéré par les forces de l'ordre.

De même, des curieux s'étaient rassemblés de l'autre côté de la route par rapport au piquet de grève. Comme s'ils avaient senti l'odeur du sang et espéraient en voir la couleur. Alejandro Ortiz, d'habitude plus souvent présent du côté des Schaller, s'était également montré ce matin-là. Lui aussi avait-il pressenti les problèmes ?

Johann vint à la rencontre du chef de la police venu superviser le déploiement des chiens.

— Est-ce vraiment nécessaire, chef Turner ?

— J'en ai peur, monsieur Newman.

L'officier de police, un homme dans la quarantaine, appréciait le vieux vigneron âgé de bientôt quatre-vingts ans. Johann Newman était connu pour être raisonnable et juste. Par ailleurs, il s'adressait à lui avec respect, pas comme cet arrogant de Bill Schaller.

— Le problème, remarqua-t-il en passant une main dans sa chevelure argentée, c'est que les chiens et la présence renforcée des policiers pourraient provoquer l'étincelle que vous cherchez justement à empêcher. Jusqu'ici, la manifestation a été pacifique. Mis à part quelques injures ou regards noirs, il n'y a rien eu de vraiment menaçant. Mais ces chiens vont rendre les grévistes nerveux.

Il avait entendu d'autres exploitants dire que la police et le shérif leur avaient retiré des agents pour les redéployer chez lui et chez les Schaller. Johann se demandait bien pourquoi. D'autant qu'il n'était pas sûr qu'un renforcement du dispositif policier puisse aider. Quoique… La veille, une bagarre avait éclaté chez Mayfield, quand celui-ci avait fait arroser les grévistes de pesticides. Les agressés avaient répliqué à coups de bâtons et de pierres. La police avait mis un temps fou à séparer les protagonistes et plusieurs personnes avaient fini à l'hôpital.

À cet instant, Johann vit d'autres voitures de police arriver, ainsi qu'un gros fourgon noir, ce qui signifiait que des arrestations auraient lieu. Des policiers en sortirent, matraque à la main, et Johann dit sèchement :

— J'imagine que c'est le moment ou jamais de dévaliser une banque à Lynnville.

— Comment ça, monsieur Newman ? répliqua Turner. J'aurais cru que vous seriez heureux de nous avoir dans le coin. En tout cas, j'ai bien l'intention de briser cette grève. Elle n'a que trop duré.

— Ces hommes ont le droit de revendiquer ce qui leur semble juste.

— Ils perturbent la paix sociale. Nous allons utiliser des gaz lacrymogènes et leur montrer qu'on ne plaisante pas.

Johann le dévisagea, puis fronça les sourcils.

— Pourquoi, soudain, cette stratégie agressive ?

Le chef Turner fit de son mieux pour lui retourner son regard accusateur. Il ne lui expliquerait pas que Bill Schaller l'avait politiquement menacé, ainsi que le shérif, s'ils ne brisaient pas la grève – doublant la menace d'un très généreux bonus en liquide s'ils y parvenaient.

— Bien sûr que les grévistes ont le droit de manifester, si ce ne sont pas des illégaux, répliqua-t-il avec conviction.

Il balaya du regard la rangée d'hommes qui brandissaient des pancartes et tentaient d'empêcher les camions d'entrer, tous ces visages tannés, aux traits mexicains ou indiens.

— Mes agents vont vérifier leurs papiers et, croyez-moi, monsieur Newman, il y *aura* des arrestations. Ça ne dépendra que d'eux de finir en prison sagement ou par la force. Et quand je dis « force », je veux dire toute la force nécessaire.

— Si vous blessez n'importe lequel de ces travailleurs, vous aurez affaire à moi, lança Johann en faisant un pas vers le policier.

— Inutile de me menacer. Ici, c'est moi, l'autorité.

— Non, c'est moi. Je ne tolérerai aucune violence sur mon domaine. En plus, vous apporteriez de l'eau au moulin des journalistes et du syndicat de la presse dans leur combat contre les violences policières. Cela attirera davantage de sympathie sur les grévistes, et la police de Lynnville n'en sortira pas grandie.

Le chef Turner se trouvait pris entre deux feux. D'un côté, les menaces et le pot-de-vin des Schaller, de l'autre cette situation cornélienne. Il s'éloigna pour discuter avec des collègues. Johann et Adam échangèrent un regard.

— Je n'aime pas cette escalade, papa. Il se trame quelque chose.

Johann réfléchit un instant, puis se dirigea vers la maison, qu'il contourna pour se rendre directement au chai. Là, des travailleurs clandestins déchargeaient des paniers remplis de raisin fraîchement vendangé qu'ils versaient dans le pressoir. Il réquisitionna quelques hommes et leur donna comme instruction de prendre des fusils dans la grange avant de se rendre sur le piquet de grève. Ils le firent, la mort dans l'âme. Beaucoup soutenaient les grévistes, certains avaient même rejoint leurs rangs un moment, avant de retourner travailler, parce qu'ils avaient charge de famille.

Johann et Adam se sentaient coupables de faire appel à des travailleurs illégaux pour forcer des piquets de grève tenus par d'honnêtes gens, réclamant juste un salaire décent. Pour eux, ce conflit avait un arrière-goût amer. Ils ne pouvaient satisfaire toutes les parties. Il y avait trop en jeu. Toute une filière économique dépendait des récoltes. La problématique dépassait la simple question des vendanges. Celles-ci terminées, d'autres cultures attendaient d'être récoltées – oignons, maïs, blé. Pour le domaine Newman, c'était les haricots, qui partaient ensuite vers les usines de transformation alimentaire de Los Angeles et San Francisco, lesquelles alimentaient le marché de la conserve. Cette grève allait avoir des répercussions non seulement chez les exploitants mais sur l'ensemble des intermédiaires et même sur les consommateurs. Des milliers de gens en subiraient l'impact économique.

Voilà pourquoi, malgré l'admiration et la sympathie qu'il ressentait pour les syndicalistes et leur combat, Johann devait faire tourner son exploitation, procéder aux récoltes, lancer les labours puis les semailles.

Dans la grande maison, Queenie suivait les événements à la télévision, se félicitant que sa fille Sofie, vingt ans et une sensibilité à fleur de peau, soit à l'université plutôt qu'ici, au cœur de la crise. Gordon, lui, avait reporté son départ pour les aider. Elle-même avait envisagé de prendre une fourche pour prêter main-forte à ses hommes, mais Adam avait insisté pour qu'elle reste à la maison. La situation se dégradait, quand elle ne tournait pas carrément à l'affrontement. Chez les Samson, des employés blancs avaient tenté de forcer le piquet de grève en fonçant dedans avec leurs tracteurs. La police était intervenue avec des gaz lacrymogènes, et les grévistes avaient été arrêtés. Pas les Blancs.

Queenie ne quittait pas l'écran des yeux. La scène explosive qui était filmée en direct se déroulait juste devant leur domaine, à quelques dizaines de mètres de la maison. Tous ces grévistes en colère, levant haut leurs pancartes et leurs poings, auraient-ils l'idée de défoncer la barrière, d'envahir la propriété et d'attaquer sa demeure comme si c'était la Bastille ?

Alors qu'elle regardait la journaliste interroger un très beau jeune Latino nommé Alejandro, elle remarqua pour la première fois les femmes à l'arrière-plan, avec leur peau tannée et leur châle sur la tête, des enfants accrochés à leur jupe. Jamais elle ne s'était interrogée sur leur point de vue. Que pensaient-elles du combat de leurs maris, de leurs fils ou de leurs frères ? Queenie comprit soudain qu'elle n'avait aucune idée de ce que vivaient ou pensaient les employées hispaniques qui les servaient. La cuisinière et les femmes de ménage… Qui étaient-elles réellement ? Avaient-elles des familles, des rêves, des espoirs ? Une vague de honte l'envahit. Bien sûr qu'elles en avaient, comme toutes les femmes de la planète. Elles s'habillaient juste différemment et parlaient une autre langue. Mais elles étaient sensibles de la même façon aux joies ou malheurs de l'existence, et elles faisaient preuve de courage à épauler ainsi leurs hommes.

Queenie croisait peu de Mexicains à Lynnville, alors qu'il y en avait beaucoup dans la vallée. Ils ne fréquentaient pas les mêmes magasins que les Blancs. Elle ne les voyait jamais dans la Petite Allemagne, à la boulangerie Eberhardt ou à l'hôtel Mueller, sauf comme domestiques ou concierges. Où faisaient-ils leurs courses ? Peut-être avaient-ils leurs propres circuits d'approvisionnement ? Et comment ces femmes rencontraient-elles leurs maris ? De quelle façon se faisaient-ils la cour ? Quelles étaient leurs distractions ? Sa cuisinière et ses domestiques avaient beau venir chaque matin chez elle, elle ignorait tout de leur vie et des conditions d'existence dans un bidonville. Pas plus qu'elle ne savait ce qu'elles pensaient des riches Blancs qu'elles servaient.

Queenie arrêta là ces considérations. Elle ne voulait pas s'appesantir davantage sur la question. Pour l'instant, il y avait beaucoup trop d'inimitié entre les deux camps pour tenter d'en comprendre les raisons. Elle se devait avant tout de soutenir ses hommes à elle, non ?

Dehors, la tension avait crû d'un cran. Alejandro Ortiz parlait à une journaliste de télévision quand il aperçut un camion arriver du chai avec des Blancs armés de fusils sur son plateau. Les hommes en descendaient quand le chef de la police donna l'ordre à ses forces de se répartir le long du piquet de grève pour commencer à disperser les manifestants.

Dans le mouvement, un gréviste fut bousculé, un autre poussé. Un poing jaillit, une pierre fusa et, en un instant, tout s'embrasa. Comme un feu de broussailles. Johann, Adam, Gordon et Melvyn tentèrent de s'interposer, mais c'est le moment que choisirent les travailleurs de Johann pour user de leurs fusils. Ils tirèrent en l'air, ne faisant qu'ajouter à la fureur générale. Les maîtres-chiens lâchèrent leurs bêtes, et des cris retentirent quand les crocs se plantèrent dans la chair d'un bras, d'une jambe. Les caméras ne perdaient pas une miette du spectacle, les journalistes, à la fois horrifiés et fascinés, commentant en direct la scène incroyable qui se déroulait sous leurs yeux.

Juchée sur le bord de sa chaise devant son écran de télévision, Queenie regardait bouche bée son beau-père, son mari et ses deux fils se faire piéger dans une rixe violente. Des policiers maniaient la matraque pour neutraliser et menotter les grévistes en colère. D'autres tâchaient de contrôler leurs chiens devenus fous. Des hommes jouaient des poings, hurlaient et vociféraient, le visage déformé par la rage.

Queenie vit Adam tenter de repousser un Mexicain qui s'attaquait à Johann, mais un autre gréviste arriva par-derrière et lui asséna un violent coup sur la tête avec un piquet de clôture sur lequel était fixée sa pancarte. Adam s'effondra et disparut, comme avalé par la foule.

Alejandro était libre.

Il avait été arrêté devant la propriété des Newman et avait dû attendre que le syndicat ait reçu suffisamment de dons pour payer sa caution de douze mille dollars. Pourtant, il n'avait pas physiquement participé à la bagarre, il avait même crié à ses hommes de reculer. Mais la police l'avait arrêté pour « violation de l'espace vital » d'un exploitant. Lui, et plus de quarante activistes. On les accusait d'intrusion et d'agression. Cela n'avait pas entamé sa résolution ni mis fin à la grève. Bien au contraire, la rixe avait renforcé la détermination de ses camarades à faire se syndiquer les piquets de grève. Elle avait tellement enflammé les esprits que l'organisation avait gagné des centaines de nouveaux adhérents et que le mouvement de protestation s'était amplifié.

Deborah n'avait pas revu son amant depuis cette échauffourée. Elle comptait cependant sur le meeting dans le parc pour lui passer un message.

Le rassemblement présent n'avait rien de paisible dans la mesure où les deux parties étaient si remontées que les orateurs avaient du mal à se faire entendre. Deborah guettait le bon moment. Elle réussit enfin à s'approcher d'Alejandro, priant pour que l'un des photographes de presse ne l'immortalise pas en train de lui glisser un petit papier. Il contenait des instructions pour rejoindre le nouvel endroit qu'elle avait choisi pour leurs rencontres, un lieu isolé où ils ne seraient pas dérangés en pleins ébats – un cellier partiellement achevé, assez loin de la maison et de l'ancien chai.

Gordon était en chemin pour l'hôpital où son père se remettait du coup reçu pendant la bagarre, quand il repéra sur l'autoroute une Corvair bleu pâle roulant en sens inverse. C'était Deborah Schaller, et elle semblait pressée. Soudainement excité, il opéra un demi-tour à faire crisser les pneus et s'efforça de la rattraper. C'était peut-être enfin le moment qu'il attendait tant, loin de la foule et des regards curieux ! L'occasion de lui déclarer sa flamme et de lui donner, à elle aussi, la chance d'ouvrir son cœur. C'est qu'ils formaient un couple de tragédie, tous les deux. Il était résolu à la sauver de toute union imposée par sa famille, laquelle provoquerait chez elle une langueur interminable et une tristesse à vie. Il voulait faire triompher le véritable amour !

Quand il vit la voiture de Deborah quitter l'autoroute et s'engager sur un chemin de terre désertique, il continua à la suivre, à bonne distance pour qu'elle ne repère pas sa Mustang rouge. Après un virage, il aperçut des terres défrichées et des bâtiments en construction. Il avait entendu dire que les Schaller s'agrandissaient. Ce devait être le nouveau chai, à moitié terminé – visiblement, les travaux s'étaient arrêtés à cause de la grève. Il ralentit et la regarda se garer. Puis il repéra un pick-up inconnu, garé le long des murs sans toit.

Il vit Deborah jeter un regard aux alentours, comme pour s'assurer de l'absence de tout curieux. Elle franchit le seuil sans porte et disparut dans l'obscurité.

Intrigué, Gordon sortit de sa Mustang et s'avança sur la pointe des pieds vers le chantier plein de palettes sur lesquelles s'empilaient briques, sacs de ciment, outils, bancs de scie et bétonnières – chantier pour le moment abandonné, puisque les ouvriers étaient occupés à conduire et à protéger les briseurs de grève dans les vignes.

Il repéra un encadrement de fenêtre qui n'attendait plus qu'une vitre et jeta un œil à l'intérieur. Il entendit les bruits avant de pouvoir distinguer ce qui les produisait.

Sa sidération fut telle que son cerveau mit un long moment à comprendre la scène : deux personnes allongées par terre, fondues en une seule étreinte, bras et jambes entremêlés, sur une couverture froissée.

Sous le choc, Gordon cligna des yeux. Deborah – *sa* Deborah. Couchée sur le côté, embrassée et caressée, embrassant et caressant.

Il s'affala contre le mur, le souffle coupé. C'était comme s'il avait pris un coup de massue sur la tête. Il réussit à s'éloigner, tremblant et en sueur. Deborah couchait avec l'un des syndicalistes ! Alejandro Ortiz. L'ennemi juré de tous les exploitants de la vallée. L'un de ces putains de Mexicains qui avaient blessé son père et l'avaient envoyé à l'hôpital !

Il parvint vaille que vaille jusqu'à sa voiture. Ça n'en resterait pas là. Parce que ce n'était pas juste, cet homme qui posait ses pattes sur sa précieuse Deborah ! Gordon s'effondra sur le siège du conducteur et se cramponna au volant jusqu'à ce que ses articulations blanchissent. D'une façon ou d'une autre, ce salaud allait payer.

La grève avait sur Clara les effets les plus extrêmes. Elle se rongeait les sangs et ne fermait plus l'œil de la nuit, très inquiète pour les familles des grévistes, dont les hommes n'avaient pas été payés depuis longtemps maintenant. Les salaires qui auraient dû leur revenir partaient dans les poches des briseurs de grève.

Là-dessus, Lorelei, qui avait vu des images des piquets et des rixes, avait téléphoné de Seattle pour dire qu'elle comptait arriver afin de soutenir les siens dans cette épreuve. Mais Lorelei avait quarante-cinq ans, et une famille dont elle devait s'occuper ! Clara priait pour que sa fille ne saute pas dans le premier avion.

Et maintenant, il y avait ce nouveau coup dur, complètement inattendu… Elle était assise dans la cuisine, à côté d'un Bill sinistre, qui attendait que Debbie rentre.

Quand la jeune fille poussa la porte, elle fut surprise de trouver son père assis là. On était au beau milieu de l'après-midi. Puis elle remarqua son expression rageuse. Grand-mère Clara était avec lui, elle aussi affichant un air inhabituellement sombre.

— Un problème ? lâcha-t-elle, craignant soudain qu'ils n'aient découvert sa liaison avec Alejandro.

Bon sang, son père allait les tuer !

— Je me demandais pourquoi aucune fac ne te répondait, expliqua Bill. J'ai donc dit à mon assistante de contacter l'une d'entre elles. Le bureau des admissions n'a jamais reçu ta demande d'inscription. Nous avons appelé les autres. Tu n'as envoyé aucun dossier, Deborah.

Le cœur de la jeune fille se mit à battre la chamade. Elle ne pouvait plus reculer. Il était temps de dire la vérité.

— C'est vrai.

— Toi et moi nous sommes assis à cette table, je t'ai aidée à remplir les formulaires et j'ai signé les chèques pour les frais de dossier. Que s'est-il passé ?

— Je les ai jetés.

Elle énonçait cela sans remords, mais sans provocation non plus. Juste factuellement.

— Tu m'as menti ? En me regardant droit dans les yeux ?

— Essaie de comprendre, papa, je ne veux pas aller à la fac.

Il leva les bras au ciel.

— Non mais, je rêve ! Quel enfant au monde refuserait la possibilité d'aller dans l'université de son choix, intégralement payée par son père, en plus ? Sais-tu combien de filles ne peuvent pas faire d'études supérieures ? Ou bien sont obligées de compléter leur bourse par des petits boulots, pendant toute la durée de leurs études ?

— Ce n'est pas une question d'argent, papa. Je me fiche de l'argent. Être riche ne fait pas tout.

— Il n'y a qu'une petite fille gâtée pour dire ça ! hurla-t-il. Je ne t'ai pas entendue te plaindre d'être riche quand tu as reçu ta voiture de sport, ou quand je t'ai envoyée un été à Paris pour étudier l'histoire de l'art. Et tous ces vêtements hors de prix que tu t'achètes ! Regarde-toi ! En jean et chemise gitane. Et ce bandeau indien. C'est ridicule ! Tu veux ressembler à une *beatnik*, c'est ça ?

— Papa, on ne dit plus *beatnik*.

— Tu *iras* à l'université, Deborah. Je ne me suis pas tué à la tâche et je n'ai pas fait tous ces sacrifices pour que tu envoies tout balader.

Elle soutint son regard. Ils avaient eu cette discussion tant de fois... Elle en avait assez. Il la traitait comme une enfant.

Toutes les tensions accumulées ces dernières semaines, la grève et les inquiétudes qu'elle générait, les moments volés avec Alejandro et la peur permanente d'être découverte, tout atteignait en cet instant un point de rupture. C'était comme si une digue cédait dans sa tête.

— Te tuer à la tâche, vraiment ? Comme quand tu as chipé l'affaire Callahan au nez et à la barbe des Newman ? cria-t-elle. Si c'est de là qu'il vient, je ne veux pas de ton argent. Je ne veux pas de tes fringues coûteuses ni de ta bagnole de star, et encore moins de ta fac de l'Ivy League !

Pour mieux appuyer ses propos, elle releva le menton et mit les mains sur ses hanches. Puis elle prit conscience du soudain silence qui s'était abattu dans la pièce. Elle vit l'expression de son père. On aurait dit un personnage de film qui se serait fait tirer dessus ou poignarder et qui, l'espace d'un instant, reste figé par la stupeur avant de s'effondrer. Son père était là, immobile, à la fixer. Tout à coup, grand-mère Clara se précipita vers lui et le prit aux épaules.

— Elle ne le pensait pas, Bill chéri. Elle ne se rend pas compte de ce qu'elle dit.

Et, lui jetant un regard furieux :

— Demande pardon à ton père, Deborah, immédiatement !

La jeune fille comprit qu'elle était allée trop loin. Mais comme elle était une Schaller, c'est-à-dire aussi têtue qu'une mule, elle décida de garder son cap. Elle n'irait pas à l'université. Elle aimait Alejandro et voulait défendre de nobles causes à ses côtés, manifester avec les grévistes et changer le monde. Il n'y avait que les imbéciles qui allaient en cours et répétaient comme des perroquets les paroles des profs !

Elle pensa à Alejandro et à son courage, à la façon dont il œuvrait pour offrir à son peuple son heure de gloire, et elle sentit son cœur enfler dans sa poitrine.

— Non seulement je ne m'excuserai pas, mais j'ai autre chose à dire. Papa, je pense que tu devrais signer un contrat avec le syndicat des ouvriers agricoles.

Il devint livide.

— Quoi !?

— Donne-leur ce qu'ils demandent. Arrête de leur enfoncer la tête dans la boue. Ne sois pas un oppresseur capitaliste.

— Pardon ?

— Deborah ! la reprit Clara d'un ton vif.

— Tu t'enrichis sur le dos brisé de travailleurs pauvres comme Job. Tu les fais vivre dans la misère. Tu habites un manoir et conduis des voitures rutilantes alors qu'ils n'ont même pas de quoi faire soigner leurs enfants.

— Qui t'a mis ces foutaises dans la tête ?

Il s'avança vers elle, mais elle refusa de se laisser impressionner et ne recula pas d'un pouce.

— Qui te vend cette soupe ?

— Les syndicalistes ont raison ! Et j'ai honte d'être la fille d'un exploitant.

Il fut si vif qu'elle ne vit rien venir. La gifle, violente, lui brûla la joue et elle vacilla avant de tomber à terre, stupéfaite.

— Bill ! cria Clara, qui accourut auprès de sa petite-fille.

Deborah se remit sur ses pieds, s'enfuit de la cuisine, grimpa en courant les escaliers, claqua la porte de sa chambre et s'effondra sur son lit en sanglotant.

Clara la suivit et s'assit près d'elle.

— Dieu du ciel, ma fille, pourquoi dis-tu des choses pareilles ?

— Grand-mère, tu n'imagines pas combien cela a été difficile d'entendre toute ma vie les autres enfants dire que mon père était un escroc.

— Tu lui as fait énormément de peine, chérie.

Deborah tourna son visage rougi vers elle.

— Comment peux-tu le défendre ?

— C'est mon fils… Mon aîné est mort pendant la guerre, ma fille a déménagé et il est tout ce qu'il me reste. Je sais qu'il n'est pas parfait, mais qui l'est ? Et, oui, il nous a déçus, son père et moi. Mais c'est toujours mon fils et je l'aime. Peut-être qu'un jour tu sauras ce que c'est.

Clara marqua une pause avant de continuer :

— Deborah, tu dois lui demander pardon. Tu l'as terriblement blessé.

Mais la jeune fille secoua la tête en silence.

Le cœur de Clara fondit. Elle savait pourquoi Deborah était comme ça, têtue et libre dans sa tête. Comme elle aurait voulu pouvoir la protéger !

Deborah éclata à nouveau en sanglots dans son giron.

— Oh, grand-mère, tu ne peux pas comprendre ! Je suis amoureuse d'un garçon qui m'est interdit !

On y était. Elle avait vu juste : sa petite-fille de dix-huit ans connaissait les affres d'un amour naissant. Elle lui caressa la tête et dit, avec un sourire doux-amer :

— Si, ma chérie, je sais ce que c'est.

— C'est horrible !

— Oui, abonda doucement Clara.

Deborah releva un visage strié de larmes.

— Mais toi, tu as pu épouser grand-père Wilhelm. Rien ne s'est mis en travers de ton chemin. Tu es tombée amoureuse, tu t'es mariée. C'était facile !

Le sourire de Clara se fit triste et mélancolique. Simple ? Épouser un homme et tomber amoureuse de son frère ?

— Ma chérie, rien n'est jamais simple.

Elle voulut ajouter : « Tu n'as que dix-huit ans. Quand tu en auras soixante-douze, tu auras survécu à des guerres, des deuils, connu des joies et de grands bonheurs. Tu auras gagné en expérience et en sagesse et tu auras appris à accepter sereinement tes défaites et tes victoires. Mais tu n'as que dix-huit ans. Tu dois vivre ta vie pour en apprendre les leçons. »

Clara garda ses réflexions pour elle. Elle se souvenait d'avoir pleuré dans les bras de sa mère, quand elle avait dix-neuf ans et qu'elle allait épouser Wilhelm, et donc quitter son fleuve chéri. Sa mère lui avait répondu qu'il y aurait d'autres fleuves, et elle avait raison. Mais à quoi pensait-elle vraiment ce jour-là tandis qu'elle la réconfortait ? Peut-être avait-elle aussi songé : Quand tu auras mon âge, tu comprendras mieux la vie. Mais que je te le dise tout de suite n'a aucun intérêt. Tu dois vivre ta propre vie et apprendre par toi-même…

Il en allait ainsi de génération en génération. C'était dans l'ordre des choses.

Les deux femmes entendirent soudain un bruit : le petit Jack se tenait sur le seuil. Il avait le visage maculé de terre et suçait trois de ses doigts, les yeux écarquillés. Il semblait troublé et effrayé. Pauvre petit bonhomme. Sept ans et se demandant tout le temps si sa sœur ou sa grand-mère était sa « Mama ». Son idée de la femme serait sans doute assez confuse quand il grandirait.

Clara le revoyait, tout petit, quand il avait appris à marcher et qu'il suivait Deborah partout, comme un caneton. Lui-même tirait derrière lui un petit chien en bois sur roues. Ce souvenir lui donna envie de pleurer, mais ce n'était pas le moment de céder à l'émotion. Il fallait épargner à ce petit bout d'homme la vision de ses deux mères en pleurs !

— Tout va bien, Jackie, dit-elle. Mama ne se sent pas très bien, c'est tout.

Deborah se redressa et lui tendit les bras. Il se précipita vers elle pour lui faire un câlin.

— Il faut que tu guérisses, Mama.

— Ne t'en fais pas, mon chéri.

Il repartit dehors en courant. Clara en profita pour glisser :

— Maintenant, descends et demande pardon à ton père, ma toute grande.

Mais Deborah n'avait pas envie de capituler. À présent qu'elle était calmée, elle y voyait plus clair. Une nouvelle décision prenait forme dans son esprit : elle devait s'émanciper de cette famille. Des causes importantes l'appelaient. Elle serait comme une croisée. Alejandro et elle s'enfuiraient ensemble et elle ne reviendrait jamais au domaine Schaller.

— Non, grand-mère. Je ne retirerai rien à ce que j'ai dit. J'ai ma vie à vivre, point final.

Le cœur lourd, Clara redescendit l'escalier. Son fils était toujours assis à la table de la cuisine. L'air très vieux, tout à coup. Elle savait qu'il croulait sous les fardeaux – la grève, la possibilité de perdre sa récolte, une enfant qui lui refusait son rêve d'avoir une fille brillante et diplômée de la fac. Il devait penser que le monde s'était ligué contre lui.

— Je suis désolée, dit-elle en lui posant une main sur l'épaule.

Il secoua la tête.

— Ça ne fait rien, lâcha-t-il d'une voix atone. Je ne savais pas…

Sa voix se brisa.

— J'ignorais qu'elle me haïssait à ce point. J'ai offert à sa mère tout ce qu'elle voulait, et elle est partie. J'ai donné à Deborah tout ce qu'*elle* m'a demandé, et maintenant elle me le renvoie en pleine figure.

Il se leva et regarda Clara, le regard vide.

— Elle n'est pas obligée d'aller à l'université. Elle peut faire ce qu'elle veut. Je n'interférerai plus. J'en ai marre que ça me revienne en pleine face. Maintenant, je retourne au chai pour aider au pressoir.

Gordon tendait l'oreille en quête d'un bruit ou d'une voix, il regardait aussi constamment par la fenêtre pendant qu'il fouillait dans le bureau de son père, à la recherche de son pistolet, un Beretta neuf millimètres.

Normalement, il n'y avait pas de risques. Ils étaient tous sur le piquet de grève ou en train de surveiller les vendanges et le chargement des camions à plateau. Son absence passerait inaperçue. Avec la grève qui continuait et l'afflux constant de nouveaux travailleurs, les Newman étaient sur tous les fronts en même temps. Bien pratique quand on ne voulait pas être localisé ! Il avait dit à son père, qui se remettait de sa blessure à la tête, qu'il partait superviser le nord du vignoble. À son grand-père, il avait parlé du sud, et à Melvyn il avait donné un lieu où son frère ne serait pas. Cela faisait trois semaines qu'il procédait ainsi, depuis la rixe et la découverte de Deborah dans les bras du Mexicain. Ce laps de temps lui avait permis de garder un œil sur elle et de la suivre discrètement, pour mieux cerner les contours de leur relation de pacotille.

Cela avait aussi contribué à lui échauffer le sang. Il bouillait littéralement, se consumait de jalousie et de rage, allant même jusqu'à prononcer des vœux de vengeance. Son père n'était jamais passé à l'acte ? Eh bien, lui irait jusqu'au bout.

Elle avait passé un mot à Ortiz, dans le parc. Ils se retrouveraient donc le soir même au nouveau chai.

Ça y est ! Il avait trouvé le pistolet, dans le tiroir du bas. Adam l'avait acheté au début de la grève pour se protéger. Gordon n'avait pas l'intention de tuer le Mexicain. Le risque d'être pris était trop grand, et le cœur de son père ne supporterait jamais le scandale d'un procès. Il comptait juste agiter l'arme sous le nez du syndicaliste pour faire peur à ce salopard. Et qui sait ? Peut-être que Deborah le regarderait avec de nouveaux yeux ? Après tout, un homme se battait pour elle. C'était un moyen comme un autre de la conquérir. Certaines femmes aimaient les hommes courageux et violents.

Très calme, Deborah faisait son sac dans sa chambre. La maison était déserte. Personne ne savait qu'elle prenait ses cliques et ses claques.

Finis, les rendez-vous secrets avec Alejandro ! Ils allaient sans doute être obligés de quitter la vallée. Mais rien n'entachait son bonheur et son excitation. En plus, elle était certaine d'être enceinte ! Avec Alejandro, ils allaient partir et ils se marieraient. Elle se fichait de savoir où ils atterriraient. Il choisirait. Mais il y avait des chances pour que ce soit au Mexique. Comme ils allaient être heureux !

Elle ne pouvait pas, toutefois, laisser grand-mère Clara dans l'ignorance. Son mot, laconique, lui était destiné :

Je t'ai dit que j'étais amoureuse d'un garçon qui m'était interdit. Papa et grand-père ne seront jamais d'accord, parce qu'il est mexicain. Tu comprends pourquoi nous devons partir.

Je t'aime, grand-mère.

Elle n'avait pas évoqué sa grossesse. Inutile d'ajouter un sujet d'inquiétude chez sa grand-mère, qui serait déjà bouleversée.

Quand elle arriva au chai avec sa valise, la lune argentée dominait les bâtiments en construction. Alejandro était là et avait déjà étalé la couverture sur le sol poussiéreux. Au moment où il voulut la prendre dans ses bras, elle recula.

— Que se passe-t-il, *mi amor* ?

Elle avait les yeux aussi brillants que l'astre nocturne quand elle leva la tête vers lui – son grand, son magnifique héros.

— J'ai une grande nouvelle, Alejandro ! Nous allons avoir un enfant !

Il la fixa. Puis fronça les sourcils.

— De quoi parles-tu ?

— Je suis enceinte ! dit-elle dans un éclat de rire. On peut se marier !

Le froncement de sourcils s'accentua.

— Comment est-ce possible ? Tu ne t'es pas… protégée ?

Ces derniers temps, les filles avaient accès à ces choses, il le savait. Surtout les filles comme Deborah, à l'esprit si libre qu'elle lui avait offert son corps et son cœur tout en lui parlant de paix et de liberté. Elle avait sûrement consulté un médecin ! Enfin, c'est ce qu'il avait supposé.

Perplexe, Deborah cessa de sourire. La réaction d'Alejandro était à mille lieues de ce qu'elle avait imaginé. Fou de joie, il aurait dû l'embrasser, l'étreindre en lui disant à quel point elle le comblait. Et qu'ils iraient au Mexique, pour se présenter devant un prêtre avant de faire une offrande à la Vierge Marie et d'aller ensuite danser et boire des margaritas tout en s'empiffrant de haricots, de piments et d'avocats. Le tout dans un petit village endormi, où ils élèveraient leur enfant au soleil. Alors… pourquoi restait-il planté là, comme une statue ?

— Deborah…, commença-t-il.

Son prénom ! Après n'avoir entendu de sa bouche que des « *Cariña* », « *Mi corazon* » ou « *Mi vida* » pendant des semaines ! Ce fut comme un coup de poing. Puis elle comprit, et le choc fut plus violent encore : Alejandro n'était pas heureux. Loin de là ! Elle venait de lui annoncer la pire des nouvelles.

— Deborah, il faut que tu saches…, reprit-il avec douceur, avant de s'interrompre à nouveau.

Lui, l'homme qui parvenait à soulever des armées d'ouvriers agricoles et qui poussait les paysans analphabètes à se dresser contre leurs patrons, se trouvait brutalement à court de mots.

— Je ne peux pas t'épouser.

— J'ai dix-huit ans.

Il admira sa longue et épaisse chevelure noire.

— Ce n'est pas la question, Deborah. Toi et moi venons de deux mondes différents. Nous ne pourrons jamais nous marier. Je pensais que tu l'avais compris.

C'était à son tour d'être stupéfaite.

— Mais… Le bébé ?

Il lâcha un profond soupir.

— *Ça…*, dit-il en résumant par ce mot insipide tout le drame qui se jouait. Ça, c'est un problème. Je ne sais pas quoi te dire. Mon peuple passe avant toute autre chose. Je ne travaille que pour *la Causa*. Tu le sais. Quand les travailleurs californiens se seront syndiqués, nous irons en Arizona. Je serai toujours sur le départ, Deborah. Je vivrai toujours chez l'habitant, comptant sur leur charité. Je n'ai pas d'argent et n'en aurai jamais. Je doute que je me marierai un jour. Mais si ça arrive, ce sera avec une Mexicaine catholique. Je pensais que tu l'avais deviné.

— Mais tous ces rendez-vous entre nous ? Ça ne signifiait rien pour toi ? demanda-t-elle, les yeux brillants de larmes.

Il lui sourit gentiment, comme à une enfant.

— C'était un amour de vacances, Deborah. C'est toi qui disais que tu voulais voir le monde, fuir toute attache et ne pas aller en fac ni suivre de règles. Tu te souviens ?

— Mais c'était avant que je tombe amoureuse de toi ! Oh, Alejandro, tu ne peux pas me quitter ! Que vais-je devenir sans toi ?

Elle l'avait cru noble et intègre. Du genre qui prenait toujours les bonnes décisions. Où était son sens de l'honneur, à présent ?

— Tu dois le dire à ta famille. Pour le bébé. Ils sauront quoi faire.

Elle s'éloigna de lui, horrifiée.

— Tu es sérieux, là ? Mais mon père va me tuer ! Ils me jetteront dehors et, après ça, où irai-je ?

Mon Dieu… Son monde s'effondrait. Elle avait l'impression que la pièce tournoyait et que ses oreilles mugissaient. Non. C'était en fait le bruit d'une voiture en train de se garer. Le moteur vibrant d'une Mustang neuve, qui s'arrêtait dans un crissement de pneus.

D'un même mouvement, Alejandro et elle se tournèrent vers le seuil. Quelqu'un cria :

— Je sais que vous êtes là !

— Dieu du Ciel, lâcha Deborah.

Une silhouette se dressait à contre-jour. Celle d'un jeune homme.

— Gordon ! s'étrangla-t-elle.

Il tenait un pistolet.

— Ouh là, dit Alejandro, les bras levés. Tout cela est inutile, mon ami.

— Je ne suis pas ton ami ! hurla Gordon en pointant l'arme sur lui. Tu m'as volé ma petite amie !

— Ta petite amie ? s'exclama Deborah. Gordon, au nom du ciel, de quoi parles-tu ?

— Toi et moi sommes faits pour être ensemble, postillonna-t-il, le teint congestionné et les yeux emplis de larmes.

À le voir aussi agité, elle prit peur.

— Ne fais rien que tu regretterais, Gordon. Baisse ton arme. Et on pourra parler.

— C'est inutile. Je suis venu empêcher ce fumier de poser à nouveau ses sales pattes sur toi.

Le regard verrouillé sur le Beretta, Alejandro cherchait une porte de sortie, une échappatoire, quelque chose qui puisse servir d'arme… Il se plaça devant Deborah, les bras écartés devant lui. Il n'aimait pas la main tremblante qui agitait le neuf millimètres dans tous les sens.

— Tu as débarqué dans cette vallée en te pavanant, tu as monté le bourrichon à tout le monde ! cracha Gordon. Mon père s'est pris un coup sur la tête, ça aurait pu le tuer. Et maintenant, tu voles nos femmes ? Pour qui tu te prends, bordel ?

Il tendit le bras et visa la tête d'Alejandro.

— Tu vas regretter d'être venu ici.

— Non ! cria Deborah.

Elle s'interposa.

— Je ne te laisserai pas faire, Gordon !

— Sors d'ici, Deborah. Va chercher de l'aide, je m'en occupe, lui intima son amant en tentant de l'écarter.

— Non ! hurla Gordon. C'est toi qui dégages, bâtard ! Je compte jusqu'à trois. À trois, tu n'es plus là !

— Gordon ! supplia Deborah tout en s'approchant de lui. Ne fais pas ça. On peut discuter. Baisse ton arme.

Elle réussit à lui saisir le poignet. Il était moite. Surpris, le jeune homme voulut parler.

C'est alors que le coup partit. La détonation emplit la nuit d'un son si puissant et assourdissant qu'il les étourdit.

Deborah arbora une expression confuse tandis que son front s'ornait d'un trou noir et rouge, parfaitement rond et centré. Elle s'effondra sans un mot sur le sol.

Gordon vit avec horreur le corps s'écrouler à ses pieds. Elle ressemblait à une poupée désarticulée, une marionnette dont on aurait coupé les fils. Il l'observa un long moment, dans cette position étrange, se demandant où il était, ce qui venait de se passer et pourquoi le coup était parti. Il entendit comme dans un rêve :

— *¡ Dios mio ! ¡ Esta muerta !*

Il se retourna pour voir Alejandro s'enfuir du bâtiment et disparaître dans la nuit. Ses bottes écrasaient pierres et débris dans sa course. Puis il y eut le bruit d'un moteur.

Gordon rangea le pistolet à sa ceinture et s'agenouilla devant Deborah. Les yeux noyés de larmes, il chercha son pouls tout en sachant qu'il ne le trouverait pas. Il avait le cerveau en feu. Deborah était morte, *vraiment* morte.

Il prit le corps sans vie dans ses bras. La tête inerte retomba sur son épaule tandis qu'il la berçait et pleurait, le visage enfoui dans ses cheveux.

— Je suis tellement désolé, Debbie. Je ne voulais pas. Nous sommes faits l'un pour l'autre. Je cherchais juste à l'effrayer, pour qu'il ne te touche plus jamais. Je sais que tu n'y étais pour rien. Ce n'était pas de ta faute. Il t'avait séduite.

Ses larmes coulaient en torrents. Puis un calme étrange l'envahit.

Il redressa la tête et balaya la salle du regard. Les murs en brique et en mortier. L'un d'entre eux attendait d'être terminé, puisque les maçons avaient été envoyés faire les vendanges. Gordon eut l'impression de se dédoubler et de pouvoir observer la scène de très loin, avec un mélange de stupeur et d'intérêt.

Son cerveau était vide, bloqué. Mais une petite voix se faisait néanmoins entendre, qui lui soufflait de résoudre au plus vite le problème en cours s'il ne voulait pas que quelque chose d'horrible arrive à sa famille. À toute la vallée, même.

Agir… Oui. Mais que faire ? Appeler la police et leur dire que c'était Ortiz le coupable ? Il devrait alors expliquer comment il le savait. Donc justifier sa présence en ces lieux. Le croiraient-ils ? D'ailleurs, qui sait si Ortiz n'était pas déjà en train de tout leur raconter ?

Autre possibilité : prendre ses jambes à son cou et laisser les ouvriers découvrir le corps. Cette idée l'amena au bord de la nausée. Mon Dieu, qu'avait-il fait ? Non, jamais il ne la laisserait comme ça, à la merci des coyotes et autres charognards qui hantaient la vallée. Il ne supportait pas l'idée que sa beauté soit ravagée par des crocs, des griffes ou des serres. L'amour de sa vie devait reposer dans un endroit sûr, où il serait préservé.

C'est alors que son regard tomba sur le trou béant dans le mur inachevé. Elle y serait à l'abri. Pendant un moment, tout du moins, le temps qu'il trouve autre chose. Ensuite, il reviendrait…

Secoué de sanglots et de plaintes étranglées, il lutta pour parvenir à glisser le corps de Deborah dans le mur. Le trou était petit et les bras ne cessaient de retomber. Il accomplissait sa tâche avec douceur, comme s'il reposait un bébé dans son berceau. Une fois le corps bien positionné, il contempla sa chère, son adorable Deborah endormie. Il donnerait toutes les indications nécessaires pour qu'ils la trouvent. Oui, ils viendraient la récupérer. Il réfléchirait plus tard à la façon de procéder.

Dans l'immédiat, il était temps de partir. Mais avant… Le jour où il était allé récupérer sa Mustang customisée, à l'époque où il était encore le roi du monde et certain de gagner le cœur de Deborah Schaller, il s'était rendu à la bijouterie Faulkner et avait commandé des gourmettes jumelles en argent fin, garnies d'un chaînon cubain à fermoir. Pour leurs vœux d'amour. Des bagues auraient été prématurées, et il trouvait cela mièvre. Gordon avait longuement réfléchi au message qu'il ferait graver et avait opté finalement pour *Amour de ma vie* – le français était si romantique. Il avait prévu de lui offrir son bracelet lors de leur première balade dans la Mustang. Ça ne s'était jamais fait, mais les bijoux ne l'avaient pas quitté, au cas où l'occasion se présenterait.

Il fouilla dans ses poches et en sortit celui qu'il destinait à Deborah, plus court et plus délicat que le sien. En pleurs, il le lui passa autour du poignet et suspendit son geste l'espace d'un instant, comme pour retarder l'inéluctable séparation, puis il sortit en vacillant et se dirigea vers sa voiture. Au loin, des coyotes hurlaient leur peine à la lune. Ils allaient sentir la présence de Debbie dans le chai et viendraient la chercher dans le mur pour la dévorer !

Non ! Non ! Il ne le permettrait pas ! Il s'était juré de la protéger ! Il retourna à l'intérieur, où des briques et des sacs de crépi étaient entreposés depuis des semaines, n'attendant que les maçons. Comme un automate, sans réfléchir et en sanglotant, il combla le trou béant avec des briques jusqu'à ce que Deborah disparaisse complètement. La manœuvre lui rappela une nouvelle macabre d'Edgar Allan Poe, étudiée au lycée. Il répandit le plâtre sur les briques et promit intérieurement à son âme sœur qu'il enverrait quelqu'un la chercher.

Il sortit en titubant, trébucha et tomba, se griffant les paumes des mains sur les gravats. Hébété, il arracha sa chemise constellée de plâtre et se passa les bras et les mains sous la pompe à eau. Jetant son vêtement maculé dans un buisson, il sauta dans sa Mustang.

Le temps qu'il arrive au domaine, la stupeur avait fait place à une douleur qui l'emmenait aux frontières de la folie. Quand il poussa la porte de la cuisine, il trouva son frère en train de se préparer un sandwich.

— Alors, Gordon, qu'est-ce que ça donne à l'ouest ? La récolte est bonne ? Si tu cherches Pa, il discute avec le chef de la police, au piquet de grève, et…

Melvyn s'interrompit net. Casse-croûte à la main, il venait de se retourner et prenait conscience de l'état anormal de son frère. Gordon était extrêmement agité. Il se mit à tenir des propos décousus au sujet de Deborah, comme quoi il l'avait tuée et enterrée dans un endroit où personne ne pourrait la trouver.

— J'ai gravement merdé, Mel ! L'arme, c'était pour faire peur au type. Je ne savais même pas qu'elle était chargée !

Melvyn eut l'impression de se liquéfier.

— Bordel, mec. Tu es sûr ? De quoi tu parles, là ? Où est le pistolet ?

— Je... Je ne sais pas.

Gordon clignait frénétiquement des yeux. Qu'avait-il fait du pistolet ? L'avait-il jeté sur la route ?

— Où est-elle ? demanda Melvyn en le saisissant aux épaules. Où as-tu... mis le corps ? Il faut le dire à la police.

Alors même qu'il prononçait ces mots, Melvyn sut qu'ils n'iraient pas trouver les autorités. Elles ne devaient rien savoir de ce drame. Jamais. L'arrestation, le procès... La vallée en serait bouleversée, sans parler des dégâts que ça provoquerait dans la famille. Quant à la vengeance des Schaller, il n'osait même pas y penser. Tout cela ne pourrait finir que dans un bain de sang.

Il essayait de réfléchir. Avant tout, s'assurer que personne ne trouve jamais le corps... Ses épaules s'affaissèrent et ses yeux s'emplirent de larmes. Le poids de cette terrible confidence lui plombait soudain l'âme. Il n'avait que dix-huit ans et voilà qu'il devait protéger son grand frère ! Gordon et lui partageraient ce terrible secret jusqu'à la mort...

— Je ne peux plus me regarder en face ! hurla soudain Gordon. Je ne peux pas continuer comme ça !

Sous le regard interloqué de son frère, il sortit de la cuisine en courant. Ses pas résonnèrent dans l'entrée. La porte principale claqua. Melvyn se précipita à sa suite, juste à temps pour voir son frère monter dans sa voiture.

— Attends ! rugit-il.

— Je suis désolé ! cria Gordon. Dis à maman, papa et grand-père que je les aime !

— Bon sang...

La Mustang démarra dans un crissement de pneus. Melvyn courut après la voiture qui dérapait sur les pavés de l'allée.

— Mon Dieu ! Gordon ! Stop !

Il courait aussi vite que le lui permettaient ses jambes. Vite, à s'en brûler les poumons. Mais Gordon accéléra encore et, sous les yeux horrifiés de son frère, il projeta la Mustang hors de l'allée, en direction du chai.

— Stop ! hurla encore Melvyn.

La Ford prenait une vitesse telle que freiner ou éviter un obstacle devenait impossible. L'objectif était évident, ciblé et mortel : le mur en brique.

La voiture qui devait conquérir le cœur de Deborah Schaller fit un bruit effroyable quand le métal et le verre s'écrasèrent dessus. L'instant d'après, la Mustang explosait en une boule de feu qui illumina la nuit.

Melvyn se précipita vers le brasier, sans réussir à s'en approcher.

— Gordon ! appela-t-il à s'en briser la voix. Gordon !

Ses larmes coulaient sans retenue.

— Mon Dieu ! Mon Dieu !

Il finit par se laisser tomber à genoux et sanglota en regardant, impuissant, la fumée noire s'enrouler vers le ciel. Les employés de la ferme et du chai, qui venaient d'être secoués comme sous l'effet combiné d'un tremblement de terre et d'un orage, arrivaient en courant. Mais il n'y avait plus rien à faire. Gordon était mort sur le coup.

Plus tard, c'est un Melvyn engourdi et bredouillant qui raconta à la police comment son frère avait voulu lui faire une démonstration. Gordon était si fier de sa Mustang ! Il fallait absolument qu'il montre ce qu'elle avait sous le capot… Tout le monde savait que c'était un fou du volant, qu'il conduisait en dépit du bon sens et qu'il hésitait entre devenir coureur automobile professionnel ou cascadeur pour le cinéma. Ça l'aurait bien branché de faire toutes les courses-poursuites qu'on voyait dans les films policiers ou les séries télé… Malheureusement, Gordon avait perdu le contrôle de la voiture. Il avait tenté de redresser la trajectoire, mais la Ford s'était encastrée directement dans le mur. C'était un accident. Un effroyable accident.

Voilà ce que Melvyn raconta aux policiers.

— Pourras-tu jamais me pardonner ? demanda Johann tandis qu'ils marchaient le long des berges de Largo Creek.

Le monde leur appartenait à nouveau. Après l'accident fatal de Gordon et la fugue de Deborah, Clara avait décidé que cela avait assez duré : il était temps qu'ils reprennent leurs promenades en tête à tête. Johann avait accepté tout de suite.

— Il n'y a rien à pardonner, répondit-elle.

— J'ai laissé ma colère contre ton fils se mettre en travers de notre amour. Bill et Adam sont grands. Ils ont leur vie à vivre, comme toi et moi avons la nôtre. Tu m'as tellement manqué, Clara ! Nous ignorons ce que l'avenir nous réserve, mais je prie pour que nous puissions l'affronter ensemble.

Clara avait maintenant soixante et onze ans, et lui soixante-quinze, mais tous les deux jouissaient d'une robuste constitution qui leur promettait encore de belles années.

Leurs pas les menèrent au pied d'un pommier sauvage. Un vieil arbre, dont personne ne savait comment il avait atterri là, près du ruisseau. Sans aucun doute grâce à un pépin porté par le vent ou par un oiseau. Johann songea aux temps bénis de son enfance, en Allemagne, quand Wilhelm et lui s'attiraient toujours des ennuis. Cette fois-là, ils avaient pénétré par effraction dans un verger pour grimper dans les pommiers et en voler les fruits. Comme son short s'était pris dans une branche, il avait appelé à l'aide, et le fermier les avait surpris. L'homme avait attrapé Wilhelm par le col de sa chemise et leur avait dit :

« Vous croyez faire quoi, avec ces pommes ?

— Quelles pommes ? » avait répondu Wilhelm.

Cette nuit-là, leur père leur avait administré la tannée de leur vie ! Ce souvenir émut le vieil homme aux larmes. Wilhelm y repensait-il parfois, lui aussi, à cette époque ?

— Comment va la famille ? interrogea Clara, le visage caressé par une brise légère.

— Adam lutte de toutes ses forces contre le chagrin. Melvyn est tombé dans un silence étrange. Mais qui pourrait l'en blâmer, sachant qu'il a assisté à un accident aussi fou.

— Je suis tellement désolée, Johann.

Il sourit tristement. C'était étrange, Clara et lui avaient chacun perdu un de leurs petits-enfants en même temps.

— Sofie a pris un congé spécial de l'université pour la mort de son jumeau. Même si Gordon était plus proche de son frère que de sa sœur, un jumeau reste un jumeau. Il lui manque. Elle avait aussi vu des images de la grève et de son père blessé à la télévision, et elle a pensé que sa place était auprès de nous.

Il s'interrompit pour regarder une truite arc-en-ciel frayer dans l'eau claire.

— Comment ça s'est passé, au pressoir ? demanda-t-il après un moment.

Il n'avait jamais cessé de s'intéresser aux vignobles de Jakob, plantés cinquante-quatre ans plus tôt.

— Ils ont fini les vendanges vers sept heures, hier soir. Le contenu du dernier camion a été pressé vers dix heures.

— Qu'a donné le chardonnay ?

— Entre quatre et six tonnes l'hectare.

— Pas mal, vu l'âge des ceps.

— Pas mal vu ce qu'on a dû faire pour sauver la récolte. Penses-tu que ce conflit prendra fin un jour ?

Johann plissa les yeux en regardant au loin, comme si l'avenir pouvait se lire sur la ligne d'horizon. Alejandro Ortiz, le principal organisateur, était retourné au Texas, où l'avait soudainement rappelé la direction du syndicat. Un autre homme était venu le remplacer.

— Je ne sais pas. Les deux parties ont des arguments valables. Je comprends les travailleurs et leurs revendications. Adam et moi envisageons de signer un accord avec le syndicat. Après tout, nous sommes en mesure d'absorber la perte. Mais nous réfléchissons encore.

— Wilhelm et Bill disent la même chose. On ne veut pas revivre la même épreuve. Et les travailleurs ont des droits, bien sûr. Mais si nos deux domaines n'embauchent plus que des travailleurs syndiqués, ce seront les petits exploitants qui trinqueront.

— Le syndicat leur mettra en effet la pression. Et dans ce cas, j'ai bien peur que beaucoup ne survivent pas à cette lutte.

Alors, quoi ? On reste soudés et on tient tête aux grévistes, même si leurs revendications sont légitimes ?

Clara eut un sourire triste.

— « On reste soudés... » Quelle belle phrase... Je me rappelle le jour où, dans le parc, Wilhelm s'est tenu près de toi, sur l'estrade, pour te soutenir face aux grévistes. C'était une sensation merveilleuse.

Il scruta son visage.

— Et toi ? Comment vas-tu, ma chère Clara ? Avec Deborah partie du jour au lendemain...

— Bill ne décolère pas. Il répète régulièrement que le fruit ne tombe jamais loin de l'arbre. Fay l'a quitté sans crier gare et, maintenant, c'est au tour de Deborah. Pour lui, telle mère telle fille. Fay lui avait confié que sa mère n'avait jamais réussi à rester longtemps au même endroit. Elle-même a hérité de cette faiblesse, et visiblement elle l'a transmise à Deborah. Bill a décroché toutes les photos d'elle, emballé ses affaires et refuse de parler d'elle au petit Jack... Je me fais du souci pour mon petit-fils. Ce n'est pas une saine atmosphère dans laquelle grandir.

Elle craignait qu'il n'apprenne qu'une version biaisée de l'histoire familiale, peuplée de femmes faibles, de mères sans cœur et de filles ingrates. Elle ferait de son mieux pour contrecarrer l'influence de son fils sur son petit-fils, mais ce serait difficile. Voilà pourquoi la présence d'une mère était cruciale dans les premières années de vie d'un enfant ! Elle apportait l'équilibre nécessaire au cours de cette période si formatrice. Et Deborah ? Que savait-elle vraiment de ses racines ? Quid des secrets enterrés ? Si jamais ses petits-enfants devaient un jour connaître tous les recoins de leur histoire, il leur faudrait soulever un sacré tissu de mensonges et d'omissions.

Je vais tout mettre par écrit, décida Clara en son for intérieur. Je vais rédiger une chronique de notre histoire familiale destinée aux générations futures. Je témoignerai sous forme de lettres que j'adresserai à Deborah, même si j'ignore où elle se trouve. J'écrirai pour elle, et je garderai cette correspondance à sens unique jusqu'à ce qu'elle reprenne contact !

— Crois-tu qu'elle reviendra jamais ? demandait justement Johann.

Clara sourit et inclina la tête.

— Je suis sûre que oui. Tant que je vivrai, j'entretiendrai deux espoirs : que ma petite-fille revienne à la maison et que nos deux familles ne fassent plus qu'une, un jour.

Aujourd'hui

Nicole avait fait un rêve. L'un de ces scenarii étranges, si réalistes et chargés d'émotions qu'ils vous hantent toute la journée. Lorsqu'elle avait ouvert les yeux, les détails s'étaient évaporés, ne lui laissant qu'un maelström de sensations intenses, qui ne l'avaient toujours pas quittée tandis qu'elle faisait une dernière fois le tour du propriétaire.

Ce rêve avait une signification. Elle en avait le pressentiment. L'intuition.

Elle se trouvait présentement dans le chai d'origine, construit vers 1912. Le plus récent, de l'autre côté de la rangée d'eucalyptus, avait été édifié dans les années soixante, à proximité des nouveaux vignobles acquis lors de l'extension du domaine. Elle avait passé la matinée à arpenter les salles des différents bâtiments, dans un adieu muet. Car elle s'envolait le lendemain pour la Suisse, puis New York, et Dieu seul savait quand elle repasserait dans la vallée. D'ici peu, les vins Schaller auraient un nouveau maître.

Arrivée au seuil de la salle de fermentation, elle jeta un coup d'œil à sa montre. Lucas était en retard. Mais il l'avait prévenue un peu plus tôt. L'un comme l'autre brûlaient d'impatience de lire les deux dernières lettres de Clara. Ils en avaient lu trois dans les ruines, la veille, mais avaient été interrompus par un coup de fil de la femme de ménage annonçant que le señor Newman ne se sentait pas bien. Sans doute à cause de la photo qu'ils lui avaient montrée plus tôt dans la soirée…

Encore deux lettres, et tout cela prendrait fin. Elle embrasserait une nouvelle carrière, où elle espérait faire montre de ses compétences et de sa créativité. De son côté, Lucas passerait à l'étape suivante de ses expériences agricoles. Pourtant, rien n'allait de soi. Ni pour lui, ni pour elle.

Hier, les Macintosh avaient lâché une bombe.

« Nous comptons orienter davantage le domaine vers les familles, avait dit Mme Macintosh avec un large sourire. Nous allons créer une aire de jeux pour les enfants, comme on en voit dans les fast-foods, avec des tunnels en plastique, des toboggans et des piscines à balles. Pour les ados, il y aura des jeux d'arcade. Cela libérera les parents, qui auront ainsi plus de temps pour les dégustations. Nous proposerons également des excursions sur la Colina Sagrada, avec des chasses au trésor – le but sera de trouver des plumes d'Indiens que nous aurons cachées au préalable, bien entendu. »

Ces perspectives avaient tétanisé Nicole. Quelle vision d'horreur !

Quant à Lucas, suite aux résultats du bilan de santé que Melvyn s'était enfin résolu à faire, il était contraint de renoncer à ses projets en Arizona. Son père devait suivre un traitement, mais surtout lever le pied de manière drastique. Impossible pour lui, donc, de gérer l'exploitation tout seul, même temporairement. La ferme expérimentale dans le désert de Lucas était remise à plus tard.

« Comme je ne dispose pas des sols adéquats ici, j'ai décidé d'adopter une nouvelle approche pour mon travail sur les rhizomes. Je vais passer par l'hydroponie, lui avait expliqué le jeune homme.

— Ce sera vraiment aussi probant ? Tu ne vas travailler qu'avec de l'eau, pas de la terre, c'est bien ça ?

— Oui, c'est certain, ça sera moins percutant et ça prendra beaucoup de temps, mais c'est un procédé reconnu, actuellement utilisé pour renforcer les rhizomes de raisin. »

Elle était de plus en plus désolée de ne pas lui avoir vendu la Colina Sagrada !

Après la nuit précédente dans les ruines, les lettres qui avaient provoqué d'intenses émotions, la délicieuse et si brûlante étreinte avec Lucas, Nicole ne pensait plus qu'à lui. Elle voulait faire l'amour avec lui, sauvagement. Elle le voulait si fort qu'elle en avait mal. Mais puisqu'elle allait partir, mieux valait étouffer ses émotions, les ignorer.

Du coup, elle était presque tentée de renoncer à la lecture des deux dernières lettres ! Elle annoncerait à Lucas qu'elle les avait égarées. Ça lui fournirait en plus une excuse idéale pour l'appeler de New York : elle prétexterait les avoir retrouvées ! Dans un livre, un vieux dossier, n'importe où. Elle s'assurait ainsi de maintenir un lien avec lui.

Allons… Il était impossible de ne pas lire ces deux dernières missives, emplies de mystères et peut-être de réponses ou de nouvelles révélations. Il fallait qu'ils les lisent ensemble, et maintenant.

Nicole scruta le chemin qui menait à la route principale, impatiente de l'apercevoir.

Puis son regard se porta sur la pile de magazines posée sur un banc, à côté d'elle – des journaux économiques, des bulletins édités par l'industrie du vin. Nicole avait arrêté de les lire quand elle avait pris sa décision de partir, reportant plutôt son attention sur les publications en rapport avec la fabrication et la promotion des cosmétiques, afin de se familiariser avec les tendances et le marché de son nouvel employeur. Elle n'avait pas jeté pour autant la presse viticole, qu'elle conservait à l'intention des Canadiens.

La couverture du magazine sur le haut de la pile représentait deux hommes souriants, en combinaison blanche, qui brandissaient des petits verres de vin. Ils fêtaient l'ouverture de leur microchai à Lausanne, en Suisse. Nicole n'avait pas lu l'article, mais était au fait de cette tendance à explorer de nouveaux modes de fermentation, qu'on appelait aussi les microcuvées.

Soudain, cela lui revint – le rêve qu'elle avait fait la nuit dernière et qui l'avait titillée toute la journée : elle supervisait le lancement d'une microcuvée ! C'était probablement une photo, un article ou bien une conversation entendue au Growers' Club qui avait initié ce songe.

Que signifiait ce rêve, dont elle avait émergé imprégnée de mélancolie et de joie ?

— Hello !

Elle releva la tête et vit Lucas, qui lui faisait un signe de la main depuis sa Jeep. Son cœur bondit dans sa poitrine.

— Désolé pour le retard.

Il s'était encore disputé avec son père. Le stress dû à l'enquête et aux lettres de Clara avait beau avoir affecté sa santé, Melvyn refusait toujours de révéler ce qu'il savait. Car il savait des choses, Lucas en avait l'intuition. Peut-être même était-il impliqué directement. Sinon, comment expliquer son animosité si vivace ? Qui sait si les dernières missives de Clara ne détenaient pas la clé et la révélation de l'ultime injustice commise par l'une des deux familles à l'égard de l'autre ?

— Alors, on les lit, ces lettres ? demanda-t-il tandis qu'elle faisait le tour du véhicule.

Son sourire dissimulait l'agitation de son âme. Jamais, de sa vie, il ne s'était senti aussi déchiré, comme si on l'écartelait. Il s'en voulait. Pourquoi tombait-il amoureux ? D'*elle*, entre toutes ?

En plus, il voyait dans ses yeux qu'elle ressentait la même chose. Et ça ne faisait qu'empirer les choses. Un désir brûlant, secret, on pouvait vivre avec, peut-être… Mais un désir brûlant partagé ? C'était aussi troublant que déstabilisant. Il ne lui en faudrait pas beaucoup – un regard, une main posée sur son bras, un sourire – pour qu'il craque !

Quand Nicole monta dans la Jeep, il s'enquit :

— Tu les as bien avec toi ?

— Oui ! répondit-elle en tapotant son sac en bandoulière.

Elle se sentait bêtement fébrile. Un état émotionnel qui ne l'empêcha pas d'apprécier l'élégance de Lucas : polo Ralph Lauren marron clair, pantalon en velours brun apparemment neuf et coûteux. S'était-il fait beau pour elle ? Elle-même avait consacré trente minutes à choisir son haut en soie et sa jupe étroite, qu'elle avait agrémentés d'une gourmette en or et d'un ravissant médaillon du même métal. Juste pour aller lire des vieilles lettres au milieu de vieilles ruines ? Leurs ficelles étaient décidément bien grosses.

Alors qu'ils remontaient le chemin de terre, elle fut prise d'une soudaine impulsion. Elle ne voulait plus se cacher, comme Clara et Johann l'avaient fait ! Et cela faisait si longtemps qu'elle n'était pas allée au bord du fleuve...

— Tu sais quoi ? dit-elle. Allons sur les rives du Largo ! J'aimerais regarder l'eau couler. Et sentir la brise. Une dernière fois.

Lucas s'éloigna de Lynnville et de la Petite Allemagne, où les berges étaient envahies par les touristes. Ils dénichèrent un magnifique endroit, sous un saule pleureur, où un vieux tronc tombé depuis longtemps leur servirait de banc. Ils seraient ainsi aux premières loges pour regarder les truites remonter le courant, pour compter les bateaux au loin et admirer les hérons majestueux qui se déplaçaient dans les roseaux immenses.

Ils s'assirent côte à côte, nez au vent. Nicole ouvrit avec précaution la première lettre et déplia les feuilles pour commencer à lire en silence puis lui passer les pages au fur et à mesure, comme ils l'avaient toujours fait. Mais il l'arrêta.

— Non, lis à voix haute, cette fois. Pour qu'on savoure en même temps les dernières paroles de Clara.

Nicole se pencha sur le courrier et commença sa lecture :

Ton mot, Deborah, m'a brisé le cœur quand je l'ai trouvé. Tu étais partie ! Mais j'ai compris. Car, moi aussi, j'ai vécu un amour interdit et secret. S'il était trop tard pour être avec l'homme de ma vie, j'étais au moins heureuse pour toi que tu aies la possibilité de t'enfuir avec le tien, d'être avec lui. J'avais espéré que tu reviendrais et que tu retrouverais ta famille. Mais je suppose que tu en as rejoint une autre. Peut-être, comme le disait ma mère, as-tu trouvé un autre fleuve.

Longtemps après ton départ, Deborah, j'ai continué de croire que j'aurais de tes nouvelles. Je sursautais à chaque fois que le téléphone sonnait. Je me précipitais à la boîte aux lettres en espérant une lettre ou une carte de toi. Mais, sachant combien l'effroyable dispute entre Wilhelm et Johann avait laissé de traces douloureuses, je n'étais pas non plus surprise que tu ne puisses pardonner à ton père. L'histoire a tendance à se répéter, surtout dans le cercle familial.

Les grèves ont continué pendant des mois après ton départ, puis des accords ont été trouvés, qui ont pacifié les choses. Une fois l'agitation éteinte, les travaux d'agrandissement de l'exploitation ont repris. Nous avons achevé la construction de la nouvelle salle de fermentation et du nouveau chai.

Pauvre petit Jack. Il était inconsolable après ta disparition. Jour après jour, il s'asseyait dans ta chambre et t'appelait. Exactement comme toi quand ta maman est partie. Je ne suis pas étonnée qu'il ait mal tourné. Il a commencé par faire des bêtises à l'école, au point d'être constamment convoqué chez le proviseur. C'est au lycée que ses camarades l'ont surnommé Big Jack, à cause de sa taille. Il avait beaucoup de petites amies, mais aucun respect pour les femmes. Puis il s'est mis à jouer et à boire. Il se faisait arrêter pour ivresse sur la voie publique et ce pauvre Bill devait aller payer sa caution. Jack est devenu une source de honte pour la famille, mais qui pourrait lui jeter la pierre ? Il avait perdu deux mères, sans aucune tombe à honorer. Mon plus gros souci, c'est notre exploitation. Je ne sais pas si Jack se mariera un jour ni s'il aura des enfants. Après que Wilhelm, Bill et moi aurons disparu, comment va-t-il diriger les vignobles et le chai ? On dirait que tout ce qui l'intéresse, c'est de s'amuser et de dépenser de l'argent. J'ai peur qu'il ne dilapide son héritage et ne ruine le domaine. Que deviendra l'empire viticole que nous avons commencé à bâtir il y a des années de cela, quand nous n'avions que de jeunes boutures et un rêve ?

La lettre s'arrêtait là. Nicole la remit en silence dans son sac et attrapa la toute dernière. Elle l'ouvrit pendant que Lucas se perdait dans la contemplation de ses longues mèches brunes soulevées par le vent d'automne. Elle avait un profil si délicat, semblable à ceux des camées en ivoire. Il en tremblait presque de désir. Et l'idée qu'elle parte bientôt, que peut-être il ne la reverrait jamais…

Nicole se passa la langue sur les lèvres tout en dépliant les feuillets. Tiens ? L'écriture se faisait vacillante. Elle commença à lire.

À l'automne 1979, deux ans après la mort de mon cher Wilhelm, disparu à l'âge de quatre-vingt-neuf ans (sans jamais, malheureusement, s'être réconcilié avec son frère), j'ai appris que Johann était malade. Il avait attrapé une pneumonie. J'étais morte d'inquiétude. Et puis, un jour, j'ai reçu la visite d'Adam Newman. Imagine ma surprise. Il me proposait de me conduire chez lui pour que je puisse voir son père, qui me réclamait. Ils m'ont menée à sa chambre et m'ont laissée seule avec lui. Il dormait quand je suis entrée.

Je me suis assise près de lui et lui ai parlé doucement. Il s'est réveillé, a prononcé quelques mots. Ces derniers furent : « Je t'attendrai près du fleuve. Quand tu y seras, cherche-moi et tu me trouveras. » Je sais tout au fond de moi, aussi sûrement que je crois aux miracles et aux messages du cosmos, que Johann et moi nous retrouverons. Et nous resterons ensemble pour l'éternité. Il a fermé les yeux, mais il pouvait m'entendre. Alors, je lui ai dit que je l'avais toujours aimé, et que je continuerais toujours. Il a souri à cette idée. Moi, je n'arrivais plus à être forte. J'ai posé ma tête sur sa poitrine et je me suis mise à pleurer en silence en entendant les battements irréguliers de son cœur. Il m'a caressé les cheveux. Puis sa main n'a plus bougé. Johann, mon amour, était mort.

Mais tout n'est pas triste, ma chérie. Big Jack, ton frère, a fini par se marier ! Son épouse Lucy est adorable. J'espère qu'elle parviendra à dompter mon petit-fils. Mon infirmière m'annonce qu'elle est enceinte. Tu imagines ça ! Je vais être arrière-grand-mère, et toi, Deborah, tu deviens tante. J'ai eu une longue vie, heureuse et bénie. Quand je regarde vers le passé, je réalise tout le chemin parcouru. J'ai été mariée à un homme bon, aimée par un autre aussi bon. J'ai donné naissance à deux magnifiques garçons, Dieu m'a guidée vers une fille qui ressemblait à un ange, et j'ai été assez chanceuse pour avoir des petits-enfants. Quelle femme se plaindrait ? Je te souhaite la même chose, ma très chère petite-fille, où que tu sois. Je prie pour que l'homme que tu aimes te traite bien, et que tu accomplisses des choses qui te rendent fière. Pour ma part, je n'ai échoué que sur un point : résoudre la querelle familiale. Mais peut-être que toi et ta génération y remédierez et ferez le premier pas vers la réconciliation. Sache que je t'aime et prie pour toi chaque soir.

Je vais m'interrompre, maintenant. Ma main fatigue, ma vue baisse. J'aimerais dormir un peu ; je sais que je rêverai. Des songes vivaces, plus vrais que nature. Je sais que je rêverai de la Rhénanie et que je serai dans la forêt de pins, au bord de ce fleuve lointain où m'attend Johann. Ce sera un répit bienvenu. J'ai quatre-vingt-dix-sept ans, mais je me sens l'âme d'une jeune fille de dix-neuf ans. Ma coquille a vieilli, s'est racornie et ridée, mais à l'intérieur je demeure jeune et robuste. Pleine d'espoir et d'amour.

Deborah, je t'écris depuis vingt-cinq ans avec l'espoir toujours présent qu'un jour tu nous reviendras. Je conserverai ces lettres et laisserai des instructions pour qu'elles te reviennent quand tu seras de retour, ou à tes enfants et petits-enfants, s'ils viennent en quête de leurs racines. Ma chérie, tu ne quittes pas mes prières et j'espère de tout cœur que tu es comblée, que tu mènes une vie heureuse, pleine d'amis et d'enfants. Étrangement, et même si tu es partie loin de nous, je t'ai toujours sentie proche, comme si tu ne nous avais jamais quittés.

C'était fini. Nicole lâcha la page sur ses genoux.

— Elle a dû écrire ces lignes en 1990, l'année de ma naissance. Elle a eu le temps de savoir que je venais au monde, et elle est morte.

Envahis de tristesse, ils restèrent silencieux. Lucas prit simplement la main de Nicole et la serra fort. Puis il bascula la tête en arrière pour se concentrer sur deux buses à queue rousse qui montaient majestueusement dans l'air en dessinant des cercles de plus en plus larges. Un couple, pensa-t-il. Un mâle et une femelle qui chassent pour leur dîner.

Il était un peu déçu. Ces deux dernières lettres ne contenaient aucune réponse. Aucun scoop. Et c'était les dernières…

Alors qu'il observait les rapaces en train d'évoluer en cercle dans l'azur et qu'il sentait la présence de Nicole à ses côtés, une idée venue de nulle part se mit tout à coup à tournoyer dans sa tête. Comme pour attirer son attention. Ça semblait important, mais il ne parvenait pas à la saisir…

Soudain, il sut.

— Nicole, passe-moi la première lettre, s'il te plaît.
— Pourquoi ? Que se passe-t-il ?
Elle avait perçu l'excitation soudaine dans sa voix.
— Clara nous a livré une information ! lança-t-il tout en dépliant les feuillets.
Il parcourut le premier.
— Là ! C'est juste là !
— Mais quoi ?
— La raison pour laquelle M. Gilette n'arrivait pas à trouver la date des derniers travaux au chai. C'est parce qu'il n'y en a pas eu ! Aucun chantier n'a été entrepris sur le bâtiment depuis sa construction, dans les années soixante ! Clara dit ici qu'après la grève ils ont repris l'édification du nouveau chai. Un nouveau chai, Nicole ! La dernière fois que ce mur a été plâtré, c'était en 1965 !
Elle planta son regard dans le sien.
— Alors, il *pourrait* s'agir de Deborah ? murmura-t-elle.
— Ça expliquerait beaucoup de choses.
— Comme quoi ?
— Le comportement récent de mon père, par exemple. Allons le voir et tirons les choses au clair une bonne fois pour toutes.
Elle hésita. Ça l'effrayait.

— Comment sais-tu qu'il y sera ? demanda-t-elle tandis qu'ils filaient vers le cimetière de Lynnville.
— Parce que, depuis la découverte du corps, il se rend chaque jour sur la tombe de mon oncle. Je te le garantis, Nicole, mon père connaît la vérité et je vais la lui arracher. Tout cela doit finir.
Mais à quel prix ? lui souffla sa conscience.
C'était peut-être compromettre les efforts de trois générations de Newman, qui avaient bâti un domaine exceptionnel et participé à l'essor du vin californien.
Ce dernier avait grandement gagné en qualité dans les années soixante, s'attirant une attention internationale. La consécration était venue une décennie plus tard, à l'occasion d'une dégustation à l'aveugle organisée en 1976 en France.

L'événement, baptisé « Le Jugement de Paris », avait pour but de mettre en compétition les meilleurs vins californiens avec les meilleurs bordeaux et les meilleurs bourgognes. Johann, qui avait quatre-vingt-six ans à l'époque, n'avait pu y assister, mais Adam ainsi que Melvyn, trente-deux ans, avaient représenté le domaine. À cette occasion, ils avaient stupéfié le monde en remportant la compétition dans les deux catégories, rouge et blanc. Après cette double victoire, le marché international avait plébiscité les vins californiens. L'industrie viticole locale avait prospéré, jusqu'à faire de la Californie l'une des meilleures régions au monde en termes de qualité.

La famille Newman avait donc joué un rôle moteur dans ce virage qualitatif. Là où les Schaller avaient su se diversifier et accroître leurs productions grâce à un marketing agressif et ciblé, le vignoble Newman avait choisi le prestige et se vendait aujourd'hui chez les cavistes de luxe ou dans les restaurants étoilés du monde entier. Melvyn avait travaillé dur pour hisser l'entreprise familiale à ce niveau. S'il s'avérait qu'il avait trempé (par jalousie ?) dans le meurtre de Deborah Schaller, le domaine pourrait en subir les conséquences, et peut-être disparaître…

Lucas lutta contre l'envie de se garer, couper le moteur et dire à Nicole : « Non, je ne peux pas faire ça. » Rien de plus facile : il suffirait de tout oublier et de laisser la police classer l'affaire. Basta ! Mais il ne le pouvait pas. D'une manière ou d'une autre, ils devaient à la mémoire de Deborah, et même à Clara, de rétablir la justice, quel qu'en soit le prix.

Nicole était elle aussi en plein dilemme. Ils s'apprêtaient peut-être à réunir les deux familles d'une façon qui dépassait le rêve de Clara. Mais également avec un meurtre et un procès dont le scandale éclabousserait leurs deux noms. Ai-je le droit de faire cela à Clara et à tous mes ancêtres, grâce à qui je suis là ? se demandait-elle.

Et il ne fallait pas oublier Deborah dans l'affaire. Une histoire sordide, étalée dans les journaux à scandales. DÉCOUVERTE MACABRE. L'HÉRITIÈRE DISPARUE D'UN EMPIRE DU VIN RETROUVÉE EMMURÉE. Pourquoi la traîner dans la boue ? Après tout, c'était une victime – si le squelette était bien le sien. Et en plus, si c'était Melvyn qui l'avait tuée…

Les enjeux lui parurent soudain astronomiques. Comment pouvait-elle aller à New York et commencer une nouvelle vie avec cette épée de Damoclès suspendue au-dessus de la vallée et au-dessus de la tête de Lucas ?

— Je suis désolée, vraiment, lâcha-t-elle alors qu'ils approchaient de leur destination.

Il la regarda.

— De quoi ?

— Je me sens responsable de ce foutoir. Je ne sais pas pourquoi. J'imagine que c'est parce qu'il s'agit de *mon* chai et que c'est *moi* qui ai fait faire cette réparation du mur.

— Holà ! Du calme, Nicole. On gère ça ensemble. D'accord ? fit-il en se garant.

Melvyn se tenait devant la tombe de son frère, son chapeau dans les mains, les épaules voûtées.

— Je n'ai rien pu faire, Gordon. J'ai pourtant essayé, disait-il à la pierre tombale. Mais j'imagine que la vérité devait jaillir tôt ou tard. Une bombe de ce calibre ne peut pas rester enfouie très longtemps. Je vais leur dire ce qui est arrivé. Il le faut. Je suis trop vieux pour porter ce fardeau. Peut-être que, d'une certaine façon, cela marquera le début d'une réconciliation entre nos deux familles. Si les Schaller nous ont fait beaucoup de tort avec l'affaire Callahan, nous leur avons d'une certaine manière rendu la monnaie de leur pièce quand tu as tué Deborah. On pourrait dire qu'on est quittes. Tu sais, Lucas m'a raconté des choses qu'il a lues dans les lettres de Clara. J'ai appris que nos grands-pères étaient frères et que la querelle remontait à l'année 1912, à cause d'une bastonnade brutale. Ça m'a donné envie de lire les lettres, maintenant. Après toutes ces années, je veux savoir ce qui s'est vraiment passé.

Il releva la tête et aperçut deux silhouettes familières qui traversaient la pelouse et venaient vers lui. Ça ne le surprit pas. Il s'attendait à les voir.

Lucas posa une main sur le bras de son père.

— Nous pensons que la victime est Deborah, Pa, et je crois que tu sais quelque chose sur son meurtre.

— Fiston, je porte ce secret depuis plus de cinquante ans, et je me réjouis de m'en décharger enfin, répondit Melvyn d'une voix lasse. Oui, je savais que Debbie avait été assassinée. Mais j'ignorais où se trouvait son corps. Pour le bien de ma famille et sa réputation, et pour protéger mon père qui souffrait du cœur, je n'ai jamais parlé du meurtre et j'ai laissé croire à tout le monde qu'elle s'était enfuie.

Nicole et Lucas écoutaient religieusement le vieil homme.

— Nous avions tous les deux le béguin pour elle. Vous comprenez, c'était un fruit défendu. Mais pour Gordon, c'est allé plus loin : le pauvre s'était convaincu qu'elle ressentait la même chose pour lui. À ses yeux, ils étaient comme Roméo et Juliette. Or elle était amoureuse d'un autre, un Mexicain. Gordon a dû partir à leur recherche et les surprendre. Il m'a dit ne pas avoir eu l'intention d'utiliser son arme. Il voulait juste les effrayer. Malheureusement, Deborah a pris une balle. J'imagine que Gordon a paniqué et qu'il a dissimulé le corps dans le mur en construction du chai. À cause de la grève, les travaux sont restés en suspens pendant plusieurs mois. Quand ils ont repris, je suppose que l'odeur de décomposition avait disparu…

L'émotion lui nouait la gorge. Il se tut. Les larmes coulaient malgré lui et Lucas lui passa un bras autour des épaules.

— Je suis tellement désolé, Pa. J'aurais préféré que tu me le dises, au lieu de porter ce poids tout seul.

Melvyn s'essuya les yeux et se tourna vers Nicole.

— Quand j'ai entendu qu'un squelette avait été découvert dans le mur de votre chai…

Sa voix se brisa.

— … j'ai cru que tout allait s'écrouler et que le nom de notre famille serait sali à jamais.

Nicole se sentait triste pour lui. Il n'était qu'une victime des circonstances, un homme qui avait tenté de préserver l'unité de sa famille.

Melvyn poursuivit :

— Après m'avoir avoué qu'il l'avait tuée, Gordon a foncé dans le mur avec sa Mustang. Volontairement… J'ai menti à la police. Mon frère s'est suicidé.

— Oh, Pa…, murmura Lucas.

— J'ai vu la voiture exploser et prendre feu… Après, c'est le trou noir. Je ne me souviens pas de grand-chose. Pendant des mois, j'ai vécu à côté de mes pompes. Mon père et mon grand-père se sont fait un sang d'encre pour moi. Ma mère a commencé à boire. On était tous anéantis. Et puis, au fil du temps, j'ai commencé à en vouloir aux Schaller. Jusqu'à leur imputer la mort de ton grand-père, emporté suite à des complications de son opération du cœur. Il n'avait pas encore soixante-dix ans et aurait pu vivre encore vingt bonnes années. À mes yeux, ce que lui avait fait Bill Schaller avec l'affaire Callahan avait affaibli son cœur. Assis à son chevet, sa main dans la mienne, je me suis juré de ne jamais pardonner aux Schaller de nous avoir tant volés. C'était comme si toutes les mauvaises choses qui nous arrivaient étaient toujours provoquées par ces maudits Schaller ! C'est ridicule de penser ça aujourd'hui. Quand je regarde en arrière, nous étions simplement deux familles avec des difficultés, comme toutes les autres. Mais j'imagine qu'il faut toujours un responsable.

— Pa, dit doucement Lucas, il faudrait que tu lises les lettres de Clara. Tu dois connaître la vérité sur Wilhelm et Johann. Tu dois savoir ce qui est arrivé à ton grand-père, la vraie raison de la querelle entre les deux frères, ce qui a provoqué cette brouille ridicule.

Melvyn ôta ses lunettes et s'essuya les yeux. Il acquiesça de la tête.

— Oui, je veux savoir, fiston. Vraiment. Toutes ces années, j'ai vécu dans la peur. Dans la colère. C'est fini. J'aimerais être heureux pour les années qu'il me reste à vivre.

Nicole était submergée par l'émotion.

— Tout ce temps, murmura-t-elle d'une voix faible, Clara a attendu le retour de sa petite-fille. Elle est allée jusqu'à embaucher un détective privé pour la retrouver. Alors que Deborah était là, tout près…

Lucas la prit dans ses bras, lui-même trop bouleversé pour parler.

— Ça va. Je suis juste un peu secouée, reprit-elle au bout d'un moment en se dégageant de son étreinte. En fait, je suis heureuse que mon arrière-grand-mère n'ait jamais découvert le pot aux roses. Elle est morte en imaginant Deborah terriblement amoureuse, assise au soleil, dans un magnifique jardin au Mexique, élevant ses enfants grassouillets. Parfois, mieux vaut un mensonge que la vérité.

— Je savais que Clara n'avait pas abandonné l'espoir de la revoir un jour, dit Melvyn. Plusieurs fois, j'ai failli aller la voir et tout lui raconter, mais l'idée que la vérité serait plus cruelle que ses illusions m'a retenu.

— S'il y a quelqu'un à qui on doit parler, c'est l'inspecteur Quinn, enchaîna Lucas d'un air sombre.

Nicole songea à Clara et à son rêve de réconcilier les deux familles. Si la vérité était exposée, ce rapprochement n'aurait aucune chance de se produire. Et Nicole aimait croire qu'elle avait reçu les lettres de son arrière-grand-mère pour une bonne raison. Elles lui avaient appris à aimer sa famille. Elles lui avaient aussi insufflé le désir de contribuer à la paix avec les Newman. D'un autre côté, il y avait la loi et le droit… Devaient-ils dire ce qu'ils avaient découvert à la police ou bien pouvaient-ils garder le secret ?

Elle posa une main sur le bras de Lucas.

— À quoi cela servirait-il ? Cela causerait un scandale retentissant et jetterait l'opprobre sur nos domaines et sur la vallée. Nous pouvons juste dire à Quinn que nous avons identifié le squelette comme étant celui de Deborah. Nous inventerons une histoire pour expliquer sa mort. Ils nous croiront, si ton père corrobore nos dires. Puis nous enterrerons Deborah ici, avec les autres Schaller. Son meurtre a été puni : Gordon s'est donné la mort. Le chapitre est clos.

Ce n'était d'ailleurs pas le seul chapitre qui se fermait, songea Nicole avec un sentiment d'euphorie et d'accomplissement qui voilait sa tristesse. Tout un panel d'émotions nouvelles l'envahissait, comme si des écluses venaient de s'ouvrir. Des pensées qu'elle s'était efforcée de taire ces dernières semaines

– l'envie éprouvée envers Lucas parce qu'on avait besoin de lui ici, sa conscience d'être intimement liée à cette vallée et à ses habitants… Son esprit explosait en une myriade de réalisations et de fulgurances.

Le matin même, elle avait assisté au pressurage. Les ouvriers déchargeaient sans discontinuer des paniers de grappes, qu'ils déversaient ensuite dans de larges bacs métalliques où les grains étaient broyés pour en extraire le jus. Elle avait toujours trouvé cette étape enthousiasmante. L'énergie saturait l'air ; il y avait le bruit des machines, les hommes qui criaient, les camions qui arrivaient et repartaient sur les chapeaux de roues pour que les grappes restent fraîches. C'était une phase critique. Le raisin ne devait pas s'abîmer, sous peine de produire un jus de moindre qualité. Oui ! C'était exaltant.

Bien sûr, on disait que Manhattan était une ville énergique et que le rythme là-bas était très soutenu. Mais elle doutait qu'il le soit autant qu'ici !

Tout prenait une signification nouvelle dans son esprit. Des choses qu'elle percevait comme banales et familières parce qu'elle avait grandi là prenaient un relief différent grâce aux lettres de Clara. Même son passé et ses souvenirs à elle changeaient de couleurs et de perspective !

Maintenant, elle savait pourquoi elle avait rêvé d'une micro-cuvée. C'était le fruit de deux envies secrètes : d'une part, le désir de rester dans la vallée, et d'autre part, le besoin d'entreprendre quelque chose de nouveau, d'expérimenter, comme le faisait Lucas – afin d'accomplir sa destinée.

— Lucas, lâcha-t-elle soudain, tu t'y connais en micro-cuvée ?

Il la regarda, surpris.

— Ça sort d'où, ça ?

— Crois-le ou non, ça sort d'un rêve. La nuit dernière. Tu connais ?

— Eh bien, l'idée est de contrôler le processus de fermentation. L'opération se fait plus lentement, mais grâce à une meilleure maîtrise de l'interaction entre le sucre et la levure, pratiquement au niveau de la cellule, tu peux améliorer la qualité de ton vin, mieux anticiper le produit fini, que ce soit la saveur, le corps, tout ça. Le champ d'expérimentation est bien plus vaste aussi.

Il s'interrompit pour la contempler avec curiosité.

— D'une certaine façon, reprit-il, le concept n'est pas si éloigné de ma recherche. Les deux reposent sur l'idée de donner plus de contrôle au vigneron dans un monde où le climat est de moins en moins prévisible et place le viticulteur à sa merci.

Il sourit.

— Un rêve, tu disais ?

— Oui. Un très joli rêve.

Il se rapprocha d'elle.

— Cela impliquerait que tu investisses. Il faudrait de nouveaux équipements...

— La nouveauté ne me fait pas peur.

— Cela impliquerait aussi que tu restes ici, dit-il, soudain sérieux.

— Lucas, je ne veux plus partir. Je suis chez moi, ici ! Mon cerveau m'avait dit une chose, mais mon cœur m'en souffle une autre. Et ce qu'il clame, en fait, c'est que je suis liée à cette terre, tout comme toi. Si Big Jack me retenait ici, c'est parce qu'il savait que ma place était ici.

Oui. Son père savait, lui.

Les disputes qu'ils avaient eues lui revinrent en mémoire comme si elles étaient survenues la veille, au cours d'une seule et même conversation. Elle les considéra autrement, avec l'œil objectif et avisé du spectateur qui se dit : Mais pourquoi cette fille se dispute-t-elle avec son père qui l'aime et qui cherche seulement à l'empêcher de commettre une épouvantable erreur ? Il sait qu'elle ne sera jamais heureuse ailleurs, qu'elle ne se sentira jamais chez elle au milieu des bretelles d'autoroutes, des gratte-ciel ou des cocktails mondains. Elle appartient à cette terre, à ces raisins, aux montagnes et à la pluie nourricière. Elle appartient aux gens qui y vivent, ces gens qui la comprennent et qui l'aiment.

Oui. Après avoir pensé pendant toute sa vie que ces affrontements étaient l'expression de la tyrannie naturelle de son père, puis dernièrement de sa solitude étant donné qu'elle était sa seule famille, elle comprenait enfin qu'il avait juste cerné ce dont sa fille avait besoin.

— Je croyais que si je ne partais pas, reprit-elle, je ne découvrirais jamais qui j'étais vraiment. Mais qui peut dire qu'il sait exactement qui il est ? Nous sommes, c'est tout. Que ce soit en prenant appui sur un héritage ancestral ou bien en changeant le monde qui nous entoure, nous traçons notre chemin. Je n'ai pas besoin de partir pour me trouver. Je suis là, avec toi. Nous sommes là, tous les deux, toi et moi.

Elle ressentait ce que ces jeunes migrants allemands avaient dû éprouver une centaine d'années plus tôt, quand ils avaient vu la verte vallée et son fleuve si paisible. Elle regardait l'avenir, les espoirs et les rêves à venir.

Lucas voulut parler, mais elle l'arrêta d'une main.

— Tu n'es pas obligé d'aller en Arizona, tu sais. Je vais te céder la Colina Sagrada. J'annule la vente du domaine. Les Macintosh s'en trouveront un autre qui leur conviendra tout aussi bien.

Évoquer les Canadiens la fit frissonner. Dire qu'ils avaient envisagé de convertir son domaine en une espèce de miniDisneyland, avec des aires de jeu pour les enfants et les ados, des chasses au trésor... Leurs intentions étaient sans doute louables, mais ils auraient dégradé un héritage noble et fier. Quel impact cela aurait-il eu sur la vallée du Largo ? Auraient-ils été imités par d'autres, ternissant la réputation de leur région tout entière ?

Oui. Cette vallée avait besoin d'elle. Il n'était que justice qu'elle l'aide, en retour de tous les bienfaits qu'elle lui avait apportés.

— Je vais rendre aux vins Schaller toute leur gloire. C'est pour cela que je suis née. C'est ce que m'a expliqué Clara dans ses lettres.

Elle se rapprocha de Lucas, et ils s'embrassèrent sous l'œil incrédule de Melvyn. Lui qui pensait être revenu de tout ! Voilà que la jeune femme glissait une main sensuelle dans les cheveux de son fils, dont la main soutenait la nuque de Nicole. Leur baiser fut long et profond. Le cœur chavirant, le vieux Melvyn songea avec joie que cette surprise en précéderait sûrement beaucoup d'autres...

Les deux jeunes gens regagnèrent la Jeep, bras dessus, bras dessous. Nicole s'émerveillait des méandres du destin. Clara avait espéré que Deborah réunirait les deux familles, mais c'était elle, sa nièce, qui y était parvenue à sa manière.

La convalescence pouvait commencer.

MIXTE
Issu de sources responsables
FSC www.fsc.org FSC® C003309

Composition et mise en pages
Facompo, Rouen

Cet ouvrage a été achevé d'imprimer
sur Roto-Page
par l'Imprimerie Floch à Mayenne
en mai 2019

N° d'impression : 94471
Imprimé en France